이름 뒤에 숨은 사랑

THE NAMESAKE

Copyright © 2003 by Jhumpa Lahiri
All rights reserved including the rights of reproduction
in whole or in part in any from Korean translation.
Copyright © 2004 by Maumsanchaek by arrangement with
Janklow&Nesbit Associates through Imprima Korea Agency.

이 책의 한국어판 저작권은 Imprima Korea Agency를 통해 Janklow&Nesbit
Associates와의 독점 계약으로 마음산책에 있습니다.
저작권법에 의해 한국 내에서 보호를 받는 저작물이므로
무단 전재와 복제를 금합니다.

이름 뒤에 숨은 사랑

줌파 라히리

마음산책

이름 뒤에 숨은 사랑

1판 1쇄 발행 2004년 2월 10일
1판 11쇄 발행 2024년 4월 15일

지은이 | 줌파 라히리
옮긴이 | 박상미
펴낸이 | 정은숙
펴낸곳 | 마음산책

등록 | 2000년 7월 28일(제2000-000237호)
주소 | (우 04043) 서울시 마포구 잔다리로3안길 20
전화 | 대표 362-1452 편집 362-1451   팩스 | 362-1455
홈페이지 | www.maumsan.com
블로그 | blog.naver.com/maumsanchaek
트위터 | twitter.com/maumsanchaek
페이스북 | facebook.com/maumsan
인스타그램 | instagram.com/maumsanchaek
전자우편 | maum@maumsan.com

ISBN 978-89-89351-51-0 03840

* 책값은 뒤표지에 있습니다.

그렇지 않았더라면 그 일은 일어나지 않았을 것이라는 사실을 독자들은 알아야 한다. 그에게 다른 이름을 주는 것은 절대 불가능한 일이었다는 점을 말이다.

—니콜라이 고골리, 「외투」

그의 가족의 삶은 예상하지 못하고 뜻하지 않았던 하나의 사고가 다음 사고를 낳은 우연의 연속이었다. 시작은 아버지의 기차 사고였다. 이 사건은 처음엔 아버지의 몸을 움직이지 못하도록 했었지만, 나중에는 최대한 멀리 떠나고 싶은 욕망을 낳게 하였고, 세상 저편에서 새로운 삶을 시작하게 했던 것이다. 다음은 고골리의 증조할머니가 지어주신 이름이 담긴 편지가 캘커타와 케임브리지 사이 어딘가에서 사라진 사고였다. 이로 인해 얼떨결에 고골리라는 이름이 지어지게 되었고, 이 이름은 수년 동안 고골리라는 한 인간의 윤곽을 형성함과 동시에 괴롭혀왔다. 그는 이런 임의성을, 이런 빗나감을 바로잡으려 해왔다. 그러나 자신을 완벽하게 새로 창조하는 것은, 그 엉뚱한 이름으로부터 벗어나는 것은 가능한 일이 아니었다.

1

1968

 후텁지근한 8월의 어느 날 저녁, 출산을 2주 앞둔 아시마 강굴리는 센트럴 스퀘어에 있는 아파트의 부엌에서 라이스 크리스피와 플래터스 땅콩, 그리고 다진 붉은 양파를 그릇에 넣어 버무리고 있었다. 소금과 레몬즙, 얇게 저민 풋고추를 넣고 여기에 들어갈 겨자기름이 있었으면, 하고 그녀는 생각하였다. 아시마는 임신 도중 줄곧 이렇게 간식을 만들어 먹곤 하였다. 이런 식으로 섞으면 캘커타의 길거리나 인도에 있는 기차역 어디서나 몇 푼을 주면 고깔 모양의 신문지에 넘치게 담아주던 스낵과 어설프나마 비슷하게 되었다. 몸 안에 빈 공간이라고는 조금도 남아 있지 않을 것 같은 지금도 이것만큼은 유난히 먹고 싶었다. 오므린 손바닥에 입을 대어 맛을 본 그녀는 얼굴을 찌푸렸다. 언제나 그런 것처럼 뭔가 빠진 것 같았다. 기름때가 얇게 덮인 요리 도구들이 걸려 있는 싱크대 뒤 나무판을 멍하니 바라보았다. 얼굴에 맺힌 땀을 사리sari 자락으로 닦았다. 얼룩덜룩한 회색 리놀륨 바닥을 딛고 서 있는 잔뜩 부어오른 발에 통증이 느껴졌다. 뱃속 아기의 무게 때문인지 골반뼈도 욱신거렸다. 찬장을 열어 양파를 하나 더 꺼냈다. 선반에 깔린 노란색과 흰색의 체크무늬 종이는 더러워져서 그동안 새것으로 갈려고 별러왔었다. 파삭거리는 자주색의 껍질을 벗기는 순간, 그녀는 다시 한 번 얼굴을 찌푸렸다. 알 수 없는 온기가 복부를 팽팽하게 채우는가 싶더니, 심하게 조여드는 듯한 통증에 몸이 앞으로 꺾여졌다. 그리고는 소리조차 나오지 않는 숨을 가쁘게 몰아쉬다가 그만 손에 든 양파를 바닥에 떨어뜨리고 말았다.

통증은 가셨지만 불쾌감을 동반한 경련이 길게 이어졌다. 화장실에 가보니 속옷에 적갈색 피 한 줄이 진하게 묻어 있었다. 침실에서 공부하고 있는 남편, 아쇼크를 소리내어 불렀다. MIT에 다니는 전기공학 박사 후보인 남편은 카드놀이용 탁자에 몸을 기울이고 앉아 있었다. 빨간색과 보라색이 섞인 바틱 침대보가 덮인 2인용 매트리스 두 개를 붙여놓은 침대가 그의 의자였다. 아시마는 아쇼크를 부를 때 이름으로 부르지 않았다. 물론 남편의 이름은 누구보다도 잘 알고 있었다. 그런데도 남편을 생각할 때마다 한 번도 그의 이름을 떠올린 적이 없었다. 남편의 성姓은 이제 자신의 성이 되었지만, 그래도 남편의 이름을 입 밖에 내는 것은 점잖지 못한 일이었다. 벵골 부인들이 하는 종류의 일이 아닌 것이다. 인도 영화에서 나오는 입맞춤이나 포옹처럼 남편의 이름은 은밀한 것이었고, 입 밖으로 내어지기보다는 교묘하게 다른 말로 탈바꿈되었다. 그래서 남편의 이름을 부르는 대신 그녀의 입에서는 의문문이 튀어나왔고, 이를 번역하면 대충 이랬다. "듣고 있어요?"

새벽녘에 병원으로 가기 위해 택시를 불렀다. 인적이 사라진 케임브리지 가街를 따라 매사추세츠 로路로 해서 하버드 야드를 지나 마운트 오번 병원에 도착하였다. 아쇼크가 입원 양식을 기재하는 동안 아시마는 입원 수속을 밟았다. 그녀는 진통이 얼마 만에 한 번씩 오고, 또 한 번 오면 얼마나 가는지와 같은 질문들에 대답하였다. 그리고 나서 아시마는 바로 휠체어에 태워졌고, 불빛이 환한 복도를 지나 그녀의 부엌보다도 큰 엘리베이터 안으로 밀어 넣어졌다. 병실은 산부인과가 있는 층의 맨 끝방이었고, 창문 옆에 있는 침대가 그녀의 것이었다. 아시마는 무르시다바드 실크 사리를 벗고 무릎까지 오는 꽃무늬의 면 가운을 입어야 하는 것이 적이 당황스러웠다. 간호사가 사리를 자청해서 개어주겠다고 했지만, 5미터가 넘는 흐늘거리는 천에 질렸는지 결국 아시마가 가져온 암회색빛이 도는 푸른색 여행가방에 대충 쑤셔 넣고 말았다. 아시마의 산부인과 담당 의사인 애슐리 박사가 검진을 하기 위해 들어왔다. 그는 마운트베이튼 경을 연상시키는 훤칠한 미남이었는데, 모래빛 머리카락을 관자놀이 뒤로 정갈하게 빗어 넘겼다. 아기의 머리는 제자리에 있었고, 이미 내려오기 시작했다. 아직 분만 초기 단계로서 3센티미터 정도 팽창되었고, 초기 단계가 끝나가고 있다고 의사는 말해주었다. "팽창이 무슨 뜻이죠?" 그녀가 묻자, 애슐리 박사는 두 손가락을 나란히 붙여 세웠다가 양 옆으로 벌리는 시늉을 하였다. 아기를 낳기 위해 자신의 몸이 감당해내야만 하는, 상상하기조차 힘든 어떤 일일 것이다. 애슐리 박사는 초산이므로 분만 시간이 상당히 걸릴 것이라고 말했다. 24시간이 될 수도 있고, 경우에 따라서는 더 걸릴 수도 있다는 것이었다. 아시마는 남편을 찾았다. 그러나 남편은 의사가 쳐놓은 커튼 뒤로 나가고 없었다. "곧 올게." 아쇼크가 벵골어로 이렇게 말하자, 간호사가 옆에서 덧붙였다. "강굴리 씨, 너무 걱정하지 마세요. 아직 멀었어요. 이제부터는 저희들에게 맡기세요."

이제 아시마는 혼자였다. 병실에는 산모가 세 명 더 있었지만 모두 커튼으로 가려져 있었다. 들리는 말소리로 미루어보아 산모 중 한 명의 이름은 베버리였다. 다른 한 명은 로이스, 그리고 왼쪽에 누워 있는 산모가 캐롤이었다. "빌어먹을, 이 망할 자식아. 나 죽어!" 산모 중 한 명이 이렇게 소리지르는 게 들렸다. 이어서 남자의 목소리도 들렸다. "여보, 사랑해." 아시마가 남편에게 들어본 적도, 또 앞으로 듣게 되리라 기대하지도 않는 말이었다. 그들은 달랐다. 아시마가 혼자서 잠을 자는 것은 이번이 태어나서 처음이었다. 그것도 낯선 사람들에게 둘러싸여서 말이다. 그녀는 평생 동안 부모님과 한 방에서 자거나 아쇼크 옆에서 잔 것이 전부였다. 아시마는 커튼이 열려 있어서 미국 여자들과 이야기할 수 있었으면 좋겠다고 생각하였다. 아마도 이 중에서 누군가 출산 경험이 있을 테고, 이제 어떻게 해야 하는지 조언을 해줄 수도 있을 것이었기 때문이다. 그러나 그녀가 본 미국인들은 공공연한 애정 표현과 미니스커트와 비키니에도 불구하고, 길거리에서 손을 잡고 케임브리지 커먼에서 뒤엉켜 누워 있기를 좋아함에도 불구하고 프라이버시라는 것을 중요시하였다. 거대한 드럼통 같은 팽팽한 배 위에 손가락을 펼쳐 올려놓았다. 그리고 지금 이 순간 아기의 손과 발은 어디에 있을까 생각해보았다. 아기가 뱃속에서 노는 것도 이젠 뜸해졌다. 가끔씩 버둥거리는 것을 제외하면 최근 며칠 동안은 손으로 치거나 발길질을 하지도, 갈비뼈를 누르지도 않았다. 그녀는 문득 자신이 지금 이 병원에 있는 유일한 인도 사람이 아닐까, 하는 생각이 들었다. 그러나 그 순간 아기가 살짝 몸을 뒤트는 것이 느껴졌고, 그 바람에 엄격히 말해 자신은 혼자가 아니라는 걸 깨달았다. 아시마는 자신의 아기가 사람들이 앓거나 죽으러 오는 장소에서 태어나게 될 것이라는 사실이 영 이상했다. 바랜 흰색 타일이 깔린 바닥이나 천장, 침대 위에 팽팽하게 당겨져 있는 하얀 침대보, 어디를 둘러보아도 마음을 편하게 해주는 구석이 없었다. 그녀는 생각했다. 인도에서는 아기를 낳을 때 남편과 시집, 그리고 집안일을 떠나 부모님이 계신 친정집으로 간다고. 그러니까 잠시 어린 시절로 돌아가서 아기를 맞이하는 것이라고.

다시 진통이 시작되었다. 이번 진통은 조금 전보다 심했다. 아시마는 머리로 베개를 누르며 소리를 질렀다. 손가락으로 움켜잡은 침대의 난간이 차가웠다. 아무도 소리를 듣지 못했는지 달려오는 간호사가 없었다. 진통이 지속되는 시간을 재어놓으라고 했기 때문에 그녀는 시계를 보았다. 그것은 부모님이 주신 작별 선물이었다. 정신이 하나도 없었던데다 눈물로 범벅이 되었던 공항에서 부모님이 슬쩍 손목에 채워주셨던 것이었다. 세상에 태어나서 처음으로 타보는 비행기인 영국 항공 BOAC의 VC-10기가 굉음을 내며 이륙하는 것을 둠둠 공항의 발코니에서 26명이나 되는 가족들이 지켜보았었다. 철, 금, 산호, 조가비 등으로 만들어진 수십 가지의 화려한 결혼 팔찌들 사이에서 시계를 발견한 것은 그녀를 태운 비행기가 발 한 번 디뎌본 적이 없는 인도의 어느 지방 위를 날아, 더 멀리 인도 밖으로 빠져나가고 있을 무렵이었다. 지금은 이 병원의 환자라는 문구가 찍힌 플라스틱 팔찌가 손목에 하나 더 늘었다. 아시마는 언제나 시계 자판이 손목의 안쪽을 향하도록 시계를 차고 있었다. 시계의 뒤에는 방수, 자화 방지, 충격 방지 따위의 말들이 씌어져 있었고, 그 사이에는 그녀의 기혼 이름의 첫 자인 A.G.가 새겨져 있었다.

아시마의 맥박 위로 미국 시간이 똑딱거리며 지나가고 있었다. 30초 동안 그녀의 복부를 띠처럼 둘렀던 고통은 허리로 번져 나갔고, 다리를 관통하여 아래로 내려갔다. 그리고 진통은 다시 진정되었다. 손으로 인도 시간을 헤아려보았다. 엄지손가락 끝으로 손가락 마디를 한 칸씩 짚어가다가 가운뎃손가락의 중간 마디에서 멈추었다. 캘커타는 9시간 30분이 빠르니까, 벌써 저녁때인 8시 30분이었다. 암허스트 가街에 있는 부모님의 아파트 부엌에서는 지금쯤 시중드는 사람이 후식으로 마실 차를 김이 오르는 잔에 따른 후 마리 비스킷을 접시에 놓고 있는 중일 것이다. 곧 할머니가 될 그녀의 어머니는 화장대 앞 거울에 서서 아직은 흰머리보다 검은 머리가 많은 허리까지 오는 긴 머리카락을 손가락으로 빗어 내리고 계실 것이다. 아버지는 창가에 있는 잉크로 얼룩지고 기울어진 탁자 위로 몸을 구부려 담배 한 개비를 입에 문 채 스케치하시면서 '보이스 오브 아메리카(미국 정부의 보조로 운영되는 라디오 방송—옮긴이)'를 듣고 계실 것이다. 남동생 라나는 침대 위에서 물리 시험공부를 하고 있을 것이다. 부모님이 계시는 거실의 회색 시멘트 바닥이 생생하게 떠올랐다. 아무리 더운 날에도 바닥에서는 차가운 냉기가 느껴졌다. 분홍색 회벽 한쪽 끝에는 돌아가신 친할아버지의 흑백사진이 커다랗게 걸려 있었고, 그 맞은편에는 뿌연 유리를 낀 벽감이 있었는데, 그곳은 책들과 원고, 그리고 아버지의 수채화 물감들로 채워져 있었다. 순간적으로 몸을 짓누르던 아기의 무게가 사라지면서 눈앞에 이런 장면들이 스쳐 지나갔다. 이는 다시 찰스 강의 한 줄기 푸른색과 짙은 초록의 우거진 나무들, 그리고 메모리얼 로路를 오고 가는 차들의 장면으로 바뀌었다.

케임브리지는 아침 11시였고, 가속이 붙은 병원의 하루로는 벌써 점심 시간이었다. 옆으로 날라져온 식반에는 따뜻한 사과즙과 젤로(상표명. 과일의 맛과 향을 낸 디저트용 젤리—옮긴이), 아이스크림, 그리고 차갑게 식은 구운 닭고기가 놓여 있었다. 손에 다이아몬드 약혼반지를 끼고, 간호모자 밑으로 붉은 앞머리를 내린 간호사 패티는 상냥했다. 그녀는 아시마에게 젤로와 사과즙만 먹으라고 말해주었다. 잘된 일이었다. 설사 먹으라고 했어도 아시마는 껍질이 붙은 닭고기는 입에 대지도 않았을 것이다. 미국 사람들은 닭고기를 껍질째 먹는다. 하지만 아시마는 최근에 프로스펙트 가街에서 기꺼이 껍질을 벗겨주는 친절한 푸줏간 주인을 발견했다. 패티가 들어와서 베개를 보풀리고 침대를 정돈해주었다. 애슐리 박사도 가끔 와서 들여다보았다. "걱정할 것 없어요." 아시마의 배에 청진기를 갖다대며 그는 경쾌한 목소리로 일러주었다. 그리고는 그녀가 팔에 차고 있는 수많은 팔찌에 감탄하며 손등을 두드려주었다. "모든 것이 아주 정상입니다. 아주 정상적인 분만이 되겠어요, 강굴리 부인."

그러나 아시마에게는 아무것도 정상적으로 느껴지지 않았다. 케임브리지에 도착한 이후, 지난 18개월 동안 정상적으로 느껴진 것은 아무것도 없었다. 고통 때문이 아니었다. 그건 아시마도 알고 있었다. 어떻게든 버티어낼 것이었다. 그보다는 그 결과였다. 낯선 땅에서 엄마가 될 것이라는……. 그것은 아침에 침대에서 입덧을 하고, 밤에 잠을 못 자며, 등은 묵직하게 욱신거리고, 수도 없이 화장실에 들락거려야 하는 임신과는 또 다른 일이었다. 날이 갈수록 몸이 불편해졌지만 그녀는 내내, 생명을 만들어내는 자신의 몸이 가진 능력이 놀라울 뿐이었다. 어머니, 할머니, 그리고 증조할머니 모두 한치도 다르지 않은 일을 했었다. 집에서 너무나 멀리 떨어져 있는데다 사랑하는 가족들의 보살핌도 없이 겪어낸 일이기에 더더욱 기적처럼 느껴졌다. 그러나 가족도 없고, 물정도 모르는 이곳, 이 낯선 땅에서 아이를 기른다는 것은 끔찍한 일이었다. 이곳에서의 삶이란 너무나 불확실하고 결핍된 어떤 것이었다.

"조금 걸어보면 어때요? 아마 도움이 될 거예요." 점심 식반을 치우러 온 패티가 이렇게 물었다.

이미 너덜너덜해진 잡지책 《데쉬》에서 눈을 떼어 아시마는 고개를 들었다. 이 잡지책은 보스턴으로 오는 비행기에서 읽으려고 가져왔었는데, 아직도 버리지 못하고 있었다. 벵골어가 다소 거칠게 인쇄된 페이지에서 그녀는 무한한 평온함을 느꼈다. 그동안 여기에 실린 단편소설과 시, 그리고 기사들을 열두 번도 더 읽었다. 11페이지에는 이 잡지의 삽화가인 그녀의 아버지가 펜으로 그린 잉크 소묘가 실려 있었다. 삽화는 1월의 어느 안개 낀 아침, 아파트 옥상에서 그린 북캘커타 스카이라인의 전경이었다. 아버지가 이젤 앞에 쭈그리고 앉아 그림을 그리는 동안, 아시마는 그 뒤에 서서 입에 매달린 채 타들어가던 담배와 검은색 카시미리 숄을 두른 아버지의 어깨를 지켜보았다.

"네, 그러죠." 아시마가 대답했다.

패티는 아시마가 침대에서 일어나 발을 차례로 슬리퍼에 집어넣은 다음, 나이트가운 걸치는 것을 거들어주었다. "생각해보세요." 일어서기 위해 안간힘을 쓰고 있는 아시마에게 패티가 말했다. "하루, 이틀만 지나면 몸이 반쪽이 된다구요." 병실에서 복도로 나가며 그녀는 아시마의 팔을 부축해주었다. 몇 미터 지나 아시마는 걸음을 멈추었다. 다시 밀려온 진통이 몸을 휩쓸면서 다리가 심하게 휘청거렸다. 아시마는 고개를 가로저었고, 눈에는 눈물이 가득 고였다. "못 걷겠어요."

"걸을 수 있어요. 내 손을 꼭 잡아요. 있는 힘을 다해서 꼭 잡아요."

간호사실 쪽으로 1분쯤 걸었다. "남자애였으면 좋겠어요? 아니면 여자애?" 패티가 물었다.

"손가락 열 개, 발가락 열 개만 달려 있으면 돼요." 아시마는 이렇게 답하였다. 이 해부학적인 사실이, 바로 이 생명의 징표가 아기를 품 안에 안는 것을 상상했을 때 가장 떠올리기 힘든 부분이었다. 패티가 웃음을 지었다. 그녀의 웃음이 좀 지나치다 싶은 순간, 아시마는 자신의 실수를 깨달았다. '손가락들', '발가락들'이라고 말해야 했었다. 이런 실수는 그녀에게 방금 지나간 진통만큼이나 괴로운 것이었다. 영어는 그녀의 전공이었고, 결혼하기 전까지 캘커타에서 학사 학위를 따기 위해 공부하고 있었다. 이웃에 사는 아이들에게 과외수업을 해주기도 했었다. 아이들의 집에 가서 베란다나 침대에 앉아 테니슨이나 워즈워스를 외우도록 하였고, '사인 sign'이나 '코프 cough'와 같은 단어를 어떻게 발음하는지 가르쳤다. 또 아리스토텔레스와 셰익스피어의 비극의 차이를 설명해주기도 하였다. 그러나 벵골어로 손가락은 손가락들을, 발가락은 발가락들을 뜻할 수도 있었다.

어느 날 과외수업을 마치고 집으로 돌아오니, 어머니가 문 앞에서 기다리고 계셨다. 서볼 남자가 기다리고 있으니, 곧장 침실로 가서 준비하라는 것이었다. 석 달 사이에 세번째로 보는 선이었다. 첫번째는 전처가 죽은 아이가 넷 딸린 남자였다. 두번째는 아버지가 알고 지내던 신문 만화가로, 에스플라네이드에서 버스에 치어 왼팔을 잃은 사람이었다. 다행스럽게도 이 두 사람 모두 그녀를 마다했다. 아시마는 열아홉 살이었고, 게다가 공부 중이었기 때문에 서둘러 결혼할 이유가 없었다. 순순히, 그러나 별 기대 없이 그녀는 머리를 풀어 다시 땋고, 눈 밑으로 번진 콜(동양에서 여성이 눈꺼풀 등을 검게 칠하는 데 쓰는 가루—옮긴이)을 지운 다음 벨벳으로 된 분첩으로 큐티큐라 파우더를 얼굴에 두드려 발랐다. 아시마가 주름을 잡아 페티코트 안에 집어넣어 만든 진한 초록색의 사리를 어머니가 침대 위에 꺼내어놓으셨다. 거실에 들어가기 전에 아시마는 복도에서 멈추어 섰다. 어머니의 말소리가 들렸다. "재가 요리를 아주 좋아해요. 뜨개질도 얼마나 잘하는지 몰라요. 제가 입고 있는 이 카디건을 일주일 만에 뜬 거 있죠."
　아시마는 어머니의 상술에 웃음이 나왔다. 그 카디건을 뜨는 데는 꼬박 반년이 걸렸고, 그나마 소매는 어머니가 해주어야 했다. 손님이 오시면 신발을 벗어두곤 하는 곳이 언뜻 눈에 들어왔다. 두 켤레의 차팔(인도에서 신는 가죽 샌들—옮긴이) 옆에는 캘커타의 어느 거리나 전차나 버스 안에서도 본 적이 없는, 심지어 바타의 쇼윈도에서조차 본 적이 없는 남자 신발 한 켤레가 놓여 있었다. 검은색 굽에 미색 구두끈과 스티치가 들어간 갈색 구두였다. 구두 옆에는 렌즈콩만한 구멍이 도드라지게 한 줄로 들어가 있었고, 구두 끝에는 마치 바늘로 수를 놓은 것 같은 예쁜 문양이 새겨져 있었다. 더 자세히 들여다보니 안에는 구두 상표명이 씌어져 있었다. 금박으로 새긴 글씨가 닳아서 희미해보였는데, '무엇무엇과 선즈'라고 씌어 있었다. 그리고 신발 사이즈 $8^{1}/_{2}$과, U.S.A.라는 글자도 눈에 들어왔다. 어머니가 계속 칭찬을 늘어놓고 있는 동안 아시마는 불현듯 억누르기 힘든 충동을 느꼈고, 남자의 구두 속으로 가만히 자신의 두 발을 넣어보았다. 구두 안에 가시지 않고 남아 있던 남자의 땀과 자신의 땀이 뒤섞이자 그녀의 심장은 마구 뛰기 시작하였다. 그때까지 남자의 몸에 닿은 경험으로 치자면, 이것이 아마 가장 그에 가까운 것이었으리라. 가죽엔 주름이 잡혀 있었고, 무거웠으며, 아직도 체온이 남아 따스했다. 왼쪽 구두에 묶여 있는 구두끈이 구멍 하나를 건너뛴 것이 눈에 들어왔다. 남자의 이런 작은 실수에 아시마는 이내 마음이 가라앉았다.
　아시마는 구두에서 발을 빼낸 후 거실로 들어갔다. 남자는 라탄 의자에 앉아 있었고, 그의 부모님들은 밤이면 동생이 자는 2인용 침대 끝에 걸터앉아 계셨다. 남자는 약간 통통한 편으로 학구적인 분위기였지만 아직은 앳된 얼굴이었다. 두꺼운 검은색 뿔테 안경을 걸친 코는 날카롭고 높았다. 깔끔하게 정돈된 콧수염이 턱수염으로 이어져 있었는데, 이 때문인지 고상하고 귀족적인 분위기까지 풍겼다. 그는 갈색 양말에 갈색 바지, 그리고 녹색과 흰색 줄무늬가 섞인 셔츠를 입고 무표정하게 무릎을 내려다보고 있었다.

그녀가 들어갔을 때도 그는 고개를 들지 않았다. 거실을 가로지르는 그녀를 쳐다보는 듯한 그의 시선을 느꼈지만, 다시 한 번 그를 훔쳐보았을 때 그는 이미 시선을 거두어 무릎 위에 고정시킨 다음이었다. 그는 말을 할 것처럼 목을 가다듬었지만 아무 말도 하지 않았다. 대신 말을 시작한 것은 그의 아버지였다. 남자는 세인트 자비에스를 나와 벵골 공학대학에 다녔는데, 모두 수석으로 졸업했다고 하였다. 아시마는 자리에 앉아 사리에 잡힌 주름을 폈다. 어머니가 눈짓으로 마음에 든다는 신호를 보내왔다. 아시마는 벵골 여자치고는 큰 편으로, 165센티미터에 몸무게는 45킬로그램이었다. 그녀는 피부색이 옅은 인도인치고는(인도는 피부색과 얼굴 생김에 따라 계급이 나뉘어진다. 피부색이 옅고 생김이 백인에 가까울수록 상위층이라 할 수 있다—옮긴이) 까무잡잡한 편에 속했는데, 적어도 한 번 이상 영화배우 마다비 무커지와 닮았다는 말을 들었다. 손톱은 감탄이 나올 정도로 길었으며, 손가락은 아버지를 닮아 예술가의 손처럼 가늘고 길었다. 그들은 그녀가 하는 공부에 대해 물어보았고, 「수선화」(윌리엄 워즈워스의 시—옮긴이)의 몇 구절을 암송해보라고도 하였다. 남자의 가족은 알리포리에 살고 있었으며, 그의 아버지는 선박회사의 관세부에서 근무하는 직원이었다. "우리 아들은 외국에서 산 지 2년 됐습니다. 보스턴에서 박사과정을 밟고 있고, 광학섬유 분야를 공부하고 있어요." 그의 아버지가 말했다. 아시마는 보스턴도, 광학섬유란 말도 들어본 적이 없었다. 그들은 비행기를 타고 가는 것이 괜찮은지, 또 춥고 눈이 많은 겨울로 유명한 도시에서 혼자 살아갈 수 있겠는지를 그녀에게 물었다.

"저 사람이 같이 있을 것 아닌가요?" 그녀는 조금 전에 잠깐 신어보았던 구두의 주인공을 가리키며 물었다. 그러나 남자는 아직 그녀에게 한마디 말도 없었다.

그의 이름을 안 것은 약혼한 다음이었다. 그로부터 1주일 후 청첩장을 인쇄했고, 2주일 후에는 셀 수 없을 정도로 많은 숙모들과 이모들, 그리고 사촌들에게 둘러싸여 그들이 입혀주는 옷을 입고 치장을 하였다. 아시마 강굴리가 되기 전, 아시마 바두리로서의 마지막 순간이었다. 입술은 어두운 색으로 칠했고, 눈썹과 볼에는 샌달우드 반죽으로 점을 찍었다. 꽃으로 묶어 머리를 올렸는데, 실핀을 백 개쯤 꽂아 머리를 고정시켰기 때문에 결혼식이 끝나고 머리를 내리려면 한 시간쯤 걸릴 것이었다. 머리에는 진홍색 망사가 씌워졌다. 그렇게 핀을 많이 꽂았지만 공기가 습했기 때문에 사촌들 중에서도 가장 머리카락이 굵었던 아시마의 머리는 그대로 있지 않았다. 아시마는 온갖 목걸이란 목걸이, 팔찌란 팔찌는 모두 하고 있었는데, 앞으로 미국에 가면 이 장신구들은 뉴잉글랜드 은행의 대형 금고에 넣어져 빛을 볼 날이 없을 것이다. 시간이 되자 그녀는 아버지가 직접 꾸민 5피트 높이로 들어 올려진 가마에 앉아 신랑이 있는 곳으로 실려갔다. 신부의 얼굴은 하트 모양의 비틀 잎사귀로 가려졌고, 신랑의 주위를 일곱 바퀴 돌 때까지 고개를 숙이고 있었다.

8천 마일이나 떨어진 케임브리지에 와서야 그녀는 남편을 조금씩 알게 되었다. 저녁때면 남편이 좋아해주기를 바라며 요리를 했다. 설탕, 밀가루, 쌀, 소금은 무한정으로 쓸 수 있는데다 놀랄 정도로 깨끗하고 새하얘서, 집으로 보내는 첫 편지에서 어머니에게 이 얘기를 했을 정도였다. 이제 그녀는 남편이 음식을 좀 짜게 먹는 편이라는 것과, 양고기 카레에 넣은 감자를 좋아한다는 것, 그리고 저녁 식사를 끝낼 때는 밥과 달(렌즈콩과 향료를 사용한 인도 요리—옮긴이)을 조금 먹어 입가심한다는 것을 알았다. 밤이면 가만히 옆에 누워 그녀의 하루 일과를 들어주었다. 매사추세츠 로를 산책한 일이며, 들렀던 상점 얘기, 하레 크리슈나 신자들이 안내 책자를 권하며 귀찮게 한 일, 하버드 광장에서 피스타치오 아이스크림을 사먹은 일 따위였다. 그는 얼마 되지 않는 대학원생 월급을 모아 두어 달에 한 번씩 아버지께 보내드렸다. 부모님이 사시는 집을 증축하는 데 보탬이 되기 위해서였다. 남편은 또 옷에 관해 무척 세심했다. 첫번째 부부 싸움도 아시마가 세탁기에 넣고 돌려버림으로써 줄어든 스웨터 때문에 일어났다. 학교에서 집으로 돌아오면 제일 먼저 하는 일이 셔츠와 바지를 옷걸이에 걸고 허리에 끈이 달린 파자마로 갈아입는 것이었다. 추우면 그 위에 스웨터를 덧입었다. 일요일에는 구두약으로 세 켤레의 구두, 곧 검은색 두 켤레와 갈색 한 켤레를 한 시간 정도 닦았다. 갈색 구두는 그가 그녀를 처음 만나러 올 때 신었던 것이었다. 바닥에 신문지를 깔고는 양반다리를 하고 앉아 열심히 구두를 솔질하는 그를 볼 때마다, 친정집 복도에서 그녀가 범했던 점잖지 못한 일이 떠올랐다. 아직도 그 순간을 생각하면 가슴이 서늘해지곤 하였다. 이제 밤마다 무슨 얘기든 하는, 삶을 나누는 사이가 되었지만 이 일만은 그에게 비밀이었다.

병원의 다른 층에 있는 대기실에서 아쇼크는 옆자리에 누군가 놓아두고 간, 한 달이 지난 《보스턴 글로브》지를 몸을 구부려 읽고 있었다. 시카고에서 있었던 민주당 전국대회에서 일어난 소동과, 소아과 의사인 벤자민 스폭 박사가 징병 회피자들의 상담을 해주겠다고 했다가 2년 징역형을 받은 소식 등이 실려 있었다. 그가 손목에 찬 파브르 루바 시계는 벽에 걸린 커다란 회색 시계보다 6분이 빨랐다. 새벽 4시 30분이었다. 한 시간 전까지 아쇼크는 집에서 깊이 잠들어 있었다. 아시마가 자는, 침대의 다른 반쪽은 밤늦게까지 채점하던 시험지들로 덮여 있었다. 그때 전화벨이 울렸다. 산모가 자궁문이 완전히 열려 분만실로 옮겨졌다고, 전화선 반대쪽 사람이 말해주었다. 병원에 도착하니, 분만 중이므로 곧 끝날 거라고 하였다. 곧 끝난다고. 싸락눈이 창문을 세차게 때리던 강철같이 하얀 어느 겨울날 아침, 아시마는 마시던 차를 뱉으며 그가 설탕 대신 소금을 넣었다고 투덜댔었다. 아쇼크는 그럴 리 없다면서 그녀가 들고 있던 찻잔에 담긴 달콤한 액체를 한 모금 마셔보기까지 했지만, 아시마는 끝까지 차가 쓰다고 우기며 결국 싱크대에 쏟아버렸다. 이것이 의심이 생기게 한 첫번째 사건이었고, 나중에 의사가 확인해주었다. 그리고 그는 아침마다 그녀가 이를 닦다가 구역질하는 소리에 잠을 깨게 되었다. 아쇼크는 학교에 가기 전, 언제나 축 처져 말없이 누워 있는 그녀의 침대 옆에 차 한 잔을 놓아두었다. 저녁때 집으로 돌아오면 아시마는 그 자세로 침대에 누워 있었고, 찻잔 역시 손댄 흔적 없이 그대로 놓여 있었다.

이제 그가 차 한 잔 생각이 간절했다. 집을 나올 때 차 한 잔 끓여 마시지 못했었다. 복도에 있는 자동판매기에는 종이컵에 나오는 커피밖에 없었다. 그나마도 미지근했다. 아쇼크는 캘커타의 안경점에서 산 두꺼운 뿔테 안경을 벗은 후 주머니에 항상 넣고 다니는 면손수건을 꺼내 렌즈를 닦았다. 손수건에는 그의 어머니가 하늘색 실로 수놓은 아쇼크의 앞자인 A가 새겨져 있었다. 보통 이마에서 뒤로 가지런히 빗어 넘겨져 있던 그의 검은 머리는 흐트러졌고, 군데군데 뻗쳐 있기까지 했다. 아쇼크는 다른 예비 아빠들처럼 일어서서 왔다갔다하기 시작했다. 이제까지 대기실 문은 두 번 열렸었는데, 한 간호사가 그들 중의 한 명에게 아들인지 딸인지를 낳았다고 알려주었다. 모두들 한차례의 악수와 함께 아기 아빠의 등을 두드려주었다. 그리고 나면 누군가 아기 아빠를 데리고 갔다. 대기실의 남자들은 시가나 꽃, 주소록, 샴페인 등을 손에 들고 기다렸다. 그들은 담배를 피우고 대기실 바닥에 재를 떨었다. 아쇼크는 이런 유類의 탐닉에 관심이 없었다. 그는 담배를 피우지 않았고, 술도 전혀 입에 대지 않았다. 집안에서 주소록을 관리하는 사람은 아시마였고, 핸드백 안에 넣고 다니는 작은 수첩이 그녀의 주소록이었다. 그리고 아시마에게 꽃을 사다줘야겠다고 생각한 적은 한 번도 없었다.

아쇼크는 다시 《글로브》지를 펴들었다. 읽으면서도 왔다갔다하는 것을 멈추지 않았다. 약간 저는 다리 때문에, 걸음을 옮길 때마다 아쇼크의 오른발은 거의 눈에 띄지 않을 정도로 땅에 끌렸다. 어렸을 때부터 걸어다니면서 책을 읽는 것은 그의 습관이었고, 이것은 남다른 능력이었다. 학교에 갈 때나, 알리포리에 있는 부모님의 3층집에서 다른 방으로 건너갈 때, 그리고 붉은 점토로 만들어진 계단을 오르내릴 때도 한 손에는 책을 들고 있었다. 옆에서 무슨 일이 일어나도 몰랐고, 한눈을 팔지도 않았으며, 걷다가 비틀거리는 일조차 없었다. 그는 10대가 지나기 전에 디킨스를 섭렵했다. 그레엄 그린이나 서머셋 몸 같은 최근 작가들의 작품도 읽었다. 이것들 모두 두르가 푸조(벵골 사람들에게 가장 중요한 축제 중 하나로, 두르가 여신이 악을 멸한 날을 기념—옮긴이) 때 쓸 돈으로 칼리지 가街에 있는 그가 즐겨 찾는 가판대에서 샀다. 그러나 그 중에서도 그가 가장 좋아한 것은 러시아 작가들이었다. 캘커타 대학에서 유럽 문학을 가르치던 그의 친할아버지는 아쇼크가 어렸을 때부터 이 작가들의 영어 번역을 소리내어 읽어주곤 하셨다. 매일 차 마실 시간이 되면 동생들은 밖에서 카바디나 크리켓을 하며 뛰어놀았지만, 그는 할아버지 방으로 건너갔다. 발목을 포갠 채 침대 위에 반듯이 드러누운 할아버지는 책을 가슴팍에 펼쳐 세워놓고 읽어주곤 하셨다. 그리고 아쇼크는 한 시간 남짓 그 옆에 몸을 동그랗게 말아 누워 있곤 하였다. 이 한 시간 동안 아쇼크에게는 그를 둘러싼 세상이 보이지도, 들리지도 않았다. 옥상에서 뛰노는 동생들의 웃음소리도 들리지 않았고, 할아버지가 책을 읽고 계신 조그맣고 먼지 낀 지저분한 방도 보이지 않았다. "러시아 작가들의 책을 읽어라. 읽고 나면 다시 읽어라. 널 절대로 저버리지 않을 거다." 할아버지는 이렇게 말씀하셨다. 어느 정도 영어 실력이 되면서부터 아쇼크는 혼자서 책을 읽기 시작하였다. 『카라마조프의 형제』, 『안나 카레니나』 그리고 『아버지와 아들』을 읽은 것은, 세상에서 가장 시끄럽고 복잡한 초우링히와 가리아핫 거리를 걸으면서였다. 한 번은 어린 사촌동생이 그를 흉내내다가 아쇼크네 집 붉은 점토 계단에서 넘어져 팔 하나가 부러졌다. 아쇼크의 어머니는 큰아들이 언젠가는 『전쟁과 평화』에 코를 박고 있다가 버스나 전차에 치이고 말 것이라고 생각하였다. 죽는 순간까지도 손에서 책을 놓지 않을 거라고 말이다.
　어느 날, 그러니까 1961년 10월 20일 이른 아침, 그 일이 정말로 일어날 뻔했다. 아쇼크는 스물두 살이었고, 벵골 공대에 다니고 있었다. 그는 명절에 할아버지댁에 가기 위해 83번 상행 하우라-랜치 특급열차를 타고 있었다. 할아버지는 대학에서 은퇴하신 후 캘커타에서 잠세드푸르로 이사를 가셨다. 아쇼크는 명절에 집을 떠나본 적이 없었다. 그러나 할아버지는 최근에 실명失明하신데다 아쇼크가 한번 다녀갈 것을 특별히 부탁하셨다. 오전에는 『더 스테이츠맨』(인도에서 발간되는 주요 영자 일간지—옮긴이)을, 오후에는 도스토예프스키와 톨스토이를 그에게 읽어달라고 하신 것이다. 아쇼크는 할아버지의 부르심에 기꺼이 응낙하였다. 여행용 가방은 두 개를 챙겼다. 하나는 옷가지와 선물이 담겨 있었고, 다른 하나는 빈 것이었다. 할아버지는 이번에 아쇼크가 올라오면 유리문이 달린 책장 안에 모셔놓은 책들, 그러니까 할아버지가 평생 동안 수집하여 자물쇠로 잠가 보관하던 책들을 그에게 물려주겠다고 말씀하셨던 것이다. 아쇼크가 어릴 적부터 이 책들은 그에게 약속된 것이었고, 그가 기억하는 한 아주 어렸을 때부터 그는 이 책들을 세상 어느 것보다 탐내왔었다. 최근 몇 년에 걸쳐, 생일과 또 다른 특별한 날에 그는 이미 그 가운데 몇 권을 선물로 받았다. 그러나 그 나머지를 물려받는 날이 막상 찾아오니, 할아버지가 더 이상 책을 읽을 수 없는 날이 오니 그는 슬퍼졌다. 빈 가방을 좌석 밑에 밀어 넣으면서, 아쇼크는 무게가 없는 가방 때문에 심란스러웠다. 돌아오는 길에는 빈 가방을 꽉 차게 만들 이 모든 사정이 못내 안타까웠던 것이다.

그가 이번 여행을 위해 챙긴 책은 두꺼운 장정을 씌운 『니콜라이 고골리의 단편 모음집』이었다. 그가 12학년을 졸업할 때 할아버지께서 주신 책이었다. 제목이 들어간 첫 장에 있는 할아버지의 서명 밑에, 아쇼크도 자신의 서명을 써넣었다. 아쇼크가 이 책을 유난히 좋아했기 때문에 얼마 전 책등은 찢어져버리고 말았고, 그 바람에 책은 두 동강 나기 직전이었다. 이 책에서 그가 제일 좋아하는 작품은 마지막에 실려 있는 「외투」였다. 귀청이 찢어지도록 날카로운 비명 같은 소리를 길게 끌며 기차가 하우라 역을 출발할 때 읽기 시작한 것도 바로 이 작품이었다. 부모님과 여섯 동생들이 모두 역에 배웅을 나왔었다. 그들은 창문 밖 먼지로 자욱한 긴 플랫폼에 옹기종기 서서 마지막 순간까지 손을 흔들어주었다. 「외투」는 셀 수 없을 정도로 여러 번 읽어서, 어떤 문장과 단락은 머릿속에 박혀 외울 수 있을 정도였다. 읽을 때마다 아쇼크는 이 부조리하고 비극적인,

그러나 이상하게 사람의 마음을 움직이는 이야기에 매료당하고 말았다. 소설의 주인공인 아카키 아카키예비치는 가난하였고, 사람들의 조롱을 견뎌내면서 다른 사람들이 쓴 문서를 베껴 쓰는 일을 하며 살아가고 있었다. 아쇼크의 아버지도 처음에는 보잘것없는 사무원이었기에 불쌍한 아카키에게 더욱 마음이 갔다. 아카키의 세례식이 나오는 장면을 읽을 때마다, 아카키의 어머니가 이상한 이름들을 줄줄이 퇴짜 놓는 장면을 읽을 때마다 아쇼크는 소리를 내어 웃곤 했다. 그는 재봉사인 페트로비치의 엄지발가락을 묘사할 때, '그 일그러진 발톱은 거북이 등껍질처럼 두껍고 단단하였다'라고 하는 부분에서는 진저리를 치기도 했다. 소중한 외투를 도둑맞던 날 밤, 아카키가 먹던 차가운 송아지 요리와 크림 페이스트리, 그리고 샴페인을 생각하면 그런 음식을 먹어본 적이 없음에도 아쇼크의 입에는 군침이 돌았다. '으스스한 사막처럼 생긴 광장'에서 외투를 도둑맞은 아카키가 춥고 연약하게 홀로 남겨질 때 아쇼크의 가슴은 무너져 내렸고, 몇 페이지 지나 아카키가 죽을 때면 예외없이 그의 눈에는 눈물이 고였다. 어떤 면에서 이야기는 읽을수록 이해하기가 더 힘들었다. 그토록 생생하게 머릿속에 떠올렸던 이야기는, 완벽하게 자기 것이 되었다고 생각했던 장면들은 갈수록 감이 잡히지 않는 심오한 어떤 것이 되어갔다. 아카키의 혼령이 책의 마지막 페이지를 떠돌듯, 아쇼크의 영혼 깊숙한 어딘가에서도 떠나지 않고 있었다. 그곳으로부터 이 세상의 불합리하고 불가피한 모든 것에 한 가닥 빛을 비추어주고 있는 듯이.

창밖의 풍경은 빠른 속도로 까맣게 변해갔지만 하우라 시의 점점이 빛나는 불빛만이 어둠을 비집고 반짝이고 있었다. 그는 냉방장치가 있는 객차 뒤, 일곱번째 보기차의 이등 침실칸에 타고 있었다. 때가 때인 만큼 명절을 쇠러 가는 가족들로 열차는 여느 때보다 붐볐고, 또 소란스러웠다. 어린아이들은 제일 좋은 옷을 골라 입었고, 꼬마 여자아이들은 울긋불긋한 리본으로 머리를 묶었다. 역에서 떠나기 전 저녁을 먹었지만, 밤에 엄습할지도 모르는 허기에 대비해 어머니가 싸주신 4단짜리 도시락이 그의 발밑에 놓여 있었다. 그가 탄 기차칸에는 세 명이 더 타고 있었다. 그 중 두 명은 중년의 비하르인 부부로, 대화를 엿듣자니 금방 큰딸을 결혼시킨 듯하였다. 그리고 다른 한 명은 양복에 넥타이 차림의 배가 좀 튀어나온 친절한 중년 벵골인 사업가로, 이름은 고쉬였다. 고쉬는 아쇼크에게 2년간 영국에서 지내다가 최근에 인도로 돌아왔으며, 돌아온 이유는 그의 부인이 외국 생활을 도저히 견뎌내지 못한 때문이었다고 말해주었다. 고쉬는 영국에 대하여 경외심에 찬 찬사를 아끼지 않았다. 불빛에 반짝이는 텅 빈 거리와 윤나게 닦인 검은색 차들, 어슴푸레하게 빛나던 하얀 집들은 마치 꿈속에서 보는 것 같았다고 했다. 기차는 제시간에 출발하고 도착하였으며, 인도에 침을 뱉는 사람은 아무도 없었다고 하였다. 그의 아들이 태어난 곳도 영국 병원에서였다.

"세상 구경은 많이 했는가?" 고쉬가 신발끈을 풀고는 침대 위에 책상다리를 하고 앉으며 아쇼크에게 물었다. 그는 겉옷 주머니에서 던힐 담배 한 갑을 꺼내어, 기차칸에 있는 사람들에게 모두 권하였다. 그리고 담배 한 개비를 꺼내 입에 물었다.

"델리에 한 번 간 적이 있습니다. 그리고 최근에는 잠셰드푸르에 1년에 한 번꼴로 갑니다." 아쇼크가 대답하였다.

고쉬는 창밖으로 팔을 뻗어, 발갛게 타들어가는 담배를 밤 속으로 털어내었다. "이 세상 말고"라고 말하며, 그는 기차의 내부를 마음에 차지 않는다는 듯 흘긋 둘러보았다. 그리고는 창 쪽으로 머리를 까닥하며, "영국, 미국 이런 곳 말일세"라고 덧붙였다. 마치 지금 지나치는 작은 도시들이 그런 나라들로 변했기라도 한 듯이. "그런 곳에 가볼 생각은 있는가?"

"교수님께서 가끔 말씀은 하십니다만, 전 가족이 있어서요." 아쇼크가 말했다.

"벌써 결혼했나?" 고쉬가 얼굴을 찡그리며 말했다.

"그건 아니고요. 부모님과 여섯 동생이 있습니다. 제가 맏이입니다."

"그리고 몇 년 안에 결혼을 할 테고, 부모님을 모시고 살게 되겠군." 고쉬가 넘겨짚었다.

"아마도 그렇게 되겠지요."

고쉬는 머리를 좌우로 흔들었다. "자네는 아직 젊네. 자유롭다고." 그는 강조하느라 양손을 벌리며 말했다. "자네를 위해서 하는 말인데, 더 늦기 전에 복잡하게 생각 말고, 베개 하나에 담요 한 장 챙겨서 가능한 한 많은 세상을 보고 오게나. 후회하지 않을 걸세. 언젠가는 너무 늦고 말 거야."

"할아버지께서는 그게 바로 책을 읽는 이유라고 항상 말씀하셨는데요." 아쇼크가 그 틈을 타 손에 쥔 책을 펴들며 이렇게 말했다. "한 발짝도 움직이지 않고 여행할 수 있으니까요."

"사람마다 사는 방식이 다른 법이지." 고쉬가 말했다. 그는 공손히 머리를 한쪽으로 기울이면서, 타다 남은 담배꽁초를 손가락에서 떨어뜨렸다. 고쉬는 발 옆에 놓인 가방으로 손을 뻗어 수첩을 꺼냈다. 그리고 10월 20일이 표시된 페이지를 펼쳤다. 페이지는 비어 있었는데, 그는 만년필의 뚜껑을 자못 엄숙한 동작으로 열더니, 그 위에 이름과 주소를 적었다. 그리고는 페이지를 찢어내어 아쇼크에게 건네주었다. "마음이 바뀌거든, 그리고 도움이 필요하면 내게 연락하게나. 난 톨리군지에 산다네. 트램 정거장 바로 뒤야."

"감사합니다"라고 말하고, 아쇼크는 종이를 접어 책 뒤에 끼워 넣었다.

"카드 한 판 어떤가?" 고쉬가 제안하였다. 그는 양복 주머니에서 낡은 카드 한 벌을 꺼냈다. 카드 뒷면에는 빅 벤의 사진이 들어가 있었다. 아쇼크는 정중하게 거절하였다. 카드놀이에 대해서는 아는 것이 없는데다 책을 읽는 편이 더 좋았다. 승객들은 하나 둘 복도에 나가 이를 닦고 돌아와서는 잠옷으로 갈아입은 다음, 각자의 침대 둘레로 커튼을 친 후 잠자리에 들었다. 고쉬는 자청하여 이층에 있는 침대를 택하였고, 맨발로 사다리를 딛고 올라가 양복을 얌전히 개어서 치워두었다. 그래서 창문은 아쇼크의 것이 되었다. 비하르인 부부는 상자에서 과자를 꺼내어 나누어먹고, 입을 대지 않은 채 같은 잔으로 물을 마셨다. 전등의 스위치를 내린 후 머리는 모두 벽쪽으로 돌린 채, 그들 역시 잠자리에 들었다.

아쇼크만이 아직도 옷을 입고 앉아 책읽기를 계속하였다. 작은 전구 하나가 그의 머리 위에서 희미한 빛을 발하고 있었다. 그는 가끔 고개를 들어 열린 창문 밖으로 칠흑같이 어두운 벵골의 밤을 바라보았다. 야자수와 집들의 단순한 외곽선만이 희미하게 눈에 들어왔다. 그는 바랜 책장을 조심스럽게 넘겼다. 몇 군데는 살짝 벌레가 먹어 있었다. 증기기관이 자신있다는 듯, 기운찬 기적 소리를 내며 연기를 내뿜었다. 기차 바퀴가 그의 가슴 밑바닥에서 거칠게 덜커덩거렸다. 기관차의 굴뚝에서 튄 불똥이 창밖으로 떨어졌다. 그의 얼굴과 눈꺼풀, 팔과 목에 검댕이가 한 겹 얇게 달라붙었다. 아쇼크가 도착하자마자 할머니는 마르고 비누로 몸을 닦으라고 하실 것이다. 옷으로 인한 아카키 아카키예비치의 수난과, 바람이 심한 상트 페테르부르크의 하얀 눈으로 뒤덮인 널찍한 거리에 완전히 몰입해 있는 그는, 언젠가 자신도 눈이 많은 곳에 살게 될 것이라는 사실은 까맣게 모르고 있었다. 이미 새벽 2시 30분이 지나 있었고, 이제 기차 안에는 깨어 있는 사람이 얼마 되지 않았다. 그 중 한 명인 아쇼크는 계속 책에 열중해 있었다. 기관차와 일곱 개의 객차가 광궤의 철로에서 탈선한 것은 바로 그때였다. 폭탄이 '쾅' 하고 터지는 소리가 났다. 앞부터 네 개의 객차는 철길 옆 도랑에 빠지며 전복되었고, 일등칸과 냉방칸이 있는 다섯번째와 여섯번째 객차는 서로 충돌하면서 포개어져, 자고 있던 승객들의 목숨을 앗아갔다. 아쇼크가 타고 있던 일곱번째 차는 충돌하는 속도 때문에 들판으로 날아가 떨어지면서 역시 전복되었다. 사고는 캘커타에서 209킬로미터 떨어진 갓실라와 달붐가르 역 사이에서 일어났다. 차장의 비상용 무선전화는 작동이 되지 않았다. 사고가 난 지점으로부터 거의 5킬로미터를 뛰어 갓실라에 도착해서야 구호를 요청하는 첫 메시지를 송신할 수 있었다. 구조요원들은 한 시간 이상이 지난 후 도착했는데, 손에는 객차에서 시신들을 끌어내기 위해 필요한 손전등과 삽, 도끼가 들려 있었다.

아쇼크의 머릿속에는 살아 있는 사람 없냐고 소리치던 그 목소리가 지금까지 생생하였다. 소리를 질러 대답하려 했으나 그의 입에서는 끽끽거리는 소리만 힘없이 흘러나올 뿐이었다. 또 그의 옆에서 반쯤 죽어가고 있던 사람들의 신음소리, 기차의 벽을 두드리는 소리, 도움을 요청하는 가느다란 쉰 목소리, 같이 다친 채 갇혀 있는 사람들에게나 겨우 들릴 듯한 말소리들을 기억하고 있었다. 그의 가슴팍과 오른팔은 피로 흥건했으며, 몸의 일부가 창밖으로 밀려나와 있었다. 처음 몇 시간 동안은 아무것도 보이지 않았기 때문에 뵈러 가는 중이었던 할아버지처럼 눈이 멀어버린 게 아닌가, 하는 생각도 들었다. 타오르는 불길이 내뿜던 코를 찌를 듯한 냄새와, 윙윙거리던 파리떼와, 울고 있는 아이들과, 혀끝에 느껴지던 피와 흙먼지의 맛도 기억하고 있었다. 그들은 들판 어딘가에 있었다. 마을 사람들과 경찰관들, 그리고 몇 명의 의사들이 그 주변을 빙빙 돌며 수색작업을 벌이고 있었다. 죽어가고 있다는 생각, 아니 어쩌면 이미 죽어버렸는지도 모른다는 생각이 들었다. 하반신에는 감각이 없어서, 고쉬의 잘린 팔다리가 그의 다리 위를 덮고 있는 것조차 모르고 있었다. 마침내 아쇼크는 아직도 하늘에 머물고 있던 달과 별들, 그리고 여명의 차갑고 냉정한 푸른 기운을 보았다. 그의 손에서 튕겨져 나간 책은 기차로부터 몇 미터 떨어진 곳에서 두 쪽으로 갈라져 나부끼고 있었다. 탐색 전등에서 나온 빛이 잠시 책장을 비추었고, 그것이 한순간 구조요원의 주의를 끌었다. "여긴 아무것도 없는데." 아쇼크는 누군가 이렇게 말하는 것을 들었다. "그럼 계속 가자구."

그러나 전등에서 흘러나온 빛이 잠시 머뭇거렸고, 그 사이에 아쇼크는 간신히 손을 들어 올릴 수 있었다. 몸 안에 미미하게 남아 있던 생명의 기운을 모두 소모하여 이루어낸 몸짓이었다. 그는 아직도 「외투」의 한 페이지를 주먹 안에 꽉 쥐고 있었다. 손을 들어 올리면서 종이뭉치가 손가락 사이로 떨어졌다. "잠깐만!" 하고 소리치는 목소리가 아쇼크에게 들려왔다. "저 책 옆에 있는 사람, 방금 움직였어."

아쇼크는 사고 잔해에서 끌어내어져 들것에 실렸고, 병원이 있는 타타나가행 기차로 수송되었다. 골반뼈와 오른쪽 넓적다리뼈, 오른쪽 갈비뼈 석 대가 부러져 있었다. 그의 인생에서 그 1년간은 반듯이 누워서 지내야 했고, 뼈들이 제대로 붙을 때까지는 될 수 있는 한 움직이지 않는 게 좋았다. 오른쪽 다리는 영구히 마비될지도 몰랐다. 그는 곧 캘커타 의대로 옮겨졌고, 그곳에서 골반을 나사 두 개로 조이는 시술을 받았다. 그리고 12월에 퇴원하여 알리포리에 있는 부모님의 집으로 돌아갔다. 네 명의 남동생들이 어깨 위에 그를 시체처럼 들어 올린 채 정원을 지나 붉은 점토 계단을 올라갔다.

하루에 세 번씩 누군가 먹여주는 밥을 받아먹었다. 소변과 대변은 양철통으로 받아내었다. 의사들과 병문안하는 사람들이 오고 갔고, 잠세드푸르에 사시는 눈먼 할아버지까지 다녀가셨다. 가족들이 오려놓은 신문기사의 사진에는 산산이 부서진 기차의 잔해가 하늘을 배경으로 마구잡이로 쌓아 올려진 모습과, 주인을 잃은 물건 위에 앉아 있는 경비원들의 모습이 보였다. 주 선로로부터 몇 미터 떨어진 곳에서 이음매 판과 볼트가 발견된 것으로 보아, 사보타주가 아닐까라는 의심을 낳았으나 차후 확인된 바 없다는 것도 알게 되었다. 시체들은 형체를 알아볼 수 없을 정도로 여기저기 잘려 있었다. '명절 인파, 죽음과 회합하다.'《인디아 타임스》는 이렇게 적고 있었다.

처음에는 하루 종일 침대 위에 누워 천장에 매달린 선풍기만 뚫어지게 쳐다보곤 했다. 베이지색 날개가 세 개 달린 선풍기는 가장자리에 때가 끼어 있었다. 선풍기가 돌아갈 때면 뒷벽에 걸어놓은 달력의 위쪽 끄트머리에서 사각사각 벽을 긁는 소리가 들렸다. 고개를 오른쪽으로 돌리면 창문이 눈에 들어왔다. 창턱에는 먼지 낀 데톨(항생제로 유명한 제약회사 이름—옮긴이) 한 병이 놓여 있었다. 창문이 열려 있을 때는 집을 둘러싼 콘크리트 담벼락과 그 위를 쏜살같이 가로지르는 연한 갈색의 도마뱀이 보였다. 밖에서는 끊임없이 어떤 소리가 들려왔다. 발자국 소리, 자전거 종소리, 쉬지 않고 까악까악거리는 까마귀 울음소리, 택시는 들어올 수 없는 좁은 골목길에서 울리는 자전거 인력거의 종소리······우물에서 펌프질하여 물을 물동이에 담는 소리도 들렸다. 해질 무렵이면 옆집에서 소라껍질을 부는 소리가 들렸다. 기도할 시간을 알리는 소리였다. 열린 하수구에서 번들거리는 초록색의 오물이 수거되는 것을 볼 수는 없었지만 냄새로 알 수 있었다. 집 안에서의 삶은 계속되었다.

아버지는 직장을, 동생들은 학교를 오갔다. 어머니는 부엌에서 일을 하다가 수시로 그를 들여다보곤 하셨다. 어머니의 치맛자락에는 투메릭 가루가 묻어 있었고, 가정부는 하루에 두 번씩 양동이에 담은 걸레를 짜서 마루를 닦았다.

낮에는 진통제 때문에 비몽사몽이었다. 밤에는 아직도 기차 안에 갇혀 있는 악몽에 시달리곤 했다. 그러나 그보다 더 견디기 힘든 것은 사고가 일어나기 전 시절의 꿈을 꿀 때였다. 꿈에서는 멀쩡히 거리를 걸어다니고, 목욕을 하고, 마루에 책상다리를 하고 앉아 음식을 먹었던 것이다. 그리고 다시는 이렇게 될 수 없다는 절망적인 확신에 젖어서 온몸이 땀으로 흥건한 채 울다가 잠에서 깨는 것이었다. 악몽을 피하기 위해 아쇼크는 늦도록 책을 읽기 시작했다. 움직일 수 없는 그의 몸은 밤에 더 불편하였다. 그러나 머릿속은 맑고 영민하였다. 하지만 그렇기에 더욱더 할아버지가 그의 머리맡에 두고 가신 러시아 소설이나 다른 어떤 소설도 읽을 수가 없있다. 그 책들은 아쇼크가 한 번도 가본 적이 없는 나라를 배경으로 하고 있었고, 이것이 그가 움직일 수 없는 몸이라는 사실만을 되새기게 할 뿐이었다. 대신 그는 수업에서 뒤지지 않기 위해 공학책을 읽었다. 전등 불빛 아래서 열심히 방정식을 풀었다. 이렇게 조용한 시간이 되면 그는 고쉬가 생각나곤 했다. "베개 하나에 담요 한 장만 챙기라구." 이렇게 말하는 고쉬의 목소리가 들려오는 듯했다. 고쉬가 수첩 한 장을 찢어 주소를 적어주었던 것도 기억났다. 톨리군지에 있는 트램 정거장 뒤 어딘가라고 했었다. 이제는 미망인과 아버지를 잃은 아들만이 사는 집이 되었을 것이다. 가족들은 매일같이 아쇼크의 기운을 북돋워주기 위해, 누가 도와주지 않고도 설 수 있고 방을 걸어다닐 수 있는 앞날에 대해 이야기하였다. 아버지와 어머니는 매일같이 이날을 위해 기도하셨고, 어머니는 이날을 위해 수요일에 고기 먹는 것을 포기하셨다. 그런데 이렇게 몇 달이 지나면서 아쇼크는 다른 종류의 미래를 떠올리기 시작하였다. 걸을 뿐 아니라 걸어서 떠나가는 것, 그가 태어났고 거의 죽을 뻔했던 곳으로부터 될 수 있는 한 멀리 떠나가는 것을 상상하였다. 이듬해 그는 지팡이를 짚고 걸을 수 있게 되었고, 복학을 했으며, 이내 학교를 졸업하였다. 그리고 부모님께는 말씀드리지 않고, 공학 공부를 계속하기 위해 외국 유학을 지원하였다. 전액 장학금을 받고 학교에 입학하게 되고 나서야, 손에 여권까지 받아 들고 나서야 부모님께 이 계획을 말씀드렸다. "자식을 두 번씩이나 잃을 수는 없다." 놀라 넋이 나간 아버지가 극구 반대하셨다. 동생들도 울면서 말렸다. 어머니는 아무 말씀 없이, 꼬박 3일 동안 음식을 입에 대지 않으셨다. 이 모든 만류에도 불구하고 그는 떠났다.

  그로부터 7년이 지난 지금까지도 섬뜩한 망령 같은 기억들이 그의 주변을 떠나지 않고 맴돌았다. MIT 공대 건물에서 교내 우편함으로 뛰어가는 모퉁이에 도사리고 있기도 했고, 저녁에 밥을 먹기 위해 몸을 구부릴 때, 밤에 아시마의 팔다리에 몸이 닿을 때 그의 어깨 위에 떠 있기도 하였다. 그의 인생에서 전환점을 맞을 때마다, 결혼식 때 아시마의 뒤에 서 있을 때나—아시마의 허리에 팔을 두르고 튀긴 쌀을 불에 쏟아 부으면서 그녀의 어깨너머를 바라보았다—미국에 처음 도착해서 눈으로 뒤덮인 회색의 작은 도시를 바라볼 때나 그는 끝끝내 그 이미지들을 떨쳐내지 못했다. 뒤틀리고 부서진 채 전복된 객차와 그 밑에 비틀어져 깔린 그의 몸, 듣기는 했지만 알지 못했던 무언가 부서지는 그 끔찍한 소리, 그리고 밀가루처럼 곱게 박살났던 그의 뼈. 고통에 대한 기억 때문에 괴로운 것이 아니었다. 그건 아예 기억하지 못하였다. 그를 괴롭혔던 것은 구조되기 전까지의 기다림에 대한 기억이었다. 쉬지 않고 목까지 차오르는 공포, 어쩌면 영원히 구조되지 않을지도 모른다는 공포였다. 지금까지도 그는 폐쇄공포증에 시달렸다. 엘리베이터 안에서 숨이 막혔고, 차 안에서는 창문을 양쪽으로 열어놓지 않으면 이내 답답해졌다. 비행기를 탈 때는 칸막이 벽 뒷좌석을 달라고 하였다. 때로는 아이들이 칭얼거리는 소리만 들어도 극도의 공포가 밀려왔다. 어떤 때는 갑자기 생각난 듯 옆구리를 눌러보기도 했다. 갈비뼈가 단단한지 확인하기 위해서였다.

이제 병원에 앉아서 그는 다시 한 번 옆구리를 눌러보았다. 그리고는 그럴 리가 없다는 듯, 안도감에 고개를 저었다. 아이를 낳는 사람은 아시마였지만 그 또한 삶에 대한 생각에, 그의 삶과 아울러 그로부터 비롯되려고 하는 또 하나의 삶에 대한 생각에 마음이 무거워졌다. 그는 수돗물도 나오지 않는 집에서 자랐고, 스물둘에 죽을 뻔했다. 다시 혀끝에 먼지 맛이 느껴졌다. 뒤틀린 기차와 뒤집어진 거대한 바퀴가 보였다. 이런 일은 애초에 일어나지 말았어야 했다. 그러나 일어났고, 그는 살아남았다. 그는 인도에서 두 번 태어났고, 미국에서 세번째로 태어났다. 나이 서른도 되기 전에 벌써 세 번째의 삶이었다. 부모님과 부모님의 부모님께, 그리고 그분들의 부모님께 감사드렸다. 그는 신에게 감사하지 않았다. 공공연한 마르크스의 추종자였던 그는 묵묵히 종교를 부인하였다. 하지만 그가 감사해야 할 또 한 명의 죽은 영혼이 있었다. 책에 감사할 수는 없었다. 그가 맞이할 뻔했던 운명처럼 책은 갈가리 찢겨진 채, 캘커타에서 209킬로미터 떨어진 들판에서 시월의 이른 아침 속으로 사라져버린 것이다. 그는 신에게 감사하는 대신, 그의 목숨을 살려준 러시아의 작가, 고골리에게 감사하였다. 그때 패티가 대기실로 들어섰다.

2

아기는 새벽 5시 5분에 태어났다. 남자아이였다. 키는 50센티미터 가량, 몸무게는 3.4킬로그램이었다. 탯줄을 끊고 아기를 데려가기 전 아시마가 처음으로 흘긋 본 것은, 어깨와 발과 머리에 두꺼운 흰 점액질이 덮여 있고, 그 위로 자신의 피가 몇 줄 묻어 있는 아기의 모습이었다. 분만이 끝날 때쯤 맞은 주사 때문에 허리에서 무릎까지 아무 감각도 없었지만 머리는 깨질 정도로 아팠다. 분만이 다 끝났을 때 그녀는 고열이 있는 사람처럼 심하게 몸을 떨기 시작했다. 반시간을 머리가 멍해질 정도로 담요를 덮고 덜덜 떨었다. 이제 그녀의 속은 비었지만, 밖에서 보면 아직도 배불뚝이였다. 말도 나오지 않았고, 피로 흥건해진 가운을 간호사가 새것으로 갈아입히는 데도 몸을 움직일 수가 없었다. 쉬지 않고 물을 마셨지만 계속 목이 바싹바싹 탔다. 간호사가 화장실에 가서 다리 사이로 병에 든 물을 짜서 집어넣으라고 하였다. 결국 누군가 스펀지로 몸을 닦아주고, 가운으로 갈아입혀주었다. 그리고 휠체어에 태워져 다른 방으로 옮겨졌다. 조명은 편안함을 줄 정도로 희미했고, 옆에 침대 하나가 더 있었는데 지금은 비어 있는 듯했다. 아쇼크가 방에 들어섰을 때 패티는 아시마의 혈압을 재고 있었다. 아시마는 여러 겹으로 쌓아놓은 베개에 기대어 누워 있었고, 아기는 길쭉한 흰색 보따리처럼 둘둘 말려진 채 아시마의 팔에 안겨 있었다. 침대 옆에는 챙이 달린 요람이 놓여져 있었고, 거기에 매달린 이름표에는 '남자아기 강굴리'라고 적혀 있었다.

"아기, 여기 있어요." 아시마가 기운 없는 미소를 지으면서 조그만 목소리로 아쇼크를 올려다보며 이렇게 말했다. 창백한 그녀의 얼굴은 노르끄레했고, 입술에는 핏기가 가셔 있었다. 눈 밑에는 둥글게 골이 패었고, 땋은 머리는 며칠 빗질을 하지 않은 것처럼 여기저기 비어져 나와 있었다. 게다가 목소리는 감기에 걸린 듯 잔뜩 쉬어 있었다. 아쇼크가 의자를 끌어와 침대 옆에 앉자, 패티가 아이를 엄마의 팔에서 아빠의 팔로 옮기는 것을 거들었다. 그러는 도중, 아이는 방 안의 침묵을 깨면서 짧게 울었다. 아이의 부모는 깜짝 놀랐으나, 패티는 만족스럽게 웃었다. "거봐요, 아기가 벌써 엄마랑 알잖아요." 패티가 아시마에게 말했다.

아쇼크는 패티가 시키는 대로 팔을 뻗어 한쪽은 목 아래, 다른 한쪽은 엉덩이 아래에 두었다.

"더 세게요." 패티가 재촉했다. "아기는 꽉 안아주는 걸 좋아해요. 생각보다 굉장히 강하죠."

아쇼크는 이 조그만 보따리를 높이 들었다가 가슴팍 가까이로 끌어당겼다. "이렇게요?"

"바로 그거예요." 패티가 말했다. "저는 잠시 물러가 있을 테니 세 분끼리 오붓한 시간 보내세요."

아쇼크는 처음엔 감동적이라기보다 얼떨떨했다. 아기의 머리는 뾰죽했고, 눈꺼풀은 부어 있었으며, 볼은 조그만 흰 반점들로 얼룩덜룩했다. 통통한 윗입술은 아랫입술 위로 툭 불거져 나와 있었다. 살결은 아시마나 자기보다 옅었는데, 관자놀이에 가느다란 옥색 혈관이 보일 만큼 반투명에 가까웠다. 머리는 성글게 난 까만 머리카락 한 뭉치로 덮여 있었다. 그는 아기의 속눈썹이 몇 개인가 헤아려보았다. 그리고 조심스럽게 플란넬 천을 더듬어 아기의 손과 발을 만져보았다.
"다 있어요." 아시마가 남편을 쳐다보며 말했다. "벌써 다 세어봤거든요."
"눈은 어떻게 생겼어? 왜 눈을 안 뜨지? 그동안 눈 떴었어?"
그녀는 고개를 끄덕였다.
"뭐가 보일까? 우리가 보이나?"
"그럴 거예요. 근데 아주 선명하게는 안 보이겠죠. 색도 다 안 보이고. 아직은 아니에요."
그들은 말없이 앉아 있었다. 세 사람이 돌처럼 움직일 줄 몰랐다. "당신은 어때? 괜찮아?" 아쇼크가 아시마에게 물었다.
그러나 아시마는 대답이 없었다. 아쇼크가 아들의 얼굴에서 눈을 들었을 때, 그녀 역시 잠들어 있었던 것이다.
다시 아들을 내려다보니, 아이가 눈을 반짝 뜨고 그를 쳐다보고 있었다. 깜박거리지도 않는 아이의 눈은 머리카락처럼 까맸다. 눈을 뜨니 얼굴이 완전히 달라보였다. 아쇼크는 세상에서 이보다 더 완벽한 것을 본 적이 없었다. 아들에 비하면 자신은 어둡고, 거칠고, 흐릿한 존재였다. 거의 죽을 뻔했던 그날 밤이 다시 생각났다. 영원히 그의 머릿속에서 깜박거리다 사라지곤 하는, 그 시간들의 기억이었다. 산산이 부서진 기차에서 살아남은 것이 그의 인생에서 일어난 첫번째 기적이었다. 그러나 여기, 무게조차 없이 모든 것을 바꾸어놓은 두번째 기적이 지금 그의 팔에 안겨 있었다.

아빠 말고도 아기에게는 손님이 세 명 더 있었다. 모두 벵골 사람들이었다. 마야와 딜립 난디는 케임브리지에 사는 젊은 부부로, 아시마와 아쇼크가 퓨리티 슈프림 슈퍼마켓에서 몇 개월 전 만난 사람들이었다. 그리고 굽타 박사는 데라둔에서 온 수학 포스트닥 postdoc으로, 50대인데 아직 총각이었다. 그와는 MIT 복도에서 만나 친구가 되었다. 젖을 물릴 시간이면 아쇼크를 포함하여 남자들은 모두 복도에 나가서 기다렸다. 마야와 딜립은 아기에게 딸랑이와 앨범을 선물하였다. 앨범에는 부모가 아이의 유아기의 모든 것을 기록할 수 있는 공간이 있었다. 심지어는 아이가 처음으로 머리를 잘랐을 때, 그 자른 머리 몇 가닥을 붙여놓을 동그란 공간까지 있었다. 굽타 박사는 멋진 삽화가 그려진 엄마 거위 동화책을 선물하였다. "운이 좋은 녀석이군." 아쇼크가 정갈하게 묶인 책장들을 넘기며 말했다. "태어난 지 불과 몇 시간 만에 책을 가진 주인이 되었으니 말이야." 얼마나 다른가, 그는 생각했다. 그가 알고 있던 어린 시절과.

아시마도 같은 생각을 하고 있었지만 그 이유는 달랐다. 난디 부부와 굽타 박사가 곁에 있어 고마웠지만, 그들은 단지 진짜로 아기 곁에 있어야 할 사람들의 대역일 뿐이었다. 할아버지나 할머니, 부모님, 삼촌이나 숙모 한 사람 곁에 없이 아이를 낳은 것은 어쩌다 일어난 반쪽짜리 사실 같았다. 미국에 있는 다른 모든 것들과 마찬가지로 말이다. 쓰다듬고, 젖을 먹이고, 빤히 쳐다보면 볼수록 그녀는 아들이 가엾다는 생각밖에 들지 않았다. 이제까지 이렇게 외롭고, 이렇게 결핍된 채로 세상에 발을 들여놓은 사람을 본 적이 없었다.

양가 조부모들 중 어느 쪽도 전화가 없었기 때문에 집에 연락하는 방법은 전보밖에 없었다. 아쇼크는 캘커타에 있는 양가에 이렇게 적어 보냈다. '덕분에 사내아이와 산모 모두 건강합니다.' 아이의 이름을 짓는 영광은 아시마의 할머니께 돌릴 작정이었다. 여든이 넘은 할머니는 이제까지 다른 증손주 여섯 명의 이름을 모두 지어주셨다. 할머니가 처음 아시마의 임신 사실을 아셨을 때, 가족 중 첫번째 미국 신사의 이름을 지을 희망에 가슴 부풀어했었다. 그래서 아시마와 아쇼크는 할머니로부터 편지가 올 때까지 아기의 이름 정하는 것을 미루고 있었다. 출생신고서 때문에 병원에서 작성해야 할 양식을 무시하면서 말이다. 아시마의 할머니는 우체국까지 지팡이를 짚고 가서 직접 편지를 부치셨는데, 이는 10년 만에 처음으로 하신 바깥 나들이었다. 편지에는 여자아이 이름 하나와 사내아이 이름 하나가 들어 있었는데, 아시마의 할머니는 이를 아무에게도 말하지 않았다.

편지를 부친 것은 지난 7월이었으므로 이미 한 달이 지났지만, 아직 답장은 도착하지 않았다. 아시마와 아쇼크는 그다지 크게 걱정하지 않았다. 따지고 보면 갓난아이에게 이름이 뭐 그리 필요할까, 두 사람 다 이렇게 생각했다. 아기는 그저 먹여주고 축복해주고, 금과 은을 쥐어주고, 젖을 먹인 후에는 목 뒤를 조심스레 받치고 등을 두드려주면 되는 것이다. 이름은 나중에 지어도 된다. 인도에서 부모들은 서두르지 않는다. 맞는 이름을 짓기까지, 가능한 한 최고의 이름을 아이에게 지어주기까지 몇 년이 걸리는 것도 드문 일이 아니었다. 아시마와 아쇼크에게는 예닐곱 살이 되어 학교에 들어가게 되고 나서야 공식적인 이름을 갖게 된 사촌들이 있었다. 난디 부부와 굽타 박사는 이러한 사실을 너무나 잘 알고 있었다. "물론 기다려야죠." 그들은 이렇게 말하며 아이의 이름이 담긴 증조할머니의 편지가 도착할 때까지 기다려야 한다는 것에 동의하였다.

게다가 그럭저럭 부를 애칭이 있지 않은가. 뱅골의 작명 문화에서는 모든 사람이 두 개의 이름을 가지고 있었다. 뱅골어로 애칭은 다크남daknam으로, 이는 친구와 가족처럼 친한 사람들이 집에서 또는 그 밖의 사적이고 편안한 순간에 부르는 이름이라는 뜻이다. 애칭이란 인생이 항상 그렇게 심각하고, 형식적이고, 복잡하지만은 않다는 사실을 잊지 않게 하는 유물, 어린 시절이 남겨준 유물인 것이다. 애칭은 또한 사람이란 함께 있는 사람, 이름을 불러주는 사람에 따라서 얼마든지 달라지는 존재라는 것을 기억하게 해준다. 모든 사람에게 애칭이 있었다. 아시마의 애칭은 모누이고, 아쇼크의 애칭은 미투이다. 귀염받을 때나 야단맞을 때, 그리움의 대상이 되거나 사랑받을 때도 언제나 이 이름이었다. 그리고 어른이 된 지금까지도 가족들에게는 이 이름으로 기억되었던 것이다.

애칭과 함께 모든 사람들은 외부 세계에서 신분 확인을 위한 본명, 즉 발로남bhalonam을 갖게 된다. 결과적으로 본명은 편지봉투와 졸업장, 전화번호부와 다른 공공 장소에서 사용된다(그런 이유로 아시마의 어머니로부터 온 편지의 경우 겉봉투에는 '아시마', 편지에는 '모누'라고 씌어 있다). 본명은 고귀하고 높은 뜻을 지니는 경우가 많다. 아시마란 '경계를 모르는, 가능성이 무한한 여자'라는 뜻이고, 아쇼크는 황제의 이름으로 '슬픔을 극복하는 남자'라는 뜻이다. 애칭은 이런 식의 큰 뜻을 담고 있지 않다. 애칭은 공식적으로 기록되는 일이 없고, 그저 입 밖에 내어지며 기억될 뿐이다. 본명과는 달리 애칭은 별다른 뜻이 없는데다 짐짓 바보스럽고 반어적이며, 심지어 의성어를 사용하는 경우도 있다. 아이 때는 아무 생각 없이 수십 가지의 애칭에 대답하다가, 나중에야 그 중 하나가 애칭으로 굳어지는 경우도 왕왕 있었다.

아기가 그 분홍색의 쭈글쭈글한 얼굴을 더 찡그리니까, 아기를 둘러싼 사람들 중 한 명인 난디 씨가 아기를 '부로'라고 불렀다. 이는 벵골어로 '노인'이라는 뜻이었다.

"이름이 뭐라고요? 부로?" 아시마에게 구운 닭고기가 담긴 식반을 가져다주며 패티가 밝게 물었다. 아쇼크가 뚜껑을 열고 닭고기를 발라낸다. 아시마는 이제 산부인과 간호사들 사이에서 공식적으로 '젤로-아이스크림 엄마'로 통했다.

"아니, 아니에요. 그건 이름이 아니에요." 아시마가 설명했다. "아직 안 정했어요. 저희 할머니가 정해주실 거예요."

패티가 고개를 끄덕였다. "곧 여기 오실 건가요?"

아시마가 웃었다. 아이를 낳고 나서 처음 소리내어 웃어보는 것이었다. 19세기에 태어나신 쪼그라든 할머니가, 주름 없는 황갈색 피부를 한, 미망인들이 입는 흰옷을 입은 할머니가 비행기를 타고 케임브리지까지 오신다는 것은 그녀에게 상상조차 할 수 없는 일이었다. 엄청나게 반갑고 좋은 일일지언정, 그 생각 자체는 가능하지도 않을뿐더러 말도 안 되게 느껴졌다. "아니에요. 하지만 대신 편지가 올 거예요."

그날 저녁 아쇼크는 집에 가서 편지가 왔는지 확인해보았다. 그리고 사흘이 흘렀다. 그동안 아시마는 간호사들로부터 어떻게 기저귀를 갈고, 배꼽 자리를 닦아주는지를 배웠다. 상처와 꿰맨 자리를 부드럽게 하기 위해 뜨거운 소금물 목욕도 하였다. 그리고 소아과 의사들의 이름이 적힌 목록, 모유 수유와 모자간의 유대 형성, 예방접종 등에 관한 수많은 소책자를 받았고, 유아용 샴푸와 면봉, 로션 등도 샘플로 받았다. 4일째 되는 날, 좋은 소식과 좋지 않은 소식이 있었다. 좋은 소식은 아시마와 아기가 다음날 퇴원하게 된다는 것이었고, 좋지 않은 소식은 병원 출생신고서 담당자인 윌콕스 씨로부터 아이의 이름을 결정해야 한다는 통보를 받은 것이었다. 미국에서는 출생신고서 없이는 아이가 병원에서 퇴원할 수 없다는 사실을, 그들은 그제야 알게 되었던 것이다.

"그렇지만, 선생님. 우리는 애 이름을 지을 수가 없어요." 아시마가 맞섰다.

빈약한 체구에 대머리인 윌콕스 씨는 무뚝뚝한 표정으로, 염려스러운 표정의 부부를 쳐다보더니 아직 이름이 없는 아기에게로 시선을 던졌다. "그렇군요. 이유는요?" 그가 물었다.

"편지가 아직 오지 않았습니다." 아쇼크가 이렇게 대답하며, 자세한 상황을 설명했다.

"그렇군요." 윌콕스 씨는 다시 말했다. "안됐습니다만, 그렇다면 방법은 출생신고서에 '남자아기 강굴리'라고 남기는 수밖에는 없습니다. 물론 아이의 이름이 정해지면 기록을 수정해야겠지요."

아시마는 아쇼크의 대답을 기다리는 듯 그를 바라보았다. "그렇게 해야 하나요?"

"이 방법을 권해드리지는 않습니다. 나중에 판사 앞에서 재판을 받아야 하거든요. 비용도 들고요. 게다가 빨간 줄은 지워지지 않습니다." 윌콕스 씨가 대답했다.

"이런!" 아쇼크가 외마디 소리를 냈다.

윌콕스 씨가 고개를 끄덕였고, 그리고는 아무도 말이 없었다.

"비상용은 없습니까?"

아시마가 얼굴을 찡그렸다. "'비상용'이라니요?"

"뭐, 예비로 지어놓은 이름 같은 거 말입니다. 할머니가 지어주신 이름이 마음에 들지 않을 경우에 대비해서요."

아시마와 아쇼크는 동시에 고개를 가로저었다. 아시마 할머니의 선택에 의심을 품거나, 어른의 바람을 그런 식으로 저버리는 것에 대해서는 둘 다 상상조차 해본 적이 없었다.

"본인의 이름을 따르거나, 선조들의 이름을 따르거나 하는 방법도 있죠." 윌콕스 씨가 이렇게 제안하면서, 자신도 사실은 하워드 윌콕스 3세라고 했다. "좋은 전통이지요. 프랑스와 영국의 왕들도 그렇게 했어요." 그는 덧붙였다.

있을 수 없는 일이야, 아시마와 아쇼크는 생각했다. 아버지나 할아버지의 이름을 따라 아들의 이름을 짓고, 어머니와 할머니의 이름을 따라 딸의 이름을 짓는 전통은 벵골 사람들에게 존재하지 않았다. 미국이나 유럽에서 존재하는 이런 존경의 표현은, 또 가계와 혈통의 상징은 인도에서는 웃음거리가 된다. 벵골 가족들에게 있어 개인의 이름은 성스럽고 신성불가침한 것이며, 상속되거나 공유될 수 없었다.

"그러면 다른 사람의 이름을 따서 짓는 것은 어떻습니까? 아주 존경하는 어떤 사람?" 윌콕스 씨는 이렇게 말하면서, 그러길 바란다는 듯이 눈썹을 씰룩거렸다. "생각해보세요. 몇 시간 후 다시 오겠습니다." 그리고 나서 그는 방에서 나갔다.

문이 닫히는 순간, 무언가를 깨닫는 순간 몸에서 느껴지는 서늘한 떨림과 함께 아쇼크에게는 아들에게 지어줄 완벽한 애칭이 떠올랐다. 마치 그동안 내내 알고 있었다는 듯이. 주먹 안에 꼭 쥐고 있었던 구겨진 책장과 그의 눈 위로 갑작스레 비친 손전등의 불빛이 떠올랐다. 그러나 아쇼크에게 처음으로 이 순간이 공포가 아닌 감사의 순간으로 다가왔다.

"안녕, 고골리." 포대기에 꼭꼭 싸인 아들의 도도한 얼굴 위로 몸을 구부리면서 아쇼크가 속삭였다. "고골리." 그는 만족스러운 듯 다시 이름을 불러보았다. 아기가 깜짝 놀란 표정으로 고개를 돌리더니, 이내 하품을 하였다.

아시마도 좋다고 하였다. 아들의 인생뿐 아니라, 남편의 인생 또

한 상징하는 이름이란 것을 모르지 않았다. 사고는 들어서 알고 있었다. 갓 결혼한 신부로서 공손하게 연민을 느끼며 들었었다. 그런데 지금 그 이야기를 떠올리니 피가 다 식어버리는 느낌이었다. 때로 남편이 이불 속에서 지르는 소리에 밤잠을 설치곤 했었다. 같이 지하철을 타면 철로에서 바퀴가 굴러가는 소리에 남편은 갑자기 조용해지곤 했고, 그럴 때면 마치 다른 곳에 가 있는 사람처럼 느껴졌었다. 고골리의 책은 읽은 적이 없지만 마음속의 책꽂이에, 테니슨과 워즈워스 옆쯤에 꽂아둘 생각은 있었다. 게다가 이건 그저 애칭이 아닌가. 심각한 것도 아니고 단순히 퇴원하기 위해 출생신고서에 적어 넣기 위한 이름이 아니던가. 윌콕스 씨가 타자기를 가지고 돌아왔을 때, 아쇼크는 이름의 철자를 또박또박 불러주었다. 그리하여 병원 기록에 고골리 강굴리로 올라가게 되었다. "안녕, 고골리." 패티가 아기의 어깨 위에 가벼운 입맞춤을 얹어놓았다. 그리고 주름진 실크 사리를 다시 한 번 입은 아시마에게 말하였다. "행운을 빌게요." 노출이 지나쳤던 탓에 하얗게 나온 첫 사진은 굽타 박사가 찍어준 것이었다. 늦여름, 찌는 듯이 무덥던 날이었다. 뭉툭한 담요 덩어리, 고골리는 피곤한 기색이 역력한 엄마의 팔에 안겨 있었다. 아시마는 병원 계단 위에 서서, 눈부신 햇살에 눈을 가늘게 뜨고 카메라를 바라보고 있었다. 남편은 그녀의 여행용 가방을 한 손에 든 채 고개를 약간 숙이고 웃으며 한쪽에 서 있었다. '고골리, 세상에 나오다.' 나중에 고골리의 아버지는 뒷면에 벵골어로 이렇게 적을 것이다.

고골리의 첫번째 집은 하버드 대학에서 걸어서 10분, MIT에서 걸어서 20분 걸리는 가구가 미리 갖추어진 아파트였다. 이 아파트는 3층짜리 살구색 너와 건물 1층에 있었고, 집 주위에는 허리까지 오는 울타리가 쳐져 있었는데, 그 울타리는 고리로 연결되어 있었다. 지붕의 회색이 담뱃재 같은 회색인 보도블록 및 차도의 색깔과 어울렸다. 인도 한쪽에 일렬로 주차해놓은 차들이 끝도 없었다. 모퉁이에는 세 개의 계단을 밟고 내려가야 하는 작은 헌책방이 있었고, 그 건너편에는 신문과 담배, 달걀 따위를 파는 낡은 구멍가게가 있었다. 가게 안에는 털이 북슬북슬한 검은 고양이 한 마리가 있었는데, 내키는 대로 선반 위 어디에나 앉곤 해서 아시마를 찜찜하게 했다. 이런 작은 상점들 외에는 모두 너와집들이었다. 민트색이나 라일락색, 또는 담청색으로 칠한 이 집들은 색깔만 다를 뿐 똑같은 모양에 똑같은 크기였고, 낡은 정도까지 흡사했다. 여기가 18개월 전 아쇼크가 아시마를 데려온 집이었다. 아시마가 로간 공항에 내린 것은 2월의 어느 늦은 밤이었다. 시차 때문에 정신이 말똥말똥했다. 그러나 밖은 어두웠고, 택시의 차창 밖으로 보이는 것이라곤 땅 위에 박살난 채 빛나고 있는 푸르스름한 흰 벽돌 같은 부서진 눈더미뿐이었다. 아침이 되어서야 그녀는 미국을 처음으로 보았다. 낮은 슬리퍼 속에 아쇼크의 양말을 신고, 귓속을 뚫고 턱까지 얼얼하게 하는 뉴잉글랜드의 찬바람이 부는 바깥에 잠깐 나갔었다. 얼어붙은 가지에 잎이 없는 나무들. 개의 오줌과 똥이 점점이 박힌 길가의 눈더미. 그리고 거기엔 아무도 없었다.

아파트는 복도 없이 줄줄이 이어진 세 개의 공간으로 이루어져 있었다. 길가가 내려다보이는 삼면창의 거실이 앞에 있었고, 통로가 되는 침실이 중간에, 그리고 부엌은 뒤에 있었다. 이건 그녀가 상상했던 것과는 전혀 달랐다. 동생들이나 사촌들과 함께 라이트하우스 극장과 메트로 극장에서 보았던 〈바람과 함께 사라지다〉나 〈7년 만의 외출〉 같은 영화에 나오는 집들과는 전혀 달랐던 것이다. 겨울엔 외풍이 있었고, 여름엔 견디기 힘들 정도로 더웠다. 두꺼운 유리창에는 우중충한 갈색 커튼이 드리워져 있었다. 화장실에는 바퀴벌레까지 있었는데, 밤에 쪼개어진 타일 사이에서 나오곤 했다. 하지만 아시마는 그 중 어떤 것에 대해서도 불평하지 않았다. 아쇼크를 언짢게 하거나 부모님을 걱정시키고 싶지 않아서 실망감은 마음속에 묻어두었다. 대신 집으로 보내는 편지에는 밤이나 낮이나 켜기만 하면 강력한 불꽃을 내뿜는 버너가 네 개나 달린 가스레인지가 있고, 수돗물에서 나오는 온수는 데어죽을 만큼 뜨거운 데다 냉수는 그냥 마셔도 안전하다는 등의 이야기들을 써보냈다.

건물 꼭대기층 두 채는 집주인인 몽고메리 부부가 사용하고 있었다. 하버드 대학 사회학과 교수와 그 부인이었다. 부부에게는 딸만 둘 있었다. 앰버와 클로버로 각각 일곱 살, 아홉 살이었다. 아이들은 허리까지 내려올 정도로 머리를 길렀는데, 한 번도 땋는 법이 없었다. 날씨가 푸근할 때면 뒤뜰에 하나밖에 없는 나무에 매달아 놓은 타이어를 타고 몇 시간이든 놀곤 하였다. 교수는 아시마와 아쇼크를 처음 만났을 때 몽고메리 교수라 부르지 말고 앨런이라 불러달라고 했었다. 녹슨 철사 같은 턱수염 때문인지 그는 실제 나이보다 훨씬 늙어보였다. 나달나달해진 바지 위에 술이 달린 스웨이드 재킷을 입고, 고무 슬리퍼를 끌고 하버드 야드 쪽으로 걸어가는 교수의 모습이 종종 보였다. 아직도 담당 교수를 만날 때면 양복에 넥타이 차림을 하는 아쇼크는, 인도의 인력거 운전사들이 여기 교수보다 옷을 더 잘 입을 거라는 생각을 자주 했다. 몽고메리 부부의 차는 칙칙한 녹색을 칠한 폭스바겐 밴이었는데, '권위를 의심하라! 관심을 가져라! 브래지어 착용 금지! 평화!'와 같은 문구의 스티커들로 뒤덮여 있었다. 지하실에는 아쇼크와 아시마가 함께 사용할 수 있는 세탁기가 있었고, 윗집 거실에 있는 텔레비전 소리는 천장을 통해 아쇼크와 아시마도 알아들을 수 있을 만큼 똑똑하게 들렸다. 마틴 루터 킹 2세와, 또 얼마 전에 있었던 로버트 케네디 의원의 암살 소식도, 4월의 어느 날 밤 저녁을 먹으면서 천장을 통해 들은 것이었다.

아시마와 앨런의 부인 쥬디는 가끔 마당에 나란히 서서 빨래를 널곤 하였다. 쥬디는 언제나 청바지를 입고 있었는데, 여름이면 찢어진 짧은 청바지를 입었다. 목에는 조그만 조개껍질이 달린 목걸이를 하고, 실처럼 가늘고 노란 머리 위에는 언제나 목 뒤로 동여맨 빨간 면 스카프를 쓰고 있었다. 딸들과 같은 촉감과 같은 농도의 머리카락이었다. 쥬디는 일주일에 두어 번씩 소머빌에 있는 여성 건강 단체에 나가 일했다. 아시마가 임신한 사실을 알았을 때, 쥬디는 아시마가 모유를 먹일 것이라는 결정에는 찬성했지만, 출산을 의료 기관에 맡길 것이라는 데 대해서는 실망했었다. 쥬디는 그녀가 일하는 단체에서 나온 조산원들의 도움으로 두 딸을 모두 집에서 낳았던 것이다. 쥬디와 앨런은 밤에 외출할 때, 앰버와 클로버를 돌봐주는 사람 없이 둘만 놓아두고 다녔다. 딱 한 번, 클로버가 감기에 걸렸을 때 아시마에게 들러줄 것을 부탁했었다. 그 집을 떠올릴 때마다 아시마는 끔찍했다. 천장 한 장 차이로 그 집은 아시마의 집과 그야말로 천지 차이였다. 여기저기 쌓여 있는 책이며 종이뭉치에, 부엌 싱크대에는 설거지가 한가득이었고, 대접만한 재떨이는 꾹 눌러 끈 담배꽁초로 넘칠 지경이었다. 앨런과 쥬디의 침대 모서리에 잠깐 앉았던 아시마는 엉거주춤 뒤로 넘어가며 소리를 질렀다. 놀라서 살펴보니 침대 안이 물로 가득한 물침대였던 것이다. 냉장고 위에는 시리얼이나 차를 담은 상자 대신 위스키와 포도주 병들로 가득했는데, 대부분 빈 병이었다. 그 앞에 서 있기만 해도 취할 것 같았다.

그들은 병원에서 굽타 박사의 차를 얻어 타고 집으로 돌아왔다.

푹푹 찌는 거실에서 단 하나뿐인 선풍기 앞에 모여 앉아 있으려니 문득, 이게 가족인가 싶은 생각이 들었다. 집에는 소파 대신 의자만 여섯 개 있었다. 모두 다리가 세 개짜리 의자였는데, 나무로 된 타원형 등받이에 까만색 삼각형 쿠션이 놓여 있었다. 이 음침한 세 칸짜리 아파트에 와 있으려니 놀랍게도 북적거리던 병원과 패티, 그리고 끼니마다 받아먹던 젤로와 아이스크림이 그리워지는 것이었다. 방을 천천히 걸어다니며 둘러보니, 부엌에 설거지가 쌓인 것과 침대가 정돈되지 않은 것이 몹시 신경에 거슬렸다. 지금까지 아시마는 피곤한 날이나 집 생각이 간절한 날 또는 기분이 좋지 않은 날에도 그녀를 대신해서 바닥을 닦거나 설거지와 빨래를 하고, 시장을 봐서 밥을 해줄 사람이 아무도 없다는 것을 묵묵히 인정해왔었다. 그런 편의가 없는 것이 바로 미국식이라고 생각하며 받아들여 왔었던 것이다. 그러나 팔에 안긴 아이는 울고 있고, 가슴은 불어 있으며, 몸은 온통 땀에 젖은 채 밑은 아직 너무 아파 제대로 앉지도 못하는 지금, 갑자기 이 모든 것이 견딜 수 없게 느껴졌다.

"난 못 해." 찻잔을 가져다주는 아쇼크에게 그녀가 말했다. 차란 그녀를 위해 그가 생각할 수 있는 유일한 것이었지만 아시마는 지금 차에 입을 대기도 싫었다.

"며칠 지나면 익숙해질 거요." 어쩔 줄 몰라 망설이던 아쇼크가 아시마의 기분이 좀 나아질까 싶어 이렇게 말했다. 그는 찻잔을 그녀 뒤에 있는 칠이 벗겨지기 시작한 창턱 위로 치워놓았다. "잠들었나봐." 고골리를 내려다보며, 그는 또 이렇게 말했다. 엄마 가슴에 찰싹 붙어 있는 고골리의 뺨이 규칙적으로 움직였다.

"싫어요." 아기나 남편을 쳐다보지도 않은 채 아시마는 강경하게 대꾸했다. 그리고는 손으로 커튼을 조금 걷었다가 이내 내려놓았다. "여기선 아니에요. 이런 식으론 아니라구요."

"아시마, 무슨 얘기야?"

"무슨 얘기냐면, 빨리 학위를 끝내라구요." 그리고 뜻하지 않게 처음으로 솔직한 말이 튀어나왔다. "내 얘기는, 난 고골리를 이 나라에서 이렇게 혼자 키우고 싶지 않다는 거예요. 이건 할 일이 아니에요. 돌아가고 싶어요."

아쇼크는 그녀를 쳐다보았다. 아시마의 얼굴은 야위어 있었다. 결혼식 때보다 가늘어진 모습에 케임브리지에서의 생활이, 그의 아내로서의 생활이 쉽지 않음을 알 수 있었다. 학교에서 돌아왔을 때 침대에서 부모님의 편지를 또다시 읽고 있는 그녀를 본 것이 한두 번이 아니었다. 때로는 그녀가 새벽에 조용히 흐느끼고 있는 게 느껴졌고, 그때마다 가만히 안아주곤 했지만 무슨 말을 해야 좋을지 몰랐다. 모든 것이 다 결혼해서 여기로 데려온 자신의 잘못처럼 느껴졌다. 그는 갑자기 기차에 함께 탔던 고쉬가 생각났다. 부인 때문에 영국에서 돌아왔다는 고쉬. "돌아온 것이 가장 후회스럽네." 아쇼크에게 고쉬는 이렇게 고백했었다. 그가 죽기 불과 몇 시간 전의 일이었다.

나직하게 현관을 두드리는 소리가 들렸다. 앨런, 쥬디, 그리고 앰버와 클로버가 모두 아기를 보러 왔다. 쥬디는 체크무늬 수건이 덮인 그릇을 손에 들고 있었다. 브로콜리 키쉬를 만들어왔다고 했다. 앨런은 앰버와 클로버가 아기였을 때 입었던 옷들을 가득 담은 봉투를 내려놓았고, 차가운 샴페인의 뚜껑을 땄다. 거품이 바닥에 튀었고, 샴페인을 머그잔에 따랐다. 그들은 고골리를 위해 머그잔을 들었고, 아시마와 아쇼크는 마시는 시늉만 하였다. 앰버와 클로버는 아시마의 양 옆으로 앉아, 고골리가 조그만 손으로 그들의 손가락을 감싸 쥐는 것을 보며 신기해하였다. 쥬디가 아시마의 무릎에서 아기를 안아 들었다. "안녕, 잘생긴 도련님" 하며 그녀가 소곤거렸다. 그리고는 이렇게 말했다. "오, 앨런. 우리 이런 거 하나 더 만듭시다." 앨런은 지하실에서 딸들이 쓰던 아기 침대를 가져오는 게 어떠냐고 제안하였고, 그는 아쇼크와 함께 아쇼크와 아시마의 침대 옆에 있는 공간에서 침대를 조립하였다. 아쇼크는 모퉁이에 있는 구멍가게에 다녀왔고, 화장대 위에는 흑백으로 된 아시마의 가족 사진 액자 대신 일회용 기저귀 한 상자가 올려졌다. "키쉬를 데우려면 350도에서 20분이에요." 쥬디가 아시마에게 말했다. "필요한 게 있으면 소리만 질러요." 마지막으로 앨런이 덧붙였다.

집에 온 지 사흘이 지났고 아쇼크는 MIT로, 앨런은 하버드로, 앰버와 클로버도 개학하여 학교에 다니기 시작하였다. 쥬디도 전처럼 단체에서 일을 시작하였다. 아시마는 처음으로 조용해진 집에서 고골리와 함께 혼자였다. 아시마는 시차가 심할 때보다 더 잠을 이루지 못했다. 거실에 있는 삼면창 옆 삼각 의자에 앉아 하루 종일 울기만 했다. 젖을 먹이면서 울었고, 아기를 재우면서도 울었다. 아기가 자다 깨어 젖을 물리기 전까지 울 때면 같이 울었다. 우편집배원이 다녀갔는데 캘커타에서 온 편지가 없어도 울었다. 아쇼크에게 학교로 전화를 걸었는데 그가 전화를 받지 않을 때도 울었다. 하루는 저녁을 지으러 부엌에 들어갔는데, 쌀이 떨어진 것을 보자 그녀는 또 울기 시작했다. 그리고 위층으로 올라가 앨런과 쥬디의 현관을 두드렸다. "얼마든지 가져가요." 이렇게 말했지만, 쥬디의 쌀통에 들어 있는 것은 현미였다. 예의상 한 컵을 떠왔지만 내려오자마자 쓰레기통에 버렸다. 오는 길에 쌀을 사오라고 하기 위해 아쇼크의 학교로 전화를 걸었다. 응답이 없자 아시마는 일어나서 세수를 하고 머리를 빗었다. 옷을 갈아입고 고골리에게도 옷을 입혀준 다음 쥬디와 앨런으로부터 물려받은 바퀴가 하얀 남색 유모차에 아이를 태웠다. 그리고 처음으로 유모차를 끌고 케임브리지의 온화한 거리를 따라 내려갔다. 퓨리티 슈프림에서 긴 멥쌀 한 봉지를 사기 위해서였다. 이 일은 평소보다 오래 걸렸다. 생판 모르는 미국 사람들이 길거리에서고, 슈퍼마켓에서고 그들을 멈추어 세웠기 때문이다. 갑자기 그녀를 알아보기라도 하는 듯, 얼굴에 미소를 띠며 장한 일을 했다고 축하해주었다. 그리고 호기심 어린 눈빛으로 주의 깊게 유모차를 내려다보았다. "몇 개월 됐어요?" 하고 묻는가 하면, 또 이렇게도 물었다. "남자아이예요, 여자아이예요?", "이름이 뭐죠?"

아시마는 이런 일과를 혼자서 꾸려내었다는 것이 은근히 자랑스러워지기 시작하였다. 일주일 꼬박 수업과 연구와 논문 준비에 바쁜 아쇼크처럼 그녀도 이제 하루 종일 할 일이, 그것도 최고의 헌신을 필요로 하며 젖 먹던 힘까지 쏟아부어야 하는 일이 생긴 것이다. 고골리가 태어나기 전 그녀의 생활에는 이렇다 할 규칙이 없었다. 낮잠을 자거나 우울해하거나, 아니면 침대에서 다섯 권밖에 없는 벵골 소설을 읽고 또 읽으며 집 안에서 몇 시간씩 뒹굴곤 하였다. 예전엔 그리도 더디기만 하던 하루가 이제는 빠르게 지나갔고, 금세 저녁이 되었다. 이제는 그 시간들을 고골리와 함께, 고골리를 팔에 안고 집에 있는 방 세 칸을 분주히 왔다갔다하며 지냈다. 아침 여섯 시에 일어나 아기 침대에서 고골리를 안아 들고 첫 젖을 물렸다. 그리고는 30분 동안 아이를 사이에 두고 아쇼크와 침대에 누워 그들이 함께 만들어낸 조그만 사람을 보며 신기해하였다. 고골리가 잠을 자는 11시에서 1시까지는 저녁 먹은 그릇을 치웠는데, 이는 앞으로도 몇십 년간 계속될 습관이었다. 오후가 되면 고골리를 데리고 밖으로 나갔다. 이것저것 사기 위해 거리를 왔다갔다하거나, 하버드 야드에 가서 앉아 있거나, MIT 교정에 있는 벤치에서 아쇼크와 만나기도 하였다. 집에서 만든 사모사(밀가루 반죽에 고기나 야채를 넣어 삼각형으로 빚어 튀긴 인도식 만두—옮긴이)와 금방 끓인 차를 보온병에 담아 가져다주기도 하였다. 때로 아기를 물끄러미 보고 있으면, 아기의 얼굴에서 친정집 가족의 얼굴이 보였다. 어머니의 촉촉한 눈과 아버지의 가는 입술, 웃으면 한쪽으로 입이 올라가는 동생의 미소가 아이의 얼굴에 있었다. 그녀는 털실 가게를 발견하였고, 곧 들이닥칠 겨울에 대비하여 고골리의 스웨터와 담요, 장갑, 모자 따위를 짜기 시작했다. 이삼 일에 한 번씩 아시마는 부엌에 있는 사기로 된 싱크대에서 고골리를 목욕시켰다. 그리고 일주일에 한 번씩 그의 열 손톱과 열 발톱을 조심스레 깎아주었다. 예방접종을 시키러 유모차에 태워 소아과에 가면 그녀는 진찰실에 들어가지 않고 바깥에서 귀를 막고 서 있곤 했다. 하루는 아쇼크가 아기의 사진을 찍어준다며 인스터매틱 카메라를 들고 들어왔다. 고골리가 낮잠을 자는 동안, 아시마는 정사각형의 하얀 테두리가 있는 사진을 앨범의 비닐 종이 뒤에 붙여 넣었다. 사진 설명은 마스킹 테이프 위에 써서 잘라 붙였다. 아기를 재울 때는 어머니가 불러주시곤 하던 벵골 노래를 불러주었다. 그녀는 아기의 살에서 나는 달콤한 젖내음과 입에서 나는 버터향처럼 고소한 냄새를 흠뻑 들이쉬곤 하였다. 하루는 아기를 머리 위로 번쩍 안아 올리고 아시마가 입을 벌린 채 웃고 있었다. 그러자 아기는 바로 전에 먹은, 아직 소화가 안 된 젖을 엄마의 목 안으로 토해버렸다. 그녀는 평생 동안 이 따뜻하고 시큼한 액체가 입 속에 들어올 때 놀란 것을 생각하면, 그 맛이 떠오르는 날이면 그날은 하루 종일 아무것도 먹지 못했다.

편지가 도착하기 시작하였다. 아시마의 친정 부모님과 시부모님으로부터 숙모, 삼촌, 사촌동생들과 친구들에 이르기까지 모두에게서 편지가 왔는데, 유독 아시마 할머니의 편지만 없었다. 편지에는 이 세상에 있는 모든 축복과 축하의 말이 다 적혀 있는 듯하였다. 여기에 적힌 글자들은 그들이 평생 동안 간판과 신문과 상점의 차양 위에서 보던 글자들이었는데, 이제는 이 소중한, 푸르스름한 편지지 위에서만 볼 수 있을 뿐이었다. 어떤 때는 일주일에 두 통이 왔다. 어떤 주에는 세 통이 온 적도 있었다. 언제나 12시와 2시 사이에 아시마의 귀는 그 어느 때보다 더 예민해졌다. 건물 현관에 들어서는 집배원의 발소리에 이어 들리는, 집 현관에 있는 우편물을 밀어 넣는 홈의 뚜껑이 '짤깍' 하는 소리를 놓치는 법이 없었다. 친정 부모님이 보내온 편지에는 언제나 어머니의 갈겨쓰신 필체 한 문단이 앞섰고, 그 다음으로 아버지의 유려하고 우아한 필체가 이어졌다. 편지지의 여백은 대개 아버지가 그려 넣은 동물 그림으로 장식되어지곤 하였다. 아시마는 고골리의 아기 침대 위에 편지를 붙여놓았다. '보고 싶어 죽을 지경이다.' 아시마의 어머니가 이렇게 쓰셨다. '이때가 가장 중요하다는 것을 명심하거라. 아이는 매시간 크니까 말이야. 꼭 명심하거라.' 아시마는 답장에서 아이의 모습을 꼼꼼히 묘사하면서 어떻게 처음으로 웃었는지, 처음으로 뒤집기를 한 날, 그리고 좋다고 소리를 지른 날이 언제였는지도 자세히 적었다. 그리고 고골리의 돌이 지나 다음 12월쯤 집에 가기 위해 돈을 저축하고 있는 중이라고도 적었다(소아과 의사가 열대병에 관해 우려를 보인 것에 대해 그녀는 말하지 않았다. 인도로 가기 위해서는 예방주사를 처음부터 다시 맞아야 한다고 경고했던 것이다).

11월에 고골리는 가벼운 중이염을 앓았다. 아시마와 아쇼크는 아들의 애칭이 항생제 처방전에, 또 예방주사 기록의 맨 꼭대기에 적혀 있는 것을 보았을 때 마음이 편치 않았다. 애칭은 이렇게 공식적인 곳에 쓰여서는 안 되는 것이었다. 그러나 아시마의 할머니가 보낸 편지는 아직도 도착하지 않았다. 이제는 편지가 분실된 것이라고 단정하는 수밖에 없었다. 아시마는 할머니에게 상황을 설명드리고, 이름을 적은 편지를 다시 보내달라고 부탁드려야겠다고 생각했다. 바로 그 다음날 편지 한 장이 도착하였다. 편지는 아시마의 아버지로부터 온 것이었지만, 여백에는 고골리를 위해 그린 코끼리나 앵무새, 호랑이를 찾아볼 수 없었다. 3주 전 날짜가 찍혀 있는 편지는, 아시마의 할머니가 쓰러지셨다는 것과 그로 인해 오른편이 영구히 마비되었다는 것, 그리고 정신도 희미해지셨다는 내용이었다. 이제는 음식을 씹거나 삼키지 못하고, 지난 80년의 세월을 거의 기억하지 못하신다는 것이었다. '아직 우리 곁에 계시지만, 솔직히 이미 잃은 것과 마찬가지다.' 아버지는 이렇게 쓰셨다. '아시마, 마음의 준비를 해두거라. 혹 다시는 뵙지 못할지도 모르니.'

이것이 집으로부터 받은 첫번째 비보悲報였다. 아쇼크는 아시마의 할머니를 잘 몰랐고, 결혼식 때 할머니의 발을 만지던 것만 어렴풋이 기억할 뿐이었다. 그러나 아시마는 며칠 동안 슬픔에 잠겨 있었다. 밖에는 갈색으로 변한 낙엽들이 지고 있었고, 날은 점점 짧아져 지독히도 어두운 밤이 빨리도 찾아왔다. 아시마는 고골리와 집에 앉아 할머니 디다를 마지막으로 뵌 일에 대해 생각하고 있었다. 보스턴으로 오기 며칠 전 아시마는 할머니를 찾아뵈러 갔었다. 할머니는 아시마가 떠나기 전 염소고기와 감자를 넣은 스튜를 특별히 만들어주신다고 10년도 넘게 발길을 끊었던 부엌엘 다시 들어가셨었다. 그리고 손으로 직접 과자를 먹여주셨다. 부모님들이나 다른 친척들과는 달리 할머니는 아시마에게 훈계를 늘어놓지 않으셨다. 보스턴에 내리는 순간 가족을 잊지 말아라, 쇠고기를 먹지 말아라, 다리를 드러내는 치마를 입지 말아라, 머리를 자르지 말아라와 같은 훈계 말이다. 할머니는 그런 배반의 징후들을 두려워하지 않으셨다. 오직 할머니만이 아시마는 절대 변하지 않을 것이라고 예견하셨던 분이었다. 떠나기 전 아시마는 돌아가신 할아버지의 초상 앞에 서서 머리를 숙인 채, 잘 떠날 수 있게 해달라고 빌었다. 그리고 몸을 구부려 할머니의 발에 묻은 흙을 자신의 머리에 묻혔다.

"디다, 곧 돌아올게요." 아시마는 이렇게 말했었다. 벵골 사람들은 안녕이라는 말 대신 언제나 이 말을 썼다.

"가서 마음껏 즐기거라." 할머니는 그 우렁찬 목소리로 고함을 치듯 말씀하시면서 아시마를 일으켜주셨다. 그리고는 떨리는 손으로 아시마의 얼굴에 흐르는 눈물을 엄지손가락으로 눌러 닦아주셨다. "가서 이 할미가 못한 일을 하거라. 다 잘되기 위한 거란다. 명심해야 한다. 자, 이제 그만 가거라."

아기가 자라면서 벵골인 친지들의 수도 불어났다. 곧 아이가 생길 난디 부부를 통해 아쇼크와 아시마는 미트라 부부를 알게 되었고, 미트라 부부를 통해 바네지 부부도 알게 되었다. 고골리를 유모차에 태우고 케임브리지의 거리를 걷다보면 젊은 벵골 총각들이 다가와서, 조심스럽게 그녀가 어디서 왔는지 묻는 경우가 가끔 있었다. 아쇼크처럼 그 총각들은 하나 둘씩 캘커타로 갔다가 올 때는 결혼하여 부인들과 함께 돌아왔다. 거의 매 주말마다 찾아가보아야 할 새집이나 새 부부, 새 가족이 생기는 듯하였다. 모두들 캘커타 출신이었고, 그 이유 하나만으로 그들은 친구였다. 그들 대부분은 케임브리지에 살았으며, 그것도 서로 걸어다닐 수 있는 가까운 거리에 살고 있었다. 남편들은 교수였고, 연구원이었으며, 의사였고, 공학자였다. 향수병에 걸려 있거나 아직 얼떨떨해하고 있는 부인들은 아시마에게 와서 레시피를 물어보거나 조언을 요청했다. 아시마는 차이나타운에 가면 잉어를 살 수 있고, 크림오브위트(상표명. 뜨거운 시리얼의 한 종류—옮긴이)로 할바(깨와 꿀 등을 넣어 만드는 터키식 과자—옮긴이)를 만들 수 있다고 말해주었다. 일요일 오후가 되면 그들은 서로의 집들을 오갔다. 설탕과 분유를 넣은 차를 마시고, 프라이팬에 튀긴 새우 커틀릿을 먹었다. 모두들 바닥에 빙 둘러앉아 딜립 난디가 치는 오르간 소리에 맞추어, 노란 천 장정의 두꺼운 가사집을 돌리며 나즈룰과 타고르의 노래들을 불렀다. 리트윅 가탁의 영화와 사티아지트 레이의 영화를 놓고, 인디아 마르크스주의 공산당 CPIM과 의회당을 놓고, 또는 북캘커타와 남캘커타를 놓고 격론이 벌어지곤 하였다. 그리고 그 중 어느 누구도 투표권을 가지지 않은 나라인 미국의 정치에 대해서도 몇 시간이고 토론을 벌이기도 하였다.

고골리가 6개월이 되는 2월경, 아시마와 아쇼크는 제대로 잔치를 할 수 있을 정도로 여러 사람을 알게 되었다. 잔치를 할 이유도 있었다. 고골리의 아나프라잔, 즉 밥을 먹는 날인 것이다. 벵골 아이들에게는 침례도 없었고, 하나님 앞에서 세례를 받는 일도 없었다. 대신 된 음식을 먹을 수 있을 때쯤 되면, 태어난 후 처음으로 공식적인 의식을 치르게 되는 것이다. 딜립 난디에게 아시마의 남동생 역할을 해달라고 부탁하였다. 아이를 안고 벵골의 생명의 양식인 밥을 처음으로 먹이는 일이었다. 고골리는 벵골의 아기 신랑처럼 옷을 입혔다. 캘커타에 사는 그의 할머니가 보내주신 연한 노란색의 펀자브식 바지였다. 소포에 함께 들어 있던 커민씨의 향이 옷에 배어 있었다. 아시마가 종이를 오려서 알루미늄 호일로 장식한 모자를 고골리의 머리 위에 실로 묶어 씌워주었다. 목에는 가느다란 14K 금목걸이를 걸었다. 고골리의 조그만 이마 위에 백단 반죽으로 여섯 개의 작은 베이지색 달을 눈썹 위에 떠 있는 모양으로 붙일 때는 애깨나 먹었다. 눈에는 콜을 발라 짙어보이게 하였다. 동서남북으로 손님들에게 둘러싸인 채 바닥에 깔아놓은 침대보에 앉아 있는 양삼촌의 무릎 위에서 고골리는 나부대었다. 음식은 10개의 그릇에 따로 담아 내놓았다. 아시마는 밥을 쌓아놓은 접시가 은그릇이나 놋그릇, 최소한 스테인리스 그릇도 아닌 멜라민 플라스틱인 것이 못내 아쉬웠다. 마지막 그릇에는 파예시가 담겨 있었다. 파예시는 따뜻한 쌀 푸딩으로, 아시마가 앞으로도 고골리의 생일날마다 준비해줄 음식이었다. 아이였을 때는 물론이고, 어른이 되어서도 생일 케이크 한 조각 옆에는 언제나 파예시가 놓여 있었다.

아빠와 그의 친구들이 사진을 찍는 동안 고골리는 사람들 속에서 엄마를 찾느라 얼굴을 찡그리고 있었다. 엄마는 뷔페상을 차리느라 바빴다. 결혼식 때 받은 선물인 은색 사리를 처음으로 꺼내 입었고, 팔꿈치까지 내려오는 소매가 달린 블라우스를 입었다. 고골리의 아빠는 밑이 종 모양으로 퍼지는 바지 위에 속이 비치는 흰색 펀자브식 윗옷을 입었다. 아시마는 지난주 내내 준비한 비리아니와 요구르트 소스에 곁들인 잉어 요리, 달, 그리고 여섯 가지 야채 요리를 내왔는데, 음식 무게 때문에 종이 접시를 세 개씩 겹쳐서 음식을 담아야 했다. 손님들은 서서 먹거나 바닥에 책상다리를 하고 앉아서 먹었다. 윗집의 쥬디와 앨런도 초대하였다. 그들은 언제나 같은 모습이었다. 날씨가 추워졌기 때문에 두꺼운 스웨터에 청바지를 입고, 두꺼운 모직 양말 위에 가죽 샌들을 신었을 뿐이었다. 쥬디는 뷔페상을 둘러보고 뭔가 하나를 집어먹었는데, 마침 새우 커틀릿이었다. "난 인도 사람들은 채식주의자인 줄 알았는데." 앨런의 귀에 대고 쥬디가 말했다.

고골리에게 밥을 먹이는 일이 시작되었다. 그저 밥을 입에 대는 시늉이면 족했다. 아무도 아이가 여기저기서 먹여주는 밥과 달을 입에 대는 것 이상 기대하지 않았다. 다만 평생 동안 먹을 밥을 처음 맛보게 해주는 것이었고, 앞으로 일일이 기억조차 할 수 없을 정도로 먹게 될 수천 수만의 끼니를 처음으로 시작하는 것이었다. 식이 시작되자 여자 몇 명이 만트라를 부르기 시작하였다. 소라껍질을 두드리며 돌렸으나, 아무도 소라껍질을 불 줄 아는 사람이 없었다. 고골리의 머리 위로 누군가 풀 한 단과 파라딥의 가늘지만 강한 불꽃을 들고 있었다. 아이는 넋이 나간 듯한 표정이었지만, 순순히 입을 벌려 전체 순서를 다 받아먹었다. 파예시는 세 번이나 받아먹었다. 고골리가 입을 벌려 넙죽넙죽 순가락을 받아 물자 아시마의 눈에는 눈물이 고였다. 자신의 친동생이 와서 먹여주고, 친정 부모님이 머리에 손을 올려 축복해주셨더라면 얼마나 좋았을까, 하는 생각을 떨쳐버릴 수가 없었다. 마지막 순서는 모든 사람이 기다리는 순간이었다. 장래의 행로를 점치기 위해 고골리 앞에 놓인 쟁반에는 뒤뜰에서 퍼온 케임브리지의 차가운 흙 한 줌과 볼펜, 그리고 1달러짜리 지폐가 놓여 있었다. 그가 장차 땅 주인이 될지, 학자가 될지, 아니면 사업가가 될지를 점치는 것이었다. 대개 아이들은 이 중 하나를 집거나, 아니면 다 집는 경우도 있었다. 그런데 고골리는 아무것에도 손을 대지 않았다. 고골리는 쟁반에 아무런 관심을 보이지 않았고, 오히려 몸을 돌려 양삼촌의 어깨에 잠시 얼굴을 파묻었다.

"돈을 잡아라! 미국 남자애는 부자가 돼야 해!" 모인 사람 중 누군가 소리쳤다.

"아니! 펜을 잡아라, 고골리. 펜을 잡아!" 고골리의 아빠가 맞섰다.

고골리는 의심스럽다는 듯한 눈빛으로 쟁반을 쳐다보았다. 수십 개의 머리가 아이의 결정을 기다리며 모여 있었다. 펀자브 파자마의 옷감이 고골리의 살 위에 까실까실하게 쓸리기 시작하였다.

"그래, 고골리. 뭐라도 한 개 집어라." 딜립 난디가 쟁반을 앞으로 끌며 말했다. 고골리는 얼굴을 찡그렸고, 아랫입술은 파르르 떨렸다. 바로 그 순간, 태어난 지 겨우 6개월 만에 운명을 결정하라는 압력에 못 견디겠다는 듯 고골리는 울음을 터뜨리고 말았다.

다시 8월이 왔다. 한 살이 된 고골리는 이것저것 잡고, 조금씩 걷기 시작했다. 그리고 두 언어로 모두, 단어를 반복해가며 말을 배우기 시작하였다. 엄마는 '마'라고 불렀고, 아빠는 '바바'라고 했다. 방 안에서 누군가 '고골리' 하고 부르면 돌아보고 웃었다. 밤에 잠을 잤고 낮에도 12시와 3시 사이에는 낮잠을 잤다. 이도 일곱 개나 났다. 종이조각이든 천 쪼가리든 바닥에 있는 것은 닥치는 대로 집어서 입에 넣으려고 하였다. 아쇼크와 아시마는 12월에, 아쇼크의 겨울방학을 이용하여 캘커타에 처음으로 다녀올 계획이었다. 이 여행은 고골리의 본명을 지을 수 있는 좋은 기회였다. 그래야 여권도 신청할 수 있을 터였다. 그들은 벵골 친구들에게 이름을 추천하라고 부탁하였다. 긴 저녁 시간 동안 이 이름, 저 이름을 생각하며 보냈다. 그러나 아무것도 마음에 들지 않았다. 그땐 이미 아시마 할머니의 편지는 포기한 지 오래였다. 그리고 할머니가 그 이름을 기억하는 것 역시 포기했다. 할머니는 아시마조차 기억하지 못하신다는 이야기를 들었기 때문이다. 그러나 아직 시간은 있었다. 캘커타에 갈 날은 아직 4개월이나 남아 있었다. 아시마는 두르가 푸조에 맞추어 좀더 일찍 가지 못하는 것이 안타까웠다. 그러나 아쇼크가 안식년을 얻으려면 아직 몇 년을 더 기다려야 하고, 12월에 3주를 빼는 것이 그들이 할 수 있는 전부였다. "크리스마스가 몇 달 지나 집에 가는 것과 마찬가지죠." 아시마는 어느 날 빨래를 널며 쥬디에게 이렇게 설명해주었다. 쥬디는 그 말을 듣더니 자기와 앨런은 불교 신자라고 대답하였다.

아시마는 손가락이 부러질 정도로 빠르게 친정 아버지와 시아버지, 남동생, 그리고 제일 좋아하는 삼촌 세 명의 스웨터를 짰다. 모양은 모두 똑같았다. 소나무색 털실을 사서 브이넥으로, 9호 바늘로 다섯 코 겉뜨기 두 코 안뜨기를 했다. 하지만 아버지의 것은 예외였다. 멍석뜨기로 한 다음, 앞에는 밧줄무늬를 굵게 두 줄 넣고 단추를 달았다. 평소에 풀오버보다 카디건을 좋아하시는 아버지였다. 언제라도 혼자서 카드놀이를 하기 위해 아버지가 항상 몸에 지니고 다니는 카드 한 벌을 위해 주머니를 다는 것도 잊지 않았다. 스웨터 말고도 아버지께 드리기 위해 하버드 쿠프에서 담비털로 만든 붓을 세 개 샀다. 사야 할 붓의 크기는 아버지가 편지로 알려주셨다. 그동안 미국에 와서 아시마가 산 것 중 가장 비싼 게 아닌가 싶을 정도로 붓은 상당히 고가였지만, 아쇼크는 영수증을 보고도 아무 말 하지 않았다. 하루는 보스턴 시내로 쇼핑을 하러 갔다. 아시마는 조단 마쉬 백화점 지하에서 고골리가 탄 유모차를 끌며 몇 시간에 걸쳐 가진 돈을 모두 다 쓰면서 쇼핑을 했다. 여러 가지 티스푼을 샀고, 올이 가는 면으로 만든 베갯보와 색깔이 있는 양초, 끈이 달린 비누를 샀다. 약국에서 시동생에게 줄 타이멕스 시계와 사촌동생들에게 줄 빅펜 볼펜을 샀다(파마시라고 불리는 미국의 약국에서는 약 조제뿐 아니라 각종 공산품을 판매함—옮긴이). 어머니와 이모들에게 선물하려고 자수용 실과 골무도 샀다. 집으로 오는 지하철 안에서 그녀는 신나고, 지치고, 친정에 갈 생각으로 들떠 있었다. 지하철은 붐볐고, 쇼핑백들과 유모차와 손잡이를 놓치지 않기 위해 안간힘을 쓰면서 서 있었더니, 어떤 여자아이가 자리를 내어주며 앉지 않겠느냐고 물었다. 고맙다고 대답한 아시마는 정말 고마운 일이라 생각하며 자리에 주저앉았다. 쇼핑백은 모두 다리 뒤로 밀어 넣었다. 고골리처럼 아시마도 졸음이 왔다. 유리창에 머리를 기대고 눈을 감은 채 집 생각을 하였다. 부모님 아파트 창문의 까만색 철창을 떠올렸다. 그리고 미국식 유아복과 기저귀를 찬 고골리가 천장에 매달린 팬 아래, 기둥이 네 개 달린 부모님의 침대 위에서 놀고 있는 모습을 그려보았다. 어머니의 편지대로, 요전에 계단에서 넘어져 이가 하나 빠진 아버지의 모습도 떠올려보았다. 그리고 할머니가 그녀를 알아보지 못하신다면 기분이 어떨지 애써 상상해보았다.

아시마가 눈을 떴을 때 지하철은 서 있었고, 문은 그녀가 내릴 정거장에서 열려 있었다. 후닥닥 자리에서 일어난 그녀의 가슴은 쿵쿵 뛰고 있었다. "실례합니다. 좀 나갈게요." 이렇게 말하며, 꽉 차 있는 사람들 사이로 유모차와 함께 자기 몸까지 밀며 나왔다. "저기요!" 그녀가 간신히 사람들을 통과하여 플랫폼에 발을 디딜 무렵, 누군가 이렇게 말했다. "이거 놓고 가셨는데요." 아시마가 자신의 실수를 깨달은 순간 지하철의 문은 '쾅' 하고 닫혔고, 천천히 굴러가기 시작하였다. 그녀는 지하철의 맨 마지막 칸이 터널 안으로 완전히 사라질 때까지 그곳에 그대로 서 있었다. 이제 플랫폼에 남아 있는 사람은 고골리와 아시마뿐이었다. 아시마는 유모차를 끌고 매사추세츠 로로 다시 걸어 내려왔다. 누가 보든지 말든지 엉엉 울며 걸었다. 그곳으로 돌아가서 구입했던 것을 모두 다시 산다는 것은 아무래도 불가능한 일이었다. 남은 오후 내내 스스로에게 화를 내면서, 이제 캘커타에는 스웨터와 붓만 덜렁 들고 돌아가게 생겼다고 혼자 속을 끓였다. 그러나 아쇼크가 집에 와서 지하철공사 분실물 센터에 전화를 걸었고, 다음날 쇼핑백을 모두 찾을 수 있었다. 티스푼 하나 없어지지 않았다. 이 작은 기적으로 아시마는 전에는 생각지도 못했던 원칙과 함께 예외도 존재하는 케임브리지라는 곳에 대해 어떤 끈끈한 감정까지 느끼게 되었다. 아시마는 저녁 식사 파티에서 할 이야깃거리가 생겼다. 친구들은 그녀의 이야기를 듣고, 운이 좋았다며 모두들 놀라워하였다. "이 나라에서만 있을 수 있는 일이죠." 마야 난디가 이렇게 말했다.

이 일이 있고 나서 얼마 지나지 않은 어느 날 밤, 모두 깊이 잠들어 있는데 전화벨이 울렸다. 전화벨 소리가 울리자마자 그들은 벌떡 일어났고, 마치 똑같은 악몽을 꾸다가 깨어나기라도 한 듯 두 사람의 가슴은 쿵쾅거리기 시작했다. 아시마는 아쇼크가 전화를 받기 전부터 이건 인도에서 온 전화라는 것을 직감할 수 있었다. 두어 달 전 가족들이 편지로 케임브리지의 전화번호를 물었을 때, 그녀는 마지못해 전화번호를 알려주었었다. 전화로 받을 소식이라면 분명 좋지 않은 소식이었다. 아쇼크가 일어나 수화기를 들어 기운 없는 목소리로 전화를 받는 동안, 아시마는 마음의 준비를 했다. 전화 소리에 깬 고골리를 달래기 위해 아기 침대의 난간을 접으며, 아시마는 머릿속으로 생각을 정리해보았다. 할머니는 여든이 넘었고 노환으로 침대에 누워 계신다. 잡숫지도, 말씀도 못하신다. 요전에 받은 부모님으로부터의 편지에는 근래 몇 달간 할머니나, 할머니 주변 분들이나 몹시 힘들었다고 되어 있었다. 그렇게 사실 일이 아니었다. 아시마는 어머니가 옆집 거실에 서서, 그 집 전화기에 대고 나직이 이런 얘기를 하고 계실 모습을 그려보았다. 아시마는 소식을 접할 마음의 준비를 하였다. 고골리가 결국 증조할머니를 한 번도 못 뵙게 될 거라는 사실을 받아들였다. 아들의 잃어버린 이름을 주신 할머니였다.

방은 소름이 돋을 정도로 추웠다. 그녀는 고골리를 안고 담요가 덮여 있는 침대 속으로 들어갔다. 아시마는 유난히 힘을 주어 아이를 자기 몸에 눌러 안고 젖을 물렸다. 그녀는 옷장 안 쇼핑백 속에 들어 있을, 할머니께 어울리겠다 싶어 구입한 미색 카디건이 생각났다. 아쇼크의 말소리가 들렸다. 잠이 깬 목소리였으나 너무 커서 위층의 앨런과 쥬디를 깨울까봐 걱정이 되었다. "네, 알겠습니다. 압니다. 걱정 마세요. 네, 그렇게 하죠." 그리고는 잠시 아무 말 없이 듣고 있었다. "받아봐." 그가 아시마의 어깨 위에 손을 얹으며 이렇게 말했다. 어둠 속에서 아시마에게 수화기를 건네주고 아쇼크는 잠시 머뭇거렸다. 그리고 침대에서 일어났다.

아시마는 직접 소식을 듣고, 어머니를 위로할 생각으로 수화기를 받아 들었다. 어머니가 이렇게 돌아가시는 날에는 누가 나를 위로해줄까, 하는 생각이 어쩔 수 없이 들었다. 이런 식으로 소식이 전해진다면, 이렇게 누군가 한밤중에 꿈에서 억지로 깨워 소식을 전한다면 어쩔 것인가. 소식을 들을 것이 두려운 한편으로 아시마는 어떤 기대로 가슴이 두근거렸다. 거의 3년 만에 처음으로 들어보게 되는 어머니의 목소리였던 것이다. 둠둠 공항에서 떠나온 이후 처음으로 '모누' 하고 부르는 소리를 들을 수 있을 것이다. 그러나 전화를 건 사람은 어머니가 아닌 남동생 라나였다. 전화선을 통해 들리는 그의 목소리는 작았고, 수화기에 난 그 작은 구멍들로는 잘 알아들을 수도 없었다. 아시마가 첫번째로 물은 것은 그곳은 몇시냐 하는 것이었다. 동생에게 들리도록 그녀는 같은 질문을 소리까지 쳐가며 세 번이나 반복했다. 라나는 점심 시간이라고 말했다. "12월달에 오는 거지?" 하고 그가 물었다.

아시마는 가슴이 저려옴을 느꼈다. 아직도 동생이 큰누나인 자기를 예전에 부르던 식으로 디디라고 부르니 새삼 감격스러웠다. 그 이름으로 그녀를 부를 수 있는 사람은 라나뿐이었다. 부엌에서 수돗물 소리가 났다. 남편이 물컵을 꺼내기 위해 찬장을 여는 것 같았다. "그럼, 가고말고." 수화기에서 희미하게 울리는, 처음보다 자신 없이 되풀이되는 자신의 말소리를 듣는 것이 영 어색했다. "디다는 어떠시니? 무슨 일 있으신 거 아냐?"
"아직 살아 계셔, 별 차도는 없지만." 라나가 대답했다.
안도와 함께 기운이 빠졌고, 아시마는 베개 위로 몸을 기댔다. 마지막 한 번이라도 결국 할머니를 뵐 수 있을 것이다. 그녀는 자신의 뺨을 아기의 뺨에 맞대며, 고골리의 이마에 입을 맞추었다. "아, 정말 다행이다. 엄마 바꿔봐." 아시마가 다른 쪽 발목을 위로 놓으며 말했다. "엄마하고 얘기 좀 하게."
"엄마 지금 집에 안 계셔." 지직거리는 소음으로 채워진 잠깐 동안의 침묵 후에 라나가 말했다.
"그럼 바바는?"
잠시 아무 말이 없었다. "안 계셔."
"아!" 그제야 시차가 생각났다. 아버지는 이미 《데쉬》 사무실로 출근하여 일을 하시는 중일 것이었다. 어머니도 삼베 시장 가방을 손에 들고, 야채니 생선이니 사느라 시장에 계실 시간이었다.
"고골리는 어때?" 라나가 물었다. "영어로만 얘기해?"
그녀는 웃었다. "아직은 아무 말도 잘 못하지." 그녀는 라나에게, 앨범을 펼쳐놓고 할아버지, 할머니와 삼촌들을 가리키며 고골리에게 '디다'나 '다두' '마무' 따위의 말들을 가르치고 있다고 하였다. 그러나 또 한 번의 잡음이 길게 이어져 그녀의 말허리를 끊어놓고 말았다.
"라나, 내 말 들려?"
"잘 안 들려, 디디." 라나가 이렇게 말했지만, 그의 목소리는 점점 희미해지고 있었다. "안 들려. 나중에 다시 걸게."
"그래, 나중에 보자. 이제 금방이야. 편지해." 그녀가 대답했다.
아시마는 동생의 목소리를 들으니 기분이 좋아져서 수화기를 내려놓았다. 그러나 곧 혼란스러워지면서 초조해지기 시작했다. 그런 애기를 하려고 전화까지 했단 말인가? 왜 하필 부모님이 다 집에 안 계실 때 전화를 했을까?

아쇼크가 부엌에서 물 한 잔을 들고 들어왔다. 그는 물을 내려놓고, 침대 옆에 있는 작은 전등의 스위치를 켰다.

"잠이 깼어." 피곤한지 목소리는 작았지만 이렇게 말했다.

"나도요."

"고골리는?"

"다시 잠들었어요." 아시마는 일어나서 아이를 아기 침대에 다시 누인 다음, 담요를 어깨까지 끌어다 덮어주었다. 그리고는 부르르 몸을 떨며 침대로 돌아왔다. "이해가 안 돼요." 구겨진 침대보 위에서 머리를 가로저으며 그녀가 말했다. "왜 라나가 이 시간에 전화까지 했을까? 전화값이 얼마나 비싼데. 말이 안 돼요." 그녀는 아쇼크를 쳐다보았다. "라나가 당신에게 정확히 뭐라고 했어요?"

아쇼크는 머리를 좌우로 흔들었다. 그의 옆모습이 내려앉았다.

"그 애가 당신에게 한 말이 있는데, 지금 나한테는 말 안 하는 거죠. 뭐라고 했어요, 말해봐요."

그는 계속해서 머리만 저었다. 그러더니 아시마가 누운 쪽으로 몸을 돌려 그녀의 손을 꼭 쥐었다. 너무 세게 쥔 나머지 조금 아팠다. 그리고는 아시마의 몸 위로 올라와 얼굴을 한쪽으로 돌린 채 그녀의 몸을 무겁게 눌렀다. 그의 몸이 갑자기 떨리기 시작하였다. 이런 자세로 너무 오래 있으니, 그가 곧 불을 끄고 그녀의 몸을 더듬지 않을까, 하는 생각이 들었다. 그러나 대신 그는 라나가 조금 전 그에게 한 말을 풀어내기 시작했다. 라나가 차마 누나에게 전화로 직접 할 수 없었던 얘기였다. 어제 저녁 아시마의 아버지가 심장마비로 돌아가셨다. 침대에서 혼자 카드놀이를 하시던 채였다.

그들은 엿새 후, 계획보다 6주 앞서 인도로 향했다. 이튿날 아침 아시마가 우는 소리에 잠을 깬 앨런과 쥬디는 아쇼크로부터 소식을 들었고, 문 앞에 꽃을 꽂은 꽃병을 놓아두었다. 그 엿새 동안 고골리의 본명을 생각할 틈도, 정신도 없었다. 임시 여권에는 미합중국의 국새 위에 '고골리 강굴리'라는 이름이 새겨졌고, 아쇼크가 아들을 대신하여 서명했다. 떠나기 바로 전날, 아시마는 고골리를 유모차에 태우고, 아버지께 드리려고 짠 스웨터와 붓들을 쇼핑백에 넣고는 집을 나섰다. 하버드 광장까지 걸어간 다음 지하철까지 걸었다. "실례합니다." 그녀는 길거리에서 어떤 남자에게 부탁하였다. "저 지하철을 꼭 타야 해요." 그 남자는 아시마가 유모차를 들고 계단을 내려가는 것을 도와주었다. 플랫폼에 내려선 아시마는 지하철이 오기를 기다렸다. 그리고 그녀는 센트럴 스퀘어 쪽으로 가는 지하철을 탔다. 이번엔 정신이 말똥말똥했다. 지하철 안에는 여섯 명 정도만 타고 있었는데 모두 《글로브》지에 얼굴을 묻고 있거나, 고개를 숙인 채 책을 보고 있거나, 아니면 그녀가 있는 쪽을 밍하니 바라보고 있었다. 지하철이 멈추자 그녀는 일어서서 내릴 준비를 했다. 좌석 밑에 일부러 놓아두고 온 쇼핑백 쪽으로는 눈길을 돌리지 않았다. "어이, 저 인도 여자분이 물건을 놓고 내리네." 문이 닫히는 순간, 누군가 이렇게 말하는 소리가 들렸다. 지하철이 떠나면서 누군가 유리창을 주먹으로 두드리는 소리도 들렸다. 그러나 아시마는 플랫폼에서 고골리가 탄 유모차를 밀며 계속 걷기만 했다.

다음날 저녁 그들은 런던으로 가는 팬암기에 올랐다. 런던에서 5시간을 기다린 후, 테헤란과 봄베이를 거쳐 캘커타로 가는 비행기로 갈아타야 했다. 보스턴 공항의 활주로에서 아시마는 안전벨트를 하고, 시계를 보며 속으로 인도 시간을 헤아려보았다. 그러나 이번에는 가족 중 어느 누구의 모습도 그려지지 않았다. 곧 보게 될 장면들을 떠올리고 싶지 않았기 때문이다. 어머니의 가르마를 물들였던 진홍색은 지워졌을 것이고, 동생은 장례식을 위해 그 숱이 많은 머리를 삭발했을 것이다. 바퀴가 굴러가자, 거대한 금속 날개가 서서히 아래위로 움직이기 시작하였다. 아시마는 여권과 영주권을 제대로 챙겼는지 확인하고 있는 아쇼크를 쳐다보았다. 도착지 시간에 맞추어, 은색 시계바늘을 가위질하듯 움직여 시간을 맞추는 아쇼크를 바라보았다.

"나, 가기 싫어요." 그녀는 어두운 타원형의 창문 쪽으로 얼굴을 돌리며 말했다. "가족들이 보기 싫어. 도저히 얼굴을 못 볼 것 같아요."

비행기가 속도를 내기 시작했고, 아쇼크는 한쪽 팔로 아시마를 안았다. 보스턴 시내가 기울어지면서 멀어져갔고, 그들은 이미 까맣게 된 대서양 위로 순식간에 날아올랐다. 바퀴가 기체 내로 들어갔고, 힘껏 상승 비행을 하느라 기체가 흔들렸다. 첫번째 구름층을 통과하고 있었다. 고골리의 귀는 솜으로 꼭 막아주었지만, 슬퍼하는 엄마의 품 안에서 결국 소리를 지르며 울음을 터뜨렸다. 비행기는 더 높이 올라갔고, 고골리는 난생 처음으로 세상을 가로질러 날아가고 있었다.

3

1971

강굴리 가족은 보스턴 외곽에 있는 대학 동네로 이사를 했다. 그들이 알기로 이곳에 사는 벵골 사람들은 그들뿐이었다. 이 동네에는 유적지가 있었다. 여름이면 주말마다 관광객들이 몰려와 짤막하게 한 줄로 지어진 식민지풍의 건물들을 보고 돌아갔다. 첨탑 지붕의 조합 교회와 옆에 감옥이 딸린 석조 법원 건물, 둥근 지붕을 한 공공도서관, 그리고 폴 리비어가 마셨다고 전해지는 목조 우물 등이었다. 겨울에는 땅거미가 지고 난 후면 창문마다 가느다란 초가 켜졌다. 아쇼크는 이곳 대학의 전기공학과 조교수로 채용되었다. 다섯 과목을 가르쳤고, 연봉은 1년에 1만 6천 달러였다. 문 위에 그의 이름을 새긴 까만 플라스틱 명패가 붙은 개인 사무실도 있었다. 존스 부인이라는 나이 지긋한 비서가 과에 있는 다른 교수들의 일과 함께 그의 일을 도와주었다. 존스 부인은 교직원실에 있는 커피 여과기 옆에 집에서 만들어온 바나나빵 한 접시를 놓아두곤 하였다. 부인의 남편은 돌아가실 때까지 영문과에서 학생들을 가르쳤다고 했다. 아쇼크는 존스 부인이 아마 어머니 나이쯤 되었을 거라고 생각하였다. 그녀는 아쇼크의 어머니라면 굴욕감마저 느낄 종류의 삶을 살고 있었다. 혼자서 식사를 했고, 눈이 오나 비가 오나 직접 운전을 하여 직장에 나왔으며, 자식들과 손자는 1년에 기껏해야 서너 번 보는 것이 고작이었다.

일은 아쇼크가 꿈꾸어오던 바로 그런 것이었다. 그는 언제나 기업에서 일하기보다 대학에서 가르치기를 원했었다. 얼마나 기막힌 일인가, 미국 학생으로 가득 찬 방에 서서 강의를 한다는 것이. 그는 이렇게 생각했다. 아쇼크는 대학 주소록 '교수진' 명단 아래서 자신의 이름을 보는 것만으로도 뿌듯한 성취감을 느꼈다. 또 존스 부인이 "강굴리 교수님, 부인 전화입니다"라고 말할 때마다 그의 기분은 날아갈 듯하였다. 4층에 있는 사무실에서는 포도주색 벽돌 건물들에 둘러싸인 안뜰이 내려다보였다. 날씨가 좋은 날이면 벤치에 앉아 캠퍼스 시계 탑에서 울리는 종소리를 들으며 점심을 먹었고, 금요일에는 마지막 수업을 마치고 도서관에 가서 긴 나무 막대에 걸린 국제 신문을 읽곤 하였다. 미국 공군이 캄보디아에 있는 베트콩의 군수 보급선을 폭파시켰다는 소식과 캘커타에서 낙살라이트(인도의 극좌파 당원—옮긴이)들이 길거리에서 살해당하고 있다는 소식, 인도와 파키스탄이 전쟁에 들어갈 것이라는 소식 등을 읽었다. 때로 햇볕이 많이 드는, 사람이 별로 없는 도서관의 꼭대기층을 기웃거리곤 했다. 문학작품이 꽂혀 있는 곳이었다. 복도에서 책을 뒤적거리다보면 러시아 작가들의 작품이 꽂혀 있는 쪽으로 자연스레 발걸음이 옮겨졌다. 붉은색과 녹색, 그리고 푸른색의 장정으로 만들어진 책등에 금색 글씨로 아들의 이름이 새겨져 있는 것을 보면 마음이 더없이 편안해지곤 하였다.

그러나 아시마에게 있어 교외로 이사한 것은 캘커타에서 케임브리지로 간 것보다 더 급격하고 적응하기 힘든 변화였다. 아쇼크가 노스이스턴 대학의 자리를 택했더라면 도시에 머무를 수 있었을 것이다. 무슨 동네에 보도步道조차 없을까, 놀라울 뿐이었다. 게다가 가로등도, 대중 교통수단도 없었고, 가게도 몇 킬로미터마다 하나씩 있을 뿐이었다. 이제는 차가 꼭 필요하기에 새로 도요타 코롤라를 구입했지만, 그녀는 운전을 배우는 데 관심이 없었다. 임산부가 아니면서도 아시마는 아직도 가끔씩 라이스 크리스피와 땅콩과 양파를 섞어서 먹었다. 아시마는 요즘 들어 외국인으로서 살아간다는 것은 평생 임신한 것과 다름없다는 생각을 했다. 기다림은 끝도 없고, 언제나 버겁고, 끊임없이 남과 다르다고 느끼는 것이다. 한때는 평범했었던 삶에 이제는 불룩하게 괄호가 하나 삽입되었고, 이 괄호 속에는 끝나지 않는 책임이 들어 있었다. 이를 통해 이전의 삶은 사라지고 말았다는 것, 그 삶은 오히려 더 복잡하고 힘든 무엇인가로 대체되었다는 것을 알게 되는 것이다. 외국인으로서 살아간다는 것은 임신했을 때처럼 모르는 사람으로부터 호기심과, 그리고 동정심과 이해심이 묘하게 뒤섞인 감정을 자아내는 어떤 것이라고, 아시마는 생각하였다.

남편이 직장에 갔을 때 아시마가 하는 집 밖 나들이란 그들이 살고 있는 대학과 캠퍼스 한쪽 끝에 바로 붙어 있는 유적지가 전부였다. 그래도 그녀는 고골리와 함께 열심히 여기저기 돌아다녔다. 고골리를 캠퍼스 안뜰에서 뛰어다니게 하거나, 비오는 날에는 학생회관 로비에서 텔레비전을 보며 고골리와 함께 앉아 있었다. 일주일에 한 번 사모사를 30개 만들어 하나에 25센트씩 받고 국제 커피하우스에서 팔았다. 그 옆에는 에트졸드 부인이 만든 린저 스퀘어와 카솔리스 부인이 만든 바클라바도 있었다. 금요일에는 공공도서관에서 하는 어린이 이야기 시간에 고골리를 데리고 갔다. 아이가 네살이 되면서 대학 부속 유아원으로 일주일에 세 번씩 데려다주고 끝나면 데리러 가곤 했다. 고골리가 유아원에서 손가락 페인팅과 영어 알파벳을 배우는 동안, 아시마는 혼자 있는 게 새삼스레 어색해져서 풀이 죽어 지내곤 하였다. 같이 걸을 때면 꼭 사리 자락을 잡고 걷는 아들의 버릇이 그리웠다. 또 배고프다고, 피곤하다고, 또는 화장실에 가야 한다고 말할 때의 아들의 뚱한 목소리가, 어린 남자아이의 고음의 목소리가 그리웠다. 혼자 있기가 싫어서 그녀는 주로 공공도서관의 열람실에 갔다. 삐걱거리는 의자에 앉아 어머니에게 편지를 쓰거나, 잡지를 읽거나, 집에서 가져온 벵골 책을 읽곤 하였다. 토마토색 카펫이 바닥에 깔려 있는 열람실에는 빛이 많이 들어왔다. 가운데 개나리와 캣테일을 꽂아놓은 크고 둥근 탁자 위에는 사람들이 모여 앉아 신문을 읽고 있어 활기차보였다. 고골리가 유난히 보고 싶은 날은 어린이 열람실에 가서 서성댔다. 그곳 게시판에는 이야기 시간에 방석 위에 책상다리로 앉아 있는 고골리의 사진이 붙어 있었다. 사서인 에이큰 부인이 읽어주는 『모자 쓴 고양이』를 듣고 있는 아들의 옆모습이었다.

유난히 더운 대학 기숙사 아파트에서 2년을 살고 나니 아시마와 아쇼크는 집을 살 때가 되었다고 생각했다. 저녁때마다 밥을 먹은 후에 차를 타고 나섰다. 고골리를 뒷좌석에 태우고 매매 나온 집들을 보러 다녔다. 18세기에 지어진 저택에 살고 있는 아쇼크의 학과장 집 주변의 유적지 근처는 보러 가지 않았다. 그 집엔 1년에 한 번씩 있는 박싱데이(영국이나 영연방 국가들에서 크리스마스 다음날을 부르는 말—옮긴이) 다과 때 초대받아 가보았었다. 대신 그들은 잔디밭 위에 비닐 풀장이나 야구 방망이가 보이는 평범한 거리들을 주로 둘러보았다. 모두 미국 사람들이 사는 집이었다. 집 안에서도 신발을 신고, 부엌에는 고양이 오물통이 있었으며, 아시마와 아쇼크가 초인종을 누르면 개들이 짖으면서 뛰어나왔다. 케이프, 소금

그릇형 가옥, 미니 2층집, 게리슨형 가옥 등 다양한 건축 양식의 이름도 배웠다. 결국 그들은 최근 주택 개발로 지어진 2층짜리 식민지풍 건물로 결정했다. 아무도 산 적이 없는 300평 대지 위에 세워진 새집이었다. 그들이 소유하게 된 한 뼘의 미국땅이었다. 고골리는 부모를 따라 은행을 전전하며, 수많은 서류에 서명할 때마다 앉아서 기다렸다. 모기지(은행융자—옮긴이)가 떨어졌고, 이사는 내년 봄으로 잡혔다. 유-홀 트럭을 빌려 새집으로 이사하면서, 아쇼크와 아시마는 그동안 불어난 살림에 입이 딱 벌어졌다. 미국에 올 때는 몇 주일치 옷가지를 담은 여행용 가방 하나씩이었다. 이제는 그릇과 컵을 다 쌀 수 있을 만큼 때지난 《글로브》지가 아파트 구석에 쌓여 있었다. 버려야 할 《타임》지도 몇 년치나 되었다.

새집의 벽을 칠했고, 자동차 진입로는 수지로 마감하였으며, 지붕과 베란다는 방수 처리를 하여 착색제를 입혔다. 아쇼크는 사진 어딘가에 고골리가 들어가게 세워놓고, 모든 방의 사진을 모조리 찍었다. 인도에 있는 가족과 친척들에게 보내기 위해서였다. 고골리가 냉장고를 여는 사진도 있었고, 전화받는 시늉을 하는 사진도 있었다. 단단한 체구의 고골리는 볼은 오동통했지만, 이미 속깊은 표정이 엿보이는 아이였다. 카메라 앞에서 포즈를 취할 때는 웃음을 짓도록 애를 얼러야 했다. 집에서 슈퍼마켓까지는 15분, 쇼핑몰까지는 40분 정도 떨어져 있었다. 주소는 67 펨버튼 로드였다. 존슨 씨네, 머튼 씨네, 아스프리스 씨네, 힐스 씨네가 이웃이었다. 집에는 보통 크기의 방이 네 개, 목욕탕은 한 개 반이 있었고, 2미터가 조금 넘는 천장에 자동차 한 대가 들어가는 주차장이 있었다. 거실에는 벽돌로 만든 벽난로와 앞뜰이 내려다보이는 돌출창이 있었다. 부엌에는 노란색 계통의 부엌 기구들이 갖추어져 있었고, 바닥에는 타일처럼 보이게 만든 리놀륨인 레이지 수잔이 깔려 있었다.

거실 벽에는 동네 화방에서 액자를 한 아시마 아버지의 수채화가 걸려 있었다. 라자스탄 사막의 낙타를 그린 그림이었다. 고골리도 이제 자기 방을 갖게 되었다. 밑에 서랍이 달려 있는 침대와 팅커 토이, 링컨 락, 뷰 마스터, 에치-어-스케치 등을 놓아둘 철제 선반도 있었다. 고골리의 장난감은 거의 야드 세일에서 샀다. 대부분의 가구나 커튼, 토스터기, 냄비와 프라이팬 세트도 마찬가지였다. 아시마는 처음엔 이런 물건을 집에 들여놓는 것이 꺼림칙했었다. 모르는 사람이 쓰던 것을, 그것도 모르는 미국 사람이 쓰던 것을 산다는 것이 창피하기도 했다. 그러나 아쇼크가 학과장도 야드 세일에서 물건을 산다고 말해주었다. 미국 사람들은 저택에 살아도 50센트에 산 중고 바지를 입는다는 것이었다.

이 집에 처음 이사 왔을 때 정원은 전혀 가꾸어지지 않은 상태였다. 심어놓은 나무 한 그루 없었고, 현관 옆으로 관목도 없어서 시멘트로 된 기초가 눈에 보일 정도였다. 그래서 처음 몇 달 동안, 네 살배기 고골리는 돌과 나뭇가지가 굴러다니는 흙이 울퉁불퉁하게 덮인 마당에서 뛰어놀았다. 운동화에는 흙이 묻어 지나다니는 대로 발자국이 남았다. 이것이 그가 기억하는 가장 오래된 추억들 중 하나였다. 평생 동안 고골리는 추운 봄날 흙을 파서 돌을 모으고, 뒤집어진 슬라브판 밑에서 까만색과 노란색이 섞인 도롱뇽을 찾으며 놀던 것을 기억할 것이다. 이웃의 다른 아이들이 노는 소리, 자전거를 타며 웃는 소리를 기억할 것이다. 어느 따뜻하고 환하던 여름날, 트럭으로 날라온 흙을 정원에 쏟아 붓던 것을, 그리고 몇 주 후 부모님과 함께 베란다에 서서 까만 맨땅에서 가느다란 잔디가 돋아나는 광경을 지켜보던 것을 기억할 것이다.

처음에는 저녁마다 가족끼리 드라이브를 하면서 새로운 환경을 조금씩 둘러보았다. 아무도 돌보지 않는 비포장도로, 응달진 시골

길, 그리고 가을엔 호박을 따고 7월에는 초록색 마분지 상자에 담긴 딸기를 살 수 있는 농장도 둘러보았다. 차의 뒷좌석은 아직도 비닐 커버가 씌워진 채였고, 문에 부착된 재떨이도 봉해진 그대로였다. 그들은 날이 어두워질 때까지 특별한 목적지도 없이 돌아다녔다. 숨겨진 연못과 포도밭을 지나쳤고, 막다른 길을 만나기도 하였다. 때로는 동네를 완전히 벗어나 북쪽 해안을 따라 해변에 가기도 하였다. 여름에도 그들은 수영을 하거나 선탠을 하러 해변에 가지는 않았다. 대신 평상복을 입고 갔다. 그들이 도착했을 땐 이미 매표소에는 아무도 없었다. 북적거리는 사람들도 사라진 후였다. 주차장에 차 몇 대만 남아 있을 뿐이었고, 그들 외에 다른 사람들이란 개를 데리고 산책 나온 사람들이나 석양을 보러 온 사람들, 그리고 모래사장에서 금속탐지기를 끌고 다니는 사람들이었다. 강굴리 가족은 드라이브를 하면서, 바다의 가느다란 푸른 선이 눈에 들어오기를 기대했었다. 고골리는 해변에서 돌을 줍고 모래 속에 동굴을 팠다. 아버지와 아들은 종아리 중간까지 바지를 걷어 올리고 맨발로 걸어다녔다. 고골리는 아버지가 연을 날리는 것을 지켜보았다. 연은 금세 바람 속으로 날아갔다. 너무 높이 날아올라서 고골리는 이미 하늘 위에 팔랑이는 점이 되어버린 연을 보기 위해 고개를 뒤로 젖혀야 했다. 바람이 귓가를 때려 얼굴이 시려웠다. 눈처럼 하얀 갈매기들은 날개를 활짝 펴고 손에 닿을 만큼 낮게 날고 있었다. 고골리는 곧 지워져버릴 짧막한 발자국들을 남기며 바닷물을 들락날락하였다. 접어 올린 바지는 이미 다 젖어버린 상태였다. 엄마는 슬리퍼를 손에 든 채 발목 위로 사리를 들어 올리고, 거품이 일고 있는 얼음처럼 차가운 물에 발을 담그면서 소리를 지르며 웃었다. 그녀는 손을 뻗어 고골리의 손을 잡았다. "너무 멀리 가면 안 돼." 파도가 다시 힘을 모으며 뒤로 물러갔다. 어두운 빛깔의 부드러운 모

래도 즉시 방향을 바꾸며 발밑으로 빠져나가자, 그들은 잠시 중심
을 잃고 휘청거렸다. 그럴 때마다 아시마는 이렇게 말했다. "나, 넘
어져. 바다가 자꾸 끌어당겨."

고골리가 다섯 살이 되던 8월, 아시마는 둘째아이를 임신한 사실
을 알게 되었다. 아침이면 억지로 빵 한 조각을 먹었다. 아쇼크가
빵을 구워왔고, 아시마가 침대에서 빵을 다 먹을 때까지 지켜보았
다. 머리가 계속 빙빙 돌았다. 침대 옆에 분홍색 플라스틱 휴지통을
갖다놓고, 커튼을 모두 내린 채 하루 종일 누워 지냈다. 입과 이에
서는 쇠 맛이 느껴졌다. 그녀는 아쇼크가 거실에서 침대 옆으로 옮
겨다준 텔레비전을 통해 가격 맞추기, 가이딩 라이트, $10,000 피
라미드를 보았다. 점심때가 되면 휘적휘적 부엌으로 걸어나가, 고
골리가 먹을 땅콩버터와 잼을 바른 샌드위치를 만들었다. 냉장고를
열면 역한 냄새가 났다. 아시마는 야채칸에 들어 있는 야채는 다 쓰
레기가 되었고, 선반에 있는 고기는 벌써 썩어버린 것이 분명하다
고 생각하였다. 때로 고골리는 안방 침대 위 엄마 옆에 누워 그림책
을 읽거나 크레용으로 색칠하기를 하였다. "이제 동생이 생길 거
야." 어느 날 그녀는 이렇게 말했다. "이제 너를 다다라고 부를 사
람이 생기는 거야. 신나지 않아?" 때로 기운이 좀 있는 날이면, 그
녀는 고골리에게 앨범을 가져오라고 하였다. 그리고 고골리의 할아
버지, 할머니, 삼촌, 숙모, 사촌들의 사진들을 함께 보았다. 캘커타
에 한 번 다녀왔지만 고골리는 이들을 기억하지 못하였다. 그녀는
고골리에게 타고르가 지은 4행짜리 동시를 암송하도록 가르쳤다.
그리고 푸조 동안 팔이 열 개 달린 여신 두르가를 치장하는 신들의
이름도 외우게 하였다. 백조를 데리고 있는 사라스와티, 왼쪽에 공
작새가 있는 가르틱, 부엉이와 라크쉬미, 그리고 오른쪽에 쥐를 데

리고 있는 가네쉬. 매일 오후 아시마는 낮잠을 잤다. 그러나 잠이 들기 전에는 언제나 텔레비전의 채널을 2번으로 돌려, 고골리가 '세서미 스트리트'나 '전기 회사' 같은 프로그램을 보도록 하였다. 유아원에서 영어를 따라가게 하기 위해서였다.

저녁이 되면 고골리와 아빠는 둘이서 저녁을 먹었다. 아빠는 일요일마다 네덜란드식 오븐에 일주일 분량의 닭고기 카레와 밥을 해 놓았다. 음식을 데우면서 아빠는 엄마에게 냄새가 가지 않도록, 고골리에게 안방문을 닫고 오라고 하였다. 부엌에서 일을 하며 엄마 대신 가스레인지 앞에 서 있는 아빠를 보는 것은 이상했다. 식탁에 앉으면 이젠 엄마 아빠의 이야깃소리도 없었고, 거실에서 들려오던 텔레비전 뉴스 소리도 들리지 않았다. 아빠는 머리를 숙인 채 새로 나온 《타임》지를 넘기며 음식을 먹었다. 가끔 고개를 들어 고골리가 잘 먹고 있는지 확인하였다.

아빠는 식사하기 전에 고골리의 카레와 밥을 비벼주는 것을 잊지 않았지만, 엄마가 해주는 식으로 밥을 조그만 공처럼 만들어 시계판에 있는 숫자처럼 접시에 둥글게 담아주지는 않았다. 고골리는 벌써, 손바닥에 음식을 묻히지 않고 손가락으로 혼자 밥을 먹는 방법을 배웠다. 양고기를 먹을 때 골수를 빨아먹는 것을 배웠고, 생선을 먹을 때 뼈를 발라내는 것도 배웠다. 그러나 엄마가 없으면 밥이 먹기 싫었다. 고골리는 저녁마다 엄마가 안방에서 나타나 사리와 카디건에 밴 엄마 냄새를 풍기며, 자기와 아빠 사이에 앉아주었으면 하고 바랐다. 그는 매일 똑같은 음식을 먹는 게 지겨워져서, 하루는 밥을 남기고 조심스럽게 그릇을 옆으로 밀었다. 그리고는 검지손가락에 남은 소스를 묻혀 접시에 그림을 그리기 시작하였다. 그는 혼자 틱-택-토(9칸으로 나눈 정사각형에 한 줄로 ×나 ○를 세 개 먼저 그리는 사람이 이기는 놀이—옮긴이)를 했다.

"다 먹어." 아빠가 《타임》지에서 눈을 들며 말했다.
"그리고 음식 가지고 장난하는 거 아니야."
"바바, 나 배불러요."
"아직도 밥이 많이 남았잖아."
"바바, 못 먹겠어요."
아빠의 접시는 윤이 날 정도로 깨끗이 비워져 있었다. 닭뼈는 연골까지 발라먹었고, 분홍색 속이 나올 때까지 씹어먹었다. 월계수 잎과 통계피는 새것이나 다름없었다. 아쇼크는 고골리에게 안 된다고 완강하게 고개를 저었다. 아쇼크는 매일 학교에서 사람들이 반쯤 먹은 샌드위치나 한두 입 먹은 사과를 쓰레기통에 버릴 때마다 고통스러웠다. "다 먹어라, 고골리. 내가 너만할 때는 양철도 씹어 먹었다."

아시마는 차가 움직이기만 해도 토했기 때문에, 1973년 9월 고골리가 동네에 있는 공립 초등학교 부속 유치원에 가는 첫날, 아들을 데리고 남편과 함께 가지 못했다. 고골리가 등교한 날은 이미 학기가 시작된 지 2주째 되는 날이었다. 지난주 내내 고골리는 엄마처럼 배가 아프다면서 잘 먹지도 않고 기운 없이 침대에 누워 지냈다. 하루는 엄마의 분홍색 쓰레기통에 토하기까지 하였다. 고골리는 유치원에 가는 것이 싫었다. 서랍장 문고리에 걸려 있는 엄마가 시어즈 백화점에서 사준 새 옷도 입기 싫었다. 찰리 브라운 도시락가방도 싫었고, 펨버튼 로드 끝에 멈추는 노란색 스쿨버스도 싫었다. 유아원하고 다르게 유치원이 있는 학교는 집에서, 또 대학교에서도 몇 마일이나 떨어져 있었다.

그동안 여러 번 학교 건물을 보러 갔었다. 낮고 긴 벽돌 건물의 지붕은 완전히 평평했고, 잔디에 꽂힌 기다랗고 하얀 깃대 위에는 깃발이 나부끼고 있었다.

고골리가 유치원에 가기 싫어하는 데에는 이유가 있었다. 부모님은 유치원에 가면서부터 그를 고골리라고 부르는 대신 새 이름으로, 본명으로 부르게 될 거라고 말했던 것이다. 고골리의 공식적인 교육이 시작되는 시점에 맞추어 마침내 부모님은 그의 본명을 지은 것이다. 니킬이라는 이름은 옛 전통과 기막히게 연결되는 이름이었다. '모든 것을 아우르는 완벽한 사람'이라는 뜻을 가진 전혀 손색없는 벵골의 본명이었을 뿐 아니라, 러시아 작가 고골리의 이름인 니콜라이와도 만족스러울 정도로 비슷했다. 아쇼크는 얼마 전 도서관에 꽂힌 고골리의 책등을 무심코 바라보다가 이 이름을 생각해냈었다. 그리고 아시마의 생각을 물어보기 위해 한달음에 집으로 달려왔다. 그는 이 이름이 비교적 발음하기 쉽지만, 줄여 부르는 것을 병적으로 좋아하는 미국인들이 '닉'으로 잘라 부를 위험성이 있다고 했다. 아시마도 이름이 꽤 마음에 든다고 말했다. 그러나 나중에 혼자 남게 되자 아시마는 울기 시작했다. 그해 초 돌아가신 할머니를 생각했고, 또 고골리를 위해 할머니가 골라주신 본명을 담은 채 인도와 미국 사이 어딘가를 영원히 떠돌고 있을 그 편지를 생각했다. 아시마는 아직도 펨버튼 로드의 이 집 우체통 안에서, 마침내 편지를 발견하는 것을 상상하며 우체통을 열어보곤 하였다. 물론 언제나 우체통은 비어 있었다.

정작 고골리는 새 이름을 원하지 않았다. 왜 자기 이름을 놓아두고 다른 이름에 대답해야 하는지 알 수가 없었다. "왜 새 이름을 가져야 해요?" 그는 눈물을 글썽이며 부모님께 물었다. 부모님도 니킬이라고 부른다면 또 다른 문제였다. 하지만 부모님께선 새 이름은 학교에서 선생님과 친구들만 부르는 이름이라고 하지 않았던가. 그는 니킬이 되는 것이 두려웠다. 니킬은 그가 모르는 사람이었고,

동시에 그를 모르는 사람이었다. 부모님은 자신들도 모두 이름이 두 개라고 말해주었다. 미국에 사는 모든 벵골 사람들도, 캘커타에 사는 친척들도 마찬가지였다. 이건 커가는 과정이고, 벵골 사람이 되는 과정이라며 그를 타일렀다. 부모님은 종이 위에 새 이름을 적고, 그에게 열 번 반복해서 쓰라고 하였다. "걱정할 필요 없단다." 아빠가 말했다. "나나 네 엄마에게 넌 언제나 고골리이니까."

학교에 도착하니, 비서인 맥납 부인이 아쇼크와 고골리를 맞아주었다. 그녀는 아쇼크에게 등록원서를 건네주었다. 그는 고골리의 출생증명서와 예방주사 기록을 건네주었고, 맥납 부인은 등록원서와 함께 파일에 정리하였다. "이쪽으로 오세요." 맥납 부인은 교장실로 그들을 안내했다. 문 위에는 '캔디스 라피더스'라고 씌어 있었다. 라피더스 부인은 아쇼크에게 첫 주를 결석한 것은 문제가 되지 않으며, 학교는 어차피 아직 안정되지 않았다고 말했다. 라피더스 부인은 밝은 금발 머리를 짧게 자른 훤칠한 여자였다. 그녀는 펄이 없는 파란색 눈화장을 하고 레몬색 정장을 입고 있었다. 그녀는 아쇼크와 악수하면서 학교에는 인도 학생이 두 명 더 있다고 하였다. 3학년인 자야데브 모디와 5학년인 렉카 삭세나였다. 강굴리 가족이 아는 아이들이냐고 교장이 물었다. 아쇼크는 모른다고 대답하였다. 그녀는 등록원서를 보고 친절하게 미소지으며, 아버지의 손을 꼭 붙잡고 있는 아이를 내려다보았다. 고골리는 담청색 바지에 빨간색과 흰색이 들어간 운동화를 신고, 줄무늬 폴로셔츠를 입고 있었다.
"학교에 온 것을 환영해요, 니킬. 나는 교장 선생인 라피더스 부인이에요."
고골리는 운동화만 내려다보고 있었다. 교장 선생님이 발음한 그의 새 이름은 부모님이 말할 때와 달랐다. 두번째 음절을 더 길게 발음해서 '닉-힐'처럼 들렸다.

그녀는 무릎을 굽혀 그의 얼굴과 눈높이를 맞춘 다음, 손을 뻗어 그의 어깨 위에 올려놓았다. "몇 살인지 말할 수 있겠니, 니킬?"

다시 한 번 물었는데도 대답이 없자, 라피더스 부인은 아쇼크에게 이렇게 물었다. "강굴리 씨, 니킬이 영어를 할 줄 아나요?"

"물론 할 줄 알고말고요." 아쇼크가 대답했다. "이 아이는 2개국어를 완벽하게 구사합니다."

고골리가 영어를 할 수 있다는 것을 증명하기 위해 아쇼크는 이제까지 한 번도 한 적이 없는 일을 하였다. 아들에게 영어로 말한 것이다. 조심스러운 억양이 섞인 영어였다. "말해봐, 고골리." 그가 아들의 머리를 쓰다듬으며 말했다. "라피더스 부인에게 몇 살인지 말씀드려보렴."

"뭐라고요?" 라피더스 부인이 물었다.

"네? 뭐가 말입니까, 부인?"

"방금 아이를 부른 그 이름이요, ㄱ으로 시작하는."

"아, 그 이름은 집에서만 부릅니다. 그러나 그의 본명은……." 그는 확신에 찬 듯 고개를 끄덕이며 이렇게 말했다. "니킬이어야 합니다."

라피더스 부인은 양미간을 모았다. "죄송하지만 무슨 말씀인지 잘 이해가 되지 않네요. 본명이라니요?"

"네, 맞습니다."

라피더스 부인은 등록원서를 찬찬히 살펴보았다. 다른 두 인도 아이들과는 없던 일이었다. 그녀는 파일을 열어, 예방접종 목록과 출생신고서를 살펴보았다. "무슨 착오가 있는 것 같습니다. 강굴리 씨." 그녀가 말했다. "이 서류들에 의하면, 아드님의 법적인 이름은 고골리입니다."

"맞습니다. 그런데 제가 설명을 하자면?"

"니킬이라고 부르는 것을 원하신다는 말씀이지요."

"그렇습니다."

라피더스 부인이 고개를 끄덕였다. "이유는요?"

"그게 저희의 바람입니다."

"글쎄 잘 이해가 되지 않는데요, 강굴리 씨. 니킬은 중간 이름이라는 말씀인가요? 아니면 예명? 여기선 아이들을 예명으로 부르는 경우가 많아요. 이 서류에 보면 여기 공간이 있는데?"

"아니, 아닙니다. 중간 이름이 아니에요." 아쇼크가 말했다. 점점 답답해지기 시작했다. "얘는 중간 이름이 없습니다. 예명도 아니고요. 이 아이의 본명, 학교에서 부를 이름은 니킬입니다."

라피더스 부인이 미소를 지으며 말했다. "그렇지만 아이가 반응이 없는 건 분명합니다."

"라피더스 부인, 부탁드리겠습니다." 아쇼크가 말했다. "아이가 처음에 혼동스러워하는 것은 흔한 일입니다. 시간을 좀 주십시오. 애가 곧 익숙해지리라는 것을 제가 보장합니다."

그는 무릎을 굽혀, 이번에는 벵골어로 조용하고 차분하게, 라피더스 부인이 묻는 말에 제발 대답을 하라고 고골리에게 부탁했다. "고골리, 겁내면 안 돼." 아쇼크는 손가락으로 아들의 턱을 치켜 올리면서 말했다. "이제 다 컸잖아. 울면 안 돼."

라피더스 부인은 그가 무슨 말을 하는지 알아들을 수 없었지만, 찬찬히 듣고 있으려니 그 이름이 다시 들렸다. 고골리. 등록원서에 그 이름을 연필로 약하게 적었다.

아쇼크는 도시락과 함께 추워질 경우에 대비하여 점퍼를 건네주었다. 그리고 라피더스 부인에게 감사하다고 말했다. "선생님 말씀

잘 들어야 한다, 니킬." 그는 영어로 말했다. 그리고 잠시 머뭇거리더니 방에서 나갔다.

둘만 남겨지자 라피더스 부인이 물었다. "학교에 들어온 것이 좋니, 고골리?"

"부모님이 학교에서는 다른 이름으로 부를 거래요."

"네 생각은 어떠니, 고골리? 다른 이름으로 부르는 것이 좋아?"

고골리는 잠시 말이 없더니 고개를 저었다.

"아니라는 말이니?"

그는 고개를 끄덕였다. "네."

"그럼 됐다. 이 종이에 네 이름을 적어볼래?"

고골리는 연필을 집어 손에 단단히 쥐었다. 그리고 이제까지 외워서 쓸 줄 아는 유일한 단어를 쓰기 시작했다. 긴장한 바람에 'ㄹ'자는 거꾸로 썼다. "와, 글씨도 참 예쁘게 쓰네." 라피더스 부인이 말했다. 그녀는 전 등록원서를 찢고, 맥납 부인에게 새로 작성하라고 하였다. 그리고는 고골리의 손을 잡고, 색을 칠한 시멘트 벽이 있는 카펫이 깔린 복도를 걸어갔다. 그녀는 문을 열고 담임 선생님인 왓킨스 부인에게 고골리를 소개하였다. 왓킨스 부인은 머리를 두 갈래로 땋고, 오버올 청바지에 나막신을 신고 있었다. 교실은 예명들이 모인 작은 우주 같았다. 앤드류는 앤디였고, 알렉산드라는 샌디였으며, 윌리엄은 빌리, 엘리자베스는 리지였다. 고골리의 부모님이 생각하는 학교란 것, 즉 만년필을 쓰고 윤이 나는 검정 구두를 신으며, 공책을 들고 다니고, 본명을 쓰며, 어린 아이들을 무슨 무슨 군이나 양으로 부르는 학교와는 완전히 달랐다. 여기서 일어나는 유일한 공식적인 의례란 아침에 등교하자마자 미국 국기를 보며 하는 '국기에 대한 맹세'뿐이었다. 나머지는 공동으로 쓰는 원탁에 앉아 펀치를 마시고 과자를 먹거나, 바닥에 깔린 주황색 방석에서 낮잠을 잤다. 첫날이 끝나고 돌아온 고골리의 목에는 접어서 줄에 매단 편지가 걸려 있었다. 라피더스 부인이 부모님에게 보낸 편지였다. 편지에는 고골리가 그러기를 원하므로 학교에서도 고골리이라고 부를 것이라는 내용이 적혀 있었다. 그럼 부모가 원하는 것에 대해서는? 아시마와 아쇼크는 고개를 내저었다. 그러나 둘 다 문제를 일으키는 것을 원하지 않았으므로 이렇게 지고 마는 수밖엔 다른 방도가 없었다.

이렇게 해서 고골리의 공식적인 교육이 시작되었다. 고골리는 연한 노란색 연습장 위에 소문자와 대문자를 번갈아가며, 그의 애칭을 쓰고 또 썼다. 덧셈과 뺄셈을 배웠으며, 첫번째 단어의 철자를 배웠다. 읽기를 배우는 교과서 표지의 다른 사람들의 이름 아래, 그의 이름을 2호 연필로 썼다. 그가 제일 좋아하는 미술 시간에는 진흙으로 만든 컵과 그릇 밑에 종이 클립으로 자기의 이름을 새겼다. 골판지 위에 파스타 국수를 붙이고, 그 밑에는 두꺼운 붓으로 자기의 이름을 사인했다. 그는 날마다 다른 작품들을 집으로 가져왔고, 아시마는 자랑스럽게 그것들을 냉장고 문에 붙여놓곤 하였다. '고골리, G' 그의 작품 오른쪽 아래 모두 이렇게 사인하였다. 마치 학교에 고골리가 한 명 더 있어서 그와 구분이라도 해야 한다는 듯이.

5월에 고골리의 여동생이 태어났다. 이번엔 진통이 빨리 끝났다. 그들은 어느 토요일 아침, 벵골 음악을 들으며 동네 야드 세일에 가볼까 하고 있었다. 고골리는 아침으로 냉동 와플을 구워먹으며, 엄마 아빠가 음악을 끄면 자기가 만화를 볼 수 있을 텐데, 하고 생각하고 있었다. 엄마의 양수가 터진 것은 그때였다. 아빠는 딜립과 마야 난디에게 전화를 했다. 그들은 이제 여기서 20분쯤 떨어진 교외에서 어린 아들과 함께 살고 있었다. 그리고 옆집에 사는 이웃인 머튼 부인에게도 전화를 걸었다. 머튼 부인은 난디 부부가 도착할 때까지 고골리를 돌보아주겠다고 자청했다. 부모님이 미리 어떻게 해야 할지를 고골리에게 일러주었지만, 막상 머튼 부인이 레이스 바늘을 들고 집 안으로 들어서자 고골리는 만화고 뭐고 아무 생각이 없어졌다. 고골리는 현관문 앞에 서서, 아빠가 엄마를 차에 태우는 것을 지켜본 다음, 차가 멀어질 때까지 그 자리에서 손을 흔들었다. 시간을 보내기 위하여 고골리는 자기와 엄마, 아빠, 그리고 새로 생길 여동생이 집 앞에 한 줄로 서 있는 것을 그렸다. 엄마의 이마 위에 점을 찍고, 아빠의 얼굴에는 안경을 그리고, 집 앞 돌길 위에 가로등을 그려 넣는 것까지 잊지 않았다. "흠, 뭐 꼭 닮진 않았지만 괜찮다." 머튼 부인이 그의 어깨 너머로 내려다보며 이렇게 말했다.

그날 저녁 마야 난디―고골리는 그녀를 마치 자기 엄마의 친동생처럼, 그러니까 친이모처럼 마야 마시라고 불렀다―가 챙겨온 저녁을 데우고 있을 때, 아빠로부터 아기가 태어났다는 전화가 왔다. 다음 날 고골리는 비스듬히 접힌 침대 위에 누워 있는 엄마를 보러 갔다. 엄마의 팔목에는 플라스틱 팔찌가 채워져 있었고, 엄마의 배는 이제 딱딱하고 둥글지 않았다. 커다란 유리창으로 여동생이 잠들어 있는 것도 보았다. 아기는 조그만 유리 침대에 누워 있었는데, 신생아실에 있는 아기들 중 하나뿐인 숱 많은 까만 머리가 동생이었다. 엄마를 담당한 간호사들에게 인사를 했고, 엄마의 식반 위에 놓인 주스와 푸딩을 먹었다. 그는 엄마 앞에 자기가 그린 그림을 수줍게 내놓았다. 그린 사람들 밑에 자기 이름과 마, 바바를 써넣었다. 아기 밑에만 아무것도 씌어 있지 않았다. "아기 이름을 모르잖아요." 고골리가 이렇게 말하자, 부모님은 아기의 이름을 알려주었다. 이번엔 아쇼크와 아시마는 준비가 되어 있었다. 아들이나 딸일 경우 모두를 대비해서 여러 가지 이름들을 생각해놓았던 것이다.

고골리 때 배운 것이 많았다. 미국 학교에서는 부모의 희망 사항을 무시하고, 아이들을 애칭으로 등록한다는 것을 알았다. 이런 혼란을 피하는 유일한 방법은 애칭을 아예 없애버리는 길뿐이라는 결론을 내렸다. 벵골 친구들 대부분도 벌써 이렇게 하고 있었다. 딸아이는 본명과 애칭을 따로 부르지 않고 하나로 통일하기로 한 것이다. 소날리. '금처럼 귀한 여자'라는 뜻이었다.

  이틀 후, 고골리가 학교에서 돌아오니 엄마는 집에 돌아와 계셨다. 엄마는 사리 대신 목욕 가운을 입은 채였고, 동생은 처음으로 깨어 있었다. 동생은 손발이 덮인 분홍색 잠옷을 입고, 달 같은 얼굴 둘레로 끈을 묶은 분홍색 보닛을 쓰고 있었다. 아빠도 집에 계셨다. 부모님은 고골리를 거실 소파에 앉힌 후, 소날리를 그의 무릎에 올려놓았다. 그리고 고골리에게 아기를 가슴으로 안은 다음 손으로 머리를 받치라고 하였다. 아빠는 새 니콘 35mm 카메라로 사진을 찍었다. 셔터가 부드럽게 반복해서 찰칵거렸다. 거실은 풍성한 오후 햇살로 가득 차 있었다. "안녕, 소날리." 고골리가 뻣뻣하게 앉아 아기 얼굴을 내려다보며 이렇게 말했다. 그리고 카메라 렌즈를 올려다보았다. 출생신고서에 올라간 이름이 소날리였고 평생 지니고 다닐 공식적인 이름이기도 했지만, 가족들은 곧 그녀를 소누라 부르기 시작했고, 다음은 소나, 나중엔 소냐가 되고 말았다. 소냐는 국제적인 이름이었다. 오빠와 연결되는 러시아 이름이기도 하였고, 유럽과 남아프리카에서도 사용하는 이름이었다. 그리고 나중에는 인도 수상의 이탈리아 출신 부인의 이름이기도 하였다. 처음에 고골리는 동생과 놀 수 없다는 사실에 무척 실망했다. 하루 종일 동생이 하는 일이란, 잠을 자거나 기저귀에 뭔가를 싸거나 우는 일뿐이었다. 그러나 나중에는 반응을 보이기 시작했는데, 배를 간지르거나 시끄러운 소리가 나는 그네에 태워 밀어주거나, '까꿍' 하고 소리를 지르면 까르르 웃었다. 엄마가 아기를 목욕시킬 때면 고골리는 수건이나 샴푸를 가져와서 엄마를 도와드렸다. 토요일 저녁 고속도로를 달릴 때나, 부모님의 친구분들 집으로 저녁 식사를 하러 갈 때면 고골리는 뒷좌석에서 동생을 얼러주었다. 이제는 벵골 친구들이 너무 많아져서 토요일은 언제나 바빴다. 토요일 저녁에 대한 고골리의 어린 시절 기억은 반복되는 단 하나의 장면이었다. 서른 명쯤 되는 사람들이 방 세 개짜리 교외 주택에 모여, 아이들은 주로 지하실에서 텔레비전을 보거나 판에서 게임을 하였고, 어른들은 벵골말—아이들끼리는 사용하지 않는—로 이야기를 나누면서 저녁을 먹었다. 고골리는 종이 접시에 담긴 물에 타서 약하게 한 카레를 먹거나, 아이들을 위해 배달시킨 피자나 중국 음식 먹던 것을 기억할 것이다. 소냐의 아나프라잔 때는 초대할 사람이 너무 많아서 아쇼크는 학교에 있는 건물을 빌려야 했다. 접는 탁자 20개에 공업용 가스레인지가 있는 곳이었다. 고분고분 잘 받아먹던 오빠와는 달리 일곱 달 된 소냐는 모든 음식을 거부했다. 뒤뜰에서 퍼온 흙을 가지고 놀았고, 1달러짜리 지폐를 입에 넣으려고 하였다. "얘야말로 완전히 미국 애야." 손님 중 한 명이 말했다.

 뉴잉글랜드에서의 새로운 삶 속에서 벵골 친구들이 많아질수록 그들의 또 하나의 삶, 과거의 삶 속에 있던 사람들의 수는 계속 줄어만 갔다. 아시마와 아쇼크를 본명으로서가 아닌, 모누와 미투로 알고 있던 사람들이었다. 돌아가시는 분이 많을수록 한밤중에 그들을 깨우는 전화도 잦아졌다. 이모들과 삼촌들이 돌아가셨다는 소식을 전하는 편지가 우체통으로 자꾸 배달되었다. 부음을 알리는 편지는 다른 편지들처럼 분실되는 일이 절대 없었다. 나쁜 소식이란 전화기가 아무리 잡음이 많고 아무리 울려도, 언제나 어떻게든 전

달이 되는 법이었다. 외국 생활 10년 만에 그들은 고아가 되었다. 아쇼크의 부모님은 두 분 다 암으로 돌아가셨고, 아시마의 어머니는 신장 질환이었다. 고골리와 소냐는 새벽녘에 이런 죽음들로 인해, 얇은 침실 벽을 사이에 두고 부모님들이 지르는 외마디 소리에 잠을 깨곤 하였다. 잠이 덜 깨어 비틀거리며 안방으로 가면, 부모님이 우는 모습이 이해되지 않았고 당황스러웠다. 그냥 조금 슬플 뿐이었다. 어찌 보면 아쇼크와 아시마는 아주 늙은 사람들의 삶을 살고 있는 것과 마찬가지였다. 알던 사람들, 사랑하던 사람들을 모두 잃은 채 오직 기억만으로 위안을 삼으며 살아남은 사람들. 아직 살아 있는 가족들까지도 어떻게 보면 죽은 것이나 다름없었다. 볼 수도 없고 손에 닿지도 않는 곳에 있었으니까. 이따금씩 누가 태어났고 결혼한다는 소식을 전하는 전화를 받으면 등골이 오싹해질 때가 있었다. 어떻게 아직까지 살아 있고 말을 하고 있을까? 몇 년에 한 번씩 캘커타에 가서 직접 사람들을 만나도 낯설게 느껴지는 것은 마찬가지였다. 그렇게 머무르는 6주나 8주는 꿈처럼 지나갔다. 일단 집으로 돌아오면 별로 크지도 않은 펨버튼 로드 집이 새삼스레 거대하게 느껴졌고, 집 안에는 친척들을 떠올리게 하는 것이 하나도 없었다. 백 명에 가까운 친척들을 방금 보고 왔음에도 이 세상에 강굴리는 그들밖에 없는 것 같았다. 함께 자란 사람들이었지만, 그들은 이 삶을 결코 볼 수 없을 거라는 사실은 분명했다. 그들은 축축한 뉴잉글랜드의 아침 공기를 마실 일도, 이웃 굴뚝에서 피어 오르는 연기를 볼 일도, 차 안에서 엔진이 데워지고 유리창에 성에가 녹을 때까지 떨면서 기다릴 일도 없는 것이다.

언뜻 보면 강굴리 가족은 우체통에 씌어 있는 이름이나 그곳에 배달되는 《인디아 어브로드》나 《샹바드 비키트라》와 같은 간행물들을 제외하면 다른 이웃들과 별 차이가 없어보였다. 다른 집들처럼 그들의 차고 안에도 삽과 원예용 가위, 썰매 따위들이 있었다. 여름에 베란다에서 탄두리를 해먹기 위해 바비큐 기구도 하나 샀다. 무슨 일을 하든 뭔가 살 것이 있든, 그것이 아무리 작은 일이라 할지라도 벵골 친구들과 상의하거나 그들의 자문을 거쳤다. 플라스틱 갈퀴와 쇠로 만든 갈퀴는 어떻게 다르지? 크리스마스 트리는 진짜와 인조 중 어떤 것이 좋지? 비록 마늘과 커민과 고춧가루 소스를 바른 것이었지만, 추수감사절에는 칠면조를 굽는 것도 배웠고, 12월에는 소나무 화환을 문 앞에 걸었다. 눈사람을 만들면 모직 목도리를 목에 둘러주었고, 부활절에는 계란을 보라색과 분홍색으로 칠한 다음 집 안에 감추어두었다. 그들은 고골리와 소냐를 위해서, 두르가나 사라스와티보다 그리스도가 태어난 날을 목빠지게 기다리는 아이들을 위해서, 크리스마스를 점점 더 성대하게 기념하게 되었다. 편의상 1년에 두 번 토요일에 지내는 푸조에 고골리와 소냐는 벵골 사람들이 잔뜩 모여 있는 고등학교나 로마 가톨릭 우애공제회 강당으로 끌려갔다. 거기서 그들은 마분지로 만든 인형 여신에 금잔화 꽃잎을 뿌려야 했고, 맛없는 채식을 먹어야 했다. 벽난로에 양말을 걸고, 산타클로스 할아버지를 위해 우유와 쿠키를 내놓고, 산더미 같은 선물을 받고, 학교에도 가지 않는 크리스마스와는 비교도 되지 않았다.

아쇼크와 아시마가 포기한 것은 그뿐만이 아니었다. 아시마는 계속해서 사리만 입고, 바타에서 가져온 샌들을 신었지만, 평생 맞춤 양복만 입는 데 길들여졌던 아쇼크는 기성복 사는 것을 배우게 되었다. 만년필 대신 볼펜을 썼고, 윌킨슨 면도날과 수퇘지 털로 만든 면도솔 대신 여섯 개들이 빅 면도기를 사서 썼다. 이제는 종신 재직권을 가진 정식 교수였지만, 학교에 갈 때 양복과 넥타이를 매지 않았다. 그의 눈길이 가는 곳이면 어디나—침대 옆, 차를 끓이는 가스레인지 위, 학교로 몰고 가는 차 안, 책상 맞은편—시계가 붙어 있었으므로 손목시계는 차고 다니지 않게 되었다. 파브르 루바 시계는 양말 서랍 깊숙이 밀어 넣어두었다. 슈퍼마켓에 가면 고골리로 하여금, 그들은 먹지 않지만 그와 소냐가 먹는 것을 카트에 담을 수 있게 하였다. 한 조각씩 포장한 치즈, 마요네즈, 참치 캔, 핫도그 등등. 델리 앞에서 기다려 고골리의 도시락에 넣을 햄 등 냉육을 샀고, 아시마는 아침이면 볼로냐 훈제 쇠고기를 넣어 샌드위치를 만들었다. 고골리가 조르는 바람에 아시마는 일주일에 한 번씩 세이크엔 베이크 닭고기나, 햄버거 헬퍼에 간 양고기를 넣어 미국식 저녁을 만들어주었다.

그래도 아직은 할 수 있는 만큼 하는 편이었다. 〈아푸 3부작〉이 오슨 웰즈 극장에서 상연될 때나, 메모리얼 홀에서 카타칼리 무용 공연이나 시타르 연주가 있는 날에는 케임브리지까지 아이들과 함께 일부러 차를 몰고 갔다. 고골리가 3학년이 되면서 토요일마다 격주로, 친구 중 한 명이 집에서 벵골어와 문화를 가르치는 수업에 보내기 시작했다. 아시마와 아쇼크는 눈을 감을 때마다 자기 아이들의 말소리가 미국 사람들과 똑같은 데 질려버리곤 하였다. 그들이 아직도 헷갈려 하는 언어로, 아직도 신뢰가 가지 않는 억양으로 아이들은 능숙하게 대화를 하는 것이었다. 벵골어 수업 시간에 고골리는 조상들의 알파벳을 읽고 쓰는 법을 배웠다. 그의 이름은 목 뒤에서 'H' 음이 섞이지 않은 'K' 음으로 시작하여 입천장으로 길게 이어진 다음, 입술 밖을 맴도는 애매한 모음으로 끝난다. 그는 막대기에 걸려 있는 듯한 글씨 쓰는 것을 배웠는데, 결국 이 섬세한 모양들을 꿰맞추니 그의 이름이 되었다. 또 그들은 벵골 르네상스와 수바스 찬드라 보즈의 개혁 업적에 관해 영어로 쓴 유인물들을 읽었다. 수업에 온 아이들은 이런 공부에 관심이 없었고, 발레나 야구

연습에 갈 수 있다면 얼마나 좋을까, 하고 생각했다. 고골리는 수업이 싫었다. 왜냐하면 그의 미술 선생님이 추천해주셔서 등록한 토요일 아침마다 격주로 있는 소묘 수업에 갈 수 없었기 때문이다. 소묘 수업은 공공도서관 꼭대기층에서 했는데, 날씨가 좋으면 커다란 스케치북과 연필을 들고, 유적지로 야외 수업을 나가 이 건물 저 건물의 앞면을 그리곤 하였다. 벵골어 수업에서는 선생님들이 캘커타에서 직접 가져온 5세 어린이용 수제 초보 독본을 읽었는데, 고골리는 그 종이가 학교에서 쓰는 화장실 휴지와 비슷하다는 생각이드는 것을 어쩔 수 없었다.

고골리가 어렸을 때는 자기 이름을 싫어하지 않았었다. 고 레프트(왼쪽으로 가시오), 고 라이트(오른쪽으로 가시오), 고 슬로(천천히 가시오)와 같은 길거리 표지판에서 자신의 일부를 발견하곤 하였다. 생일이면 엄마는 하얀색 크림 위에 단맛이 나는 하늘색 글씨로 그의 이름을 새긴 케이크를 주문하였다. 모든 것은 아주 정상적인 듯하였다. 열쇠고리나 금속 브로치, 냉장고에 붙이는 자석을 살 때 자기 이름을 새긴 것을 살 수 없다는 것이 크게 기분 나쁘지 않았다. 그의 이름은 전 세기에 태어난 러시아 작가의 이름을 따른 것이라는 얘기를 들었다. 그리고 작가의 이름은—따라서 그의 이름도—전세계에 알려져 있고, 영원히 남을 것이라는 것도. 어느 날 아빠는 고골리를 데리고 대학 도서관에 가서, 고골리의 손이 아직 닿지 않는 책장 위에 한 줄로 꽂혀 있는 고골리의 책등을 보여주었다. 아빠가 그 중 한 권을 꺼내어 아무데나 펼쳤을 때, 거기에 인쇄되어 있는 글씨는 고골리가 요즘 재미를 붙이기 시작한 하디 소년 시리즈보다 훨씬 작았다. "몇 년 안에 이 책들을 읽을 수 있게 될 거다." 아빠가 그에게 말했다. 학교에서 선생님들은, 출석부에서 그의 이름이 나오면 언제나 잠시 멈추고 미안한 표정을 짓고 있어, 고골리는 이름을 부르기도 전에 이렇게 소리지를 수밖에 없었다. "저예요." 그럼에도 불구하고 학교 선생님들은 어쩔 도리가 없다는 것을 알고 있었다. 1, 2년이 지나자 아이들도 '기글(낄낄거리다)'이나 '가글(입 안을 가시다)'로 부르며 놀리지 않았다. 학교 크리스마스 연극의 계획표에서 출연자 명단에 들어 있는 그의 이름에 학부모들도 익숙해지기 시작했다. '고골리는 뛰어난 학생입니다. 호기심이 많고 협조적입니다.' 선생님들은 매년 성적표에 이렇게 적었다. "고, 고골리(뛰어라, 고골리)!" 황금빛 가을날 고골리가 베이스 사이를 달리거나 단거리 경주에서 뛸 때면 같은 반 친구들은 이렇게 외쳤다.

그의 성 강굴리에 대해서는, 열 살이 될 때까지 모두 세 번—여름에 두 번 갔고, 한 번은 푸조 축제 때였다—다녀온 캘커타에 가장 최근에 갔을 때, 친할아버지댁의 하얗게 칠한 벽에 자랑스레 새겨져 있던 것을 기억하고 있었다. 그는 캘커타 전화번호부에서 강굴리라는 성이 한 장에 세 줄씩, 여섯 장에 걸쳐 꽉 차게 적혀 있는 것을 보고 놀랐던 것을 기억하였다. 그는 이 페이지를 찢어 기념으로 가져가고 싶었는데, 그것을 사촌 한 명에게 말하자 웃었다. 여러 친척들의 집으로 가는 택시 안에서 아빠는 다른 곳에도 쓰여 있는 그의 성을 가리키곤 했는데, 제과점이나 문구점, 안경점의 차양 위에서였다. 그는 고골리에게, 강굴리는 영국의 유산이라고, 원래는 강고파다이가 영국식으로 변한 것이라고 말해주었다.

펨버튼 로드 집에 돌아와서, 고골리는 아빠가 철물점에서 산 금속으로 된 금색 글자판으로 우체통 위에 '강굴리'라고 배열하여 붙이는 것을 도와드렸다. 할로윈 다음날이었던 어느 날 아침, 고골리는 버스 정류장으로 가는 길에 우체통의 글자가 '강GANG'으로 줄어 있고, 그 뒤에는 연필로 '그린GREEN'이라고 휘갈겨 쓴 것을 발견하였다(붙여 읽으면 '강그린gangrene(회저병)'과 동음이의어가 된다―옮긴이). 그것을 보자 그는 귀가 뜨거워지고 구역질이 나 집으로 다시 뛰어들어왔다. 아빠가 모욕감을 느끼실 것은 분명했다. 자신의 성이기도 했지만, 이런 모독은 자기나 소냐를 향한 것이라기보다 부모님을 향한 것이라는 사실을 고골리는 어렴풋하게나마 느낄 수 있었다. 지금까지 그는 가게에서 점원들이 부모님의 억양을 비웃는다는 것, 그리고 세일즈맨들은 그의 부모님이 마치 바보나 귀머거리라는 듯 고골리에게 말하는 것을 선호한다는 사실을 알고 있었다. 그러나 아빠는 그런 순간에 별 신경을 쓰지 않았고, 이번 우체통 사건에 대해서도 마찬가지였다. "애들이 그냥 장난친 거야." 그는 고골리에게 이렇게 말하며, 손등으로 글자를 문질러 지워버렸다. 그리고 그날 저녁 다시 철물점에 가서 없어진 글자들을 샀다.

 그러던 어느 날, 고골리의 이름이 별나다는 사실이 더 명백해지는 일이 있었다. 열한 살 때, 그러니까 6학년이었던 고골리는 어느 날 역사 시간의 성격을 띤 현장 학습에 나가게 되었다. 두 개의 반과 두 선생님 그리고 보호자 두 명이 스쿨버스에 함께 타고 마을을 곧장 통과하여 고속도로로 들어섰다. 쌀쌀하면서도 화창한 11월 날씨였다. 파란 하늘엔 구름 한 점 없었고, 나무에서 떨어진 노란 잎새들이 담요처럼 땅을 뒤덮고 있었다. 아이들은 소리를 지르며 노래를 불렀고, 알루미늄 호일에 싼 캔 음료수를 마셔댔다. 첫 방문지는 로드아일랜드 어딘가에 있는 섬유공장이었다. 다음은 널찍한 대지 위에 지어진 작은 나무집이었다. 집은 페인트칠도 되어 있지 않았고, 창문도 아주 작았다. 안으로 들어가 어두운 실내에 적응하고 나니, 잉크병이 놓여 있는 책상과 검댕투성이의 벽난로, 그리고 빨래통과 짧고 좁은 침대가 보였다. 어떤 시인의 집이었다고 하였다. 가운데 공간을 비워두고 가장자리로 배열된 방 안의 가구들 앞에는 '손대지 마시오'라는 표지판과 함께 밧줄이 가로질러져 있었다. 천장이 너무 낮아서 선생님들은 고개를 푹 숙인 채 어두운 방들을 지나다녀야 했다. 부엌에 가보니 무쇠 스토브와 돌로 만들어진 싱크대가 있었다. 그리고 밖에 있는 변소를 보기 위해 줄지어 흙으로 된 길을 걸어갔다. 변소는 나무 의자 밑에 양철판을 매달아놓은 것이었는데, 이것을 본 아이들은 역겹다고 비명을 질렀다. 기념품 가게에서 고골리는 그 집의 사진이 들어 있는 엽서 한 장과 깃처럼 생긴 볼펜을 샀다.

현장 학습의 마지막 도착지는 시인의 집에서 버스로 얼마 떨어지지 않은, 그 시인이 묻혀 있다는 묘지였다. 그들은 얼마간 비석들 사이를 걸어다녔다. 비석 중엔 얇은 것과 두꺼운 것이 있었고, 어떤 것들은 바람에 못 이긴 듯 뒤로 비스듬히 기울어져 있었다. 색깔은 검은색 아니면 회색이었고, 모양은 반듯한 네모가 아니면 아치 모양이었다. 광택이 있는 것보다는 없는 것이 많았고, 대부분 이끼로 덮여 있었다. 비석에 새겨진 문구는 거의 닳아 지워진 것이 많았다. 그들은 그 시인의 이름이 새겨진 비석을 찾았다. "여기 줄을 서봐." 선생님들이 말했다. "이제부터 할 일이 있다." 그리고는 학생들에게 갱지 몇 장과 상표가 벗겨진 두꺼운 크레파스를 나누어주었다. 고골리는 어쩔 수 없이 소름이 끼쳤다. 묘지라는 곳은 지나가면서 차 안에서만 언뜻 보았을 뿐, 한 번도 와본 적이 없었다. 그들이 사는 동네 외곽으로 큰 공동묘지가 하나 있었는데, 어느 날 길이 막히는 바람에 그와 가족들은 멀리서 장례식을 보게 된 적이 있었다. 그 이후로 묘지 앞을 지날 때마다, 엄마는 언제나 반대편으로 얼굴을 돌리라고 말씀하셨다.

비석을 그리는 것이 아니라 비석 위를 문지르라는 말을 들었을 때 고골리는 깜짝 놀랐다. 선생님 중 한 분이 웅크리고 앉아, 한 손으로 갱지를 비석 위에 놓고 어떻게 하는지 보여주셨다. 아이들은 줄지어 잠들어 있는 고인들 사이를, 가죽처럼 반질거리는 낙엽을 밟으며 뛰어다녔다. 그리고 자기들의 이름이 있는지를 찾았다. 아이들 가운데 몇 명이 자신들과 관련이 있는 무덤을 발견하였다. "스미스!" 승리에 찬 아이들이 소리를 질렀다. "콜린스!" "우드!" 고골리는 여기에 강굴리가 있을 턱이 없다는 것 정도는 알 만한 나이였다. 그리고 자신이 죽더라도 매장되지 않고 화장될 것이기 때문에 그의 몸은 땅 한 조각 차지하지 않을 것이고, 이름이 적힌 비석도 이 땅에 세워지지 않을 것이라는 사실 또한 잘 알고 있었다. 캘커타에 갔을 때 한 번은 택시에서, 한 번은 할머니 할아버지댁의 지붕 위에서, 사람들이 어떤 사람의 시신을 어깨에 메고 지나가는 것을 본 적이 있었다. 천으로 말아 감싼 시신은 꽃으로 장식되어 있었다.

그는 가느다란 검은색 비석이 있는 곳으로 걸어갔다. 그 비석은 모양이 좋았고, 십자가가 달린 꼭대기는 보기 좋게 둥글려져 있었다. 그는 풀밭 위에 무릎을 꿇은 채 갱지를 비석에 대고 그 위를 크레파스로 문지르기 시작하였다. 해는 이미 뉘엿뉘엿 지고 있었고, 손가락은 시리다못해 뻣뻣해졌다. 선생님들과 학부모들은 비석에 몸을 기댄 채, 땅 위에 다리를 뻗고 앉아 있었다. 그들이 피우는 멘톨 담배의 향이 공기 속으로 퍼져 나갔다. 처음에는 우둘투둘하고 형체가 없는 진한 파란색의 크레파스 색깔 이외에는 특별히 눈에 들어오는 것이 없었다. 그런데 갑자기 크레파스에 무언가 걸리는 것 같더니, 신기하게도 글자가 하나 둘씩 종이 위에 떠오르기 시작하였다. 아비야 크레이븐, 1701~45. 고골리는 아비야라는 이름의 사람을 한 번도 본 적이 없었다. 자기 말고는 고골리라는 이름을 가진 사람도 본 적이 없듯이. 고골리는 아비야를 정확히 어떻게 발음하는지, 남자 이름인지 아니면 여자 이름인지 궁금해졌다. 그는 키가 30센티도 되지 않는 다른 비석으로 걸어가 종이를 대고 그 위를 문질렀다. 이번에는 앵귀시 메이서, 어린아이, 라고 씌어져 있었다. 땅 밑에 그와 비슷한 크기의 뼈가 묻혀 있을 거라는 생각에 몸이 부르르 떨렸다. 다른 아이들은 벌써 싫증이 났는지, 서로 밀고 장난치고 고무총을 튕기면서 비석 주위를 뛰어다니며 놀고 있었다. 그러나 고골리만은 종이와 크레파스를 손에 들고 무덤에서 무덤으로 옮겨다니면서 이미 죽어버린 이름들을 하나씩 하나씩 되살려내고 있었다. 페레그린 워튼 D. 1699, 에제키엘과 유라이어 락우드 형제, R. I. P. 고골리는 이 이름들이 좋았다. 그 기이함과 화려함이 좋았다. "이런 이름들은 요즘 보기 힘들지." 그 앞을 지나던 보호자로 따라온 학부모 중 한 명이, 고골리가 문지른 이름들을 내려다보며 이렇게 말했다. "어찌 보면 네 이름처럼 말이야." 이제까지 고골리는 이름도 시간이 지나면 죽는다는 것을, 사람들이 사라지는 것처럼 이름 또한 사라지는 것이라는 사실을 몰랐었다. 학교로 돌아오는 버스 안에서 다른 아이들은 문지른 종이를 찢거나 구기고, 아이들 머리 위로 던지거나 짙은 녹색 좌석 밑에 버렸다. 그러나 고골리만은 문지른 종이를 양피지처럼 조심스럽게 말아서, 무릎 위에 쥐고 조용히 앉아 있었다.

집에 오니 엄마는 질겁을 하였다. 무슨 현장 학습이 이렇단 말인가? 시체 얼굴에 립스틱을 발라서 공단이 깔린 관에 넣는 것으로 부족하단 말인가? 미국이란 나라에서만(그녀가 요즘 자주 사용하는 문구이다), 미국이란 나라에서만 예술이란 이름 아래 아이들을 묘지에 데리고 갈 것이다. 이렇게 나가다가 다음은 어디가 될지 궁금했다. 시체실에라도 데리고 갈 것인가? 캘커타에서 강변에 있는 화장터는 가장 금기시되는 장소라고 그녀는 고골리에게 말해주었다. 보지 않으려고 해도, 그녀가 그곳에 있지 않고 여기 있었어도—두 번 다 그녀는 이곳에 있었다—그녀는 부모님의 시신이 불길에 타오르는 것을 본다고 말해주었다. "죽음이란 장난이 아니다. 그림이나 그리는 장소가 아니란 말이다." 볼멘소리로 그녀가 말했다. 아시마는 부엌에 전시한 고골리의 다른 그림들—목탄화, 잡지를 찢어 붙인 콜라주, 백과사전에서 보고 그린 그리스 신전의 스케치, 그리고 도서관에서 개최한 미술대회에서 일등을 한 도서관 정면의 파스텔 그림—과 함께 이 그림을 걸어놓지 않았다. 아들의 미술작품을 한 번도 마다한 적이 없었던 그녀였다. 고골리의 실망한 얼굴을 보니 죄책감을 느꼈지만, 상식적으로 용납이 되지 않는 일이었다. 죽은 사람들의 이름을 벽에 붙여놓은 부엌에서 어떻게 가족들이 먹을 음식을 만들 수 있단 말인가?

그러나 고골리는 이 그림들에 벌써 정이 들었다. 설명할 수도 없고 이해할 수도 없는 이유들 때문에 엄마가 그토록 질겁하셨어도 이 종이들을 버리기 싫었다. 이 오래된 청교도의 영혼들, 미국에 맨 처음 정착한 이민자들—예전에 사라져버린, 이제는 생각조차 할 수 없는 이름의 소유자들—이 그에게 무언가 말해주고 있는 듯하였다. 그는 종이를 다시 말아서 이층으로 가지고 올라갔다. 그리고 그의 방 옷장 뒤에, 엄마가 절대 들여다보시지 않을 만한 곳에 숨겨놓았다. 이들은 여기서 앞으로 다가올 세월의 먼지에 덮여 잊혀진 채, 그러나 안전하게 남아 있게 될 것이다.

1982

고골리의 열네번째 생일이었다. 그의 인생에서 일어나는 다른 행사들처럼, 이날 역시 부모님들이 벵골 친구들을 불러놓고 잔치를 벌이는 또 하나의 핑곗거리가 되어주었다. 정작 고골리의 학교 친구들은 그 전날 불렀고, 그저 그렇게 보냈다. 아빠가 집에 오는 길에 사들고 오신 피자를 먹고, 텔레비전에서 하는 농구를 같이 보다가 구석방에서 탁구를 쳤을 뿐이었다. 고골리는 생전 처음으로 설탕을 하얗게 얹은 케이크와 할레퀸 아이스크림, 둥근 빵에 넣은 핫도그, 그리고 풍선과 장식 리본으로 벽을 꾸미는 것을 마다했다. 벵골 사람들이 오는 다른 생일 파티는 그의 진짜 생일날과 가장 가까운 토요일로 잡았다. 언제나 그렇듯이 고골리의 엄마는 며칠 전부터 요리를 시작했고, 냉장고는 알루미늄 호일을 덮어씌운 그릇으로 가득 찼다. 엄마는 고골리가 가장 좋아하는 음식을 준비하는 것도 잊지 않으셨다. 감자를 많이 넣은 양고기 카레, 루치스, 파인애플 처트니, 리코타 치즈로 만든 산데쉬 등이었다. 이렇게 음식을 장만하는 것이 미국 아이들 몇 명을 불러다 먹이는 일보다 신경이 덜 쓰였다. 미국 아이들이 모이면 언제나 반 정도는 우유에 알레르기가 있었고, 그 집 빵의 겉껍질은 모두 먹기 싫어하였다.

마흔 명 가까이 되는 손님들이 세 개나 되는 주에서 모여들었다. 여자들은 모두 사리를 입었는데, 폴로 윗도리에 바지를 입은 남편들보다 훨씬 화려한 차림이었다. 남자들은 곧장 마루에 둘러앉아 포커를 시작했다. 그들은 고골리의 마시와 메쇼들로, 모두 이모와 삼촌으로 부르는 사람들이었다. 모두 아이들을 데려왔다. 여기 모인 사람들은 보모에게 아이를 맡기는 것에 대해 탐탁치 않게 생각하는 사람들이었다. 언제나 그렇듯이 고골리는 모인 아이들 중 가장 나이가 많았다. 그는 여덟 살짜리 소냐와 꽁지머리에 이가 빠진 친구들과 술래잡기를 하기엔 너무 커버렸고, 그렇다고 아빠와 아저씨들과 함께 거실에 앉아 레이건의 경제정책에 대해 토론을 하거나, 엄마와 아줌마들과 함께 식탁에 앉아 수다를 떨기엔 너무 어렸다. 가장 그의 또래라 할 수 있는 여자애가 하나 있었는데, 그 애의 이름은 모슈미였다. 모슈미의 가족은 영국에서 살다가 얼마 전 매사추세츠로 이사를 왔는데, 몇 달 전 이와 비슷하게 그 애의 열세번째 생일 파티를 했었다. 그러나 고골리와 모슈미는 서로 할 얘기가 없었다. 모슈미는 마루에 책상다리를 하고 앉아 있었다. 고동색 뿔테 안경을 끼고 있었고, 숱이 많은 단발머리에는 물방울 무늬가 들어간 머리띠를 했다. 그 애의 무릎 위에는 분홍색 가두리 장식과 나무 손잡이가 달린 진한 연두색 버뮤다 핸드백이 놓여 있었다. 핸드백 속에는 세븐업 맛이 나는 입술 연고가 들어 있었는데, 그 애는 이따금씩 그것을 꺼내어 입술에 발랐다. 고골리를 포함한 다른 아이들이 안방 침대 위에 잔뜩 포개어져 '사랑의 유람선'이나 '환상의 섬'을 보고 있는 동안, 그 애는 손때가 묻은 종이 장정판의 『오만과 편견』을 읽고 있었다. 가끔가다 아이들 중 한 명이 모슈미에게 무슨 말이든 해보라고, 영국식 발음으로 아무 말이나 해보라고 요청하기도 하였다. 소냐는 길거리에서 다이애나 황태자비를 본 적이 있느냐고 물었다. "난 미국 텔레비전이 혐오스러워." 고맙게도 모슈미는 결국 이 한마디를 내뱉고는 계속 책을 읽기 위해 복도로 걸어 나갔다.

손님들이 돌아가고 난 후 선물을 풀었다. 선물은 몇 권씩 되는 사전에 계산기 몇 개, 크로스 연필 세트 몇 개, 그리고 촌스러운 스웨터가 여러 벌이었다. 부모님은 고골리가 사달라고 했던 인스터매틱 카메라와 새 스케치북, 그리고 색연필과 샤프를 주셨고, 쓰고 싶은 데 쓰라고 20달러를 더 주셨다. 소냐는 오빠의 스케치북을 한 장 찢어서, 매직펜으로 '생일 축하해, 고글즈Goggles'라고 쓴 카드를 선물로 주었다. 소냐는 오빠를 다다라 부르는 대신 끝까지 이렇게 불렀다. 엄마는 고골리가 좋아하지 않는 선물들을—거의 다였지만—다음 인도에 갈 때 사촌들에게 주기 위해 따로 치워두었다. 그날 밤 고골리는 부모님이 이제 쓰시지 않는 RCA 턴테이블로 〈화이트〉 앨범의 3면을 듣고 있었다. 이 앨범은 며칠 전 미국 생일 파티 때 학교 친구 중 한 명이 선물로 준 것이었다. 그룹이 해체될 무렵 태어난 고골리는 존, 폴, 조지, 그리고 링고의 열렬한 팬이었다. 최근 몇 년 동안 그들의 거의 모든 앨범을 사모았다. 문 뒤에 걸린 게시판에는 《보스턴 글로브》지에 실렸던, 이미 노랗게 바래고 나달나달해진 존 레논의 부고가 유일하게 붙어 있었다. 침대 위에서 책상다리를 한 채 쭈그리고 앉아 가사를 읽고 있는데, 방문을 두드리는 소리가 들렸다.

"들어와!" 그는 이렇게 소리쳤다. 보나마나 소냐가 잠옷 바람으로, 매직 8볼이나 루빅스 큐브를 빌려달라고 왔을 것이다. 그런데 문간에는 뜻밖에도 양말 바람의 아빠가 서 계셨다. 입고 계신 귀리

색깔의 조끼 안으로 배가 약간 나왔고, 콧수염은 점점 하얗게 세어 가고 있었다. 게다가 더욱 놀라운 일은 아빠의 손에 선물이 들려 있다는 것이었다. 아빠는 엄마가 사온 것 외에는 그에게 따로 생일 선물을 주신 적이 없었다. 그러나 올해는 특별한 선물이 있다고, 아빠는 고골리가 앉아 있는 곳으로 걸어오면서 말씀하셨다. 선물은 작년 크리스마스 때 버리지 않고 챙겨둔 초록, 빨강, 금색 줄무늬가 들어간 포장지로 쌌는데, 테이프가 엉성하게 붙어 있었다. 이건 분명히 아빠가 직접 포장하신 딱딱한 장정의 두꺼운 책일 것이었다. 고골리는 포장지를 천천히 벗겼지만, 그래도 포장지는 조금 뜯겨 나갔다.『니콜라이 고골리의 단편 모음집』, 표지에는 이렇게 씌어져 있었다. 책을 펼치니 가격표가 대각선으로 잘려 나가 있었다.
"너에게 주려고 특별히 서점에서 주문한 거란다." 아빠가 이렇게 말씀하셨다. 음악 소리 때문에 목소리가 커지셨다. "요즘은 두꺼운 장정을 구하는 게 쉽지 않더구나. 영국 출판사에서 출간된 거다. 아주 작은 출판사지. 책을 받는 데 4개월이나 걸렸단다. 마음에 들었으면 좋겠구나."
고골리는 음악 소리를 조금 줄이려고 스테레오로 몸을 기울였다. 그는『은하수를 여행하는 히치하이커를 위한 안내서』같은 책이나, 지난 여름 캘커타에 갔을 때 알리포리 집 옥상에 놓아두었다가 까마귀가 채어가는 바람에 잃어버린『호비트』를 다시 한 권 사주었더라면 더 좋아했을 것이다. 아빠가 가끔 읽어보라고 권하셨지만, 그는 고골리나 다른 러시아 작가의 책을 읽고 싶다고 생각해본 적이 없었다. 아무도 말해주지 않았기 때문에 그는 왜 자기의 이름이 고골리가 되었는지, 아빠가 거의 돌아가실 뻔했던 그 사고에 대해서도 모르고 있었다. 그는 아빠가 다리를 저는 것은 아빠가 십대일 때 축구를 하다가 다쳤기 때문이라고 생각하였다. 그는 고골리에 대해서 절반밖에 몰랐던 것이다. 아빠가 좋아하는 작가라는 것.

"고맙습니다, 바바." 가사를 계속 보고 싶었던 고골리는 재빨리 이렇게 대답했다. 요즘 들어 고골리는 게을러져서 부모님이 벵골어로 말씀하실 때도 영어로 대답하였다. 어떨 때는 운동화를 신은 채 집 안을 돌아다니기도 하였다. 저녁 먹을 때 포크를 사용하는 적도 있었다.

아빠는 아직도 뒷짐을 쥔 채 뭔가를 기다리는 듯이 그의 방 안에서 계셨다. 고골리는 할 수 없이 책장을 넘겨보았다. 책의 앞쪽에는 다른 책장보다 더 매끈한 종이 위에 사진이 한 장 실려 있었다. 작가의 연필 초상화였는데, 벨벳 양복에 물결 장식이 달린 흰 셔츠, 그리고 넥타이를 차려입은 모습이었다. 얼굴은 여우처럼 생겼는데, 작고 까만 눈에 얇은 콧수염을 길렀고, 코는 유난히 크고 뾰족했다. 비스듬히 내린 까만 머리가 이마 위를 가파르게 가로지르고 있었고, 옆머리는 착 달라붙어 있었다. 그리고 얇고 긴 입술 위에는 다소 건방져보이는 불길한 미소가 서려 있었다. 고골리 강굴리는 자기와 전혀 닮지 않은 모습에 안도의 한숨을 내쉬었다. 사실, 그의 코도 긴 편이었지만 그렇게 길지는 않았다. 머리카락이 까맣긴 했지만 그렇게 까맣지는 않았고, 살결도 창백했지만 그 정도는 아니었다. 게다가 머리 모양은 완전히 다르지 않은가. 그의 머리는 비틀스처럼 눈썹이 보이지 않을 정도로 앞머리를 내린 스타일이었다. 그리고 고골리 강굴리는 하버드 스웨트 셔츠와 회색 리바이스 코르덴 바지를 입고 있었다. 넥타이를 매어본 적은 친구의 바르 미츠버(유대교의 13세 남자 성인식—옮긴이) 때 딱 한 번뿐이었다. 아니야, 그는 확신에 차 결론을 내렸다. 하나도 안 닮았어.

이제 그는 이름에 대해 누가 물어보는 것도, 언제나 설명을 해야 하는 것도 싫었다. 사람들에게 인도말로 아무 뜻이 없다는 것을 말해주는 것도 지겨웠다. 학교에서 하는 '모의 유엔의 날' 스웨터 위에 이름표를 다는 것도 싫었다. 미술 시간에 그림 밑에 이름을 서명하는 것도 싫었다. 그의 이름은 이상하기도 하거니와 애매하였다. 인도 이름도 미국 이름도 아니고 그와는 아무 상관도 없는, 하고많은 이름 중에 러시아 이름인 것이다. 그는 본명이 되어버린 애칭으로 매순간을, 매일을 살아가야 한다는 것이 끔찍스러웠다. 작년에 부모님이 생일 선물로 구독 신청을 해주신 《내셔널 지오그래픽》지를 싼 갱지 위에 씌어 있는 동네 신문 우등생 명단에 영원히 찍혀버린 자기의 이름을 보는 것도 싫었다. 이름에 형태나 무게가 있는 것도 아닌데, 마치 억지로 입어야 하는 옷에 붙어 있는 까슬거리는 상표명처럼 그를 물리적으로 괴롭혔다. 때로는 다른 인도 아이들이 하는 식으로 이름을 줄이든지 하여 숨기고 싶었다. 자야데브가 자기를 '제이'라고 부르는 것처럼 말이다. 그러나 '고골리'는 이미 너무 짧고 외우기 쉽기 때문에 더 이상 짧게 탈바꿈시키는 것이 불가능했다. 또래의 다른 남자아이들은 벌써 영화관으로 피자집으로 여자애들을 불러내기 시작했지만, 그는 여자애와 어쩌면 로맨틱해질 수도 있는 상황에서, "안녕, 나 고골리야"라고 말한다는 걸 상상할 수가 없었다. 정말 상상조차 할 수 없는 일이었다.

러시아 작가들에 대해서 잘 모르긴 했어도, 부모님은 왜 골라도 그렇게 이상한 사람과 자신을 동명이인이 되게 만들었는지 생각하면 암담했다. 레오나 안톤이었다면 또 모르겠다. 알렉산더만 해도 줄이면 알렉스였을 텐데, 그랬으면 얼마나 좋았겠는가. 고골리는 듣기에도 바보스러웠고, 어떤 위엄이나 무게도 느껴지지 않았다. 그 중에서도 가장 절망스러웠던 것은 이 이름이 자기와는 아무 관련도 없다는 것이었다. 고골리는 아빠가 제일 좋아하는 작가이지, 자기가 좋아하는 작가가 아니라는 말이 아빠 앞에서 목구멍까지 올라왔던 적도 한두 번이 아니었다. 하지만 결국 자신의 잘못이 아니던가. 그는 적어도 학교에서만큼은 니킬로 불리어질 수 있었다. 이제는 기억에도 없는 그날, 유치원에 가던 바로 그 첫날 모든 것을 바꾸어놓았어야 했다. 그의 인생에서 반만 고골리일 수 있었던 절호의 기회였던 것이다. 부모님이 캘커타로 가면 그렇듯이, 그도 음반의 B면처럼 제2의 자아를 가질 수 있었다. "하는 데까지 했지." 친구나 친척들이 왜 아들은 본명이 없냐고 물으면 부모님은 이렇게 대답하곤 하셨다. "그런데 애가 고골리라고 불러야만 말을 하는 거야. 그래서 학교측에서도 고집을 했고." 그러면서 부모님은 이렇게 덧붙이셨다. "대통령도 지미라고 부르는 나라가 아닌가. 진짜 어쩔 도리가 없더라고."

"고맙습니다." 고골리는 아빠에게 다시 한 번 말씀드렸다. 그리고 책장을 덮고, 책을 책꽂이에 꽂기 위해 침대 가장자리 위로 다리를 빙 돌려 앉았다. 그러나 아빠는 그 사이를 틈타 침대 위, 그의 옆에 앉으셨다. 그리고는 잠시 고골리의 어깨 위에 손을 얹었다. 요즘 몇 달간 아이의 몸은 부쩍 자랐고, 키도 아쇼크만해졌다. 얼굴에서 젖살도 빠졌다. 음성은 굵어졌고, 이제는 약간 쉰 목소리까지 났다. 어쩌면 이제는 아들과 같은 크기의 신발을 신겠구나, 하는 생각이 아쇼크의 머리를 스쳤다. 침대 옆 전등 불빛에 아들의 윗입술 위로 가는 솜털이 송송 솟은 것이 보였다. 목에는 목젖이 툭 불거져 있었다. 아시마의 가냘픈 손을 닮아 손은 가늘고 길었다. 아쇼크는 고골리가 이 나이 때의 자신과 얼마나 닮았을까 궁금해졌다. 그러나 아쇼크의 어린 시절을 볼 수 있는 사진이 없었다. 여권 사진을 찍을 때까지, 미국에서의 삶이 시작되기 전까지 그의 삶을 증명할 만한 시각적인 증거는 없었다. 아쇼크는 협탁 위에 땀냄새를 없애는 크림 하나와 클리어러실 튜브(청소년들이 주로 바르는 여드름 치료용 로션—옮긴이) 하나가 있는 것을 보았다. 아쇼크는 침대 위, 아들과 자기 사이에 놓여 있는 책을 집어 들고는 표지를 조심스레 쓰다듬었다. "내가 네 허락도 없이 먼저 읽었다. 이 얘기들을 읽은 지 오랜 세월이 지났더구나. 괜찮겠지?"

"당연하죠." 고골리가 말했다.

"나는 고골리와 특별한 유대감 같은 걸 느낀단다." 아쇼크가 말했다. "다른 어느 작가들보다 말이야. 왠 줄 아니?"

"그의 작품을 좋아하시잖아요."

"그것 말고도 또 있다. 그는 성인이 된 후 대부분의 삶을 타향에서 보냈단다. 나처럼 말이야."

고골리가 고개를 끄덕였다. "그렇구나."

"그리고 또 있다." 음악이 끝났고 침묵이 흘렀다. 그러나 고골리는 판을 뒤집어 〈레볼루션 1〉을 볼륨을 높여 틀었다.

"그게 뭔데요?" 고골리는 조급해하는 투로 물었다.

아쇼크는 방을 둘러보았다. 게시판에 붙어 있는 레논의 부고와, 몇 달 전 크레스지에서 하는 음악회에 갔다가 고골리에게 사준 전통 인도 음악 카세트가 눈에 들어왔다. 카세트는 아직 비닐 포장조차 뜯지 않은 채였다. 카펫 위에 흩어져 있는 생일 카드들을 보니, 14년 전 케임브리지에서 이 아이를 처음 품에 안아보던 것이 생각났다. 아빠가 되던 바로 그날 이후, 사고에 대한 기억은 점차 사라졌다. 물론 그날 밤을 절대 잊을 수 없었지만, 더 이상 그 기억은 머릿속에서 끊임없이 괴롭히거나 전처럼 그의 뒤를 따라다니지 않았다. 그전처럼 불쑥불쑥 떠올라서 그의 삶에 어두운 그림자를 드리우는 일은 없어진 것이다. 대신 그 기억은 펨버튼 로드에서 멀리 떨어진 어디엔가, 멀리 지나가버린 어느 시간 속엔가 달라붙어 있는 것이 되었다. 오늘, 그의 아들의 생일날엔 생을 기념할 일이지, 죽음과 몸을 스치거나 할 일이 아니었다. 그래서 아쇼크는 그의 아들의 이름에 얽힌 이야기를 당분간 묻어두기로 하였다.

"다른 이유는 없다. 자거라." 그는 고골리에게 이렇게 말하고 침대에서 일어섰다. 그리고는 문 앞에서 멈칫하더니 몸을 돌렸다. "도스토예프스키가 언젠가 뭐라고 했는지 아니?"

고골리는 고개를 저었다.

" '우리는 모두 고골리의 「외투」 속에서 나왔다'라고 했다."

"그게 무슨 뜻이죠?"

"언젠가 이해할 날이 있을 거다. 생일 축하한다."

고골리는 일어나서 아빠가 열어놓고 나가신 문을 닫았다. 아빠는 언제나 조금씩 문을 열어놓고 다니는, 남을 귀찮게 하는 버릇이 있었다. 고골리는 아예 문을 잠가버렸다. 그리고 책은 책꽂이 맨 꼭대기, 하디 소년 시리즈 두 권 사이에 꽂아놓았다. 그가 다시 가사를 들여다보며 침대에 자리를 잡았을 때 문득 생각난 것이 있었다. 그의 이름을 따온 이 작가 말이다. 고골리는 그의 이름이 아니었다. 그의 이름은 니콜라이였다. 고골리 강굴리는 애칭이 본명이 되었을 뿐 아니라 성이 이름으로 바뀐 것이었다. 그러니까 러시아든 인도든 미국이든, 이 세상 사람 중에 그와 같은 이름을 가진 사람은 한 명도 없다는 생각이 들었다. 그의 이름을 따온 사람조차도 그와는 이름이 달랐던 것이다.

,

그 이듬해는 아쇼크의 안식년이었다. 고골리와 소냐는 온 가족이 캘커타에 8개월 동안 가 있게 될 것이라는 사실을 알게 되었다. 어느 날 저녁을 먹은 후 부모님이 고골리에게 이 얘기를 했을 때, 고골리는 농담인 줄 알았었다. 그러나 곧 부모님은, 비행기표는 벌써 예매해놓았고 이미 정해진 계획이라고 말씀하셨다. "긴 방학이라고 생각하면 된다." 아쇼크와 아시마는 풀이 죽은 아이들에게 이렇게 말했다. 그러나 고골리는 이 8개월은 방학이 될 수 없다는 것을 잘 알고 있었다. 자기 방 없이, 음반과 스테레오나 친구도 없이 8개월을 지낸다는 것은 생각만 해도 끔찍했다. 고골리에게 8개월 동안 캘커타에 있는다는 것은 그곳으로 이사를 가는 것과 마찬가지였다. 지금까지 그런 일이 가능하리라는 것은 머릿속에 떠올린 적조차 없었다. 게다가 그는 이제 고등학교 2학년이었다. "학교는 어쩌고요?" 그가 지적했다. 부모님은 그동안 고골리가 가끔 결석을 해도 별로 선생님들이 개의치 않았다고 하셨다. 선생님들은 수학이나 언어 숙제를 내주었고, 그는 별로 신경도 안 썼다. 한두 달 후 학교에 돌아오면, 선생님들은 그동안 잘했다고 칭찬을 해주곤 했던 것이다. 그러나 이번에 고골리가 10학년의 2학기 전부를 빠질 것이라고 했을 때, 고골리의 학업지도 상담 선생님은 우려를 표명하였다. 다른 방법을 의논하기 위해 학교에서는 아시마와 아쇼크를 불렀다. 지도 선생님은 고골리가 국제학교에 다니는 것이 가능한지 부모님께 물었다. 그러나 가장 가까운 국제학교는 델리에 있었고, 캘커타에서 800마일이나 떨어진 곳이었다. 지도 선생님은 고골리가 6월까지 이곳 친척집에 있다가 학기를 마치고 나중에 부모님과 합류하면 안 되겠느냐고 물었다. "저희는 이곳에 친척이 하나도 없습니다." 아시마가 지도 선생님께 말했다. "바로 그 이유 때문에 인도에 가는 거지요."

    10학년이 되고 나서 채 4개월도 지나지 않아 고골리는 비행기에서 또 저녁을 먹을 텐데도 엄마가 우기셨기에 이른 저녁으로 밥과 삶은 감자와 계란을 챙겨먹고 떠났다. 기하학과 미국 역사책을 여행용 가방에 챙겼다. 다른 가방들처럼 이 가방도 자물쇠로 잠근 후 밧줄로 묶고, 알리포리에 있는 아빠 집 주소를 적은 꼬리표를 붙였다. 고골리는 이 꼬리표를 볼 때마다 심란해졌다. 그의 가족이 펨버튼 로드에 진짜로 살고 있는 게 아니라는 생각이 들었던 것이다. 집에서 선물이나 풀고 있어야 할 크리스마스 날, 그들은 그 엄청난 짐 보따리를 끌고 로간 공항으로 향했다. 소냐는 시무룩했다. 전날 장티푸스 주사를 맞아 약간 열이 있는데다, 그날 아침까지도 거실에 들어서면서 조그만 불빛들이 달린 크리스마스 트리를 기대했었기 때문이었다. 그러나 거실에 남아 있는 것이라고는 지저분한 부스러기들과 친척들을 위해 구입한 선물들에서 떼어낸 가격표, 플라스틱 옷걸이, 그리고 와이셔츠 포장에서 나온 마분지 같은 것들뿐이었다. 집을 떠날 때 아이들은 덜덜 떨고 있었다. 지금 가는 곳에선 외투와 장갑이 필요 없었고, 돌아올 때면 8월일 것이었다. 집은 아빠가 학교를 통해 찾은 어떤 미국 학생들에게 세를 놓았다. 바바라와 스티브라는 동거 커플이었다. 공항에서 고골리는 아빠와 함께 체크인하기 위해 줄서서 기다리고 있었다. 아빠는 양복에 넥타이 차림이었는데, 아직도 비행기를 탈 때는 이런 차림을 해야 한다고 생각하셨다. "가족 네 명이고요." 차례가 오자 아빠는 이렇게 말씀하시면서, 미국 여권 둘과 인도 여권 둘을 내밀었다. "힌두 음식 둘 부탁드리겠습니다."

 비행기에서 고골리는 부모님과 소냐가 앉은 좌석에서 여러 줄 뒤, 완전히 다른 칸에 앉게 되었다. 부모님은 이것 때문에 마음이 불편했지만, 고골리는 혼자 있게 된 것을 은밀히 즐기고 있었다. 승무원이 음료가 담긴 카트를 밀고 다가왔을 때 그는 그의 행운을 이용하기로 하였고, 블러디 메리를 주문했다. 난생 처음으로 알코올이 주는 금속성의 톡 쏘는 맛을 느껴본 것이다. 그들은 먼저 런던으로 비행한 후, 두바이를 경유하여 캘커타로 향하게 되어 있었다. 알프스 위를 날고 있을 때, 아빠는 자리에서 일어나 창문 밖으로 눈 덮인 산꼭대기를 카메라로 찍었다. 예전 같으면 이렇게 많은 나라들 위로 날아간다는 것에 흥분하여, 고골리는 접는 쟁반 밑에 달린 좌석 주머니에 들어 있는 지도를 꺼내 비행경로를 보고 또 보며, 모험하는 기분에 사로잡히곤 했었다. 그러나 이번에는 항상 가는 캘커타로 또다시 간다는 사실에 숨이 막혔다. 친척들집에 가는 것 빼고는 캘커타에서는 아무것도 할 게 없었다. 천문관이나 동물원, 빅토리아 기념관에는 이미 열 번도 넘게 가봤다. 하지만 디즈니랜드나 그랜드캐니언에는 한 번도 가본 적이 없었다. 딱 한 번, 그것도 런던에서 다음 비행기가 연착되었을 때, 히스로 공항을 벗어나 이층 버스를 타고 시내를 관광한 적이 있을 뿐이었다.

비행의 마지막 구간이 되자 비행기에는 인도인이 아닌 사람은 거의 남아 있지 않았다. 벵골어를 주고받는 대화로 기내가 시끌시끌했다. 엄마는 벌써 복도 건너편 가족들과 주소를 교환하고 있었다. 비행기가 착륙하기 직전 엄마는 화장실에 가더니, 그 비좁은 곳에서 기적적으로 말끔히 사리로 갈아입고 나오셨다. 마지막 기내 식사가 제공되었다. 구운 토마토를 살짝 얹은 허브를 넣은 오믈렛이었는데, 고골리는 한 입 한 입 음미하면서 먹었다. 앞으로 8개월 동안 이런 맛을 다시 보지 못할 것이라고 되새기면서. 창밖으로 야자수와 바나나 나무, 그리고 습기 많고 칙칙한 하늘이 눈에 들어오기 시작했다. 바퀴가 땅에 닿으면서 기내에는 소독약이 살포되었다. 그리고 나서 그들은 다소 역한, 시큼한 아침 공기를 마시며 둠둠 공항의 타맥 활주로에 내려섰다. 관측대에서 일렬로 서서 미친 듯이 손을 흔들고 있는 친척들에게, 멈춰 서서 마주 손을 흔들었다. 어린 사촌들은 삼촌의 어깨 위에서 목마를 타고 손을 흔들었다. 여느 때처럼 강굴리 가족은 짐이 빠짐없이 도착한 것을 보자, 그리고 세관에서 별문제가 없자 안도의 한숨을 내쉬었다. 이내 뿌연 유리문이 열렸고, 트랜싯을 벗어난 강굴리 가족은 이제 공식적으로 도착한 것이 되었다. 문을 나서기가 무섭게 친척들의 포옹과 입맞춤 세례가 이어졌다. 친척들은 강굴리 가족의 볼을 꼬집으며 반가운 웃음을 지었다. 고골리와 소냐가 외워야 할 이름은 끝도 없었다. 단순히 무슨 이모, 무슨 삼촌이 아닌 훨씬 구체적인 이름들이었다. 마시와 피시, 마마와 마이마, 카쿠와 제투. 외가 쪽인지 친가 쪽인지를 구분하고, 혈족인지 사돈인지도 구별해주는 의미가 담긴 이름들이었다. 이제 모누가 된 아시마는 기쁨의 눈물을 흘렸고, 미투가 된 아쇼크도 손으로 동생의 머리를 감싸며 양 볼에 입을 맞추었다. 고골리와 소냐는 그 사람들을 알긴 했지만, 부모님들처럼 그들이 가깝게 느껴지지는 않았다. 단 몇 분 만에 아이들의 눈앞에서, 아쇼크와 아시마는 좀더 대담하고 단순한 존재들로 바뀌었다. 목소리는 더 커졌고, 웃을 때도 입을 크게 벌렸다. 고골리와 소냐가 팸버튼 로드에서 본 적이 없는 자신있는 모습이었다. "무서워, 고글즈." 소냐가 오빠의 귀에 대고 영어로 속삭였다. 그리고 오빠의 손을 꼭 잡더니 놓으려 하지 않았다.

그들은 대기하고 있던 택시를 타고 VIP로를 따라 내려갔다. 거대한 쓰레기 매립지를 지나 북캘커타의 중심지로 들어섰다. 고골리는 전에도 본 적이 있는 바깥 풍경을 뚫어져라 쳐다보았다. 키가 작고 피부색이 검은 사람들이 리어카를 끌고 가고 있었다. 뇌문 무늬의 발코니가 달린 허물어져가는 건물들은 다닥다닥 붙어 있었고, 정면에는 망치나 낫 같은 것들이 그려져 있었다. 언제 길거리에 떨어질지 모르는 채 트램과 버스에 간신히 매달려 출근하는 사람들과, 길거리에서 밥을 하거나 샴푸로 머리를 감고 있는 사람들도 보였다.

암허스트 가에 있는 외갓집에는 이제 삼촌의 가족들이 살고 있었다. 동네 사람들은 창문이나 옥상에서 고골리 가족이 택시에서 내리는 것을 구경하고 있었다. 값비싼 운동화를 신고, 미국식 머리 스타일에 한쪽 어깨에는 배낭을 멘 그들의 모습은 쉽게 눈에 띄었다. 안으로 들어가자 고골리와 소냐 앞에는 한 컵씩의 홀릭스(상표명. 맥아 보리와 밀 등을 갈아놓은 것으로 우유에 타먹는 음료—옮긴이)와, 시럽같이 끈적끈적한 로소골라(우유와 설탕이 주재료인 경단 모양의 인도 간식—옮긴이)가 한 접시씩 놓여졌다. 먹고 싶지 않아도 의무적으로 먹어야 했다. 그리고 시중을 드는 하인이 그들의 발 둘레를 종이에 베껴 그렸다. 바타에 가서 그들이 실내에서 신을 고무 슬리퍼를 사오기 위해서였다. 가방을 풀어 선물을 모두 바닥에 꺼내놓자, 사람들은 감탄을 하며 맞는지 입어보기 시작했다.

이어서 그들은 모기장 속에서 잠을 자고, 양철 바가지로 부어주는 물로 머리를 감고 목욕을 하는 것에 다시 한 번 적응해야 했다. 아침마다 고골리는 사촌들이 흰색과 파란색의 교복을 입고, 가슴팍에 물통을 찬 다음 학교로 가는 것을 지켜보았다. 그의 숙모인 우마 마이마는 아침 내내 부엌을 떠나지 않았다. 하수구 옆에 쭈그리고 앉아 재로 설거지를 하거나, 비석같이 생긴 돌판에 향료 덩어리를 빻고 있는 하인들에게 잔소리를 늘어놓곤 하였다. 알리포리에 있는 강굴리의 집에서 고골리는, 그의 부모님이 만약 인도에서 살았더라면 사용했을 방과, 그들 네 명 모두 함께 잠을 잤을 네 개의 흑단 기둥이 달린 침대, 그리고 옷을 넣어두었을 옷장을 보았다.

아파트를 빌려 지내는 대신 그들은 8개월 동안 친척집들을 돌아다니며 신세를 졌다. 덜컹거리는 택시를 수도 없이 타고 발리군지, 톨리군지, 솔트 레이크, 붓지 붓지로 온 시내를 왔다갔다했다. 몇 주 사이에 침대가 달라졌고, 같이 사는 가족이 바뀌었으며, 새로운 일정을 익혀야 했다. 어디에 있느냐에 따라서 붉은 점토 바닥에서 밥을 먹기도 했고, 시멘트나 테라조 바닥에서 먹기도 했으며, 너무 차가워서 팔을 댈 수도 없는 대리석 식탁에서 먹기도 했다. 사촌들과 이모들과 삼촌들은 미국에서 사는 것은 어떤지, 아침으로 무엇을 먹는지, 학교 친구들은 어떤지에 대해서 질문을 해댔다. 그들은 펨버튼 로드 집을 찍은 사진을 들여다보면서, "목욕탕에 카펫이 깔렸어. 상상 좀 해봐"라고 말하였다. 아빠는 연구와 함께 자다브푸르 대학에서 강의를 하시느라 바빴다. 엄마는 뉴마켓에서 시장을 보거나 영화를 보러 가거나, 옛날 친구들을 만나러 다니셨다. 8개월 동안 엄마는 부엌엔 발길도 하지 않으셨다. 이곳에 여러 번 와봤어도 고골리는 아직까지 방향 감각을 잡을 수 없는데, 엄마는 자유자재로 돌아다니셨다. 3개월이 채 안 되어 소냐는 '로라 잉걸즈 와일더 북스'를 각각 열두 번씩 읽었다. 고골리는 더위로 불어난 교과서를 가끔씩 펴보았다. 크로스컨트리 훈련을 계속하기 위해 운동화도 챙겨왔지만, 이 울퉁불퉁한데다 사람들로 붐비는 비좁은 거리에서 달린다는 것 자체가 불가능했다. 그래도 하루는 해보려고 집을 나섰는데, 우마 마이마가 옥상에서 그것을 보더니, 고골리가 길을 잃지 않도록 하인을 딸려 보냈다.

갇혀 있을 때는 차라리 포기하는 편이 나았다. 암허스트 가에 있을 때면 고골리는 할아버지의 작업대에 앉아 말라버린 펜촉들로 가득한 양철통을 뒤적거리곤 했다. 그러다가 창문의 철창 너머로 보이는 것들을 그렸다. 비뚤비뚤한 건물들의 윤곽선, 안마당, 우물에서 청동 항아리에 하녀들이 물을 긷고 있는 조약돌이 깔린 광장, 인력거의 더러워진 차양 밑으로 빗속에서 짐을 들고 서둘러 집으로 돌아가는 사람들. 하루는 멀리 하우라 다리가 보이는 옥상 위에서, 올리브색 나뭇잎으로 빽빽하게 만 비디(인도산 담배—옮긴이)를 하인 중 한 명과 나누어 피웠다. 주변에는 언제나 사람들로 북적였지만, 소냐만이 유일한 그의 편이자 앉아서 그의 말을 들어주는 유일한 말동무였다. 가족들이 다 잠든 밤에는 둘이서 워크맨이나 집에서 녹음하여 가져온, 더위에 흐느적거리는 테이프를 가지고 아웅다웅하곤 했다. 그리고 이따금씩 그들은 햄버거나 페퍼로니 피자 한 조각, 또는 차가운 우유 한 잔이 너무 먹고 싶다고 비밀스럽게 서로에게 털어놓기도 하였다.

놀랍게도 아빠는 여름에 아이들을 위해 여행을 계획해놓으셨다. 델리에 있는 삼촌댁에 먼저 갔다가 타지마할을 보러 아그라에 가기로 한 것이었다. 고골리와 소냐에게는 이것이 캘커타를 벗어나 처음 하는 여행이었다. 인도 기차에 타보는 것도 처음이었다. 그들은 거대하게 치솟은, 말소리도 쩌렁쩌렁 울리는 하우라 역에서 출발했다. 빨간 면 셔츠를 입은 맨발의 쿨리들이 강굴리 가족의 샘소나이트 가방을 머리에 이고 나르는 동안, 바다에는 온 가족들이 이불을 덮은 채 누워 자고 있었다. 고골리는 여행에는 위험이 따른다는 것을 알고 있었다. 비하르에는 도적들이 숨어 있다고 사촌이 말했던 것이다. 그래서 아빠는 셔츠 안에 현금을 넣을 비밀 주머니가 달린 별도의 옷을 입고 있었고, 엄마와 소냐는 금으로 된 장신구를 모두 풀어놓고 왔다. 그들은 플랫폼 위에서 기차 바깥에 붙여놓은 승객 명단 중 네 식구의 이름을 찾느라 기차칸들을 훑어보며 걸어갔다. 그들은 파란색 침대 위에 자리를 잡았다. 잘 때는 벽 위에 매달린 침대 두 개를 펼치고, 낮에는 걸쇠로 걸어 고정시켜놓으면 되었다. 차장이 침구를 가져다주었다. 톡톡한 면으로 만든 하얀 침대보와 얇은 모직 담요였다. 아침에는 그들이 타고 있는 냉방칸의 뿌연 창문을 통해 밖을 내다보았다. 그래서 아무리 날씨가 맑아도 밖은 언제나 우중충한 회색빛이었다.

인도에 온 지 몇 달이 지나도록 친척들에게 둘러싸여 식구들끼리만 있을 시간이 없어서 그런지 네 식구만 남겨지자 처음엔 어색할 정도였다. 아그라에 온 며칠 동안은 고골리와 소냐처럼, 아시마와 아쇼크에게도 이곳은 낯설었다. 수영장이 딸린 호텔에서 생수병을 들고 다니며 물을 마시고, 음식점에서는 포크와 숟가락을 사용하고, 신용카드를 사용하는 여느 관광객과 다름이 없었다. 아시마와 아쇼크는 서투른 힌두어로 얘기했는데, 꼬마 아이들이 엽서나 구슬로 만든 장신구를 사라고 하면, 고골리와 소냐가 나서서 "영어로 해"라고 말해야 했다. 음식점에 가면, 그곳에서 일하는 사람들을 제외하고 그들이 유일한 인도인이란 것을 알 수 있었다. 이틀 동안 그들은 빛에 따라 회색, 노란색, 분홍색, 주황색으로 시시각각 변하는 대리석 무덤 주변을 돌아다녔다. 건물의 완벽한 좌우대칭의 아름다움에 감탄을 연발하였고, 구경하러 온 관광객들이 떨어져 죽곤 했다는 광탑 아래에서 사진을 찍기도 하였다. "여기서 사진 찍어요, 우리 둘이서만." 아시마는 거대한 초석 주위를 돌 때 아쇼크에게 이렇게 말했다. 아그라의 작열하는 태양 아래 바싹 마른 야무나 계곡을 내려다보며, 아쇼크는 고골리에게 니콘 카메라를 사용하는 방법과 어떻게 초점을 맞추고 필름을 감는지에 대해 가르쳐주었다. 타지마할이 지어진 후에 이 건물을 지은 남자들 2만 2천 명은, 다시는 이런 건물을 짓지 못하게 하기 위해, 모두 엄지손가락이 잘렸다고 관광 안내원이 말해주었다. 그날 밤 호텔에서 소냐는 밤에 엄지손가락이 잘리는 악몽에 시달리다가 비명을 지르며 깼다. "그냥 전설일 뿐이야." 부모님이 소냐를 달랬다. 그러나 고골리 또한 그 생각을 떨쳐버릴 수가 없었다. 그렇게 강한 인상을 남긴 건물은 이제까지 없었다. 둘째 날 고골리는 타지마할에서 돔과 건물 정면의 한 부분을 그리려고 했지만, 건물의 우아함을 담아내기란 쉽지 않았고,

결국 그리던 종이를 버리고 말았다. 대신 관광책자를 탐독하면서 무굴 건축의 역사를 알게 되었고, 바부르, 후마윤, 악바르, 자항기르, 샤 자한, 아우랑제브 순으로 계승된 황제들의 이름을 배웠다. 아그라 성에서 고골리와 가족들은, 샤 자한이 자신의 아들에 의해 감금되었던 방에서 창밖을 내다보았다. 악바르의 묘인 시칸드라에서는 금박을 입힌 입구의 프레스코화를 한참 동안 들여다보았다. 프레스코화는 여기저기 떨어져 나간데다 약탈당하고 불에 탄 흔적이 있었으며, 원래 있던 보석들은 누군가 칼로 파갔고, 돌에는 낙서가 새겨져 있었다. 악바르 황제가 등져버렸던, 사암의 도시 파테푸르 시크리에서는—앵무새와 매가 머리 위로 날아다니던—중정과 회랑을 둘러보았고, 살림 치쉬티의 무덤에서는 대리석 격자문에 행운을 비는 빨간 실을 묶었다.

그러나 캘커타로 돌아오는 길에 그들에게는 재수없는 일이 줄줄 따라다녔다. 베나레스 역에서 소냐는 아빠에게 열대 과일 한 조각을 사달라고 해서 먹었는데, 입술이 참을 수 없이 따가워지면서 세 배로 부어올랐던 것이다. 비하르 근처 어딘가에서는 한밤중에 다른 칸에서 자던 한 사업가가 칼에 찔린 후 30만 루피를 도난당하는 사건이 일어났고, 이 때문에 근처 경찰이 사건을 조사하는 5시간 동안 기차는 멈추어 있었다. 강굴리 부부는 다음날 아침, 식사를 하면서 왜 기차 운행이 지연되었는지에 대해 알게 되었다. 겁에 질린 승객들이 모두 이 얘기만 했던 것이다. "일어나봐. 기차에 탄 사람이 살해되었대." 고골리는 그의 침대에서 소냐를 깨우며 말했다. 누구보다 놀란 사람은 아쇼크였다. 그는 그날 밤 그 들판의 그 기차를 떠올렸다. 그때도 이렇게 갑자기 멈추어 섰었다. 그러나 이번에는 아무 소리도 듣지 못했다. 사고가 일어났을 때 그는 세상모르고 자고 있었던 것이다.

캘커타에 돌아온 고골리와 소냐는 심하게 앓았다. 공기야, 쌀이야, 바람 때문이야, 친척들은 되는 대로 이유를 들이대더니, 얘들은 가난한 나라에서 살 수 없게 생긴 애들이야, 라고 결론지었다. 변비에 걸리더니 다음엔 그 반대의 것이 왔다. 저녁이 되면 의사들이 청진기가 든 검은 가죽 가방을 들고 집에 찾아왔다. 의사들은 엔트로퀴놀과 마시면 목이 따가운 아요완 물을 주었다. 회복이 되고 나니 어느새 집에 갈 때가 되었다. 절대 오지 않을 것 같던 날이 2주 앞으로 다가온 것이다. 아쇼크는 대학의 동료 교수들에게 줄 카시미리 연필꽂이를 샀고, 고골리는 미국 친구들에게 줄 인도 만화책을 샀다. 떠나는 날 저녁, 고골리는 부모님이 벽에 걸린 돌아가신 할아버지와 할머니 사진 앞에 서서 고개를 숙인 채 아이처럼 우는 것을 보았다. 잠시 후 그들을 태우고 도시를 가로지를 택시들이 줄줄이 도착하였다. 비행기는 새벽에 출발할 예정이었기 때문에 그들은 어둠 속에서 떠나야 했다. 길거리는 텅 비어 있어 거의 알아보지 못할 정도였고, 조그만 전조등이 달린 트램만이 거리에서 움직이는 유일한 것이었다. 공항에는 그들을 마중 나와주었던, 그리고 지난 몇 달 동안 그들을 재워주고 먹여주고 비위까지 맞춰주었던 사람들이, 이번에는 배웅을 하기 위해 다시 한 번 공항 발코니에 모두 모였다. 삶은 달랐지만 성이 같은 사람들이었다. 친척들은 비행기가 멀리 날아갈 때까지, 깜빡거리는 불빛이 밤하늘에 사라져 보이지 않을 때까지 거기 서 있으리라는 것을 고골리는 알고 있었다. 엄마는 보스턴으로 가는 동안, 아무 말 없이 구름만 쳐다보고 있으리라는 것도 알았다. 그러나 고골리에게조차 남아 있었던 어느 정도의 서운함은 얼마 가지 않아 안도감으로 바뀌었다. 안도감과 함께 그는 아침 식사를 덮고 있는 알루미늄 호일을 벗겨내었고, 봉해진 비닐 커버에서 수저를 꺼낸 다음, 브리티시 항공 승무원에게 오렌지 주스

한 잔을 가져다달라고 하였다. 안도감과 함께 헤드폰을 끼고 〈새로운 탄생〉(원제는 The Big Chill, 로버트 카스단 감독의 1983년도 영화—옮긴이)을 보았고, 집에 도착할 때까지 40위의 인기곡을 모조리 들었다.

거의 24시간이 지나 고골리와 그의 가족은 펨버튼 로드 집에 도착하였다. 8월 말 자랄 대로 자란 잔디는 손질이 필요했고, 냉장고에는 세 들어 살던 사람들이 먹다 남기고 간 우유팩과 식빵이 들어 있었으며, 계단에는 우편물이 비닐봉투 4개에 가득 담겨 있었다. 처음 며칠간 강굴리 가족은 하루 종일 잠을 자다가 밤에 일어나 새벽 3시에 식빵을 구워서 정신없이 먹었다. 그리고 가방들을 하나씩 풀었다. 집에 왔지만 그 널찍한 공간이 이제는 황당했고, 주변을 겹겹이 에워싼 고요함이 거북스레 느껴졌다. 그들은 아직도 어떤 과도기에 있는 것 같았다. 그들의 생활로부터 동떨어진 채, 오직 네 식구만이 아는 제2의 스케줄에 의해 움직였다. 그러나 그 주가 끝날 때쯤 되자, 새로 산 금과 사리를 구경하러 엄마 친구들이 오고, 여행가방 8개 모두가 베란다에서 바람을 쐰 후 창고 속으로 치워지고, 차나추르를 타파웨어에 따라놓고, 가방에 살짝 넣어 온 망고를 시리얼과 차와 함께 아침으로 먹고 나자, 그동안 어디 갔다 왔나 싶을 정도였다. "너희들 까맣게 탔구나." 부모님의 친구분들은 고골리와 소냐를 보고 안됐다는 듯이 이렇게 말했다. 이번에 적응하는 것은 별로 힘들지 않았다. 그들은 밤이면 각자의 세 방으로, 각자의 세 침대로, 각자의 두꺼운 매트리스와 베개와 침대보 위로 돌아갔다. 슈퍼마켓에 가서 한 번 장을 보고 나자 냉장고와 찬장은 다시 스키피, 후드, 범블 비, 랜드 오레이크와 같은 낯익은 상표들로 채워졌다. 엄마는 다시 부엌에 들어가 그들에게 먹일 음식을 만들었고, 아빠는 차를 몰고 잔디를 깎고 대학교에 다시 나가기 시작하였다. 고골리와 소냐는 자고 싶은 만큼 자고 보고 싶은 만큼 텔레비전을 보았다. 시도 때도 없이 땅콩버터에 잼을 발라 샌드위치를 만들어먹었다. 다시 마음내키는 대로 싸우고, 놀리고, 소리를 꽥꽥 지르기 시작했으며, 아무 때나 '입 닥쳐'라고 말하였다. 뜨거운 물로 샤워를 했고, 자기들끼리 영어로 말했으며, 자전거를 타고 동네를 돌아다녔다. 미국 친구들에게 전화도 걸었다. 미국 친구들은 반가워했지만, 어디 갔었는지에 대해서는 한마디도 묻지 않았다. 그렇게 그들의 8개월은 지나간 일이 되어갔다. 그간의 기억은 쉽사리 몸에서 떨어져 나갔고, 빠르게 머릿속에서 잊혀졌다. 특별한 날 입었던 옷이나 철이 지난 옷처럼 갑자기 쓸모없어진, 어느새 그들의 삶과는 아무 상관없는 것이 되어가고 있었다.

9월이 되었고, 고골리는 고등학교 3학년으로 올라가면서 학기를 시작하였다. 우등 생물, 우등 미국사, 고급 삼각법, 에스파냐어, 우등 영어를 택했다. 영어 시간에는 『에단 프롬』, 『위대한 개츠비』, 『대지』, 『붉은 무공 훈장』과 같은 책을 읽었다. 그의 차례가 왔을 때 연단에 나가 『맥베스』에 나오는 독백인 「내일 또 내일 또 내일」을 낭송하였고, 이는 평생 그가 암송할 수 있는 유일한 시가 되었다. 깡마르고 단단한 체구의 로슨 선생님은 놀랄 정도로 목소리가 굵었으며, 머리끝에서 발끝까지 부잣집 도련님 스타일이었다. 붉은빛이 도는 금발 머리에, 다소 작긴 했지만 남을 꿰뚫어보는 듯한 초록색 눈동자에 뿔테 안경을 쓰고 있었다. 그는 학교 전체가 떠드는 추측과 공론의 대상이자 스캔들의 주인공으로, 불어를 가르치는 세이건 선생님과 결혼했던 사이였다. 그는 카키색 바지에 밝은 연두색, 노란색, 빨간색 등 단색 스웨터를 받쳐 입었으며, 언제나 이가 빠진 파란색 머그잔으로 쉬지 않고 블랙커피를 홀짝거렸다. 중간에 담배를 피우러 교사 휴게실에 가지 않고는 50분짜리 수업을 견뎌내지 못했다. 작은 키에도 불구하고, 그는 교실을 위엄 있고 매력적인 존재감으로 가득 채웠다. 알아볼 수 없을 정도로 글씨를 휘갈겨 쓰는 것으로 유명했고, 학생들이 돌려받는 작문 위에는 갈색 동그라미 커피 자국이나, 금색 동그라미 위스키 자국이 찍혀져 있기 일쑤였다. 선생님은 해마다 첫번째 숙제로 블레이크의 「호랑이The Tiger」를 분석해오라고 시키고는 모두에게 양이나 가를 주는 것으로 유명했다. 같은 반 여자애들 중 상당수는 로슨 선생님이 불가사의하게 섹시하다고 주장하였고, 어떤 애들은 아주 홀딱 반해버린 듯하였다.

고골리가 거쳐왔던 선생님들 중 작가 고골리에 대해 알고 있는 분은 로슨 선생님이 처음이었고, 게다가 선생님은 그에게 상당한 관심까지 갖고 계셨다. 수업 첫날 그는 출석부에서 고골리의 이름을 보자 얼굴에 놀라는, 그러나 반가운 표정을 띠고는 고개를 들어 학생들을 바라보았다. 다른 선생님들과는 달리 그는, 이게 정말 네 이름이냐, 이거 성 아니냐, 다른 이름을 줄인 것 아니냐 따위의 질문을 하지 않았다. 다른 사람들처럼 멍청하게 "그 사람 작가 아니었던가?"라고 묻지도 않았다. 대신 그는 완벽할 정도로 자연스럽게, 숨을 멈추거나 미심쩍은 표정으로 웃음을 억누르지 않고 브라이언이나 에리카나 탐을 부르는 것처럼 그의 이름을 불렀다. 그리고는 이렇게 말했다. "음, 앞으로 이 시간에 「외투」를 읽어야겠군. 그렇지 않으면 「코 The Nose」도 괜찮지."

1월의 어느 날 아침, 크리스마스가 지난 다음주였다. 고골리는 창가의 자기 자리에 앉아, 설탕 같은 싸락눈이 쉴 새 없이 하늘에서 떨어지는 것을 보고 있었다. "이번 학기에는 단편소설 위주로 공부해볼 생각이다." 로슨 선생님이 이렇게 선언했을 때 고골리는 올 것이 왔구나, 하고 생각하였다. 로슨 선생님이 교탁에 쌓아놓은, 고전 단편소설이라는 손때 묻은 모음집 여섯 권을 맨 앞줄에 앉은 아이들에게 나누어주는 것을 보면서, 고골리의 두려움은 점점 커져갔고, 약간 메스꺼운 느낌마저 들었다. 고골리가 받아본 책은 특히 더 낡아 있었다. 모퉁이는 뭉툭해져 있었고, 하얀 곰팡이가 먹은 것처럼 표지는 얼룩덜룩했다. 목차를 펴보니 고골리는 포크너 다음, 헤밍웨이 앞에 들어 있었다. 구깃구깃한 책장 위에 대문자로 인쇄된 자기 이름을 보니 속이 울렁거렸다. 그건 마치 유별나게 못 나온 자기 사진을 보는 것 같았고, "나 원래 이렇게 안 생겼어요"라고 방어적으로 말하고 싶게 만들었다. 고골리는 손을 들어 화장실에 다녀오겠다고 말하며 나가고 싶었지만, 동시에 될 수 있는 대로 눈에 띄는 짓을 하고 싶지 않았다. 그래서 그는 그대로 앉아서 반 아이들과 눈이 마주치지 않도록 고개를 숙인 채 책을 뒤적거렸다. 다른 작가의 이름 옆에는 이 책을 읽었던 사람들이 연필로 표시한 별표가 많이 붙어 있었지만, 니콜라이 고골리 옆에는 아무것도 없었다. 각 작가마다 작품이 하나씩 딸려 있었다. 고골리의 작품은 「외투」였다. 그러나 수업 시간 내내, 로슨 선생님은 고골리에 대해 한 번도 언급하지 않으셨다. 대신 선생님은 기 드 모파상이 쓴 「목걸이」를 아이들에게 돌아가면서 읽게 하였고, 고골리 강굴리는 안도의 숨을 내쉬었다. 그는 아마도 로슨 선생님이 고골리의 단편소설을 가르치지 않을지도 모른다는 한 가닥의 희망을 품게 되었다. 아마 잊어버리셨는지도 몰랐다. 그러나 수업종과 함께 아이들이 모두 자리에서 일어남과 동시에, 로슨 선생님은 한쪽 팔을 들어 올렸다. "내일 수업을 위해 고골리를 읽어오너라!" 아이들이 서로 밀치며 교실 문 밖으로 나서고 있을 때 선생님은 이렇게 소리쳤다.

다음날, 로슨 선생님은 칠판에 대문자로 '니콜라이 바실리예비치 고골리'라 쓰고 그 둘레에 네모를 친 다음, 작가가 태어나고 죽은 해를 괄호 속에 써넣었다. 고골리는 책상 위에 철한 공책을 펴고 칠판에 적힌 사항을 마지못해 받아 적었다. 생각해보면 그렇게 이상한 일도 아니었다. 그의 반에는 에른스트는 없지만, 적어도 윌리엄은 있지 않은가. 분필을 쥔 로슨 선생님의 왼손이 빠르게 칠판 위를 움직이고 있는 동안 고골리의 펜은 미적거렸고, 곧 시험에 출제될 사항들을 반 친구들이 받아 적고 있는 동안 고골리의 공책은 빈 채로 남아 있었다. 니콜라이 고골리는 1809년 폴타바 지방의 우크레이나 카자흐의 준귀족 집안에서 태어났다. 아버지는 소지주이자 희곡 작가로, 고골리가 열여섯 살 때 돌아가셨다. 네진 학원에서 수학한 그는, 1828년 상트 페테르부르크로 가서 1829년에는 내무부 공공사업국의 공무원이 되었다. 1830년에서 31년까지 왕실 자산국의 궁정부로 전임되었고, 이후에는 교사가 되어 영 레이디 인스티튜트에서 학생들을 가르치다가, 나중에는 상트 페테르부르그 대학으로 자리를 옮겼다. 스물두 살 때 알렉산더 푸슈킨과 긴밀한 교우관계를 갖게 되었다. 1830년 그는 최초의 단편소설을 발표하였다. 1836년에는 그의 희곡인 「감찰관」이 상트 페테르부르크에서 상연되었다. 연극이 엇갈린 반응을 얻게 되자 그는 절망한 나머지 러시아를 떠났다. 그후 12년간 파리, 로마 등 외국을 떠돌며, 『죽은 혼』의 제1권을 집필한다. 이 소설은 그의 작품 중 가장 뛰어나다는 평가를 받는다.

　로슨 선생님은 그의 책상 위에 다리를 꼬고 걸터앉아, 빽빽하게 적혀 있는 노란색 괘선지를 넘겼다. 그 옆에는 고골리의 전기가 놓여 있었는데, 『갈라진 혼』이라는 제목의 두꺼운 책이었고, 책갈피에는 찢어진 종이가 수도 없이 끼워져 있었다.

　"흔히 볼 수 있는 작가는 아니지, 니콜라이 고골리는." 로슨 선생님이 말했다. "오늘날 그는 러시아가 낳은 가장 훌륭한 작가로 평가받는다. 그러나 그가 살아 있을 당시만 해도 그의 작품을 이해하는 사람은 아무도 없었다. 그 자신조차도 말이야. '천재 기인'이라는 문구에 딱 어울린다고 말할 수도 있지. 고골리의 인생은 간단히 말해 광기 속으로 점점 기울어간 인생이었다. 작가인 이반 투르게네프는 그를 지적이고 기이하며 병들었던 사람이라 묘사했었다. 그는 건강염려증에 심각한 편집증까지 갖고 있었고, 좌절감으로 가득 차 있었던 것으로 유명했지. 게다가 병적으로 침울했었다는 것은 누구나 아는 사실이고, 심한 우울증에 시달린 적도 있었다고 한다. 친구를 사귀지도 못했고, 결혼한 적도 없으며, 아이도 없었다. 숫총각으로 죽었다는 것이 통상적인 믿음이다."

고골리는 뒷목이 뜨끈뜨끈해지더니 곧 볼과 귀까지 뜨거워지는 것을 느꼈다. 선생님 입에서 그 이름이 한 번씩 튀어나올 때마다 그의 몸은 소리없이 움찔거렸다. 부모님은 이런 사실에 대해선 왜 한 번도 말해주지 않으셨을까. 반 아이들을 둘러보았다. 그러나 아이들은 무관심한 표정으로 조용히 선생님의 말씀을 받아 적고 있을 뿐이었다. 로슨 선생님은 한쪽 어깨너머로 흘긋거리며 말씀을 계속하셨고, 칠판은 선생님의 휘갈긴 글씨로 채워져가고 있었다. 고골리는 갑자기 로슨 선생님에게 화가 치밀었다. 일종의 배반감까지 느꼈다.

"고골리의 문학 경력은 대충 11년간에 걸쳐 이루어지는데, 그 이후에는 슬럼프에 빠져 작가로서는 거의 불구가 되고 말지. 그는 말년에 신체적으로 쇠약해지고 정신적으로 고통받는다." 로슨 선생님의 말씀은 계속되었다. "건강과 창작 의욕을 되살리는 데 급급해진 고골리는 온천이나 휴양지를 찾아다니며 쉴 곳을 찾는 데 몰두한다. 1848년에는 팔레스타인으로 성지 순례를 떠나기도 한다. 결국 러시아로 돌아오지만 삶에 환멸을 느끼고 작가로서 실패했다고 확신한 나머지, 1852년 모스크바에서 모든 문학 활동의 포기를 선언한 후, 『죽은 혼』의 제2권 원고를 모두 불살라버리게 된다. 그리고 그는 자신에게 일종의 사형선고를 내리게 된다. 굶어서 죽는, 천천히 자살하는 방법을 택한 것이지."

"우웩, 왜 자기한테 그런 짓을 하지?" 교실 뒤쪽에서 누군가 이렇게 말했다.

아이들 중 몇 명이 에밀리 가드너를 쳐다보았다. 에밀리는 거식증이 있다고 소문난 아이였다.

로슨 선생님은 손가락을 치켜들면서 계속했다. "그가 죽기 하루 전날, 의사들은 고골리를 살리기 위해 그를 고깃국물에 담근 다음 머리에는 얼음물을 들이부었다. 그리고 나서 코 위에 거머리 일곱 마리를 붙여놓았지. 손은 묶어서 벌레를 떼내지 못하게 했고."

한 명을 제외한 반 아이들 전체는 동시에 신음소리를 내기 시작했고, 로슨 선생님은 목소리를 더 높여야 했다. 고골리는 책상만 노려보고 있었다. 아무것도 보이지 않았다. 그는 학교 전체가 로슨 선생님의 강의를 듣고 있을 거라고 확신했다. 이 내용이 확성기를 타고 퍼져 나가고 있을 게 분명했다. 그는 책상 위에 머리를 대고 몰래 손으로 귀를 덮었다. 그러나 로슨 선생님의 목소리를 차단하는 데는 역부족이었다. "다음날 아침 그는 의식을 잃었고, 너무 굶은 나머지 배에 손을 대면 등뼈가 만져질 정도였다고 한다." 고골리는 눈을 질끈 감았다. 제발, 그만! 선생님에게 이렇게 소리지르고 싶었다. 제발 그만하라구, 그는 소리나지 않게 입을 뻐끔거렸다. 그랬더니 갑자기 주위가 조용해졌다. 그 순간 고골리는 고개를 들었다. 로슨 선생님이 칠판 분필대에 분필을 놓는 것이 눈에 들어왔다.

"금방 올게." 선생님은 이렇게 말하고, 담배를 피우기 위해 황급히 교실에서 나갔다. 여기에 익숙해진 아이들은 곧장 떠들기 시작했다. 아이들은 소설이 너무 길다고 불평을 늘어놓았다. 러시아 이름이 얼마나 어려운지, 그래서 대충 훑어보기만 했다고 말했다. 고골리는 아무 얘기도 하지 않았다. 그는 아직 소설을 읽지 않았다. 아빠가 열네 살 생일 때 주신 고골리의 책에는 손도 대지 않은 상태였다. 그리고 어제는 수업 시간에 받은 단편소설 모음집을 사물함 깊숙이 처박아놓고 집에 가져가지 않았다. 그가 생각하기에, 책을 읽는다는 것은 동명이인의 존재를 인정하는 동시에 일종의 존경이나 애정을 표하는 것이었다. 그런데 아이들이 투덜거리는 소리를 듣고 있으려니 이상하게도 그게 자신의 책임인 것처럼 느껴졌다. 마치 자신의 작품이 공격당하기라도 하듯이 말이다.

로슨 선생님이 돌아와서 다시 책상 위에 앉았다. 고골리는 전기를 강의하는 것은 아까 그것으로 끝났으면 오죽 좋을까, 하고 생각했다. 더 이상 뭐 할 말이 남아 있겠는가? 그러나 로슨 선생님은 『갈라진 혼』을 다시 집어 들었다. "여기 그의 마지막 순간에 관한 내용이 있다." 책의 마지막 부분을 펴들며 이렇게 말하고는 책을 읽기 시작했다.

"그의 발은 얼음장처럼 차가웠다. 타라센코프는 침대 속으로 뜨거운 물병을 밀어 넣었지만 아무런 효과가 없었다. 그는 떨고 있었다. 앙상한 얼굴은 차가운 땀으로 덮여 있었고, 눈 아래에는 시퍼런 원이 생겼다. 자정이 되자 클리멘토프 박사는 타라센코프 박사와 교대하였다. 죽어가는 길을 좀더 편하게 해주기 위해 그는 칼로멜을 주사했고, 그의 몸 둘레에 따뜻한 빵을 놓아두었다. 고골리는 신음소리를 내기 시작했다. 그의 정신은 밤새도록 조용히 오락가락하였다. '계속해!' 고골리의 입에서는 이런 말이 새어 나왔다. '일어나, 돌려, 물레방아를 돌리라구!' 그리고 그는 점점 기운을 잃어갔다. 그의 얼굴에는 골이 패었고 얼굴색은 까매졌다. 숨소리는 점점 들리지 않게 되었다. 그는 점점 조용해지는 것 같았다. 적어도 더 이상 고통은 없을 것이었다. 1852년 2월 21일 아침 8시, 그는 마지막 숨을 거두었다. 아직 43세가 되기 전이었다."

고골리는 고등학교에서 여자 친구를 사귀지 않았다. 물론 몰래 좋아하는 애들이 있긴 했다. 아무한테도 말하지 않았지만 친구로 지내는 아이들 중에 좋아하는 여자애가 몇 명 있었다. 춤추러 가거나 파티에는 가지 않았다. 그는 친구들인 콜린, 제이슨, 마크와 함께 딜런이나 클랩턴 그리고 '더 후The Who'의 음악을 듣거나 남는 시간에는 니체를 읽었다. 부모님은 아들이 데이트를 하지 않는 것이나, 3학년 댄스 파티에 가기 위해 턱시도를 빌리지 않는 것에 대해 이상하다고 생각하지 않았다. 그들 자신이 한 번도 해보지 않은 연애를 고골리에게 권할 이유가 없었다. 게다가 그 나이에 말이다. 대신 그들은 고골리에게 수학부에 들라고 했고, 평균 A학점을 유지하는 데 총력을 기울이라고 하였다. 아빠는 그에게 공대에 가라고 하였다. MIT면 더욱 좋았다. 그가 성적이 좋고, 여자애들에게 무관심하다는 사실 때문에, 부모님은 고골리가 그 나름대로 미국 십대의 삶을 살고 있다는 것을 전혀 몰랐다. 예를 들어, 가끔가다 친구들 집에 모여 음악을 들을 때 마리화나를 피운다는 것은 상상조차 못 했다. 또 어쩌다가 친구집에 자러 갈 때, 차를 몰고 가까운 시내에 나가 〈록키 호러 픽쳐 쇼〉를 보거나, 보스턴 켄모어 광장으로 밴드 공연을 보러 가는 것도 전혀 의심조차 하지 않았다.

수능시험을 치르기로 되어 있는 바로 전주 토요일, 그의 가족은 고골리를 하룻밤 혼자 둔 채 코네티컷으로 주말 여행을 떠났다. 난생 처음 있는 일이었다. 고골리의 부모님은 그가 자기 방에서 모의 수능시험을 보는 대신, 콜린과 제이슨, 마크와 함께 차를 몰고 파티에 가리라고는 꿈에도 생각지 못했다. 고골리의 아빠가 가르치는 대학의 1학년생인 콜린의 형이 초대한 파티였다. 그는 보통 파티 갈 때 입는 복장으로 옷을 입었다. 리바이스 바지에 보트 슈즈, 그리고 체크무늬 플란넬 셔츠였다. 아빠가 계시는 공대에 가거나, 수영 강습을 받으러 갈 때 또는 육상 트랙을 돌기 위해 무수히 캠퍼스에 갔었지만 기숙사는 처음이었다. 그들은 들킬까봐 떨리는 마음으로, 그러면서도 약간은 들뜬 기분으로 기숙사로 향했다. "형이 그러는데, 누가 물어보면 암허스트 대학 신입생이라고 하래." 콜린이 차 안에서 이렇게 지시했다.

파티는 복도 전체에서 이루어지고 있었고, 각 기숙사 방문은 모두 열려 있었다. 그들은 첫번째 방으로 들어갔다. 방은 사람들로 가득 차 있었고 어두웠으며 더웠다. 고골리와 그의 세 친구들이 방을 가로질러 맥주가 담긴 통 있는 곳으로 가는 것을 아무도 눈치채지 못했다. 한동안 그들은 플라스틱 컵에 담긴 맥주를 들고 빙 둘러서서, 음악 소리 때문에 소리를 질러가며 얘기를 하였다. 그러나 콜린은 곧 형과 얘기하러 복도로 나갔고, 제이슨은 화장실에 갔고, 마크는 벌써 잔을 비우고 또 한 잔 가지러 갔다. 고골리도 복도로 나오게 되었다. 모두들 아는 사이 같았고, 그들끼리 얽혀 있는 대화에 끼어든다는 것은 불가능해보였다. 방마다 흘러나오는 서로 다른 음악들이 고골리의 귓전에서 시끄럽게 뒤엉키고 있었다. 찢어진 청바지에 티셔츠 차림의 패거리들 사이에서 자신이 너무 건전해보이는 게 아닌가, 하는 생각이 들었다. 그의 머리는 새로 감은 것이 역력해보였고, 빗질까지 말끔히 되어 있었다. 하지만 어쨌거나 별로 상관없었다. 아무도 신경쓰지 않았으니까. 복도의 끝에서 계단을 한 층 올라갔다. 올라가니 거기엔 또 복도가 있었고, 똑같이 붐비고 시끄러웠다. 구석에서 남녀가 벽에 기대어 키스하고 있는 것이 보였다. 복도의 다른 쪽 끝까지 사람들을 헤치고 지나가는 대신, 그는 계단을 한 층 더 올라가기로 하였다. 이번에는 복도가 텅 비어 있었다. 널찍하게 펼쳐진 감색 카펫 위에 흰색 나무 문들이 이어져 있었다. 아래층에서 나는 음악 소리와 목소리가 빈 복도에서 웅웅거리고 있을 뿐이었다. 다시 돌아 계단을 내려가려던 참에 방문 가운데 하나가 열렸고, 여자애가 걸어 나왔다. 할인점에서 파는 앞에 단추가 달린 물방울 무늬 원피스에 낡은 닥 마틴스 구두를 신은, 예쁘게 생긴 날씬한 여자애였다. 짙은 갈색의 짧은 머리가 볼 쪽으로 말려 있었고, 앞머리는 눈썹 위로 짧게 자른 스타일이었다. 하트 모양의 얼굴에 입술은 매혹적인 빨간색이었다.

"미안해요. 여기 올라오면 안 되는 곳인가보죠?" 고골리가 말했다.

"글쎄요, 사실상은 여자층이죠." 여자애가 말했다. "그렇다고 남자애들이 안 오진 않죠." 그녀는 고골리를 찬찬히 훑어보았다. 여자애가 이런 식으로 그를 쳐다본 것은 처음이었다. "이 학교 출신 아니지, 그렇지?"

"맞아." 고골리의 심장이 뛰기 시작하였다. 그리고 그는 오늘 밤 자신의 위장 신분을 기억해냈다. "암허스트대 1학년이야."

"아, 그래." 여자애가 이렇게 말하며 그가 있는 쪽으로 다가섰다. "나는 킴이야."

"만나서 반가워." 고골리는 팔을 뻗었고, 킴이 손을 잡고 흔들었다. 다소 긴 악수였다. 뭔가 기다리는 듯 그녀는 잠시 그를 쳐다보다가 미소를 지었다. 약간 겹쳐진 두 개의 앞니가 드러났다.

"따라와. 내가 구경시켜줄게." 그녀가 말했다. 그들은 함께 계단을 내려갔다. 그녀는 그를 데리고 어떤 방으로 들어가 자기가 마실 맥주 한 잔을 따랐고, 그에게도 한 잔 따라주었다. 그녀가 다른 친구들과 인사를 나눌 때, 그는 옆에서 어정쩡하게 서 있었다. 그들은 사람들을 헤치고 텔레비전과 콜라 자동판매기, 낡은 소파와 여러 가지 의자가 놓인 기숙사 내 공동 공간으로 갔다. 둘은 어정쩡하게 몸을 숙이고 멀찌감치 떨어져 소파에 앉았다. 킴은 탁자 위에 주인 없는 담뱃갑이 놓여 있는 것을 발견하고 담배 한 개비를 꺼내어 불을 붙였다.

"그런데……." 고골리 쪽을 바라보며 그녀가 말을 꺼냈다. 이번엔 좀 미심쩍다는 투였다.

"뭐?"

"근데, 이름은 말 안 해줄 거니?"

"아! 그래." 그러나 킴에게 그의 이름을 말하고 싶지 않았다. 그녀의 반응을 지켜볼 수 없을 것 같았다. 저 사랑스러운 파란 눈동자가 휘둥그레질 것이었다. 그는 딱 한 번만, 오늘 밤만 넘길 수 있도록 다른 이름이 하나 있었으면 좋겠다고 생각하였다. 뭐, 별일이야 있겠는가. 벌써 암허스트대에 다닌다고 했으니 어차피 시작한 거짓말이 아닌가. 그냥 콜린이나 제이슨이나 마크나 아무 이름이나 대어도 그녀는 알 수 없을뿐더러 신경도 쓰지 않을 것이고, 이대로 얘기를 계속할 수 있을 것이었다. 깔린 게 이름이다. 그러다 문득, 거짓말할 필요가 없다는 생각이 들었다. 사실상 거짓말이 아니었다. 자기에게 주어진 또 하나의 이름, 원래 자기 이름이 되었어야 할 그 이름을 기억해낸 것이다.

"난 니킬이야." 태어나서 이렇게 말한 것은 처음이었다. 그는 우물쭈물하며 말했다. 자신의 귀에는 무슨 용쓰는 것처럼 들렸고, 그의 의도와는 다르게 발언이 아니라 거의 질문에 가깝게 들렸다. 그는 미간을 오무리며 킴을 쳐다보았다. 그녀가 속지 않고 그의 원래 이름을 말하면서 면상에 대고 웃음을 터뜨릴 거라고 생각했다. 그는 숨을 멈추었다. 얼굴이 따끔거렸다. 승리감 때문인지 공포 때문인지 알 수 없었다.

그러나 킴은 환한 얼굴로, 아무런 의심 없이 받아들였다. "니킬." 천장으로 길고 가는 담배 연기를 내뿜으며 킴이 말했다. 다시 한 번 그녀는 그를 바라보며 웃었다. "니킬." 되풀이하더니 이렇게 말했다. "들어본 적이 없는 이름이야. 멋진데."

그들은 그렇게 오래 앉아 있었다. 대화는 계속되었고, 고골리는 일이 너무 쉽다는 사실에 놀랐다. 그는 들떠 있었다. 킴이 수업이나 그녀의 고향인 코네티컷에 대해 이야기하는 동안 그는 듣는 둥 마는 둥이었다. 죄책감과 행복감을 동시에 느꼈다. 보이지 않는 방패가 그를 방어해주고 있는 듯했다. 다시 그녀를 볼 일이 없을 거라고 생각했기에, 그날 저녁 그는 용감할 수 있었다. 자기 다리를 그녀의 다리에 지그시 갖다댄 채, 그녀가 말하는 동안 입에 가볍게 키스를 하기도 했고, 머리카락을 쓸어 내리기도 했다. 누군가에게 키스를 한 것은 태어나서 처음이었다. 여자애의 얼굴과 몸과 숨결을 이렇게 가까이에서 느껴본 것도 처음이었다. "야, 고골리. 네가 키스를 했다니 믿을 수 없어." 집으로 돌아가는 길에 친구들이 소리를 질렀다. 아직도 멍한 상태에서 그는 고개를 저었다. 놀란 것은 그도 마찬가지였다. 아직도 속에서 무언가 부풀어 오르고 있었다. "내가 아니었지." 가까스로 이렇게 말했다. 그러나 오늘 킴에게 키스한 것은 고골리가 아니었다는 얘기는 하지 않았다. 고골리가 그 일과 아무 관계가 없었다는 것은 비밀이었다.

S

 이름을 바꾼 사람들은 많았다. 영화배우나 작가가 그랬고, 혁명가나 트랜스젠더도 그랬다. 고골리는 역사 시간에 유럽에서 이민 온 사람들이 엘리스 섬에서 이름을 바꾸었고, 노예들은 해방이 된 후에 이름을 바꾸었다는 것을 배웠다. 고골리는 모르고 있지만, 심지어 니콜라이 고골리도 자신의 이름을 바꾸었다. 스물두 살 때《문학 가제트》에 글을 발표하면서, 고골리-야노프스키에서 고골리로, 기다란 성을 짧게 줄였다(그는 또한 야노프라는 이름으로 글을 발표한 적도 있었고, 언젠가는 'OOOO'라고 서명한 적도 있었는데, 그의 원래 이름에 들어 있는 'O'자 네 개를 기념하기 위한 것이었다).
 1986년 어느 여름날, 예일 대학에서의 첫해가 시작될 무렵, 집에서 이사 나올 준비로 정신없는 나날을 보내고 있던 고골리 강굴리 역시 그와 같은 일을 하고 있었다. 그는 보스턴까지 가는 통근 기차를 타고 노스 역에서 녹색선으로 갈아탄 다음 레치미어 역에서 내렸다. 이 부근은 어느 정도 훤했다. 텔레비전이나 청소기 따위를 사기 위해 가족들과 함께 수도 없이 왔었고, 학교에서 과학박물관으로 현장 학습을 나갈 때도 왔었다. 그러나 혼자서 이 동네에 오는 것은 처음이었고, 종이에 약도를 적어왔지만 잠시 길을 헤맸다. 미들섹스 검인 및 가정법원으로 가는 길이었다. 짙은 감색 셔츠에 카키색 바지를 입고, 대학 면접 시험 때 입으려고 산 낙타색 코듀로이 재킷을 입었다. 무더운 여름날에 입기에는 너무 더운 차림이었다. 하나밖에 없는, 고동색 바탕에 노란색 대각선이 여러 줄 들어간 넥타이도 매고 있었다. 이제 고골리는 180센티가 조금 안 되는 키에, 군살 없는 체구의 청년이었다. 두꺼운 흑갈색 머리는 이발할 때가 조금 지나 있었다. 얼굴은 갸름한 편에 지적이었고, 몰라볼 정도로 인물이 훤해졌다. 얼굴의 골격은 이제 더 두드러졌고, 연한 금색의 피부는 깔끔하게 면도해서 투명해보일 정도였다. 아시마를 닮아 눈은 크고 강렬했으며, 짙은 눈썹은 우아해보였다. 그리고 아쇼크를 닮아 콧잔등은 약간 튀어나와 있었다.

법원은 권위적인 느낌을 주는 기둥이 있는 오래된 벽돌 건물이었다. 한 블록 전체를 다 차지하고 있었지만 입구는 옆에 있었고, 계단을 내려가야 했다. 건물 안으로 들어선 고골리는 주머니에 들어 있는 것을 다 꺼내놓고 금속탐지기 밑을 통과하였다. 어디론가 긴 여행을 떠나기 전, 공항에서 하듯이. 시원한 에어컨 바람과 아름답게 조각된 회벽 천장, 그리고 대리석으로 뒤덮인 실내에 쾌적하게 울려 퍼지는 목소리에 그의 몸과 마음이 진정되었다. 그가 생각했던 것보다 훨씬 웅장한 실내였다. 그러나 바로 여기가 사람들이 이혼을 하고 유언장을 놓고 싸움을 하러 오는 곳이구나, 하는 생각이 들었다. 안내소에 있는 남자가 그에게 위층에서 기다리라고 말해주었다. 사람들이 공간 가득한 둥근 탁자에 둘러앉아 점심을 먹고 있었다. 고골리는 긴 다리를 아래위로 떨며 초조하게 앉아 있었다. 읽을 책을 가져오지 않아, 누군가 버리고 간 《글로브》지의 한 섹션을 집어 들었다. '예술'면에 실린 앤드류 와이어스의 헬가 그림(와이어스가 15년 동안 비밀리에 이웃집 여인 헬가를 모델로 그린 그림들—옮긴이)에 관한 기사를 대충 읽어 내려갔다. 그리고 나서 그는 종이의 여백에 그의 새 사인을 연습하기 시작했다. 여러 가지 스타일을 시도해보았다. N자의 각도와 i자 두 개 위에 점을 찍는 것에도 손이 익숙하지 않았다. 그는 옛날 이름을 몇 번이나 썼을까 생각해보았다. 그동안 시험지에, 숙제에, 그리고 학년 졸업 앨범에 과연 몇 번이나 그의 이름을 적었을까? 과연 한 사람은 평생 동안 몇 번이나 그의 이름을 쓰게 될까? 1백만 번? 2백만 번?

이름을 바꾸어야겠다고 생각한 것은 몇 달 전이었다. 그는 다니던 치과 대기실에 앉아 기다리는 동안 《리더스 다이제스트》를 뒤적거리고 있었다. 되는 대로 책장을 넘기던 중 그의 시선을 끄는 기사가 있었다. 기사의 제목은 '두번째 침례'였고, 제목 밑에는 "아래의 유명한 사람들을 아시나요?"라고 씌어 있었다. 그 아래에 이름이 여럿 적힌 목록이 있었고, 책장의 맨 아래에는 거꾸로 쓴 조그만 글씨들이 찍혀 있었다. 목록에 적힌 이름에 해당하는 유명 인사의 이름이었다. 그가 유일하게 맞춘 이름은 로버트 짐머만으로, 밥 딜런의 본명이었다. 몰리에르가 태어날 때는 장-밥티스트 포클렝이었는지, 레온 트로츠키가 레브 다비도비치 브론스타인이었는지 전혀 몰랐다. 제럴드 포드의 원래 이름은 레슬리 린치 킹 주니어였고, 잉글버트 험퍼딩크는 아놀드 조지 도르시였다. 이들은 모두 스스로 이름을 바꿨고, 이는 모든 미국 시민에게 주어진 권리라고 기사는 적고 있었다. 기사에 의하면, 1년에 수십 수백만 명의 미국인이 이름을 바꾸었고, 법적인 청원만 하면 쉽게 이름을 바꿀 수 있었다. 그는 문득, 여기에 적힌 목록 속에 '고골리'가 들어가고, 밑에는 거꾸로 된 작은 글씨로 '니킬'이라고 씌어 있는 것을 상상해보았다.

그날 밤 저녁을 먹으면서 그는 부모님께 이 이야기를 꺼냈다. 고골리는 그의 이름이 고등학교 졸업장에 붓글씨로 새겨지는 것이나 졸업 앨범에 들어간 그의 사진 밑에 찍히는 것은 괜찮았다. 아이비리그 대학이나 스탠포드, 버클리 대학에 원서를 낼 때 사용하는 것까지도 용납이 되었다. 그렇지만 이 이름이 4년 후 학사 학위 졸업장에 찍힌 이름이라고? 이력서에? 명함 가운데에? 그 이름은 부모님이 골라주신, 그가 다섯 살 때 부모님이 지어주신 본명이 되어야 한다고 그는 주장했다.

"지난 일은 지난 일일 뿐이다." 아버지가 말씀하셨다. "이제 와서 바꾸기엔 너무 일이 많아. 고골리가 이제 네 본명이다."

"이젠 너무 복잡해." 어머니도 아버지 말씀에 동의하셨다. "나이가 너무 많이 들었다."

"아니에요." 그는 굽히지 않았다. "이해가 안 돼요. 애초부터 왜 애칭을 지어주셨죠? 도대체 이유가 뭐에요?"

"그게 우리 방식이잖니, 고골리." 어머니가 말씀하셨다. "벵골 사람들은 그렇게 한단다."

"하지만 벵골 이름도 아니잖아요."

그는 부모님에게 로슨 선생님 시간에 배운 것을 말씀드렸다. 평생 동안 불행했던 삶이며, 정신적으로 문제가 있었던 것이며, 스스로 굶어죽은 것까지 말씀드렸다. "그럼 그에 대한 것을 모두 알고 있었단 말이냐?" 아버지가 물으셨다. 그리고는 말을 덧붙이셨다.

"그가 천재였다는 사실은 빼먹었다."

"이해가 안 돼요. 어떻게 그렇게 이상한 사람의 이름을 따서 제 이름을 지을 수가 있어요? 아무도 저를 진지하게 생각 안 해줘요."

"누가? 누가 너를 진지하게 생각 안 한다는 말이냐?" 잡수시던 접시에서 손을 떼고 고골리를 올려다보며 아버지가 캐물으셨다.

이름 뒤에 숨은 사랑 133

"사람들이요." 고골리는 부모님께 거짓말을 했다. 아버지 말씀이 옳았다. 고골리를 진지하게 받아들이지 않는 유일한 사람은, 그의 이름을 창피하게 생각하고 그로 인해 끊임없이 고통받고, 계속해서 이름 때문에 고민하고 다른 이름이기를 바라는 유일한 사람은 다름 아닌 바로 고골리 자신이었다. 그러나 그는 계속해서, 그의 공식적인 이름이 러시아 이름이 아닌 벵골 이름이 되어야 한다는 것에 대해 부모님은 마땅히 반기셔야 한다고 주장했다.

"난 모르겠다. 고골리." 어머니가 고개를 저으며 말씀하셨다. "난 정말 모르겠다." 어머니는 일어나 그릇을 치웠다. 소냐는 가만히 일어나 자기 방으로 갔다. 고골리는 아버지와 함께 식탁에 남아 있었다. 그들은 거기에 앉아 어머니가 그릇을 닦는 소리, 싱크대에서 수돗물이 흐르는 소리를 들었다.

"그렇다면 바꾸거라." 한참 후에 아버지가 짤막하게, 조용히 말씀하셨다.

"정말이요?"

"미국에서 안 되는 일은 없다. 네 마음대로 하거라."

그래서 고골리는 매사추세츠 주에서 발행한 개명허가 신청서를 받은 후, 출생증명서 한 통과 수표와 함께 미들섹스 검인 및 가정법원에 제출하였다. 그가 이 서류들을 아버지께 가져갔을 때, 아버지는 동의한다는 서명을 하기 전에 서류를 슬쩍 눈으로 훑어보셨을 뿐이었다. 수표나 신용카드에 서명하기 전에 안경 위로 눈썹을 치켜뜨시고, 속으로 손실이 얼마나 될지를 생각하면서 지으시는, 일종의 체념한 표정이었다. 나머지 서류는 밤늦게, 가족들이 모두 잠든 후 자기 방에서 혼자 작성하였다. 신청서는 미색으로 된 종이 한 장뿐이었지만 대학 지원서를 작성할 때보다 오래 걸렸다. 첫번째 줄에는 그가 바꾸고 싶은 이름과 출생지, 출생 연월일을 적었다. 그리고 앞으로 바꿀 새 이름을 적어 넣었고, 옛날 사인으로 신청서에 서명하였다. 신청서 중 한 부분 때문에 시간이 걸렸다. 대략 세 줄 정도 됐는데, 왜 바꾸고 싶은지 이유를 적는 난이었다. 거의 한 시간 동안 거기 앉아 뭐라고 적을 것인가 고민하였지만 결국 빈 칸으로 남겨두고 말았다.

약속된 시간에 그의 차례가 되었다. 그는 방으로 들어가 뒤에 있는 빈 나무 의자에 앉았다.

판사는 중년의 몸집이 큰 흑인 여자로, 반달 모양의 안경을 쓰고 단의 반대편에 앉아 있었다. 단발머리를 한 마른 몸매의 젊은 여자 서기가 고골리에게 신청서를 달라고 하였고, 판사에게 넘겨주기 전에 검토를 하였다. 방에는 매사추세츠 주기와 미국 국기 그리고 어떤 판사의 유화 초상이 붙어 있을 뿐, 그 외 다른 장식은 전혀 없었다. "고골리 강굴리." 서기가 고골리에게 단상 앞으로 가라는 손짓을 하며 이름을 불렀다. 빨리 끝내고 싶은 만큼, 공식적인 상황에서 그의 이름이 불리어지는 것은 이게 마지막이라는 생각에 약간 서글픈 마음이 들었다. 부모님이 허락은 하셨어도 너무 지나친 게 아닌가 싶기도 하였다. 그분들이 저지른 실수를 자신이 바로잡는다는 것이.

"이름을 바꾸고 싶은 이유가 뭐지요, 강굴리 씨?"

무방비 상태에서 받은 질문이었으므로 어떻게 대답해야 할지 몰라 머뭇거리는 동안 몇 초가 흘렀다. "개인적인 이유입니다." 결국 이렇게 대답하였다.

판사가 그를 쳐다보더니, 손으로 턱을 괴며 몸을 앞으로 기울였다. "좀더 자세히 말씀해보시겠어요?"

처음에 그는 아무 말도 하지 못했다. 그 이상 설명할 준비가 되어 있지 않았다. 판사에게 이 복잡한 얘기를 전부, 증조할머니가 보내신 편지가 케임브리지에 도착하지 못한 것에서부터 애칭이 뭔지, 본명이 뭔지, 유치원에 들어가던 첫날 일어난 일까지 모두 말해야 하나 망설였다. 그러나 그는 숨을 한 번 크게 들이쉬고, 이제까지 부모님께 한 번도 솔직히 말씀드린 적이 없는 것을 법정에 있는 사람들 앞에서 말했다. "고골리란 이름이 싫습니다. 언제나 싫었습니다."

"좋아요." 판사는 이렇게 말한 후 신청서에 도장을 찍고 서명을 한 다음 서기에게 돌려주었다. 새 이름은 다른 관공서에 모두 통보되어야 하는데, 교통국과 은행, 학교에는 반드시 그가 직접 통보해야 한다고 하였다. 그는 개명판결문의 사본을 세 부 만들어 공증을 받았다. 두 부는 그가 보관하고, 한 부는 부모님이 금고 안에 넣어 두실 것이었다. 이 법적인 통과의례를 옆에서 지켜본 사람은 아무도 없었다. 법정을 나설 때 환호성을 지르며 꽃다발과 풍선을 안겨주면서, 폴라로이드로 기념사진을 찍어주려고 기다리는 사람도 없었다. 실제로 모든 절차가 너무나 간소하게 끝났다. 시계를 보니 법정에 들어선 이후로 10분이 지나 있을 뿐이었다. 그는 찌는 듯한 오후의 무더위 속으로 땀을 흘리며 걸어갔다. 아직도 꿈만 같았다. 강을 건너 보스턴으로 가는 T기차를 탔다. 그는 겉옷을 손가락에 걸어 어깨 위에 걸치고 커먼으로 해서 시민 정원으로, 다리를 건너 호숫가를 둘러 난 오솔길로 걸었다. 구름이 두껍게 낀 날씨였다. 지도 위에 표시된 작은 호수들처럼 구름 사이로 드문드문 하늘이 드러나 있었다. 비가 올 것 같았다.

그는 뚱뚱했던 사람이 갑자기 날씬해지거나 감옥에서 금방 풀려나오면 이런 기분일까, 궁금했다. "니킬이라고 해요." 지나가는 사람을 붙들고, 개를 산책시키는 사람들과 유모차를 밀며 지나가는 사람들과 오리에게 빵을 던져주는 사람들을 붙들고 이렇게 말하고 싶었다. 뉴베리 가에 다다르자 빗방울이 떨어지기 시작하였다. 그는 뉴베리 코믹스로 뛰어들어갔다. 생일 때 받은 돈으로 『런던 콜링』과 『토킹 헤드: 77』 그리고 기숙사 방에 붙여놓을 체 게바라의 포스터를 샀다. 아메리칸 익스프레스 학생 카드 신청서를 주머니에 넣으며, 카드 밑에 도드라진 글씨로 고골리라고 씌어지지 않을 것에 뿌듯해했다. "니킬이라고 해요." 코걸이를 하고 백짓장처럼 하얀 얼굴에 까맣게 머리를 염색한 예쁘게 생긴 점원에게 그는 이렇게 말을 걸고 싶었다. 점원은 그에게 잔돈을 거슬러주고 다음 손님을 건너다보았다. 하지만 무슨 상관이랴. 이제 세상에 널린 것이 여자였다. 평생 동안 지속될 부인할 수 없는, 특별할 것도 없는 사실이었다. 그러나 다음 3주 사이에 그는 '니킬'이라 씌어진 새 운전면허증을 발급받았고, 옛날 면허증은 어머니가 쓰시는 재단 가위로 싹둑싹둑 잘라버렸다. 또한 지금까지 자기 이름을 써놓은 좋아하는 책 맨 앞장을 모두 찢어버렸는데도, 한 가시 결정적인 걸림돌이 있었다. 세상에 아는 사람들은 모두 그를 고골리로 불렀다. 부모님과 부모님의 친구들, 그분들의 아이들, 그리고 고등학교 친구들은 모두 앞으로도 고골리 이외의 이름으로는 부르지 않을 게 분명했다. 명절이나 여름방학 때는 고골리로 남아 있을 것이고, 생일 때마다 고골리가 다시 그를 찾을 것이다. 대학 입학 송별 파티에 온 사람들은 전부 카드에 '행운을 빈다. 고골리'라고 적었다.

뉴헤이번에서 보내는 첫날이 되어서야, 아버지와 눈물을 글썽이던 어머니, 그리고 소냐가 보스턴 쪽으로 가는 95번 국도를 타고 돌아간 다음에야, 그는 니킬로 자기 소개를 하였다. 처음으로 그의 새 이름을 불러줄 사람들은 룸메이트인 브랜든과 조나단이었다. 이들은 이미 방학 동안에 그들의 새 룸메이트의 이름은 고골리라고 우편으로 통보를 받았었다. 브랜든은 키가 큰 금발 머리로, 고골리가 살던 곳에서 멀지 않은 매사추세츠에서 자랐고, 앤도버 고등학교를 나왔다. 한국인이고 첼로를 켜는 조나단은 로스앤젤레스에서 왔다.

"고골리가 이름이야, 아니면 성이야?" 브랜든이 궁금해하였다.

보통 때 같으면 신경이 곤두섰을 질문이었다. 그러나 오늘 그에겐 새로운 대답이 준비되어 있었다. "사실 그건 내 중간 이름이야." 기숙사 거실에서 그들 옆에 앉으며 고골리는 이렇게 설명했다. "니킬이 내 이름이야. 그럴 이유가 있어 빠뜨렸던 거야."

스테레오를 설치하는 데 정신이 팔린 조나단이 알았다는 듯 고개를 끄덕였다. 브랜든도 고개를 끄덕였다. "야, 니킬." 취향대로 거실에 있는 가구를 배치하고 나서 시간이 좀 흐른 후 브랜든이 불렀다. "한 모금 빨래?" 어차피 모든 게 새로웠기에, 새로운 이름으로 통하는 것이 그다지 어색하지 않았다. 그는 새로운 주로 왔고, 전화번호도 새것이었다. 구내식당에서 식반에 밥을 먹었고, 한층 가득한 다른 애들과 화장실을 같이 사용했으며, 아침에는 샤워장에서 샤워를 했다. 어머니가 떠나시기 전 군이 정돈을 해주고 가신 침대도 새것이었다.

오리엔테이션을 하는 며칠 동안 그는 캠퍼스를 뛰어다녔다. 이리저리 엇갈리게 난 돌길을 따라 시계탑과 작은 탑들에 총안이 달린 건물들을 지나쳐 왔다갔다했다. 다른 애들처럼 구 캠퍼스 안에 있는 잔디밭에 앉아 수업 시간표를 보며 궁리하거나 프리스비를 날리거나 녹청이 덮인 양복 차림의 동상들 사이에서 사람들을 사귈 시간도 없었다. 가야 할 곳의 목록을 만들었고, 캠퍼스 지도를 펴놓고 가야 하는 건물들을 모두 동그랗게 표시하였다. 방에 아무도 없을 때, 스미스 코로나 타자기로 학적부에 개명을 통보하는 서류를 작성하였다. 옛날 서명과 새로 바뀐 서명을 나란히 기재하였다. 그는 이 서류를 개명판결문 사본과 함께 비서에게 제출하였다. 그는 신입생 상담자에게 이름을 바꾼 것을 얘기했고, 학생증과 도서관 카드를 관리하는 사람에게도 말했다. 그는 비밀리에 이들을 수정하였고, 조나단과 브랜든에게 왜 하루 종일 그렇게 바쁜지에 대해 굳이 이야기하지 않았다. 그러다 보니 어느 날 갑자기 모든 것이 끝나 있었다. 그렇게 일이 많다가 갑자기 할 일이 없어지니 이상했다. 상급생들이 입사하고 수업을 시작할 때쯤 되자 고골리는 대학 전체가 그를 니킬로 부르도록 모든 길을 닦아놓았다. 학생들과 교수들과 조교들과 파티에서 만나는 여자애들까지. 니킬은 첫 네 과목을 수강 신청하였다. 미술사개론, 중세사, 에스파냐어, 그리고 과학 필수 과목으로 천문학을 택하였다. 마감에 닥쳐 저녁 때 있는 소묘 수업도 신청했다. 부모님께는 말씀드리지 않았다. 그의 인생의 이 시점에서 소묘 수업 따위는 쓸데없다고 생각하실 게 뻔했다. 다른 사람도 아니고 외할아버지가 화가셨는데도 말이다. 부모님은 이미 그가 아직 전공과 앞으로의 직업을 선택하지 않은 것에 대해 염려하고 계셨다. 다른 벵골 친구분들처럼 부모님은 공학도가 아니면 의사, 변호사, 못 되어도 경제학자는 되기를 바라셨다. 이게 그들을 미국으로 데려온 분야라고 아버지는 반복해서 강조하셨다. 생활의 안정과 사회로부터 존경을 받게 해준 직업이라고 말이다.

　그러나 이제 니킬이 되었으므로 그런 부모님을 무시하는 것이, 또 부모님이 소원하고 염려하시는 것에 대해 신경을 꺼버리는 것이 훨씬 수월해졌다. 신입생으로서 제출하는 보고서의 꼭대기에 이름을 쓰면서 안도감을 느꼈다. 방 안 여기저기에서 룸메이트가 니킬에게 남겨놓은 전화 메모를 읽었다. 은행에서 새 이름으로 수표 구좌를 열었고, 교과서에는 새 이름을 적어 넣었다. "메 야모 니킬." 에스파냐어 시간에는 이렇게 말했다. 그가 첫 학기부터 턱밑에 염소 수염을 기르기 시작한 것, 파티에서나 보고서를 쓰면서 또는 시험 보기 전에 카멜 담배를 피우기 시작한 것, 그리고 브라이언 이노와 엘비스 코스텔로, 찰리 파커를 알게 된 것도 니킬로서였다. 조나단과 함께 어느 주말 메트로 노스 기차를 타고 맨해튼에 갔던 것이나, 뉴헤이번 술집에서 술을 마시기 위해 가짜 신분증을 만든 것도 니킬이었다. 에즈라 스타일즈에서 있었던 파티에서 총각을 잃었던 것도 니킬이었다. 체크무늬 모직 치마를 입고 겨자색 스타킹에 군화를 신은 여자애였다. 새벽 세 시쯤 지끈거리는 머리로 잠에서 깨어보니 여자애는 이미 사라진 뒤였고, 그 애의 이름조차 기억나지 않았다.

그런데 한 가지 곤란한 문제가 있었다. 정작 그 자신이 니킬처럼 느껴지지 않는다는 것이었다. 아직은 아니었다. 문제는 지금 그를 니킬로 알고 있는 사람들은 그가 전에 고골리였다는 것을 전혀 모른다는 데 있었다. 그들은 현재의 그만을 알고 있을 뿐, 과거의 그에 대해선 전혀 몰랐다. 그러나 18년 동안 고골리로 살아온 이후 두 달 동안의 니킬이란 뭔가 빈약하고 미미한 존재였다. 때로는 연극에서 배역을 맡게 된 기분이 들기도 했다. 눈으로 봐서는 구별이 안 되는 성격이 판이하게 다른 쌍둥이 중 한 명이랄까. 불현듯 옛날 이름이 마치 아픈 이처럼 고통스럽게 느껴지는 때도 있었다. 그러니까 봉한 지 얼마 안 된 앞니가 참을 수 없이 욱신욱신 쑤시는 것처럼, 커피나 얼음물을 마실 때 순간적으로 잇몸이 빠질 듯이 아픈 것처럼, 이를테면 엘리베이터 안에서 갑자기 고통스러워지는 것이다. 그는 이 모든 사실이 어떻게든 탄로날까봐, 발각될까봐 두려웠다. 그의 파일이 폭로되고, 원래 이름이 예일 대학 신문의 1면에 큼지막하게 찍혀 있는 악몽을 꾸기도 하였다. 한 번은 구내서점에서 책을 사는 데 신용카드 영수증에 옛날 이름으로 사인을 하였다. 때로는 니킬이라는 이름을 세 번쯤 불러야 대답을 하였다.

　더 섬뜩한 것은 원래 그를 고골리라 부르던 사람들이 니킬로 부를 때였다. 예를 들어 부모님이 토요일 아침에 전화하실 때 브랜든이나 조나단이 전화를 받으면, 니킬 있냐고 물어보신다. 이렇게 하라고 신신당부한 것은 바로 자신이었지만, 막상 그러실 때마다 기분이 이상했다. 그 순간에 그는 그들과 아무 상관이 없는 사람처럼, 그들의 자식이 아닌 것처럼 느껴지는 것이었다. "언제 주말에 니킬과 함께 우리집에 오려무나." 10월에 있었던 학부모 주간에—이 때문에 기숙사에 널려 있던 술병, 재떨이와 브랜든의 마리화나 물파이프는 순식간에 치워졌다—아쇼크와 함께 학교를 찾아온 아시마가 룸메이트들에게 이렇게 말했다. 고골리의 자리에 들어간 그 이름은 뭔가 잘못된 것처럼 들렸다. 박자는 정확했지만 음정이 어긋난 노래 같았고, 부모님이 벵골어 대신 영어로 말할 때 드는 느낌과 비슷했다. 친구들 앞에서 부모님이 그를 직접 니킬이라 부를 때는 더 이상했다. "니킬, 네 수업이 있는 건물로 가보자." 아버지가 이렇게 제안하셨다. 그날 저녁, 조나단과 함께 채플 가에 있는 음식점에서 저녁을 먹던 중 어머니가 깜박 잊고 이렇게 물었다. "고골리, 너 전공을 뭘로 정할지 생각해봤니?" 다행스럽게도 조나단은 아버지와 얘기하느라 눈치채지 못했다. 고골리는 갑자기 힘이 빠지면서 화가 났지만 어머니를 탓할 수도 없는 노릇이었다. 자기가 파놓은 함정에 빠진 셈이었으니까.

　고골리는 첫 학기 동안 순순히, 그러나 내키지 않는 마음으로 격주로 집에 갔다. 금요일 마지막 수업이 끝난 후였다. 암트랙을 타고 보스턴까지 가서 통근 기차를 탔다. 그의 더플백은 교과서와 빨랫감으로 가득했다. 2시간 30분 가량 걸리는 거리 어디쯤에선가 니킬은 증발해버리고 고골리가 다시 그를 차지했다. 아버지가 그를 데리러 역까지 마중 나오셨다. 아버지는 언제나 기차가 제시간에 들어오는지 미리 전화를 해보셨다. 함께 차를 타고 나무들이 즐비한 익숙한 거리를 따라 동네에 들어설 때면 아버지는 공부가 어떻게 되어가냐고 물어보셨다. 금요일 밤부터 일요일 오후까지 어머니 덕분에 빨래는 해결되었지만, 마음먹었던 것과는 반대로 언제나 교과서는 펼쳐보지도 않았다. 고골리는 부모님댁에 오면 먹는 것과 자는 것밖에는 아무것도 제대로 하는 게 없다는 것을 알고 있었다. 방에 있는 책상은 너무 작게 느껴졌고, 전화벨이 연신 울렸으며, 부모님과 소냐의 말소리와 집 안을 돌아다니는 소리 때문에 집중이 되지 않았다. 매일 저녁을 먹은 후 밤마다 가서 공부하는 스털링 도서관과, 이제 그도 일부가 되어버린 야행성들의 삶이 그리웠다. 파남의 기숙사에서 브랜든의 담배를 피우고, 조나단과 함께 음악을 들으며 어떻게 클래식 작곡가들을 구별하는지를 배우는 것이 그리웠다.

집에 가면 그는 소냐와 함께 MTV를 보았다. 소냐는 텔레비전을 보면서 바지를 손질하고 있었다. 바짓단을 몇 인치 잘라내고 발목 부분을 좁혀 지퍼를 달았다. 어떤 주말엔 세탁기가 쉴 틈 없이 돌아갔는데, 소냐가 자기 옷의 거의 전부를 검은색으로 염색하고 있었기 때문이었다. 소냐는 이제 고등학생이었다. 로슨 선생님의 영어 수업을 듣고, 고골리가 한 번도 가본 적이 없는 댄스 파티에 가고, 벌써 남자애들과 여자애들이 모두 오는 파티엘 다녔다. 그동안 교정기를 뺐기 때문에, 이제는 자신감으로 가득 찬 미국식 미소를 자주 지을 수 있게 되었다. 어깨까지 오던 머리는 친구 중 하나가 언발란스로 잘라주었다. 아시마는 소냐가 머리 한 줄을 금발로 염색할까봐 내내 마음을 졸였다. 소냐가 적어도 한 번 이상 그렇게 할 거라고, 또 몰에 가서 귀를 몇 개 더 뚫을 거라고 얘기해왔기 때문이었다. 이런 문제들로 그들은 심하게 다투기 일쑤였다. 이런 싸움은 주로, 아시마는 울고 소냐는 문을 쾅 닫고 제 방으로 들어가는 것으로 끝이 났다. 주말엔 부모님들이 파티에 초대받았고, 굳이 고골리와 소냐를 데리고 갔다. 파티하는 집의 주인들은 으레, 아래층에서는 파티로 난리가 났는데도 고골리 혼자 공부할 수 있는 방으로 안내해주었다. 그러나 고골리는 언제나 소냐를 비롯한 다른 애들과 함께 결국 텔레비전을 보게 되었다. 언제나 그래 왔던 것처럼 말이다. "전 열여덟이에요." 한 번은 파티에서 돌아오는 길에 차 안에서 이렇게 말했지만, 그렇다고 달라지는 것은 아무것도 없었다. 어느 주말엔가 고골리는 뉴헤이번을 집이라고 말하는 실수를 저지르고 말았다. "죄송해요. 집에 두고 왔어요." 아버지가 차 뒤창문에 붙이고 다닐 예일 스티커를 사왔는지 물어보는 말에 고골리는 이렇게 대답했던 것이다. 아시마는 이 말에 노발대발하였고 하루 종일 곱씹었다. "이제 석 달밖에 안 됐는데, 네 입에서 어떤 소리가 나오는지 좀 봐라." 그러면서 어머니는 그에게 이렇게 말씀하셨다. 미국에서 20년을 살아도 아직 펨버튼 로드를 두고 집이란 소리가 안 나온다고.

그러나 고골리에게는 이제 예일에 있는 기숙사 방이 가장 편한 곳이었다. 방의 옛스러움이, 그 고아古雅함이 좋았다. 고골리는 이전에 수많은 학생들이 이 방을 거쳐간 것이 좋았다. 단단한 회벽이 좋았고, 흠이 가고 때가 묻어 진한 색으로 변한 쪽마루 바닥이 좋았다. 아침에 일어나면 제일 먼저 눈에 들어오는 바텔 교회당이 보이는 기숙사 창문이 좋았다. 그는 학교 안에 있는 고딕 건물들에 매료되었고, 주변을 둘러싼 물리적인 아름다움에 언제나 감탄하였다. 펨버튼 로드에서는 느끼지 못했던 방식으로 그가 사는 곳에 비로소

뿌리를 내리는 듯한 느낌을 받았다. 소묘 시간에는 매주 과제로 소묘 여섯 장을 그려야 했는데, 고골리는 건물의 세부를 그리고 싶었다. 공중 부벽과 물 흐르는 듯한 격자무늬로 장식된 첨탑 아치형 통로, 두껍고 둥근 입구, 키가 작은 연분홍색 석조 기둥. 봄학기에는 건축학과에서 개론 수업을 들었다. 책에서 피라미드와 그리스 사원들, 그리고 중세 성당들이 어떻게 지어졌는지에 대해 읽었고, 교과서에 나와 있는 교회와 궁전의 평면도를 보았다. 수많은 용어들도 배웠다. 고대 건축의 세부사항을 가리키는 단어들—처마도리, 엔태블러처, 삼각면, 홍예석—을 각각 색인 카드에 따로 적고 그 뒤에는 그에 해당하는 그림을 그려 넣었다. 그림과 함께 단어는 또 다른 언어가 되었고, 그는 그 언어를 배우고 싶었다. 색인 카드를 구두 상자에 정리해놓고 시험 전에 훑어보면서, 시험에 필요한 것 이상으로 많은 내용을 외웠다. 시험이 끝난 후에도 카드 상자는 계속 가지고 있었고, 시간이 나는 대로 상자에 새 카드를 첨가하였다.

2학년 가을학기였다. 유니언 역에서 탄 기차는 유난히 붐볐다. 추수감사절 전 수요일이었다. 고골리는 몸을 모로 하여 기차칸을 통과하고 있었다. 더플백은 르네상스 건축 시간에 제출해야 하는 보고서 때문에 앞으로 닷새 동안 읽을 책으로 무거웠다. 기차와 기차 사이의 연결 복도에는 벌써 승객들이 가방을 깔고 뚱한 표정으로 앉아 있었다. "입석밖에 없습니다!" 차장이 소리를 질렀다. "기차 요금 환불받자." 한 승객이 불만에 찬 목소리로 말했다. 고골리는 앉을 자리가 있는 덜 붐비는 연결 복도를 찾기 위해 계속해서 기차칸을 가로지르며 걸어갔다. 기차의 맨 마지막 칸에 다다르니 빈 좌석 하나가 눈에 들어왔다. 창가 옆 좌석에는 여자애가 앉아 반으로 접힌 《뉴요커》를 읽고 있었다. 그녀의 옆에는 양털로 안을 댄 초콜릿색 스웨이드 재킷이 놓여 있었는데, 그래서 고골리 앞에 걸어가던 사람은 그냥 지나쳐갔다. 그러나 무엇 때문인지 고골리는 그 옷이 여자애의 것이라는 생각이 들었고, 걸음을 멈추어 물어보았다. "이거 그쪽 거예요?"

그녀는 단번에 가느다란 몸을 일으키더니 옷을 재빨리 엉덩이와 다리 밑으로 집어넣어 깔고 앉았다. 학교에서 본 적이 있는 얼굴이었다. 수업에 들어가고 나가는 길에 건물의 복도에서 마주친 적이 있었다. 1학년 때 머리를 턱선까지 자르고, 눈에 띄는 빨간 크랜베리색으로 염색을 했었던 것이 기억났다. 지금은 머리가 어깨까지 자라 있었고, 원래 머리색인 것으로 보이는, 여기저기 금발이 섞인 옅은 갈색 머리로 되돌아와 있었다. 중간을 약간 벗어나 가르마를 탔는데, 가르마 끝이 약간 비뚤었다. 눈썹 색이 짙었는데, 안 그랬으면 상냥해보였을 얼굴을 좀 굳어보이게 만들었다. 색이 멋있게 빠진 청바지에, 노란색 끈을 묶은 두꺼운 고무굽이 달린 갈색 부츠를 신고 있었다. 밧줄 무늬가 들어간 스웨터는 그녀의 눈동자 색과 같은 얼룩덜룩한 회색으로 너무 커서 소매를 접어 올렸다. 청바지의 앞주머니는 남자 지갑이 툭 불거져 나와 있었다.

"안녕, 난 루스야." 그녀도 마찬가지로 어렴풋이 그를 알아보겠다는 듯 말했다.

"난 니킬이야." 고골리는 너무 지친 나머지 더플백을 머리 위 짐칸에 올리지도 못하고 그냥 앉았다. 더플백을 좌석 밑으로 되는 데까지 밀어 넣었다. 그의 긴 다리는 어정쩡하게 굽혀졌고, 땀이 나는 것을 느꼈다. 파란색 오리털 파카의 지퍼를 내렸다. 가방의 가죽끈 때문에 가로로 자국이 난 손가락을 비벼 문질렀다.

"미안해." 루스가 그를 보며 말했다. "불가피한 일을 미루고 있었던 거야."

고골리는 아직도 앉은 채로 파카에서 손을 빼내고 있었다. "무슨 뜻이지?"

"여기 누가 앉은 것처럼 보이게 한 것 말이야, 코트로."

"사실, 그거 되게 좋은 방법이더라. 그래서 나는 일부러 잠자는 척할 때도 있어. 내가 일단 잠이 들면 옆에 앉고 싶어하는 사람은 아무도 없거든."

머리 한 가닥을 귀 뒤로 넘기며, 여자애는 조용히 웃었다. 가식이 없고 젠체하지 않는 아름다움이었다. 입술에 바른 뭔가 반짝거리는 것을 제외하면 화장기 없는 맨얼굴이었다. 오른쪽 광대뼈 옆에 있는 두 개의 작은 점이, 연한 복숭아색 피부 위에서 시선을 가로채는 유일한 것이었다. 여자애의 손은 가늘고 작았는데, 손톱에는 매니큐어가 칠해져 있지 않았고, 손톱 주위도 다듬지 않은 상태였다. 그녀는 잡지를 집어넣은 후 가방에서 책을 꺼내기 위해 몸을 구부렸고, 허리 위로 살이 약간 드러나는 것이 보였다.

"보스턴까지 가는 거야?" 그가 물었다.

"메인까지. 아빠가 거기 사셔. 사우스 역에서 버스로 갈아타야 해. 거기서부터 또 네 시간이야. 어느 단과대야?"

"조나단 에드워즈 칼리지야."

그녀는 실리만 칼리지였고 영어를 전공할 예정이었다. 그동안 대학 생활에서 경험한 일들을 서로 교환하다보니, 지난 봄학기에 심리학개론을 같이 들었다는 것을 알게 되었다. 그녀가 손에 든 책은 종이 장정으로 된 『아테네의 티몬』(셰익스피어의 풍자 희극—옮긴이)이었고, 읽던 페이지에 손가락을 끼우고 있었지만 한 글자도 읽지 않았다. 그 또한 더플백에서 꺼낸 원근법에 관한 책을 아예 펼 생각조차 하지 않고 있었다. 그녀는 그에게, 버몬트의 공동생활체에서 자랐으며 부모님들은 히피였고 7학년이 될 때까지 집에서 교육을 받았다고 말했다. 부모님은 이혼하였고, 아버지는 새어머니와 함께 농장에서 라마를 키운다고 하였다. 그녀의 어머니는 인류학자로, 태국에서 그곳의 조산원들을 연구하는 현장에 나가 있다고 하였다. 그는 그런 부모를 둔다는 것이, 그런 가정환경을 가진다는 것이 상상이 되지 않았다. 자신이 자란 환경을 얘기하자니 그녀와 비교하여 너무 무미건조하다는 생각이 들었다. 그러나 루스는 관심을 보였고, 캘커타에 갔을 때 어땠냐는 질문을 하였다. 그녀의 부모는 그녀가 태어나기 전, 인도 어딘가에 있는 아쉬람에 가기 위해 인도에 간 적이 있었다고 하였다. 그녀는 그곳의 길거리와 집들이 어떻게 생겼는지를 물었고, 그는 원근법 책 뒤에 있는 빈 종이에 외할아버지 아파트의 평면도를 그리면서, 루스를 베란다로 테라조 바닥으로 안내했다. 뿌연 가루가 덮인 푸른색 벽이며, 돌로 만들어진 좁은 부엌, 정원에 놓는 것처럼 생긴 등나무 가구가 놓여진 거실에 대해 얘기해주었다. 이번 학기에 듣고 있는 설계 수업 덕분에 그는 자신 있게 그림을 그렸다. 그는 그곳에 가면 그와 소냐가 묵는 방과, 창밖으로 보이는 물결 모양의 양철 지붕을 덮은 작은 상점들로 가득한 골목길도 보여주었다. 그림을 다 그리자, 루스는 그의 손에서 책을 가져다가 그가 그린 그림을 보았다. 그리고 손가락으로 그가 그린 방들을 되짚었다. "가보고 싶다." 그녀가 말했고, 그는 갑자기 햇볕에 그을은 그녀의 모습을, 다른 서양 관광객들처럼 배낭을 어깨에 멘 채 초우링히 거리를 걷고 뉴마켓에서 쇼핑을 하고 그랜드 호텔에서 머무는 그녀의 모습을 상상해보았다.

　얘기하고 있는 도중에 복도 건너편에 앉은 여자가 잠을 잘 수가 없다면서 그들에게 조용히 하라고 나무랐다. 이는 오히려 그들을 부추길 뿐이었고, 그들은 목소리를 낮추어 고개를 서로 기울여가며 열심히 얘기를 계속하였다. 고골리는 어느 주에 있는지, 어느 역을 지나고 있는지 전혀 알지 못했다. 기차는 어딘가 다리 위에서 덜컹거리고 있었고, 석양은 눈이 부시도록 아름다웠다. 강가를 따라 점점이 박힌 미늘판 집들은 노을을 받아 꽃분홍색으로 빛나고 있었다. 얼마 지나지 않아 빛은 점차 희미해졌고, 해가 지기 직전의 창백한 빛으로 사위어갔다. 어두워지자 창문에 비스듬히 비친 그들의 모습이 보였다. 마치 창밖에서 떠다니고 있는 것 같았다. 계속해서 말을 하니 목이 말랐고, 어느 시점에서 그는 식당칸에 다녀오겠다고 하였다. 그녀는 감자칩과 우유를 넣은 홍차를 부탁했다. 그는 그녀가 청바지에 있는 지갑을 꺼낼 생각도 안 하는 것이, 그가 사도록 허락하는 것이 마음에 들었다. 그는 자기가 마실 커피와 감자칩과 홍차, 그리고 보통의 조그만 크림통 대신 바텐더가 종이컵에 따라준 우유를 들고 자리로 돌아왔다. 그들은 계속해서 얘기를 나누었고, 루스는 손등으로 입가에 묻은 소금을 닦으며 감자칩을 먹었다. 그녀는 고골리에게도 먹으라고 하면서, 감자칩을 한 개씩 손으로 꺼내주었다. 그는 인도에서 기차를 타고 가족과 함께 델리와 아그라로 여행가면서 먹은 음식에 대해 얘기해주었다. 한 역에서 주문하면 다음 역으로 뜨겁게 데워서 배달해주었던 로티스와 약간 신맛이 나던 달, 그리고 빵과 버터와 함께 아침에 먹던 두꺼운 야채 튀김에 대해서도 이야기하였다. 차에 대해서도 얘기하였다. 플랫폼에서 차를 파는 사람이 커다란 알루미늄 주전자에 미리 설탕과 우유를 타서 만들어놓은 차를 어떻게 창문으로 따라주는지, 투박한 질그릇에 차를 마신 다음 그릇을 어떻게 철길에 버리는지 얘기해주었다. 이런 세세한 설명까지 즐겁게 듣는 그녀를 보니 그는 기분이 좋았다. 그리고 그동안 인도에서 있었던 일에 대해서는 한 번도 미국 친구에게 얘기해본 적이 없었음을 깨달았다.

갑작스레 헤어질 순간이 되었고, 마지막 순간에 고골리는 용기를 내어 그녀에게 전화번호를 물었다. 여자애에게 평면도를 그려준 그 책에 전화번호를 받아 적었다. 그는 사우스 역에서 매인으로 가는 버스가 올 때까지 루스와 함께 기다리고 싶었지만, 10분 후에 외곽으로 나가는 통근 기차를 타야 했다. 추수감사절 연휴는 끝도 없이 길었고, 그는 어서 뉴헤이번으로 돌아가서 루스에게 전화하는 것밖에 생각나지 않았다. 그는 그녀와 몇 번이나 스쳐 지나갔고, 대학 식당에서 서로 모르는 채 같이 밥을 먹은 것은 몇 번이었을까 생각했다. 그는 심리학개론 시간을 떠올려보았다. 법대 강당 반대편에서 책상에 머리를 숙이고 노트하고 있었을 그녀의 모습이 떠오르지는 않을까, 기억을 더듬어보기도 하였다. 아무래도 기차 안에서의 일이 가장 자주 떠올랐다. 다시 그녀의 옆에, 그때처럼 기차칸의 난방으로 얼굴이 벌겋게 된 채 몸을 쭈그리고 앉아 있고 싶었다. 머리 위에 있는 노란 불빛에 반짝거리는 그녀의 머리카락을 떠올렸다. 돌아가는 기차에서 그는 혹시 그녀가 타고 있지 않을까 싶어 찾아보았다. 기차칸을 샅샅이 뒤졌지만 그녀는 어디에도 없었고, 결국 갈색 수녀복을 입은 나이 든 수녀 옆에 앉게 되었다. 입술 위에 흰 수염이 숭숭 솟은 수녀는 내내 코를 골았다.

그 다음주에 예일에 돌아온 루스는 아티커스 책방에 있는 커피숍에서 그와 만나기로 약속하였다. 몇 분 늦게 나타난 그녀는 그들이 만났던 날 입었던 청바지와 부츠, 그리고 초콜릿색 재킷을 그대로 입고 있었다. 그리고 다시 차를 주문했다. 처음에는 기차에서 느끼지 못했던 어색함이 느껴졌다. 카페는 시끄럽고 정신이 없었으며, 그들 사이에 놓인 탁자는 너무 넓었다. 루스는 전보다 말이 없었고, 찻잔을 내려다보며 설탕 봉지를 만지작거리다가 이따금씩 고개를 들어 벽에 꽂힌 책 쪽으로 시선을 던졌다. 그러나 곧 서로 집에 다녀온 얘기를 교환하면서 전처럼 자연스럽게 대화가 오갔다. 그는 펨버튼 로드에서 하루 종일 소냐와 함께 부엌에서 어머니가 하기 귀찮아하시는 일들, 즉 칠면조의 속을 넣거나 파이에 쓸 밀가루 반죽하는 일 같은 것을 했다고 하였다. "돌아오는 길에 있나 찾아봤어." 이렇게 고백하며, 코를 골던 수녀 얘기를 했다. 그리고 나서 영국 미술센터를 함께 돌아보았다. 그곳에서 르네상스 소묘 전시회가 열리고 있었는데, 마침 둘 다 보려고 하던 차였다. 실리만까지 그녀를 바래다주었고, 며칠 후 다시 만나서 커피를 마시기로 약속하였다. 잘 자라는 인사를 나눈 후 루스는 문 앞에서, 가슴팍에 껴안고 있던 책을 내려다보며 머뭇거렸다. 고골리는 그때까지 하고 싶은데 참았던 키스를 지금 해야 할지, 아니면 그녀가 자기를 단순히 친구로만 생각하는 건지 고민했다. 그녀는 현관을 향해 뒷걸음질치기 시작하였다. 그에게 미소를 지으면서 한참을 뒤로 걸은 후에야 마지막으로 손을 흔들며 몸을 돌려 안으로 들어갔다.

그는 수업이 끝난 후 매일 그녀를 만나기 위해 시간표를 외우고, 건물을 올려다보며 아치 입구 밑에서 어슬렁거리면서 그녀를 기다리기 시작하였다. 그녀는 그를 볼 때마다 반가워하는 것 같았다. 함께 있던 여자 친구들로부터 몇 발짝 걸어 나오며 인사를 하곤 하였다. "당연히 널 좋아하는 거지." 조나단이 어느 날 밤 식당에서 그들이 만나게 된 얘기를 끝까지 듣더니 이렇게 말했다. 며칠 후 루스가 수업 시간에 필요한 책을 잊고 와서 그녀의 방으로 같이 따라 올라갔다. 그녀가 문 손잡이를 돌리려는 순간, 그는 그녀의 손을 잡았다. 룸메이트들은 나가고 없었다. 그녀가 책을 찾으러 간 동안 그는 거실 소파에 앉아 기다렸다. 대낮이었지만 날은 어둑어둑했고 보슬비가 내리고 있었다. "찾았다." 그녀가 말했다. 둘 다 수업이 있었지만, 방에서 나가는 대신 소파에 앉아 키스를 했다. 정신을 차렸을 땐 이미 수업에 들어가기엔 너무 늦은 시간이었다.

매일 저녁 그들은 도서관에서 같이 공부를 했다. 떠들지 않으려고 탁자의 양쪽 끝에 떨어져 앉았다. 그녀는 그를 자기네 식당으로 데려 갔고, 그도 역시 그렇게 했다. 그는 루스를 데리고 조각공원에 갔다. 그녀에 대한 생각이 하루 종일 머릿속에서 떠나지 않았다. 설계 시간에 기울어진 제도판에 몸을 구부리고 있을 때도, 르네상스 건축 시간에, 슬라이드 막 위에서 팔라디오의 빌라 사진들이 찰칵거리는 어두운 강당 안에 앉아 있을 때도 그녀를 생각했다. 학기 말을 몇 주 남겨두고 있었고, 시험에, 보고서에, 몇백 페이지씩 책을 읽는 과제에 정신이 없을 때였다. 그러나 해야 할 엄청난 양의 일보다도 겨울방학 때 한 달 동안 떨어져 있을 일이 더 걱정이었다. 시험을 바로 앞둔 어느 토요일 오후, 루스는 도서관에서 고골리에게 룸메이트가 둘 다 하루 종일 나가 있을 것이라고 속삭였다. 그들은 크로스 캠퍼스를 지나 실리만으로 함께 걸었다. 이불이 흐트러진 침대 위에 고골리는 그녀와 나란히 앉았다. 방에서는 그녀의 냄새가 났다. 향수의 톡 쏘는 냄새가 없는 풋풋한 꽃향기였다. 오스카 와일드, 버지니아 울프의 사진이 담긴 엽서들이 책상 위에 붙어 있었다. 추운 날씨로 인해 두 사람의 입술과 얼굴은 아직도 얼얼했고, 처음엔 둘 다 외투도 벗지 않았다. 그리고는 그녀가 입고 있던, 양털 안감이 달린 외투를 깔고 함께 누웠다. 루스는 고골리의 손을 자기 스웨터 속으로 가져갔다. 처음으로 여자애와 함께 있었을 때, 오직 한 번뿐이었던 그때는 이렇지 않았었다. 그때 일은 하나도 기억나지 않았다. 다만 일이 끝나고 나서, 총각 딱지를 뗀 사실에 감사했을 뿐이었다.

그러나 이번에는 모든 것을 느끼고 있었다. 루스의 따뜻한 배에 옴폭 들어간 부분, 베개 위에 두툼하게 흩어지는 그녀의 길고 보드라운 머리카락, 누우니까 약간 모양이 변하는 그녀의 눈, 코, 그리고 입. "최고야, 니킬." 루스의 조그만, 사이가 벌어진 젖가슴에 그가 손을 대자 그녀가 이렇게 속삭였다. 연한 복숭아색 젖꼭지는 한쪽이 다른 한쪽보다 약간 컸다. 그는 그 위에 입을 맞추었다. 그리고 그녀의 배 위에 흩어져 있는 작은 점들에도 하나씩 입을 맞추었다. 그녀의 허리가 그의 몸을 향해 살짝 활처럼 휘었다. 고골리의 머리를 쓸어내리던 루스는 그의 어깨를 쓰다듬으며 약간 벌린 자신의 다리 사이로 그를 이끌었다. 그녀를 혀로 맛보고 냄새 맡으면서 그는 자신이 어색하고 서투르게 느껴졌다. 하지만 루스는 그의 이름을 나지막이 부르면서 너무 좋아, 라고 하였다. 그녀는 어떻게 하는지 알고 있었고, 어느 순간 청바지의 지퍼를 내리며 일어서더니, 서랍 안에서 피임기구가 들어 있는 상자를 가져왔다.

한 주가 지났고, 그는 다시 집에 와 있었다. 소냐와 어머니를 도와 크리스마스 트리를 장식했고, 아버지와 함께 대문에서 현관까지 쌓인 눈을 삽으로 치웠으며, 마지막으로 선물 쇼핑을 하러 몰에 가기도 했다. 그는 집 안에서 맥빠진 사람처럼 돌아다녔다. 감기에 걸려 몸이 좋지 않다는 핑계를 댔다. 크리스마스가 지나면 그냥 부모님 차를 몰아 매인까지 가서 루스를 보고 싶었다. 아니면 그녀가 올 수도 있었다. 대환영이라고 그녀가 확신에 차 말했었다. 루스의 아버지나 새엄마도 괜찮을 거라고 하였다. 부모님은 손님 방을 내어줄 것이고, 밤이면 그가 그녀의 침대로 기어들어올 수 있을 거라고 말했었다. 고골리는 그녀가 설명해준 농장에 있는 자신을 상상해보았다. 아침에 일어나서 프라이팬에 계란을 구워먹고, 눈 덮인 허허벌판을 그녀와 함께 걷는 모습을. 그러나 거기까지 가려면 부모님에게 루스에 대한 얘기를 해야 하는데, 별로 그러고 싶지 않았다. 부모님이 놀라고, 걱정하고, 말없이 실망스러워하다가, 루스의 부모님들은 뭐하시냐고 묻고, 심각한 관계냐고 물어보시는 것을 견뎌 낼 수 있을 것 같지 않았다. 그녀가 보고 싶었던 만큼, 펨버튼 로드의 식당에서 청바지에 커다란 스웨터를 입고 앉아 공손하게 어머니가 만든 음식을 먹는 루스를 떠올리기도 힘들었다. 그가 아직 고골리인 곳에서 그녀와 함께 있다는 것을 상상할 수 없었다.

식구들이 잠들면 고골리는 빈 부엌에 서서 그녀와 통화를 했다. 전화요금은 학교에 있는 전화번호로 돌려놓았다. 그들은 보스턴에서 만나 하버드 스퀘어에서 하루를 보내기로 하였다. 눈이 30센티쯤 쌓여 있었고, 하늘은 눈이 시리게 파랬다. 첫번째로 브래틀 극장에 영화를 보러 갔다. 아무거나 바로 시작하는 영화 표를 샀고, 영화가 상영되는 내내 2층 뒷자리에 앉아 키스를 했다. 사람들이 뒤돌아서 빤히 쳐다보았다. 점심은 팜플로나 카페에서 먹었다. 눌러 구운 햄샌드위치와 마늘 수프를 구석자리에 앉아서 먹었다. 선물도 주고받았다. 루스는 그에게 조그만 고야의 중고 소묘집을 선물했고, 고골리는 루스에게 파란색 벙어리장갑과 그가 제일 좋아하는 비틀스 노래들을 녹음한 테이프를 주었다. 카페 위에 건축 서적만 취급하는 서점이 있는 것을 발견하였다. 그는 책을 뒤적이며 서점을 둘러보았고, 르 코르뷔지에의 『동쪽으로의 여행』을 샀다. 오는 봄학기에 전공을 건축으로 정할 생각이었다. 그리고 나서 그들은 손을 잡고 걸었다. 이따금씩 벽에 기대 키스를 하였다. 어렸을 때 유모차에 앉아 지나다녔던 길들이었다. 그는 한때 부모님이 살았던 미국 교수의 집을 보여주었다. 소냐가 태어나기 전, 그의 기억에는 없는 시절이었다. 그는 사진에서 집을 본 적이 있었고, 부모님께 들어 길 이름을 알고 있었다. 누가 살고 있는지는 몰라도 여행을 떠난 모양이었다. 현관 계단에는 눈이 치워져 있지 않았고, 현관의 매트 위에는 둥글게 말려진 신문이 여러 날 치 쌓여 있었다. "들어갈 수 있었으면 좋겠다." 그가 말했다. "우리 둘만 있었으면 말이야." 루스와 함께 벙어리장갑을 낀 그녀의 손을 잡고 집을 보고 있으려니 이상한 무력감 같은 것이 느껴졌다. 그때는 갓난아이였지만, 그래도 그때 자기가 여러 해가 흐른 훗날, 이렇게 다른 상황에서 집에 돌아오리라는 것을 알 수 없었던 사실에 배신감을 느꼈다. 이렇게 행복하게 돌아올 줄 몰랐던 것에.

이듬해 그의 부모님은 루스에 대해 어렴풋이 짐작하게 되었다. 그동안 그는 매인에 있는 농장에 두 번이나 다녀왔고, 루스의 아버지와 새어머니를 만났는데, 그의 식구 중 유일하게 루스를 만난 사람은 비밀스럽게 남자 친구를 사귀고 있는 소냐뿐이었다. 소냐가 언젠가 주말에 뉴헤이번에 왔을 때였다. 부모님은 그의 여자 친구에 대해서는 일말의 관심조차 보이지 않으셨다. 그녀와의 관계란 그의 인생에서 달성한 일 중 전혀 자랑스럽지도 기쁘지도 않은 무엇이었다. 루스는 그의 부모님이 반대하셔도 괜찮다고, 오히려 낭만적이라고 그에게 말했다. 그러나 고골리는 그게 아니라는 것을 알고 있었다. 그는 그녀의 가족들이 그를 받아들이듯, 그의 부모님도 어떤 종류의 거리낌 없이 그냥 그녀를 받아주기를 바랐다. "이런 식으로 나가기엔 넌 아직 너무 어리다." 아쇼크와 아시마는 그에게 이렇게 말했다. 심지어 그들이 아는 벵골 남자가 미국 여자와 결혼했다가 결국 이혼하고 만 예까지 들어가며 얘기했다. 결혼은 생각조차 안 해봤다고 얘기하면 오히려 상황을 악화시킬 뿐이었다. 때로는 전화를 그냥 끊어버리기도 했다. 그는 부모님이 이런 식으로 얘기할 때면 그들이 불쌍하게 여겨지기도 했다. 젊어서 사랑에 빠져본 적이 없는 사람들. 그는 루스가 한 학기 동안 옥스퍼드에 가는 것을 부모님은 은근히 좋아하시겠지, 하고 생각했다. 그녀는 이미 오래전에, 사귀기 시작한 지 얼마 지나지 않아 그에게 이런 의사를 밝혔었다. 그때는 3학년 봄학기라는 것이 멀리 지평선에 찍혀 있는 점처럼 느껴졌었다. 그때 그녀는 지원해도 괜찮겠냐고 그에게 물어왔고, 그렇게 떨어져 있는 것은, 그렇게 12주를 보낸다는 것은 생각만 해도 속이 메슥거렸지만 "그럼, 당연히 괜찮지"라고 대답했었다.

루스 없이 보내는 그 봄은 제정신이 아니었다. 그는 밤이고 낮이고 작업실에 틀어박혀 지냈다. 특히 그녀와 함께 보내던, 나폴리에서 피자를 먹고 법대 강당으로 영화를 보러 다니던 금요일 밤과 주말에는 예외가 없었다. 그는 그녀가 좋아하는 음악을 들었다. 사이먼과 가펑클, 닐 영, 캣 스티븐스. 그녀가 갖고 있는 부모님으로부터 받은 앨범들을 하나씩 새로 샀다. 둘 사이에 가로놓인 물리적인 거리를 생각하면 구역질이 날 것 같았다. 밤에 자러 갈 시간이면, 그녀는 어디선가 세면대에 서서 이를 닦고 세수를 하면서 아침을 시작할 것이었다. 그는 그녀가 죽도록 보고 싶었다. 마치 부모님이 그 세월 동안 인도에 두고 온 사랑하는 사람들을 사무치게 그리워한 것처럼. 난생 처음으로 그 기분을 알 것 같았다. 그러나 부모님은 봄방학 때 영국에 다녀올 돈을 주지 않으셨다. 식당에서 아르바이트해서 버는 몇 푼 안 되는 돈은 일주일에 두 번, 대서양을 건너 루스와 하는 전화 통화로 다 없어졌다. 색색의 여왕 얼굴이 찍힌 우표가 붙은 편지와 엽서를 찾아 하루에 두 번씩 교내 우편함을 체크했다. 편지와 엽서는 책갈피에 끼워서 어디를 가든 가지고 다녔다. '셰익스피어 수업은 지금까지 들은 수업 중 최고야.' 보라색 잉크로 쓴 그녀의 글씨였다. '커피는 도저히 마실 수가 없고, 사람들은 시도때도 없이 '치어스'야. 언제나 네 생각을 해.'

어느 날 그는 영어로 쓴 인도 소설에 대한 심포지엄에 가게 되었다. 발표하는 사람 중 한 명인 아미트는 고골리가 그동안 만난 적이 없는 봄베이에 사는 먼 사촌이었다. 어머니가 당신 대신 가서 인사를 하라고 했던 것이다. 고골리는 발표가 지겨웠다. 발표하는 사람들은 계속해서 '주변성'이라는 말을 사용하였는데, 그 말이 무슨 병명처럼 들렸다. 그는 발표 내내, 기다란 사각 탁자에 논문을 펴놓고 그 위로 몸을 구부리고 앉아 있는 발표자들을 스케치하였다. "목적론적으로 말해서, ABCD들은 '어디서 왔냐'는 질문에 대답할 수 없는 사람들입니다." 발표자 중 한 사회학자가 이렇게 선언하였다. 고골리는 'ABCD'라는 용어를 들어본 적이 없었다. 나중에서야 그 말이 '미국에서 태어난 방황하는 데쉬American-born confused desh'의 약자라는 것을 알게 되었다. 그는 '데쉬'라는 말이 '시골 사람'을 가리키는 일반적인 용어이지만, 동시에 '인도 사람'을 뜻한다는 것을 알고 있었고, 부모님과 부모님의 친구들이 언제나 인도를 가리켜 그냥 '데쉬'라고 하는 것도 알고 있었다. 그러나 고골리는 인도를 한 번도 데쉬라고 생각해본 적이 없었다. 다른 미국 사람들처럼 그에게 있어 인도는 그냥 인도였다.

고골리는 자리에 구부정하게 앉아 인정하기 힘든 어떤 사실들에 대해 곰곰이 생각해보았다. 예를 들어 그는 모국어를 이해하고 제법 유창하게 말할 수 있었지만, 전혀 읽거나 쓸 수 없었다. 어느 정도의 수준도 안 되었다. 인도에 가면 친척들은 그의 미국식 영어에 무한히 감탄하였고, 소냐와 그가 영어로 얘기를 나누면 이모와 삼촌들은 옆에서 듣고 있다가 믿을 수 없다는 듯이 고개를 흔들며, "한마디도 못 알아듣겠어"라고 하였다. 애칭과 본명의 구분이 존재하지 않는 곳에서 이 둘을 가지고 살아간다는 것 자체가 크나큰 혼동을 상징하고 있었다. 아는 사람이 있나 청중을 둘러보았지만, 그가 속한 집단이 아니었다. 가죽 가방과 금테 안경에 만년필을 든 문학도들이 많았다. 루스가 손을 흔들었을 만한 사람들이었다. 그리고 ABCD들도 많았다. 그는 학교 안에 이렇게 많이 있을 줄 꿈에도 몰랐다. 그는 학교에 ABCD 친구들이 한 명도 없었다. 오히려 그들을 피하는 편이었다. 부모님들이 사는 방식, 그들을 좋아해서라기보다 어쩌다 같은 과거를 갖고 있기 때문에 친구를 사귀며 사는 것을 연상시켰기 때문이었다. "고골리, 왜 인도협회에 가입하지 않는 거지?" 끝나고 앵커에 술을 마시러 갔을 때 아미트가 물었다. "시간이 없어." 고골리는 이렇게 대답하였다. 좋은 뜻으로 묻는 사촌에게, 어린 시절과 사춘기 내내 부모님이 강요하던 인도식 행사를 자발적으로 행하는 집단에 가입하는 것보다 더 큰 위선은 없다는 말을 할 수는 없었다. "그리고 난 이제 니킬이야." 고골리는 이렇게 말했다. 그리고 앞으로 몇 번이나 사람들에게 기억해주기를 부탁하며 이 말을 해야 하나, 하는 생각에 문득 우울해졌다. 그것은 가슴에 영원히 붙이고 다니는 오식誤植을 잊어달라고 하는 것과 마찬가지였다.

4학년 때 맞은 추수감사절에 그는 보스턴으로 가는 기차에 혼자 타고 있었다. 그와 루스는 헤어졌다. 그 12주가 지나도 루스는 옥스퍼드에서 돌아오지 않았다. 그대로 그곳에 남아 여름학기까지 마쳤던 것이다. 가장 존경하는 교수가 그 이후에 은퇴한다는 것이 이유였다. 고골리는 그 여름을 펨버튼 로드 집에서 보냈다. 케임브리지에 있는 작은 건축회사에서 보수 없이 인턴으로 일하면서, 샤레트로 건축가들의 심부름을 하고, 근처에 있는 부지에 사진을 찍으러 갔으며, 설계도에 레터링을 하였다. 돈을 벌기 위해 부모님 동네에 있는 이탈리아 음식점에서 접시를 닦았다. 8월 말, 루스를 환영하기 위해 로간 공항에 마중을 나갔다. 도착한 사람들이 나오는 문 앞에서 그녀를 기다리고 있다가, 호텔로 가서 하룻밤을 보냈다. 음식점에서 번 돈으로 호텔 숙박료를 지불하였다. 방은 시민 정원을 내려다보고 있었고, 벽에는 분홍색과 크림색의 두꺼운 줄무늬가 그려진 벽지가 붙어 있었다. 2인용 침대에서 사랑을 나눈 것은 처음이었다. 둘 다 룸서비스 메뉴에서 주문할 처지가 아니었으므로, 밥은 밖에서 먹었다. 뉴베리 가까지 걸어서 길가에 테이블을 놓은 그리스 음식점에 들어갔다. 지독하게 더웠다. 루스는 옛날 모습 그대로였지만 그녀의 말씨에는, '내가 생각하기로는', '내가 추측하건대' 나 '생각건대'와 같은 영국에서 배운 단어와 문구들이 군데군데 박혀 있었다. 그녀는 그곳에서 보낸 학기에 대해 얘기하였고, 영국이 얼마나 좋았는지에 대해, 그리고 바르셀로나와 로마로 여행을 갔던 것에 대해서도 말했다. 대학원을 영국으로 가고 싶다고도 말했다. "내가 생각하기로는 거기엔 좋은 건축학교도 있어." 그리고 이렇게 덧붙였다. "너도 갈 수 있어." 다음날 아침, 매인으로 가는 버스에 그녀를 태워 보냈다. 그러나 뉴헤이번에서 다시 함께 지낸 지 며칠 되지 않아 그들은 싸우기 시작했고, 고골리가 친구들과 세 들어 살던 하우 가의 아파트에서, 두 사람은 싸움 끝에 뭔가 예전과 다르다는 결론을 내렸던 것이다.

도서관이나 길거리에서 마주쳐도 이제는 서로를 피했다. 적어놓았던 그녀의 옥스퍼드와 매인의 전화번호 및 주소도 지워버렸다. 하지만 기차를 타면 2년 전 그들이 처음 만났던 그 오후를 잊을 수가 없었다. 여느 때처럼 기차는 엄청 붐볐고, 이번에는 가는 길에 반 정도는 연결 복도에 앉아서 갔다. 웨스터리 역을 지나 자리가 났고, 자리에 앉아 다음 학기에 선택할 과목 때문에 수업 안내서를 펴들었다. 하지만 어쩐 일인지 집중이 되지 않았다. 우울했으며, 빨리 기차에서 내리고 싶었다. 외투를 벗을 생각도 하지 않았고, 목이 말라도 식당칸에 가지 않고 참았다. 그는 수업 안내서를 덮고, 4학년 논문에 필요할지도 몰라 도서관에서 빌려온 책을 펴들었다. 논문은 이탈리아 르네상스와 무굴 궁전 디자인의 비교에 관한 것이었다. 하지만 몇 문단 못 읽고 이 책 역시 덮고 말았다. 배에서는 꼬르륵 소리가 났고, 집에 저녁 먹을 것이 있을지, 아버지가 뭘 만들어놓았을지 궁금했다. 어머니와 소냐는 사촌의 결혼식에 가기 위해 3주 예정으로 인도에 갔다. 그래서 올 추수감사절에 그는 아버지와 함께 친구집에서 보낼 예정이었다.

고골리는 창문에 머리를 기대고 스쳐 지나가는 가을 풍경을 쳐다보았다. 염색공장에서 뿜어져 나오는 분홍색과 보라색 물, 전력발전소, 녹슨 커다란 공 모양의 물탱크. 네모난 창문이 군데군데 깨져 있는 버려진 공장들은 마치 벌레먹은 것처럼 보였다. 나뭇가지 꼭대기는 이미 앙상했고, 남아 있는 잎마저 종잇장처럼 얇고 노랗게 바랬다. 기차는 평소보다 느렸고, 시계를 보니 원래 일정보다 훨씬 지연되고 있었다. 그리고 잠시 후 프로비던스를 조금 지난 외곽의 황폐한 곳에서, 풀이 무성한 벌판에서 기차가 멈추었다. 한 시간이 넘도록 기차는 그곳에 그대로 서 있었고, 그동안 진홍색의 원형 덩어리인 해는 나무들이 줄지어 그리는 지평선 너머로 넘어가고 있었다. 불이 나갔고, 기차 안의 공기는 더워지기 시작했다. 차장은 기차칸 사이를 불안한 걸음걸이로 뛰어다녔다. "아마도 전선이 나간 것 같은데." 고골리의 뒤에 앉은 남자가 이렇게 말했다. 복도 건너편에는 머리가 센 아주머니가 외투를 담요처럼 덮은 채 책을 읽고 있었다. 뒤에서는 두 학생이 벤 존슨의 시에 대해 토론을 벌이고 있었다. 엔진 소리가 멈추니, 어떤 사람의 워크맨에서 나는 오페라 소리까지 다 들려왔다. 창밖으로는 어두워지는 사파이어색 하늘이 장관이었다. 쓰고 남은 토막난 철로가 한 더미 쌓여 녹이 슬고 있었다. 확성기로 응급환자가 발생했다는 방송이 나오고 나서야 기차가 다시 움직이기 시작하였다. 그러나 차장이 하는 얘기를 엿들은 승객의 말은 금방 퍼졌고, 사실은 누군가 자살했다는 것이었다. 어떤 사람이 기차 앞으로 뛰어들었던 것이다.

이 말을 들은 고골리는 충격으로 얼떨떨했다. 참을성 없이 짜증을 냈던 것에 죄책감이 느껴졌다. 그리고 자살한 사람이 남자인지 여자인지, 젊은 사람인지 나이 든 사람인지에 대해 생각했다. 그는 자살한 사람이 자신의 배낭 안에 있는 기차 시간표와 같은 시간표를 들여다보면서, 언제 기차가 지나갈지 계산을 했을 것이라고 상상해보았다. 기차의 헤드라이트가 가까이 다가오는 장면도. 기차가 연착하는 바람에 보스턴에서 갈아타는 통근선을 놓쳤고, 다음 기차는 40분 후에 있었다. 부모님 댁에 전화를 드렸으나 아무도 받지 않았다. 아버지의 학교 사무실에도 전화를 했지만, 역시 전화벨만 울릴 뿐이었다. 역에 내리니 어두워진 플랫폼 위에 아버지가 기다리고 있었다. 운동화와 코듀로이 바지 차림의 아버지 얼굴에는 걱정하는 표정이 역력했다. 아버지는 허리에 벨트가 있는 트렌치코트를 입고 목에는 어머니가 떠준 목도리를 두르고 머리에는 트위드 모자를 쓰고 계셨다.

"늦었죠? 죄송해요." 고골리가 말했다. "언제부터 기다리고 계신 거예요?"

"6시 15분 전부터 기다렸다." 아버지가 말했다. 고골리는 시계를 쳐다보았다. 8시가 다 되어가고 있었다.

"사고가 났었어요."

"알고 있다. 전화를 걸어봤지. 도대체 무슨 일이냐? 다친 덴 없니?"

고골리가 고개를 흔들었다. "어떤 사람이 기찻길로 뛰어들었어요. 로드아일랜드 어디쯤에서요. 전화했었어요. 아마 경찰을 기다리느라 더 늦어졌던 것 같아요."

"걱정했다."

"이 추운 데서 계속 서서 기다리신 건 아니죠?" 고골리가 물었지만, 대답이 없으신 것으로 보아 아버지는 그렇게 하셨던 것이 분명했다. 고골리는 어머니와 소냐 없이 아버지가 어떻게 지내시는지 궁금했다. 아버지도 외로우실까. 그러나 아버지는 외로워도 외롭다고 하실 분이 아니었다. 자신의 욕망이나 기분, 필요에 대해 표현하시는 분이 아니었다. 주차장으로 가서 차에 탔고, 집까지 얼마 되지 않는 길을 향해 출발했다.

바람이 심하게 부는 밤이었고, 그래서 가끔가다 차가 조금씩 흔들렸다. 전조등 빛에 사람의 발만한 낙엽들이 도로 위를 날아다니는 것이 보였다. 여느 때 같으면 역에서 집으로 가는 길에 아버지는 이것저것 물어보곤 하셨다. 수업은 어떤지 경제 상황은 어떤지, 또 졸업 후의 계획에 대해서 등등. 하지만 오늘 밤엔 아무 말씀 없이 운전에만 열중하셨다. 고골리는 라디오를 더듬어, AM 뉴스 방송에서 NPR(National Public Radio, 국립공영라디오 방송국―옮긴이)로 주파수를 돌렸다.

"너에게 할 얘기가 있다." 뉴스 한 토막이 끝나자 아버지가 이렇게 말씀하셨고, 차는 이미 펨버튼 로드에 접어들고 있었다.

"뭔데요?" 고골리가 물었다.

"네 이름에 관해서야."

고골리는 놀란 눈빛으로 아버지를 쳐다보았다. "제 이름이요?"

아버지가 라디오를 껐다. "고골리."

요즘 들어선 고골리라는 이름을 워낙 듣는 일이 없었기 때문에 이제는 예전처럼 기분이 상하지 않았다. 3년이라는 세월의 대부분을 니킬로 살다보니, 고골리라는 이름을 듣는 것도 나쁘지 않았다.
"거기엔 이유가 있었다."
"알아요, 바바. 고골리는 아버지가 제일 좋아하는 작가잖아요."
"그게 아니다." 아버지는 진입로에 차를 세운 다음 엔진을 끄고, 전조등도 껐다. 안전벨트를 푸시더니 손으로 그의 왼쪽 어깨 뒤로 감아 올라가는 안전벨트를 따라갔다. "다른 이유가 있다."
그리고 차 안에 앉아, 아버지는 하우라에서 209킬로미터 떨어진 벌판을 다시 떠올렸다. 운전대 아래를 가볍게 쥐고 앞유리를 통해 차고 문을 정면으로 바라보면서 고골리의 아버지는 고골리에게 28년 전, 그러니까 1961년 10월 잠세드푸르로 할아버지를 뵈러 가던 길에 탔던 기차에서 일어난 일을 들려주었다. 거의 목숨을 잃을 뻔했던 그날 밤, 그의 목숨을 구해주었던 책, 그리고 꼼짝못한 채 지내야 했던 다음 1년에 대해서도 이야기해주었다.
고골리는 너무 놀란 나머지 할 말을 잃은 채 이야기를 듣고 있었다. 그의 두 눈은 아버지의 옆모습에 고정되어 있었다. 그들은 불과 몇 인치를 사이에 두고 있었지만, 고골리는 그 순간 아버지가 낯선 사람처럼 느껴졌다. 비밀을 묻어둔 사람, 비극적인 사고에서 살아남은 사람, 그리고 그 과거를 완전히 알 수 없는 사람이었다. 상상할 수 없는 고통을 당한 연약한 사람이었다. 지금의 자신처럼 20대였던 아버지를, 조금 전에 자기가 했던 것처럼 기차에서 책을 읽고 있던 아버지를, 그리고 거의 죽을 뻔했던 아버지를 머릿속에 그려보았다. 고작 몇 번밖에 가보지 않았던 서부 벵골을 떠올리는 것이 쉽지 않았다. 몇백 명의 죽은 이들 사이에서 엉망이 된 아버지의 몸, 허허벌판에 뒤틀린 채 엎어진 기다란 기차의 몸체를 지나 들것에 실려 날라지던 아버지의 몸을 생각했다. 그리고 아버지가 없는 삶을 상상해보았다. 아버지가 존재하지 않는 세상을.

"제가 어떻게 이런 사실을 몰랐을 수가 있죠?" 고골리가 말했다. 목소리는 아버지를 책망하는 듯 거칠었고, 눈에는 눈물이 고여 있었다. "지금까지 왜 말씀을 안 해주셨냐구요?"

"때가 되었다는 생각이 들지 않았단다."

"하지만 여태까지 저한테 거짓말을 하신 거잖아요." 아버지가 아무 대답이 없자, 그는 이렇게 덧붙였다. "다리도 그래서 저시는 거지요? 그렇죠?"

"오래전에 있었던 일이고, 네 기분을 상하게 하고 싶지 않았다."

"상관없어요. 말씀을 해주셨어야 했어요."

"그럴지도 모르지." 아버지가 이렇게 수긍하시며, 고골리가 앉아 있는 쪽을 흘긋 쳐다보셨다. 아버지는 자동차 키를 빼냈다. "자, 가자. 배고프겠다. 차 안도 점점 추워지고."

그러나 고골리는 움직이지 않았다. 그는 거기 앉아서, 아버지가 해주신 말씀을 어떤 식으로든 받아들이기 위해 애쓰고 있었다. 어떻게 해야 할지 모르는 채 부끄럽고 죄스러운 마음만 들었다. "죄송해요, 바바."

아버지가 조용히 웃으셨다. "네 잘못이 아닌데."

"소냐는 알고 있어요?"

아버지가 고개를 가로저으셨다. "아니, 아직. 언젠가 설명을 해주어야겠지. 이 나라에선 네 엄마밖에 모른다. 그리고 이제 네가 있구나. 난 언제나 너에게 이 말을 해주고 싶었단다, 고골리."

평생 들어온 자신의 애칭이 갑자기 완전히 새로운 의미를 지닌 채 다가왔다. 오랜 세월 동안 자신도 모르게 비극적인 사고와 관련된 어떤 것을 상징해왔던 것이다. "그게 저를 생각하면 생각나는 거예요?" 고골리가 물었다. "저를 생각하면 그날 밤이 생각나시나구요?"

"아니, 전혀." 아버지가 한 손을 갈비뼈에 대면서 이렇게 말씀하셨다. 이제까지 고골리가 이해할 수 없었던 아버지의 습관이었다. "너는 나에게 그후에 일어난 모든 것을 의미한단다."

1994

고골리는 이제 뉴욕에 살고 있다. 5월에 컬럼비아 대학 건축과를 졸업했다. 졸업한 후 유명한 대규모 공사들을 맡아 잘 알려진 미드타운의 건축회사에서 일하고 있었다. 학교 다닐 때 머릿속에 그리던 그런 일은 아니었다. 개인 주택을 설계하고 개보수하는 것이 그가 하고 싶었던 일이었다. 그런 일은 나중에 할 수 있고 처음에는 큰 회사에서 훈련을 쌓는 것이 중요하다고, 그의 지도교수들이 말해주었다. 환풍구 건너로 맞은편 건물의 벽돌 벽을 마주하고 앉아, 고골리는 한 번도 본 적이 없는 도시들—브뤼셀, 부에노스아이레스, 아부다비, 홍콩—에 지어질 호텔, 미술관, 기업의 본사 건물 등을 설계하는 팀에서 일했다. 팀에서 그가 하는 일은 계단, 천창, 복도, 냉방 도관 등을 계획하는 부수적인 일들이었고, 그나마도 일을 완전히 혼자서 떠맡는 경우는 거의 없었다. 그래도 건물의 각 부분들은, 아무리 작은 부분이라 할지라도 필수적인 것이라는 사실을 그는 잘 알고 있었다. 셀 수도 없이 많은 비평 시간과 지어지지도 않을 프로젝트를 해내야 했던 그동안의 학교 생활 후에, 마침내 그의 노력이 어떤 현실적인 결실과 연결된다고 생각하면 만족스러웠다. 저녁 늦게까지 일하는 날이 잦았다. 주말도 대개는 컴퓨터로 설계를 하거나, 평면도를 그리거나, 설계서를 작성하거나, 스티로폼이나 보드지로 모델을 만드는 일로 보내는 경우가 많았다. 일이 끝나면 모닝사이드 하이츠의 암스테르담 로에 있는 그의 집으로 돌아갔다. 서쪽으로 난 창이 두 개 있는 스튜디오 아파트였다. 아파트의 출입구는 눈에 잘 띄지 않았다. 신문판매점과 네일 살롱 사이에 있는 긁힌 자국투성이의 유리문이었다. 대학교와 대학원을 다닐 동안 지겹도록 계속되었던 룸메이트들과의 생활 끝에 처음으로 혼자 살게 된 아파트였다. 길가에서 들리는 소음이 너무 심해서 창문을 열어놓고 전화 통화를 할 때면 사람들이 공중전화냐고 물을 정도였다. 아파트 입구를 거의 막으며 지어진 부엌은 너무 좁아서, 냉장고는 몇 미터 떨어진 화장실 옆에 두어야 했다. 가스레인지 위에는 물한 번 부어본 적이 없는 주전자 하나가 덩그러니 놓여 있었고, 싱크대 위 토스터기는 플러그조차 꽂아본 일이 없었다.

부모님은 고골리가 돈을 많이 못 번다는 사실에 대해 마음 불편해하셨다. 아버지는 가끔 월세와 신용카드 비용에 보태라고 돈을 보내주셨다. 고골리가 컬럼비아 대학에 들어갈 때도 못마땅해하셨다. MIT의 건축과에도 합격했었으므로, 이왕이면 MIT에 들어가기를 바라셨다. 하지만 이미 4년을 뉴헤이번에서 보낸 고골리는 다시 매사추세츠로 돌아가고 싶지 않았다. 특히 아버지의 모교로는 가고 싶지 않았다. 게다가 그곳은 부모님이 알고 계시는 유일한 도시였다. 부모님이 했던 것처럼 센트럴 스퀘어에 아파트를 얻는 것도, 부모님이 언제나 추억에 젖어 말씀하시던 거리들을 다시 찾는 것도 싫었다. 주말마다 집에 가는 것도, 푸조다 뭐다 하며 벵골 사람들의 파티에 가는 것도 지겨웠다. 의심 한 번 품지 않고 너무나 당연스레 부모님의 세상에 남아 있는 것이 싫었다.

그는 뉴욕이 좋았다. 뉴욕은 부모님들이 잘 모르는 곳이었고, 그들이 결코 이해하지 못하는 아름다움이 있는 곳이며, 그들이 두려워하는 곳이기도 했다. 예일에 다니던 시절, 건축 수업 시간에 와봐서 낯을 익힌 도시였다. 컬럼비아 대학 때의 파티 때문에 몇 번 와본 적도 있었다. 때로 루스와 함께 메트로 노스 기차를 타고 와서 미술관에 가거나, 빌리지에 가거나, 스트랜드에 책을 훑어보러 가기도 했었다. 그러나 어렸을 때 가족과 함께 뉴욕에 와본 적은 딱 한 번 있었고, 그 여행에서는 뉴욕이 어떤 곳인지 전혀 느끼지 못했었다. 어느 주말에 퀸즈에 살고 있던 뱅골인 친구분댁에 놀러 갔었는데, 덕분에 고골리 식구들은 맨해튼 관광을 하게 되었다. 그때 고골리는 열 살이었고, 소냐는 네 살이었다. "세서미 스트리트에 가보고 싶어요." 뉴욕에 실제로 있는 유명한 곳인 줄 알았던 소냐가 이렇게 말했고, 고골리가 그건 진짜 있는 곳이 아니라며 깔깔 웃어대자 소냐는 울음을 터뜨렸었다. 그들은 차를 타고 지나가면서 록펠러센터와 센트럴파크, 엠파이어스테이트 빌딩을 보았고, 고골리는 차 뒤창문에 머리를 들이민 채 빌딩들이 얼마나 높은지 쳐다보기에 바빴다. 부모님들은 얼마나 차가 많고 사람이 많은지, 또 얼마나 시끄러운지에 대해서만 자꾸자꾸 말씀하셨다. 캘커타가 심한 것도 아니네, 그들은 이렇게 말했었다. 어렸을 때 아버지가 보스턴에 있는 프루덴셜 빌딩 꼭대기에 데리고 올라간 것처럼, 고골리는 차에서 내려 고층 빌딩의 꼭대기에 올라가보고 싶었다. 그러나 렉싱턴 로에 와서야 그들은 차에서 내릴 수 있었다. 그들은 그곳 인도 음식점에 가서 점심을 먹고, 인도 시장에서 장을 보고, 캘커타 친척들에게 줄 폴리에스테르로 만든 사리와 220볼트 전기용품들을 샀다. 부모님들에게 맨해튼은 이런 일들을 하러 오는 곳이었다. 고골리는 부모님들과 함께 공원을 걸어 자연사 박물관에 가서 공룡을 보고, 심지어는 지하철도 타보고 싶어했던 것이 기억났다. 그러나 부모님들은 그런 일들에는 도무지 관심이 없었다.

어느 날 밤, 직장에서 친하게 지내는 설계사 중 한 명인 에반이 파티에 함께 가자고 하였다. 에반은 고골리에게 파티를 하는 곳은 가볼 만한 아파트라고 부추겼다. 트라이베카에 있는 로프트로, 그들이 다니는 건축회사의 공동 경영자 중 한 명이 설계한 것이라고 하였다. 파티를 여는 사람은 에반의 오랜 친구인 러셀로 유엔에서 일했고, 케냐에서 여러 해 살다왔기 때문에 로프트는 멋진 아프리카 가구와 조각, 마스크들로 가득 차 볼 만하다는 것이었다. 고골리는 넓은 장소에서 수백 명이 우글거릴, 누가 오는지 가는지 모를 그런 종류의 파티일 것이라고 생각하였다. 그러나 고골리와 에반이 그곳에 도착했을 무렵 파티는 거의 끝나가고 있었고, 열 명 남짓 되는 사람들이 여러 개의 쿠션으로 둘러싸인 낮은 탁자 주위에 모여 앉아, 알알이 따놓은 포도와 치즈 따위를 먹고 있었다. 어느 순간, 당뇨병이 있는 러셀은 갑자기 윗옷을 올리더니 배 한가운데에 인슐린 주사를 놓았다. 러셀 옆에는 여자가 한 명 앉아 있었는데, 고골리는 그녀에게서 눈을 뗄 수가 없었다. 그녀는 러셀 옆에서 무릎을 꿇고 크래커에 브리 치즈를 듬뿍 바르며, 러셀이 뭘 하는지 신경도 쓰지 않는 눈치였다. 대신 여자는 탁자 맞은편에 앉아 있는 남자와 브뉴엘의 영화에 대해 열띤 논쟁을 벌이고 있었다. "아, 정말." 여자는 되풀이해서 말하고 있었다. "정말로 훌륭한 작품이라니까요." 다소 크다 싶은, 동시에 장난기 섞인 섹시한 목소리로 말하는 그녀는 약간 취해 있었다. 갈색 머리가 섞인 금발 머리를 아무렇게나 쪽을 찌어 올렸고, 얼굴 위로 흩어져 내린 머리 가닥이 매력적이었다.

이마는 볼록하고 매끈했으며, 턱은 갸름하고 긴 편이었다. 눈동자는 초록빛이었고, 홍채 주위에는 까만색 고리같이 가느다란 테두리가 드리워져 있었다. 실크 카프리 바지와 구릿빛으로 태운 살을 돋보이게 하는 소매 없는 흰색 윗옷을 입고 있었다. "그 영화 어땠어요?" 하며 그녀가 예고 없이 고골리를 대화 속으로 끌어들였다. 고골리가 영화를 보지 못했다고 말하자 그녀는 고개를 돌렸다.

혼자 서 있는 고골리에게 여자가 다시 다가왔다. 고골리는 철제 계단 위에 걸린, 눈길을 끄는 나무 마스크를 보고 있었다. 눈과 입이 다이아몬드 모양으로 도려내어져, 그를 통해 뒤에 있는 하얀 벽돌 벽이 보였다. "침실에 있는 건 더 무섭게 생겼어요." 그녀가 인상까지 쓰면서 몸을 떨며 말했다. "아침에 눈을 뜨자마자 그렇게 생긴 것을 본다고 한 번 상상해봐요"라고 말하는 그녀의 말투는 경험에서 나온 것이 아닌가, 하는 생각이 들었다. 러셀의 애인이라는 건지, 또는 애인이었는지를 은연중에 암시하고 있는 것인지도 몰랐다.

여자의 이름은 맥신이었다. 그녀는 컬럼비아의 건축학과에 대해 물어보면서 자신은 학부를 버나드 대학에서 다녔으며 미술사를 전공했다고 말해주었다. 기둥에 몸을 기댄 채 말을 하는 동안, 그녀는 샴페인 잔을 홀짝이며 그를 쳐다보면서 자주 웃었다. 처음에 그는 그녀가 자기보다 나이가 많을 것이라고, 스무 살보다는 서른 살에 가까울 것이라고 생각하였다. 그녀가 대학원에 입학한 지 1년 만에 졸업했다는 사실에, 또 컬럼비아를 1년간 같이 다녔다는 사실에 그는 놀랐다. 그들은 겨우 세 블록 떨어진 곳에 살았었고 브로드웨이를 걸어가다가, 로 도서관 또는 에이브리 도서관의 계단을 오르내리다가 마주쳤을 가능성이 높았다. 이 말에 루스가 생각났다. 루스와도 한때 서로 모르는 채 이 정도로 가까운 거리에서 산 적이 있었다. 맥신은 예술 서적을 만드는 출판사에서 부편집자로 일한다고 하였다. 그녀가 맡고 있는 책이 안드레아 만테냐에 관한 것이라는 말에, 고골리는 만테냐의 프레스코가 만투아와 두칼레 궁전에 있다고 정확하게 기억하여 그녀를 놀라게 하였다. 그들은 다소 긴장되고 어눌한 말투로—연애를 거는 것이 다 그런 거라고 그는 이제 생각하게 되었다—이야기를 나누었고, 주고받는 대화는 두서없이 짤막하게 끝나버리는 것들이었다. 이런 종류의 대화는 누구와도 가질 수 있었겠지만, 맥신은 모든 정신을 상대방에게 집중하는 식이었다. 옅은 색의 세심한 두 눈은 그의 시선을 붙잡고 놓아주지 않았고, 얼마 되지 않는 순간이었지만 그 순간만큼은 그녀의 세상 한가운데 있는 유일한 사람이라는 기분이 들게 하였다.

다음 날 아침 맥신의 전화에 잠이 깨었다. 일요일 아침 10시였고, 아직 자고 있었다. 전날 저녁 내내 마신 스카치와 소다 때문에 머리가 아팠다. 그는 쉰 목소리로 다소 짜증스럽게 전화를 받았다. 지난주는 어떻게 지냈느냐고 묻는 어머니에게서 온 전화일 거라고 생각했던 것이다. 맥신의 목소리로 미루어보아 벌써 일어나서 아침을 먹고,《뉴욕타임스》까지 꼼꼼히 읽은 후인 것 같았다. "맥신이에요, 어젯밤에 만난." 사람을 깨워놓고 미안한 기색 없이 그녀는 이렇게 말했다.

전화번호부에서 번호를 알았다고 했지만, 그는 자신의 성을 가르쳐준 기억이 없었다. "어휴, 아파트가 굉장히 시끄럽네요." 그녀가 말했다. 그리고 어색하거나 멈칫거리지 않고, 그녀의 집으로 저녁 식사에 초대하였다. 그녀는 어느 날 저녁—금요일 저녁이었다—인지 알려주었고, 첼시 어딘가라는 그녀의 집주소도 말해주었다. 그녀의 집에서 열리는 저녁 식사 파티일 거라고 생각하고는, 뭐 가져갈 것이 없느냐고 물었다. 그녀는 "아니요, 그냥 오세요"라고 말했다.
 "그런데 저는 부모님과 함께 산다는 것을 미리 말해두어야 할 것 같아요."라고 덧붙였다.
 "아!" 예상치 못했던 정보에 실망감을 느꼈고, 적이 당황스러웠다. 그는 만약 부모님이 부담스러워하실지도 모르니 밖에서 만나면 어떻겠느냐고 물었다.
 그러나 그녀는 무안할 정도로 그의 제안을 웃어넘겼다. "부모님이 부담스러워하실 이유가 뭐가 있겠어요?"

,

 고골리는 사무실 근처에서 택시를 잡아타고 맥신의 집이 있는 동네로 갔다. 주류 가게 앞에 차를 세우고 포도주를 한 병 샀다. 줄곧 내리는 비 때문인지, 다소 쌀쌀하게 느껴지는 9월의 저녁이었다. 여름을 지낸 나뭇잎들이 나무에 아직 많이 남아 있었다. 9번 로와 10번 로 사이, 외지고 조용한 블록으로 들어섰다. 오랜만에 처음 하는 데이트였다. 루스 이후 컬럼비아에서 있었던 사소한 몇 번의 연애를 제외하면 말이다. 그는 맥신과의 이런 약속을 어떻게 생각해야 좋을지 몰랐다. 초대를 받은 정황이 기이했던 만큼 거절하기가 힘들었다. 그녀에 대해 궁금했고, 그녀에게 끌렸으며, 그녀가 대담하게 다가오는 데 은근히 우쭐한 기분마저 들었다.
 맥신의 집에 도착한 그는 놀라지 않을 수 없었다. 그리스 부흥 양식으로 지어진 집 앞에서 대문을 들어서기도 전에 관광객처럼 휘둥그레진 눈을 하고 몇 분 동안이나 두리번거렸다. 박공 모양의 창문 상인방이며, 도리아식 기둥과 그 위를 가로지른 엔태블러처, 그리고 십자 모양으로 나무를 댄 검은색 문이 인상적이었다. 그는 주철

손잡이가 있는 현관의 낮은 층계를 올라갔다. 초인종 밑에 적혀 있는 이름은 래틀리프였다. 초인종을 누르고 나서 몇 분이 흘렀고, 그는 겉옷 주머니에 넣어둔 종이쪽지에 적은 주소를 확인해보았다. 바로 그때 맥신이 문을 열었다. 그녀는 한 발로 서서 다른 쪽 발은 뒤로 뻗어 약간 들고, 몸을 앞으로 기울여 고골리의 뺨에 입을 맞추었다. 그녀는 맨발이었고, 미끈하게 처진 검정 모직 바지와 얇은 베이지색 카디건을 입고 있었다. 그가 보기엔 카디건 밑에는 브래지어 외에 아무것도 입고 있지 않은 것 같았다. 머리는 그전처럼 아무렇게나 올리고 있었다. 그는 옷걸이에 우비를 걸고, 작은 탁자 위에 접는 우산을 올려놓았다. 그리고 현관에 있는 거울에 자신의 모습을 비춰보면서 재빨리 머리와 넥타이를 매만졌다.

그녀는 한 층 밑에 있는 부엌으로 그를 안내했다. 한 층을 전부 차지하고 있는 것처럼 보이는 부엌의 끝에는 커다란 농가풍의 탁자가 있었고, 탁자를 건너 정원으로 나가는 프렌치 도어가 보였다. 벽에는 수탉과 각종 향료용 식물의 판화들, 그리고 구리로 만든 요리 기구들로 장식되어 있었다. 문이 없는 선반 위에 갖가지 사기 접시들이 전시되어 있었고, 그 옆에 꽂혀 있는 요리책과 음식 백과사전, 그리고 먹거리에 대한 수필집들은 족히 수백 권은 될 듯싶었다. 토막나무 세공으로 만든 섬형 작업대에 서 있는 여자가 가위로 수북이 쌓여 있는 콩깍지의 끝을 하나하나 자르고 있었다.

"우리 엄마, 리디아예요." 맥신이 말했다. "그리고 애는 실라스." 맥신이 식탁 밑에서 졸고 있는 적갈색의 코커 스패니얼을 가리키며 말했다.

리디아는 딸처럼 키가 크고 날씬했으며, 녹빛의 곧은 머리는 젊어 보이게 잘라 얼굴을 살려주었다. 그녀의 옷차림은 세심했다. 금 귀고리와 목걸이를 하고, 허리엔 감색 앞치마를 둘렀으며 반짝거리는 검은 가죽 구두를 신고 있었다. 리디아의 얼굴은 주름이 지고, 피부는 고르지 않았지만, 맥신보다 예쁜 얼굴이었다. 전체적으로 더 균형잡힌 생김에 광대뼈는 더 도드라졌고, 눈의 윤곽선도 더 우아하였다.

"만나서 반가워요, 니킬." 그녀가 밝게 웃으며 이렇게 말했다. 관심 있게 그를 보았지만, 하던 일을 중단하고 악수를 청하지는 않았다.

맥신은 그에게 포도주 한 잔을 따라주었다. 그가 다른 것을 원하는지 묻지 않았다. "이리 와요. 집을 구경시켜줄게요." 이렇게 말한 맥신은 카펫이 깔리지 않은 다섯 층의 계단을 앞서 올라갔다. 두 사람의 몸무게로 계단에서는 삐걱거리는 소리가 시끄럽게 났다. 집의 평면은 단순한 편이었다. 각 층마다 자기 아파트보다 큰 방이 두 개씩 있었다. 석고로 만들어진 옴폭한 몰딩이며, 천장의 원형 양각, 대리석으로 만든 벽난로 장식에 대해 그는 공손한 말투로 칭찬하였다. 그것들은 그가 지적으로, 장황하게 말할 수 있는 소재들이었다. 벽은 화려한 색깔들로 칠해져 있었다. 히비스커스 분홍색, 라일락색, 피스타치오색으로 칠해진 벽 위에는 그림과 소묘와 사진들이 가득 걸려 있었다. 어떤 방에는 소매 없는 노란색 원피스를 입고 의자에 앉은 너무나 매력적인 젊은 시절의 리디아와, 그녀의 무릎 위에 맥신으로 보이는 작은 소녀가 그려진 유화가 걸려 있었다. 각 층마다 복도에는 천장까지 닿는 책장이 있었는데, 거기에는 평생에 걸쳐 꼭 읽어야 하는 소설과 전기, 예술가들의 두꺼운 화집, 그리고 고골리가 언제나 갖고 싶어했던 건축책들로 가득했다. 집이 채워진 느낌과 동시에 어딘지 휑한 느낌을 간직하고 있다는 사실이 특히 고골리의 마음에 들었다. 바닥엔 아무것도 깔려 있지 않았고, 목조 세부를 사용하지 않았으며, 창문에는 커튼이 걸려 있지 않아 그 넉

넉한 비례가 부각되었다.

맥신은 꼭대기층을 혼자 사용하고 있었다. 침실은 복숭아색이었고, 뒤쪽에 슬레이 침대가 있었으며, 검정과 빨강으로 장식된 길쭉한 화장실이 있었다. 세면대 위에 있는 선반은 갖가지 다양한 종류의 크림—목에 바르는 크림, 아이 크림, 발에 바르는 크림, 나이트 크림, 선블록 크림 등—으로 가득했다. 침실을 통과하면 회색으로 장식된 거실이 나오는데, 그녀는 이 공간을 거의 옷장처럼 사용하는 듯했다. 바닥에는 구두와 핸드백이 여기저기 흩어져 있었고, 페인팅fainting 소파 위에는 옷더미가 쌓여 있었으며, 의자의 등받이에 걸어놓은 옷들이 떨어져 바닥에 뒹굴고 있었다. 그러나 이 정도 어질러놓아도 집은 별로 달라보이지 않았다. 지저분해보이기엔 집이 너무 크고 아름다웠으며, 어느 정도의 무신경함과 지저분함은 그 안에 묻혀버렸다.

"프리즈 밴드 창문들이 인상적이네요." 천장 쪽을 쳐다보며 그가 말했다.

그녀가 그를 돌아보며, 모르겠다는 표정으로 물었다. "뭐라구요?"

"저 부분을 그렇게 불러요." 그는 그곳을 손가락으로 가리키며 설명했다. "이 시기에 지어진 집들에서 흔하게 볼 수 있죠."

그녀는 위를 한 번 쳐다보고는 감동한 표정으로 그를 바라보았다. "전혀 몰랐어요."

그는 맥신과 페인팅 소파에 앉아 그녀가 편집한 18세기 프랑스 벽지에 관한 책을 들추어보고 있었다. 펼쳐진 책이 한 쪽씩 두 사람의 무릎 위에 놓여 있었다. 그녀는 어려서부터 이 집에서 자랐다고 말하면서, 보스턴에서 남자 친구와 동거하다가 잘 되지 않아 6개월 전에 이 집으로 다시 들어왔다고 아무렇지도 않게 얘기했다. 그가 독립해서 살 계획은 없느냐고 물었을 때, 그녀는 그런 생각은 한 적이 없다고 대답하였다. "뉴욕에서 집을 구하는 건 진짜 성가신 일이잖아요." 그녀가 말했다. "게다가 난 이 집이 너무 좋아요. 이 집 말고는 별로 살고 싶은 집이 없어요." 세련된 그녀가 연애에 실패하자 부모님댁으로 들어왔다는 사실이 그에게는 구식으로, 사랑스럽게 느껴졌다. 이런 행동은 그의 인생의 이 시점에서는 상상조차 할 수 없는 것이었다.

저녁 식사 때 그녀의 아버지를 만났다. 키가 훤칠하고 잘생긴 분이었다. 탐스럽게 하얀 머리와 맥신의 연한 초록빛 눈을 갖고 계셨다. 얇고 네모난 안경이 코의 중간쯤에 얹혀 있었다. "만나서 반가워요. 제럴드라 불러요." 그는 이렇게 말하고 고개를 끄덕이며 고골리와 악수를 하였다. 제럴드는 고골리에게 한 뭉치의 나이프, 포크, 스푼과 천 냅킨을 건네주며 식탁을 준비해달라고 하였다. 잘 모르는 가족이 매일 사용하는 식기들을 손에 들고 고골리는 시키는 대로 식탁을 차렸다. "이리로 와서 앉아요, 니킬." 식탁이 차려지자 의자 하나를 가리키며 제럴드가 말했다. 고골리는 맥신의 건너편, 식탁의 한 면을 차지하고 앉았다. 제럴드와 리디아는 각각 식탁 끝에 마주보고 앉았다. 맥신과의 데이트에 시간을 맞추어 사무실을 떠나기 위해 고골리는 점심도 거른 채였다. 벌써 몇 잔 마신 포도주가 얼큰하게 올라왔다. 보통 때 마시던 포도주보다 묵직하면서도 부드러운 종류였다. 관자놀이가 기분 좋게 욱신거렸고, 이렇게 시간을 보내게 된 것이 문득 감사하게 느껴졌다. 맥신이 초 두 개를 밝혔고, 제럴드가 포도주의 마개를 땄다. 리디아는 하얗고 커다란 접시 위에 음식을 내왔다. 둥글게 말아 실로 묶은 얇게 저민 스테이크에는 짙은색 소스가 푸짐하게 얹혀 있었고, 삶은 콩깍지는 바삭바삭했다. 오븐에 구워서 움푹 팬 그릇에 담긴 작고 동그란 붉은 감자가 돌아갔고, 그 다음엔 샐러드였다. 그들은 고기가 얼마나 부드러운지, 콩깍지가 얼마나 싱싱한지, 음식을 음미하면서 식사를 하였다. 어머니라면 손님상에 이렇게 음식을 조금 내놓는다는 것은 있을 수 없는 일이었다. 어머니라면 맥신의 접시를 살피며 두 그릇, 세 그릇 더 먹으라고 권하실 것이었다. 식탁에는 음식이 그득 담긴 그릇들이 일렬로 놓여졌을 것이고, 사람들은 각자 그릇에 덜어먹었을 것이다. 그러나 리디아는 고골리의 접시에 눈길도 주지 않았다. 음식이 더 있다는 말도 하지 않았다. 실라스는 그들이 식사를 할 동안 리디아의 발밑에 앉아 있었는데 어느 순간 리디아가 고기를 크게 한 점 베어내어 손바닥 위에 놓고 개에게 먹였다.

  네 사람은 순식간에 포도주 두 병을 비우고 세 병째 포도주를 땄다. 래틀리프 가족은 식탁에서 꽤 요란스러웠다. 고골리의 부모님은 전혀 관심도 없이 영화나 미술관 전시회, 맛있는 음식점, 일상용품 디자인 등에 대해 서로의 의견을 내세우며 이야기를 나누었다. 뉴욕에 대해서, 그들이 싫어하거나 또는 좋아하는 뉴욕의 상점과 동네와 건물에 대해서도 이야기했다. 뉴욕에 대해 말하는 투가 너무나 친밀하고 편해서 고골리 자신은 뉴욕에 대해 하나도 아는 것이 없는 것처럼 느껴졌다. 집에 대해서도 이야기했다. 제럴드와 리디아는 70년대에, 아무도 이 동네에 살고 싶어하지 않을 시절에 이 집을 샀다고 했다. 동네의 역사와 함께, 길 건너에 있는 신학교의 고전학 교수라는 클레멘트 클락 무어라는 사람에 대해서도 이야기했다. "이 지역의 주거지역 형성에 공로가 큰 사람이지." 제럴드가 말했다. "그거하고, 물론 「크리스마스 전날 밤에」라는 글을 썼지." 고골리는 식사 시간에 이런 식으로 대화하는 것에 익숙하지 않았다. 느긋하게 즐기면서 식사를 하고, 다 마신 빈 병과 빈 잔, 빵 부스러기들이 흩어진 식탁에서 식사 후 시간을 기분 좋게 즐기는 것에 길들여져 있지 않았던 것이다. 이들 중 어떤 것도 그를 위해 특별히 마련된 것이 아닌, 매일 저녁 그들이 식사하는 방식일 뿐이라는 것을 고골리는 느낄 수 있었다. 제럴드는 변호사였다. 리디아는 메트로폴리탄 미술관의 섬유디자인 분과 큐레이터였다. 그들은 고골리의 배경에 대해, 예일과 컬럼비아에서의 대학 시절에 대해 만족해하면서도 흥미로워하는 눈치였다. 또한 건축가로서의 그의 경력과, 지중해 사람 같은 외모에 대해서도 마찬가지였다. "이탈리아 사람이라고 해도 믿겠어요." 리디아가 저녁을 먹는 도중 어느 순간엔가, 은은한 촛불빛을 받은 고골리의 얼굴을 보며 이렇게 말했다.

제럴드는 집에 오는 길에 사온 프랑스산 초콜릿을 기억해냈고, 포장을 벗긴 다음 도막도막 잘라서 식탁 위로 한 바퀴 돌렸다. 결국 화제는 인도로 넘어갔다. 제럴드는 최근 힌두 근본주의가 성행하게 된 것에 대해 고골리에게 물어보았지만, 고골리는 별로 아는 것이 없는 주제였다. 리디아는 인도산 카펫과 미니어처에 대해 장황하게 이야기했고, 맥신은 대학 다닐 때 들었던 불탑 수업에 대해 이야기했다. 그들이 아는 사람 중 캘커타에 가본 사람은 아무도 없었다. 제럴드의 회사에는 인도인 동료가 있었고, 신혼여행으로 얼마 전 인도에 다녀왔다고 하였다. 그는 멋있는 사진들을 가지고 와서 보여주었다. 호수 위에 지어진 궁전 사진이었다. 거기가 캘커타냐고 물었다.

"거긴 우다이푸르입니다." 고골리가 대답하였다. "그곳엔 가본 적이 없어요. 캘커타 동쪽, 그러니까 태국에 가깝게 있어요."

리디아는 샐러드 그릇을 들여다보더니 몇 가닥 남아 있는 상추를 손가락으로 건져내어 먹었다. 그녀는 아까보다 편안해보였다. 더 자주 웃었고, 포도주 때문에 볼은 발그레하게 상기되어 있었다. "캘커타는 어때요? 아름다운가요?"

의외의 질문이었다. 가난이나 거지, 더위에 대한 질문에 익숙해져 있던 그였다. "어떤 부분은 아름답습니다." 그는 이렇게 대답했다. "영국 점령 때 지어진 아름다운 빅토리아풍 건물들이 많이 있습니다. 대부분 낡았지만요."
"베니스와 비슷하겠는데, 운하가 있나?" 제럴드가 물었다.
"몬순에만 있습니다. 그때 길 위로 홍수가 나거든요. 아마도 그때가 가장 베니스랑 비슷하겠네요."
"캘커타에 가보고 싶어요." 맥신이 말했다. 마치 평생 동안 금지되었던 일에 대해 말하는 것 같았다. 그리고 자리에서 일어나 가스레인지 앞으로 걸어갔다. "차가 마시고 싶어요. 차 마시고 싶은 사람?"
그러나 제럴드와 리디아는 오늘 밤은 차를 마시지 않기로 하였다. 잠자기 전에〈나, 클라우디우스〉비디오를 봐야 한다고 하였다. 그릇을 그대로 놓아둔 채 제럴드는 포도주 잔 두 개와 남은 포도주를 들고 일어섰다. "좋은 시간 보내요." 리디아가 고골리의 뺨에 가볍게 입을 맞추며 이렇게 말했다. 그리고 나서 계단을 오르는 삐걱거리는 발자국 소리가 시끄럽게 이어졌다.
"첫번째 데이트에서 부모님을 만나는 건 아마 처음이었겠죠." 둘만 남겨지자 맥신이 이렇게 말했다. 묵직한 하얀 머그잔에 담긴 우유를 넣은 랍상 소총을 홀짝였다.
"전 재미있었어요. 매력적인 분들이세요."
"그렇게 말할 수도 있겠네요."
그들은 한동안 식탁에 그대로 앉아 이야기를 나누었다. 담으로 둘러싸인 뒤뜰에서 빗소리가 조용히 울리고 있었다. 초는 어느새 짧은 도막이 되어 있었고, 식탁 위에는 촛농이 군데군데 얼룩져 있었다. 마루를 조용히 걸어다니던 실라스가 다가와 고골리의 다리에

제 머리를 비비다가 올려다보면서 꼬리를 흔들었다. 고골리는 허리를 굽혀 잠시 그를 쓰다듬어주었다.

"개 길러본 적 한 번도 없죠, 그렇죠?" 맥신이 그를 보고 있다가 이렇게 말했다.

"없어요."

"길러보고 싶은 적 없었어요?"

"어렸을 때요. 그렇지만 부모님은 귀찮다며 원치 않으셨어요. 게다가 2년에 한 번씩은 인도에 가야 했었으니까."

처음으로 그의 부모님과 그의 과거에 대해 말했다는 것을 깨달았다. 그녀가 혹시 이런 것에 대해 더 물어보지 않을까 생각했다. 대신 그녀는 이렇게 말했다. "실라스가 좋아하네요. 되게 까다로운 편인데."

고골리는 그녀를 바라보았다. 맥신은 머리를 풀어 어깨 위에 잠깐 늘어뜨렸다가 손으로 아무렇게나 둘둘 말았다. 그녀도 그에게 눈길을 보내며 웃음을 지었다. 카디건 밑에 그녀의 벗은 몸이 있다는 사실이 다시 떠올랐다.

"이제 가봐야죠." 그가 말했다. 떠나기 전에 식탁 치우는 것을 돕겠다고 했을 때 맥신이 순순히 승낙해준 것은 다행이었다. 늑장을 부리듯 그들은 천천히 그릇을 치웠다. 식기세척기에 그릇을 넣고, 식탁과 섬형 작업대 위를 닦고, 냄비와 프라이팬을 씻은 다음 물기를 닦았다. 일요일 오후에 필름 포럼으로 안토니오니의 영화 두 편 동시상영을 보러 가기로 했다. 리디아와 제럴드가 최근에 본 것으로, 저녁 먹을 때 가서 보라고 추천을 해주었던 것이다.

"지하철 역까지 바래다줄게요." 다 치웠을 때 맥신이 실라스 목에 끈을 묶으며 이렇게 말했다. "얘, 밖에 나가야 하거든요." 응접실이 있는 층으로 올라간 다음 그들은 외투를 입었다. 천장을 통해 텔레비전 소리가 희미하게 들렸다. 그는 계단 아래 멈추어 섰다.
"부모님께 감사하다는 말씀을 잊었네요." 그가 말했다.
"뭐가요?"
"저를 초대해주신 거요. 저녁 식사 말예요."
맥신은 그의 팔에 팔짱을 끼며 이렇게 말했다. "인사는 나중에 드려도 돼요."

처음부터 고골리는 쉽게 그들의 삶에 동화되어갔다. 래틀리프 부부가 베풀어주었던 환대는 그가 익숙하던 종류의 그것과는 사뭇 달랐다. 그들은 후한 편이었지만, 일부러 시간을 마련해가며 다른 사람들을 대접하는 스타일은 아니었고, 그들의 삶이 다른 사람들에게 매력적으로 보인다는 것에 대해 상당히 자신하고 있었다. 그의 경우에는 맞는 얘기였다. 제럴드와 리디아는 언제나 이런저런 약속들로 바빴고, 그들을 위해 알아서 자리를 피해주었다. 고골리와 맥신은 편한 대로 집에서 영화관, 음식점에서 집으로 왔다갔다했다. 그는 그녀와 함께 메디슨 로의 상점들을 분주하게 들락거리며 쇼핑을 했다. 맥신은 캐시미어 카디건이나 말도 안 되게 비싼 영국제 향수를 한참 생각하거나 별다른 죄책감 없이 사곤 하였다. 그들은 다운타운에 있는 조명이 어둡고 초라해보이는, 테이블은 작아도 음식값은 비싼 음식점에서 식사를 하였다. 그러나 거의 예외 없이 마지막에는 그녀의 집으로 갔다. 집에는 간식으로 먹을 맛있는 치즈나 파테가 항상 준비되어 있었고, 이와 함께 마실 좋은 포도주가 있었다. 갈고리 발톱 모양의 다리가 달린 목욕탕에서, 바닥에는 포도주나 싱글몰트 스카치를 놓아두고, 함께 몸을 담그고 목욕을 했다. 밤에는 그녀가 어려서부터 지내온 방에서 함께 잠을 잤다. 폭신폭신하고 누우면 몸이 꺼지는 침대 위에 누워 난로처럼 따스한 그녀의 몸을 안고, 제럴드와 리디아의 침실 바로 위에서 밤새도록 사랑을 나누었다. 야근을 하는 날에는 바로 그 집으로 가기도 했다. 그가 오면 맥신은 고골리를 위해 남겨둔 저녁을 가지고 함께 방으로 올라갔다. 아침에 그와 맥신이 부스스한 머리를 하고 제럴드와 리디아가 있는 부엌으로 내려와 카페오레와 구운 프렌치 빵과 잼을 챙겨 먹어도 그들은 대수롭지 않게 생각했다. 처음 그 집에서 자고 일어난 아침, 고골리는 부모님들을 대할 생각에 끔찍했었다. 먼저 샤워를 하고, 전날 입었던 구깃구깃한 셔츠와 바지를 챙겨 입으며 수선을 떨었으나, 그들은 그냥 미소를 지었을 뿐이었다. 목욕 가운 차림이던 그들은 가장 좋아하는 동네 제과점에서 사온 따뜻한 빵과, 신문의 한 면을 그에게 건네주었을 뿐이었다.

고골리는 빠른 속도로 맥신과, 그리고 동시에 그녀의 집과, 제럴드와 리디아의 삶의 스타일과 사랑에 빠지게 되었다. 맥신을 알게 되고 사랑하게 된다는 것은 그 모든 것들을 함께 사랑하게 된다는 것을 의미했다. 마루 위고 침대 옆 협탁이고 할 것 없이 언제나 어질러진 맥신의 주변을 사랑하였고, 둘만 5층에 있을 때면 화장실에 갈 때 문을 열어놓는 그녀의 습관조차 사랑하였다. 점점 단순한 것만 찾는 취향의 그에게 그녀의 깔끔하지 못한 성격은 도전이자 매력이었다. 그는 맥신과 맥신의 부모님들이 즐겨먹는 음식들—폴렌타와 리소토, 부야베스와 오소부코, 황산지에 싸서 구운 고기—을 좋아하게 되었다. 음식이 담긴 접시의 무게에 익숙해졌고, 천 냅킨을 조금 접어 무릎에 얹어놓게 되었다. 해산물이 들어간 파스타 요리에는 파르미잔 치즈를 갈아 얹는 것이 아니라는 걸 알게 되었고, 식기세척기에 목기를 넣어서는 안 된다는 것도 배웠다. 어느 날 저녁 부엌을 치우는 것을 돕다가 모르고 그렇게 했었다. 그 집에서 자는 날이면, 아래층에서 실라스가 짖는 소리에 보통 때보다 일찍 일어나야 한다는 것을 배웠다. 아침 산책을 시켜야 하기 때문이었다. 매일 저녁이면 새 포도주 병에서 코르크 마개 따는 소리 듣는 것을 으레 기다리게 되었다.

맥신은 자신의 과거에 대해 숨기는 편이 아니었다. 대리석 무늬 종이 앨범에 꽂힌 전 남자 친구들의 사진을 보여주면서도 당황하거나 후회하는 기색 없이 그들의 관계에 대해 이야기해주었다. 맥신은 자신의 삶을 있는 그대로 받아들이는 데 타고난 재주가 있었다. 그녀를 알아가게 되면서, 그는 맥신이 자기 이외에 다른 사람이 되고 싶다거나, 다른 가정에서 다른 방식으로 자라나는 것을 원해본 적이 한 번도 없다는 사실을 알게 되었다. 그의 생각으로는 이것이 그들 사이의 가장 큰 차이점이었다. 이것이 그녀가 자라난 멋진 집이나 그녀가 다녔던 사립학교보다 훨씬 낯설게 느껴졌다. 게다가 그는 맥신이 얼마나 열심히 부모님을 닮으려고 노력하는지, 그들의 취향과 방식을 얼마나 존경하는지를 볼 때마다 새삼스럽게 놀라고 또 놀라지 않을 수 없었다. 그녀는 저녁을 먹으면서 부모님과 함께 책이나 그림, 그들이 아는 사람들을 놓고 논쟁을 벌였는데, 그녀가 친구들과 하는 식과 다름이 없었다. 그가 부모님에게 느끼는 식의 답답함은 전혀 찾아볼 수 없었다. 의무감도 없었다. 자신의 부모님과는 전혀 다르게, 맥신의 부모님은 맥신에게 무엇을 하라고 압력을 가하는 적이 없었다. 그래도 그녀는 충성스럽고 행복하게 그들 곁에 머물렀던 것이다.

맥신은 고골리의 삶에 대한 얘기를 들을 때 놀라는 적이 많았다. 부모님들의 친구는 전부 벵골인이라는 사실, 그들이 선을 봐서 결혼했다는 사실, 어머니가 하루도 빠지지 않고 인도 음식을 만들고, 아직도 사리와 빈디를 입는다는 사실에 매우 놀라워했다. "정말?" 그녀는 믿을 수 없다는 듯이 이렇게 물었다. "그렇지만 자긴 너무

다르잖아. 난 상상도 못 했었는데." 그는 모욕이라고 받아들이진 않았지만, 그럼에도 어떤 선이 그어졌다는 것을 느낄 수 있었다. 그에게 있어 부모님들이 결혼한 방식은 상상할 수 없는 동시에 특별한 것이 아니었다. 그들 가족의 친지나 친척들 대부분이 이렇게 결혼했었다. 그러나 그들의 삶은 제럴드와 리디아의 삶과는 닮은 점이 전혀 없었다. 리디아의 생일이면 남편은 비싼 보석을 사다주었고, 별다른 일이 없을 때도 집에 꽃을 사들고 왔으며, 둘은 사람들이 있는 데서 자연스레 키스했고, 시내에 산책삼아, 또는 저녁 먹으러 가기 위해 함께 걸어다녔다. 고골리와 맥신이 하는 것과 다름이 없었다. 저녁이면 제럴드가 리디아의 어깨에 머리를 기대고 소파에 다정하게 앉아 있는 것을 보면서, 고골리는 평생 동안 한 번도 부모님의 신체적인 애정 표현을 본 적이 없다는 것을 깨달았다. 그들 사이에 존재하는 사랑이 어떤 것이었든 간에 절대적으로 사적인 것이었고, 세상에 드러내는 법이 없었다. "그건 너무 우울한 일이야." 그가 이러한 사실을 맥신에게 털어놓았을 때 그녀는 이렇게 말했다. 그런 반응에 좀 언짢았지만 맞장구를 치고 말았다. 어느 날 맥신은 고골리에게 부모님은 그가 인도 여자와 결혼하기를 바라느냐고 물었다. 특별한 대답을 원해서가 아니라 그냥 궁금해서 물어본 것이었다. 그 순간 그는 부모님에게 화가 났고, 부모님이 그렇지 않았다면 얼마나 좋을까 생각했다. 그리고 속으로는 대답을 알고 있으면서, "글쎄, 잘 모르겠는데" 하고 그녀에게 말했다. "아마 그러시겠지. 하지만 부모님이 뭘 원하시는지는 중요하지 않아."

맥신이 그의 아파트를 방문하는 일은 별로 없었다. 어찌 된 일인지 그들은 고골리의 동네 쪽으로는 잘 가지 않았다. 완벽한 프라이버시를 가질 수 있다는 사실조차 별 매력으로 작용하지 않았다. 그래도 그녀의 부모님들이 여는 저녁 식사 파티에 별 흥미가 없거나,

그냥 와봐야 할 것 같은 생각이 드는 날이면 그녀가 왔다. 좁은 아파트는 그녀의 치자꽃 향수와 외투, 커다란 갈색 가죽백, 그리고 벗어던진 그녀의 옷들로 순식간에 채워졌다. 그리고 시끄러운 길거리의 소음을 들으며 그의 푸통(일본의 이불—옮긴이) 위에서 사랑을 나누었다. 그는 그녀를 집에 데려올 때면 긴장이 되었다. 벽에는 아무것도 걸어놓은 것이 없었고, 음침한 천장 조명을 대신할 램프조차 사놓지 않았기 때문이었다. "아, 니킬, 이건 너무 끔찍해." 맥신이 고골리의 집에 들렀던 어느 날, 그녀는 결국 이렇게 말했다. 그들이 만난 지 3개월도 채 지나지 않아서였다. "자기를 이런 집에 살게 할 수는 없어." 부모님이 이 아파트에 처음 오신 날 어머니가 이와 비슷한 말씀을 하셨지만, 그는 간소하고 엄격하게 혼자 살아가는 것의 잇점에 대해 늘어놓으며 맹렬하게 자신의 삶을 방어했었다. 그러나 맥신이 그렇게 말했을 때, 게다가 "그냥 나와 함께 살아"라는 말을 덧붙였을 때, 그는 말은 안 했지만 감동의 전율마저 느꼈다. 진심에서가 아니라면 그런 말을 하지 않을 사람이라는 것쯤은 알고 있을 때였다. 그러나 그는 선뜻 동의하지 않았다. 그녀의 부모님이 과연 뭐라고 생각하실까? 맥신은 어깨를 으쓱거렸다. "부모님은 자기를 좋아해." 그녀는 여느 때와 마찬가지로, 입증된 사실을 말하듯 단호한 어조로 이렇게 말했다. 그래서 그는 그녀의 집으로 들어가게 되었다. 그냥 옷가지를 넣은 가방 몇 개만 가져갔고 다른 것은 없었다. 그의 푸통과 탁자, 주전자, 토스터기, 텔레비전과 그 밖의 다른 것들은 그대로 암스테르담 로에 남아 있었다. 그의 자동응답기는 여전히 메시지를 녹음했다. 우편물도 여전히 그곳으로 배달되어 이름이 씌어져 있지 않은 철제 우편함 안에 쌓여갔다.

,

 6개월이 지나지 않아 고골리는 래틀리프 가의 열쇠뭉치를 갖게 되었다. 맥신은 티파니에서 산 은제 열쇠고리에 열쇠들을 끼워 그에게 주었다. 맥스의 부모님처럼 그도 그녀를 맥스라고 부르게 되었다. 그 집 모퉁이에 있는 세탁소에 와이셔츠를 맡겼고, 맥신의 물건들로 어지러운 세면대—기둥 받침대가 있는—위에는 그의 칫솔과 면도기가 더해졌다. 일주일에 몇 번은 아침 일찍 일어나, 회사에 가기 전에 제럴드와 함께 허드슨 강을 따라 배터리 파크 시티까지 갔다오는 조깅을 했다. 그는 실라스를 산책시키는 일을 자청했는데, 개가 나무 주위를 쿵쿵거리는 동안 개의 목에 걸린 끈을 잡고 기다렸으며, 비닐봉지로 실라스의 따뜻한 똥을 치웠다. 주말이면 하루 종일 집에 틀어박혀, 아무 장식이 없는 커다란 창을 통해 들어오는 햇볕에 감동하면서, 제럴드와 리디아의 책장에서 책을 꺼내 읽는 날이 많았다. 특별히 즐겨 앉는 소파나 의자가 생겼고, 집을 떠나 있을 때는 벽에 걸린 그림과 사진들을 머릿속에 떠올릴 수 있었다. 자신의 스튜디오 아파트에는 정기적으로 들러서 자동응답기의 테이프를 되감아놓고, 월세와 다른 청구서들을 지불해야 했다.

 주말에는 제럴드와 리디아를 도와 저녁 파티를 준비하는 일도 자주 있었다. 리디아와 함께 사과를 깎고, 새우를 다듬고, 굴껍질을 깠으며, 제럴드와 함께 지하실에 내려가 여분의 의자와 포도주 병들을 가져오는 일을 도왔다. 간소하고 떠들썩하지 않게 손님을 치러내는 리디아와 아주 조금 사랑에 빠지기도 했다. 이런 저녁 식사는 그에게 언제나 놀라운 것이었다. 열 명 남짓 되는 손님들이 촛불이 밝혀진 식탁에 둘러앉아 식사를 했다. 손님들은 언제나 세심하게 선정되었는데 화가, 편집자, 학자, 갤러리 주인 등이 골고루 섞여 있었다. 코스대로 음식을 먹으면서 저녁이 끝날 때까지 지적인 대화를 나누었다. 그의 부모님이 여는 파티와는 너무나 달랐다. 시끌벅적한 부모님의 파티에는 따라오는 아이들까지, 언제나 손님은 서른 명이 넘었다. 탁자 위에는 생선과 육류가 바로 옆에 놓여졌고, 사람들은 여러 가지 음식을 번갈아가며 먹었다. 이미 꽉 차 있는 탁자 위에는 프라이팬에 그대로 담겨 있는 음식이 보태지기도 하였다. 방마다 사람들로 가득 찼고, 그들은 되는 대로 자리를 찾아 앉았다. 손님의 반수는 다른 사람들이 시작하기도 전에 저녁 식사를 마치기도 했다. 저녁 식탁의 중심에 앉아 있는 제럴드와 리디아와는 달리, 그의 부모님은 집주인이라기보다 일꾼처럼 왔다갔다하셨다. 다른 사람들이 잘먹고 있는지 근심어린 눈으로 살폈으며, 손님들의 빈 접시들이 싱크대 옆에 쌓여가는 것을 보고 나서야 식사를 하셨다. 제럴드와 리디아의 식탁에서 웃음소리가 울려 퍼지면서 포도주를 또 한 병 새로 따고, 그의 잔을 들어 포도주가 새로 채워지기를 기다리면서 문득, 이렇게 맥신의 가족에 빠져드는 것은 자신의 가족에 대한 배반이라는 생각이 들었다. 단순히 그의 부모님이 맥신에 대해서 모르기 때문만은 아니었다. 또는 맥신과 제럴드와 리디아와 얼마나 많은 시간을 함께 보내는지 부모님이 모르셔서가 아니었다. 제럴드와 리디아가 가진 부는 차치하고라도, 그들이 가진 안정감은 그의 부모님이 절대 가질 수 없는 종류의 것이었기 때문이다. 그는 부모님이 제럴드와 리디아의 식탁에 앉아, 리디아의 음식과 제럴드가 고른 포도주를 감상하며 식사한다는 것을 상상할 수 없었다. 그의 부모님이 어떤 식으로든, 그들의 저녁 식사 대화의 일부가 되는 것을 상상할 수 없었다. 그런데 그는 매일 저녁 여기 앉아, 래틀리프 가족의 세계에 반갑게 새로 더해진 한 사람으로서, 바로 그 대화의 일부가 되어 있었다.

6월에 제럴드와 리디아는 뉴햄프셔의 호숫가에 있는 별장으로 떠났다. 제럴드의 부모님이 사시던 곳으로, 그들은 1년에 한 번씩 정해진 의례처럼 그곳에 갔다. 며칠에 걸쳐 복도에는 캔버스 천으로 만든 토트백들과 술병이 채워진 종이 상자, 음식을 넣은 쇼핑백과 포도주 상자들이 줄줄이 늘어섰다. 그들이 이렇게 여행을 준비하는 것을 보니, 고골리는 그의 가족이 몇 년에 한 번씩 캘커타에 갈 때 준비하던 일이 떠올랐다. 거실은 선물을 조금이라도 더 넣으려고 부모님이 쌌다가 풀었다가 다시 싸기를 거듭한 여행용 가방들로 가득 찼었다. 여행을 준비할 때 부모님들은 들떠 있었지만, 동시에 어떤 비장한 기운이 감돌았다. 아시마와 아쇼크는 빨리 가고 싶었지만, 동시에 캘커타 공항에 마중 나올 사람의 수가 줄어 있을 것에 걱정스러워하면서 마음을 다져먹었다. 지난번 방문 이후 발생한 친척들의 죽음에 대비하는 것이었다. 캘커타에 한두 번 가본 것이 아니었음에도, 네 식구를 그렇게 먼 거리로 옮기는 일은 아버지에게 언제나 걱정스럽고 짐스러운 과제였다. 고골리는 이것이 어떤 종류의 의무 수행이라는 것을 알고 있었다. 그러니까 무엇보다 어떤 의무감에 의해 부모님들은 이 여행을 하셨던 것이다. 그러나 제럴드와 리디아가 뉴햄프셔로 가는 것은 다름 아닌 즐거움을 위해서였다. 고골리와 맥신이 모두 직장에 가 있을 시간인 낮에, 그들은 조용히 떠났다. 제럴드와 리디아가 떠난 자리에는 몇 가지 것들이 없어졌을 뿐이었다. 실라스와 요리책 몇 권과 다용도 조리기와 소설책과 CD, 제럴드가 고객들과 연락하기 위한 팩스기, 언제나 길가에 세워두었던 빨간색 볼보 왜건이었다. 부엌 섬형 작업대 위에는 쪽지가 남겨져 있었다. '우리 간다!' 리디아가 이렇게 쓴 쪽지의 끝에는 여러 개의 X와 O가 씌어져 있었다.

갑자기 고골리와 맥신은 첼시의 집에 둘만 남겨지게 되었다. 그들은 아래층에서 자유롭게 돌아다녔다. 각종 가구들 위에서 수도 없이 사랑을 나누었다. 그리고 바닥에서, 부엌의 섬형 작업대에서, 한 번은 제럴드와 리디아의 은은한 회색 침대 위에서도 사랑을 나누었다. 주말이면 아무것도 입지 않고 방마다 돌아다녔고, 5층이나 되는 집을 아래위로 오르락내리락하였다. 기분에 따라 장소를 바꿔가며 식사를 하였다. 바닥에 낡은 면 이불을 깔고 먹기도 했고, 중국집에서 시킨 음식을 제럴드와 리디아의 최고급 그릇에 담아먹기도 하였다. 거대한 창문을 통해 들어오는 길어진 여름날의 강렬한 햇빛을 온몸에 받으며 아무 때나 잠이 들곤 하였다. 날씨가 더워지면서 그들은 복잡한 요리를 하지 않게 되었다. 생선초밥이나 샐러드, 차가운 삶은 연어로 때우곤 하였다. 포도주는 적포도주에서 백포도주로 바뀌었다. 둘만 남겨져 있으니, 그에게는 어느 때보다 함께 살고 있다는 느낌이 강하게 들었다. 그렇지만 무슨 이유에서인지, 어른이 되었다는 느낌보다는 아직도 누구에겐가 기대고 있는 것 같았다. 자신의 삶으로부터 망명을 자처한 그였고, 누군가로부터의 기대나 책임이 있는 것도 아니었다. 이 집에서 그는 어떤 책임도 없었다. 제럴드와 리디아는 집에 없었고, 그들을 볼 수 있는 것도 아니었지만, 계속해서 그들의 생활 위에서 군림하고 있었다. 그가 읽는 책은 그들의 책이었고, 듣는 것은 그들의 음악이었다. 퇴근해서 돌아올 때 여는 것은 그들의 현관문이었고, 그가 메모하는 것은 그들에게 온 전화 메시지였다.

집은 아름다웠지만 여름에 지내기에는 좋지 않은 점들을 가지고 있다는 것을 알게 되었다. 그래서 여름마다 제럴드와 리디아는 집을 떠나는 것이었다. 일단 에어컨이 없었다. 더워지면 어차피 집을 떠나기 때문에 굳이 에어컨을 달 필요가 없었고, 거대한 창문에도 차양을 드리우지 않았던 것이다. 그 결과 낮이면 방들은 푹푹 찌는 듯이 더웠고, 밤에는 창문을 활짝 열어놓아야 했기 때문에 모기들이 극성이었다. 모기들은 귓전에서 웽웽거리다가 발가락 사이, 팔이나 허벅지를 잔뜩 부풀게 한 후 사라지곤 하였다. 고골리는 맥신의 침대 위에 쳐놓을 모기장이 있었으면, 하고 간절히 바랐다. 캘커타에 갈 때면 그와 소냐는 얇은 파란색 나일론 모기장 속에서 자곤 했었다. 모기장의 모서리를 침대의 네 기둥에 걸고, 가장자리는 매트리스 밑으로 팽팽하게 집어넣어, 밤 동안만이라도 절대로 침입이 불가능한 조그만 방을 만들었던 것이다. 도저히 참을 수 없을 때는 불을 켜고 침대 위에 서서, 잡지를 둘둘 말아 쥐거나 슬리퍼를 손에 들고 모기를 잡았다. 그럴 때면 신경도 쓰지 않고, 모기에도 물리지 않는 맥신은 제발 그만 하고 자라고 애원을 하였다. 때로 모기는 복숭아색 벽 위에, 그의 피를 잔뜩 빨아먹은 채 눈에 띄지 않는 얼룩처럼 앉아 있었다. 그것은 천장 가까이에, 언제나 죽이기에는 너무 높은 곳에 있었다.

고골리는 여름 내내 일 핑계를 대고 매사추세츠에는 한 번도 올라가보지 않았다. 회사에서는 마이애미에 지어질 특급 호텔 디자인 공모전에 설계안을 제출할 계획이었다. 그는 같은 팀에 있는 디자이너들과 함께 밤 11시까지 야근을 했다. 모두들 이번 달 말까지 설계도와 모델을 끝내기 위해 서두르고 있었다. 전화벨이 울렸고, 고골리는 퇴근하라고 칭얼거리는 맥신이기를 바랐다. 그러나 그 대신 수화기를 통해 들려온 음성은 그의 어머니였다.
"왜 이렇게 늦은 시간에 전화하시는 거예요?" 그가 어머니에게 물었다. 전화벨이 주의를 빼앗았음에도, 그의 눈은 여전히 컴퓨터 스크린 위에 고정되어 있었다.
"네가 집에 없으니까 그렇잖니." 어머니가 말씀하셨다. "고골리, 어떻게 집에 있는 날이 없더라. 내가 한밤중에 전화를 해도 없더구나."

"있었어요, 마." 그는 거짓말을 했다. "잠을 자야죠. 잠잘 때는 전화를 꺼놔요."

"전화는 꺼놓으려고 사놨니? 도무지 이해가 안 되는구나."

"무슨 일이라도 있는 거예요?"

어머니는 다음 주말에 들르라고 하셨다. 그의 생일 전 토요일이었다.

"안 돼요." 그가 말했다. 그는 회사에서 마감이 있다고 말했지만, 사실이 아니었다. 그날은 바로 그와 맥신이 2주 동안 뉴햄프셔에 머무르기 위해 떠나는 날이었다. 그러나 어머니는 완강했다. 그 다음날 아버지가 오하이오로 떠난다고 하셨다. "아버지를 배웅하기 위해 공항에 같이 가지 않겠느냐, 고골리?"

클리블랜드 외곽 어딘가에 있는 작은 대학에서 아버지가 9개월 동안 지내게 되셨다는 것은 언뜻 들어 알고 있었다. 아버지는 동료 교수와 함께, 그 동료 교수가 속한 대학에서 연구비를 받았다고 했다. 그곳에 있는 기업을 위해 연구를 진행하는 일이었다. 아버지는 대학 신문에 난 연구비에 관한 기사를 오려 그에게 보내주었다. 기사에는 공대 건물 앞에서 찍은 아버지의 사진이 함께 실려 있었다. '강굴리 교수, 최고 영예의 연구비 따내다'라는 제목이었다.

처음에는 부모님이 집을 그냥 비워두시든지 학생들에게 세를 놓으시든지 하고, 어머니도 함께 가실 줄 알았다. 그러나 아버지는 하루 종일 실험실에서 바쁘실 테고, 오하이오에서 9개월 동안 혼자서 무엇을 하겠느냐며, 어머니가 매사추세츠에 머무르겠다고 하셔서 모두들 놀랐었다. 이 말은 곧 어머니 혼자 집에 남아 계신다는 뜻이었기 때문이다.

"왜 꼭 제가 아버지를 배웅해야 해요?" 고골리는 그제야 어머니께 이렇게 물었다. 부모님에게 여행을 한다는 행위는 대강 치러낼 일이 아니었다. 별 의미 없는 여행이라 해도 배웅이 필요했고, 다른 쪽에서는 마중을 해야 하는 것이었다. 그러나 그는 거기서 멈추지 않았다. "바바와 저는 이미 다른 주에 살고 있는데요. 아닌 게 아니라 보스턴에서 오하이오에 가는 거리나 마찬가지예요."

"그런 식으로 생각하는 게 아니다. 고골리, 제발 말을 들어라. 너 5월에 오고 한 번도 다녀가지 않았잖니."

"마, 전 이제 직장이 있어요. 바쁘다고요. 게다가 소냐도 안 오잖아요."

"소냐는 캘리포니아에 살잖니. 너는 이렇게 가까이 살고."

"마, 그 주말엔 못 가요." 그가 말했다. 제대로 된 말이 입에서 서서히 흘러나오기 시작했다. 이 시점에서야 그 방법밖에는 없었다. "휴가를 가요. 벌써 다 계획을 잡아놓았어요."

"왜 그런 얘기를 이제 와서야 하는 거니? 어떤 휴가야? 어떤 계획인데?" 어머니가 물으셨다.

"뉴햄프셔에서 2주 동안 지내다 올 거예요."

"아." 어머니가 말씀하셨다. 별것 아니라는 듯, 안심하셨다는 어조였다. "하고많은 데 중 거기는 왜 가는데? 뉴햄프셔나 여기나 뭐가 다르냐?"

"요즘 만나는 여자 친구와 함께 가요." 그는 어머니에게 말씀을 드렸다. "그 애의 부모님이 그곳에 집을 가지고 계시거든요."

어머니는 잠시 동안 아무 말씀이 없었지만 무슨 생각을 하고 계실지 고골리는 알고 있었다. 남의 부모 만나러 휴가를 가면서 자기 부모는 안 보러 온다, 였을 것이었다.

"정확히 어딘데?"

"저도 몰라요. 산속 어딘가라고 했어요."
"그 애 이름이 뭐냐?"
"맥스요."
"그건 남자아이 이름이잖아."
그가 머리를 흔들었다. "아니에요, 마. 맥신이에요."

그래서 그들은 뉴햄프셔에 올라가는 길에 점심을 먹으러 펨버튼 로드에 들르기로 했다. 결국 고골리가 그렇게 하겠다고 했던 것이다. 맥신도 반대하지 않았다. 어차피 가는 길이었는데다, 그녀도 이제는 그의 부모님에 대해 궁금해하던 참이었다. 그들은 차를 렌트해서 제럴드와 리디아가 엽서의 뒷면에 적어 보낸 것들을 트렁크에 가득 싣고 올라갔다. 포도주와 특정 상표의 수입 파스타, 큰 양철통에 들어 있는 올리브 오일, 그리고 큰 조각으로 자른 파르미잔과 아시아고 치즈 등이었다. 그가 맥신에게 왜 이런 것들이 필요하냐고 물었을 때, 그녀는 그들이 가는 곳은 외딴 곳이며, 그곳에 있는 가게를 믿었다간 감자칩이나 원더 브레드 그리고 펩시콜라밖에 먹을 것이 없다고 설명해주었다. 매사추세츠로 가는 길에 그는 맥신이 미리 알아두어야 할 것들에 대해 말해주었다. 그의 부모님 앞에서 만지거나 키스하는 것은 안 되며, 점심을 먹을 때 포도주는 없을 거라는 것이었다.

"차 트렁크에 포도주 많은데." 맥신이 말했다.
"상관없어." 그가 그녀에게 말했다. "집에는 포도주 마개 따는 것도 없으니까."

이러한 제한들이 맥신에게는 오히려 재미있게 느껴졌다. 반나절만 견뎌내면 되는 도전이었고, 이런 예외는 다시 되풀이될 리 없었다. 그의 부모님의 습관과 그는 상관이 없었다. 하지만 자신이 그가 집에 데려가는 첫번째 여자 친구라는 것은 믿어지지 않았다. 그는 앞으로 벌어질 일에 대해 조금도 들떠 있지 않았고, 다만 빨리 끝나 버리기만을 바랐다. 부모님이 사시는 동네로 나가는 출구로 나서자, 그는 이곳의 풍경이 맥신에게는 낯선 것이라는 점을 느낄 수 있었다. 쇼핑 플라자들과, 그와 소냐가 다녔던 벽돌 건물의 고등학교, 잔디가 깔린 300평 대지 위에 지어진 다닥다닥 붙어 있는 너와집들. 도로 표지판에는 '어린이 보호'라고 씌어 있었다. 그의 부모님에게 있어 이러한 삶은 너무나 자랑스러운 성취였지만, 그녀에게는 아무 상관도 없을뿐더러 관심도 없는 사실이라는 것을 그는 알고 있었다. 또한 그럼에도 불구하고 그녀가 그를 사랑한다는 것도.

경보 장치를 설치하는 회사에서 나온 밴이 부모님댁 진입로를 가로막고 있었다. 그래서 고골리는 길가의 잔디밭 끝에 있는 우편함 옆에 차를 세웠다. 그는 맥신을 데리고 포장석이 깔린 정원로를 걸어가 초인종을 눌렀다. 부모님은 언제나 현관문을 잠가놓으셨다. 어머니가 문을 열어주셨다. 어머니가 긴장하고 계시다는 것을 그는 느낄 수 있었다. 갖고 계신 사리 중 가장 좋은 것으로 골라입었고, 립스틱을 바른데다 향수까지 뿌리셨다. 티셔츠와 카키색 바지, 그리고 부드러운 가죽 모카신 차림의 고골리와 맥신과는 대조적이었다.

"안녕하셨어요, 마." 그는 몸을 기울여 어머니에게 재빠르게 입을 맞추며 이렇게 말했다. "맥신이에요. 맥스, 우리 어머니셔. 아시마."

"이렇게 만나뵙게 되어 너무 반가워요, 아시마." 맥신이 몸을 기울여, 역시 그의 어머니에게 입을 맞추며 말했다. "이거 받으세요." 그녀는 이렇게 말하며 아시마에게 양철통에 든 파테와 함께 병에 든 코르니숀과 처트니로 가득 찬, 셀로판지로 포장한 바구니를 건냈다. 고골리는 부모님들이 이런 것들을 좋아하시기는커녕 열어보시지도 않을 것이라는 사실을 잘 알고 있었다. 그러나 딘 엔 델루카에서 맥신이 바구니에 넣을 것으로 이런 것들을 살 때 고골리는 사지 말라고 하지 않았었다. 그는 복도에 있는 옷장에 넣어둔 슬리퍼로 갈아 신는 대신, 그대로 신발을 신은 채 들어갔다. 그들은 어머니를 따라 거실을 가로질러 모퉁이를 돌아 부엌으로 갔다. 어머니는 가스레인지 앞으로 다가갔다. 거기서 부엌을 연기로 가득 채우며 사모사를 튀기고 있는 중이었던 것이다.

"니킬의 아버지는 2층에 있어요." 그의 어머니는 맥신에게 이렇게 말하면서, 홈이 있는 뒤집개로 사모사를 건져내어 키친타올을 깔아놓은 접시 위에 놓았다. "경보회사에서 나온 사람과 얘기하느라. 미안하게 됐어요. 금방 점심을 차려줄게요. 30분은 더 있어야 도착할 줄 알았지."

"도대체 왜 경보 장치를 하는 거예요?" 고골리는 갑자기 궁금해졌다.

"아버지 생각이시다. 이제 나 혼자 있게 될 테니까." 어머니는 최근 동네에 도둑맞은 집이 둘이나 된다고 말씀하셨다. 두 집 다 대낮에 도둑을 맞았다는 것이었다. "이런 좋은 동네에도 요즘은 범죄가 다 있어요." 어머니가 고개를 설레설레 흔들며 맥신에게 이렇게 말씀하셨다.

어머니는 둘에게 밀크셰이크 같은 분홍색 라시를 내오셨다. 장미물로 향을 낸 진하고 단 음료였다. 그들은 평소에는 거의 사용하는 일이 없는 정식 거실에 앉아 있었다. 맥신은 벽돌로 만들어진 벽난로 위에 진열되어 있는 소냐와 그의 학교 사진들과, 올란 밀즈에서 찍은 가족 사진을 보았다. 그리고 그녀는 어머니와 함께 고골리의 어린 시절 앨범을 보았다. 맥신은 어머니가 입고 계신 사리의 촉감이 좋다고 감탄하면서, 자신의 어머니는 메트의 섬유디자인 분과에서 큐레이터로 일하고 있다고 하였다.

"메트?"

"메트로폴리탄 미술관이요." 맥신이 설명해주었다.

"마, 거기 갔었잖아요." 고골리가 말했다. "5번가에 있는 커다란 미술관 말예요. 계단이 많았잖아요. 이집트 사원 보시라고 제가 모시고 갔었던 거 기억 안 나세요?"

"음, 기억하고말고. 우리 아버지는 예술가이셨지." 어머니가 맥신에게 말씀하시면서, 벽에 걸려 있는 외할아버지의 수채화를 가리켰다.

계단을 내려오는 발자국 소리가 들렸고, 이내 아버지가 거실로 들어오셨다. 클립보드를 들고 있는 유니폼을 입은 남자와 함께였다. 어머니와 달리 아버지는 정장 차림이 아니었다. 얇은 갈색 면바지 위에 약간 주름진 반팔 남방을 밖으로 꺼내 입고, 슬리퍼를 신고 계셨다. 지난번에 고골리가 뵈었을 때보다 회색 머리는 더 듬성듬성해졌고, 배는 더 불룩하게 나오셨다. "여기 영수증입니다. 어떤 문제라도 있으면 저희 800번호로 전화하시면 됩니다." 유니폼을 입은 남자가 말했다. 아버지는 그와 악수를 했다. "즐거운 하루 되십시오." 마지막으로 남자가 큰소리로 이렇게 말하고 집을 나섰다.

"바바, 안녕하셨어요?" 고골리가 말했다. "이쪽은 맥신이에요."

"반가워요." 아버지가 이렇게 말씀하시며, 선서라도 하듯 한쪽 손을 들었다. 아버지는 그들과 함께 앉지 않았다. 대신 맥신에게 이렇게 물었다. "밖에 있는 게 아가씨 차인가요?"

"렌트한 거예요." 맥신이 대답했다.

"안쪽으로 들여놓는 게 좋을 거예요." 아버지가 맥신에게 말씀하셨다.

"상관없어요. 지금 세워둔 곳도 괜찮아요." 고골리가 말했다.
"그래도 조심하는 편이 좋다." 아버지가 고집하셨다. "이 동네 애들, 별로 조심스럽지가 않아. 한 번은 길가에 차를 세워놓았더니 야구공으로 유리창을 깨놓았지 뭐냐. 네가 괜찮다면 내가 하마."
"제가 할게요." 이렇게 말하면서 고골리가 자리에서 일어났다. 무슨 일이 있을까봐 끝도 없이 걱정하는 부모님에게 짜증이 났다. 집 안으로 돌아오니 점심이 차려져 있었다. 요즘 날씨에는 너무 기름진 음식들이었다. 사모사 말고도 빵가루를 묻혀 튀긴 치킨 커틀릿, 타마린드 소스로 버무린 병아리 콩, 양고기 브리야니, 정원에서 기른 토마토로 만든 처트니 등등이었다. 이 음식을 모두 장만하시는 데 하루 종일 걸렸을 것라고 생각하니 이 모든 노력의 정도가 그는 창피하게 느껴졌다. 물잔은 미리 채워져 있었고, 특별한 경우에만 사용하는 접시와 포크, 종이 냅킨이 식탁 위에 놓여 있었다. 좌석이 금색 벨벳으로 씌워진 식탁 의자는 등받이가 높고 앉아 있기에 불편했다.
"어서들 드세요." 어머니가 말씀하셨다. 어머니는 아직까지 식당과 부엌을 왔다갔다하며 사모사를 마저 튀기고 계셨다.
부모님들은 맥신 앞에서 소심해보일 정도로 점잖았고, 처음에는 거리를 두셨다. 벵골 친구분들이 오셨을 때 시끄러운 것과는 사뭇 달랐다. 부모님은 그녀가 학교는 어디를 다녔는지, 그녀의 부모님은 무엇을 하시는지 물었다. 그러나 맥신은 그런 어색함에 영향을 받지 않았고, 오히려 대화를 이끌어가면서 그들에게 온통 주의를 집중하였다. 고골리와 처음 만났을 때도 같은 방법으로 그를 유혹했던 것이 기억났다. 그녀는 아버지에게 클리블랜드에서 하실 연구에 대해서, 어머니가 근처의 공공도서관에서 하는 시간제 일에 대해서도 물어보았다. 어머니는 이 일을 최근에 시작했다고 하셨다.

고골리는 그들이 나누는 대화는 듣는 둥 마는 둥이었다. 그는 부모님이 식탁 위로 음식을 돌리지 않는 것이나, 음식을 씹을 때 입을 꼭 다물지 않는 것에 대해 지나칠 정도로 신경이 쓰였다. 맥신이 자신도 모르게 몸을 기울여 그의 머리카락을 쓰다듬었을 때 부모님은 눈길을 돌렸다. 다행스럽게도 그녀는 많이 먹어주었고, 어머니에게 이건 어떻게 만들고 저건 어떻게 만드냐고 물으면서, 그녀가 먹어본 인도 음식 중 최고라고 하였다. 어머니가 가다가 먹으라며 남은 커틀릿과 사모사를 싸주신다고 했을 때도 흔쾌히 그러시라고 하였다.

그의 어머니가 집에 혼자 있는 것이 무섭다고 하셨을 때, 맥신은 자기도 무서웠을 거라고 맞장구를 쳤다. 언젠가 부모님댁에 자기 혼자 있을 때 도둑이 들었었다는 얘기를 했다. 맥신이 부모님과 함께 산다는 말을 했을 때, 아시마는 "정말? 나는 미국 사람들은 안 그러는 줄 알았는데"라고 했다. 맥신이 맨해튼에서 태어나고 자랐다고 하자, 아버지는 고개를 저었다. "뉴욕은 너무 심해. 차도 너무 많고, 고층 빌딩도 너무 많아." 아버지는 고골리가 컬럼비아를 졸업할 때 갔었던 이야기를 하셨다. 차를 세워둔 지 5분 만에 트렁크를 따고 여행가방을 훔쳐가서 졸업식에 양복과 넥타이도 못 매고 갔었다고 하셨다.

"저녁까지 먹고 가면 좋을 텐데." 식사가 끝나가자 어머니가 이렇게 말씀하셨다.

그러나 아버지는 어서 가라고 재촉하셨다. "어두울 때는 운전하지 않는 것이 좋아."

식사가 끝난 후 차와 함께 고골리의 생일이라 파예시를 먹었다. 그는 부모님 두 분이 모두 사인하신 홀마크 카드와 100불짜리 수표, 그리고 파일린스에서 산 감색 면 스웨터를 선물받았다.

"지금 가는 곳에선 이런 옷이 필요해요." 맥신이 흡족하다는 듯이 말했다. "밤에는 기온이 뚝 떨어지기도 하거든요."
마당에서 포옹과 키스가 오갔다. 맥신이 먼저 시작했고, 부모님이 어색하게 맞받았다. 어머니는 맥신에게 다시 오라고 하셨다. 고골리는 아버지로부터 오하이오의 전화번호와 그 전화가 개통되는 날짜가 적힌 쪽지를 받았다.
"클리블랜드까지 조심해서 가세요. 연구도 잘되시길 빌어요." 그가 아버지께 말했다.
"알았다." 아버지는 고골리의 어깨를 두드렸다. "보고 싶을 게다." 아버지가 이렇게 말씀하시고 나서 다음 말은 벵골어로 하셨다. "가끔가다 네 엄마 들여다보는 것 잊지 말아라."
"걱정 마세요, 바바. 추수감사절 때 볼게요."
"그래, 그때 보자." 아버지가 말씀하셨다. 그리고는 말을 이었다. "운전 조심해라, 고골리."
처음에는 아버지의 실언을 눈치채지 못했다. 그러나 차에 타서 안전벨트를 매자마자 맥신이 물었다. "방금 아버지가 뭐라고 부르셨어?"
그는 고개를 가로저었다. "아무것도 아니야. 나중에 얘기해줄게." 시동을 걸고 주차장 진입로에서 빠져나왔다. 마지막 순간까지 그곳에 서서 손을 흔들고 계시는 부모님으로부터 빨리 멀어지고 싶었다. "무사히 도착한 후에 전화해라." 어머니가 고골리에게 벵골어로 말씀하셨다. 그러나 그는 못 들은 척 손을 흔들며 가속 페달을 밟았다.

주 경계를 건너 북쪽으로 향하면서, 고골리는 다시 그녀의 세계로 돌아온 것에 안도의 숨을 쉬었다. 한동안 달라진 것은 아무것도 없었다. 똑같이 넓은 하늘에, 똑같은 고속도로의 연속이었다. 대형 주류 상점이나 패스트푸드 연쇄점이 길의 어느 한쪽에 있었다. 맥신이 길을 알고 있었으므로 지도를 볼 필요는 없었다. 뉴햄프셔에는 가족과 함께 한두 번 간 적이 있었다. 단풍을 보기 위한 당일 코스였고, 차를 세워놓을 수 있는 경치가 좋은 곳이 나타나면 차에서 내려 사진을 찍곤 했다. 그러나 이렇게 멀리 올라간 적은 없었다. 얼룩소들이 풀을 뜯는 목장을 지나쳤고, 빨간색 사일로와 흰색 목조 건물 교회, 그리고 녹이 슨 양철지붕의 외양간도 지나쳤다. 작은 마을이 띄엄띄엄 나타났다. 뜻모를 이름들을 가진 마을들이었다. 그들은 고속도로를 빠져나와 가파르고 좁은 띠 같은 2차선 도로에 접어들었다. 하늘에 매달려 있는 우윳빛의 거대한 파도와도 같이 산들이 눈앞에 펼쳐졌다. 나무에서 솟아난 연기 마냥 한 뭉치의 구름이 산 정상에 낮게 걸려 있었다. 다른 쪽에 있는 구름은 계곡에 널따란 그림자를 드리우고 있었다. 이제 길에는 차가 몇 대 없었고, 관광객을 위한 시설이나 야영장을 안내하는 표지판도 눈에 띄지 않았다. 목장과 숲이 더 있을 뿐이었고, 길가에는 푸른색이나 보라색의 꽃들로 가득했다. 고골리는 자신이 어디쯤 와 있는지, 얼마나 멀리 왔는지 감도 잡을 수 없었다. 맥신은 캐나다에서 멀지 않다고 말했고, 여력이 되면 당일로 몬트리올에 다녀올 수도 있다고 하였다.

솔송나무와 자작나무로 빽빽한 숲 사이로 난 비포장도로를 꺾어져 내려왔다. 어디서 회전을 하는지, 우편함이나 표지판도 없었다. 처음에는 집이 보이지 않았고, 커다란 라임색의 고비가 땅을 덮고 있었다. 타이어 밑으로 조그만 자갈들이 이곳저곳으로 흩어졌고, 자동차의 보닛은 나무들이 던지는 그림자로 얼룩이 생겼다. 조금 더 가자 바랜 갈색의 널판자로 덮인 초라한 집이 모습을 드러내기 시작하였다. 그 집은 납작한 돌로 쌓은 나지막한 담으로 둘러싸여 있었다. 주차장이 따로 없어서 제럴드와 리디아의 볼보는 잔디 위에 세워져 있었다. 고골리와 맥신은 차에서 내렸다. 맥신은 장시간 운전으로 팔다리가 뻣뻣해진 고골리의 팔을 끌고 집의 뒤쪽으로 갔다. 해는 이미 서쪽으로 기울기 시작했지만 아직 그 열기가 몸에 와닿았고, 공기는 나른하고 부드러웠다. 얼마쯤 걷다보니 마당이 푹 꺼졌고, 그 아래로 호수가 보였다. 호수는 하늘보다 천 배는 더 깊고 선명한 푸른색이었다. 소나무가 주변을 에워쌌고, 뒤로는 산이 솟아올라 있었다. 그가 상상했던 것보다 호수는 훨씬 컸다. 도저히 헤엄을 쳐서 건널 수 있을 것 같지 않은 거리였다.

"저희 왔어요." 맥신이 팔을 V자로 흔들며 소리쳤다. 그들은 부모님 쪽으로 걸어갔다. 부모님은 잔디 위의 에이디론댁 의자에 앉아, 맨다리와 맨발을 드러낸 채 칵테일을 마시며 경치를 즐기고 있었다. 실라스가 잔디밭 건너편에서 그들을 발견하고 컹컹거리며 뛰어왔다. 제럴드와 리디아는 그동안 살이 많이 탔고, 말랐고, 좀더 노출된 여름 옷 차림이었다. 리디아는 흰색 탱크톱과 청으로 된 랩치마를 입었고, 제럴드는 구김이 간 파란색 짧은 바지와 오래 입어 색이 바랜 초록색 폴로셔츠를 입고 있었다. 리디아의 팔은 고골리의 팔만큼이나 까맣고, 제럴드는 새빨갛게 익어 있었다. 발밑에는 읽다가 만 책들이 잔디밭을 맞대고 펼쳐져 있었다. 하늘빛을 띤 잠자리들이 머리 위를 돌다 대각선으로 달아났다. 맥신의 부모는 그들을 맞기 위해 고개를 돌렸고, 그 순간 눈에 들어오는 햇빛을 가리려고 눈 위에 손으로 차양을 만들었다. "천국으로 온 것을 환영한다." 제럴드가 말했다.

그들은 뉴욕에서 살던 것과는 정반대로 살고 있었다. 집은 어두운데다 희미한 곰팡내까지 났다. 그리고 구석의 서로 어울리지 않는 가구들로 가득했다. 욕실에는 수도관이 노출되어 있었고, 전선은 문지방에 찍개로 고정되어 있었으며, 기둥에는 못이 튀어나와 있었다. 벽에는 그 지방산 나비들을 채집해놓은 액자가 걸려 있었고, 얇은 흰 종이 위에는 근방의 지도가 붙어 있었다. 체크무늬의 면 커튼이 가는 흰 막대에 걸려 창문 위에 드리워져 있었다. 고골리와 맥신은 제럴드와 리디아가 머무르는 본채에서 떨어져 길 아래에 있는, 불기 없는 오두막에서 지내기로 하였다. 독방만한 크기의 오두막은 원래 맥신이 어렸을 때 놀이방으로 쓰기 위해 지은 것이었다. 조그만 옷장이 하나 있었고, 두 개의 트윈침대 사이에는 낡은 협탁이 놓여 있었다. 그리고 격자무늬의 종이 갓을 씌운 램프와 여분의 이불을 넣어둔 궤짝이 두 개 있었다. 침대에는 구닥다리 전기담요가 깔려 있었고, 방구석에는 박쥐를 쫓기 위해 잡음을 내는 장치가 있었다. 표면이 거친 다듬어지지 않은 통나무가 지붕을 받치고 있었는데, 바닥이 끝나는 지점과 벽 사이에 틈이 있어 그 사이로 잔디밭이 가늘게 보였다. 죽은 곤충들이 여기저기 널려 있었다. 창문이나 벽에 짓눌려 있든지, 싱크대 수도꼭지 뒤 고여 있는 물에 풀어져 있기도 했다. "캠프에 온 거나 마찬가지야." 맥신이 짐을 풀며 말했지만, 고골리는 한 번도 캠프에 가본 적이 없었다. 부모님댁에서 3시간밖에 떨어지지 않은 곳이었지만 그에게는 완전히 낯선 세상이었다. 한 번도 가본 적이 없는 그런 휴가였다.

낮에는 맥신의 가족과 좁은 강변에 앉아, 다른 집들과 뒤집힌 조각배들에 둘러싸인 옥색으로 빛나는 호수를 바라보았다. 둑은 강물 위로 길게 나와 있었고, 올챙이들은 물가에서 쏜살같이 헤엄쳐 다녔다. 그는 그들이 하는 대로 하였다. 면으로 만든 야구모자를 쓰고 접는 의자에 앉아 팔에 선블록 크림을 가끔 발라주며 책을 읽었고, 한 장이 채 넘어가기 전에 잠이 들었다. 그는 강물에 걸어 들어가

둑까지 헤엄을 쳤다. 어깨가 햇볕에 뜨거워질 때까지, 발밑 모래에 돌이나 수풀들이 없어져 부드럽고 폭신폭신해질 때까지 헤엄쳤다. 때때로 그는 맥신의 조부모님인 행크와 에디스와 합류했다. 그분들은 몇 집 건너에 있는 호숫가 집에 사셨다. 행크는 퇴직한 고전학과 교수로, 언제나 조그만 그리스 시집을 가지고 다니며 주근깨가 있는 긴 손가락을 굽혀 책장을 넘겼다. 어느 순간이 되면 그는 벌떡 일어나 열심히 신발과 양말을 벗고 정강이까지 찰 만큼 물 안으로 들어가, 손을 엉덩이 위에 얹고 턱은 치켜세운 채 사방을 둘러보았다. 에디스는 작고 마른 몸매로 작은 소녀 같은 체구였다. 흰머리는 단발로 잘랐고, 얼굴은 깊게 주름져 있었다. 그들은 이탈리아, 그리스, 이집트, 이란 등 세계 이곳저곳을 함께 여행했다. "인도까지 멀리는 가지 못했지." 에디스가 그에게 말했다. "그곳을 보았더라면 우리는 정말 좋아했을 텐데 말이야."

고골리와 맥신은 하루 종일 수영복에 맨발 차림으로 집 주위를 돌아다녔다. 고골리는 제럴드와 함께 가파른 호숫가를 따라 조깅을 했다. 호숫가 코스는 비포장에 가파른 언덕길이라 제법 험했고, 그래서인지 인적이 뜸해서 길 한가운데를 차지하고 뛸 수 있었다. 반쯤 가다 보면 래틀리프가의 가족묘가 아담하게 자리 잡고 있었고, 제럴드와 고골리는 언제나 여기서 숨을 돌렸다. 언젠가 맥신도 묻힐 곳이었다. 제럴드는 대부분의 시간을 텃밭에서 야채를 가꾸며 보냈다. 상추와 각종 향료들을 세심하게 돌보느라 손톱에서 까만 때가 빠질 날이 없었다. 어느 날인가 고골리와 맥신은 헤엄을 쳐서 할아버지와 할머니 댁에 점심을 먹으러 갔다. 점심은 계란 샌드위치와 통조림에 든 토마토 수프였다. 어떤 밤은 너무 더워서 오두막에 있기가 힘들었다. 고골리와 맥신은 손전등을 들고 누드 수영을 하기 위해 잠옷을 입은 채 호수까지 걸었다. 그러고는 달빛 아래 까매진 물속에서 헤엄을 쳤다. 해초가 다리를 휘감았다. 그들은 옆에 있는 둑까지 헤엄을 쳤는데, 물이 맨몸을 감싸는 생경한 느낌이 그를 흥분시켰다. 호숫가로 나오자 그들은 풀밭에서 사랑을 나누었다. 풀은 그들의 몸에서 떨어진 물로 흥건하게 젖었다. 그는 그녀를 올려다보았고, 그녀 뒤로 하늘도 보았다. 거기에는 그가 지금껏 본 어느 하늘보다 많은 별들이 북적이고 있었다. 별들은 수많은 먼지 같기도 했고, 보석 같기도 했다.

특별히 할 일이 없는 곳에서조차 일상이 생겼다. 그곳의 삶에는 일부러 결핍된 생활을 하는 데서 오는 어떤 엄격함이 있었다. 아침마다 미친 듯이 울어대는 새소리에, 동쪽 하늘에 가늘디가는 분홍색 구름이 생기기 시작할 무렵 일어났다. 아침은 7시에 먹었다. 호수가 내려다보이는 칸막이를 한 베란다에 모두 앉아, 집에서 만든 잼을 두꺼운 빵 위에 발라먹었다. 바깥소식은 제럴드가 매일 일반 상점에서 가져오는 얇은 지역 신문을 통해 들었다. 늦은 오후가 되면 샤워를 하고 저녁 식사를 위해 옷을 갈아입었다. 마실 것을 들고 잔디밭에 앉아, 고골리와 맥신이 뉴욕에서 가져온 치즈를 먹으며 산 뒤로 기울어가는 해를 바라보았다. 10층짜리 건물만큼 키가 큰 소나무 사이로 박쥐들이 획획 날아다니기 시작했고, 빨랫줄에는 수영복들이 널려 있었다. 저녁은 간단했다. 농장에서 사온 삶은 옥수수, 차가운 닭고기, 페스토 소스에 버무린 파스타, 그리고 텃밭에서 기른 토마토를 썰어서 접시에 담아 소금을 뿌린 것 등이었다. 리디아는 파이를 만들거나, 손으로 딴 블루베리를 넣어 과일 파이를 만들었다. 이따금씩 리디아가 하루 종일 사라지곤 했는데, 그런 날은 주변 동네에 골동품을 사러 다니는 날이었다. 저녁 시간에 볼 텔레비전은 아예 없었고, 가끔씩 교향곡이나 재즈를 트는 오래된 스테레오뿐이었다. 그곳에 간 이후 처음으로 비가 오던 어느 날, 제럴드와 리디아는 그에게 카드놀이를 가르쳐주었다. 대개 9시면 잠자리에 들었고, 본채에 있는 전화는 거의 울리는 일이 없었다.

　고골리는 이렇게 세상으로부터 완전히 고립된 생활을 점차 즐기게 되었다. 그리고 주변의 적막함과 햇볕에 달구어진 나무 냄새에 익숙해지게 되었다. 가끔가다 모터보트가 물을 가르는 소리와 스크린 문이 딱딱거리며 닫히는 소리가 그가 들을 수 있는 유일한 소리였다. 어느 날 오후 내내 호숫가에 앉아 본채를 스케치한 것을 제럴드와 리디아에게 보여주었다. 일 이외의 일로 무언가를 그린 것은 몇 년 만이었다. 그들은 이미 여러 가지 것들로 비좁은 석조 벽난로 위, 쌓인 책더미와 사진들 옆에 그의 그림을 놓아두었다. 나중에 꼭 액자를 하겠다고 약속하였다. 주변 경관이 모두 그들의 소유인 듯하였다. 집뿐만 아니라 나무 하나하나와 풀 한 줌까지도. 어디든 문을 걸어 잠그지 않았다. 본채도, 그와 맥신이 지내는 오두막도 마찬가지였다. 누구라도 그냥 걸어 들어올 수 있었다. 고골리는 부모님 댁에 설치하던 경보 장치에 대해 생각했다. 왜 그들은 이렇게 주변 환경에 대해 안심하지 못할까, 하고 생각했다. 호수에 떠다니는 달과 해, 구름이 모두 래틀리프 가족의 것이었고, 이 장소는 그들 가족들이 일부가 되었던 만큼 그들에게 우호적이었다. 해마다 같은 장소로 돌아온다는 사실이 고골리에게 깊은 인상을 주었다. 그러나 자신의 가족이 이런 집에서 지낸다는 것은, 비가 오는 날엔 카드놀이를 하고, 밤에는 별똥별을 보고, 친척들이 좁은 호숫가에 모여 나란히 앉아 있는 것은 상상하기 힘든 일이었다. 이러한 충동은, 모든 것들로부터 멀어지고자 하는 이 욕구는 그의 부모님은 느껴보지 못한 것이었다. 이런 곳에 그들을 데려다놓았다면 인도 사람은 그들밖에 없다면서 외로워했을 것이다. 부모님들은 등산도 하려 들지 않으실 것이다. 그와 맥신과 제럴드와 리디아가 거의 매일 하는 것처럼, 돌이 많은 산길을 올라가 계곡에서 석양을 바라보는 일에는 관심도 없으실 터였다. 제럴드의 텃밭에서 무성하게 자라는 신선한 베이즐 잎을 따다가 요리를 하거나, 잼을 만들려고 하루 종일 블루베리를 끓이는 일은 더더욱 그들의 관심 밖일 것이다. 그의 어머니는 수영은커녕 수영복조차 입으려 하지 않으실 것이다. 가족과 함께 보낸 휴가에 대한 그리움은 전혀 없었으며, 생각해보면 그들이 보낸 휴가는 진정한 의미에서의 휴가가 아니었다. 휴가라기보다 벅차고 번잡스러운 원정에 가까웠다. 캘커타를 가든, 가본 적도 없고 앞으로 갈 일도 없는 그런 곳으로 관광을 가든 마찬가지였다. 때로는 여름 휴가로 다른 벵골 가족들과 함께 밴을 빌려서 토론토나 애틀랜타, 또는 시카고로 자동차 여행을 떠나기도 했었다. 언제나 벵골인 친구들이 사는 곳이었다. 아버지들은 앞좌석에 앉아 AAA에서 발행된 지도를 보며 교대로 운전을 하였다. 아이들은 모두 뒷좌석에 앉아 플라스틱으로 만든 알루 둠을 가지고 놀았다. 주립공원이 나타나면 차를 세우고 공원에 있는 소풍용 식탁에서, 전날 튀겨서 알루미늄 호일에 싸온 다 식고 납작해진 점심을 먹었다. 밤에는 모텔에서 온 가족이 한 방에서 잠을 잤다. 그리고 길가에서 보이는 수영장에서 수영을 했다.

,

어느 날 그들은 호수에서 카누를 탔다. 맥신이 그에게 어떻게 노를 젓는지, 어떤 각도로 노를 세워서 회색의 고요한 물을 저어 앞으로 나가는지 가르쳐주었다. 그녀는 이곳에서 보냈던 여름들에 대해 거의 경외심에 가까운 태도를 갖고 얘기했다. 그녀는 이곳이 자기가 세상에 가장 좋아하는 곳이라고 말했다. 첼시에 있는 집보다도,

처음으로 수영을 배운 바로 이 호수의 물과 이 모든 경관이 맥신에게 있어 빼놓을 수 없는 그녀의 일부였다. 맥신은 바로 이곳, 보트하우스에서 처녀성을 잃었다고 고백했다. 그때 그녀는 열넷이었고, 남자아이의 가족은 근처에서 휴가를 보내고 있었다. 그는 열네 살 때의 자신을 생각해보았다. 지금 그의 삶과는 전혀 딴판이었고, 고골리라는 이름으로 불리고 있었다는 것 외에는 별다른 것이 없던 삶이었다. 부모님댁에서 운전해 올라오면서 맥신에게 그의 다른 이름을 말해주었을 때 그녀가 보여준 반응을 기억하고 있었다. "내가 들어본 것 중에서 제일 귀여운데." 그녀는 이렇게 말했었다. 그리고 나서 그녀는 다시 그 이름에 대해 언급하지 않았다. 그의 삶에서 빼놓을 수 없는 일부가, 다른 사람들이 그랬던 것처럼 그녀의 머릿속에서도 사라지고 있었다. 이곳은 언제나 여기에서 그녀를 위해 존재하고 있을 것이었다. 이곳에서 보낸 그녀의 과거를, 그리고 그녀의 미래를, 그녀의 늙어가는 모습을 머리에 떠올리는 것은 어렵지 않았다. 흰머리가 성성해진, 아직도 아름다운 모습의 그녀가 챙 넓은 모자를 쓰고 접는 의자에 앉아 있는 것을 그려보았다. 부모님을 묻기 위해 슬퍼하며 이곳을 찾을 그녀의 모습을, 자식들을 두 손으로 잡아주며 호수에서 수영하는 법을 가르치고 둑의 끄트머리에서 깨끗하게 다이빙하는 법을 가르치는 그녀의 모습을 그려보았다.

이렇게 해서 이곳은 그의 스물일곱번째 생일을 보낸 곳이 되었다. 생일은 언제나 캘커타나 펨버튼 로드에서 보내왔었으니, 이것이 그의 부모님과 함께 보내지 않은 첫번째 생일이었다. 리디아와 맥신은 특별한 저녁 식사를 준비한다며 며칠 전부터 호숫가에서 요리책을 들여다보았다. 그들은 파에야를 만들기로 결정했고, 메인주까지 가서 홍합과 조개를 사왔다. 앤젤 푸드 케이크를 반죽에서

부터 만들었다. 식탁을 잔디밭으로 꺼내고, 카드 탁자 몇 개를 더해 모두 앉을 수 있도록 하였다. 행크와 에디스 외에 호수 주위에 사는 친구들을 많이 불렀기 때문이었다. 여자들은 밀짚모자에 마 원피스를 입고 나타났다. 집 앞 잔디밭은 차들로 가득 찼고, 아이들은 그 사이로 뛰어다녔다. 호수에 대한 얘기, 기온이 선선해지면서 물이 점점 차가워지고 여름도 끝나가고 있다는 얘기가 오갔다. 모터보트에 대한 불평이나 가게 주인에 대한 뒷얘기도 있었다. 주인의 아내가 다른 남자랑 바람이 나서 집을 나갔기 때문에 이혼 절차를 밟고 있다는 것이었다. "맥신이 데려온 건축가가 여기 있습니다." 어떤 커플이 그들의 오두막을 확장하고 싶다는 얘기를 꺼냈을 때, 제럴드가 고골리를 그들에게 데려다주며 이렇게 말했다. 고골리는 그들과 그들의 계획에 대해 이야기를 나누고 나서 떠나기 전에 내려가 집을 살펴보겠다는 약속을 했다. 저녁 식사 중에 고골리는 옆에 앉았던 패밀라라는 이름의 중년 여자로부터 몇 살 때 미국에 왔냐는 질문을 받았다.

"전 보스턴 출신입니다." 그가 대답했다.

알고 보니 패밀라 또한 보스턴 출신이었다. 그러나 그의 부모님이 사는 교외 마을의 이름을 대자 머리를 흔들었다. "그런 곳은 들어본 적이 없어요." 그녀는 계속 말을 이었다. "언젠가 인도에 갔다 온 여자 친구가 있어요."

"그래요? 어디였는데요?"

"그건 몰라요. 기억나는 건, 빼빼 말라서 돌아왔다는 거예요. 얼마나 부러웠는지." 패밀라가 웃었다. "근데 그건 참 좋겠어요."

"무슨 말씀이세요?"

"그러니까, 절대로 병이 안 난다면서요."

"실제로 그건 사실이 아닙니다." 그가 약간 짜증이 난 목소리로 이렇게 말했다. 그는 눈을 맞추기 위해 맥신 쪽을 보았으나, 그녀는 일부러 옆에 있는 사람과 얘기하고 있었다. "우린 맨날 병이 나는데요. 인도에 가기 전에 주사를 맞아야 하고요. 부모님의 가방은 대부분 약으로 가득했어요."

"하지만 인도 사람이잖아요." 패밀라가 인상을 쓰며 말했다. "내 생각엔 혈통으로 봐서 그 기후에도 끄떡없을 것 같은데."

"패밀라, 닉은 미국 사람이에요." 리디아가 이렇게 말하면서 식탁 건너편으로 몸을 기울이며 고골리를 그 대화에서 구해주었다. "여기서 태어났어요." 그리고 그녀는 그를 쳐다보았다. 몇 달을 함께 지내고도 아직 확실히 모르겠다는 리디아의 표정을 읽을 수 있었다. "그렇지?"

케이크와 함께 샴페인을 따랐다. "니킬을 위하여!" 제럴드가 잔을 높이 들며 이렇게 말했다. 모두가 '생일 축하합니다' 노래를 불렀다. 만난 지 하룻저녁밖에 안 되는 사람들이었고, 내일이면 잊을 사람들이었다. 술 취한 어른들이 노래를 부르고, 아이들이 반딧불이를 쫓으며 맨발로 잔디밭을 뛰어다니면서 소리를 지르는 와중에, 그는 일주일 전 클리블랜드로 떠나신 아버지가 지금쯤이면 낯선 아파트에 혼자 계시겠구나, 하는 생각이 들었다. 그리고 어머니도 펨버튼 로드에 혼자 계시겠지. 아버지가 무사히 도착하셨는지, 어머니는 혼자서 잘 지내시는지 안부 전화를 해야 한다는 것을 알고 있었다. 그러나 그러한 걱정은 여기서는, 맥신과 부모님이 있는 곳에선 무의미한 것이었다. 그날 밤, 오두막에서 맥신 옆에 누워 잠을 자던 고골리는 본채에서 울리는 전화 소리에 잠을 깨었다. 그는 침대에서 일어났다. 분명히 그의 생일을 축하하기 위해 부모님이 거신 전화일 터였다. 제럴드와 리디아를 깨우면 어떡하나 하는 생각에 마음을 졸였다. 그는 더듬거리며 앞뜰로 걸어 나갔다. 찬 잔디밭에 발이 닿는 순간, 전화벨 소리는 꿈이었다는 것을 깨달았다. 침대로 돌아와 잠들어 있는 맥신의 따뜻한 몸 옆에 자신의 몸을 누이며 그녀의 가는 허리에 팔을 감고, 그녀의 무릎 뒤에 자신의 무릎을 집어넣었다. 창밖으로 새벽이 기어드는 하늘이 보였다. 아직 남아 있는 별은 한 줌밖에 되지 않았다. 집을 둘러싼 소나무와 다른 오두막집의 형태가 갈수록 또렷해졌다. 새들이 울기 시작했다. 그리고 나서야 그의 부모님이 그에게 전화를 걸 수 없다는 사실이 생각났다. 그는 부모님께 전화번호를 적어드리지 않았고, 래틀리프 가족은 전화번호부에 실려 있지도 않았다. 여기 맥신의 옆에서, 이 외진 자연 속에서 그는 자유였다.

7

아시마는 펨버튼 로드 부엌의 식탁에 앉아 크리스마스에 보낼 카드에 주소를 적고 있었다. 립턴 홍차가 그녀의 손 옆에서 천천히 식어갔다. 식탁 위에는 서로 다른 주소록 세 개가 펼쳐져 있었고, 고골리의 방 책상 서랍에서 찾아낸 서예용 펜이 놓여 있었다. 수북이 쌓인 카드 더미 옆에는 봉투를 붙이려고 물에 적셔둔 스펀지도 있었다. 이 중 제일 오래된 주소록은 28년 전 하버드 스퀘어에 있는 문구점에서 산 것이었다. 얼룩덜룩한 검은색 장정에 책장은 파란색이었는데, 너무 낡아 고무줄로 한데 묶어놓았다. 나머지 두 권은 더 크고 예뻤으며, 알파벳이 박혀 있는 색인표도 아직 멀쩡했다. 한 권은 두툼한 짙은 녹색 장정으로, 책장에는 금박 테두리가 되어 있었다. 아시마가 가장 좋아하는 주소록은 뉴욕현대미술관에 소장된 그림이 들어 있는, 고골리가 생일 선물로 준 것이었다. 주소록들의 뒷장에는 모두 이름이 없는 전화번호들이 적혀 있었다. 캘커타에 비행기로 오고 갈 때 사용한 항공사의 800번호들과 예약 번호, 그리고 기다리는 동안 아시마가 볼펜으로 긁적거린 낙서들이었다.

주소록이 세 개씩이나 되었기에 지금 하고 있는 일은 좀 복잡했다. 하지만 아시마는 사람 이름 위에 줄을 긋는 것이 꺼림칙했고, 어차피 사람들을 책 한 권에 묶어버린다는 것 자체가 불가능한 일이라고 생각했다. 세 권의 주소록 모두, 그 안에 있는 사람들의 주소 하나하나까지 자랑스럽게 느껴졌다. 이국땅에서 운좋게 알게 되어 쌀이라도 나누어먹을 수 있었던 사람들이 아니던가. 제일 오래된 주소록을 사던 날을 아시마는 기억하고 있었다. 미국에 온 지 얼마 되지 않아 처음으로 아쇼크 없이 혼자서 집 밖에 나갔던 날이었고, 지갑에 들어 있는 5달러가 큰 재산이나 되는 듯 뿌듯했었다. 제일 작고 싼 것으로 고른 다음 계산대에 공책을 올려놓으면서 이렇게 말했다. "나는 이것을 사고 싶습니다." 혹시 무슨 말인지 못 알아들을까봐 가슴이 쿵쾅쿵쾅 뛰었다. 점원은 얼굴을 쳐다보지도 않고 가격만 말했다. 아파트로 돌아와 공책의 파란색 빈 책장에 캘커타 암허스트 가에 있는 친정집 주소와 알리포러에 있는 시댁 주소, 그리고 잊어버리지 않도록 센트럴 스퀘어에 있는 자기 집 주소도 써넣었다. 아쇼크의 MIT 대학 교환번호와 함께, 처음으로 그의 이름을 써보았다. 성도 적었다. 그것이 그녀가 속했던 세상의 전부였다.

아시마는 올해 크리스마스 카드를 직접 만들기로 했다. 도서관에서 본 공예 책에서 아이디어를 얻었다. 보통은 1월에 50퍼센트 할인 표시가 찍혀 있는 카드를 몇 상자 사놓곤 했는데, 다음 겨울이 올 때쯤이면 항상 어디에 두었는지 잊어버렸다. 카드를 고를 때는 언제나 신경써서 '메리 크리스마스'라고 씌어진 것 말고, '즐거운 연말연시'나 '연말연시 인사'라고 씌어진 카드를 골랐다. 그림도 천사나 예수 탄생의 장면들이 아닌 확실하게 비종교적인 그림, 이를테면 눈 덮인 들판에서 썰매를 타는 장면이나 연못 위에서 스케이트 타는 것을 골랐다. 올해는 그림도 그녀가 직접 그렸다. 울긋불긋한 보석으로 장식한 코끼리 그림을 은색 종이 위에 붙였다. 코끼리는 27년 전 친정 아버지가 고골리를 위해 항공 편지지의 여백에 그려 넣었던 것을 베껴 그린 것이었다. 돌아가신 부모님의 편지는 70년대에 들고 다니다가 이제는 끈이 끊어져 못쓰게 된 커다란 하얀 손가방에 모두 넣어 옷장의 맨 위칸에 올려놓았다. 1년에 한 번씩은 침대 위에 편지들을 모두 쏟아놓고, 하루 종일 부모님이 쓰신 글을 보며 실컷 울곤 하였다. 대륙을 가로질러 한 주도 빠짐없이 전해진 부모님의 정과 염려를 다시 한 번 느껴보는 것이었다. 편지에는 케임브리지에서의 생활과는 하등 관계가 없는 이런저런 소식들이 적혀 있었는데, 이 무관한 소식들이야말로 그 시절을 버티게 했던 힘이었다. 자신이 코끼리를 그릴 수 있다는 사실이 놀라웠다. 어렸을 때 이후로 그림이라곤 그려보지 않았었다. 아버지가 예전에 그림을 가르쳐주었고, 아들이 그 재능을 물려받았지만, 정작 자신은 잊었다고 생각하고 있었다. 자신있게 펜을 잡고 대담하고 빠르게 그려야 했다. 그녀는 하루 종일 종이를 바꾸어가며 그림을 그리고 또 그렸다. 색칠을 하고 크기에 맞게 잘라내어 대학 구내 복사 가게에서 복사를 했다. 그리고 저녁 내내, 카드에 맞는 빨간색 봉투를 찾느라 동네에 있는 문구점이란 문구점은 모두 돌아다녔다.

　아시마가 이런 일들을 할 수 있는 것은 혼자였기 때문이었다. 밥을 차려주거나 말 상대가 되어줄 사람도 없었고, 때로는 말 한마디 하지 않은 채 몇 주가 흘러가곤 했다. 나이 마흔여덟에, 남편이나 아이들은 이미 알고 있는 혼자 산다는 의미를 이제야 경험하고 있는 것이었다. 남편과 아이들은 신경쓰지 말라고 했다. "별거 아니에요." 아이들은 이렇게 말해주었다. "어떤 시점에서 사람은 혼자 살게 되어 있어요." 하지만 그런 것을 새로 배우기엔 너무 늙어버린

게 아닌가. 저녁때 어둡고 텅 비어 있는 집에 돌아오는 것이 싫었고, 침대의 한쪽 구석에서 잠들었다가 다른 쪽에서 깨어나는 것도 싫었다. 처음에는 유난히 부지런을 떨었었다. 옷장을 청소하고, 부엌 찬장을 수세미로 박박 문질러 닦고, 냉장고 속 선반들은 물론 야채 박스까지 끄집어내어 닦았다. 경보 장치가 되어 있었지만 집 안 어디선가 나는 소리, 예를 들면 라디에이터에 열이 오르면서 나는 '딱딱딱' 하는 소리에도 한밤중에 벌떡벌떡 잠에서 깨곤 했다. 밤이면 밤마다 창문이 모두 잠겼는지, 그것도 꽉 잠겼는지를 두 번 세 번 확인하였다. 언젠가는 밤에 누군가 현관문을 계속해서 두드리는 소리에 깨어 오하이오에 있는 아쇼크에게 전화를 걸었다. 무선 전화를 귀에 대고 아래층으로 내려가 현관문에 있는 조그만 구멍으로 내다보니, 덧문이 바람에 심하게 흔들리고 있었다. 걸쇠를 걸어놓는 것을 잊었던 것이다.

이제는 빨래를 한 달에 한 번 했다. 먼지가 쌓여도 털기는커녕 거슬리지도 않았다. 음식을 먹을 때도 텔레비전 앞 소파에 앉아 먹었다. 간단하게 토스트에 버터를 발라먹거나 달을 먹었다. 달은 한솥 끓여놓으면 일주일은 갔다. 어쩌다 기운이 남으면 오믈렛을 함께 만들어먹는 것이 고작이었다. 때로는 고골리와 소냐가 집에 오면 하는 식으로 음식을 데우지도 않고 접시에 담지도 않은 채, 냉장고 앞에 서서 그냥 먹었다. 아시마의 머리 숱은 적어졌고 흰머리도 늘어갔다. 아직도 가르마는 가운데였지만 이제는 머리를 땋는 대신 쪽을 찌어 올렸다. 사리 위로 일전에 맞춘 돋보기 안경이 목에 걸려 있었다. 일주일에 세 번씩 오후에, 그리고 토요일은 격주로 공공도서관에 나가 일을 했다. 소냐가 여고생일 때 하던 일이었다. 미국에 온 이래, 결혼한 이래로 처음 가진 직장이었다. 월급 수표를 받으면 아쇼크에게 양도하는 서명을 했고, 아쇼크는 수표를 가지고 은행에 가서 그들의 구좌에 입금시켰다. 도서관에서 일을 하는 것은 시간을 보내기 위해서였다. 아이들이 어렸을 때부터 죽 정기적으로 다녔으니 도서관에 다닌 지도 꽤 오래되었다. 아이들을 이야기 시간에 데려가고, 또 잡지책이나 뜨개질책 등을 보러 가기도 했었다. 그러던 어느 날 도서관장인 벅스턴 부인이 시간제로 일을 하는 것에 관심이 있냐고 물어왔다. 처음에는 그곳에서 일하는 여고생들과 같은 일들을 했다. 반환된 책들을 제자리에 꽂아놓고, 책장에 꽂혀 있는 책들이 정확하게 알파벳 순으로 되어 있는가를 확인했다. 때로는 먼지떨이로 책들을 털었다. 낡은 책을 수선하기도 했고, 새로 들어온 책을 보호 커버로 씌운 다음, 정원가꾸기, 대통령 전기, 시집, 미국의 흑인 역사 등과 같이 주제별로 정리하기도 했다. 최근에는 주 안내 데스크에서 일을 하였다. 도서관의 정기 후원자들이 입구에 들어설 때 이름을 부르며 맞아주고, 다른 도서관에서 책을 빌릴 수 있는 대여 카드를 작성해주는 일이었다. 도서관에서 일하는 다른 여자들과도 친하게 지냈다. 이들 대부분은 아시마처럼 아이들을 다 키운 여자들로 상당수가 혼자 살고 있었는데, 그것은 이혼을 했기 때문이었다. 평생 처음 사귀어보는 미국 친구들이었다. 직원실에서 차를 마시며 후원자들의 뒷얘기를 수군거렸고, 중년에 사람을 새로 사귀는 일에 대한 어려움에 관해서 이야기하였다. 때로 친구들을 집으로 불러 점심을 먹었고, 주말에는 매인 주에 있는 할인매장으로 쇼핑을 가기도 하였다.

 3주마다 한 번씩 남편이 택시를 타고 집으로 왔다. 차를 몰고 동네를 돌아다닐 수는 있었으나 고속도로를 타고 로간 공항까지 가는 것은 겁이 났다. 남편이 집에 오면 예전처럼 시장을 봐다가 음식을 하였다. 친구집에서 저녁 초대가 있을 때면 남편과 함께 차를 몰고 고속도로를 탔다. 아이들이 없다는 것, 이제 다 커버린 고골리와 소나를 다시는 예전처럼 뒷좌석에 태우고 다닐 수 없다는 사실이 느껴지면 새삼 서글퍼졌다. 아쇼크는 집에 와도 옷을 여행용 가방에 그대로 두었고, 세면도구도 작은 가방에 담아둔 채 세면대 옆에 놓고 썼다. 남편은 집에 오면 아시마가 아직 할 수 없는 일들을 해주었다. 각종 공과금을 내고, 잔디밭에서 낙엽을 긁어모으고, 셀프서비스 주유소에서 아시마 차에 기름을 넣어주었다. 왔나 싶으면 어느새 가는 날이 되었다. 몇 시간밖에 지나지 않은 것 같은데 일요일이 왔고, 그러면 아시마는 다시 혼자가 되었다. 떨어져 있을 때는 매일 밤 8시에 전화 통화를 하였다. 저녁을 먹고 별로 할 일이 없는 날에는 그때쯤이면 벌써 잠옷을 입고 침대에 들어가 있을 때도 있었다. 몇십 년 전에 산 조그만 흑백 텔레비전은 이제 침대 옆에 두었다. 화면은 점점 흐릿해져갔고, 화면을 두른 까만 테두리는 없어지지 않았다. 텔레비전에서 별로 볼 만한 것이 없는 날엔 도서관에서 가져온 책들을 뒤적거렸다. 아쇼크가 있어야 할 자리를 책들이 차지하는 밤이 많아졌다.

이제 오후 3시가 되었고, 해는 그 세력을 이미 하늘에서 거두어가고 있었다. 유난히 시간이 빨리 가는 날이 있다. 뭔가 보람 있게 보내려고 했던 하루가 벌써 가버렸고, 또 밤이 온다는 피할 수 없는 사실에 아시마는 벌써부터 낙담해 있었다. 오후 5시면 벌써 저녁밥이 생각나는 그런 날이었다. 이곳의 삶에서 그녀가 싫어하는 것 중 하나였다. 초겨울의 쌀쌀한 날씨와 갑작스레 짧아진 날. 12시가 지나면 몇 시간 지나지 않아 날은 이내 어두워졌다. 이런 날은 단념해버리고 그냥 하루가 지나가기만을 기다리는 것이 상책이었다. 잠시 후 아시마는 집에 돌아와 저녁을 데우고 잠옷으로 갈아입은 다음, 침대에 깔린 전기요의 스위치를 켰다. 차를 한 모금 마셨다. 차는 차갑게 식어 있었다. 일어나서 주전자에 물을 다시 붓고 새로 차를 끓였다. 지난번 현충일에 고골리와 소냐와 함께 집에 왔을 때, 창가에 가꾸어놓은 페추니아는 시들어 바짝 마른 갈색 줄기만 남았었다. 몇 주 동안 이걸 파내버릴 거라고 생각만 하고 있었다. 아쇼크가 오면 하겠지, 하고 생각하는 순간 전화벨이 울렸다. 남편이 "여보세요" 하는 순간, 아시마는 대뜸 이 얘기부터 꺼냈다. 남편의 목소리 뒤로 사람들의 말소리가 시끄럽게 들렸다. "텔레비전 보고 있어요?" 그녀가 물었다.
"나 지금 병원에 와 있어." 그가 말했다.
"무슨 일 있어요?" 휘파람 소리가 나는 주전자의 불을 껐다. 무슨 사고라도 나지 않았나 싶어 가슴팍이 꽉 죄어왔다.
"아침부터 배가 아파." 그는 아시마에게 아무래도 먹은 게 잘못된 것 같다고 했다. 그 전날 저녁에 클리블랜드에서 만난 벵골인 학생들이 요즘 요리 연습을 하고 있다면서 저녁 식사에 초대했었고, 거기서 먹은 닭고기 브리야니가 좀 미심쩍었다고 했다.
심각한 일은 아닌 것 같아서 아시마는 소리나게 숨을 내쉬었다. "알카셀처를 드시지 그러셨어요?"
"먹었지. 그래도 안 낫더라구. 병원이 노는 날이라 그냥 응급실로 온 거야."
"너무 과로를 하시니까 그렇죠. 이제는 학생도 아니잖아요. 궤양이 생기는 건 아닌지 몰라."
"아냐, 아닐 거야."
"누가 데려다줬어요?"
"나 혼자 왔어. 정말이야, 그렇게 심한 건 아니야."
그래도 직접 운전하여 병원에 갔을 남편을 생각하니 마음이 아팠다. 갑자기 남편이 보고 싶었다. 처음 이 동네로 이사 왔을 때 남편은 아시마를 놀래준다고 대낮에 퇴근해서 집으로 들어오곤 했었다.

그런 날에는 이미 익숙해져버린 샌드위치 대신 제대로 된 벵골식 점심을 차려먹었다. 새로 밥을 짓고 전날 저녁 먹었던 음식을 데워 배부르게 먹고 나서 식탁에 앉아 이런저런 얘기를 했었다. 포만감에 이내 졸음이 왔고, 둘 다 점점 건조하고 노래져가는 손바닥을 함께 들여다보곤 했었다.

"의사는 뭐래요?" 그제야 아시마가 아쇼크에게 물었다.

"지금 기다리는 중이야. 기다리는 사람이 제법 많은데. 한 가지 해줄 게 있어."

"뭔데요?"

"내일 샌들러 박사에게 전화를 좀 넣어줘. 어차피 정기검진을 받을 때가 됐으니까. 시간이 된다고 하면 다음 토요일에 약속을 잡아 놓으라구."

"알았어요."

"너무 걱정하지 마. 벌써 좀 괜찮아진 것 같아. 집에 가서 전화할게."

"알았어요." 전화를 끊고 나서 찻잔을 들고 식탁으로 왔다. 빨간 봉투 한 장을 꺼내 '샌들러 박사에게 전화'라고 적어서 소금과 후추병 사이에 끼워놓았다. 차를 한 모금 마신 그녀는 미간을 찌푸렸다. 입을 댄 찻잔에서 주방용 세제 맛이 살짝 느껴졌다. 찻잔 하나 제대로 헹구지 못하는 자신이 한심스러웠다. 고골리와 소냐에게도 아버지가 병원에 계신 사실을 알려야 하나 잠시 망설였다. 그러나 이내, 진짜 병원에 있다고 할 수는 없다는 생각이 들었다. 일요일만 아니었으면 보통 검진을 받고 있었을 테니까. 남편의 목소리는 조금 피곤한 듯했지만 보통 때와 별로 다르지 않았고, 그다지 심하게 아픈 것 같지도 않았다.

그래서 아시마는 카드 쓰던 일을 계속하였다. 카드 맨 끝에 식구들의 이름을 반복해서 적었다. 남편 앞에서는 한 번도 입 밖에 내어본 일이 없는 그의 이름과 그녀의 이름, 그리고 고골리와 소냐의 이름을 적어 넣었다. 고골리가 싫어할 것을 알면서도 니킬이라고 적지 않았다. 부모는 원래 자식을 본명으로 부르지 않는 법이다. 가족들 사이에서는 본명이 존재하지 않았다. 이름은 나이 순서대로 아쇼크, 아시마, 고골리, 소냐, 이렇게 세로로 적었다. 식구들에게도 모두 카드를 보내기로 하였다. 카드 맨 위에 써넣는 이름을 바꾸어가며, 하나는 클리블랜드의 남편에게, 또 하나는 뉴욕에 있는 고골리에게 보낼 것이었다. 고골리 옆에 맥신의 이름도 함께 써넣었다. 고골리가 언젠가 한 번 맥신을 집에 데려왔을 때 아시마는 예를 갖추어 맞았지만, 며느리로 들이는 것은 싫었다. 맥신이 자기를 아시마라 부르고, 남편을 아쇼크라고 불렀을 때는 기겁을 했었다. 그렇지만 고골리가 맥신과 사귄 지도 벌써 1년이 넘어가고 있었다. 아시마는 이제 고골리가 그녀와 함께 잠자리에 들고, 그녀의 부모님과 한 지붕 아래서 살고 있다는 것도 알고 있었다. 벵골 친구들에게는 절대 말하지 않은 사실이었다. 그곳 전화번호까지 알고 있었다. 언젠가 한 번 전화를 걸었는데, 맥신의 어머니인 듯한 목소리의 여자가 받아서 전할 말도 남기지 않고 부랴부랴 끊은 적도 있었다. 둘의 관계는 그녀가 받아들여야만 하는 문제라는 것을 모르지 않았다. 소냐도 그랬고, 도서관의 미국 친구들도 이구동성으로 그렇게 말했다. 샌프란시스코에 사는 소냐에게 보내는 카드에는 그 애와 함께 사는 여자 친구들 두 명의 이름도 함께 적었다. 아시마는 네 식구가 모두 모이는 크리스마스가 기다려졌다. 이번 추수감사절에 고골리와 소냐 모두 집에 오지 않은 것에 대해 아직도 마음이 언짢았다. 환경기관에서 일하면서 법대 시험 준비를 하고 있는 소냐는 너무 멀다며 오지 않았다. 회사 일 때문에 추수감사절 다음날도 일해야 한다고 한 고골리는 맥신의 가족과 함께 그냥 뉴욕에서 지내겠다고 했었다. 미국에 와서 사는 바람에 부모님과 떨어져 지내야 했던 그녀로서는 아이들이 자꾸 떨어져 있으려 한다는 사실이, 그들의 그러한 욕구가 이해되질 않았다. 그래도 이 일을 문제삼아 이야기하지는 않았다. 이것 또한 그녀가 배워야 하는 것이었다. 도서관 친구들에게 이런 얘기를 하며 불평을 털어놓았더니, 그들은 어쩔 수 없는 일이라고, 부모들은 결국 명절 때마다 꼬박꼬박 자식들이 오리라는 기대를 포기해야 한다고 말해주었다. 그래서 아쇼크와 둘이서 추수감사절을 보냈고, 몇 년 만에 처음으로 아예 칠면조조차 사지 않았다. 아이들에게 보내는 카드 맨 밑에는 '사랑하는 마로부터'라고 적었고, 아쇼크에게 보내는 카드에는 그냥 이렇게 적었다. '아시마로부터.'

딸과 아들의 주소로만 빼곡한 주소록의 두 장이 넘어갔다. 떠돌이들만 낳았나 싶은 생각이 들었다. 예전에 적어놓았던 아이들의 이름과 전화번호가 모두 있었다. 옛날에는 다 외웠던 전화번호들, 그러나 이제는 아이들조차 기억하지 못하는 전화번호와 주소들을 그녀는 이제껏 간직하고 있는 것이다. 그동안 고골리가 살았던 어둡고 갑갑한 아파트들이 떠올랐다. 뉴헤이번에서의 첫번째 기숙사 방에서부터 지금 맨해튼에 있는, 라디에이터의 표면은 벗겨지고 벽에는 금이 간 아파트를 생각했다. 소냐도 제 오빠와 마찬가지였다. 열여덟 살 때부터 1년에 한 번씩 방이 바뀌었고, 전화를 걸 때마다 룸메이트의 이름을 새로 익혀야 했다. 클리블랜드에 있는 남편의 아파트도 떠올랐다. 언젠가 주말에 가서 집안 살림을 마련하는 일을 도왔다. 케임브리지에 살 때 쓰던 것 같은 싸구려 냄비와 접시들을 사다놓았다. 요즘 아이들이 선물로 윌리엄스-소노마에서 사다주는 반짝거리는 냄비들과는 천지 차이였다. 침대보와 수건, 창문에 달아놓을 얇은 커튼을 샀고, 쌀도 한 포대 샀다. 아시마가 평생 동안 살았던 집은 다섯 군데뿐이었다. 캘커타에 있는 친정집, 한 달 동안 지냈던 시댁, 몽고메리 부부 아랫집에서 세들어 살던 케임브리지의 집, 캠퍼스 안에 있는 교수 아파트, 그리고 마지막으로 지금 갖고 있는 집이 전부였다. 한 손에 모두 꼽을 수 있는 다섯 집이었다. 주먹 한 줌에 다 쥐어지는 평생이었다.

이따금씩 고개를 들어 창밖을 내다보았다. 라일락빛 초저녁 하늘 위로 띠구름이 두 줄로 나란히, 선명한 분홍빛으로 물들어 있었다. 벽에 걸린 전화를 바라보면서 전화벨이 울리기를 기다렸다. 이번 크리스마스에는 남편에게 선물로 휴대폰을 사주어야겠다고 결심했다. 집은 조용했고 그녀는 일을 계속하였다. 손목이 아파오기 시작했지만 쉬고 싶지는 않았다. 주변은 점점 어두워지고 있었지만 일어나 식탁 위에 전등을 켜거나, 정원이나 다른 방에 불을 켤 생각도 들지 않았다. 그때 전화벨이 울렸다. 첫 전화벨 소리가 반쯤 울리자 그녀는 수화기를 집어 들었다. 그러나 그것은 운사납게 주말에 걸려 일을 하는 전화 판매인이었고, 더듬거리며 "거기" 하길래, "강굴리 씨 집이에요"라고 쏘아붙이고는 전화를 끊어버렸다.

땅거미가 내려앉으며 하늘은 깊은 푸른색으로 변해갔고, 앞뜰의 나무와 이웃집들은 실루엣만을 남기며 통째로 까맣게 변했다. 벌써 5시인데 남편에게서는 아직 전화가 없었다. 아파트로 전화를 했지만 아무도 받지 않았다. 10분 후에 다시 전화를 걸었고, 그 10분 후에 또다시 전화를 했다. 자동응답기에서 흘러나오는 목소리는, 전화번호를 말해주고 전화건 사람에게 메시지를 남기라고 말하는 자신의 목소리였다. 전화를 걸 때마다 '삐' 소리가 날 때까지 기다렸지만 메시지는 남기지 않았다. 집에 돌아가는 길에 남편이 들렀을 만한 장소들을 생각해보았다. 조제해준 약을 받으러 약국에 갔거나 먹을 것을 사러 슈퍼마켓에 갔을 수도 있었다. 6시가 되자, 하루 종일 주소를 적어놓은 봉투들을 봉하고 우표를 붙이는 일로는 더 이상 진정이 되지 않았다. 전화번호 안내로 전화를 걸어 클리블랜드의 교환수를 부탁했고, 거기서 다시 남편이 말한 병원의 전화번호를 알아내어 전화를 걸었다. 병원에 있는 여러 부서를 거쳐서야 겨우 응급실로 연결되었다. "거기 그냥 검사받으러 갔던 사람인데요." 아시마는 이렇게 말했고, 전화를 받은 사람들은 기다리라고 말했다. 남편 성의 철자를 불러주는 일은 이제 백 번쯤 되풀이했다. "그린할 때 G," "냅킨할 때 N." 전화기를 붙잡고 기다리다가 끊어버리고 싶은 충동을 느꼈다. 남편이 집에 전화를 걸고 있을지도 모를 일이었다. 통화 중 대기를 신청해놓지 않은 것이 후회스러웠다. 전화가 끊어졌고 다시 전화를 걸었다. "강굴리……." 그녀가 말했다. 다시 기다리라고 했다. 그리고 나서 어떤 사람이 전화를 받았다. 젊은 여자의 목소리였다. 모르긴 해도 소냐와 비슷한 또래일 거라는 생각이 들었다. "기다리시게 해서 죄송합니다. 실례지만 전화 거시는 분은 누구시지요?"

"아시마 강굴리예요." 아시마가 대답했다. "아쇼크 강굴리의 부인이에요. 실례지만 그쪽은 누구신가요?"

"알겠습니다. 죄송합니다, 부인. 저는 남편되시는 분을 처음 검진한 인턴입니다."

"거의 반시간이 지나도록 기다렸어요. 남편이 아직 거기 있나요, 아니면 돌아갔나요?"

"죄송합니다, 부인." 젊은 여자가 다시 이렇게 말했다. "연락을 드리려고 나름대로 애를 쓰고 있었습니다."

그리고 나서 젊은 여자는 환자 아쇼크 강굴리는, 그녀의 남편은 만료하였다(원문은 expired. 만료라는 뜻과 함께 '사람이 죽다'라는 뜻이 있다 — 옮긴이)고 말했다.

만료라니. 도서관 카드나 잡지 구독에나 쓰는 말이지, 만료라니. 몇 초가 흐른 후에도 이 단어는 아시마에게 아무런 의미가 없었다. "아니, 아니, 무슨 착오일 거예요." 아시마가 고개를 가로저으며 침착하게 말했다. 목구멍에서는 피식, 하는 웃음까지 새어 나왔다. "남편은 거기 응급환자로 갔던 게 아니에요. 단순한 복통이었을 뿐이라구요."
"죄송합니다. 강……굴리 부인, 맞지요?"
심장마비 어쩌고 하는 말과 워낙 급성이어서 갖은 방법을 다 써보았으나 실패하고 말았다는 말을 들었다. "남편의 장기를 기증하기를 원하시는지요?"라고 물었다. 그리고 나서 클리블랜드 근처에, 응급실로 와서 시신을 확인할 만한 사람이 있는지를 물었다. 아시마는 대답 대신 여자가 말하고 있는 도중에 전화를 끊어버렸다. 있는 힘을 다해서 수화기를 전화통에 대고 눌렀다. 지금껏 들은 단어들을 목졸라 죽이기라도 하듯, 손을 수화기에서 떼지 않고 있는 힘껏 눌렀다. 아시마는 빈 찻잔을 바라보았다. 그리고 가스레인지 위에 있는 주전자도 보았다. 몇 시간 전에 남편의 목소리를 듣기 위해 불을 껐던 주전자였다. 그녀는 심하게 몸을 떨기 시작했다. 집 안이 갑자기 20도는 떨어진 것처럼 추웠다. 사리를 숄처럼 어깨 위로 두른 후 세게 당겼다. 아시마는 일어나 집에 있는 모든 방에 차례로 걸어 들어가 하나씩 불을 켰다. 정원에 있는 가로등에도, 주차장 위에 붙은 투광 조명기에도, 마치 손님을 기다리듯이 집 안에 있는 불이란 불은 모두 밝혔다. 그리고 부엌으로 돌아와 식탁 위에 놓인, 그렇게 힘들여 산 빨간 봉투에 들어 있는 카드 더미를 쳐다보았다. 이제 우체통에 넣을 준비가 되어 있었다. 이 카드에는 모두 남편의 이름이 적혀 있었다. 갑자기 아들의 전화번호가 기억나지 않아 주소록을 펼쳤다. 꿈속에서도 돌릴 수 있는 번호였다. 사무실이나 아파트에 걸어도 아무도 받지 않아서 맥신 아래 적어놓은 전화번호를 돌렸다. 아들의 다른 번호들과 함께 이 번호는 알파벳 G 아래 있었다. 강굴리를 뜻하기도, 고골리를 뜻하기도 하는 글자였다.

소냐가 아시마 곁에 있기 위해 샌프란시스코에서 날아왔다. 고골리가 라구아디아 공항에서 클리블랜드까지 혼자서 가기로 하였다. 고골리는 다음날 아침 첫 비행기를 타고 일찍 떠났다. 비행기 안에서 창밖으로 땅을 내려다보았다. 중서부의 여기저기 눈 덮인 땅이 보였고, 구불거리는 강은 햇빛을 받아 알루미늄 호일을 구겨놓은 것같이 반짝였다. 기체는 땅 위에 자기의 생김대로 그림자를 떨어뜨리며 지나가고 있었다. 비행기의 좌석은 반이나 비어 있었다. 그런 시간에 비행기에 타는 것이 익숙해보이는 남녀 몇 명이 사업차로 가는 듯 정장을 입고 앉아 노트북 컴퓨터의 자판을 두드리거나 신문을 읽고 있었다. 그는 국내선 비행이 가지는 일상적인 성격에 익숙하지 않았다. 기내는 좁았지만, 들고 온 가방은 하나뿐인데다 작아서 머리 위 캐비닛에 넣어둘 수 있었다. 맥신이 같이 가겠다고 했지만 그는 거절했다. 아버지를 잘 모르는 사람과 함께 있고 싶지 않았다. 맥신은 아버지와 단 한 번 만났을 뿐이었다. 그녀는 아침에 9번로까지 그를 바래다주었다. 잠옷 위에 코트를 걸치고 부츠를 신은 맥신은 잠이 덜 깬 얼굴에 헝클어진 머리 그대로 새벽 거리에 그와 함께 서 있었다. 고골리는 현금인출기에서 돈을 뽑고 나서 택시를 잡아탔다. 제럴드와 리디아를 포함한 도시 전체는 아직 깊은 잠에 빠져 있었다.

그 전날 저녁에 고골리와 맥신은 작가인 맥신의 친구 출판기념 파티에 갔었다. 파티가 끝나고 몇 명이 모여 저녁을 먹으러 갔었다.

보통 때처럼 10시쯤 맥신의 부모님댁으로 들어왔는데, 이상하리만큼 피곤해서 방으로 올라가는 길에 제럴드와 리디아에게 저녁 인사만 할 생각으로 계단에 멈추어 섰다. 그들은 저녁 식사 후에 마시는 포도주를 홀짝이며 비디오로 프랑스 영화를 보는 중이었다. 불은 꺼져 있었으나 텔레비전 화면에서 나오는 불빛에 리디아가 제럴드의 어깨 위에 머리를 기대고 있고, 둘 다 탁자 모서리에 발을 올려놓은 것이 보였다. "아, 닉. 어머니가 전화하셨었어." 제럴드가 화면에서 눈을 떼어 올려다보며 말했다. "두 번." 리디아가 덧붙였다. 그 순간 고골리는 창피함에 몸이 움찔했다. 어머니는 혼자 지내기 시작하면서 부쩍 전화를 자주 하셨다. 거의 매일같이 자식의 목소리를 들어야 하셨던 것이다. 그러나 어머니는 맥신의 부모님댁에는 절대 전화하지 않으셨다. 회사나 자기 아파트로 전화해서 메시지를 남기곤 하셨고, 그러면 그는 며칠 후에나 메시지를 확인했다. 그는 무슨 일인지는 모르지만 내일 얘기해도 될 거라고 판단했다. "고마워요, 제럴드." 이렇게 말하며 그는 맥신의 허리에 팔을 두르고 몸을 돌려 거실에서 나갔다. 그러나 바로 그때 전화벨이 다시 울렸다. "여보세요." 제럴드가 전화를 받더니 고골리를 향해 말했다. "이번엔 자네 여동생이네."

그는 공항에서 택시를 잡아타고 병원으로 갔다. 뉴욕보다 오하이오가 훨씬 춥다는 사실에 상당히 놀랐다. 땅 위에는 겹겹이 내려 쌓인 눈이 돌처럼 굳어 있었다. 병원은 약간 경사진 곳에 자리잡고 있었고, 미색 석조 건물이 여러 동 붙어 있었다. 그는 아버지가 전날 걸어 들어가셨던 바로 그 응급실로 들어섰다. 이름을 말하니 엘리베이터를 타고 6층으로 올라가 대기실에서 기다리라고 했다. 벽이 짙푸른색으로 칠해진 방은 비어 있었다. 시계를 보았다. 방에 있는 다른 가구들과 마찬가지로 시계는 유진 아서라는 사람의 인정 많은 가족이 기증한 것이었다. 대기실에는 잡지책이나 텔레비전은 없었다. 안락의자 한 세트가 벽을 뒤로하고 놓여 있었고, 한쪽 끝에는 식수대가 있었다. 유리문을 통해 하얀 복도와 비어 있는 병원 침대가 몇 개 보였다. 병원은 조금도 소란스럽지 않았다. 복도를 황급히 뛰어다니는 의사나 간호사도 보이지 않았다. 고골리는 계속 엘리베이터를 쳐다보고 있었다. 그러면서 반쯤은, 그 문이 열리며 아버지가 걸어 나와 고개를 옆으로 까딱하시면서, 이제 그만 가자고 말해 주길 바랐다. 대신 엘리베이터 문이 열리며 나온 것은 아침 식반을 잔뜩 쌓아 올린 수레였다. 대부분의 음식은 돔처럼 생긴 뚜껑에 덮여 있었고, 조그만 우유팩들이 놓여 있었다. 갑자기 배가 고팠다. 비행기에서 승무원이 가져다준 베이글을 갖고 왔더라면 좋았을걸, 하는 생각이 들었다. 마지막으로 먹은 음식은 그 전날 밤 차이나타운의 환하고 붐비는 음식점에서 먹은 게 전부였다. 보도에 서서 한 시간을 기다린 후에야 들어가서 맥신이 제일 좋아하는 꽃부추와 소금으로 간한 오징어, 그리고 검은 콩 소스에 묻힌 조개를 실컷 먹을 수 있었다. 출판기념 파티에서 마신 술로 이미 거나한 상태였으므로, 맥주와 다 식은 재스민 차를 천천히 마셨다. 그동안 아버지는 병원에서 이미 돌아가신 채로 누워 계셨던 것이었다.

문이 열리면서 키가 작고 인상이 좋은, 흑백이 뒤섞인 턱수염의 중년 남자가 걸어 들어왔다. 옷 위에 무릎까지 오는 하얀 가운을 입은 그는 손에 클립보드를 들고 있었다. "안녕하세요." 남자가 이렇게 말하며 고골리에게 상냥하게 미소를 지었다.

"아버지를 담당하시는, 아니 담당하셨던 의사 선생님이세요?"

"아닙니다. 저는 다벤포트라고 합니다. 선생님을 아래층으로 모시고 갈 사람입니다."

다벤포트 씨는 고골리를 환자와 의사 전용 엘리베이터로 안내한 다음, 병원의 지하 2층으로 내려갔다. 영안실에서 그는 고골리가 아버지의 얼굴을 볼 수 있도록 흰 천을 벗겼다. 노란 얼굴은 양초처럼 핏기가 없었고, 두꺼워진 듯 이상하게 부은 모습이었다. 핏기가 가신 입술은 기이하게 도도한 표정을 짓고 있었다. 고골리는 흰 천으로 덮인 아버지가 아무것도 입고 있지 않다는 것을 깨달았고, 순간 수치심에 고개를 돌렸다. 다시 아버지 쪽으로 눈을 돌렸을 때, 이번에는 얼굴을 자세히 들여다보았다. 아직도 뭔가 착오일 거라는 생각이 들었고, 어깨를 두드리면 깨어나실 것만 같았다. 아직 그대로인 것은 콧수염뿐이었다. 뺨과 턱을 면도하고 24시간이 채 지나지 않은 듯하였다.

"안경이 없어요." 고골리가 다벤포트 씨를 올려다보며 말했다.

다벤포트 씨는 대답이 없었다. 몇 분이 지나 그는 이렇게 물었다. "강굴리 씨, 시신이 분명합니까? 선생님의 아버지가 맞습니까?"

"네, 제 아버지 맞습니다." 자신이 이렇게 말하는 소리가 들렸다. 얼마 지나 그가 앉을 수 있도록 의자를 가져다놓은 것이 보였다. 다벤포트 씨는 옆으로 물러나 있었다. 고골리는 의자에 앉았다. 아버지의 얼굴에 손을 댈 수 있을지 망설여졌다. 고골리는 자신이 아플 때면 열이 있나보려고 아버지가 이마를 짚어주셨던 것처럼 아버지의 이마에 손을 대보고 싶었다. 그러나 무서워서 몸이 움직여지지 않았다. 결국 그는 검지손가락으로 아버지의 콧수염과 눈썹과 약간의 머리카락을 스치듯 쓰다듬었다. 아버지의 몸에서 이 부분들은 아직도 소리없이 살아 있다는 것을 느낄 수 있었다.

다벤포트 씨가 고골리에게 갈 준비가 되었느냐고 물었다. 그리고 나서 흰 천을 아버지 위로 다시 덮었고, 고골리를 데리고 방에서 나갔다. 레지던트 한 명이 고골리에게 와서 심장마비가 정확히 언제, 어떻게 일어났으며, 왜 의사들이 손을 쓸 수 없었는지에 대해 설명해주었다. 고골리는 아버지가 입고 계시던 감색 바지와 흰색 바탕에 갈색 줄무늬가 있는 셔츠, 그리고 고골리와 소냐가 크리스마스 선물로 드렸던 엘엘빈에서 산 털조끼를 건네받았다. 고동색 양말과 옅은 갈색 구두도 있었다. 그리고 안경과 트렌치코트와 목도리. 아버지의 소지품을 모두 담으니 큰 쇼핑봉투가 꽉 찼다. 트렌치코트의 주머니에는 갱지에 작은 글씨가 찍힌 그레엄 그린의 『희극배우』가 들어 있었다. 앞장을 열어보니 중고책이란 것을 알 수 있었는데, 로이 굳윈이라는 모르는 사람의 이름이 안에 쓰여져 있었기 때문이다. 그가 받은 다른 봉투에는 아버지의 지갑과 자동차 키가 들어 있었다. 그는 병원 사람들에게 종교적인 의식은 필요하지 않다고 말했고, 그들은 며칠 안에 유골이 준비될 거라고 하였다. 그가 직접 와서 가져갈 수도 있었고—이것이 그들이 권하는 방법이었다—사망신고서와 함께 우편을 통해 펨버튼 로드로 바로 보낼 수도 있다고 하였다. 떠나기 전 고골리는 응급실에서 아버지가 마지막으로 계셨던 자리를 볼 수 있냐고 물었다. 사람들이 차트를 뒤져 침대의 번호를 찾아주었다. 가보니 그곳에는 젊은 남자가 누워 있었다. 팔에 깁스를 하고 있다는 사실을 제외하면 기분이 좋아보였고, 전화를 걸고 있었다. 아버지가 숨을 거두셨을 때 반쯤 쳐놓았을 커튼이 눈에 들어왔다. 녹색과 회색의 꽃무늬가 있는, 윗부분이 하얀 망사로 처리된 커튼이었다. 천장에는 하얀 U자형의 레일 위를 왔다갔다하는 금속 고리가 매달려 있었다.

어젯밤 어머니가 전화로 설명해주신, 임대한 아버지의 자동차는 아직도 방문객 주차장에 서 있었다. 시동을 걸자마자 AM 뉴스가 크게 울려 나와서 깜짝 놀랐다. 아버지는 시동을 끄기 전에 라디오 끄는 것을 잊은 적이 없는 분이셨다. 실제로 차 안에는 아버지의 흔적이라곤 보이지 않았다. 지도나 종이조각 하나 없었고, 빈 종이컵이나 잔돈, 영수증 따위도 보이지 않았다. 앞좌석에 있는 보관함을 열어보니 자동차 등록서류와 사용설명서가 있었다. 고골리는 몇 분 동안 사용설명서에 나와 있는 그림과 계기반을 비교해보면서 설명서를 읽었다. 와이퍼를 켰다가 꺼보고, 낮이었지만 전조등도 시험해보았다. 라디오를 껐다. 춥고 황량한 오후였다. 앞으로 다시는 오지 않을 단조롭고 매력 없는 도시를 따라 침묵 속에서 차를 몰았다. 병원에서 간호사가 알려준 길을 따라 아버지가 살던 아파트로 가면서, 아버지도 병원에 가실 때 이 길로 왔을까 궁금해졌다. 음식점을 지나칠 때마다 차를 세울까 망설였지만, 어느 사이에 빅토리아 스타일 주택이 즐비한 주거 지역에 들어와 있었다. 정원엔 눈이 쌓여 있고, 길가의 보도블록은 레이스 모양의 얼음조각으로 덮여 있었다.

　아버지의 아파트는 배런스 코트라 불리는 단지 안에 있었다. 현관을 지나자 한 달 치 우편물은 너끈히 들어갈 만한 크기의 은색 우편함이 줄지어 서 있었다. 임대 사무실이라고 씌어 있는 첫번째 건물 밖에 서 있는 남자가 차를 알아보았는지, 그의 차가 지나가자 목례를 했다. 아버지인 줄 알았던 것일까? 이렇게 생각하니 어쩐지 마음이 편해졌다. 건물들을 구별하는 유일한 길은 번호와 이름이었다. 건물마다 양 옆으로 또 건물이 있었는데, 이들은 한치도 다름없이 똑같은 모양이었다. 모두 넓게 돌아가는 길 위에 자리잡은 3층 건물이었다. 튜더식 정면과 조그만 철제 발코니, 그리고 계단 밑에는 나무 부스러기들이 있었다. 천편일률적으로 똑같은 모습의 건물들을 보니 병원을 보았을 때보다, 아버지의 얼굴을 보았을 때보다 더 기분이 상했다. 아버지가 지난 3개월간 이런 곳에서 혼자 사셨다고 생각하니 처음으로 눈물이 나오려고 했다. 하지만 아버지는 신경쓰지 않으셨을 거라는 걸 그는 잘 알고 있었다. 이런 것에 기분이 상하실 아버지가 아니었다. 아버지의 아파트가 있는 건물 앞에 차를 세우고, 정정해보이는 노부부가 테니스 라켓을 들고 걸어오는 모습을 차 안에 앉아 지켜보았다. 아버지가 이곳에 사는 주민들은 대부분 퇴직했거나 이혼한 사람들이라고 말씀하셨던 기억이 났다. 산책로와 조그만 운동장이 있었고, 벤치와 버드나무로 둘러싸인 인공 연못도 하나 있었다.

아버지의 아파트는 2층에 있었다. 문을 열고 들어가 구두를 벗어 플라스틱 깔개 위에 놓았다. 바닥 전체에 깔려 있는 미색의 고급 카펫을 더럽히지 않으려고 아버지가 깔아놓으셨을 것이다. 아버지의 운동화 한 켤레와 집 안에서 신는 고무 슬리퍼 한 켤레가 놓여 있었다. 오른쪽으로 널찍한 거실로 통하는 미닫이 유리문이 있었고, 왼쪽으로는 부엌이 있었다. 새로 칠한 상아색 벽 위에는 아무것도 걸려 있지 않았다. 부엌의 한쪽은 중간까지 오는 높이의 벽으로 분리되어 있었는데, 이것은 어머니가 언제나 바라시던 형태였다. 부엌이 이렇게 되어 있으면 요리를 하면서 다른 곳에 있는 사람들을 보거나 얘기를 나눌 수 있을 거라고 하셨다. 냉장고 위에는 동네 은행에서 받은 자석 밑에 그와 어머니, 소냐의 사진이 붙어 있었다. 파테푸르 시크리에서 찍은 사진이었다. 뜨거운 돌에서 올라오는 열 때문에 모두 발에 천을 덧신고 서 있었다. 그때 그는 고 2였고, 지금보다 말랐으며, 무뚝뚝해보였다. 소냐는 어린아이였고, 어머니는 샬와 카미즈를 입고 있었다. 어머니는 자신을 언제나 사리를 입는 사람이라고 생각하는 캘커타의 친척들 앞에서 이 옷을 입는 것을 늘 부끄러워하셨다. 찬장을 열어보았다. 먼저 조리대 위에 있는 찬장을 열어보고 나서 그 아래에 있는 것도 열어보았다. 찬장은 거의 비어 있었다. 접시 네 개와 머그잔 두 개, 그리고 유리잔 네 개뿐이었다. 서랍에는 집에서 본 적이 있는 듯한 모양의 나이프 하나와 포크 두 개가 들어 있었다. 다른 찬장에는 티백 한 상자와 픽 프린 비스킷, 그릇에 담아놓지 않은 설탕이 5파운드들이 봉지째 그대로 있었고, 가루 우유가 한 통 있었다. 껍질을 말려서 쪼갠 완두콩이 조그만 봉지로 여러 개 있었고, 큰 플라스틱 봉지에 쌀이 담겨 있었다. 조리대 위의 전기밥솥은 조심스럽게 플러그가 뽑혀 있었다. 가스레인지 위에는 향료통이 일렬로 놓여 있었는데, 어머니의 글씨로 이름이 붙여져 있었다. 싱크대 밑에는 윈덱스 한 통과 쓰레기봉투 한 박스, 그리고 스펀지가 한 개 있었다.

아파트의 나머지 부분을 돌아보았다. 거실 뒤에는 작은 침실이 있었는데, 침실 안에는 덩그러니 침대밖에 없었고, 침대 건너편에는 창문 없는 화장실이 있었다. 화장실 세면대 옆에는 아버지가 평생 애프터셰이브를 대신해서 쓰던 폰즈 콜드크림이 놓여 있었다. 그는 바로 일을 시작했다. 방마다 돌아다니며 아버지의 물건들을 쓰레기봉투에 집어넣었다. 향료통과 콜드크림, 아버지의 침대맡에 있던 《타임》지를 버렸다. "아무것도 가져오지 말아라." 전화로 어머니가 이렇게 말씀하셨던 것이다. "물건을 가져오는 건 우리 식이 아니다." 다른 것은 서슴없이 버렸지만, 부엌에선 머뭇거려졌다. 음식을 버리자니 죄의식이 느껴졌다. 아버지였다면 아마 남은 쌀과 차를 가방에 챙기셨으리라. 아버지는 뭐든 남아서 버리는 것을 극도로 싫어하셨다. 어머니에게 주전자에 물을 너무 많이 채운다고 잔소리를 하실 정도였으니까.

처음 지하실에 내려갔을 때 고골리는 탁자 위에 다른 사람들이 집어가도록 주민들이 버린 물건들, 책, 비디오테이프, 유리 뚜껑이 덮인 흰색 캐서롤 냄비 등등이 놓여 있는 것을 보았다. 탁자는 아버지의 물건으로 순식간에 가득 찼다. 휴대용 진공청소기, 전기밥솥,

카세트플레이어, 텔레비전, 그리고 길이 조정이 가능한 막대에 그대로 달려 있는 커튼 등이었다. 병원에서 가져온 것 중에는 아버지의 지갑을 챙겼다. 현금이 40불, 신용카드 석 장과 영수증 뭉치, 그리고 고골리와 소냐가 아기였을 때의 사진이 들어 있었다. 냉장고에 붙어 있는 사진도 버리지 않고 챙겼다.

모든 일이 그가 예상했던 것보다 시간이 걸렸다. 아파트는 애초부터 거의 비어 있는 것이나 마찬가지였는데도, 방 세 개를 치우고 나니 몹시 지쳐버렸다. 쓰레기봉투가 몇 개 나왔는지, 계단을 몇 번이나 오르락내리락했는지를 생각해보니 새삼 놀라웠다. 일을 끝내고 나니 벌써 날이 어두워지기 시작했다. 업무 시간이 끝나기 전에 전화를 해야 할 사람들의 목록이 있었다. 임대 사무실에 전화할 것. 학교에 전화할 것. 전기, 가스, 전화 등을 끊을 것. "얼마나 상심이 크세요." 한 번도 만난 적이 없는 사람들이 이렇게 얘기했다. "금요일에 뵈었었는데." 아버지의 동료 중 한 분이 이렇게 말했다. "얼마나 충격이 크셨겠어요." 임대 사무실에 있는 사람은 걱정하지 말라며 이렇게 말했고, 사람을 보내 침대와 소파를 치우도록 하겠다고 했다. 일이 끝나자, 아버지가 임대한 차를 자동차 딜러에게 가져다주고 배런스 코트까지 택시를 타고 왔다. 아파트 로비에서 피자집의 배달 메뉴를 보았다. 피자 하나를 배달시키고 기다리는 동안 집에 전화를 걸었다. 한 시간 동안 집은 계속 통화 중이었다. 간신히 통화가 되어 친지 중 한 분이 전화를 받았는데, 어머니와 소냐 모두 잠들었다고 하였다. 집은 시끄러웠다. 그때서야 이쪽 일이 얼마나 조용한 것이었는지를 깨달았다. 지하실에 내려가서 카세트플레이어나 텔레비전을 가져올까, 하는 생각이 들었다. 그러나 대신 그는 맥신에게 전화를 걸었다. 그가 보낸 하루를 하나하나 자세히 얘기해주었다. 이렇게 보낸 하루가 시작될 때는 그녀와 함께였다는 것이, 그녀의 침대에서, 그녀의 팔 안에서 잠을 깨었다는 것이 믿어지지 않았다.

"내가 같이 갈걸 그랬어." 맥신이 말했다. "지금 떠나도 내일 아침까지 갈 수 있어."

"다 끝났는데 뭐. 더 이상 할 일도 없어. 내일 아침 첫 비행기 타고 돌아갈 거야."

"거기서 잘 건 아니지, 그렇지, 닉?" 그녀가 물었다.

"그럴 수밖에 없어. 오늘 밤엔 비행기가 없거든."

"내 말은 그 아파트에서 말이야."

그는 방어적이 되었다. 하루 종일 애써 치운 후라서 그런지, 텅 비어 있는 세 개의 공간에서 떠나기 힘들다는 생각이 들었다. "여기에는 아는 사람도 없어."

"말도 안 돼. 제발 거기서 자지 마. 호텔에 가서 자면 되잖아."

"알았어." 그가 대답했다. 아버지를 마지막으로 뵌 것이 언제였는지 생각해보았다. 3개월 전이었다. 그와 맥신이 뉴햄프셔로 가기 위해 주차장 진입로에서 차를 빼고 있고, 아버지가 손을 흔들고 계시던 장면이 떠올랐다. 아버지와 마지막으로 전화 통화를 한 것은 언제였는지 기억이 나지 않았다. 2주 전이었던가? 4주 전? 어머니처럼 전화를 자주 하시는 분이 아니었다.

"그때 나랑 같이 있었잖아." 맥신에게 말했다.

"뭐라고?"

"마지막으로 아버지를 뵈었을 때 말이야. 자기도 거기 있었어."

"알아. 나도 슬퍼, 닉. 제발 호텔로 가겠다고 약속해."

"알았어, 약속할게." 전화를 끊고 전화번호부를 열어 머물 만한 곳을 찾아보았다. 그녀의 말을 따르는 것에, 그녀의 조언을 받아들이는 것에 익숙해져 있었다. 전화번호 중 하나를 골라 다이얼을 돌렸다. "안녕하세요. 어떻게 도와드릴까요?" 전화 속의 목소리가 이렇게 물었다. 그는 오늘 밤 빈방이 있느냐고 물었다. 그러나 기다리는 동안 전화를 끊었다. 익명의 공간에서 자고 싶지 않았다. 여기에 머무는 동안만큼은 아버지의 아파트를 비워두고 싶지 않았다. 어두운 거실에서 옷을 입은 채 소파에 누웠다. 겉옷을 몸 위에 덮었다. 침실에 있는 맨 침대보다 이편이 나았다. 몇 시간 동안 어둠 속에 누워 잠이 들었다가 깼다가 했다. 바로 어제 아침 이곳에 계셨을 아버지를 생각해보았다. 몸에 이상을 느끼기 시작했을 때 무엇을 하고 계시던 중이었을까? 가스레인지에서 차를 끓이고 계셨을까? 지금 고골리가 있는 소파에 앉아 계셨을까? 고골리는 문가에 서서 허리를 구부려, 마지막으로 구두끈을 매고 계셨을 아버지의 모습을 상상해보았다. 아버지는 외투를 입고 목도리를 두른 후 병원까지 차를 몰고 가셨다. 신호등에 걸리면 멈추었고, 라디오에서 나오는 일기예보를 들었으며, 죽음에 대한 생각은 머릿속에 없으셨다. 마침내 푸르스름한 빛이 서서히 방 안으로 스며들어오고 있었다. 고골리는 이상하리 만치 정신이 맑았다. 좀더 자세히 생각해보면, 아버지의 어떤 흔적이 유령처럼 그 모습을 드러내면서 오늘 하루 있었던 일들을 정리해줄지도 몰랐다. 하늘은 점점 하얗게 되어가고 있었고, 멀리서 들려오는 자동차 소리가 완벽했던 고요함을 밀어내었다. 그리고 그는 갑자기 깊고 깊은 잠속으로 빠져들었다. 그렇게 몇 시간 동안 그의 텅 빈 머릿속엔 꿈조차 없었고, 축 늘어진 팔다리는 조금도 움직이지 않았다.

그가 깨어난 것은 아침 10시가 다 되어서였다. 거칠 것 없는 햇빛이 방을 환하게 밝히고 있었다. 오른쪽 머리가 계속 묵직하게 아팠다. 머리 깊숙이에서 퍼져 나오고 있는 듯한 두통이었다. 미닫이 유리문을 열고 발코니로 나갔다. 피곤해서 눈이 따끔거렸다. 인공

연못이 보였다. 언젠가 아버지가 전화로, 저녁을 먹기 전 그 주위를 스무 번씩 돈다고 말씀하셨던 적이 있었다. 합하면 2마일이 넘는 거리라고. 밖에 나와 있는 사람들이 보였다. 개를 산책시키거나, 털이 달린 귀마개를 하고 나란히 서서 팔을 흔들며 함께 운동을 하는 부부도 보였다. 고골리는 연못을 한 바퀴 돌아볼까, 하여 외투를 걸치고 밖으로 나갔다. 처음에는 얼굴에 와닿는 찬 공기가 시원했지만 그 차가움은 이내 인정사정없는 매서움으로 돌변했다. 살을 에는 듯한 바람에, 바지가 다리 뒤쪽에 달라붙어 견딜 수 없어진 그는 그냥 아파트로 들어왔다. 샤워를 하고 어제 입었던 옷을 다시 주워 입었다. 택시를 불렀고, 마지막으로 지하실에 내려가 몸을 닦았던 타올과 회색 전화기를 버렸다. 공항에서 보스턴으로 가는 비행기를 탔다. 엄마와 소냐가 친지 몇 분과 함께 공항에 나와서 기다리고 계실 것이었다. 고골리는 다른 방법이 있었으면 좋겠다고 생각했다. 다시 택시를 잡아 고속도로를 타고 간다면 그들을 만나는 시간을 늦출 수 있을 것이다. 영안실에서 아버지의 시신을 보는 일보다 어머니를 뵐 일이 더 두려웠다. 이제야 부모님이 그동안 속에 담아두셨을 죄책감을 알 것 같았다. 그들의 부모님이 인도에서 돌아가셨는데 아무것도 할 수 없으셨을 때, 게다가 돌아가신 지 몇 주 혹은 몇 달 후 그곳에 가서 자식으로서 할 일이 남아 있지 않음을 느끼셨을 때의 기분을 이제는 알 것 같았다.

 클리블랜드로 가는 길은 한없이 멀게만 느껴지더니, 돌아오는 길은 아무것도 보이지 않는 창밖을 멍하니 내다보고 있으려니 어느새 가슴팍으로 비행기가 하강하고 있는 것이 느껴졌다. 착륙하기 바로 전 화장실에 가서 조그만 금속 세면대 위로 몸을 쭈그려 세수를 하고 거울을 보았다. 하루 동안 수염이 자란 것 외에는 전날과 다름없는 모습이었다. 70년대 언젠가 친할아버지가 돌아가셨을 때가 생각났다. 아버지가 화장실에 계신 줄 모르고 들어갔던 어머니가 소리를 지르며 뛰어나오셨다. 아버지는 일회용 면도칼로 머리카락을 모두 밀고 계셨던 것이다. 두피에는 군데군데 피가 흐르고 있었는데, 그 이후로 몇 주 동안 머리에 앉은 검은 딱지를 가리기 위해 모자를 쓰고 다니셔야 했다. "제발 그만 해요. 피나는 것 좀 봐요." 어머니가 보다못해 소리를 지르셨다. 아버지는 문을 닫고 안으로 걸어 잠그셨다. 잠시 후 화장실에서 나온 아버지의 머리는 삭발이었고, 덕분에 키는 훨씬 작아보였다. 세월이 흐른 후에야 고골리는 부모님이 돌아가셨을 때 삭발하는 것은 뱅골인으로서 아들의 의무라는 것을 알게 되었다. 그러나 그때 당시 이것을 이해하기엔 고골리는 너무 어렸었다. 화장실 문이 열리고 슬픔에 가득 찬 아버지가 머리카락 한 올 없이 걸어 나오시자 고골리는 깔깔댔고, 아직 아기였던 소냐는 울음을 터뜨렸었다.

처음 일주일 동안은 가족끼리만 있을 틈이 없었다. 더 이상 네 식구가 아닌 열 식구, 스무 식구가 되었다. 친지들이 거실에서 그들과 함께 찻잔을 앞에 놓고 고개를 숙인 채 조용히 앉아 있었다. 아버지를 잃은 자리를 잠시나마 채워보려는 노력이었다. 어머니는 머리를 감아 가르마에 물들인 주황색을 지워버리셨다. 다른 팔찌들과 함께 철로 만든 결혼 팔찌도 손목에서 빼놓으셨다. 콜드크림을 발라서 억지로 빼야 했다. 계속해서 조문 카드와 꽃이 집으로 배달되었다. 대학에 있는 아버지의 동료들과 어머니의 도서관 친구분들, 보통 때 그저 잔디밭에 서서 손을 흔들 뿐이었던 이웃 사람들도 무언가를 보내왔다. 서부에서, 텍사스에서, 미시간과 워싱턴 D.C.에서도 왔다. 어머니의 주소록에서 언제나 더해지기만 하고 한 번도 볼펜으로 지워진 적이 없는 사람들이었다. 그들은 모두 아버지의 부음에 슬퍼하였다. 좀더 나은 삶을 살기 위해, 이 나라에 오기 위해 모든 것을 버렸는데, 결국 그 모든 것이 이렇게 죽기 위해서였단 말인가? 전화가 쉴 새 없이 울렸다. 걸려오는 전화를 다 받느라 귀가 쑤셨고, 한 말을 하고 또 하느라 목이 쉬었다. "아니오, 아프신 게 아니었어요", 이렇게 말했다. "네, 맞아요, 아주 갑자기 돌아가셨어요." 지역 신문에 짤막한 부고가 실렸고, 거기엔 아시마, 고골리, 소냐의 이름도 들어 있었다. 자녀들이 지역 학교에서 교육을 받았다는 내용이었다. 밤이 깊어지자, 그들은 인도에 있는 친척들에게 전화를 했다. 지금껏 처음으로 그들이 비보를 전하는 쪽이 되었다.

아버지가 돌아가신 후 열흘 동안, 가족 모두는 고기와 생선을 먹지 않는 상중 단식을 하였다. 밥과 달과 간단하게 조리한 야채만 먹었다. 고골리는 어렸을 때, 조부모님이 돌아가셨을 때도 똑같이 했던 것이 기억났다. 그가 깜박 잊고 학교에서 햄버거를 사먹고 오자 어머니께서 야단을 치셨었다. 그때는 평생 몇 번밖에 안 본 사람들을 위해 여기서는 아무도 따르지 않는 의식을 지킨다는 것이 화나고 지겹게 느껴졌었다. 아버지가 텁수룩한 수염에 멍한 얼굴로 앉아 아무 말씀도 하지 않으셨던 기억이 났다. 말 한마디 하지 않고 앉아서 밥을 먹었고, 텔레비전도 켜지 않았었다. 세 사람은 매일 저녁 6시 30분만 되면 식탁에 둘러앉아 저녁을 먹었다. 창밖은 한밤중처럼 어두웠고, 아버지의 의자는 비어 있었다. 이제는 이 채식 저녁을 먹는 일만이 뭔가 말이 되는 일이었다. 저녁을 건너뛴다는 것은 오히려 말이 안 되었다. 열흘 동안 세 사람은 모두 이 시간만 되면 이상할 정도로 배가 고팠고, 그 맛없는 음식을 빨리 먹고 싶은 생각밖엔 안 들었다. 하루를 하루답게 만드는 유일한 일은 전자레인지에 음식을 데우고, 찬장에서 접시 세 개를 꺼내고, 유리잔 세 개에 물을 따르는 소리였다. 나머지는—전화와 여기저기서 배달되는 꽃과 문상객들과, 그리고 그들과 거실에 앉아 아무 말 없이 보내는 시간은—아무런 의미가 없었다. 서로에게 굳이 얘기는 하지 않았지만 하루 중 이 시간만이, 식구끼리만 앉아 있을 수 있는 이 시간만이 그들에겐 유일하게 마음이 편해지는 시간이었다. 집 안에 문상객이 있어도 이 음식을 먹는 것은 세 사람뿐이었다. 밥을 먹는 동안만큼은 슬픔이 약간 가시는 듯하였다. 어찌 된 일인지, 어떤 음식들이 식탁에서 빠져 있다는 사실에 오히려 아버지가 함께 계시다는 위안을 받는 것이었다.

열하루째 되는 날에는 친구들을 초대하여 탈상을 치렀다. 이는 종교적인 행사로, 거실 한 모퉁이의 바닥에 앉아 행해졌다. 목사가 산스크리트어로 성가를 부를 동안 고골리는 아버지의 영전에 앉아 있어야 했다. 식을 시작하기 전, 영전에 쓸 사진을 찾느라 그들은 그 전날 하루 종일 앨범을 뒤졌었다. 그러나 언제나 사진을 찍기만 하시던 아버지는 독사진이 거의 없었다. 몇 년 전에 바닷가에서 아버지와 어머니가 함께 서서 찍은 사진을 오려서 쓰기로 하였다. 파카에 목도리를 두르고 있는 아버지는 뉴잉글랜드 사람들처럼 옷을 입고 계셨다. 소냐가 사진을 CVS로 가져가서 확대를 해왔다. 마치 잔칫상을 차리듯 음식을 공들여 준비해야 했다. 몹시 추운 아침, 차이나타운과 헤이마켓에 가서 고기와 생선을 사다가 아버지가 가장 좋아하던 식으로, 감자를 많이 넣고 고수풀을 넣어 음식을 만들었다. 집 안은 음식 냄새로 가득 찼고, 눈을 감으면 보통 때처럼 그냥 잔치를 하고 있는 것 같은 착각이 들었다. 그간 손님을 치러 온 경험이 그나마 도움이 되었다. 밥이 모자랄 것 같아 아시마는 초조했다. 고골리와 소냐는 손님의 외투를 받아 이층에 있는 손님방 침대 위에 올려놓았다. 거의 30년에 가까운 세월 동안 수가 불어난 부모님의 친구들이 오셔서 조의를 표했다. 여섯 개의 주에서 온 차들로 펨버튼 로드가 가득 메워졌다.

뉴욕에서 맥신도 차를 몰고 왔다. 집에 있는 그의 옷가지와 노트북 컴퓨터, 그리고 우편물들을 챙겨다주었다. 회사에선 고골리에게 한 달 휴가를 주었다. 맥신의 얼굴을 보는 일이, 소냐에게 인사시키는 일이 어색하게 느껴졌다. 이번에는 맥신에게 집이 어떻게 보이든, 현관에 쌓여 있는 손님들의 신발 더미가 어떻게 보이든 상관하지 않았다. 벵골인으로 가득 찬 집에서 그녀가 약간 소외감을 느낀다는 것을, 할 일을 찾지 못하고 겉돌고 있다는 것을 그는 알고 있었다. 그런데도 그는 사람들이 하는 얘기들을 모두 통역해주거나, 보는 사람마다 소개해주거나 하면서 특별히 그녀 옆에 붙어 있으려는 노력은 하지 않았다. "얼마나 상심하셨어요." 그녀가 어머니에게 이렇게 말하는 것을 들었지만, 아버지의 죽음이 그녀에게는 아무런 의미도 없다는 사실을 잘 알고 있었다. "어머니와 영원히 함께 지낼 수는 없는 일이잖아." 식이 끝나고 이층에 있는 그의 방에서 둘만 남겨졌을 때, 침대 끝에 나란히 걸터앉아 맥신이 이렇게 말했다. "자기도 알잖아." 그녀는 부드럽게 말하면서 자신의 손을 그의 뺨에 갖다대었다. 고골리는 그녀를 쳐다보았다. 그리고는 손을 끌어내려 그녀의 무릎 위에 올려놓았다.

"니킬, 보고 싶었어."

그가 고개를 끄덕였다.

"새해 전날은 어떡할 거야?"

"새해 전날, 뭐?"

"아직 뉴햄프셔에 갈 생각이 있어?" 둘만의 여행을 계획하고 있었다. 크리스마스 후에 맥신이 그를 데리러 와서 호숫가 집에 같이 가기로 했었다. 맥신이 스키를 가르쳐주기로 했었던 것이다.

"글쎄, 못 갈 것 같아."

"가는 게 자기에게도 좋을 거야." 고개를 한쪽으로 기울이며 그녀가 말했다. 그리고 방을 한 번 둘러보고는 이렇게 덧붙였다. "이 모든 것으로부터 벗어나서 말이야."

"별로 벗어나고 싶지 않아."

며칠이 지나자 동네 사람들은 울타리와 창문을 반짝거리는 전등으로 장식하기 시작했고, 집에는 크리스마스 카드가 속속 도착하였다. 각자 그동안 아버지가 하시던 일을 하나씩 맡아서 하였다. 어머니가 아침마다 우편물과 신문을 가지고 들어오셨고, 소냐가 일주일에 한 번씩 차를 몰고 시내에 나가 장을 봐왔다. 고골리는 공과금을 내고, 눈이 오면 삽으로 주차장 앞을 치웠다. 보통 때 같으면 벽난로 위에 크리스마스 카드를 진열해놓았겠지만, 아시마는 발신인을 흘긋 보고는 봉투째 쓰레기통에 버렸다.

작은 일 하나도 엄청난 과업처럼 느껴졌다. 어머니는 몇 시간씩 전화기 앞에 앉아 은행구좌며, 모기지며, 공과금 위에 찍히는 이름을 바꿨다. 죽은 남편의 이름으로 밀려들어오는—앞으로도 몇 년간은 계속될—상업성 우편물을 어찌해야 좋을지 몰랐다. 나른하고 적적한 오후에 고골리는 동네를 뛰었다. 때로는 학교까지 차를 몰고 가서 아버지의 과 건물 뒤에 세워놓고 교정 위에 난 길을 따라 뛰었다. 지난 25년이라는 시간 동안, 이 그림같이 아름다운 울타리로 둘러싸인 세상이 아버지의 세상이었다. 결국 주말에는 근처 교외에 살고 있는 친지댁에 가기 시작하였다. 갈 때 고골리가 운전을 하면 올 때는 소냐가 했다. 아시마는 언제나 뒷좌석에 앉았다. 친구집에서 아시마는 병원에 전화걸던 이야기를 했다. "그 양반이 배가 아파서 병원에 갔던 거야." 이야기는 언제나 이렇게 시작되었다. 하늘에는 분홍색 구름이 떠 있었고, 크리스마스 카드는 쌓여 있었으며, 차를 한 잔 옆에 놓고 있었다는 등의 얘기를, 고골리의 생각에는 차마 되풀이할 수 없을 것 같은 얘기들을, 생각만 해도 끔찍한 그날 오후의 일을 어머니는 자세히도 말씀하셨다. 친구들이 인도에 가서 동생과 사촌들을 보고 한동안 지내다가 오라고 하였다. 그러나 평생 처음으로 아시마는 캘커타로 갈 마음이 조금도 없었다. 적어도 지금은 아니었다. 자신의 남편이 생을 일구고, 또 죽어간 나라에서 멀어지고 싶지 않았다. "이제 그이가 왜 클리블랜드에 갔었는지 알겠어." 남편이 죽은 다음이었지만, 그녀는 아직도 남편의 이름을 입 밖에 내지 않고 사람들에게 말했다. "나 혼자 사는 거 미리 연습시키느라 그랬던 거야."

1월 초, 아무것도 하지 않고 보낸 연말이 가고 아버지가 끝내 못 보고 돌아가신 정초가 지나고 나서야 고골리는 뉴욕으로 돌아가는 기차를 탔다. 소냐는 어머니와 함께 남았다. 어머니 가까이에 살기 위해 보스턴이나 케임브리지에 아파트를 구할 생각을 하고 있었다. 그들은 고골리를 배웅하기 위해 기차역에 나왔다. 추운 플랫폼 위에는 수가 줄어든 식구들이 서서 기차에 탄 고골리를 찾았으나, 뿌연 차창 안에서 손을 흔들고 있는 고골리를 보지는 못했다. 그는 대학교 1학년 때 집에 왔다가 예일로 돌아갈 때면 꼭 가족들이 모두 나와 배웅해주었던 것을 기억하고 있었다. 그러나 몇 년 동안 그가 오고 가는 일이 잦아졌고, 아버지만 나와 플랫폼 위에서 기차가 보이지 않을 때까지 서 계시곤 하였다. 이제 고골리가 창문을 손가락 마디로 두드렸지만, 그의 얼굴을 찾는 어머니와 소냐를 뒤로하고 기차는 움직이기 시작했다.

비행기 프로펠러가 돌아가는 것 같은 소리를 내면서 기차가 몸을 흔들며 앞으로 나아갔다. 좌우로도 몇 번 덜컹거렸다. 기적 소리가 단조短調처럼 간간이 울렸다. 기차의 왼편에 앉은 고골리의 얼굴로 겨울날의 맑은 햇빛이 드리워졌다. 응급시에 창문을 여는 방법이 —세 단계로— 적힌 안내문이 유리에 붙어 있었다. 지푸라기색 땅 위에 눈이 덮여 있었다. 나무들은 마치 창槍처럼 뾰족하게 서 있었다. 구릿빛으로 마른 나뭇잎들이 지난 계절의 잔재처럼 아직 가지에 몇몇 붙어 있었다. 벽돌과 나무로 지어진 집들의 뒷모습이 보였다. 눈으로 덮인 조그만 정원들도. 단단해보이는 겨울 구름들이 지평선 위에 선반처럼 걸쳐져 있었다. 저녁이 되면서 눈이 더 올 거라고, 어쩌면 많은 눈이 올지도 모른다고 했다. 기차칸 어디엔가 앉아 있는 젊은 여자가 조그맣게 킥킥거리며 남자 친구와 휴대폰으로 전화하는 소리가 들렸다. 도착하면 어디서 저녁을 먹을지에 대해서 얘기하고 있었다. "지겨워 죽겠어." 그녀가 투덜거렸다. 고골리도 저녁 먹을 시간에 맞추어 뉴욕에 도착할 것이다. 맥신이 펜 스테이션으로 마중 나오기로 했다. 도착-출발 표지판 밑에서 그를 기다리는 일은 예전엔 한 번도 없었던 일이었다.

　창밖의 풍경이 앞으로 당겨졌다가는 뒤로 물러났다. 줄줄이 늘어선 특색없이 지어진 건물들 위로 기차의 그림자가 지나가고 있었다. 철도는 누워 있는 끝도 없이 기다란 사다리 같았다. 세워지지 않는 땅에 붙어버린 사다리. 웨스털리와 미스틱 사이의 철도는 약간 기울어져 있다. 경사진 곳을 지나가고 있었으므로 기차의 몸체도 기울어졌고, 아주 약간이지만 뒤로 넘어갈 것 같은 느낌을 주었다. 다른 승객들이 이에 대해 얘기하는 것을 들은 적은 없지만, 예를 들어 뉴헤이번에서 기차가 디젤에서 전기로 바뀔 때 갑자기 덜컹할 때처럼, 이 순간적인 변화가 일어나면 고골리는 잠을 자거나 책을 읽다가, 또는 생각을 골똘히 하거나 옆사람과 이야기하다가도 움찔하게 되었다. 뉴욕으로 내려갈 때 기차는 왼쪽으로 기울어졌고, 보스턴으로 올라갈 때는 오른쪽으로 기울어졌다. 잠깐이지만 위험이 느껴질 때면 고골리는 언제나 자신이 보지 못한 그 기차, 아버지를 거의 죽게 만들었던 그 기차를 떠올렸다. 그에게 이름을 지어준 그 사고를 떠올리는 것이었다.

기차가 오른쪽으로 몸체를 바로잡았고 경사도 지나갔다. 다시 한 번 허리춤에서 그 움직임이 느껴졌다. 기차는 바다를 손에 잡힐 듯이 가깝게 끼고 몇 마일을 달렸다. 얕은 파도가 간신히, 몇 센티 정도 모래사장을 덮었다가 물러갔다. 돌다리가 보였고, 침실만한 크기의 섬들이 흩어져 있었다. 좋은 경치를 가진 회색과 흰색의 아름다운 집들도 보였다. 상자 모양의 집들이 지주 위에 지어져 있었다. 왜가리와 가마우지가 색이 바랜 나무 전봇대 위에 쓸쓸하게 앉아 있었다. 해안 정박지는 돛을 내린 배들로 가득 차 있었다. 아버지가 좋아하셨을 만한 풍경이었다. 추운 일요일 오후에 아버지가 자주 가족들을 태우고 바닷가로 가시곤 하던 것이 기억났다. 때로는 너무 추워 차를 주차장에 세워놓고 그냥 차 안에 앉아 바다만 바라보다가 온 적도 있었다. 부모님은 앞좌석에서 보온병에 담아온 차를 드셨고, 차를 따뜻하게 하기 위해 시동은 그대로 켜놓은 채였다. 언젠가는 케이프코드에 갔었다. 곡선을 그리며 휘어진 반도를 따라 그들은 땅 끝까지 차를 몰았었다. 고골리와 아버지는 거대한 회색의 비스듬한 돌들이 이어진 방파제 위를 지나, 초승달 모양으로 옴폭하게 들어간 작은, 마지막 모래사장까지 걸었다. 어머니는 돌 몇 개를 건너신 다음 너무 어려서 더 이상 가기 힘든 소냐와 함께 서 계셨다. "너무 멀리 가지 말아요! 더 가면 안 보이잖아요!" 어머니가 소리를 지르셨다. 반쯤 가니 벌써 다리가 아파왔지만, 아버지는 계속 앞장서서 나아가셨다. 그러다가 가끔 멈추어 고골리에게 손을 내밀어 잡아주셨다. 바위에 발을 딛고 서 계시는 아버지의 몸이 약간 기울어졌다. 방파제 위에서는, 어떤 돌들은 사뭇 떨어져 있어 어떻게 다음으로 건너가야 하나 잠시 멈추어 생각해야 했다. 양 옆으로는 바다였다. 초겨울이었고, 물이 빠진 곳에 남아 있는 웅덩이에선 거위들이 헤엄을 치고 있었다. 양 옆으로 파도가 밀려왔다. "그 앤 아직 너무 어려요!" 어머니가 또다시 소리치셨다. "듣고 있어요? 그렇게 멀리 가기엔 아직 어리다구요!" 그때 고골리는 발을 멈추었다. 아버지도 그렇게 생각하실지 몰랐다. "어떻게 생각해?"라고 묻는 대신 아버지는 이렇게 물으셨다. "너, 너무 어리냐? 아니다, 난 그렇게 생각하지 않는다."

방파제 끝에 다다르니 오른쪽으로 노란 갈대밭이 있었고, 그 너머로는 모래 언덕이 있었다. 그리고 그 뒤로는 바다였다. 그는 아버지가 이제 그만 뒤돌아설 줄 알았는데, 아버지는 계속 모래 위를 걸어 나가셨다. 옆은 바다였으므로 앞에 있는 등대 쪽으로 걸어가고 있었다. 주위엔 녹슨 배의 뼈대와 파이프처럼 두꺼운 물고기의 등뼈가 노란 머리뼈에 붙어 있는 것이 보였다. 하얀 가슴 위에 아직도 피가 빨간 죽은 갈매기도 보았다. 모래사장에 흩어져 있는 하얀 줄무늬의 까만 조약돌들을 주워 모으기 시작했다. 주운 돌들을 주머니에 담았고, 양쪽 주머니는 곧 돌들로 축 늘어졌다. 모래 위에 찍혀 있던 아버지의 발자국을 기억했다. 저는 다리 때문에 오른쪽 엄지발가락은 언제나 약간 바깥쪽으로 향하고 있었고, 왼쪽은 똑바로였다. 그날따라 그림자는 유난히 가늘고 길었다. 늦은 오후 해를 등지고 두 사람의 그림자는 서로에게 기댄 듯 안쪽으로 기울어져 있었다. 그들은 멈추어 서서 흰색과 파란색으로 칠한 틈이 갈라진 나무 부표를 쳐다보았다. 옛날 파라솔 모양이었다. 부표는 갈색의 가는 해초들로 감겨 조그만 조개 따위들이 다닥다닥 붙어 있었다. 아버지는 부표를 들어 올려 들여다보시더니, 밑에 붙어 있는 살아 있는 홍합들을 손가락으로 가리켰다. 결국 등대 앞에 다다랐을 땐 이미 지쳐 있었다. 삼면이 모두 바다였다. 바다의 안쪽은 옥색이었고, 그 너머는 연보랏빛 하늘색이었다. 걸어오느라 진을 뺐기 때문에 더웠으므로 그들은 지퍼를 내려 코트를 벗었다. 아버지가 소변을 보려고 옆으로 비켜섰다. 잠시 후 아버지가 "아악!" 하고 내지르는 소리를 들었다. 사진기를 어머니에게 두고 온 것이었다. "여기까지 왔는데 사진 한 장 못 찍다니." 아버지가 고개를 저으며 말씀하셨다. 아버지는 주머니에 손을 넣으시더니 줄무늬 조약돌을 바다에 던지기 시작하였다. "그렇다면 기억하는 수밖에 없다." 주위를 둘러보니 항구 저쪽으로 연회색 마을이 반짝거리고 있었다. 그리고 나서 그들은 되돌아오기 시작했다. 발자국을 또 만들지 않으려고 방금 전에 찍은 발자국 속에 다시 발을 밀어 넣으며 걸었다. 바람이 불기 시작했고, 가끔 멈추어 서야 할 정도로 거세어졌다.

"오늘 여기 왔던 것 기억할 거지, 고골리?" 아버지가 손으로 귀마개를 하신 채 뒤돌아서서 그를 보며 물었다.

"얼마나 오래 기억해야 되는데요?"

바람이 휙 불어왔다가 사라지면서 아버지의 웃음소리가 들렸다. 아버지는 멈추어 서서 기다리다가 고골리가 가까이 오자 손을 내미셨다.

"언제나 기억하도록 해라." 고골리가 다가서자 아버지가 말씀하셨다. 어머니와 소냐가 기다리고 있는 곳을 향해, 아버지는 고골리를 데리고 방파제 위를 다시 천천히 걸었다. "더 이상 나아갈 곳이 없는 데까지 우리가 같이 왔었다는 것을, 너와 내가 여기까지 함께 왔었다는 것을 기억해라."

 고골리의 아버지가 돌아가시고 1년이 흘렀다. 고골리는 아직 뉴욕에 살고 있었고, 암스테르담 로에 있는 아파트도 그대로였다. 아버지가 안 계시다는 것 외에 그의 인생에서 일어난 유일한 큰 변화는, 맥신도 이제 그의 곁에 있지 않다는 것이었다. 처음에는 그녀도 잘 견디는 듯하였고, 고골리도 다시 그녀의 삶 속으로 들어간 듯하였다. 일이 끝나면 그녀의 집으로 돌아갔다. 아무런 변화도 일어나지 않은 세상이었다. 맥신도 처음에는 저녁 식탁에서 말이 없고 잠자리에서 냉담한 고골리를 이해했었다. 저녁마다 어머니와 소냐에게 전화를 하고, 주말마다 혼자서 집에 올라가는 것도 그런대로 참아내었다. 그러나 여름에 친척들을 만나고, 아버지의 유골을 갠지스 강에 뿌리기 위해 가족끼리 캘커타에 갈 때 자신을 데리고 가지 않는 것은 도저히 납득이 되지 않았다. 이 일로 순식간에 싸움이 일어났고, 한번 싸움이 시작되자 다른 일들도 들먹여졌다. 어느 날 맥신은 그의 어머니와 소냐에게 질투를 느낀다는 말까지 하였다. 고골리는 말도 안 된다고 생각했고, 더 이상 싸울 기력조차 없었다.

그리하여 아버지가 돌아가시고 몇 달 지나지 않아 그는 맥신의 삶에서 영원히 걸어 나오게 되었던 것이다. 최근에 한 갤러리에서 제럴드와 리디아를 우연히 만났고, 맥신이 다른 남자와 약혼했다는 소식을 들었다.

주말마다 고골리는 기차를 타고 매사추세츠로 올라갔다. 아버지의 사진이 걸려 있는 집으로 가는 것이었다. 장례식 때 썼던 아버지의 사진을 이층 복도 위에 걸어놓았고, 아버지의 기일과 생신에는—생전에는 한 번도 기념하지 않았던 아버지의 생신이었다—사진 앞에 모두 모여 장미꽃잎 화환으로 액자를 두르고 유리 위, 아버지의 이마 위에 샌들우드 반죽으로 점을 찍었다. 고골리로 하여금 자꾸 집에 가고 싶어지게 만드는 것은 무엇보다도 아버지의 이 사진이었다. 어느 날 화장실에 갔다가 침실로 들어가던 중 사진 속에서 아버지가 웃고 계신 모습을 언뜻 보았다. 그때 그는 이것이 아버지의 묘나 마찬가지라는 것을 깨달았다.

이제 집에 가면 변한 것이 많았다. 이제는 주로 소냐가 밥을 해주었다. 소냐는 아직 그곳에서 어린 시절 쓰던 방을 사용하며 어머니와 함께 지내고 있었다. 소냐는 일주일에 4일은 새벽 5시 반에 집을 나서야 했는데, 버스를 타고 기차역까지 가서 보스턴 시내로 들어가는 기차를 타야 했기 때문이다. 소냐는 변호사 보조원으로 일하면서 근처 법대에 지원할 준비를 하고 있었다. 주말에 파티에 갈 때는 소냐가 운전해서 어머니를 모시고 갔고, 토요일 아침마다 헤이마켓에 갈 때도 마찬가지였다. 어머니는 전보다 여위었고 머리도 많이 세었다. 어머니를 뵐 때마다 흰 가르마와 팔찌가 없는 손목을 보면 고골리는 가슴이 아팠다. 소냐에게 어머니가 저녁때 어떻게 지내시는지 물었고, 잠이 안 와서 혼자 침대에 누워 볼륨을 끈 채 텔레비전만 보신다는 말을 들었다. 언젠가 주말에 고골리는 아버지가 자주 가시던 해변에 가자고 하였다. 어머니는 처음엔 좋다고 하시면서 은근히 들떠보이시기까지 했지만, 바람부는 주차장에 내리자마자 차에 도로 타시더니 차 안에서 기다리겠다고 하셨다.

고골리는 자격증 시험 준비를 시작했다. 이틀 동안 시험을 치르는 고역을 감내해야 했지만, 설계도에 도장을 찍고 자기 이름으로 설계를 할 수 있는 정식 건축사가 될 수 있었다. 주로 집에서 공부했지만 가끔은 컬럼비아 대학 도서관에 가기도 하였다. 자신의 직업이 가진 사실적인 측면들, 곧 전기, 재료, 측면하중 등에 대해 공부했고, 시험에 대비하여 시험준비반에 등록했다. 수업은 일주일에 두 번, 퇴근 후 저녁때 있었다. 옛날처럼 수동적으로 수업을 받는 것이 재미있었다. 교실에 가만히 앉아서 강의를 들었고, 하라는 대로 했다. 다시 수업을 들으니 학생 시절이 생각났다. 그때는 아버지가 살아 계셨었다. 수강생은 많지 않았고, 얼마 지나지 않아 수업이 끝나면 몇 명이 모여서 술을 마시러 가곤 했다. 사람들이 같이 가자고 했지만 그는 언제나 거절했다. 그러던 어느 날 수업을 마치고 사람들이 교실에서 빠져나가고 있을 때 한 여자가 다가와서, "이유가 뭐예요?"하고 물었고, 고골리는 대답할 만한 별다른 이유가 없었기에 그들을 따라나섰다. 여자의 이름은 브리짓이었고, 바에서 그의 옆에 앉았다. 눈이 번쩍 뜨일 정도로 매력적인 여자였다. 갈색 머리는 아주 짧게 잘랐는데, 보통 여자에게는 도저히 어울리지 않을 스타일이었다. 그녀는 서두르지 않고 천천히 신중하게 말했다. 남부 출신으로 뉴올리언스에서 자랐고, 브루클린하이츠의 전형적인 브라운스톤 건물에서 부부가 운영하는 작은 건축회사에서 일한다고 하였다. 한동안 그들이 지금 맡고 있는 일에 대한 얘기와 둘이 공통적으로 좋아하는 건축가들—그로피우스, 반데로헤, 사아리넨—에 대한 얘기를 하였다. 그와는 동갑내기로 기혼이었다. 남편이 보스턴에 있는 대학의 교수였기 때문에 주말에 만난다고 하였다. 그 말에 부모님이 생각났다. 아버지가 돌아가시기 전 마지막 몇 달간을 그분들은 떨어져 지내셨다. "힘드시겠어요." 그녀에게 말했다. "그럴지도 모르죠. 하지만 그 자리 아니면 뉴욕의 전임이었으니까요." 그녀는 브룩클라인에 있는 남편이 세들어 사는 아파트에 대해서도 얘기해주었다. 널찍한 빅토리아식 아파트인데, 머레이힐에 있는 침실 하나짜리 아파트의 반값도 안 된다고 했다. 남편은 고집스럽게도 우편함에 부인의 이름을 써놓고 자동응답기에도 그녀의 목소리를 녹음해놓았다고 하였다. 심지어는 옷장 안에 그녀의 옷가지를 걸어놓고, 화장실 캐비닛에는 그녀가 쓰던 립스틱을 넣어두었다고 하였다. 자신의 남편은 이런 종류의 착각을 즐기며 위안을 얻는 반면, 자신은 그렇게 하면 자리가 난 것만 더 느껴져 싫다고 하였다.

그날 밤 그들은 함께 택시를 타고 고골리의 아파트로 갔다. 브리짓은 화장실을 잠깐 쓰겠다고 들어가더니 손에서 결혼반지를 빼고 나타났다. 둘이 있게 되자 그는 굶주린 사람처럼 그녀에게 달려들었다. 사랑을 나눈 지 오래되었던 것이다. 하지만 그녀를 따로 만날 생각은 없었다. 뉴욕 시 AIA 가이드(뉴욕 시 건축물을 소개하는 미국 건축가협회 가이드—옮긴이)를 손에 들고 루스벨트 섬으로 탐험을 나갈 때도 그녀에게 함께 가지 않겠냐고 물어볼 생각은 들지 않았다. 일주일에 두 번, 시험준비반 수업이 있는 밤에만 그녀를 만날 일이 기다려졌다. 둘 다 서로의 전화번호도 몰랐고, 고골리는 그녀가 정확히 어디에 사는지조차 몰랐다. 브리짓이 언제나 그의 아파트로 왔으며, 자고 가는 일은 없었다. 고골리는 이런 제한된 만남을 즐기고 있었다. 한 여자와 이렇게 적게 주고 적게 기대하는 관계를 가져본 것은 처음이었다. 고골리는 그녀의 남편 이름도 알지 못했고, 또 알고 싶지도 않았다. 언젠가 주말에 어머니와 소냐를 보러 매사추세츠로 가는 기차를 탔는데 남행 기차가 스쳐 지나갔고, 그때 혹시 브리짓을 보러 가는 남편이 저 기차를 타고 있지 않을까, 하는 생각이 들었다. 그리고 문득 브리짓의 남편이 부인을 그리워하며 혼자 살고 있는 집이 떠올랐다. 우편함 위에 불륜을 저지르고 있는 부인의 이름이 적혀 있고, 면도 도구 옆에 부인의 립스틱을 놓아둔 그의 집. 그때가 유일하게 죄책감이 느껴진 순간이었다.

가끔 어머니께서는 고골리에게 새 여자 친구가 생겼는지 물으셨다. 옛날에는 나무라듯 꺼내어놓으시던 주제였는데, 이제는 그러기를 바라듯 조심스레 염려하시는 투였다. 심지어 맥신과 다시 잘해보는 게 어떠냐는 말씀까지 하셨다. 맥신을 좋아하지 않았던 건 어머니였다고 고골리가 꼬집어 말하면, 어머니는 그게 중요한 게 아니라 그가 다시 그의 삶으로 돌아가는 것이 중요한 거라고 말씀하셨다. 이런 대화가 오가면 그는 이제 조용히 있었다. 예전 같으면 참견하신다고 한마디 했을 터였다. 어머니에게 자신은 아직 서른도 안 됐다고 하면, 그 나이 때 어머니는 결혼 10주년이었다고 대답하셨다. 말씀은 안 하셨지만 아버지가 돌아가신 후 어머니가 조급해지셨다는 것을, 그가 빨리 자리를 잡았으면 한다는 것을 모르지 않았다. 미혼이라는 사실은 그에게 별문제가 아니었으나, 그 때문에 어머니가 심려하시는 정도가 문제였다. 어머니는 매사추세츠에서 같이 자란 벵골 아이들과 인도에 있는 사촌들이 이제 약혼을 하고 결혼을 하는 것에 대해 언급하셨다. 게다가 언젠가는 손주 얘기까지 꺼내시는 것이었다.

어느 날 어머니와 전화 통화를 하던 중 어떤 사람에게 전화를 좀 할 수 없겠느냐고 물으셨다. 어렸을 때 알던 여자애라고 하셨다. 이름은 모슈미 마줌다르. 어렴풋이 기억이 났다. 한동안 매사추세츠에 살던 부모님 친구분의 딸이었고, 그가 고등학생이었을 때 그 아이의 가족은 뉴저지로 이사를 갔었다. 영국식 억양으로 말하는 아이였고, 파티에는 언제나 손에 책을 들고 나타났었다. 이것이 그녀에 관해 기억하는 전부였다. 특별히 좋은 것도, 그렇다고 나쁜 것도 아닌 사소한 기억들일 뿐이었다. 어머니는 고골리에게 그녀가 그보다 한 살 어리며 아래로 나이 차이가 나는 남동생이 있다고 했다. 그녀의 아버지는 자신의 이름이 붙은 특허까지 있는 유명한 화학자라고 하였다. 고골리가 옛날에 그녀의 어머니를 리나 마시라고 불렀고, 그녀의 아버지는 슈비르 메쇼라고 불렀다는 것도 말해주었다. 어머니는 그녀의 부모님이 아버지의 장례식에 참석하기 위해 일부러 뉴저지에서 큰 걸음을 했다고 말씀하셨지만, 고골리는 기억이 나지 않았다. 모슈미는 지금 뉴욕에 살고 있고, 뉴욕 대학에서 대학원에 다니고 있다고 하였다. 1년 전에 결혼하기로 되어 있었는데, 미국인이었던 약혼자가 파혼을 하고 말았다고 했다. 호텔을 예약하고, 청첩장을 보내고, 선물 접수자까지 골라놓은 후에 일어난 일이었다. 부모님이 걱정을 많이 하신다고, 친구가 필요할 것이라고, 어머니가 말씀하셨다. 그러니 그 애에게 전화를 해보면 어떻겠냐고.

 어머니가 전화번호를 받아 적을 볼펜이 있느냐고 하셨을 때, 그는 "네" 하고 거짓말을 하였고, 어머니가 번호를 부르시는 동안 딴전을 피우고 있었다. 모슈미에게 전화할 생각은 없었다. 시험이 다가오고 있었고, 무엇보다 어머니를 기쁘게 해드리고 싶은 마음은 굴뚝 같다 하더라도, 어머니가 주선하시는 선을 볼 의향은 전혀 없었다. 그렇게까지 하고 싶지 않았다. 그 다음 주말에 집에 갔을 때 어머니는 다시 이 말씀을 꺼내셨고, 이번에는 어머니와 한 방에 있었으므로 전화를 하지 않는다 해도 전화번호는 받아 적어야 했다. 그러나 어머니도 포기하지 않았고, 그 다음번 전화 통화 때 다시 말씀을 꺼내셨다. 그녀의 부모님은 아버지 장례식까지 오셨는데, 최소한 그 정도도 못하느냐는 말씀이셨다. 만나서 차 한 잔 하면서 이야기 나눌 시간도 없냐고.

,

그들은 이스트 빌리지에 있는 술집에서 만났다. 고골리가 전화를 걸었을 때 모슈미가 제안한 곳이었다. 실내는 비좁았으며 어둡고 조용했다. 한쪽 벽을 따라 있는 부스 세 개가 전부인 정사각형 모양의 공간이었다. 그가 도착했을 때 그녀는 바에 앉아 종이 장정으로 된 책을 읽고 있었다. 그녀가 책에서 눈을 떼어 고개를 들었을 때, 기다리는 사람은 그녀였음에도 자신이 방해를 하는 것 같은 느낌이었다. 갸름한 얼굴이었다. 고양이 상相이었지만 얄밉지 않았고, 눈썹은 가늘고 곧았다. 눈꺼풀은 두툼한 편이었고, 그 위에는 1960년대의 영화배우처럼 두껍게 아이라인을 칠했다. 가운데 가르마를 탄 머리는 뒤로 넘겨 쪽을 찌었고, 세련된 거북무늬의 가느다란 테가 돋보이는 안경을 쓰고 있었다. 회색 모직 치마와 야하게 느껴질 정도로 몸에 붙는 얇은 푸른색 스웨터를 입고 있었다. 불투명한 까만색 스타킹을 신은 종아리가 보였다. 스툴 밑에는 하얀색 쇼핑백들이 놓여 있었다. 전화를 할 때는 알아볼 수 있을 것 같아 어떻게 생겼는지 물어보지도 않았었는데, 막상 얼굴을 보니 장담할 수가 없었다.

"모슈미?" 그녀에게 다가가며 고골리가 말했다.

"야, 안녕." 그녀는 책을 덮으며 고골리의 양쪽 뺨에 자연스레 입을 맞추었다. 책은 무늬 없는 미색 표지였으며 제목은 붉어였다. 그녀에 대해 기억하고 있는 것 중 하나였던 영국식 억양은 사라지고 없었다. 그처럼 미국식 억양이었는데다 목소리가 저음이고 굵어서 전화를 했을 때 꽤 놀랐었다. 그녀는 올리브를 넣은 마티니를 주문했다. 옆에는 푸른색 던힐이 한 갑 놓여 있었다.

"니킬." 그가 몰트 위스키 한 잔을 주문하며 옆에 있는 스툴에 앉을 때 그녀가 말했다.

"그래."

"고골리가 아닌."

"그래." 그가 전화해서 니킬이라고 하자 누구인지 몰랐을 때 이미 신경이 거슬렸었다. 그를 예전의 이름으로 알고 있는 여자와 함께 시간을 보내는 것은 이번이 처음이었다. 전화 통화에서 그녀는 그와 마찬가지로 조심스러웠고, 약간 미심쩍어하는 목소리였다. 통화는 간단했고 철저하게 어색했었다. "내가 전화한 게 부담스럽지 않았으면 해." 이름을 바꿨다고 설명한 후 그는 이렇게 말을 꺼냈었다. "잠깐 수첩 좀 볼게." 일요일 저녁에 술 한 잔 할 시간이 있느냐고 물었을 때 그녀는 이렇게 말했다. 그리고 맨 마룻바닥을 걷는 그녀의 발자국 소리가 들렸다.

그녀는 잠시 입술을 쫑긋거리며 그를 훑어보았다.

"내 기억으로는 네가 나보다 한 살 위였기 때문에, 부모님들이 고골리 다다라고 부르라고 하셨었어."

고골리는 그들이 얼마나 마실 사람들인지 가늠하는 바텐더의 시선이 느껴졌다. 모슈미의 향수 냄새가 났다. 축축한 이끼와 자두를 연상시키는 약간 독한 향이었다. 조용한데다 은밀하게 느껴지는 그곳의 분위기가 불편하게 느껴졌다. "그런 생각은 하지 말자구."

그녀가 웃었다. "나는 거기에 건배하고 싶은데." 모슈미는 이렇게 말하며 잔을 들었다.

"물론 한 번도 그런 적은 없었지." 그녀가 덧붙였다.

"뭘?"

"고골리 다다라고 부르는 것 말야. 내 기억엔 우리가 얘기를 나눈 적이 없는 것 같아, 진짜로."

그가 술을 한 모금 마시며 말했다. "내 기억에도 그래."

"음, 난 이런 건 처음이야." 잠시 침묵이 흐른 후에 그녀가 말했다. 있는 사실을 말하듯 무미건조한 투였지만 그의 시선은 피하고 있었다.

고골리는 무슨 말인지 알고 있었지만 짐짓 이렇게 물었다. "뭐가?"

"엄마가 주선한 선을 보는 것 말이야."

"글쎄, 꼭 선을 보고 있다고 할 수는 없지." 그가 말했다.

"아닌가?"

"어떻게 보면 우린 이미 알던 사이였잖아."

곧이들리지 않는다는 듯 그녀는 어깨를 으쓱하고 짧게 미소를 지었다. 그녀의 이는 다닥다닥 붙어 있었고 그렇게 반듯하지는 않았다. "맞아, 내 생각도 그래."

두 사람은 바텐더가 벽에 부착된 오디오에 CD를 끼우는 것을 함께 바라보았다. 어떤 재즈곡이었다. 고골리는 잠시나마 딴 곳에 주의를 돌릴 수 있게 되어 다행이라고 생각했다.

"아버지 말야, 소식 들었어. 많이 상심했겠다."

진정으로 걱정해주는 목소리였지만, 고골리는 그녀가 자신의 아버지를 기억이나 하고 있을지 의심스러웠다. 묻고 싶었지만 그냥 고개만 끄덕였다. "괜찮아. 고마워." 이것이 그가 생각할 수 있는 대답의 전부였다.

"어머니는 좀 어떠시니?"

"괜찮으시겠지, 뭐."

"혼자서 지내시는데 괜찮으실까?"

"소냐가 지금 같이 있어."

"아, 정말 잘됐네. 네 마음이 좀 편하겠다." 그녀는 던힐을 집어 뚜껑을 열고 금박지 종이를 벗겼다. 그에게 먼저 권하더니 재떨이에 놓여 있는 성냥을 집어 담배에 불을 붙였다. "내가 놀러 가던 그 집에서 아직도 사니?" 그녀가 물었다.

"응."

"기억나."

"그래?"

"집 쪽을 보고 서면 집 오른쪽으로 주차장 진입로가 있었지. 잔디밭 위에 판석이 깔린 길이 있었고."

그런 세세한 것까지 정확히 기억하고 있다는 사실이 놀라운 동시에 사랑스럽게 느껴졌다. "와, 정말 놀랐는데."

"그리고 아주 두꺼운 짙은 금색 카펫이 깔린 방에서 계속 텔레비전을 보던 것도 기억나."

그는 말문이 막힐 정도였다. "아직도 그 카펫이야."

그녀는 장례식에 못 가서 미안하다고 말하면서, 그때 파리에 있었다고 했다. 브라운 대학을 졸업한 후에 그곳에서 살았다고. 지금은 뉴욕 대학에서 불문학 전공으로 박사과정을 밟고 있고, 뉴욕에 산 지는 거의 2년이 되어간다고 하였다. 지난 여름에는 임시직으로 일을 했었다는 이야기도 했다. 미드타운에 있는 고급 호텔에서 사무직으로 두 달간 일했는데, 그녀의 일은 투숙객들이 방을 떠나며 남긴 설문지를 검토하여 정리한 후 복사를 해서 적당한 사람들에게 돌리는 것이었다. 이 단순한 일을 하는 데 하루가 갔다고 하였다.

그리고 사람들이 설문지를 작성하는 데 쏟아 붓는 열성을 보고 정말 놀랐다고도 하였다. 베개가 너무 딱딱하지 않으면 푹신하다거나, 아니면 세면대 옆에 세면도구를 놓아둘 공간이 부족하거나 또는 침대보의 올이 풀려 있었다는 등의 불평을 했다고 하였다. 그곳에 묵는 대부분의 사람들은 방값을 지불하지도 않았다. 대부분 컨벤션에 온 사람들로, 비용이 모두 포함되어 있었기 때문이다. 어떤 사람은 책상 위에 걸어놓은 건축물을 그린 판화의 유리 안쪽에, 눈에 보일 정도의 먼지가 들어 있었다고 불평하였다.

그는 이런 일화들이 재미있었다. "아마 나였을 수도 있겠는데." 그의 말에 그녀가 웃었다.

"왜 파리에서 뉴욕으로 왔지? 불문학을 공부하려면 프랑스가 나을 것 같은데." 그가 물었다.

"사랑 때문이었어." 그녀가 대답했다. 그 솔직함에 고골리는 놀라고 말았다. "당연히 내 결혼 전 참사에 대해 들어 알고 있겠지."

"잘 몰라." 그는 거짓말을 했다.

"글쎄, 알고 있을걸." 그녀가 머리를 저었다. "동부에 사는 벵골 사람들은 다 알아." 아무렇지도 않은 듯 말했지만 비꼬는 투였다. "너나 네 식구들도 내 결혼식에 초대되었을 게 분명해."

"우리가 마지막으로 본 게 언제였지?" 그는 화제를 바꾸어보려고 이렇게 물었다.

"정확한지 모르겠지만, 아마 네 고등학교 졸업 파티였을 거야."

부모님과 친구분들이 특별히 큰 파티가 있을 때면 빌리곤 하던 교회의 지하실이, 환하게 밝혀진 그 공간이 머릿속에 떠올랐다. 보통 때 일요 성경 학교가 열리는 곳이었다. 복도에는 「잠언」이 적힌 펠트천이 걸려 있었다. 아버지를 도와 크고 긴 접는 탁자를 펴서 배치하였고, 벽에 걸린 칠판에는 소냐가 의자를 놓고 올라서서 '축하합니다'라고 썼었다.
"거기 왔었어?"
그녀가 고개를 끄덕였다. "뉴저지로 이사 가기 바로 전이었어. 너는 고등학교 미국 친구들과 함께 앉아 있었고, 네 선생님들도 몇 분 와 계셨지. 넌 모든 것이 그저 당황스럽다는 표정이었어."
그는 고개를 흔들었다. "난 네가 거기 있었던 게 기억이 안 나. 내가 너에게 말을 걸었었니?"
"넌 나를 완전히 무시했지. 그렇지만 상관없어. 아마도 잊지 않고 책을 가져갔었을 테니까." 그녀는 웃었다.
술잔이 한 잔씩 더 돌아갔다. 술집은 사람들로 붐비기 시작했다. 이제 부스가 모두 찼고, 탁자 양쪽으로 사람들이 앉아 있었다. 사람 수가 많은 일행이 들어왔고, 이제 그들 뒤에는 술을 주문하는 사람들로 북적였다. 처음 도착했을 때는 사람이 없고 너무 조용해서 무대 한가운데 있는 기분이라 거슬리더니, 이제 사람들로 북적대니 한층 더 거슬렸다.
"상당히 정신없어지는군, 여기." 그가 말했다.
"일요일엔 보통 이렇지 않은데……. 나갈까?"
그는 잠시 생각했다. "그럴까."
계산을 한 후 함께 싸늘한 10월의 저녁 거리로 나왔다. 시계를 흘긋 보니 아직 한 시간도 채 지나지 않았다.
"어느 쪽으로 가?" 그녀는 데이트가 끝났다는 것을 암시하는 질문을 던졌다.
저녁을 사주리라는 계획은 하지 않았다. 술을 몇 잔 마시고 집에 가서 공부하다가 중국 음식이나 시켜먹을 생각이었다. 그러나 지금 그는 그녀에게 무언가를 먹으러 갈 생각이라고 말하고 있었다. 게다가 같이 가지 않겠느냐고 묻고 있었다.

"난 좋아." 그녀가 말했다.

둘 다 어디로 갈지 생각이 나지 않았으므로 조금 걷기로 했다. 그는 쇼핑백을 들어주겠다고 하였고, 가방은 전혀 무겁지 않았지만 그녀는 그러라고 했다. 만나기 전에 소호에서 샘플 세일을 하길래 샀다고 하였다. 그들은 새로 문을 연 것 같은 작은 음식점 앞에 멈추어 섰다. 길가에 서서, 창문에 붙여놓은 손으로 쓴 메뉴와 며칠 전 《뉴욕타임스》에서 받은 평을 읽었다. 그는 유리에 비친 모슈미의 모습 때문에 집중이 되지 않았다. 더 심각해보였는데 어쩐 일인지 훨씬 더 미인이었다.

"이 집에서 먹어볼까?" 그가 물었다. 그리고는 문을 열기 위해 한 걸음 비켜섰다. 안으로 들어서니 빨갛게 칠한 벽 위에 포도주를 선전하는 옛날 포스터며 길거리 표지판, 그리고 파리의 사진들이 가득 붙어 있었다.

"네 눈에는 우스워보이겠는데." 그가 벽을 쳐다보고 있는 모슈미를 바라보며 말했다.

그녀는 고개를 저었다. "아냐, 상당히 그럴듯해."

모슈미는 샴페인 한 잔을 주문한 후 포도주 목록을 유심히 살펴보았다. 그는 몰트 위스키를 한 잔 더 마실 생각이었지만 맥주와 포도주밖에 없다고 하였다.

"포도주를 한 병 시킬까?" 그녀가 목록을 그에게 건네주며 말했다.

"네가 골라."

그녀는 샐러드와 부야베스, 그리고 상케르 한 병을 시켰다. 그는 카술레를 시켰다. 모슈미는 프랑스인 웨이터에게 불어를 하지는 않았지만, 메뉴에 있는 항목들을 발음하는 것을 들으면 불어에 유창하다는 사실을 알 수 있었다. 그는 속으로 감탄하였다. 벵골어를 빼면 그는 다른 언어를 배울 생각을 해본 적이 없었다. 음식은 빨리 나왔다. 그는 직장에 대해 얘기했고, 지금 맡고 있는 작업과 앞으로 치를 시험에 대해서도 말했다. 빵 접시에 각자의 음식을 조금씩 덜어 맞바꾸어 맛을 보았다. 식사가 끝난 후 에스프레소와 크렘브륄레를 하나 시켰고, 딱딱한 갈색 그릇에 찻숟가락을 부딪히며 나눠 어먹었다.

계산서가 나오자 모슈미는 술집에서처럼 그녀의 몫을 내겠다고 하였으나, 고골리가 이번엔 자기가 사겠다고 고집했다. 그는 걸어서 모슈미를 집까지 바래다주었다. 그들이 만났던 술집 가까운 곳에 있는 허름한 건물이었지만 예쁜 주거 블록에 있는 집이었다. 건물 앞에는 여기저기 부서진 층층대가 있었고, 건물의 정면은 테라코타색이었으며, 지나치게 화려한 초록색 처마 장식이 있었다. 모슈미는 저녁 잘먹었다고, 그리고 재미있었다고 말했다. 그리고 다시 그의 양쪽 뺨에 키스를 한 후, 핸드백에서 열쇠를 찾기 시작했다.

"이거 잊어버리지 마." 그가 쇼핑백들을 건네주며 말했다. 고골리는 쇼핑백의 손잡이에 그녀가 손목을 끼우는 것을 보았다. 손에 들고 있던 것이 갑자기 없어지니 손을 어디다 둬야 할지 어색했다. 마신 술 때문에 목이 말랐다. "그래, 우리 또 만나서 부모님들을 기쁘게 해드릴까?"

그녀는 고골리의 얼굴을 빤히 쳐다보았다. "글쎄." 그녀의 시선은 차들이 오가는 길가를 잠시 맴돌았다. 전조등의 불빛이 두 사람의 몸 위에 잠깐 머물다가 지나갔다. 그리고 나서 그녀의 시선이 다시 그의 얼굴 위로 돌아왔다. 그리고는 미소지으며 고개를 끄덕였다. "전화해."

고골리는 쇼핑백을 들고 층층대를 잽싸게 올라가는 그녀를 지켜보았다. 발판에 걸쳐 있는 그녀의 구두굽이 불안해보였다. 모슈미는 잠깐 뒤로 돌아 손을 흔들고는 그가 손을 흔들 때까지 기다리지 않고 두번째 현관문을 열고 들어갔다. 고골리는 잠시 그곳에 서 있었다. 문이 열리고 그곳에 사는 주민이 나와 층층대 밑에 있는 쓰레기통에 무언가를 버렸다. 고골리는 어느 창문에 불이 켜질까, 어느 집이 그녀의 아파트일까, 생각하며 건물을 올려다보았다.

  모슈미에게 끌리기는커녕, 재미있는 시간을 보내리라고는 기대도 하지 않았었다. 어렸을 때 그들이 가졌던 관계는 아무것도 아니라는 생각이 들었다. 그들의 부모님이 친구였지 그들은 아니었다. 그녀는 가족의 친구였지 가족은 아니었다. 오늘 밤 이전까지 그들의 관계는 인위적이고 강제된 것이었다. 인도에 있는 사촌들과의 관계와 비슷했지만 그들처럼 혈연으로 이어진 것도 아니지 않은가. 오늘 밤에 서로 만나기 전까지 그는 모슈미를, 부모님 친구 가족 중의 한 명이라는 사실 이상으로 생각해본 적이 없었고, 그것은 그녀 역시 마찬가지였다. 그는 아는 사람이기에 오히려 모슈미에게 호기심이 생기는 거라는 결론을 내렸다. 지하철이 있는 서쪽으로 걸어가면서 그녀를 언제 다시 만날까를 생각했다. 그러나 고골리는 브로드웨이까지 걸어가다가 마음을 바꿔 택시를 잡아탔다. 특별히 시간이 늦거나 춥거나 비가 오는 것도 아니었고, 서둘러 집에 들어가야 할 일도 없는데 택시까지 타는 것은 다소 사치스런 결정이었다. 그러나 그는 갑자기 혼자 있고 싶은 강한 충동을 느꼈다. 완전히 수동적인 자세로 가만히 혼자 앉아서 오늘 저녁을 돌이켜보고 싶었다. 택시 운전사는 방글라데시 사람이었다. 앞좌석 뒤 플렉시글라스 칸막이에 붙어 있는 등록증에 씌어진 이름이 무스타파 사이드였다. 그는 휴대폰에 대고 벵골어로 이야기하고 있었다. FDR (Franklin Delano Roosevelt, 프랭클린 루스벨트 로―옮긴이)이 무척 막혔고, 까다로운 손님들이 탔었다며 불평을 늘어놓고 있었다.
차는 문이 닫힌 상점들과 음식점들이 있는 8번 도로로 올라가고 있
었다. 부모님이 이 택시에 타셨더라면 아마 운전사와 얘기를 시작
했을 것이다. 방글라데시 어디서 왔냐, 여기에는 얼마나 살았냐, 부
인과 아이들은 이곳에 있느냐 아니면 그곳에 두고 왔느냐를 물으셨
을 것이다. 그러나 고골리는 여느 승객들처럼 조용히 앉아 생각에
잠겨 있었다. 그는 모슈미를 생각하고 있었다. 아파트에 다다르자
고골리는 칸막이 쪽으로 몸을 구부려 운전사에게 벵골어로 말했다.
"저기예요. 앞에서 오른쪽에 있는 건물이요."
놀란 운전사가 돌아보고 웃었다. "몰랐네요." 그가 말했다.
"괜찮아요." 고골리가 말하면서 지갑을 꺼냈다. 그리고 팁을 두
둑이 얹어주고는 차에서 내렸다.

그날 이후 고골리는 모슈미에 대한 일들이 하나 둘씩 기억나기
시작했다. 그녀에 관한 기억들은 일하면서 책상 앞에 앉아 있을 때
나 회의를 하고 있을 때, 또는 잠이 들기 시작할 때, 아침에 샤워를
하고 있을 때, 예고 없이 떠오르곤 하였다. 안에 묻어놓고, 건드리
지는 않았지만 내내 간직하고 있던 기억들이었다. 지금까지 생각해
본 적도, 돌이켜볼 필요도 없던 기억들이었다. 그녀의 모습이 아직
까지 그의 머릿속에 남아 있다는 사실에 감사했고, 한 번도 해본 적
이 없는 스포츠나 게임에 천부적인 재능이 있음을 발견한 듯 기분
이 좋았다. 주로 그가 매년, 1년에 두 번씩 가족과 함께 갔던 푸조
에서 그녀를 보았던 것이 기억났다. 그녀는 어깨 위까지 조심스레
핀을 꽂아 사리를 입고 있었다. 소냐도 똑같이 했지만 언제나 한
두 시간 후면 사리를 벗어던지고 청바지로 갈아입었다. 벗은 사리
는 플라스틱 봉투에 구깃구깃 쑤셔 넣은 다음, 고골리나 아버지에

게 차 안에 갖다 놓아달라고 하였다. 그는 모슈미가 다른 아이들과 함께 푸조가 주로 행해지던 워터타운 건물의 길 건너편에 있던 맥도날드에 가거나, 주차장에서 다른 사람의 차에 앉아 음악을 듣거나, 캔 맥주를 마시는 것도 본 적이 없었다. 기억해내려고 안간힘을 썼지만, 그녀가 펨버튼 로드에 왔던 것을 기억해낼 수가 없었다. 그래도 그녀가 그 방들을 보았고, 어머니의 음식을 먹었으며, 화장실에서 손을 씻어본 적이 있다는 사실에 은근히 기분이 좋았다. 아무리 오래전의 일이라고 해도 상관없었다.

언젠가 모슈미의 부모님댁에서 하는 크리스마스 파티에 갔던 일이 기억났다. 그와 소냐는 크리스마스는 가족과 보내는 날이라며 가기 싫다고 투정을 부렸고, 부모님은 미국에서는 벵골 친구들이 가족이나 마찬가지라고 대답했었다. 그래서 그들은 마줌다르 가족이 사는 베드포드에 갔었다. 그녀의 어머니 리나 마시는 차가운 파운드 케이크와 만지면 푹 꺼지는 데운 냉동 도넛을 내오셨다. 이제 고3이 된 그녀보다 한참 어린 남동생 삼랏은 그때 네 살이었는데 스파이더맨밖에 몰랐다. 리나 마시는 익명 선물 교환식을 준비한다고 엄청난 노력을 했다. 각 가족은 가족 수만큼 선물을 준비하기로 하였다. 그래서 모두에게 풀어볼 선물이 하나씩 돌아가도록 하는 것이었다. 고골리는 쪽지에 번호를 적었고, 번호 하나는 선물에 붙이고 또 다른 하나는 접어서 끈이 달린 주머니에 넣어 모두에게 돌렸다. 모두들 한곳에 모여 앉았고, 문간에까지 앉아야 했다. 고골리는 거실에 앉아 다른 손님들과 함께 모슈미가 피아노 치는 것을 들었다. 모슈미의 머리 위에는 르누아르의 그림—소녀가 초록색 물뿌리개를 들고 있는 그림—의 포스터가 액자에 끼워져 걸려 있다. 한참을 곰곰이 생각한 후에, 사람들이 못 참겠다는 듯이 꿈지럭거리기 시작할 무렵 모슈미는 아이들용으로 편곡된 모차르트의 짧은 피아노곡을 쳤다. 그러나 손님들은 〈징글벨〉을 쳐달라고 하였다. 모슈미는 싫다며 고개를 저었고, 그때 모슈미의 어머니가 말씀하셨다. "아이, 모슈미가 부끄러워서 그래요. 애가 〈징글벨〉을 얼마나 잘 치는데요." 순간 모슈미는 어머니를 쏘아보더니 〈징글벨〉을 치기 시작했다. 누군가 번호를 부르고 사람들이 자신의 선물을 찾아가는 동안 모슈미는 등을 돌리고 앉아 계속해서 〈징글벨〉을 치고 또 쳤다.

일주일 후에 그들은 점심을 같이 먹었다. 주중에 모슈미가 전화를 걸었고, 그의 사무실 가까운 곳에서 만났으면 좋겠다고 제안했던 것이다. 그는 회사로 오라고 하였다. 접수원이 그녀가 로비에서 기다린다고 전해주자 고골리는 기대감으로 가슴이 벅차오르는 것을 느꼈다. 아침 내내 입면도를 그리는 데 집중할 수가 없었다. 그는 몇 분 동안 그녀를 데리고 다니며 회사 구경을 시켜주었다. 그가 맡고 있는 프로젝트에 관련된 사진들을 손으로 가리키며 보여주었고, 수석 건축사에게 소개를 시켜주었으며, 회의실도 보여주었다. 설계실에서 작업 중이던 동료 직원들이 그녀가 지나가자 고개를 들어 쳐다보았다. 11월 초였다. 그날따라 갑자기 기온이 떨어졌고, 그해 겨울 들어 처음으로 제대로 추운 날이었다. 옷을 두툼하게 입고 나오지 않은 사람들이 얼굴을 찡그리고 팔짱을 낀 채 종종걸음을 치고 있었다. 바래고 구겨진 낙엽들은 보도 위에서 빠른 속도로 소용돌이를 그렸다. 모자도, 장갑도 없었던 고골리는 겉옷 주머니에 손을 찔러 넣고 걸었다. 반대로 모슈미는 부럽게도 옷을 단단히 입고 있었기에 추위 속에서도 제법 느긋했다. 감색 모직 외투에 검은색 모직 스카프를 목에 두르고, 옆에서 지퍼를 올리는 긴 검은색 부츠를 신고 있었다.

그는 회사 사람들과 가끔 가는 이탈리아 음식점으로 그녀를 데리고 갔다. 그곳은 생일이나 승진 때, 또는 프로젝트가 잘 끝난 것을 기념할 때 가는 곳이었다. 입구는 보도에서 계단을 몇 개 내려가도록 되어 있었고, 창문은 레이스 장식으로 가려져 있었다. 웨이터가 그를 알아보고 웃음을 지었다. 보통 때는 음식점 중앙에 있는 긴 테이블에 앉지만, 이번에는 뒤쪽에 있는 작은 테이블로 안내되었다. 그녀는 외투 안에 오톨도톨한 감으로 만든 회색 정장을 입고 있었다. 상의에는 큰 단추들이 달려 있고, 종 모양의 치마는 무릎 위로 약간 올라왔다.

"오늘 수업이 있었어." 고골리의 시선을 느낀 모슈미가 이렇게 설명했다. 수업이 있는 날에는 되도록 정장을 입는 편이라고 했다. 학생들과 나이 차이가 10년 정도밖에 나지 않기 때문에 그렇지 않으면 위엄이 서지 않는다고 하였다. 고골리는 문득 그녀의 학생들이 몹시 부러워졌다. 일주일에 세 번씩 꼬박꼬박 그녀를 볼 수 있지 않은가. 탁자 주위에 둘러앉아 칠판에 무언가를 적고 있는 그녀를 뚫어져라 쳐다보는 학생들을 상상해보았다.

"여긴 파스타가 꽤 괜찮은 편이야." 웨이터가 메뉴판을 가져다주자 고골리가 말했다.

"같이 포도주 마시자. 난 오늘은 끝났어." 그녀가 말했다.

"좋겠다. 난 다음에 골치 아픈 회의가 있어."

그녀는 그를 쳐다보면서 메뉴판을 덮었다. "그럴수록 한 잔 해야지." 그녀가 신이 나서 말했다.

"그래, 맞아." 그가 인정했다.

"메를로 두 잔 주세요." 웨이터가 다시 왔을 때 그가 주문했다. 모슈미는 그가 주문한 것과 같은 것으로 주문하였다. 포치니 라비올리와 아루굴라에 배를 넣은 샐러드였다. 고골리는 그녀가 음식에 실망이나 하지 않을까 내심 초조했다. 그러나 음식이 나오자 그녀는 만족한 듯이 바라보더니 맛있게 먹어치웠다. 빵으로 접시 위에 남아 있는 소스까지 깨끗이 닦아먹었다. 함께 포도주를 마시고 음식을 먹으며 고골리는 환하게 빛나는 그녀의 얼굴을 넋을 잃고 바라보았다. 볼의 윤곽선을 따라 실낱 같은 머리카락이 연하게 빛나고 있었다. 그녀는 학생들에 대해 얘기했고, 앞으로 쓸 논문의 주제에 대해서도 말했다. 알제리에서 태어나 불어로 시를 쓴 20세기의 시인에 대해 쓸 것이라고 했다. 그는 크리스마스 파티 때 그녀가 억지로 〈징글벨〉을 연주해야 했던 일이 기억났다고 말해주었다.
"그날 밤 기억나?" 고골리는 그녀가 기억하기를 바라면서 물었다.
"아니. 엄마는 나한테 항상 그런 걸 하라고 하셨어."
"아직도 피아노 치니?"
그녀는 고개를 저었다. "처음부터 한 번도 배우고 싶었던 적이 없었어. 우리 엄마의 수많은 환상 중 하나였지. 요즘은 엄마가 레슨 다니고 계실 거야."
주변은 다시 조용해졌다. 점심을 먹으러 왔던 사람들이 한차례 빠져나간 것이다. 그는 웨이터가 있는 곳을 찾아 계산서를 달라고 손짓했다. 음식은 다 먹었고, 가야 할 시간이라는 것이 못내 아쉬웠다.
"동생되시나 보죠, 시뇨르?" 고골리가 계산서를 받아 그들 사이에 놓는 동안 웨이터가 모슈미와 그를 번갈아보더니 이렇게 물었다.
"아, 아니에요." 고골리가 고개를 저으며 웃으면서 대답했다. 무례하기도 했지만 이상하게 사람을 자극시키는 말이었다. 어떻게 보면 말이 안 되는 건 아니지, 하고 그는 생각했다. 피부색도 비슷했고, 곧은 눈썹과 길고 날씬한 몸매에 광대뼈가 나온 것과, 짙은 머리색도 비슷했다.

"정말이에요?" 끈질긴 웨이터였다.

"꽤 확실해요." 고골리가 대답했다.

"그렇지만 그럴 것 같은데." 웨이터가 말했다. "맞아요, 맞아. 많이 닮았어요."

"그런 것 같아요?" 모슈미가 물었다. 그녀는 이렇게 비교당하는 것에 별로 신경쓰지 않는 듯했고, 우스꽝스러운 표정을 지으며 고골리를 흘겨보았다. 그러나 고골리는 그녀의 얼굴이 순간 발갛게 되는 것을 보았는데, 포도주 때문인지 수줍어하는 건지는 알 수 없었다.

"아까 그 사람이 그렇게 말하다니 신기하지." 추운 거리로 걸어 나오며 그녀가 말했다.

"무슨 말이야?"

"글쎄, 평생 동안 부모님들은 마치 우리가 사촌이나 되는 것처럼 키우셨잖아. 임시방편으로 만든 벵골인 대가족의 일부로 말이야. 그런데 여기서 이렇게, 세월도 흘렀는데, 어떤 사람이 정말로 우리가 가족인 줄 알다니 우습잖아."

그는 무슨 말을 해야 할지 몰랐다. 웨이터의 말은 그가 듣기에 불편했었다. 모슈미에게로 향한 애정이 무슨 불륜이나 되는 것처럼 느껴졌기 때문이었다.

"옷을 따뜻하게 안 입었네." 그녀가 고골리를 보고, 목도리를 더 단단히 두르면서 말했다.

"아파트 안은 언제나 너무 더워." 그가 말했다. "난방이 들어오기 시작했거든. 이상하게 바깥은 더 추울 거라는 걸 항상 생각 못 해."

"신문 안 봐?"

"회사 갈 때 사니까."

"나는 집을 떠나기 전에 언제나 전화로 날씨를 체크하는데." 모슈미가 말했다.

"에이, 농담 마." 고골리는 그녀를 빤히 바라보았다. 그 정도까지 할 사람이라는 데 놀랐다. "빨리 농담이라고 해."

그녀가 웃었다. "물론 아무에게나 말해주는 사실은 아니지." 목도리를 다시 감은 후에 거기서 손을 떼지 않고 그녀가 말했다. "이거 빌려갈래?" 그렇게 말하고서 목도리를 풀기 시작했다.

"제발, 난 괜찮아." 넥타이의 매듭 위로 손을 대면서 고골리가 말했다.

"정말?"

그가 고개를 끄덕였다. 반쯤 그러겠다고 하고 싶은 마음도 있었다. 자신의 살 위로 그녀의 목도리를 둘러보고 싶었던 것이다.

"흠, 하지만 최소한 모자는 필요해." 그녀가 말했다. "가까운 데 아는 곳이 있어. 바로 들어가야 해?"

모슈미는 메디슨 로에 있는 작은 상점으로 그를 데리고 들어갔다. 진열장은 눈, 코, 입이 없는 회색 얼굴에 얹혀 있는 여자들의 모자들로 가득했다. 비스듬한 목은 거의 한 자나 되는 것 같았다.

"뒤쪽에 남성용이 있어." 그녀가 말했다. 상점은 여자들로 붐비고 있었다. 뒤쪽은 앞에 비해 조용했고, 곡선을 넣어 만들어진 나무 진열대 위에 중절모와 베레모가 진열되어 있었다. 그는 장난삼아 모피 모자와 실크로 만든 예식 모자를 써보았다. 아까 마신 포도주가 얼근하게 올라왔다. 모슈미는 한 더미의 모자들을 샅샅이 뒤지기 시작했다.

"이거 따뜻하겠다." 끝에 노란색 줄무늬가 들어간 두꺼운 감색 모자 속에 손을 집어넣으며 그녀가 말했다. 그리고 양손을 벌려 모자를 늘려보았다. "어떻게 생각해?" 모슈미는 그 모자를 고골리의 머리 위에 씌워주었다. 그녀의 손가락이 그의 머리카락에, 그의 머릿속에 닿았다. 그녀는 웃으면서 거울을 가리켰다. 거울 속 자신의 모습을 쳐다보는 고골리를 그녀가 보고 있었다.

　모슈미가 거울 속의 모습이 아닌 그의 모습을 보고 있다는 것을 고골리는 느낄 수 있었다. 그는 안경을 벗은 그녀의 모습이 어떨지, 머리를 늘어뜨린 그녀의 모습이 어떨지 궁금해졌다. 그녀의 입술에 키스를 하면 어떨지도. "좋아. 이걸로 사지." 그가 말했다.

　모슈미는 그의 머리에서 잽싸게 모자를 벗겼다. 그의 머리가 흐트러졌다.

　"뭐하는 거야?"

　"내가 사주고 싶어."

　"아냐, 그럴 필요 없어."

　"내가 그러고 싶은데." 벌써 계산대 쪽으로 걸어가며 그녀가 말했다. "이건 처음부터 내 생각이었어. 너는 얼어죽어도 좋다고 돌아다니고 있었잖아."

　계산대에서 점원은 모슈미가 모직과 벨벳으로 만들어진 갈색 모자를 보고 있음을 알아차렸다. 모자는 깃털로 장식되어 있었다. "정교한 제품이지요." 점원이 진열대에서 조심스레 모자를 들어 올리며 말했다. "에스파냐에 사는 디자이너가 만든 수제품입니다. 세상에 단 하나밖에 없는 디자인이지요. 한번 써보시겠어요?"

　모슈미가 모자를 써보았다. 손님 중 한 명이 칭찬을 했고, 점원도 잘 어울린다면서 "아무나 소화해낼 수 있는 종류의 모자는 아니죠"라고 말했다.

　모슈미가 얼굴을 붉히며 얼굴 옆으로 실에 매달려 있는 가격표를 슬쩍 보았다. "오늘 내 예산은 초과예요." 그녀가 말했다.

점원은 모자를 다시 진열대에 올려놓았다. "이제 생일날 무슨 선물을 하실지 알게 되셨네요." 고골리를 쳐다보며 점원이 말했다.

고골리는 새 모자를 쓰고 모슈미와 함께 상점을 나섰다. 회의에 늦을 것 같았다. 회의만 아니었다면 그녀와 함께 있고 싶었다. 이렇게 나란히 서서 거리를 걸어다니거나 어두운 영화관으로 그녀와 함께 쑥 들어가버리고 싶었다. 날은 더 추워졌고 바람도 더 거세어졌다. 해는 희끄무레한 얼룩처럼 하늘에 떠 있었다. 모슈미가 그의 사무실까지 바래다주었다. 그날 하루 종일, 회의를 하는 동안이나 그 후 일에 집중하려고 해도 그녀 생각만 났다. 퇴근하는 길에 지하철로 걸어가지 않고, 아까 함께 왔던 길을 되짚어갔다. 낮에 갔던 음식점은 이제 저녁 손님들로 붐비고 있었다. 기억을 더듬어 모자 가게를 찾아갔고, 멀리서 눈에 들어온 상점의 모습에 기분이 좋아졌다. 8시가 다 되어가고 있었고, 밖은 어두웠다. 가게 문이 닫혔을 거라고 생각했는데, 뜻밖에도 가게 안에는 아직 불이 켜져 있었고 철문은 반쯤 내려져 있었다. 진열장에 있는 모자들을 쳐다보았고, 창문에 비친 그의 모습도 보았다. 그녀가 사준 모자를 쓰고 있는 유리에 비친 자신의 모습이 보였다. 그는 결국 안으로 들어갔다. 그 외에 다른 손님은 없었고, 안쪽에서 진공청소기 돌아가는 소리가 들렸다.

"다시 오실 줄 알았어요." 문을 들어서자 가게 점원이 말했다. 점원은 그에게 묻지도 않고 스티로폼 머리에서 갈색 벨벳 모자를 벗겼다. "아까 여자 친구분과 함께 오셨던 분이셔." 점원은 보조 점원에게 이렇게 설명해주었다. "싸드릴까요?"

"그래 주시면 고맙겠습니다." 그렇게 말해주니 그는 기분이 좋았다. 점원이 모자를 둥근 초콜릿 색깔의 상자에 넣고, 두꺼운 미색 리본으로 묶는 것을 지켜보았다. 가격도 묻지 않았는데 영수증이

나왔고, 두 번 생각도 않고 200달러짜리 영수증에 서명을 했다. 집으로 돌아온 고골리는, 모슈미가 한 번도 그의 아파트에 와본 적이 없는데도 옷장 깊숙이 그 모자를 숨겨놓았다. 생일날 줄 생각이었다. 생일이 언제인지조차 아직 모르면서 말이다.

하지만 그는 그녀의 생일날 간 적이 있었던 것만 같았고, 그녀도 그의 생일에 왔었던 것 같았다. 주말에 부모님댁에 갔을 때 그는 이 사실을 확인하였다. 밤에 어머니와 소냐가 잠들었을 때, 그는 어머니가 그동안 정리해놓으신 가족 사진첩을 뒤져보았다. 모슈미가 거기에 있었다. 고골리의 집 식당에서 촛불을 밝힌 케이크 뒤에 줄지어 서 있는 아이들 사이에 그녀가 있었다. 모슈미는 머리에 고깔 모자를 쓰고 다른 쪽을 보고 있었다. 고골리는 카메라 렌즈를 보고 있었고, 카메라 앞에서 포즈를 취하기 위해 칼을 케이크 위로 들고 서 있었다. 그의 얼굴은 사춘기에 대한 예감으로 빛나는 듯하였다. 다음에 모슈미를 만날 때 보여주려고 끈적끈적한 노란색 앨범지로부터 사진을 떼어내려고 하였다. 그러나 과거로부터 깨끗이 떨어지기를 거부하듯, 사진은 너무 꼭 달라붙어 떨어지지 않았다.

그 다음 주말에 모슈미는 저녁을 먹자며, 그를 집으로 초대했다. 문을 열어주기 위해 그녀가 아래층으로 내려왔다. 버저가 고장났다고, 저녁을 먹자는 얘기를 할 때 미리 경고했었다.

"모자 예쁘네." 그녀가 말했다. 모슈미는 소매가 없는 뒤가 느슨하게 풀어진 검은색 원피스를 입고 있었다. 맨다리였고, 발은 가늘었다. 샌들 위로 드러난 발톱에는 고동색이 칠해져 있었고, 쪽찌어 올린 머리에서 몇 가닥이 흘러내려와 있었다. 그녀의 손가락 사이에는 반쯤 피운 담배가 끼워져 있었는데, 몸을 기울여 그의 뺨에 키스하기 전, 그녀는 담배를 바닥에 버리고 샌들 끝으로 비벼 껐다.

그녀는 3층에 있는 아파트로 그를 데리고 올라갔다. 문은 열려 있었다. 집으로 들어서자 음식 냄새가 얼굴에 확 끼쳐왔다. 큼직큼직하게 자른 닭고기 조각들이 기름을 가득 부은 팬 위에서 익어가고 있었고, 음악도 흘러나오고 있었다. 불어로 노래를 부르는 남자의 목소리였다. 고골리는 줄기가 굵직한 해바라기 한 다발을 그녀에게 건네주었다. 다른 손에 들고 온 포도주 병보다 무거웠었다. 그녀는 꽃을 어디에 놓아야 할지 망설였다. 가뜩이나 비좁은 조리대는 준비하고 있는 음식들로 가득 차 있었다. 양파와 버섯, 밀가루와 열기에 빠르게 녹고 있는 버터 한 조각, 그리고 그녀가 마시는 중이었던 포도주 잔과 아직 치우지 못한 플라스틱 봉투 등등이었다.

"좀 다루기 좋은 것으로 가져올 걸 그랬지." 부엌을 둘러보고 있는 모슈미를 쳐다보며 그가 말했다. 모슈미의 어깨에 안긴 해바라기꽃들이 기적적으로 빈 공간이 나타나기를 기다리는 듯하였다.

"그동안 나도 해바라기꽃을 사려고 했었어." 그녀가 말했다. 그리고는 가스레인지 위에 있는 팬을 흘긋 보더니 그를 끌고 부엌을 지나 거실로 들어갔다. 꽃을 싼 종이를 풀었다. "저기 꽃병이 있어." 그녀가 책꽂이 위를 가리키며 말했다. "저것 좀 내려줄래?"

모슈미는 꽃병을 화장실로 가져갔고, 곧 욕탕에서 물을 트는 소리가 들려왔다. 그 사이 고골리는 외투와 모자를 벗어 소파 위에 걸쳐놓았다. 그는 오늘 옷차림에 신경을 썼다. 소냐가 파일렌스 베이스먼트에서 사준 흰색과 청색 줄무늬 셔츠를 입고, 검은색 진을 입었다. 모슈미가 거실로 나와 꽃병에 꽃을 꽂았고 거실 탁자 위에 올려놓았다. 지저분한 로비를 보고 생각했던 것에 비해 아파트는 좋았다. 바닥을 새로 깐데다 벽도 새로 칠해 말끔했으며, 천장에는 트랙 조명이 달려 있었다. 거실의 한쪽 구석에는 정사각형 식탁이 놓여 있었고, 다른 쪽에는 책상과 파일 캐비닛이 있었다. 칩보드로 만든 책장 세 개가 한쪽 벽에 나란히 놓여 있었다. 식탁 위에는 후추를 빻아 돌리는 기구와 소금그릇, 그리고 밝은 색깔의 빤질빤질한 클레멘타인들이 그릇에 담겨 있었다. 그의 집에 있는 것과 비슷한 물건들도 눈에 띄었다. 바닥에는 카시미리 털실자수 카펫이 깔려 있었고, 소파에는 라자스타니 실크 베개, 그리고 책장에는 나트라지 주철이 놓여 있었다.

  부엌으로 들어갔던 모슈미는 올리브와 애쉬로 덮인 염소 치즈를 내왔다. 그리고 코르크 따개를 그에게 건네주면서 가져온 포도주병을 따서 잔에 따라 마시라고 하였다. 그녀는 밀가루를 부어놓은 접시에 닭고기를 더 놓고 밀가루를 묻혔다. 팬에서는 시끄럽게 기름 튀는 소리가 났고, 가스레인지 뒤에 있는 벽에 튀었다. 그녀가 줄리아 차일드의 요리책을 보고 있는 동안, 고골리는 옆에 서 있었다. 그를 위해서 이 모든 것을 만들고 있다는 사실이 놀라울 뿐이었다. 이미 함께 식사를 한 적이 있었지만, 이런 식으로 함께 식사를 한다는 사실에 새삼스레 마음이 떨렸다.

  "언제 먹고 싶어? 배 많이 고파?" 그녀가 물었다.

  "아무 때나. 뭐 만드는 거야?"

  그녀는 의심스럽게 그를 쳐다보았다. "코코뱅. 처음 만들어보는 거야. 24시간 전에 만들어놓아야 한다는 것을 이제야 알았어. 시간이 좀 촉박한 것 같지?"

  그가 어깨를 으쓱했다. "벌써 냄새가 좋은데 뭐. 내가 도울게." 그가 소매를 걷어붙였다. "뭐할까?"

  "가만 보자." 그녀가 말하며 요리책을 들여다보았다. "아, 맞아. 저 양파를 가져다가 칼로 바닥에 X자를 내줘. 그리고 팬 안에 넣어줘."

  "닭고기와 함께?"

"아차, 아냐." 그녀는 무릎을 꿇고 밑에 있는 찬장에서 냄비를 하나 꺼냈다. "여기에. 1분 동안 끓인 다음 꺼내야 해."

그는 시키는 대로 했다. 냄비에 물을 채우고 가스불을 켰다. 칼을 찾아서 언젠가 래틀리프 집 부엌에서 브뤼셀 스프라우트를 요리할 때처럼 양파에 칼집을 내었다. 그녀가 포도주와 토마토 페이스트의 양을 잰 다음 닭고기가 담긴 팬에 넣는 것을 지켜보았다. 그런 다음 찬장에 있는 스테인리스 향료통에서 말린 월계수 잎을 꺼내 그 위에 뿌렸다.

"내가 인도 음식을 하지 않는다는 것을 아시면 엄마는 아마 기절할걸." 모슈미가 팬에 담긴 내용물을 바라보며 이렇게 말했다.

"내가 온다고 어머님께 말씀드렸어?"

"오늘 우연히 전화가 왔었어." 그리고 나서 그녀는 물었다. "너는 어때? 너의 어머니께 최근 뉴스 계속 전해드리고 있어?"

"아직 일부러 말씀드리지 않았어. 하지만 아마 감은 잡고 계실 거야. 토요일인데 어머니와 소냐를 보러 가지 않았으니 말이야."

모슈미는 팬 위로 몸을 기울여 나무 숟가락으로 닭고기를 두드리며 끓고 있는 것을 보았다. 그리고는 요리책을 다시 들여다보았다. "물을 더 넣어야 할 것 같아." 이렇게 말하면서 주전자에 있는 물을 부었는데, 그 바람에 그녀가 쓰고 있는 안경에 김이 서렸다. "안 보여." 그녀가 웃으며 뒷걸음을 쳤고, 그 바람에 고골리에게 바싹 다가오게 되었다. 음악 소리가 그쳤으므로 가스레인지에서 나는 소리를 제외하면 아파트는 조용했다. 그녀가 돌아서서 그를 보았다. 계속 웃고 있었고, 안경엔 아직도 김이 서려 있었다. 그녀가 요리 때문에 밀가루와 닭고기 기름으로 엉망이 된 손을 들어보이며 물었다. "이것 좀 벗겨줄래?"

두 손으로 모슈미의 얼굴에서 안경을 벗겨, 그녀의 관자놀이에 닿았던 테를 겹쳐놓았다. 안경을 조리대 위에 올려놓고, 몸을 구부려 그녀의 입에 키스했다. 손가락을 그녀의 팔 위, 맨 살 위에 올려놓았다. 부엌의 열기에도 불구하고 그녀의 팔은 차가웠다. 그녀의 몸을 더 가까이 끌어안았다. 원피스의 매듭이 있는 모슈미의 허리 위에 손을 갖다대면서 그녀의 입을 맛보았다. 그녀의 입 안은 따뜻했고, 약간 톡 쏘는 신맛이 느껴졌다. 그들은 그대로 거실을 지나 침실로 들어갔다. 침대는 프레임 없이 매트리스와 박스 스프링만 놓여 있었다. 원피스 뒤의 매듭을 가까스로 풀고는 재빠르게 긴 지퍼를 내렸다. 그녀의 발 옆으로 벗겨놓은 옷이 작은 검은색 웅덩이처럼 보였다. 거실에서 들어온 불빛에 망사 속옷과 그에 맞추어 입은 브래지어가 보였다. 옷을 입었을 때보다 굴곡이 있는 몸매였다. 가슴은 풍성했고, 엉덩이는 풍만하게 벌어져 있었다. 침대 커버 위에서 그들은 빠르고 능숙하게 사랑을 나누었다. 마치 오랫동안 서로의 몸에 대해 샅샅이 알고 있었다는 듯. 그러나 끝났을 때 그녀는 침대맡에 있는 전등을 켰고, 그들은 서로를 관찰했다. 조용히 누워 피부에 있는 점과 상처와 갈비뼈를 보았다.

"누가 상상이나 했겠어." 그녀가 피곤하면서도 만족스러운 목소리로 말했다. 입가엔 미소를 띠고 눈은 반쯤 감겨 있었다.

고골리는 그녀의 얼굴을 내려다보았다. "넌 예뻐."

"너도."

"안경 없이 내가 보여?"

"내 곁에 이렇게 가까이 있으면." 그녀가 말했다.

"그럼 움직이지 않는 게 좋겠네."

"움직이지 마."

그들은 침대 커버를 벗기고 나란히 누웠다. 그리고 지치고 땀에 젖은 채 서로의 팔에 안겼다. 고골리는 다시 그녀에게 키스하기 시작했고, 모슈미는 다리를 벌려 그의 몸 위로 감았다. 그러나 순간, 타는 냄새 때문에 벌거벗은 채 침대에서 튀어나가 부엌으로 우스꽝스럽게 달려갔다. 그리고는 마주보며 웃었다. 소스는 다 증발해버렸고, 닭고기는 먹을 수 없을 정도로 타버렸다. 너무 타서 팬까지 못쓰게 되어버렸다. 그즈음 그들은 배가 너무 고파서, 나가서 사먹거나 다시 음식을 준비할 기운이 없었으므로 결국 시켜먹기로 했다. 그리고 작게 쪼갠 시큼한 클레멘타인을 서로 먹여주면서 중국 음식이 오기를 기다렸다.

그로부터 3개월이 지나지 않아 그들은 서로의 아파트에 옷과 칫솔을 놓아두고 다니기 시작했다. 고골리는 주말 내내 화장기 없는 모슈미의 얼굴을 보며 지냈고, 책상에 앉아 논문을 쓸 때 눈밑이 회색으로 변한 그녀의 모습도 보았다. 머리에 키스를 할 때는 머리 감기 전에 나는 기름 냄새를 맡았다. 왁스할 때가 되어 다리에 털이 자라는 것도 보았다. 살롱에 약속을 잡기 전에 다리에서는 까만 뿌리가 불거져 나오는 것이었다. 이런 것들을 보는 순간이면 그는, 이제껏 이렇게 가깝게 안 사람은 없었다는 생각이 들었다. 그녀가 언제나 왼쪽 다리는 쭉 펴고 오른쪽 발목이 왼쪽 다리에 오도록 구부린 채 4자 모양을 하고 잔다는 것도 알게 되었다. 또 약간 코를 골기도 했다. 희미하게, 시동이 잘 걸리지 않는 잔디 깎는 기계 소리를 내는 것이었다. 어떤 때는 자면서 이를 갈기도 했는데, 그럴 때면 잠든 그녀의 턱을 마사지해주었다. 그들은 음식점이나 술집에서, 옆에 앉은 사람의 머리나 구두가 이상할 때 들키지 않고 흉을 보기 위해 벵골어 문장을 끼워가며 이야기를 나누었다.

그들은 끊임없이 서로에 대해, 아는 것과 모르는 것에 대해 이야기를 했다. 어떻게 보면 설명할 것도 별로 없었다. 자라면서 같은 파티에 다녔고, 어른들이 집 안 다른 곳에서 파티를 하는 동안 '사랑의 유람선'이나 '환상의 섬'을 같이 보았고, 종이 접시에 담아주는 음식을 같이 먹었으며, 집주인이 깔끔한 성격일 때는 카펫 위에 깔아준 신문지 위에서 음식을 먹기도 했었다. 그녀가 뉴저지로 이사 간 후의 삶에 대해서도 고골리는 쉽게 상상할 수 있었다. 교외에 살을 커다란 집과 그녀의 어머니가 애지중지하시던 식당에 놓는 식기장, 그리고 모슈미가 다녔을 커다란 공립학교를 상상할 수 있었다. 그 학교에서 공부는 잘했지만 지겨움을 참고 다녔을 것이었다. 그리고 고골리의 가족만큼이나 캘커타에 자주 갔었을 것이다. 한 번 갈 때마다 몇 달씩, 미국 생활로부터 뿌리째 뽑혀서 가는 여행이었을 것이다. 그들은 그 먼 도시에 함께 있었을 시간을 따져보았다. 서로 그곳에 있다는 것을 모르는 채 우연히 몇 주를 함께 머무르기도 했었고, 한 번은 몇 달 동안 그곳에 함께 있기도 했었다. 또 사람들이 그들을 그리스인, 이집트인, 또는 멕시코인이라고 착각하는 것에 대해서도 얘기했다. 사람들에게 받는 오해조차 비슷했다.

  모슈미는 영국에서 살았던 기억에 대해 향수에 젖어 이야기하곤 했다. 처음에는 런던에서 살았었는데, 그때는 너무 어렸기 때문에 기억이 거의 나지 않았다. 그 다음에 산 곳이 크로이든으로 반쯤 분리된 벽돌집이었는데, 앞마당에는 장미나무가 있었다. 좁고 긴 집이었는데, 가스 벽난로와 축축한 냄새가 나는 화장실이 있었다. 아침에는 위타빅스를 뜨거운 우유에 넣어먹었고, 학교 갈 때는 교복을 입었다. 그녀는 고골리에게 미국으로 이사 오는 것이 너무 싫었다고 말했다. 그리고 될 수 있는 대로 오래, 영국 억양을 잃지 않으려고 일부러 애를 썼다고도 했다. 어떤 이유에서인지 부모님도 영국보다 미국에서 사는 것을 더 두려워하셨다. 너무 넓은 땅 때문이었을 수도 있고, 인도와 관련이 덜해서 그럴 수도 있었다. 매사추세츠에 도착하기 얼마 전, 뒷마당에서 놀던 아이가 실종되었고, 그 뒤로 영영 아이를 찾지 못한 사건이 발생했었다. 아이가 없어지고 나서 오랫동안 슈퍼마켓에는 미아 포스터가 붙어 있었다. 모슈미는 친구집에 놀러 갈 때, 그곳에서 또 다른 친구집으로 옮겨갈 때마다 엄마에게 전화를 해야 했던 것을 기억하고 있었다. 자기 집에서 보일 정도로 가까운 곳에 있는 집이라고 해도 다른 장난감을 갖고 놀기 위해, 과자와 펀치 주스를 먹기 위해 다른 집으로 옮길 때는 꼭 전화를 해야만 했었다. 모슈미는 친구집에 들어가면 언제나 양해를 구하고 전화를 사용했다. 미국 엄마들은 그녀의 이런 의무적인 행동에 감탄을 하면서도 어리둥절해하였다. "안나네 집에 있어요." 그녀는 영어로 엄마에게 이렇게 보고하였다. "지금은 수네 집이에요."

모슈미가 평생을 고골리와 같은 사람을 피하면서 살아왔다고 말했을 때 그는 기분 나쁘지 않았다. 오히려 기분이 좋았다. 그녀는 어렸을 때부터 자기의 결혼만큼은 부모님 손이 가지 않도록 하겠다고 결심했다고 하였다. 언제나 미국 사람과 결혼해서는 안 된다는 말을 들어왔었다는데, 그것은 그도 마찬가지였지만 그녀의 경우 더 심했었을 거라는 생각이 들었다. 그녀는 그보다 훨씬 더 괴롭힘을 당했을 것이다. 다섯 살밖에 안 됐을 때, 친척들은 모슈미에게 결혼할 때 빨간 사리를 입을 건지, 아니면 하얀 웨딩드레스를 입을 건지 묻곤 했다고 한다. 물어보는 대로 대답을 하지는 않았지만 그때부터 자신의 답이 무엇인지 알고 있었다. 열두 살 때, 다른 벵골 소녀 두 명과 함께 절대로 벵골 남자와 결혼하지 않으리라는 조약을 맺었다. 그들은 절대로 그렇게 하지 않을 것이라는 선언서를 썼고, 그 위로 동시에 침을 뱉고는 부모님댁 뒤뜰 어딘가에 파묻었다.

사춘기가 되면서부터 부모님들은 작전을 시작하셨는데, 그 작전들은 번번이 실패로 끝났다. 가끔가다 집에는 미혼의 벵골 남자들이 나타나곤 했는데, 아버지의 젊은 동료들이었다. 그녀는 그들에게 한마디도 하지 않았다. 숙제가 있다고 이층으로 올라가버렸고, 그들이 갈 때도 내려와서 인사를 하지 않았다. 여름에 캘커타에 가면 어디서 나타났는지 모르는 남자들이 할아버지댁 거실에 와서 앉아 있곤 하였다. 언젠가는 삼촌을 뵈러 두르가푸르로 가는 기차 안에서 어떤 부부가 대담하게도 모슈미에게 약혼자가 있냐고 물었다. 그의 아들이 미시간 대학 병원 외과의 레지던트라고 하였다. "쟤 결혼식 준비 안 하세요?" 친척들은 부모님께 이렇게 물었다. 이런 질문을 받을 때면 그녀는 소름이 끼쳤다. 마치 확정된 일이라는 듯 그녀의 결혼식에 관해서 세세한 것까지 다 얘기하는 것이, 음식 메뉴며 행사 때마다 바꾸어 입어야 하는 사리들에 관해 얘기하는 것이 너무나 싫었다. 언젠가 할머니가 열쇠로 보석함을 열어 그날이 오면 주실 보석들을 보여주시는 것도 참을 수 없었다.

비참한 것은, 그녀는 사귀는 남자가 없었고 실제로 무척 외로웠다는 사실이다. 관심 없는 인도 남자들은 모두 퇴짜를 놓았었고, 십 대일 때 데이트하는 것은 금지되어 있었다. 대학에 다닐 때는 말 한번 붙여보지 못한 학생이나 교수, 조교들에게 오랫동안 사모의 정을 품고 있기도 했다. 그녀는 마음속으로 이런 남자들과 일종의 연애를 하였다. 좋아하는 남자와 마주칠 가능성이 많은 시간에 도서관엘 가거나, 근무 시간 중에 혹시라도 말할 기회가 있을까 해서 학교엘 갔다. 또 좋아하는 학생과 같이 듣는 수업 하나에 맞추어 하루 일정을 조정하곤 하였다. 그래서 지금까지도 대학의 몇 학년 하면 그때 그녀가 조용히, 충실하게, 말도 안 되는 연애 감정을 품었던 남자가 떠오르는 것이었다. 가끔가다 이렇게 사모하던 남자와 점심을 먹거나 커피를 한 잔 하게 되기도 했는데, 그럴 때면 그녀는 잔뜩 기대를 걸었지만 결국 아무 일도 없이 끝나버리곤 하였다. 실제로 그녀에겐 아무도 없었고, 졸업할 즈음이 되어서는 정말 아무와도 사귀지 못할 것이라고 확신에 가까운 결론을 내리게 되었다. 때로는 사랑하지 않는 사람과 결혼하게 될지도 모른다는 두려움 때문에 무의식적으로 마음의 문을 열지 못하는 게 아닌가 하는 생각이 들기도 했다. 이런 과거를 다시 돌이키는 게 괴로운지 그녀는 말하면서도 머리를 저었다. 지금까지도 청소년 때의 자신을 후회스러워하였다. 너무 고분고분했던 것이나 멋부리지 않고 길게만 길렀던 생머리, 피아노 레슨, 그리고 레이스 칼라가 달린 블라우스를 입고 다녔던 것조차, 모든 것이 후회스러웠다. 끔찍하게 자신감이 없었던 것, 사춘기 동안 짊어지고 다녔던 지금보다 10파운드나 더 나가는 몸무게도 후회하고 있었다. "네가 나한테 말을 걸지 않았던 게 당연하지." 그녀가 말했다. 모슈미가 이런 식으로 자기 자신을 폄하할 때 고골리는 그녀에게 더 애정을 느꼈다. 그런 그녀의 모습을 본 건 사실이지만 이제는 머릿속에 떠올릴 수가 없었다. 그동안 그녀의 그런 막연한 모습이 머릿속 어디엔가 있다가 어느새 말끔히 지워졌던 것이다. 지금 자기가 아는 이 여자가 그 자리를 대신 차지하게 되었다.

　브라운 대학에 다닐 때 그녀는 반항처럼 공부를 했다. 부모님의 끈질긴 권유로 그녀는 화학을 전공하였다. 아버지의 뒤를 따르라는 부모님의 바람 때문이었다. 그러나 그녀는 부모님께는 말씀드리지 않고 불어를 복수 전공으로 택했다. 제3의 언어에, 제3국의 문화에 열중한다는 것은 그녀에게 일종의 도피처였다. 미국이나 인도의 것과는 다르게 프랑스의 문화에 대해서 그녀는 죄의식이나 걱정 없이, 또 어떤 기대도 없이 접근할 수 있었다. 의무감이 있는 두 나라에 등을 돌리고 전혀 의무감이 없는 한 나라에 접근하는 것은 비교적 쉬운 일이었다. 4년 동안 비밀스럽게 공부한 덕택에 졸업할 즈음에는 멀리 도망갈 준비가 끝나 있었다. 그녀는 부모님께 화학자가 될 생각은 추호도 없다고 말씀드렸고, 부모님의 반대에도 불구하고 있는 돈을 모두 긁어모아, 특별한 계획조차 없이 파리로 갔다.

오랜 세월 동안 애인을 가질 수 없을 거라고 확신해왔는데, 파리에 가자마자 갑자기 너무나 쉽게 연애를 시작하게 되었다. 카페에서 공원에서 미술관에서 자신을 유혹하려고 접근해오는 남자들을 아무 거리낌 없이 뿌리치지 않고 내버려두었다. 결과에 대해 걱정하지 않고 그녀는 마음의 문을 완전히 열 수 있었다. 외모나 행동이나 달라진 것은 아무것도 없었다. 그러나 새로운 도시에 오자, 갑자기 자신이 언제나 부러워했던, 자신이 절대 닮을 수 없을 거라고 생각했던 그런 종류의 여자로 변해 있었다. 남자들이 술이나 저녁을 사도록 놓아두었고, 밤늦게 택시를 타고 그들의 아파트로, 혼자라면 발견하지 못했을 그런 동네로 가는 것을 마다하지 않았다. 돌이켜보면 그때 만났던 어떤 남자보다도 그동안 갖고 있던 억압이 갑자기 사라졌다는 사실 자체에 더 매료되었던 것 같다. 그들 중 어떤 남자들은 유부남이었고, 어떤 남자는 중학교에 다니는 아이까지 있는 훨씬 나이 든 사람이었다. 대부분 프랑스 남자였지만 독일, 이란, 이탈리아, 레바논 남자도 있었다. 어떤 때는 점심 먹고 이 남자와, 저녁 먹고는 저 남자와 잔 적도 있었다. 개중에는 낭비가 심한 사람도 있어서 향수와 보석들을 사다가 안겨주는 사람도 있었다고, 그녀는 눈을 동그랗게 뜨고 고골리에게 얘기했다.

모슈미는 에이전시를 통해 미국 사업가들에게 불어회화를 가르치거나 프랑스 사업가들에게 영어회화를 가르치는 일거리를 얻었다. 그녀는 카페에서 직접 만나거나 전화로 대화하며 학생들을 가르쳤다. 주로 가족 사항이나 배경에 대해 묻거나 좋아하는 책이나 음식에 대해 질문을 하였다. 그래서 그녀는 프랑스에 사는 미국인들과 알게 되었다. 그녀의 약혼자도 그중 하나였다. 그는 뉴욕에서 온 은행 투자가로 파리에 산 지 1년 정도 된 사람이었다. 그의 이름은 그레엄이었다. 그녀는 사랑에 빠졌고, 곧 그와 동거를 시작했다. 뉴욕 대학에 지원한 것도 그레엄 때문이었다. 그들은 요크 로에 집을 구해 함께 살았다. 동거는 비밀이었고, 부모님이 모르시도록 하기 위해 전화선도 두 개였다. 부모님이 뉴욕에 오시면 그는 아파트에 있는 모든 흔적을 챙겨서 호텔로 갔다. 이런 거짓말을 유지한다는 것이 처음엔 재미있기도 했다. 그러나 갈수록 힘들어지고 불가능한 일이 되어갔다. 결국 그녀는 한바탕 난리가 벌어질 것에 대비하여 마음을 다져 먹고 뉴저지 집으로 그를 데려갔다. 그러나 정말로 놀랍게도 부모님은 오히려 마음을 놓으시는 것이었다. 그때는 이미 모슈미의 나이가 꽉 찼기 때문에 미국 남자라고 해도 부모님은 상관이 없었던 것이다. 친구들의 자식 중 상당수가 이미 미국인과 결혼했고, 피부는 연하고 짙은 색 머리카락을 가진 절반은 미국 사람인 손자를 낳았던 것이다. 생각했던 것만큼 그렇게 나쁘지만도 않았다. 그래서 부모님은 최선을 다해 그를 사윗감으로 받아들였다. 부모님은 벵골 친구들에게 그레엄은 예의 바르고, 아이비리그 대학을 나왔으며, 돈도 아주 많이 번다고 자랑을 했다. 그의 부모님이 이혼하셨다는 사실을, 그의 아버지가 한 번도 아니고 두 번씩이나 장가를 들었다는 사실을 듣고도 개의치 않는 것을 배우게 되셨다. 그의 두 번째 부인은 모슈미와 겨우 열 살 차이라는 것도.

어느 날 밤, 미드타운에서 차가 막혀 택시 안에 갇혀 있을 때 그녀는 충동적으로 그에게 결혼하지 않겠느냐고 물었다. 돌이켜보면 그 전까지 사람들이 자기를 소유하려 하고 선택하려 했다는 생각 때문에 무언가 보이지 않는 그물에 갇혀 있다는 생각이 들었고, 이런 이유들 때문에 그녀가 직접 청혼하게 된 것이 아닌가 하는 생각이 들었다. 그레엄은 이 제안을 받아들였고, 할머니로부터 물려받은 다이아몬드 반지를 그녀에게 주었다. 캘커타에 가서 그녀의 대가족에게 인사를 드리고 조부모님의 축복을 받는 것에 대해서도 순순히 응해주었다. 모두들 그를 좋아했다. 그는 바닥에 앉는 것과 손가락으로 음식을 먹는 것, 조부모님 발에서 먼지를 묻히는 것을 배웠고, 이를 그대로 따랐다. 열 곳도 넘는 친척집에 같이 가서 끈적끈적한 미쉬티를 몇 그릇씩 먹었고, 옥상에서 사촌들에게 둘러싸여 수없이 사진을 찍어야 할 때도 참을성 있게 포즈를 취해주었다. 그가 벵골식으로 결혼식을 하는 데 승낙했었기에, 그녀는 어머니와 함께 가리아하트와 뉴마켓에 가서 쇼핑을 하였다. 열두 벌의 사리와 보라색 벨벳으로 안을 댄 붉은 보석함에 들어 있는 금 장신구를 샀다. 그레엄이 입을 도티와 토포는 어머니가 비행기에 직접 들고 타셨다. 결혼식은 뉴저지에서 여름에 올리기로 되어 있었고, 약혼 파티를 했으며, 결혼 선물을 벌써 받기도 하였다. 어머니는 벵골식 결혼에 대한 설명을 컴퓨터로 작성하여 청첩장 명단에 있는 미국 사람들에게 모두 우편으로 보냈다. 부모님이 사시는 도시의 지역 신문에 그들의 사진이 게재되기도 했다.

결혼식을 몇 주 앞두고 그들은 친구들과 함께 저녁을 먹으러 나갔고, 모두 기분 좋게 취해 있었다. 그레엄은 친구들에게 캘커타에 다녀온 이야기를 하였다. 그런데 놀랍게도 그는 불평을 하는 것이었다. 여행은 고생스럽고 부담스러웠으며, 인도의 문화는 억압된 점이 많다는 것이었다. 거기 가서 한 일이라곤 친척을 방문하는 일뿐이었다고 했다. 도시 자체는 매력적이었지만, 인도 사회는 다소 편협하고 세련되지 못하다는 것이 그의 생각이었다. 사람들은 대부분 집에만 있었고, 마실 술도 없었다. "술도 없이 사돈 50명을 만난

다는 걸 한번 생각해봐. 사람들이 하도 쳐다봐서 길거리에서 손도 못 잡았어." 모슈미는 그가 말하는 것을 반쯤은 이해했지만 반쯤은 질겁을 하며 듣고 있었다. 자기가 스스로의 배경을 인정하지 않고 가족의 문화에 대해 비판하는 것과 남이 비판하는 것을 듣는 것은 달랐다. 그녀는 그가 자신을 포함하여 모두를 속였다는 것을 깨달았다. 집으로 걸어오면서 그녀는 그 얘기를 꺼냈다. 그가 한 말에 화가 났으며, 왜 그 전에 그런 얘기를 하지 않았냐고 물었다. 그럼 그동안 그냥 즐거운 척했을 뿐이란 말인가? 그들은 말다툼하기 시작했고, 타협점을 찾지 못한 채 싸움은 점점 커져만 갔다. 그러다가 결국 이성을 잃고 말았다. 너무나 화가 난 그녀는 할머니의 다이아몬드 반지를 손가락에서 빼내어 길거리에 집어던졌고, 그는 사람들이 보는 앞에서 그녀의 뺨을 때렸다. 그 주가 끝날 때쯤 그는 함께 살던 아파트에서 나갔다. 모슈미는 학교를 중단했고, 모든 수업을 불완전 이수로 처리해버렸다. 어느 날 밤 수면제 반 병을 먹었고, 응급실에 실려가 석탄물을 억지로 마셔야 했다. 정신과 상담을 받으라는 의사의 진단이 내려졌다. 그녀는 뉴욕 대학의 담당 교수에게 전화해서 신경쇠약에 걸렸으니 남은 학기를 못 다니겠다고 말했다. 결혼식은 취소되었고, 전화를 수백 통 돌려야 했다. 샤 자한 음식 서비스와 신혼여행에 타고 갈 예정이었던 '달리는 궁전'에 걸어놓은 계약금도 날렸다. 금 장신구는 은행금고 속으로 들어갔고, 사리와 블라우스와 페티코트는 방충 상자 안에 넣어두었다.

 제일 먼저 머릿속에 떠오른 생각은 다시 파리로 가는 것이었다. 그러나 학교가 끝나지 않았고, 지금 포기하기엔 그동안 들인 공이 너무나 아까웠다. 게다가 돈도 없었다. 모슈미는 혼자서 감당할 수 없었기에 요크 로에 있는 아파트에서 나왔다. 부모님이 계신 집으로 가는 것은 싫었다. 브룩클린에 사는 친구들이 그녀를 받아주었다. 어떨 때는 커플과 함께 사는 것은 괴로운 일이었다고 그녀는 고골리에게 털어놓았다. 아침에 함께 샤워하는 소리가 들릴 때나 키스하는 것을 볼 때, 매일 밤 그들의 침실 문이 닫히는 것을 볼 때 힘들었지만, 처음에는 혼자 지내는 것이 이보다 더 견딜 수 없었다고 했다. 임시직으로 일을 하기 시작했고, 이스트 빌리지에 집을 얻어 나갈 정도가 되었을 때는 혼자 지낼 수 있다는 것에 감사하게 되었다. 여름 내내 그녀는 혼자 영화를 보러 갔고, 때로는 하루에 세 편까지 본 적도 있었다. 매주 《TV 가이드》를 사서 처음부터 끝까지 꼼꼼히 읽고 좋아하는 프로의 방영 시간에 맞추어 자신의 저녁 시간을 조정하게 되었다. 그리고 레이타와 트리스켓으로 연명하기 시작했다. 그녀는 어느 때보다도 여위어갔고, 그 시기에 찍은 몇 안 되는 사진은 거의 알아보기 힘들 정도였다. 막바지 여름 세일에서 옷을 몽땅 4사이즈로 사야 했고, 6개월이 지난 후에는 그때 샀던 옷들을 다 중고 가게에 기부해야 했다. 가을이 왔고 그녀는 다시 공부를 시작했다. 그해 봄에 손을 놓았던 것을 만회해야 했다. 그리고 가끔 데이트도 하기 시작했다. 그러던 어느 날 어머니에게서 전화가 왔고 이렇게 물으셨다. "너 혹시 고골리라는 남자아이를 기억하니?"

9

두 사람은 1년 만에 결혼 날짜를 잡았다. 결혼식은 뉴저지에 있는 더블트리 호텔에서 하기로 했다. 부모님 사시는 곳에서 가까운 교외에 위치한 곳이었다. 두 사람이 원하는 식의 결혼식은 아니었다. 그들은 미국 친구들이 하는 식으로 브룩클린 식물원이나 메트로폴리탄 클럽, 아니면 센트럴파크에 있는 보트하우스에서 올리는 그런 결혼식을 원했었다. 피로연에서는 재즈가 연주되는 동안 앉아서 식사를 하고, 사진은 흑백으로 찍는 조촐한 식을 올리고 싶었다. 그러나 부모님들은 300명에 가까운 하객들을 초대해야 하고, 음식은 인도식으로 하며, 하객들에게 편한 주차 시설이 있는 곳으로 해야 한다고 끝까지 주장하셨다. 고골리와 모슈미는 싸우느니 차라리 지는 편이 낫겠다고 합의를 보았다. 애초에 어머니들의 말씀을 듣고 만났으니 그래도 싸다, 고 서로 농담을 했다. 함께 포기하고 나니 결과는 대충 견딜 만했다. 약혼을 하고 몇 주 지나지 않아 결혼 날짜를 잡았고, 호텔을 예약하고, 메뉴를 정했다. 한동안은 밤에 모슈미의 어머니에게 전화가 와서 레이어가 없는 케이크와 있는 케이크 중 어떤 것이 좋은지, 냅킨은 회녹색과 장미색 중 어떤 것이 좋은지, 포도주는 샤도네이와 샤블리 중 어떤 것이 좋은지를 묻는 전화가 왔으나 고골리나 모슈미 둘 다 그냥 듣고 있다가 어떤 것이든 괜찮은 것 같으면 네, 네, 하고 말았다. 어느 것이나 다 괜찮은 것 같았다. "운좋은 줄 알아." 고골리의 동료가 이렇게 말했다. 결혼식을 준비하는 일은 무척 스트레스를 받는 일이고, 결혼에 있어 첫번째로 통과해야 하는 시험 같은 거라고들 하였다. 그래도 자신의 결혼식인데 이렇게 따로 돌아간다는 것이 좀 이상하긴 했다. 하긴 그의 인생에 있었던 다른 축하해야 할 일들도 마찬가지였다. 그가 자랄 때 부모님이 해주셨던 생일 파티나 졸업 파티들도 그를 위한 것이었지만, 손님들은 부모님의 친구분들이었다. 그런 파티를 할 때면 언제나 약간의 소외감까지 느끼곤 했었다.

결혼식 전날인 토요일에 그들은 가방을 싸가지고 차를 렌트해서 뉴저지의 호텔로 갔다. 호텔에서는 마지막으로 각지 가족의 일원이 되어 떨어져 지내야 했다. 내일부터 그와 모슈미는 한 가족이 된다는 사실이 고골리는 새삼스레 놀라웠다. 그들은 그 전에 호텔을 봐두지 못했었다. 제일 인상적인 것은 중앙에 있는 유리 엘리베이터로, 쉴 새 없이 오르락내리락하는 모습에 어른이고 아이고 재미있어하였다. 방들은 로비에서 보이는 줄줄이 이어진 타원형 발코니들을 중심으로 모여 있었는데, 고골리는 주차장 같다는 생각이 들었다. 고골리는 어머니와 소냐, 그리고 가장 친한 친구 몇 분이 머무르는 층에 혼자 머물렀고, 모슈미는 그 위층 부모님 옆방에서 정숙하게 머물렀지만, 사실 요즘 그녀와 고골리는 그녀의 아파트에서 동거하다시피 했었다. 고골리의 어머니는 고골리가 입을 옷을 가져다주셨다. 아버지 것이던 양피지 색깔의 펀자브 웃옷과 허리끈이 달린 주름이 잡힌 도티, 그리고 발가락 끝이 말려 올라간 나그라이

(왕이나 영주가 신는 특별한 신발—옮긴이) 슬리퍼 한 켤레였다. 아버지가 한 번도 입지 않으셨던 그 펀자브의 구김을 펴기 위해 고골리는 욕조에 뜨거운 물을 틀고 옷을 걸어놓았다. "아버지는 언제나 네 곁에서 축복해주실 거다." 어머니가 두 손을 그의 머리 위에 잠시 올려놓으며 이렇게 말씀하셨다. 아버지가 돌아가신 후 처음으로 어머니는 옷을 차려입으셨다. 연한 녹색의 아름다운 사리에 목에는 진주 목걸이를 하셨고, 소냐가 어머니의 입술에 립스틱을 칠하도록 내버려두셨다. "이거 너무 심한 거 아니냐?" 거울에 비친 모습을 보면서 어머니는 이렇게 말씀하셨다. 어머니가 이렇게 예쁘게 차려입으시고 행복해하면서 들뜬 모습을 보인 것은 몇 년 만에 처음이었다. 소냐도 사리를 입었다. 자홍색에 은색 실로 자수가 들어간 사리였고, 머리에는 빨간 장미를 꽂았다. 소냐가 고골리에게 얇은 종이에 싼 상자를 건네주었다.

"이게 뭐야?" 그가 물었다.

"내가 설마 오빠의 서른 살 생일을 잊어버린 줄 안 건 아니겠지?"

생일은 며칠 전이었고, 주중이라 그와 모슈미는 너무 바쁜 나머지 제대로 축하도 못 하고 지나갔었다. 어머니조차 막바지 결혼식 준비에 정신이 없으셨던지, 보통 때 하듯이 아침에 일어나자마자 전화하는 것을 깜박 잊으셨다.

"이제 사람들이 내 생일을 잊어버리길 바라는 공식적인 나이가 된 것 아니었냐?" 고골리는 선물을 손에 받아 들며 이렇게 말했다.

"불쌍한 고글즈."

상자 안에는 조그만 버번 한 병과 빨간 가죽 플라스크가 들어 있었다. "이름도 새겼어." 그녀가 말했고, 고골리가 플라스크를 뒤집어보니 'NG'라고 새겨져 있었다. 그가 옛날에 소냐의 방에 고개를 들이밀고 이름을 니킬로 바꿀 거라는 얘기를 했을 때가 떠올랐다. 그때 소냐는 열세 살 정도였고 침대에 엎드려 숙제를 하고 있었다. "안 돼." 소냐가 고개를 저으며 말했다. 그가 왜 안 되느냐고 묻자 소냐는 그저, "안 되니까 안 되지. 왜냐하면 오빠는 고골리잖아"라고 했었다. 그러던 소냐가 지금은 자기 방에서 화장을 하고 있었다. 눈 옆에 있는 살을 잡아당기며 눈꺼풀에 얇은 검은색 아이라인을 그리고 있었다. 어머니의 결혼식 때 사진이 생각났다.

"네 차례를 기다려라." 고골리가 말했다.

"말 안 해도 알아." 소냐가 얼굴을 찡그려보이며 웃었다. 결혼식 준비에 모두들 들뜨고 흥분해 있었다. 그럴수록 아버지가 돌아가셨다는 사실은 더욱 부각되었고, 그것이 고골리를 서글프게 하였다. 아버지가 자신과 비슷하게 옷을 차려입으시고, 푸조에 하셨듯이 한쪽 어깨에 숄을 두른 모습을 상상해보았다. 자신에겐 우스꽝스러워 보이고 어울리지 않았을 차림이 아버지에게라면 더없이 위엄 있고 우아해보였으리라는 것을 그는 잘 알고 있었다. 나그라이는 한 사이즈가 커서 발뒤꿈치에 휴지를 집어넣어야 했다. 미용사에게 머리와 화장을 부탁한 모슈미와는 달리 고골리는 얼마 지나지 않아 준비가 끝났다. 고골리는 운동화를 갖고 오지 않은 것을 후회했다. 식을 준비하기에 앞서 러닝 머신에서 몇 마일을 달렸더라면 좋았겠다는 생각을 하면서.

천으로 덮인 단상 위에서 한 시간 동안 약식으로 힌두식 예식을 올렸다. 고골리와 모슈미 둘 다 책상다리를 하고 앉았고, 처음에는 마주보고 앉았다가 나중에 나란히 앉았다. 하객들은 접는 철제 의자에 신랑 신부를 마주하고 앉아 있었다. 창문이 없는 두 개의 연회장을, 그 사이에 있던 아코디언처럼 생긴 벽을 걷어 커다란 하나의 공간으로 만들었다. 천장이 우묵하게 내려와 있었다. 비디오카메라와 휴대용 조명이 신랑 신부의 얼굴 위에 줄곧 머무르고 있었고, 대형 휴대용 카세트에서는 시나이 음악이 흘러나왔다. 마시와 메쇼들이 신랑 신부 주위에 둘러서서 다음은 어떻게 해야 하는지, 언제 말하고 언제 일어나서 작은 놋쇠 항아리에 꽃을 던지는지 등을 알려주었다. 주례는 모슈미 부모님의 친구분으로, 마침 브라만이었던 마취과 의사가 해주었다. 양가의 조부모님과 고골리 아버님의 영전에 장작더미가 마련되었고, 그 위에 쌀을 부었다. 원래는 불을 지펴야 했지만 호텔측에서 불을 붙이는 것을 허락하지 않았다. 고골리는 지금 이 순간까지 서로에 대해 전혀 알지 못했던 부모님을 떠올렸다. 두 분은 실제로 결혼식을 올리기 전까지 말 한마디 나누지 못하셨던 것이다. 모슈미 옆에 앉아 있던 고골리는 갑자기 그 말의 뜻을 알 것 같았다. 두 분이 얼마나 용감하셨는지, 그런 일을 하기 위해 그들이 감내해야 했던 순종의 크기가 놀랍기만 했다.

그동안 푸조에서 봤던 것을 제외하면 모슈미가 사리를 입은 것을 보는 것은 처음이었다. 힘들 텐데도 조용히 견디며 앉아 있었다. 모슈미는 다해서 9킬로그램이 넘는 금을 몸에 지니고 있었다. 식 도중 그들의 양손을 함께 체크무늬 천으로 감고 마주보고 앉아 있을 때 모슈미가 하고 있는 목걸이를 세어보니 모두 열한 개였다. 그녀의 양쪽 뺨에는 흰색과 붉은색으로 커다란 페이즐리 무늬를 두 개나 그려 넣었다. 식을 올리기 전까지도 고골리는 언제나처럼 모슈미의 아버지를 슈비르 메쇼, 어머니를 리나 마시라 부르며 마치 삼촌과 숙모처럼 대해왔었다. 모슈미를 사촌쯤으로 대해온 것과 마찬가지로 말이다. 그러나 오늘 밤이 되면 고골리는 그들의 사위가 될 것이고, 그들은 고골리의 장인·장모가 될 것이다. 그러니까 두번째 바바와 마가 생기는 것이었다.

피로연에서 고골리는 양복으로, 모슈미는 가는 어깨끈이 달린 바나라시 실크로 만든 드레스로 갈아입었다. 그녀가 직접 디자인해서 재봉사 친구가 만들어준 옷이었다. 살와 카미즈가 어디가 어때서 입지 않느냐고 따지는 어머니의 반대를 무릅쓰고 모슈미는 이 드레스를 입었다. 모슈미가 깜박 잊고 숄을 의자 위에 놓아두고 일어섰을 때 그녀의 가느다란 구릿빛 어깨가 드러났고, 모슈미가 바른 특별한 파우더 때문에 어깨는 반짝거리고 있었다. 붐비는 사람들 사이를 뚫고 어머니는 모슈미를 쨰려보았지만 모슈미는 모른 척하고 있었다. 셀 수 없이 많은 사람들이 고골리에게 다가와 축하해주었다. 고골리가 아주 어렸을 때 보았다면서 사진을 함께 찍어달라고 했고, 그는 가족들에게 팔을 두르고 미소를 지으며 포즈를 취해주었다. 모슈미의 부모님이 갑자기 준비하신 무료 바 덕분에 고골리는 권하는 술을 받아마셔야 했고, 나중엔 상당히 취해버렸다. 모슈미는 연회장에 놓인 탁자들을 얇은 망사로 두르고 기둥에는 담쟁이 잎과 안개꽃으로 둘둘 감아 장식해놓은 것을 보고 기겁을 했다. 모슈미가 화장실에 다녀오는 길에 고골리와 마주쳤고 그들은 재빠르게 입을 맞추었다. 입에서 오물거리는 박하 껌 뒤로 약하게 담배 냄새가 났다. 화장실에서 뚜껑을 내리고 앉아 담배를 피웠을 그녀의 모습을 상상해보았다. 저녁 내내 그들은 말 한마디 주고받지 못하였다. 결혼식 동안에 모슈미는 눈을 아래로 내려뜨고 있어야 했고, 피로연 중에는 그가 처다볼 때마다 모르는 사람들과 얘기하고 있었다. 그는 갑자기 그녀와 단둘이 있고 싶어졌다. 어렸을 때처럼 남들끼리 파티를 하라고 내버려두고 몰래 빠져나가 그녀의 방이나 자기 방으로 가고 싶었다. "이리 와봐." 그가 유리 엘리베이터를 가리키며 졸랐다. "15분만. 아무도 눈치 못 챌 거야." 그러나 곧 저녁 식사가 시작되었고, 확성기로 탁자의 번호를 불렀다. "나 머리 만져줄 사람을 다시 찾아야 해." 그녀가 말했다. 뜨겁게 달구어진 은 식기는 미국인 하객용으로 표시되어 있었다. 음식은 전형적인 북부 인도 음식으로, 뜨거운 분홍색 탄두리 위에 걸쭉한 오렌지 소스를 얹은 알루고비였다. 고골리는 줄서 있는 사람 중 누군가 병아리콩이 상했다고 말하는 것을 들었다. 그들은 연회장 한가운데 마련된 가족 탁자에 앉았다. 탁자에는 그의 어머니와 소냐, 모슈미의 부모님과 캘커타에서 온 친척들 몇 명, 그리고 모슈미의 남동생 삼랏이 앉아 있었다. 삼랏은 시카고 대학의 신입생 오리엔테이션도 빠지고 결혼식에 참석하러 이곳에 와 있었다. 다소 어색한 샴페인 건배에 이어 가족들과 친구들의 감사 인사와 축하 인사가 이어졌다. 모슈미의 아버지가 일어나서 어색하게 미소를 지으며, 샴페인 잔 드는 것을 깜박 잊은 채 감사의 말씀을 하셨다. "이렇게 모두 와주셔서 감사합니다." 그리고 나서 고골리와 모슈미를 향해, "그래, 잘들 살거라"라고 하셨다. 모두 사리로 차려입은 마시 부대가 깔깔거리고 웃으면서 포크로 유리잔을 두드리며 키스하는 순간을 알려주었다. 그럴 때마다 고골리는 순순히, 그리고 싱겁게 신부의 뺨에 살짝 키스하였다.

'니킬과 모슈미, 결혼하다'라고 굵은 글씨를 새겨 넣은 케이크가 수레에 실려 나왔다. 모슈미는 언제나 카메라 앞에서 하는 식으로, 입을 다문 채 고개를 약간 숙인 다음 왼쪽으로 기울이며 미소를 짓고 있었다. 고골리는 자신과 모슈미가 모든 사람의 집단적인, 뿌리 깊은 원망을 충족시켜주고 있다는 것을 잘 알고 있었다. 신랑과 신부가 모두 벵골 사람인 덕택에 여기 모인 모든 사람들의 마음이 편했다. 고골리는 가끔 눈을 들어 하객들을 바라보면서, 자칫 잘못했으면 2년 전에 지금처럼 이런 수많은 원탁들에 둘러싸여 모슈미가 다른 남자와 결혼하는 것을 지켜볼 뻔했다는 생각을 했다. 예기치 못했던 파도처럼 이 생각은 그의 머리를 한 대 치고 지나갔지만, 곧 그녀의 옆에 앉아 있는 사람은 바로 자기 자신이라는 것을 기억해냈다. 빨간 바라나시 혼례용 사리와 금 장신구들은 2년 전 그레엄과의 결혼 때 준비해둔 것이었다. 이번에 그녀의 부모님은 그저 옷장 선반에 두었던 상자를 꺼내고, 금고에 넣어둔 보석들을 찾아왔을 뿐이었다. 그들은 요리를 준비하는 회사에 넘겨줄 목록까지 가지고 계셨다. 아시마가 디자인하고, 고골리가 영어로 번역한 청첩장만이 이번 결혼을 위해 새롭게 마련된 유일한 것이었다.

결혼식 후에도 모슈미는 3일 동안 수업이 있었으므로 신혼여행을 연기해야 했다. 궁여지책으로 마련한 것이 더블트리 호텔에서의 하룻밤이었다. 둘 다 이 호텔에서 서둘러 벗어나고 싶었지만, 부모님들이 일부러 애를 쓰고 돈을 들여 신혼부부 스위트로 예약을 해놓으신 것이었다. "나 샤워부터 할게." 마침내 둘만 남겨지자마자 모슈미는 이렇게 말하고는 화장실로 사라졌다. 그가 지친 만큼 그녀도 몹시 지쳐 있다는 것을 알고 있었다. 피로연이 끝나기 전 아바 노래에 맞추어 오랫동안 춤을 추어야 했던 것이다. 고골리는 방을 살펴보았다. 서랍을 열어 편지지를 꺼내보았다. 미니바를 열어보고, 룸서비스 메뉴도 읽어보았다. 배는 고프지 않았지만, 속이 약간 거북했다. 저녁도 먹지 않은 빈속에 버번과 케이크 큰 걸로 두 조각이나 먹었던 게 좋지 않은 것 같았다. 킹 사이즈 침대 위에 팔다리를 벌리고 누워보았다. 침대 위에는 꽃잎이 뿌려져 있었다. 가족들이 떠나기 전 마지막으로 그들을 위해 해놓은 배려였다. 텔레비전의 채널을 돌리며 그는 모슈미를 기다렸다. 그의 옆에는 샴페인 한 병이 얼음통에 담겨 있었고, 레이스가 깔린 접시 위에 하트 모양의 초콜릿이 놓여 있었다. 초콜릿 한 개를 집어먹어보았다. 안에 들어 있는 토피는 생각보다 딱딱해서 오래 씹어야 했다.

고골리는 손에 낀 금반지를 만지작거렸다. 케이크를 자른 후 자신이 그녀 손에 끼워준 것과 똑같은 것으로, 그녀가 자신의 손가락에 끼워준 것이었다. 고골리는 모슈미의 생일날 프로포즈를 했었다. 외알박이 다이아몬드 반지와 두번째 데이트하던 날 샀던 모자를 함께 주었다. 그는 일을 꽤 크게 벌였다. 생일을 핑계삼아 허드슨 강가의 북쪽 마을에 있는 전원풍의 호텔로 주말 여행을 떠났던 것이다. 뉴저지에 있는 그녀의 집과 펨버튼 로드를 제외하면 둘이 처음 떠나는 여행이었다. 봄이었고, 벨벳 모자는 이미 철이 지나 있었다. 그가 그때까지 모자를 기억했었다는 데 그녀는 무척 감동했다. "상점에 모자가 아직도 있었다니 믿을 수 없어." 그녀가 이렇게 말했지만, 고골리는 언제 모자를 샀는지 말하지 않았다. 1층에 있는 식당에서 샤토브리앙이 나온 후 준비했던 것을 주었기에, 옆에 있던 손님들이 모자를 쓴 모슈미를 보고 예쁘다고 칭찬을 했다. 모자를 써본 모슈미는 상자를 치워 의자 밑으로 집어넣었다. 그 안에 들어 있던 티슈에 가려 작은 상자를 보지 못했던 것이다. "거기 다른 것도 있어." 그가 말을 해주어야만 했다. 돌이켜보면 모슈미는 프로포즈보다도 모자에 더 놀란 것 같았다. 모자는 정말로 예상치 못했던 반면, 프로포즈는 어느 정도 예상했던 것이었다. 처음부터 가족들은 마음놓고 예상한 바였고, 얼마 지나지 않아 그들 자신들도 그렇게 생각하게 되었다. 서로 좋아한다면 연애는 오래가지 않을 것이고 곧 결혼하게 될 것이라고. "예스." 모자 상자만 열어보고 그가 묻기도 전에, 그녀는 싱긋 웃음을 띠며 이렇게 답했었다.

모슈미는 이제 눈처럼 하얀 호텔 목욕 가운을 입고 고골리 앞에 서 있었다. 화장을 지웠고 장신구도 모두 벗어놓은 채였다. 결혼식이 끝날 즈음 가르마를 물들였던 주황색도 지워져 있었다. 그녀를 누구보다 커보이게 하던 8센티미터 높이의 구두는 결혼식의 종교적인 순서가 끝나자마자 벗어버렸다. 이렇게 전혀 꾸미지 않은 그녀의 모습이 그에겐 가장 숨막히게 아름다웠다. 이 모습은 그 누구도 아닌 그만을 위한 것이라는 사실을 고골리는 알고 있었다. 그녀는 침대 모서리에 걸터앉아 튜브에서 짠 파란색 로션을 종아리와 발바닥에 발랐다. 언젠가 브룩클린 다리를 건넜던 날, 모슈미는 이 로션을 그의 발에 발라 마사지를 해준 적이 있었다. 처음엔 따끔거리더니 나중엔 쏴아 하고 시원해졌었다. 로션을 바른 후 그녀는 베개를 베고 누워서 그를 쳐다보며 손을 내밀었다. 고골리는 그녀가 목욕 가운 밑에 레이스가 달린 속옷을 입고 있을 거라고 예상했었다. 그녀의 침실 구석에 쌓아놓은 선물 더미에서 그런 속옷을 보았기 때문이었다. 그러나 뜻밖에도 그녀는 아무것도 입고 있지 않았고, 그녀의 몸에서는 딸기향 비슷한 냄새가 다소 강하게 났다. 그는 그녀의 팔 위에 난 까만 털 위로 입을 맞추었다. 그리고 그녀가 언젠가 자신의 몸에서 가장 좋아하는 부분이라고 말한 빗장뼈에도 입을 맞추었다. 지친 몸으로 그들은 사랑을 나누었다. 그녀의 젖은 머리가 축 늘어져 그의 얼굴에 차갑게 닿았고, 장미 꽃잎은 그들의 팔꿈치며 어깨, 종아리에 달라붙었다. 그녀의 살에 코를 박고 살 냄새를 들이켜보았지만 아직도 그들이 부부라는 것이 실감나지 않았다. 언제쯤 되어야 실감이 날까? 그때까지도 그는 그녀와 완전히 단둘이 있는 것 같은 느낌이 들지 않았다. 누군가 문을 두드리며 다음은 어떻게 해야 하는지 말해주려고 나타날 것 같았다. 어느 때보다도 그녀를 원했지만 사랑이 끝나고 벌거벗은 채 나란히 누워 있으니 마음이 편해졌다. 이제 더는 할 일이 없다는 생각이 들면서 마침내 마음이 가라앉았다.

그들은 샴페인을 따고 침대 위에 앉아서 커다란 쇼핑백 속의 카드와 함께 개인 수표가 들어 있는 봉투들을 정리했다. 수표는 몇백 명이나 되는 부모님의 친구분들이 주신 것이었다. 모슈미는 선물을 받지 않기로 했었다. 고골리에게는 시간이 없어서라고 했지만 두 번씩이나 하고 싶은 일이 아닐 거라고 그는 생각했다. 그는 괜찮았다. 집이 열댓 개씩 되는 크리스탈 꽃병과 접시, 그리고 냄비와 프라이팬 세트로 가득 차는 것을 그도 원치 않았다. 계산기가 없어서 호텔 편지지를 여러 장 써가며 숫자를 계산했다. 수표는 대부분 니킬과 모슈미 강굴리 앞으로 되어 있었다. 그 중 몇은 고골리와 모슈미 강굴리 앞으로 되어 있었다. 금액은 주로 101달러나 201달러, 또 가끔은 301달러짜리도 있었다. 벵골 사람들은 딱 떨어지는 액수를 주는 것은 불길하다고 여겼기 때문이었다. 고골리는 종이마다 더한 액수를 적었다.

"다해서 7천 35달러." 고골리가 발표했다.

"괜찮은데요, 강굴리 씨."

"대성공을 거두었다고 말할 수 있겠습니다, 강굴리 부인."

그녀가 강굴리 부인이 아니라는 것만 빼면 맞는 말이었다. 모슈미는 자기의 성을 바꾸지 않기로 했다. 강굴리라는 성을 따르지 않기로 한 것이다. 하이픈으로 자신의 성과 이어서 사용하는 것도 원하지 않았다. 자신의 성, 마줌다르는 이미 너무 길었다. 남편의 성까지 하이픈으로 이어서 붙인다면 사무용 봉투에 난 주소창에도 들어가지 않을 정도로 길어질 것이다. 게다가 이미 그녀는 모슈미 마줌다르라는 이름으로 글을 발표하기 시작했다. 그녀의 이름이 맨 위에 찍혀 있는 프랑스의 여성학 이론에 대한 논문이 여러 저명한 학술지에 실렸다. 고골리는 이런 학술지를 펴들 때마다 종이에 손가락을 베곤 했다. 그녀에게 말은 안 했지만 혼인신고서를 작성할 때 다시 한 번 생각해주었으면 하였다. 다른 것은 그렇다 하더라도 아버지에 대한 예우가 아닌 듯싶었다. 그러나 모슈미는 강굴리로 자신의 성을 바꾼다는 생각은 아예 해본 적이 없었다. 인도에서 친척들이 보내오는 편지나 카드에 '모슈미 강굴리 부인'이라고 적은 것을 보면 머리를 저으며 한숨을 내쉬는 것이었다.

,

그들은 20번 가와 3번 로에 있는 침실 한 개짜리 아파트에 보증금을 걸어놓았다. 편안한 가격은 아니었지만 건물 입구에 있는 고동색 차양과 시간제로 일하는 경비원이 있다는 사실, 그리고 로비에 깔린 호박색 타일에 넘어가고 말았다. 아파트는 작았지만 고급스러웠다. 마호가니 붙박이 책장이 진한 나무색으로 반질거리는 폭이 넓은 쪽마루에서 천장까지 닿아 있었다. 거실에는 천창이 있었고, 부엌은 비싼 스테인리스 스틸로 부엌기구가 갖추어져 있었다. 화장실의 바닥과 벽은 모두 대리석이었다. 침실에는 줄리엣이 서 있었을 만한 발코니가 있었고, 모슈미는 침실 한구석에 그녀의 책상과 컴퓨터, 프린터, 그리고 서류들을 정리해놓았다. 아파트는 꼭대기층이었고, 화장실 창문으로 고개를 쑥 내밀고 왼쪽으로 최대한 기울이면 엠파이어스테이트 빌딩이 보였다. 처음 몇 주는 주말마다 셔틀버스를 타고 아키아에 가서 가구를 사다가 아파트를 채웠다. 모조 노구치 전등과 검은색 조립식 소파, 킬림 양탄자와 플로카티 양탄자, 그리고 연한 나무색의 통깔판 침대를 샀다. 모슈미의 부모님과 아시마가 처음으로 이 집에 왔을 때 좋다는 생각이 들었지만 어리둥절하기도 했다. 결혼한 집치고는 좀 좁지 않은가? 그러나 고골리와 모슈미는 아직 아기를 가질 생각이 없었다. 특히 모슈미가 논문을 끝내기 전까지는 아니었다. 토요일에는 어깨에 캔버스천으로 만든 가방을 하나씩 메고 유니언 스퀘어에서 열리는 장에 가서 시장을 보았다. 부추나 누에콩 또는 피들헤드같이 어떻게 요리하는

지 잘 모르는 재료들을 사다가 결혼 선물로 받은 요리책을 보며 만
들었다. 가끔가다 요리 도중에 화재 경보 장치가 울렸다. 지나치게
예민한 경보 장치는 빗자루로 툭툭 때려야 꺼지곤 하였다.

 그들은 때가 되면 손님을 초대해서 파티를 하곤 하였다. 부모님
이 하던 종류의 파티와는 다른, 고골리의 직장 동료들이나 모슈미
의 뉴욕 대학 친구들을 불러놓고 스테인리스 스틸 칵테일 셰이커로
마티니를 만들어 마시는 그런 파티였다. 보사 노바를 틀어놓고 빵
과 살라미와 치즈를 대접했다. 그는 은행구좌에 있는 돈을 모두 그
녀의 통장으로 옮겼고, 푸르스름한 수표의 구석에는 둘의 이름이
함께 새겨져 있었다. 현금 인출 카드의 비밀번호는 그들이 처음으
로 식사를 같이 했던 프랑스 음식점 이름인 룰루였다. 보통 때는 부
엌에 있는 카운터에 놓여진 등받이 없는 의자에 나란히 앉거나 거
실 탁자에 앉아 텔레비전을 보며 저녁을 먹었다. 인도 음식은 자주
해먹지 않았다. 보통 파스타나 구운 생선을 먹었고, 아니면 동네에
있는 태국 음식점에서 사다가 먹기도 했다. 그러나 때로는 어릴 때
먹던 음식이 몹시 먹고 싶어져서 일요일에 지하철을 타고 퀸즈에
있는 잭슨 다이너에 가서 늦은 아침을 먹었다. 탄두리 닭고기와 파
코라, 그리고 케밥을 먹고 나서 바스마티 쌀이나 떨어진 향료들을
사러 시장에 갔다. 또는 작고 허름한 차를 파는 상점에 가서 종이컵
에 헤비 크림을 탄 차를 마시거나 벵골어로 단맛이 나는 요구르트
와 할림을 주문해서 먹곤 하였다. 사무실에서 떠나기 전 전화를 걸
어서 집에 가는 길에 상추나 빵이나, 뭐 사갈 것이 없는지를 물었
다. 저녁을 먹고 나면 그들은 함께 텔레비전을 보았다. 모슈미는 텔
레비전을 보면서 부모님의 친구분들에게 감사 인사 카드를 썼다.
그들이 준 수표를 모두 입금하기 위해서 입금표를 스무 장이나 써
야 했었다. 이런 일들을 할 때 그는 결혼했구나, 라는 느낌이 들었

다. 이런 것 외에는, 언제나 같이 있다는 것을 빼면 크게 달라진 점은 없었다. 밤에 그녀는 그의 옆에서 잠이 들었다. 언제나 엎드려서 잠을 잤는데, 아침이면 베개가 그녀의 머리 위에 올라가 있기 일쑤였다.

가끔가다 아파트에서 고골리는 그가 나타나기 전 모슈미의 삶, 그 중에서도 그레엄과의 삶의 잔재를 보았다. 시집 첫 장에서 두 사람 앞으로 된 책을 준 사람의 서명을 발견하거나, 그들이 비밀리에 같이 살았던 옛날 아파트 주소가 씌어진 프로방스에서 온 엽서가 사전 맨 뒷장에 끼워져 있는 것을 보기도 했다. 한 번은 충동을 이기지 못하고 점심 시간에 그 주소로 직접 찾아가보기도 했었다. 그 곳에서 당시 그녀의 삶은 어땠을까 상상해보았다. 다음 모퉁이에 있는 슈퍼마켓에서 장을 본 다음, 장본 것을 들고 보도 위를 걷고 있는 그녀의 모습을 떠올렸다. 다른 사람을 사랑하고 있을 그녀의 모습이었다. 그녀의 과거 자체에 대해 질투를 하는 것은 아니었다. 그보다는 때로 자신이 조건부 항복의 결과물이 아닌가, 하는 생각이 들었다. 이 생각에 매일 시달리는 것은 아니었지만, 거미줄처럼 생각이 가지를 쳐서 그를 괴롭히기엔 충분했다. 그럴 때마다 집을 돌아보면서 그들이 함께 시작하고 나누고 있는 삶의 증거들을 보며 다시 확신을 얻곤 하였다. 결혼식 때 목에 화환을 걸고 함께 찍은 사진을 보았다. 이 사진은 세련된 가죽 액자에 끼워 텔레비전 위에 올려놓았다. 그는 침실로 들어가 일하고 있는 모슈미의 어깨에 입을 맞추며 그녀를 침대 위로 끌어들였다. 그러나 지금 함께 쓰는 옷장 안에는 그녀가 그레엄과의 벵골식 결혼식을 올린 한 달 후 입을 예정이었던 하얀 드레스가 옷 보관용 가방 안에 넣어진 채 걸려 있었다. 펜실베이니아에 있는 그레엄의 부모님댁 정원에서 치안판사의 주례로 두번째 결혼식을 올릴 예정이었다고, 언젠가 그녀가 말했었다. 옷 보관용 가방에 난 비닐 구멍으로 드레스의 일부가 보였다. 언젠가는 가방의 지퍼를 내려 옷을 보았다. 소매가 없는 무릎까지 오는 드레스로, 목선도 단순한 원형이었다. 테니스 칠 때 입는 옷처럼 생겼다는 생각을 했었다. 어느 날 고골리는 모슈미에게 왜 아직도 그 옷을 가지고 있느냐고 물었다. "아, 그거, 언젠가 염색을 하려던 참이야." 모슈미는 어깨를 으쓱하며 이렇게 말했다.

3월에 그들은 함께 파리로 갔다. 소르본에서 있는 학회에 모슈미가 초대되어 논문을 발표할 예정이었으므로, 아예 함께 휴가를 가기로 했던 것이다. 고골리도 직장에서 일주일 동안 휴가를 받았다. 호텔에서 지내는 대신 그들은 바스티유에 있는 모슈미 친구의 아파트에서 지내기로 했다. 남자 친구로 이름은 에마뉴엘이었다. 기자였는데, 마침 그리스로 휴가를 가서 집이 비어 있었던 것이다. 가파른 계단을 6층이나 올라가는 아파트는 말할 수 없이 비좁았고 난방도 되어 있지 않았다. 화장실은 공중전화 부스만했다. 이층에 올려놓은 침대는 천장에서 불과 몇 센티 떨어져 있었기 때문에 섹스를 하려면 목숨을 걸어야 했다. 버너가 두 개 달린 작은 가스레인지는 에스프레소 주전자 하나로도 가득 찼다. 식탁에 있는 의자 두 개를 제외하면 엉덩이를 붙이고 앉을 데도 없었다. 날씨는 으스스하고 우울했다. 해는 뿌연 하늘 속으로 영원히 자취를 감추어버린 듯하였다. 악명 높은 파리의 날씨야, 라고 모슈미가 말해주었다. 자기 자신도 보이지 않는 존재가 되어버린 것 같은 느낌이 들었다. 길거리에서 남자들은 끊임없이 모슈미에게 눈길을 주었다. 고골리가 옆에 있는데도 불구하고 그들의 시선은 노골적으로 그녀 위에 머물렀다.

고골리가 유럽에 온 것은 이번이 처음이었다. 지난 오랜 세월 동안 책으로만 읽었던, 책에 있는 사진과 슬라이드로만 감탄했던 건축물들을 실제로 보는 것도 처음이었다. 그런데 어떤 이유에서인지 모슈미와 함께 있으니 신이 나기보다는 죄스러운 감정이 앞섰다. 하루는 샤르트르 대성당을 보러, 하루는 베르사유 궁전에 함께 갔었지만, 고골리는 그녀가 친구들과 만나 커피를 마시거나 학술회의에 발표자로 가거나, 제일 좋아하는 비스트로에 가서 음식을 먹거나, 제일 좋아하는 상점에 가서 쇼핑하는 것을 더 원하고 있다는 느낌을 받았다. 처음부터 그는 필요 없는 존재로 느껴졌다. 모든 결정은 모슈미가 했고, 말도 그녀가 대신 해주었다. 음식점에서 점심을 먹을 때도, 아름다운 벨트와 넥타이와 종이와 펜이 즐비한 상점에서도 그는 말이 없었다. 비오는 오후 도르세이 미술관에서 함께 시간을 보낼 때도 그는 조용했다. 모슈미가 프랑스 친구들과 어울려 저녁을 먹는 자리에서는 더욱더 말이 없었다. 그들이 페르노를 마시면서 쿠스쿠스와 슈크루트를 먹으며, 흰 종이를 깐 탁자에 앉아 담배를 피우며 논쟁을 벌일 때는 특히 그랬다. 그는 그들이 하고 있는 대화의 주제가 무엇인지 알아내려고 애를 썼다. 유로화와 모니카 루윈스키, 그리고 Y2K 등에 대해 얘기하는 것 같았지만, 대부분 접시가 쨍그렁거리는 소리나 웅웅거리는 그들의 웃음소리와 잘 구별이 되지 않는 소음에 불과했다. 그는 벽에 걸린 커다란 금테 거울로, 옹기종기 짙은 갈색 머리를 맞대고 있는 그들의 모습을 보곤 했다.

 한편으로 생각하면 파리를 이렇게 잘 아는 사람과 함께 있다는 것은 행운이었다. 그러나 다른 한편으로, 그는 그저 관광객이 되고 싶었다. 기본 회화책을 뒤적거리며, 때로는 길을 잃어가며 그가 적어온 건물들을 찾아다니고 싶었다. 어느 날 밤 그의 이런 바람을 말하자 모슈미는, "왜 진작 그런 얘기를 하지 않았지?"라고 말하고는 다음날 아침 지하철 역으로 걸어가서 사진 박스에서 사진을 찍은 다음 오렌지 카드를 사라고 일러주었다. 그래서 고골리는 혼자서 시내 구경에 나섰다. 그동안 모슈미는 학술회의에 가거나 아파트의 탁자에 앉아 마지막으로 논문을 교정하고 있을 것이었다. 그의 유일한 가이드는 모슈미가 준 『플랜 드 파리』였다. 파리의 각 구區가 안내된 작은 빨간색 가이드 북으로 뒤표지에는 접는 지도가 달려 있었다. 모슈미는 책의 뒷장에다 그를 위해 문장 몇 개를 적어주었다. '커피 한 잔 주세요', '화장실이 어디지요?' 그리고 그가 문을 나설 때 모슈미는 이렇게 주의를 주었다. "아침이 아니면 크림이 든 커피는 주문하지 마. 프랑스 사람들은 절대 그렇게 하지 않으니까."

오랜만에 날씨는 맑았지만 그날따라 몹시 추웠다. 쌀쌀한 공기에 귀가 저렸다. 모슈미와 처음으로 점심을 먹었던 오후가 떠올랐다. 그날 그녀는 모자 가게로 그를 끌고 들어갔었다. 갑자기 몰아친 바람이 얼굴을 때렸을 때 그들은 동시에 소리를 질렀었다. 하지만 그때는 따뜻해지기 위해 서로를 끌어안을 수 있는 사이가 아니었다. 그는 모퉁이로 걸어가서 크로아상을 또 하나 사기 위해, 매일 아침 모슈미와 함께 아침을 사러 가는 제과점으로 향했다. 보도블록 위 손바닥만한 햇볕 위에 서 있는 젊은 연인 한 쌍이 보였다. 봉투에 들어 있는 빵을 꺼내어 서로의 입에 넣어주고 있었다. 갑자기 그는 아파트로 돌아가고 싶어졌다. 관광이고 뭐고 이층에 있는 침대로 기어올라가 모슈미를 팔에 안고 싶었다. 그리고 모슈미와 함께 몇 시간이고 누워 있고 싶었다. 처음에 그랬던 것처럼 끼니도 거르고 누워 있다가, 애매한 시간에 집에서 나와 고픈 배를 움켜쥐고 거리를 헤매며 먹을 만한 곳을 찾아다니고 싶었다. 그러나 모슈미는 주말에 발표해야 하는 논문이 있었고, 소리내어 논문을 읽어보고, 시간을 재고, 여백에 노트하는 일을 제쳐두고 기분이 나지 않을 게 분명했다. 다음 며칠간은 지도를 보며, 그녀가 연필로 그려준 코스를 따라 혼자 다녀야 했다. 그는 이름난 거리들을 몇 마일이고 걸어다녔다. 마레 지구를 거쳐 여러 번 길을 잘못 들어선 후 결국 피카소 미술관에 도착했다. 플라스 데 보쥬에서는 벤치에 앉아 집들을 스케치했고, 뤽상부르 공원에서 쓸쓸한 자갈길을 걸었다. 아카데미 데 보자르 앞에서는 몇 시간 동안 판화를 파는 상점들을 기웃거리다가 결국 로젱 호텔을 그린 소묘를 하나 샀다. 좁은 보도와 짙은색의 조약돌이 깔린 거리, 이중 경사 지붕과 덧문이 달린 오래된 연한 베이지색 석조 건물들의 사진을 찍었다. 모든 것이 말로 표현할 수 없을 만큼 아름답다고 생각되었지만, 동시에 이 모두가 모슈미에게는 새로운 것이 아니라는 사실이, 그녀는 이미 이들을 수백 번도 더 봤을 거라는 사실이 그를 우울하게 했다. 왜 그녀가 가족과 떨어져서, 아는 모든 사람과 떨어져서 이곳에서 최대한 오래 머물렀는지 알 수 있을 것 같았다. 프랑스 친구들은 그녀를 아주 좋아했다. 웨이터들과 상점 점원들조차 그녀를 좋아했다. 그녀는 여기서 완벽하게 속할 수 있으면서도 약간 신선한 존재로 남을 수 있는 것이다. 모슈미는 이곳에서 걱정과 죄의식이 없는 자신을 새롭게 창조할 수 있었다. 이렇게 다른 나라에 와서 분리된 삶을 이루어낸 것에 대해 그녀가 존경스러운 동시에 밉기도 했다. 이것이 바로 그의 부모님이 미국에서 한 것이구나, 하는 생각이 들었다. 고골리로서는 결코 할 수 없는 일이었다.

 파리에서 머무는 마지막 날 오전에 고골리는 처가 식구들과 어머니, 소냐에게 줄 선물들을 샀다. 모슈미가 논문을 발표하는 날이었다. 그는 그녀와 함께 가서 청중석에 앉아 발표하는 것을 듣겠다고 했지만, 그녀는 바보 같은 일이라며 말렸다. 왜 알아듣지도 못하는 언어를 지껄이는 사람들로 가득한 방 안에 앉아서 시간을 허비하냐는 것이었다. 이 도시에는 아직도 그가 보지 못한 것이 많다는 것이었다. 그래서 쇼핑을 한 다음, 그는 이제까지 미루고 있던 루브르 미술관에 혼자 갔었다. 그리고 오후 늦게 라틴 구역에 있는 카페에서 모슈미를 만났다. 그녀는 보도블록 위 유리로 쳐놓은 칸막이 뒤에 앉아 기다리고 있었다. 짙은 빨간색 립스틱을 바르고 포도주 한 잔을 시켜 마시고 있었다.

고골리는 자리에 앉아 커피를 시켰다. "어땠어? 잘했어?"

그녀가 담배에 불을 붙였다. "괜찮았어. 어쨌든 끝났어."

끝나서 마음이 편하기보다는 아쉬운 게 많은 것 같은 표정이었다. 그녀의 눈은 그들 사이에 놓여진 작은 원탁에 머무르고 있었다. 치즈에 있는 것처럼 대리석 탁자에도 푸르스름한 혈관들이 지나가고 있었다.

보통 때 같으면 그녀는 그가 하루 종일 무엇을 했는지 꼬치꼬치 물었을 터였지만, 오늘은 잠자코 앉아 지나가는 사람들만 쳐다보았다. 고골리는 그가 산 선물들을 그녀에게 보여주었다. 장인어른에게 드릴 넥타이와 어머니들에게 드릴 비누, 그리고 삼랏에게 줄 셔츠와 소냐에게 줄 실크 스카프였다. 또 그가 쓰려고 산 스케치북과 잉크 한 병, 그리고 펜을 보여주었다. 그녀는 그가 그린 그림들을 보고 감탄하였다. 한 번 왔던 적이 있는 카페였다. 외국에서 어느 정도 머무르다가 떠날 때가 되면 느낄 만한 향수 같은 감정이 느껴졌다. 머릿속에서 금방 잊혀지게 될 사소한 것들을 머릿속에 담아두려 애썼다. 전에 왔을 때도 있었던 무뚝뚝한 웨이터와 길 건너에 있는 상점의 모습들, 초록색과 노란색이 섞인 등나무 의자들.

"떠나려니 서운해?" 그는 커피에 설탕을 녹이며 이렇게 묻고는, 커피를 단숨에 들이켰다.

"약간. 알잖아, 내 안의 일부는 애초에 파리를 떠나지도 않았다는 거."

그는 몸을 기울여 그녀의 두 손을 잡았다. "하지만 그랬으면 우리가 못 만났게?" 실제로 느끼는 것보다 자신있는 목소리로 그가 말했다.

"맞아." 그녀가 이렇게 인정하고는 덧붙였다. "언젠가 이리로 이사 올지도 모르지."

그가 고개를 끄덕였다. "그럴지도 모르지."

그녀의 지친 모습이 그에게는 몹시 아름다워보였다. 저물고 있는 날이 마지막 힘을 다하듯 응축된 채, 그녀의 얼굴 위에서 노르스름한 분홍색으로 빛나고 있었다. 그녀에게서 멀어지는 담배 연기를 보았다. 그는 이 순간을 기억하고 싶었다. 여기서 둘이 함께 있는 순간을. 바로 이런 모습으로, 그는 파리를 기억하고 싶었다. 카메라를 꺼내 그녀의 얼굴에 초점을 맞추었다.

"니킬, 제발 하지 마." 그녀가 웃으며 고개를 저었다, "나 완전 엉망이야." 그녀는 손등으로 얼굴을 가렸다.

고골리는 아직도 카메라를 들고 있었다. "어, 한 번만, 모슈미. 너 지금 너무 예뻐. 정말 예쁘다구."

그러나 그녀는 말을 듣지 않았고, 보도 위로 의자를 끼익 끌면서 카메라 밖으로 벗어나버렸다. 관광객처럼 보이고 싶지 않아, 라고 그녀가 말했다.

5월의 토요일 저녁이었다. 브룩클린의 저녁 식사 파티였다. 열두 명의 사람들이 긁힌 자국투성이의 기다란 식탁에 둘러앉아 담배를 피우고, 주스 잔으로 키안티를 마시며 등받이가 없는 나무 스툴에 앉아 있었다. 실내는 어두웠다. 긴 전선에 매달린 돔형의 금속 램프만이 식탁 한가운데 둥글게 응축된 빛을 드리우고 있을 뿐이었다.

여기저기 찌그러진 휴대용 카세트 라디오에서는 오페라가 흘러나오고 있었다. 마리화나 한 대가 돌아가고 있었다. 고골리도 한 모금 빨았다. 그러나 거기 앉아 한 모금 빤 후 숨을 멈추고 있는 동안 그는 후회했다. 빈속이었다. 10시가 다 되어가는데 저녁 식사는 아직 나오지 않고 있었다. 키안티를 제외하고 차려놓은 것이라곤 빵 한 덩어리와 작은 그릇에 든 올리브뿐이었다. 빵가루와 뾰족한 보라색 올리브 씨가 식탁 위에 흩어져 있었다. 딱딱하고 먼지 많은 쿠션처럼 생긴 빵은 자두만한 구멍으로 가득했고, 빵 껍질 때문에 고골리는 씹을 때마다 입천장을 다쳤다.

그들은 모슈미의 친구들인 아스트리드와 도날드의 집에 와 있었다. 그들의 브라운스톤 건물은 개보수 공사 중이었다. 아스트리드와 도날드에게는 곧 첫아이가 태어날 예정이었고, 건물의 한 층을 사용하던 그들의 집을 꼭대기층까지 삼층으로 넓힐 예정이었다. 서까래에서 두꺼운 비닐을 내려, 투명한 임시 복도를 마련해놓았다. 그 뒤로는 벽이 없었다. 이 시간까지도 오는 손님들이 있었다. 사람들은 춥다고 투덜거리면서 들어섰다. 봄이 온 지 한참 지난 지금까지도 밖에는 나무를 뒤흔드는 성가신 바람이 싸늘하게 옷깃을 파고들었다. 그들은 외투를 벗어놓고 사람들과 인사를 나눈 다음, 키안티를 따랐다. 이 집에 처음 와보는 사람들은 결국 식탁 주위에 있다가 떼를 지어 계단으로 올라가 집을 둘러보았다. 미닫이문과 원래부터 있던 양철 천장, 아이의 방이 될 널찍한 공간을 보며 감탄했다. 꼭대기층에서는 멀리, 반짝이는 맨해튼의 야경이 보였다.

고골리는 이 집에 온 적이 있었다. 그의 생각엔 너무 자주 온다는 생각이 들 정도였다. 아스트리드는 모슈미와 브라운 대학 동창이었다. 고골리가 도날드와 아스트리드를 처음 만난 것은 그의 결혼식 때였다. 적어도 그게 모슈미의 얘기였지만, 그는 기억이 나지 않았다. 고골리와 모슈미가 사귄 1년 동안 그들은 아스트리드가 받은 구겐하임 장학금으로 로마에서 살고 있었다. 그러나 아스트리드가 뉴스쿨에서 영화 이론을 가르치게 되었고, 그래서 다시 뉴욕으로 돌아온 것이었다. 도날드는 뛰어나지는 않지만 어느 정도 재능이 있는 화가였다. 밝은색 배경 위에 달걀, 찻잔, 빗과 같은 일상적인 사물들이 하나씩 떠 있는 것처럼 보이는 작은 정물화들을 그렸다. 도날드가 그린 실 한 타래가 고골리와 모슈미를 위한 결혼 선물이었고, 이 그림은 그들의 침실에 걸려 있었다. 도날드와 아스트리드는 남들을 맥빠지게 할 만큼 자신만만한 커플로, 고골리의 생각에는 그들이야말로 모슈미가 살고 싶어하는 삶의 본보기였다. 그들은 사람들을 불러다가 저녁 파티를 하면서 친구들에게 그들의 유산을 전파하였다. 그들은 자신들이 살고 있는 종류의 삶에 대한 열렬한 대변인이었고, 고골리와 모슈미에게 일상적인 일들에 대한 의심의 여지를 남기지 않는, 확신에 찬 조언을 끊임없이 해주었다. 그들은 설리번 가에 있는 어떤 제과점이 좋고, 모트 가에 있는 어떤 정육점이 좋다고 맹세한다, 고 말하곤 하였다. 어떤 종류의 커피 메이커가 좋다고 얘기하는가 하면, 침대보로는 어떤 피렌체 디자이너의 것이 좋다고 하였다. 이런 판결을 듣고 있으면 고골리는 머리가 돌아버릴 것 같았지만, 모슈미는 그들의 말에 충실했다. 다니는 길에서 벗어나더라도, 게다가 그들의 경제 사정에서 벗어나더라도, 반드시 그 제과점까지 가서 빵을 샀고, 그 정육점에서 고기를 샀다.

오늘 밤에는 익숙한 얼굴들이 몇몇 눈에 띄었다. 프린스턴과 예일에서 각각 사회학을 가르치는 에디스와 콜린, 그리고 모슈미처럼 뉴욕 대학의 박사 후보인 루이즈와 블레이크가 보였다. 올리버는 예술 잡지의 편집자였고, 그의 부인 샐리는 제과 전문 요리사였다. 나머지는 도날드의 화가 친구들, 시인들, 그리고 다큐멘터리 영화

감독들이었다. 모두들 결혼한 사람들이었다. 지금까지도 이렇게 평범하고 명백한 사실이 그는 새삼스레 놀랍게 느껴졌다. 모두 결혼한 사람들이라니! 그러나 이것이 지금 그의 삶이었다. 주말이 주중보다 더 피곤한 적도 있었다. 저녁 파티와 칵테일 파티가 수도 없었고, 때로는 11시가 넘어서 시작되는 파티에 가기도 했다. 아직도 젊다는 것을 확인이라도 하듯, 이런 파티에서는 으레 춤을 추고 마약을 하였으며, 일요일 아침에는 아점으로 블러디 메리를 무한정 마시고 턱도 없이 비싼 계란 요리를 먹곤 하는 것이었다.

여기 모인 사람들은 지적인데다 매력적이며 옷도 잘 입었다. 또 약간은 근친상간적인 분위기가 풍겼다. 대부분 브라운 대학 시절부터 아는 사이였다. 고골리는 이 방에 있는 반수는 같이 잠을 잔 적이 있을 거라는 생각을 떨쳐버릴 수가 없었다. 식탁에서는 으레 학교에 관한 얘기가 오갔다. 어차피 고골리가 끼어들기 힘든 종류의 대화였지만 버전은 다양했다. 학술회의에 대한 얘기, 구인난 얘기, 감사할 줄 모르는 학부생들 얘기, 논문 기획서의 마감 날짜에 대한 얘기들이었다. 식탁의 한쪽 끝에서는 빨간 머리를 짧게 자른 여자가 고양이 눈처럼 생긴 안경을 쓰고 브레히트 연극에 관한 얘기를 하고 있었다. 샌프란시스코에서 올렸던 연극에서 역할을 맡아 완전 누드로 연기했었다고 하였다. 다른 쪽 끝에서는 샐리가 자신이 가져온 디저트에 마지막 손질을 하고 있었다. 온 정신을 집중하여 케이크의 층을 쌓고는 반짝거리며 윤이 나는 머랭으로 덮었다. 케이크는 마치 두꺼운 불꽃이 뒤엉켜 타오르고 있는 모양이었다. 아스트리드는 몇몇 사람들에게 페인트 샘플들을 타로 카드처럼 늘어놓고는 보여주고 있는 중이었다. 그녀와 도날드는 현관 복도를 연두색으로 칠하려고 생각 중이었고, 그것들은 조금씩 톤이 다른 연두색들이었다. 아스트리드는 말콤 X가 썼던 것 같은 안경을 쓰고 있었다. 그녀는 페인트 샘플 카드를 찬찬히 살펴보았다. 다른 사람들의 조언을 구하고 있었지만 그녀는 이미 그 중에서 어떤 색조의 연두색을 고를 것인지 마음을 정한 듯했다. 고골리의 왼쪽에 앉은 에디스는 왜 빵을 먹지 않는가에 대해 열변을 토하고 있었다. "나는 밀가루를 안 먹으면 훨씬 기운이 난단 말이야." 그녀가 이렇게 주장했다.

고골리는 이 사람들과 할 얘기가 없었다. 그는 이들이 논문으로 무엇을 쓰든, 무슨 음식을 먹지 않든, 무슨 색으로 벽을 칠하든 관심이 없었다. 처음에는 이런 자리가 이렇게까지 고문은 아니었다. 모슈미가 이들에게 고골리를 처음 소개시켰을 때 둘은 서로 어깨동무를 하고 앉아 있었고, 다른 사람들이 하는 말은 그들 둘이 하고 있는 대화에 비하면 각주脚註 정도에 불과했었다. 한 번은 샐리와 올리버의 파티에서 살짝 빠져나간 그들은 샐리의 걸어 들어가는 옷장 속에서 짧고 아찔한 사랑을 나누었다. 옷장에 가득 쌓인 샐리의 스웨터가 희미하게 눈에 들어왔었다. 물론 이런 종류의 열정이 지속될 수 없다는 것을 모르진 않았다. 그렇다고 해도 이 사람들에게 모슈미가 붓는 지성은 납득이 되질 않았다. 모슈미를 쳐다보았다. 그녀는 던힐 한 개비에 불을 붙이고 있었다. 처음에는 그녀가 담배를 피우는 것이 아무렇지도 않았었다. 오히려 좋을 때도 있었다. 섹스가 끝난 후 그녀가 침대 옆 협탁으로 몸을 기울여 담배를 집고 성냥을 켜면, 그는 조용히 옆에 누워 담배를 내뿜는 숨소리를 들으면서 담배 연기가 머리 위로 올라가는 것을 지켜보곤 했었다. 그러나 요즘에는 그녀의 머리며 손끝에 찌든 담배 냄새와 그녀가 일하는 침실에서 나는 냄새가 역하게 느껴졌다. 그녀는 담배를 심하게 피우는 것은 아니었지만 오랫동안 계속된 습관이었고, 가끔은 그 결과로 혼자 버려지는 게 아닐까, 하는 비극적인 생각이 머리를 스치기도 하였다. 언젠가 그가 가진 이런 두려움을 모슈미에게 얘기했더니, 그녀는 웃어넘길 뿐이었다. "아, 니킬, 지금 농담하는 거지." 그녀가 말했다.

지금도 모슈미는 웃고 있었다. 블레이크가 뭐라고 했는지 몰라도 그녀는 열심히 고개를 끄덕이고 있었다. 그녀가 저렇게 활기에 찬 모습을 본 지도 꽤 된 것 같았다. 곧고 부드러운 그녀의 머리결을 보았다. 얼마 전에 머리끝이 말려 올라가게 하는 커트를 했다. 끼고 있는 안경은 얼굴을 더 돋보이게 했다. 그리고 그녀의 창백한 작은 입술. 이 사람들에게 인정을 받는 것이 그녀에게 중요하다는 것은 알았지만 왜 그런지는 확실히 알 수가 없었다. 그리고 요즘 들어 눈치챈 것인데, 모슈미가 아스트리드와 도날드를 만나 즐거우면 즐거울수록 그 여파는 우울하다는 것이었다. 마치 그들을 보고 나면 결코 그들처럼 될 수 없다는 사실을 확인이라도 받는 듯이. 지난번 아스트리드와 도날드의 저녁 초대에 갔다왔을 때, 그녀는 집에 들어서자마자 이것저것 트집을 잡기 시작했다. 3번 로에서 들려오는 소음이며, 옷장에 달린 미닫이문이 언제나 레일에서 벗어난다고 불평하더니, 화장실에 가면 시끄러운 환풍기 소리 때문에 귀가 먹을 지경이라고 투덜거렸다. 고골리는 스트레스 때문에 저런다고 스스로를 타일렀었다. 모슈미는 구두 시험 준비를 하느라 도서관에 있는 개인 열람실에 틀어박혀 거의 매일 밤 9시까지 공부하곤 했다. 자격증 시험 준비를 할 때 어땠는지를 떠올렸다. 두 번이나 떨어지고 나서야 시험에 합격했었다. 시험 준비라는 것이 얼마나 고립을 요하는 것인지 그는 잘 알고 있었고, 며칠 동안 아무에게도 말 한마디 건네지 않고 살았던 적도 있었던 그인지라 그녀에게 아무런 말도 하지 않았었다. 오늘 저녁에 그는 구두 시험 때문에 그녀가 아스트리드와 도날드의 초대에 가지 않을 것이라고 생각했었다. 그러나 이제 고골리는, 그들에 관한 한 모슈미에게 거절이란 없다는 사실을 깨달았다.

모슈미가 전 약혼자, 그레엄을 만난 것도 아스트리드와 도날드를 통해서였다. 도날드는 그레엄의 고등학교 동창이었고, 그레엄이 파리에 갔을 때 모슈미의 전화번호를 그에게 주었던 것이다. 고골리는 아스트리드와 도날드를 통해 아직도 모슈미와 그레엄이 연결되고 있다는 사실이 못마땅했다. 그들을 통해 모슈미는 그레엄이 지금 토론토에서 살고 있고, 결혼해서 쌍둥이의 아빠가 되었다는 사실을 들었다. 모슈미와 그레엄이 사귈 때, 그들은 도날드와 아스트리드와 함께 넷이서 버몬트의 별장을 빌려 놀러 가기도 했고, 햄턴에 있는 별장을 공동 소유하기도 했었다. 그들은 고골리 역시 비슷한 방식으로 끌어들일 계획이었다. 예를 들어, 오는 여름에는 브리타니 해변에 있는 집을 함께 빌릴 생각이었다. 아스트리드와 도날드는 고골리가 그들의 삶 속에 들어오는 것을 진심으로 환영했지만, 때로 그들은 모슈미가 아직도 그레엄과 함께라고 생각하는 듯했다. 언젠가 아스트리드는 실수로 고골리를 그레엄이라고 부른 적도 있었다. 그 실수를 눈치챈 사람은 고골리뿐이었다. 모두 약간씩 취해 있었지만 그는 똑똑히 들었다. 오늘 밤처럼 파티가 끝나가고 있는 늦은 밤이었다. "모슈미, 이 포크로인(양념해서 오븐에 구운 돼지고기 허릿살―옮긴이) 좀 싸가지고 가서 그레엄하고 먹어." 그릇을 치우며 아스트리드가 이렇게 말했었다. "샌드위치에는 아주 그만이야."

이제 파티에 온 사람들은 모두 한 가지 주제를 놓고 대화에 열중하고 있었다. 아이의 이름이었다. "우리는 아주 특이한 이름을 지어주고 싶어." 아스트리드가 말했다. 고골리도 최근의 이런 경향을 눈치채고 있었다. 만나는 사람들이 모두 결혼한 커플이었으므로 저녁 파티의 이야깃거리는 종종 아이들의 이름을 짓는 것으로 흘러가곤 했다. 지금 아스트리드가 그런 것처럼, 모인 사람 중에 한 명이 임신한 부인이라면 말할 것도 없었다.

"난 언제나 교황 이름이 좋더라." 블레이크가 말했다.

"존이나 폴처럼 말야?" 루이즈가 물었다.

"그보다는 이노센트나 클레멘트에 가깝지."

제트와 티퍼처럼 별 의미 없는 이름도 나왔다. 그러자 사람들은 당치않다는 듯 신음소리를 냈다. 한 명이 안나 그레엄이라는 이름을 가진 여자애를 만난 적이 있었다고 했다. "알겠어? 애너그램(철자 바꾸기 또는 철자를 바꾸면서 노는 게임—옮긴이)!" 그러자 모두 웃음을 터뜨렸다.

모슈미는 자기와 같은 이름은 저주나 마찬가지라고 했다. 아무도 제대로 발음하는 사람이 없었는데, 학교 다닐 때 아이들은 무슈미라고 부르다가 무스(북미산 사슴의 한 종류. 속어로는 매춘부란 뜻도 있음—옮긴이)라고 줄여서 불렀다는 것이다. "내가 아는 모슈미는 나 하나밖에 없다는 게 너무 싫었어." 그녀가 말했다.

"바로 그거야, 나라면 좋아했을 텐데 말야." 올리버가 그녀에게 말했다.

고골리는 주스 잔에 다시 키안티를 따랐다. 그는 이런 종류의 대화에 끼는 것도, 듣고 있는 것도 싫었다. 식탁 위에 인명 사전들이 잔뜩 올라왔다. 완벽한 이름 고르기, 특이한 아이 이름, 바보를 위한 작명 가이드 등이었다. 그 중에는 절대로 지어서는 안 되는 이름이라는 책도 있었다. 어떤 페이지는 표시를 위해 접혀 있었고 옆에는 별표와 체크표를 해놓았다. 한 사람이 자카리라는 이름이 어떠냐고 하였다. 그러자 다른 한 명이 언젠가 개 이름을 자카리라고 지은 적이 있었다고 했다. 모두 자신의 이름이 무엇을 뜻하는지 찾아보더니 어떤 사람들은 좋아하고 어떤 사람들은 실망하였다. 고골리와 모슈미는 모두 이 책들에는 나와 있지 않았다. 오늘 저녁 이 집에 온 이후 처음으로, 고골리는 모슈미와 어떤 야릇한 유대감을 느꼈다. 그는 그녀가 앉아 있는 곳으로 가서 탁자 위에 팔을 쭉 뻗어 올려놓은 그녀의 손을 잡았다. 모슈미가 뒤돌아 그를 쳐다보았다.

"자기, 안녕." 그녀가 말했다. 그의 어깨로 머리를 약간 기울이며 웃음을 지어보였다. 모슈미는 취해 있었다.

"모슈미는 무슨 뜻이지?" 건너편에 앉아 있던 올리버가 그녀에게 물었다.

"축축한 남서풍이란 뜻이야." 눈동자를 굴리고 고개를 저으며 그녀가 대답했다.

"지금 밖에 부는 것처럼?"

"네가 자연의 힘이라는 것을 나는 언제나 알고 있었지." 아스트리드가 웃으며 말했다.

고골리가 모슈미를 쳐다보았다. "그래?" 이것은 이제껏 그가 물어볼 생각도 안 했고, 따라서 알지도 못했던 사실이라는 것을 깨달았다.

"나한테는 한 번도 얘기 안 해줬어." 그가 말했다.

그녀가 고개를 저으며 모르겠다는 표정을 지었다. "그랬던가?"

무엇 때문인지는 모르지만 신경이 거슬렸다. 하지만 그런 생각을 하기엔 적당한 시간이 아니었다. 이런 와중에는 아니었다. 그는 화장실에 가기 위해 일어섰다. 화장실에서 나왔을 때 그는 식당으로 돌아가는 대신 계단을 걸어 한 층 올라갔다. 개보수 공사가 어떻게 되어가는지 보기 위해서였다. 그는 안에 사다리밖에 없는, 하얗게 벽을 벗겨놓은 방들 앞에 멈추어 섰다. 다른 방에는 여섯, 일곱 개씩 높이 쌓아 올린 상자들로 가득했다. 바닥에 깔린 청사진을 살펴보았다. 그는 처음에 모슈미와 사귀기 시작했을 때 술집에 앉아 제일 이상적인 집을 설계한답시고 오후 내내 시간을 보냈던 일이 떠올랐다. 그는 좀더 모던한 디자인을 원했고, 그녀는 이 집처럼 브라운스톤 건물을 원했었다. 결국 그들이 설계한 것은 실제로 지을 수 없는 집이 되어버렸다. 콘크리트로 지은 타운하우스로, 앞면이 유리로 된 집이었다. 아직 잠을 자기 전이었기에, 침실을 어디에 두어야 할지를 결정하면서 둘 다 얼굴을 붉히던 것이 기억났다.

부엌으로 들어가보니 도날드가 이제야 봉골레 스파게티를 준비하고 있었다. 옛날에 세를 주었던 집의 부엌이었고, 새 부엌이 지어질 때까지 임시로 사용하고 있었다. 때가 묻어 거무죽죽한 리놀륨과 한쪽 벽으로 붙어 있는 부엌 살림을 보니 암스테르담 로에 있던 그의 옛집이 생각났다. 가스레인지 위에는 반짝반짝하는 스테인리스로 된 빈 들통이 놓여 있었는데, 너무 커서 버너 두 개에 걸쳐져 있었다. 샐러드 거리 야채가 담겨 있는 그릇은 물에 적신 키친 타올로 덮어놓았다. 바랜 초록빛의 100원짜리 동전만한 조개 한 더미가 속이 깊은 사기 싱크대에서 물에 잠겨 있었다.

키가 훤칠한 도날드는 청바지에 고무 슬리퍼를 신고 있었다. 고추색 셔츠를 입은 그는 팔꿈치 바로 위까지 소매를 걷어 올린 채였다. 그는 상당한 미남이었다. 로마 귀족 같은 얼굴에 연한 갈색 머리는 기름을 약간 발라 뒤로 넘겼다. 도날드는 옷 위로 앞치마를 두르고 엄청나게 큰 파슬리 단에서 잎을 따내고 있었다.

"여기 있었구나. 내가 좀 도와줄까?" 고골리가 말했다.

"니킬, 잘 왔어." 도날드가 파슬리를 건네며 말했다. "실컷 좀 도와주라."

고골리는 할 일이 생겨서 반가웠다. 바쁘게 무언가 만드는 일이라면 도날드의 부주방장 역할이라도 좋았다.

"그래, 공사는 어떻게 되어가고 있어?"

"묻지 마." 도날드가 말했다. "방금 업자를 해고했어. 이런 속도로 가다간 아이 방이 다 되기도 전에 아이가 독립해서 나간다고 할 판이라니까."

고골리는 도날드가 조개를 물에서 건져 조그만 화장실 솔처럼 생긴 것으로 조개껍질을 문지른 다음 들통에 하나씩 떨어뜨리는 것을 지켜보았다. 고골리는 고개를 빼고 들통 속을 들여다보았다. 봉골레의 껍질들이 조용히 끓어오르는 물속에서 일제히 입을 벌리고 있었다.

"그래, 언제 이 동네로 이사 나올 거야?" 도날드가 물었다.

고골리가 어깨를 으쓱했다. 그는 브룩클린으로, 그것도 도날드와 아스트리드 가까이로 오는 것에는 전혀 관심이 없었다. "생각해본 적이 없는데. 난 맨해튼이 좋아. 모슈미도 그렇고."

도날드가 고개를 저었다. "틀렸어. 모슈미가 브룩클린을 얼마나 좋아하는데. 그 그레엄 사건 이후로 모슈미를 거의 쫓아내야 했는걸."

언제나 그 이름을 들으면 바늘에 찔려 바람이 빠지는 기분이었다.

"모슈미가 여기 있었어?"

"저기 복도 끝방에 있었어. 거의 두 달은 있었을걸. 정말 말이 아니었지. 난 그렇게 처참할 정도로 절망에 빠진 인간은 본 적이 없어."

그가 고개를 끄덕였다. 이 또한 그녀가 그에게 말해준 일이 없는 사실이었다. 이유가 무얼까 생각했다. 갑자기 이 집이 혐오스럽게 느껴졌다. 그녀가 가장 힘든 시기를 도날드와 아스트리드와 함께 보낸 곳. 이곳에서 모슈미는 다른 남자 때문에 울고 있었던 것이다.

"하지만 모슈미를 위해서는 자네가 훨씬 나은 상대야." 도날드가 결론을 내렸다.

고골리가 놀라서 고개를 들었다.

"오해는 하지 마. 그레엄은 좋은 사람이야. 하지만 그 둘은 어떤 면에서 너무 비슷해. 지나치게 강렬한 관계였다고 할까."

고골리는 도날드의 이런 관찰이 특별히 맞다고 느껴지지는 않았다. 마지막 남은 파슬리 잎을 다 따고 나서 도날드가 칼을 가져와 잎을 다지는 것을 지켜보았다. 한 손을 칼 위에 대고 전문가처럼 빠르게 파슬리를 다졌다.

고골리는 갑자기 자신이 무능력하게 느껴졌다. "나는 그게 도저히 안 되던데." 그가 말했다.

"칼만 좋으면 돼." 도날드가 말했다. "내가 맹세하지."

고골리는 쌓아 올린 접시 더미와 나이프와 포크를 한 아름 들고 부엌을 나왔다. 가는 길에 모슈미가 머물렀다는 복도 끝방을 들여다보았다. 방은 이제 비어 있었다. 바닥에는 페인트칠을 위해 비닐이 깔려 있었고, 천장 한가운데에는 전선 한 줄이 나와 뒤엉켜 있었다. 구석에 있는 침대에 누워 있었을 그녀를 상상해보았다. 우울하고 여윈 채로, 머리 위로는 담배 연기를 잔뜩 드리우고 있었을 것이다. 아래층으로 내려가 그는 모슈미 옆에 앉았다. 그녀는 그의 귓불에 키스를 했다. "어디로 사라졌었던 거야?"

"도날드랑 같이 있느라고."

이름 얘기는 아직도 한창이었다. 콜린은 덕목을 의미하는 이름들이 좋다고 하였다. 페이션스, 페이스, 채스티디. 그의 증조모의 이름이 사일런스였다고 했다. 아무도 믿으려 들지 않는 이름이었다.

"프루던스는 어때? 프루던스도 미덕의 하나 아닌가?"

도날드가 스파게티 접시를 들고 계단을 내려오면서 이렇게 말했다. 접시가 식탁에 놓이자 박수가 터져 나왔다. 접시가 돌아갔고 각자 파스타를 나누어 담았다.

"아이 이름을 짓는 건 정말 중책처럼 느껴져. 싫어하면 어떡해." 아스트리드가 속이 타는 듯 이렇게 말했다.

"그럼 바꾸면 되지." 루이즈가 말했다. "그런데 말야, 대학 다닐 때 조 채프먼 기억나? 그가 지금은 조앤이래."

"어휴, 난 이름은 절대 못 바꿀 것 같아." 에디스가 말했다. "할머니 이름에서 따온 건데."

"니킬은 바꿨는데." 모슈미가 갑자기 이렇게 내뱉었다. 파티가 시작된 후 처음으로 방 안이 물을 끼얹은 듯 조용해졌다. 오페라 소리만 흐르고 있었다.

고골리는 아연해져서 모슈미를 쳐다보았다. 아무에게도 말하지 말라는 얘기는 하지 않았지만 아무에게도 말하지 않으리라 믿고 있었다. 그의 시선은 그녀의 얼굴 위에서 갈피를 잡지 못하고 있었고, 그녀는 방금 자신이 무슨 일을 저질렀는지 모르는 채 그에게 미소를 지어보였다. 사람들이 그를 쳐다보았고, 당황한 상태에서 웃음을 짓느라 모두 입이 벌어져 있었다.

"이름을 바꾸다니 무슨 말이야?" 블레이크가 천천히 물었다.

"니킬. 태어날 때부터 이 이름이 아니었다는 얘기지." 입 안에 가득 음식을 물고, 조개껍질을 식탁으로 던지며 그녀가 고개를 끄덕였다. "우리가 어렸을 때 부르던 이름이 아니란 얘기지."

"태어날 때 이름은 뭐였는데?" 아스트리드가 의심스러운 눈초리로 그를 쳐다보며 물었다. 그녀의 눈썹 사이에 주름이 잡혔다.

몇 초 동안 그는 아무 말이 없었다. "고골리." 결국 그가 입을 열었다. 가족과 가족의 친구들을 제외하고 다른 사람에게 고골리가 되어보는 것은 정말 오랜만이었다. 여전히 짧고, 믿을 수 없을 정도로 이상한 이름이었다. 이름을 말하며 고골리는 모슈미를 쳐다보았다. 그러나 그의 힐책의 눈초리를 눈치채기엔 그녀는 너무 취해 있었다.

"「외투」의 고골리 말이야?" 샐리가 물었다.

"그렇군." 올리버가 말했다. "닉-콜라이 고골리."

"이런 걸 우리에게 숨겨오다니 믿을 수 없어, 닉."

"네 부모님은 왜 하필이면 그 이름을 고르셨는데?" 도날드가 궁금해했다.

고골리는 여기 모인 사람들에게는 도저히 말하기 힘든 그 이야기를 다시 떠올렸다. 언제나 그랬던 것처럼 선명하면서도 한편으로는 떠올리기 힘든 그런 이야기였다. 한밤중에 뒤집힌 기차, 창문으로 튀어나온 아버지의 팔, 그리고 꼭 쥔 주먹 안에 들어 있던 책의 한 페이지. 이것이 그가 모슈미에게 해준 이야기였다. 만난 지 몇 달이 지난 후였다. 이 사고에 대해 얘기해주었고, 또 아버지가 이 얘기를 처음으로 해주시던 그날 밤, 펨버튼 로드 집의 주차 진입로에서의 그 밤에 대해서도 말해주었다. 고골리는 이름을 바꾼 것에 대해 가끔 죄의식을 느낀다고 털어놓았다. 아버지가 돌아가신 지금은 더하다고도 하였다. 그러자 그녀는 그건 이해할 수 있는 일이라고, 누구라도 그런 상황이면 그렇게 했을 것이라고 위로해주었다. 그러나 이 모든 것이, 지금의 그녀에겐 그저 농담거리일 뿐이었다. 모슈미에게 말해주었던 것이 갑자기 후회가 되었다. 모슈미가 과연 여기 모인 사람들에게 아버지의 사고 얘기까지 할 것인지 궁금해졌다. 아침이면 이 방에 있는 반수가 무슨 말을 했는지도 잊을 것이었다. 그저 고골리에 관한 별것 아닌 이상한 이야기, 아마도 다음 저녁 식사를 위한 일화 정도가 될 것이었다. 이 점이 그가 가장 화가 나는 부분이었다.

"아버지가 그 작가를 좋아하셨어." 결국 그는 이렇게 말했다.

"그러면 우리는 아이 이름을 베르디라고 지어야겠군." 도날드가 곰곰이 생각하는가 싶더니 이렇게 말했다. 오페라가 마지막 소절로 치닫더니 '찰칵' 소리를 내며 테이프가 멈췄다.

"도움이 안 돼." 아스트리드가 토라지듯 말하며 도날드의 코끝에 입을 맞추었다. 고골리는 이 모든 게 그저 웃음거리에 지나지 않는다는 것을 알고 있었다. 그들은 그의 부모님처럼 그렇게 충동적이고 순진한 일을 할 수 있는 위인들이 아니었다.

"너무 조급해하지 말라구." 에디스가 말했다. "늦지 않게 완벽한 이름이 생각날 테니."

그때 고골리가 말했다. "그런 건 없어."

"뭐가 없다는 거야?" 아스트리드가 물었다.

"이 세상에 완벽한 이름이란 없다는 말이야. 나는, 사람은 열여덟 살이 되면 자신의 이름을 지을 수 있어야 한다고 생각해." 그리고 이렇게 덧붙였다. "그때까지는 모두 대명사로 불러야 해."

사람들은 말도 안 된다는 듯이 고개를 저었다. 쏘아보는 모슈미의 시선을 느꼈지만 그는 무시해버렸다. 샐러드가 나왔다. 대화의 주제가 바뀌었고, 대화는 고골리 없이도 계속되었다. 그는 언젠가 모슈미가 자는 쪽 침대에 놓여진 책 더미에서 발견한 소설에 대한 생각을 떨쳐버릴 수가 없었다. 불어로 씌어진 것을 영어로 번역한 책이었는데 몇백 장이나 되는 긴 이야기 내내 주인공들은 그저 '그'와 '그녀'로 불려졌다. 그는 몇 시간 만에 책을 다 읽었고, 주인공들의 이름이 끝까지 밝혀지지 않은 것에 대해 이상한 위안을 받았다. 불행한 사랑 이야기였다. 그의 삶이 그렇게 간단하기라도 했다면 얼마나 좋았을까.

10

1999

1주년 결혼기념일 아침, 그들은 모슈미 부모님의 전화에 잠을 깼었다. 서로에게 축하한다는 말을 하기도 전에 부모님으로부터 축하한다는 말을 듣게 된 것이다. 결혼기념일 외에도 축하해야 할 일은 또 있었다. 모슈미가 지난주에 구두 시험을 무사히 통과하여 이제는 공식적으로 박사과정 수료 ABD가 된 것이다. 게다가 모슈미가 말하지는 않았지만, 축하해야 할 일이 한 가지 더 있었다. 프랑스에서 1년간 박사 논문을 쓸 수 있는 연구비를 따낸 것이었다. 그녀는 결혼하기 바로 직전 이 장학금에 지원했었다. 그저 받을 수 있는지 보기 위해서였고, 이런 데 지원하는 것은 언제나 좋은 연습이라고 생각했었다. 2년 전이라면 그 자리에서 간다고 대답했을 테지만, 이제 1년을 프랑스에서 보내기 위해 떠난다는 것은 불가능한 일이 되어버렸다. 그녀에게는 생각해야 할 남편과 결혼 생활이 있었다. 그래서 이 좋은 소식을 받았을 때 그녀는 장학금을 조용히 포기하는 편이, 아예 얘기를 꺼내지 않는 편이 나으리라 생각했던 것이다.

저녁을 예약하는 일은 모슈미가 맡기로 했다. 그녀는 도날드와 아스트리드가 추천한 미드타운에 있는 음식점에 예약을 했다. 시험 공부를 하던 요 몇 달간에 대해 약간의 죄책감을 느꼈다. 시험을 핑계로 필요 이상으로 니킬에게 소홀했던 것을 알고 있었기 때문이다. 어떤 날에는 그에게 도서관 개인 열람실에 있겠다고 하고선 실제로는 소호에서 아스트리드와 그녀의 아기 에스미를 만나거나, 아니면 그저 혼자 돌아다닌 적도 있었다. 때로는 음식점이나 술집에 혼자 앉아 초밥이나 샌드위치를 시켜먹거나 포도주를 마시기도 했다. 단지 아직도 혼자서 이런 일들을 할 수 있다는 사실을 확인하기 위해서였다. 이런 식의 확인은 그녀에게 중요한 일이었다. 결혼식 때 산스크리트어로 서약을 하면서 모슈미는 아무도 모르게 서약을 한 가지 더 했었다. 어머니가 그랬던 것처럼 남편에게 완전히 의존하는 일은 절대로 없으리라. 외국에서 32년을 살았지만 그녀의 어머니는 아직 운전도 못 하셨고, 직업도 없었으며, 심지어 수표구좌와 예금구좌가 어떻게 다른지조차 몰랐다. 하지만 어머니는 지적으로 손색이 없는 분이었다. 스물둘에 시집가기 전까지 어머니는 프레지던시 대학 철학과의 장학생이었다.

저녁 식사를 위해 두 사람은 옷을 차려입었다. 모슈미가 화장실에서 나오니 고골리는 그녀가 사준 셔츠를 입고 있었다. 이끼색 셔츠였는데, 벨벳으로 처리된 목둘레는 네루칼라였고, 좀더 진한 초록색이었다. 점원이 셔츠의 포장을 끝낸 후에야 1주년 결혼기념일에는 무언가 종이로 만들어진 것을 선물해야 한다는 것이 기억났다. 그래서 셔츠는 크리스마스에 주고 리졸리에 가서 건축에 관한 책을 선물할까도 생각했었다. 그러나 시간이 없었다. 그녀는 검은색 드레스를 입고 있었다. 처음으로 그를 저녁 식사에 초대한 날, 처음으로 그와 잔 날 입었던 옷이었다. 그 위에는 니킬이 결혼기념일 선물로 준 라일락색 파시미나 숄을 둘렀다. 모슈미는 그들이 처음으로 데이트한 날을 기억하고 있었다. 술집에서 약간 헝클어진 듯한 머리의 고골리가 그녀에게 다가왔을 때 마음에 들었었다. 볼에는 까만 수염이 송송 나 있었고, 초록에 얇은 라일락색 줄무늬가 섞인 셔츠의 칼라는 낡아 해지기 시작하고 있었다. 그때 어쩔 줄 몰라하던 자신의 모습이 아직도 생생했다. 책에서 눈을 들어 그를 올려다본 순간 가슴이 뛰기 시작했고, 한눈에 강하게 끌리는 것을 느꼈다. 그녀가 알고 있던 소년이 단순히 나이를 먹었으리라고만 생각하고 있었다. 냉담하고 말이 없으며, 코듀로이 바지에 스웨트 셔츠를 입고 있는, 턱에 여드름이 몇 개 난 소년의 나이 든 모습을 상상하고 있었던 것이다. 데이트가 있기 전날 아스트리드와 함께 점심을 먹었었다. "너는 그런 인도 남자와는 정말 안 어울린다고 생각해." 시티 제과점에서 샐러드를 먹으며 아스트리드가 당찮다는 투로 이렇게 얘기했었다. 그때 모슈미는 반대하지 않았었다. 그저 변명하듯, 한 번으로 끝날 데이트라고 거듭 얘기했을 뿐이었다. 그녀 자신도 상당히 회의적이었다. 어린 샤시 카푸르와 인도에 있는 사촌 이외에는 인도 남자에게 끌렸던 적은 한 번도 없었다. 그러나 니킬은 진심으로 좋았다. 그가 의사도 아니고 공학도도 아니라는 것이 일단 마음에 들었다. 고골리에서 니킬로 이름을 바꾼 것도 좋았다. 어렸을 때부터 알던 사이였지만 이름 때문에 어딘가 새롭게 느껴졌다. 어머니가 말했던 그 사람이 아닌 것 같았다.

그들은 음식점까지 걷기로 했다. 그곳은 집에서 북쪽으로 30블록, 서쪽으로 4블록 떨어져 있었다. 벌써 어두워졌지만 기분 좋게 따뜻한 저녁이었다. 너무 따뜻해서 그녀는 건물의 차양 아래 멈추어 서서 파시미나 숄을 가져가야 하나 말아야 하나 망설였다. 들고 나온 이브닝백이 너무 작아서 넣을 곳도 없었다. 숄을 어깨 아래로 늘어뜨린 채 앞에서 모아 손으로 잡고 있었다.

"집에 두고 올까봐."

"올 때도 걸어오고 싶으면 어떡해? 그때는 아마 필요할지도 몰라." 그가 말했다.

"그렇지."

"그건 그렇고, 숄이 잘 어울리는데."

"이 드레스 기억나?"

그는 고개를 저었다. 그녀는 실망스러웠지만 놀랄 일도 아니었다. 언제나 세세한 것까지 염두에 두는 건축가의 머리는 일상생활에 관한 것일 때 전혀 능력을 발휘하지 못한다는 사실을 그녀는 이제 알고 있었다. 예를 들어 그는 숄을 산 영수증을 굳이 감추려 하지 않았다. 주머니에서 꺼내어놓은 동전들 사이에 있는 영수증을 함께 쓰는 장롱 위에서 보았던 것이다. 드레스를 기억 못 하는 그를 탓할 일만도 아니었다. 그녀 자신도 이제는 그날 저녁의 정확한 날짜를 기억하지 못했다. 11월이었고 토요일이었다는 것만 기억났다. 그런 날들은 이제 서서히 잊혀지고 있었다. 연애할 때의 기억은 지금 기념해야 할 일들로 점차 설 자리를 잃어가고 있었다.

그들은 5번 가로 걸어 올라갔다. 페르시아 카펫을 파는 상점들을 지나쳤다. 상점의 진열대에는 카펫들이 펼쳐진 채 진열되어 있었다. 뉴욕 공공도서관도 지났다. 음식점으로 곧장 가는 대신 거리를 좀더 어슬렁거리기로 했다. 예약해놓은 시간까지는 아직도 20분이나 남아 있었다. 5번 가는 이상할 정도로 한적했다. 보통 때 같으면 쇼핑하는 사람들과 관광객들로 북적일 텐데, 지금은 몇 안 되는 사람들과 택시들만이 간간이 지나다니고 있을 뿐이었다. 모슈미는 이 근처에 자주 오지 않았다. 벤델 백화점에서 화장품을 사거나 파리 극장에서 이상야릇한 영화를 보거나 할 때에만 왔다. 그리고 플라자호텔로 그레엄과 그의 아버지, 새어머니와 함께 술을 한잔 하러 온 적이 있을 뿐이었다. 문을 닫은 상점들 앞을 지나갔다. 시계, 여행용 가방, 트렌치코트 등을 진열해놓은 상점들이었다. 터키색 샌들 한 켤레를 보고 모슈미가 발걸음을 멈추었다. 검투사의 신발을 연상시키는 구두끈은 라인석으로 장식되어 있었고, 구두는 투명한 루사이트 받침대 위에서 조명을 받아 반짝였다.

"흉측해, 아니면 예뻐?" 그녀가 그에게 물었다. 아파트가 나온 《건축 다이제스트》나 《뉴욕타임스》 디자인 섹션을 함께 뒤적거리다가 그녀는 이런 식으로 자주 묻곤 하였다. 그의 대답은 신선할 때가 많았다. 보통 때라면 거들떠보지도 않을 물건들을 새롭게 보도록 해줄 때가 종종 있었다.

"흉측하다는 것이 거의 확실시됨. 물론 신어봐야 알겠지만."

"그래, 맞아. 얼마인지 알아맞혀봐."

"200달러."

"500. 믿을 수 있어? 《보그》지에 나왔더라."

모슈미는 다시 걷기 시작했다. 몇 발자국을 걷다가 뒤돌아보니, 니킬이 아직도 거기 서서 신발 밑에 가격표가 있는지 몸을 구부려서 보고 있었다. 점잖지 못한 그의 저런 행동은 어딘가 순진한 데가 있어보였고, 그게 그녀가 아직도 그를 사랑하는 이유라고 애써 생각했다. 니킬이 그녀의 인생에 다시 나타났을 때 얼마나 고마웠는지를 기억하고 있었다. 그를 만났을 때는, 그녀가 예전의 자기 모습으로, 파리에 가기 전의 모습으로 돌아가게 될까봐 두려워하고 있을 즈음이었다. 마음을 꼭 닫고 책만 읽는, 언제나 혼자였던 자신의 모습으로……. 친구들이 모두 결혼했다는 사실에 모슈미는 제정신이 아니었다. 심지어 개인 광고난에 광고를 낼까도 생각했었다. 그런 그녀를 니킬은 있는 그대로 받아들여주었고, 과거의 불명예를 씻어내주었다. 그는 그레엄처럼 자신에게 상처주지 않을 사람이라는 믿음이 있었다. 몇 년 동안 비밀스러운 연애를 해온 때문인지 드러내놓고 사람을 사귄다는 게 신선하게 느껴졌다. 처음부터 부모님들의 전폭적인 지지를 받을 수 있었다는 것, 그리고 물어볼 필요도 없이 결혼을 해야 한다는 보장된 장래가 오히려 매력적으로 작용했던 것 같았다. 그러나 한때 그에게 끌리게 했던 친숙함이 이제는 오히려 그녀에게 장애가 되기 시작했다. 그의 잘못이 아니라는 것을 알고 있었지만, 가끔가다 그를 생각하면 어떤 패배감과 함께 그녀가 거부했던 종류의 삶, 그토록 잊으려고 애썼던 종류의 삶이 어쩔 수 없이 떠오르는 것이었다. 니킬은 그녀가 함께 있기를 꿈꾸어왔던 그런 사람이 아니었고, 그랬던 적도 없었다. 바로 그런 이유들 때문에 그와 함께 했던 처음 몇 달간 그와 사랑에 빠졌던 일이, 즉 평생 동안 부모님이 기대하신 대로 했던 것이 오히려 무슨 금지된 일을 하는 것처럼 느껴졌다. 자기 자신의 직관적인 의지에 거스르는 일이 무언기 대단한 위반을 하는 것처럼 느껴졌던 것이다.

처음에 그들은 음식점을 찾을 수가 없었다. 그러나 정확한 주소는 있었다. 모슈미가 종이쪽지에 적어 이브닝백 속에 넣어왔던 것이다. 주소를 따라가보니 타운하우스에 있는 사무실이었다. 초인종을 누르며 현관의 유리문을 통해 들여다보니 카펫이 깔린 현관은 비어 있었고, 계단 밑에 커다란 꽃병만이 덩그러니 놓여 있을 뿐이었다.

"이럴 리가 없는데." 모슈미가 이렇게 말하며 반사를 막기 위해 두 손을 유리창에 대고 얼굴 양쪽을 모두 가렸다.

"주소를 맞게 적은 거 확실해?" 고골리가 물었다.

그들은 그 블록을 반쯤 오르락내리락하며 반대쪽을 둘러보았다. 그리고 다시 타운하우스로 돌아와 어두운 유리창을 올려다보면서 인기척이 있는지 살폈다.

"저기다." 계단 아래 지하실로 통하는 문에서 어떤 커플이 올라오고 있는 것을 발견한 니킬이 말했다. 입구에는 촛불 한 개가 밝혀져 있고, '안토니아'라고 음식점 이름이 새겨진 조그만 간판이 건물 정면으로 눈에 띄지 않게 붙어 있는 것이 보였다. 종업원 소부대가 그들을 맞기 위해 앞으로 모였고, 안내대에서 예약자 명단에 적힌 그들의 이름을 지운 다음 테이블로 안내했다. 휑한 음식점으로 걸어 내려가자 괜히 이 고생을 했나 싶은 생각이 들었다. 방금 걸어온 거리처럼 음식점의 분위기는 어두웠고, 어쩐지 버려진 곳 같은 느낌이었다. 그녀가 보기에 연극 공연이 끝나고 온 것처럼 보이는 가족이 식사를 하고 있었다. 어린 두 딸들은 커다란 레이스 칼라가 달리고 페티코트가 들어간 우스꽝스러울 정도로 화려한 드레스를 입고 있었다. 부유하게 보이는 몇몇 중년 커플들이 정장 차림으로 앉아 있었다. 옷을 잘 차려입은 나이 든 신사가 혼자 앉아 식사를 하고 있었다. 모슈미는 빈 테이블이 너무 많고 음악도 없다는 사실이 이상하게 여겨졌다. 그녀는 무언가 더 왁자지껄하고 푸근한 분위기를 기대하고 있었던 것이다. 지하에 있는 음식점치고 공간은 놀라울 정도로 넓었으며 천장도 높았다. 에어컨이 너무 세게 나와서 드러난 팔과 다리가 시려웠다. 모슈미는 파시미나 숄을 어깨 위로 꼭 감아쥐었다.

"너무 추워. 얘기하면 에어컨을 줄여줄까?"

"아니라고 봐. 내 재킷 걸칠래?"

"아냐, 괜찮아." 그녀는 애써 웃음을 지어보였지만 불편하고 기분이 좋지 않았다. 태피스트리 감으로 된 조끼와 검정 바지를 입은 십대 방글라데시인 종업원 두 명이 은 집게로 따뜻한 빵을 놓아주고 있는데, 그들 때문에도 우울했다. 웨이터가 와서 메뉴를 설명해줄 때 눈을 보지 않고 두 사람 사이에 놓인 생수병을 내내 보고 있었다는 것도 거슬렸다. 다른 곳으로 옮기기엔 이미 너무 늦어버렸다. 그러나 음식을 주문하고 나서도 그녀는 그냥 일어서서 걸어나가고 싶은 충동을 끊임없이 느꼈다. 몇 주 전에 그녀는 비슷한 일을 한 적이 있었다. 비싼 미장원에 들어가 앉았다가 미용사가 그녀의 목에 가운을 둘러놓고 다른 손님을 잠시 보러 간 사이 그냥 걸어나왔던 것이다. 그저 미용사의 태도가 거슬렸던 것이 이유였다. 모슈미의 머리카락을 들어 올려 거울에 비추어보면서 미용사가 지은 권태로운 표정이 모욕적으로 느껴졌었다. 도날드와 아스트리드가 왜 이곳을 좋아하는지 의문스러웠지만 음식 때문일 것이라고 생각했다. 그러나 음식이 나왔을 때는 이조차 실망스러웠다. 하얗고 네모난 접시에 나온 음식은 지나치게 요란했고, 너무나 양이 적었다. 보통 때는 어느 정도까지 먹다가 접시를 바꾸어먹곤 했지만, 이번에는 그의 음식이 싫어서 자기 것만 먹었다. 모슈미는 주요리였던 스캘럽을 금방 다 먹어버렸고, 니킬이 메추리 요리 먹는 것을 보면서 앉아 있었다. 시간이 꽤 길게 느껴졌다.

"여기 괜히 왔어." 모슈미가 갑자기 인상을 쓰면서 말했다.

"왜?" 그는 만족스럽다는 듯이 실내를 둘러보며 말했다. "이 정도면 괜찮지, 뭐."

"모르겠어. 내가 생각했던 것과 달라."

"그냥 즐겁게 보내자구."

그러나 그녀는 즐거울 수가 없었다. 식사가 다 끝나가고 있는데 취하지도 배가 부르지도 않다는 사실을 깨달았다. 칵테일 두 잔을 먼저 마시고 포도주 한 병을 시켜 둘이서 다 마셨는데도 기분 나쁠 정도로 멀쩡했다. 니킬이 접시에 발라놓은, 실처럼 가느다란 메추리의 뼈를 보자 약간 역겹기까지 했다. 그가 빨리 다 먹어주었으면, 하고 바랐다. 그래야 식사 후 담배를 피울 수 있을 것이기 때문이었다.

"부인, 숄이 떨어졌습니다." 종업원 중 한 명이 바닥에서 숄을 주워 그녀에게 건네주었다.

"고마워요." 그녀는 자신이 단정치 못하고 서투르게 느껴졌다. 그러고 보니 검은색 드레스에 온통 라일락색 털이 묻어 있는 것이 보였다. 털어내려고 했지만 고양이 털처럼 옷에 찰싹 달라붙어 털어지지가 않았다.

"왜 그래?" 니킬이 음식을 먹다 말고 건너다보며 물었다.

"아무것도 아냐." 그녀는 이렇게 대답했다. 그가 준 비싼 선물에 대해 트집을 잡아 기분 상하게 하고 싶지 않았다.

음식점에 남아 있는 사람들은 이제 그들밖에 없었다. 음식값은 예상했던 것보다 훨씬, 황당할 정도로 비쌌다. 신용카드를 식탁 위에 올려놓았다. 니킬이 영수증에 서명하는 것을 지켜보던 모슈미는 갑자기 돈이 아깝다는 생각이 들었다. 웨이터의 서비스를 트집잡을 만한 별다른 이유가 없었는데도 불구하고, 그렇게 후하게 팁을 주어야 한다는 사실에 짜증이 났다. 벌써 식탁들은 거의 정리가 되었고, 의자를 뒤집어 탁자 위에 올려놓기 시작하는 것이 보였다.

"벌써 식탁보를 벗기다니 믿을 수가 없어."

그가 어깨를 으쓱했다. "늦었잖아. 일요일이니까 좀더 일찍 문을 닫나보지."

"우리가 나갈 때까지 기다릴 수 있다고 생각하지 않아?" 그렇게 말한 순간 목구멍에 덩어리 같은 게 생기는 것 같더니 곧 모슈미의 눈에 눈물이 고였다.

"모슈미, 왜 그래? 무슨 일이야? 말해봐."

그녀는 고개를 저었다. 말하고 싶지 않았다. 그냥 집에 가서 침대에 들어가 오늘 저녁을 잊고 싶었다. 음식점을 나오니 비가 내리고 있었다. 오히려 잘된 일이라고 생각했다. 집까지 걸어가기로 했던 애초의 계획을 바꾸어 택시를 탈 이유가 생겼던 것이다.
"아무 일 아닌 거 맞아?" 집으로 가는 택시 안에서 그가 물었다. 그의 인내심도 한계에 다다르고 있다는 것이 느껴졌다.
"나 아직도 배고파." 그녀가 창밖을 내다보며 말했다. 이 시간에도 문이 열린 음식점들이 있었다. 눈이 시릴 정도로 불이 밝혀진 종이 접시에 아무렇게나 휘갈겨 쓴 글씨로 특별 메뉴가 적혀 있는 싸구려 칼조네를 파는 식당이었다. 바닥에 톱밥이 깔려 있는, 보통 때라면 절대로 들어가고 싶지 않은 종류의 식당이 갑자기 괜찮아보였다. "피자 먹고 싶어."

이틀 후 새 학기가 시작되었다. 이번 학기는 모슈미가 뉴욕 대학에서 맞는 여덟번째 학기였다. 수업을 모두 들었으니 이제 다시는 수업이란 것을 듣지 않아도 되었고, 시험볼 일도 없었다. 이러한 사실에 그녀는 기분이 좋았다. 이제야 학생 신분에서 공식적으로 해방된 것이었다. 아직 박사 논문을 써야 하고, 그 진척 상황을 지도교수에게 보고해야 했지만 이미 어디선가 풀려난 느낌이었다. 너무나 오랫동안 그녀의 생활을 결정짓고 구성하고 제한하던 세상을 어떻게든 벗어난 느낌이었다. 수업을 맡는 것은 이번이 세번째였다. 초급 불어로 월요일, 수요일, 금요일까지 일주일에 총 세 시간을 가르쳤다. 미리 달력을 들여다보고 수업이 있는 날짜만 바꾸면 되었다. 제일 힘든 것은 학생들의 이름을 외우는 일이었다. 학생들이 자신을 프랑스 사람이나 또는 프랑스인과의 혼혈인 줄 알 때는 언제나 기분이 좋았다. 뉴저지에서, 두 분 다 벵골 사람인 부모님 밑에서 태어났다고 말하면 학생들은 믿어지지 않는다는 표정을 지었고,

그런 표정을 보는 것이 그녀는 즐거웠다.

모슈미의 수업은 아침 8시에 있었으므로 처음에는 짜증이 많이 났었다. 그러나 일어나서 샤워를 한 후 옷을 입고 밖으로 나와, 집이 있는 블록에서 라테를 사서 한 손에 들고 거리를 걷고 있으면 기분이 상쾌해졌다. 이 시간에 거리에 나와 있다는 것 자체가 일종의 성취감처럼 느껴졌다. 집을 나설 때 니킬은 잠들어 있었다. 자명종 시계가 아무리 울려도 끄떡없이 잠을 잤다.

입을 옷과 가져갈 노트는 전날 밤에 챙겨놓았었다. 어릴 때 가방을 챙겨놓던 시절 이후로 해본 적이 없는 일이었다. 그녀는 이렇게 일찍 일어나서 거리를 걷는 것이 좋았다. 어둑어둑할 때 혼자서 일어나는 것도, 일찍 일어나는 것이 주는 어떤 기대감도 좋았다. 틀에 박힌 일과에서 벗어나는 것은 기분 좋은 변화였다. 보통 때라면 니킬이 먼저 샤워를 했고 그녀가 첫 커피를 따르고 있을 즈음이면 그는 옷을 입고 문 밖으로 뛰어나가곤 했었다. 아침부터 침실 구석에 있는 빨랫감으로 덮인 자신의 책상을 보지 않는 것도 고맙게 느껴졌다. 세탁소에 맡기려고 내놓은 옷들이었지만, 세탁소는 고작해야 한 달에 한 번, 양말이나 속옷이 없어 새로 사야 하지 않으면 안 될 때가 되어서야 갔다. 모슈미는 자기가 언제까지 이런 학생이라는 신분에 묶여 살아야 하나, 생각했다. 이미 기혼이었고 공부도 할 만큼 한데다 니킬은 돈을 많이 벌지는 못하지만 명예로운 직장을 가지고 있었다. 그레엄과 결혼했더라면 달랐을 것이다. 그는 둘이 쓰기에 충분할 정도로 돈을 벌었을 것이다. 그러나 그랬더라면 그녀의 경력은 한낱 사치일 뿐이고 불필요한 것이 되어버리지는 않을까 초조해졌을 것이다. 자리만 구한다면, 종신을 보장받는 전임 자리만 구한다면 모든 것은 달라질 거라고 스스로를 타일렀다. 첫번째 자리는 어디가 될까 상상해보았다. 아마도 멀리 떨어진, 외진 도시가 되기 쉬웠다. 가끔 니킬과 몇 년 안에 짐을 싸서 아이오와나 칼라마 주로 이사 가야 하는 것 아냐, 하고 농담을 하곤 했다. 그러나 그가 뉴욕을 떠난다는 것은 불가능하다는 사실을 둘 다 알고 있었고, 주말에 비행기를 타고 왔다갔다해야 하는 사람은 모슈미가 될 것이었다. 이런 생각은 그녀에게 다분히 매력적이었다. 아무도 모르는 곳에서 깨끗하게 새 출발을 하는 것. 파리에서 했던 것처럼 말이다. 부모님의 삶에 대해 진정으로 존경하는 부분이 있다면 바로, 잘 되든 못 되든 고향에 등을 돌릴 수 있었던 그 능력이었다.

학과가 있는 건물로 걸어가면서 보니 무슨 일이 일어난 것 같았다. 보도 위에 뒷문이 활짝 열린 구급차가 서 있었던 것이다. 응급의료요원의 무전기에서 치지직거리는 소음이 들렸다. 길을 건너면서 구급차 안을 들여다보았지만 인공호흡 기구들만 보일 뿐 사람은 보이지 않았다. 이것만으로도 몸이 떨렸다. 이층으로 올라가니 복도에는 사람들이 가득했다. 그녀는 누가 다쳤을까, 학생일지 교수일지 궁금했다. 아는 사람은 보이지 않았다. 수강신청서를 들고 당황한 표정으로 서 있는 신입생들이 있을 뿐이었다. "내 생각엔 누가 기절한 것 같아." 이렇게 말하는 소리가 들렸다. "난 전혀 모르겠어." 그때 문이 열렸고 길을 비키라는 소리가 들렸다. 누군가 휠체어에 실려 나올 것이라고 생각했던 그녀는, 천으로 덮인 사람의 시체가 들것에 실려 나오는 것을 보자 몹시 놀랐다. 옆에서 보고 있던 사람들이 놀라 소리를 질렀다. 모슈미의 손이 입으로 올라갔다. 모인 사람의 반수는 고개를 저으며 시선을 떨어뜨리거나 고개를 돌렸다. 들것의 끝으로 나온 발에 베이지색 단화가 신겨져 있는 것으로 보아 여자였다. 나중에 한 교수로부터 무슨 일이 있었는지를 듣게 되었는데, 행정직 비서인 앨리스가 우편함 앞에서 갑자기 쓰러졌다고 했다. 방금 전까지만 해도 교내 메일을 정리하고 있던 사람이 한 순간에 정신을 잃고 쓰러진 것이다. 응급요원들이 도착했을 때 그녀는 이미 동맥류로 사망한 후였다고 한다. 그녀는 30대로 아직 미혼이었으며, 쉬지 않고 차를 마시는 버릇이 있었다고 하였다. 모슈미는 한 번도 특별히 그녀를 좋아한 적이 없었다. 그녀에게는 뭔가 냉담하면서도 완고한 데가 있었다. 나이는 젊었지만 이미 늙어버린 사람같이 느껴지는 그런 여자였다.

모슈미는 생각만 해도 속이 메슥거렸다. 그렇게 갑자기 사람이 죽다니. 모슈미의 세상에서 너무나도 주변적인 동시에 너무 중심에 있던 여자의 죽음이었다. 다른 조교들과 함께 쓰는 사무실에 들어섰다. 지금은 아무도 없었다. 집으로, 회사로 니킬에게 전화를 했다. 받지 않았다. 문득 차라리 연락이 안 되는 편이 낫다는 생각이 들었다. 니킬의 아버지가 이렇게 갑자기 예고도 없이 돌아가신 것이 생각났기 때문이었다. 그에게 이 얘기를 하면 아버지 생각이 날 것이 분명했다. 학교를 빠져나가 집으로 돌아가고 싶은 충동을 느꼈지만, 그녀는 30분 안에 수업에 들어가야 했다. 수업계획서와 수업 시간에 번역할 플로베르의 단문을 복사하기 위해 복사실로 갔다. 수업 계획서를 소트하는 단추는 눌렀으나 스테이플러로 찍는 단추를 누르는 것을 잊어버렸다. 스테이플러를 찾기 위해 사무용품 장을 뒤졌지만 찾을 수가 없자 그녀는 반사적으로 알리스의 책상으로 다가갔다. 전화가 울리고 있었다. 의자 등받이에는 카디건이 걸쳐져 있었다. 알리스의 책상 서랍을 열었지만 물건에 손을 대는 것은 왠지 꺼림칙했다. 서랍 안의 종이 집게와 스위트엔로 봉지 뒤쪽에서 스테이플러를 찾았다. 위에 마스킹 테이프가 붙어 있었고, 그 위에는 '알리스'라고 적혀 있었다. 교직원 우편함은 아직 반쯤 비어 있었고, 나머지 우편물이 큰 상자 안에 쌓여 있었다.

모슈미는 수업 명부를 가지러 우편함으로 갔다. 우편함이 비어 있었으므로 우편물이 쌓인 상자 안을 찾아보았다. 이런저런 교수나 조교의 앞으로 온 우편물들을 꺼내면서 모슈미는 우편물 위에 씌어진 이름에 맞는 우편함을 찾아 우편물들을 꽂기 시작했다. 자신의 수업 명부를 찾은 후에도 모슈미는 계속해서 우편물을 정리했다. 알리스가 끝내지 못하고 간 일이었다. 아무 생각 없이 단순한 일을 하니 마음이 가라앉았다. 어렸을 때부터 그녀는 언제나 정리하는 데 재주가 있었다. 옷장이나 서랍을 정리하는 일을 떠맡아서 하였고, 자기 것뿐 아니라 부모님의 것까지도 정리하였다. 부엌 서랍과 냉장고를 정리했던 것도 그녀였다. 여름방학이면 그녀는 자진해서 이런 일들을 하며 덥고 조용한 여름날들을 보내곤 했다. 그럴 때면 어머니는 선풍기 앞에 앉아 수박 셔벳을 드시며 못 믿겠다는 표정으로 그녀를 바라보곤 했다. 이제 상자 안에는 우편물이 몇 개 남지 않았고, 몸을 구부려 남아 있는 우편물들을 마저 집어 들었다. 그러자 이름 하나가, 사무용 봉투 왼쪽 상단 구석에 찍힌 어떤 발신인의 이름이 모슈미의 눈에 들어왔다.

그녀는 스테이플러와 그 편지와 나머지 물건들을 챙겨서 사무실로 돌아왔다. 그리고는 문을 닫고 책상 앞에 앉았다. 편지는 불어와 독어를 동시에 가르치는 비교문학과 교수 앞으로 되어 있었다. 그녀가 봉투를 뜯어보니, 안에는 자기소개서와 이력서가 들어 있었다. 한동안 모슈미는 이력서 맨 위 중간에 있는, 레이저 프린터의 우아한 글씨체로 씌어진 이름을 쳐다보았다. 물론 그 이름을 기억하고 있었다. 처음 그의 이름을 알게 되었을 때, 이름만으로도 그녀를 유혹하기에 충분했었다. 디미트리 디자딘즈. 그는 디자딘즈를 S까지 영어식으로 발음했었고, 모슈미가 그동안 불어를 공부했음에도 불구하고 이 이름은 아직도 영어식으로 읽혔다. 이름 밑에 씌어 있는 주소는 웨스트 164번가였다. 그는 독어를 시간제로 가르치는 조교수 자리를 찾고 있었다. 이력서를 읽어보니 지난 10년 동안 그가 어디서 무엇을 했는지 알 수 있었다. 유럽으로 여행을 했고, BBC의 일도 맡았었다. 《슈피겔》지와 《크리티컬 인콰이어리》지에 기사와 평론이 발표된 적이 있었고, 하이델베르크 대학에서 독일 문학으로 박사 학위를 받았다.

그를 만난 것은 고등학교 졸업을 몇 달 앞두고였으니까, 꽤 오래 전 일이었다. 그즈음 모슈미와 그녀의 두 친구는 또래 남자아이들에게 인기가 없다는 사실에 절망적이었고, 빨리 대학생이 되고 싶은 마음에 프린스턴 대학까지 차를 몰고 가서 캠퍼스를 어슬렁거리곤 했었다. 대학 구내서점에서 책을 뒤적거렸고, 학생증 없이 들어갈 수 있는 건물에 들어가 숙제를 했다. 모슈미의 부모님은 이런 원정에 대해 대찬성이었다. 그녀가 대학 도서관에 가고 강의까지 듣는 줄 아셨다. 부모님은 그녀가 프린스턴 대학에 가길 바라셨다. 그래야 모슈미가 그들을 떠나지 않고 대학엘 다닐 수 있었다. 어느 날 모슈미와 친구들은 잔디밭에 앉아 있다가, 학생연맹에 참여하라는 권유를 받았다. 학생연맹은 남아프리카공화국의 인종 차별에 반대하였고, 워싱턴에서 그에 대한 제재 조치를 촉구하는 집회를 가질 예정이라고 하였다.

그들은 다음날 아침 일찍 있는 집회에 참가하기 위해 야간 전세 버스를 타고 워싱턴으로 향했다. 모두들 부모님께는 거짓말을 했다. 서로 상대방의 집에서 잔다고 했던 것이다. 버스에 타고 있는 사람들은 모두 마리화나를 피웠고, 건전지를 넣은 카세트플레이어를 통해 크로스비와 스틸, 그리고 나쉬의 음악을 계속해서 들었다. 모슈미는 줄곧 뒤로 돌아앉아, 두 줄 건너에 앉아 있는 친구들에게 얘기를 하고 있었다. 그때 그녀의 옆자리에 앉아 있던 사람이 바로 그였다. 그는 사람들에게 무관심해보였고, 실제로 연맹의 회원도 아닌 듯했으며, 어쩐지 이 모든 일을 무시하고 있는 것 같았다. 그는 억세고 마른 몸매였다. 그녀는 아래로 처진 그의 작은 눈과 지적이고 초췌한 얼굴이 잘생기지는 않았지만 섹시하다고 생각했다. 금발에 곱슬인 머리는 벌써 벗어지고 있었다. 면도도 하지 않았고 손톱도 깎지 않아 길게 자라 있었다. 하얀색 남방에 무릎이 해진 리바이스 청바지를 입고 잘 휘어지는, 귀 뒤로 테를 돌려 쓰는 금테 안경을 쓰고 있었다. 그는 인사도 나누지 않고 예전부터 알던 사람처럼 그녀에게 얘기하기 시작했다. 그는 스물일곱 살이었고 윌리엄스 대학에서 유럽 역사를 전공했다. 지금은 프린스턴 대학에서 독어 수업을 듣고 있는데, 부모님이 모두 이 학교 교수이므로 집에서 부모님과 함께 살고 있기 때문에 미칠 지경이라고 했다. 대학을 졸업한 후 그는 아시아와 남미 대륙을 오랫동안 여행했다고 하였다. 아마도 결국은 박사 학위를 따게 될 것 같다고 했다. 닥치는 대로 사는 듯한 그의 삶에 왠지 마음이 끌렸다. 그는 그녀의 이름을 물었다. 그녀가 이름을 말해주었을 때, 분명히 알아들었으면서도 그는 손으로 귀를 말며 그녀 쪽으로 몸을 기대면서 다시 물었다. "도대체 그런 이름은 어떻게 쓰지?" 그의 물음에 철자를 불러주었을 때, 그도 다른 사람들과 마찬가지로 잘못 발음했다. 그녀가 '토(toe, 발가락—옮긴이)'와 모음이 같은 '모'라고 고쳐주었더니, 그는 고개를 저으며 이렇게 말했다. "앞으로 그냥 마우스(모슈미의 철자는 Moushumi로, 마우스Mouse는 모슈미의 앞 네 글자를 따서 지은 애칭—옮긴이)라고 부르지."

이 애칭은 기분 나쁜 동시에 좋기도 했다. 바보스러운 이름이었지만 이름을 지어 부른다는 것은 어떤 의미에서 그녀를 그의 것으로 만든다는 것을 뜻함을 알고 있었기 때문이다. 버스 안이 조용해지면서 사람들은 하나 둘씩 잠들기 시작했고, 그가 자신의 어깨에 머리를 기대오는 것을 그녀는 내버려두었다. 디미트리는 잠들었거나, 아니면 잠든 것처럼 보였다. 그래서 그녀도 잠든 척하고 있었다. 얼마 후, 모슈미는 자신의 흰색 데님 치마 위로 그가 손을 올려놓는 것이 느껴졌다. 그리고 나서 그는 천천히 치마에 있는 단추를 풀기 시작했다. 단추 하나를 풀고 다음 단추를 풀기까지 몇 분이 걸렸고, 그러는 동안에도 그는 눈을 감고 머리를 아직 그녀의 어깨에 기댄 채였다. 버스는 텅 빈 어두운 고속도로 위를 전속력으로 달리고 있었다. 남자가 자신의 몸에 손을 댄 것은 처음이었다. 그녀는 꼼짝도 하지 않고 가만히 앉아 있었다. 모슈미도 그의 몸에 무척이나 손을 대고 싶었지만 두려웠다. 결국 디미트리가 눈을 떴다. 그의 입이 자신의 귀 가까이로 다가오는 것이 느껴졌고, 그녀는 열일곱에 하게 될 첫 키스를 기다리며 고개를 돌렸다. 그러나 그는 키스를 하지 않았다. 그는 그녀를 빤히 쳐다보더니 이렇게 말했다. "넌 사람들을 울리게 될 거야, 알아." 그리고는 몸을 뒤로 기울였다. 이번엔 그의 좌석에 바로 앉더니, 그녀의 무릎에서 손을 치우고 다시 눈을 감았다. 그녀는 믿을 수 없다는 듯이 그를 쳐다보았다. 자기가 아직 누군가를 울린 적이 없다고 짐작했다는 데 화가 나긴 했지만 기분이 나쁘진 않았다. 도착할 때까지 그녀는 치마의 단추를 그대로 풀어놓은 채 그가 하던 일을 계속하기를 기다렸다. 그러나 그 뒤로 그는 그녀에게 손을 대지 않았고, 아침에는 아무 일도 없었다는 듯이 행동하였다. 집회에 들어가자 그는 그녀를 쳐다보지도 않은 채 사라져버렸고, 돌아오는 길에 그들은 떨어져 앉았다.

그 이후에도 모슈미는 그와 마주치기 위해 프린스턴 대학에 가곤 했다. 몇 주가 지나 그녀는 『특징 없는 남자』(오스트리아 출신 작가 로베르트 무질의 미완성 대작—옮긴이)라는 책 한 권을 들고 혼자 캠퍼스를 걷고 있는 그를 발견하였다. 그들은 함께 커피를 마신 후 바깥에 있는 벤치 위에 앉았다. 그는 영화를 보러 가지 않겠냐고 물었다. 고다르의 〈알파빌〉을 보고 나서 중국 음식을 먹으러 가자고 했다. 그날 입었던 옷을 생각하면 지금도 아찔했다. 청바지 위에 입은 아버지의 낡은 블레이저는 그녀에게 너무 커서 셔츠를 입을 때처럼 팔을 걷었고, 그 바람에 줄무늬 안감이 밖으로 드러났었다. 모슈미에겐 첫번째 데이트였고, 용의주도하게 부모님이 파티에 가시는 날 밤을 골랐었다. 영화가 무슨 내용이었는지 하나도 기억나지 않았고, 1번 도로를 나가면 있는 쇼핑몰 안의 중국집에서는 아무것도 먹지 못했다. 디미트리가 포춘 쿠키에 들어 있는 점괘도 읽지 않고 두 개 다 먹어치우는 것을 지켜보고 난 모슈미는 실수를 저지르고 말았다. 고등학교 졸업 파티에 같이 가달라고 한 것이었다. 그는 거절했고, 그녀를 집에 데려다주고는 주차장에서 볼에 가볍게 입을 맞춘 후론 다시 전화하지 않았다. 그날 저녁은 정말 자존심이 상했다. 그는 그녀를 어린애 취급했던 것이다. 언젠가 여름에 극장에서 마주친 적이 있었는데, 그는 여자와 데이트하는 중이었다. 키가 크고 머리를 허리까지 기른 주근깨가 많은 여자였다. 모슈미는 도망치고 싶었지만, 그는 일부러 여자에게 인사까지 시켰다. "여기는 모슈미야." 그는 이 이름을 말할 기회를 오랫동안 기다려왔다는 듯이 또박또박 말했다. 그는 유럽에 한동안 가 있을 거라고 모슈미에게 말했고, 여자의 표정을 흘긋 보니 그와 함께 간다는 것을 알 수 있었다. 모슈미는 브라운 대학에 들어갔다고 말했다. 그리고 여자가 듣고 있지 않을 때 그는 이렇게 속삭였다. "너 오늘 참 예쁘다."

브라운 대학에 다닐 시절, 그에게서 이따금씩 색색가지의 커다란 우표들이 붙은 엽서나 편지가 왔다. 그는 글씨를 아주 작게 갈겨썼기 때문에 그의 글을 읽으려면 언제나 눈이 아팠다. 항상 발신인 주소는 없었다. 한동안은 수첩이 두툼해질 때까지 편지를 끼워 넣고

이름 뒤에 숨은 사랑 335

는 가방에 넣어 수업에도 가지고 다녔다. 가끔은 그가 읽은 책 중에서 그녀가 좋아할 만한 책을 보내주기도 했다. 몇 번인가 한밤중에 전화해서 그녀를 깨우기도 했고, 어둠 속에서 몇 시간 동안 기숙사 침대에 누워 그와 이야기하다가 아침 수업을 빼먹은 일도 있었다. 전화를 한 통화 받고 나면 몇 주는 신나게 버틸 수 있었다. "너 보러 간다. 데리고 나가서 저녁 사줄 테니 기다려." 그는 이렇게 말했었다. 그러고는 한 번도 오지 않았다. 결국 편지도 뜸해지기 시작했고, 그가 책 몇 권과 함께 그리스와 터키에서 써놓고 부치지 못했던 엽서들을 소포로 받은 게 마지막이었다. 그리고 그녀는 파리로 떠났었다.

  모슈미는 디미트리의 이력서를 한 번 더 읽고, 다음은 자기소개서를 읽었다. 소개서에는 교육에 대한 열의가 진지하다는 것 외에는 별다른 내용이 없었다. 몇 년 전에 소개서를 받은 교수와 디미트리가 함께 참여했던 학술회의가 언급되어 있었다. 그녀도 컴퓨터에 이와 거의 비슷한 내용의 편지를 저장해놓았었다. 세 번째 문장에 마침표가 빠져 있었다. 만년필 중 가장 가는 촉으로, 그녀는 조심스럽게 점을 찍어 넣었다. 그의 주소를 직접 적어놓고 싶은 마음은 없었지만 잊어버리고 싶지도 않았다. 복사실로 가서 그의 이력서를 복사하여 가방 속에 찔러 넣었다. 그러고는 새 봉투 위에 타자기로 주소를 쳐서 이력서 원본을 넣은 다음 그 교수의 우편함 속에 집어넣었다. 자신의 사무실로 돌아오던 중 새 봉투 위에 우표도 없고 도장도 찍혀 있지 않다는 사실이 생각났고, 교수가 의심스러워하지 않을까 걱정되었다. 그러나 디미트리가 직접 편지를 넣고 갔다고 생각할 수도 있을 거라고 자신을 안심시켰다. 그가 과에 서 있는 모습을, 자신과 같은 공간에 있는 모습을 떠올려보았다. 그를 생각하면 언제나 그렇듯이, 절망감과 정욕이 동시에 그녀를 엄습해왔다.

난감한 것은 전화번호를 어디에 적어놓느냐는 것이었다. 수첩 어느 부분에 적어놓아야 할지 망설여졌다. 어떤 암호가 있었으면 했다. 파리에서 잠깐 사귀었던 이란인 철학과 교수는 인덱스 카드 뒷면에 페르시아어로 학생들의 이름을 적고 그들을 기억하기 위해 그들의 사소한 특징들을 함께 적어놓곤 했는데, 때로는 잔인할 정도였다. 언젠가 그가 모슈미에게 카드에 적힌 내용을 읽어준 적이 있었다. 그 중 하나는 '피부가 안 좋다'였고, 어떤 것은 '발목이 두껍다'였다. 모슈미는 그 수법을 사용할 수 없었다. 벵골어는 쓸 줄 몰랐던 것이다. 자기 이름을 쓰는 것조차 잘 기억이 나지 않았다. 언젠가 할머니가 가르쳐주셨는데도 말이다. 결국 그녀는 D란에 번호를 적어놓았다. 옆에 이름은 쓰지 않았다. 이름 없이 적힌 번호는 배신처럼 보이지 않으리라. 누구의 전화번호든 될 수 있었다. 밖을 내다보았다. 책상 앞에 앉으면서 그녀는 위를 올려다보았다. 사무실 창문은 벽의 꼭대기까지 솟아 있었고, 그래서 길 건너 건물의 지붕은 창틀 아래까지 뻗어 있었다. 이 광경을 보고 있으려니 현기증의 반대 현상이 일어났다. 땅으로 끌어내리는 중력 때문이 아닌, 하늘로 무한히 끌어올리는 어지럼증이었다.

그날 저녁 집에서 저녁을 먹고 난 후, 모슈미는 거실에서 그녀와 니킬이 함께 사용하는 책장을 뒤졌다. 결혼한 이후로 두 사람의 책이 뒤섞여졌고, 니킬이 한꺼번에 짐을 푸는 바람에 제자리에 있는 책이 없었다. 모슈미의 시선이 니킬의 디자인 잡지 한 더미를 지나 그로피우스와 르 코르뷔지에의 두꺼운 책들을 훑고 지나갔다. 식탁에서 청사진을 보고 있던 니킬이 뭘 찾느냐고 물었다.
"스탕달." 그녀가 말했다. 거짓말이 아니었다. 영어로 된 옛날 모던 라이브러리판 『적과 흑』을 찾고 있었다. '마우스에게'라고 적힌 책이었다. '사랑을 전하며 디미트리가'라고도 적혀 있었다. 그가 이름을 새겨준 것은 이 책뿐이었다. 그때는 이 책이 평생 한 번도 받은 적이 없는 연애 편지와 다름없었다. 몇 달 동안 그녀는 책을 베개 속에 넣고 잤고, 나중에는 매트리스와 박스 스프링 사이에 끼워놓았었다. 프라비던스에서 파리로, 파리에서 뉴욕으로 옮겨다닌 세월 동안 책을 잃어버리지 않고 갖고 다니는 데 성공했고, 이제 책은 책장에 비밀스런 부적처럼 꽂혀 있었다. 그녀는 책에 이따금씩 눈길을 주면서, 유별난 방식으로 그녀를 추종하는 사람이 있다는 사실에 우쭐해하기도 했고, 그 사람은 지금 무엇을 하고 있을까 궁금해하기도 했었다. 그런데 아무리 찾아도 책은 보이지 않았고, 집에 없는 것이 아닐까, 하는 생각이 들었다. 아마도 그레엄이 요크 로에서 같이 살던 집에서 나갈 때 실수로 가져갔는지도 모르고, 아니면 부모님댁 지하실에 있을지도 모른다. 책장이 모자라 책 상자 몇 개를 그리로 부쳤던 것이다. 전에 살던 아파트에서 그 책을 쌌던 기억이 없었고, 니킬과 이 집으로 이사 왔을 때 짐에서 푼 기억도 없었다. 책을 보았는지 니킬에게 묻고 싶었다. 커버가 없어진 초록색 천 장정의 작은 책이었고, 책등 위에는 검은색 사각형 안에 제목이 새겨져 있었다. 그 순간 갑자기 책이 눈에 들어왔다. 조금 전 눈으로 훑었던 선반에 다소곳이 꽂혀 있었다. 책을 펴니 모던 라이브러리의 엠블렘이 눈에 들어왔다. 나체로 횃불을 들고 달려가는 사람의 모습이었다. 서명도 그대로였다. 볼펜으로 꾹 눌러썼기 때문에 뒷장까지 희미하게 글씨가 새겨져 있었다. 모슈미는 이 소설을 2장까지 읽다 말았다. 읽다가 만 곳에는 아직도 샴푸를 사고 받은 노란색 영수증이 끼워져 있었다. 이제까지 불어판은 세 번이나 읽었다. 그녀는 며칠 만에 이 스코트-몽크리에프의 영역판을 끝까지 읽었다. 과에 있는 자신의 사무실 책상에서 읽었고, 도서관의 개인 열람실에서도 읽었다. 저녁때 집에 오면 침대 위에서도 읽었다. 그러다가 니킬이 침대에 들어오면 그 책을 치우고 다른 책을 펴들었다.

모슈미는 그 다음주에 디미트리에게 전화를 걸었다. 그때까지 그녀는 그에게 받은 엽서를 모두 뒤져서 읽었다. 엽서는 아무 표시도 없는 마닐라 봉투에 넣어 봉하지 않은 채 세금 반환 서류를 보관하는 상자 속에 넣어두었었다. 그의 글이, 그의 글씨체가 아직도 그녀의 마음을 뒤흔들어놓을 수 있다는 사실에 놀랐다. 옛 친구에게 전화하는 거야, 스스로에게 이렇게 말했다. 그런 식으로 그의 이력서를 보게 되고 그와 다시 마주치게 된 것은 그저 우연으로 돌리기엔 너무 아까운 것이고, 누구라도 그녀의 입장이라면 수화기를 집어들어 전화를 걸었을 거라고 생각했다. 그는 자기처럼 결혼해서 잘 살고 있을지도 몰랐다. 어쩌면 넷이 함께 저녁을 먹으러 갈 수도 있고, 그러다 좋은 친구가 될 수도 있는 일이었다. 하지만 니킬에게는 아직 이력서에 대해 말하지 않았다. 어느 날 저녁 사무실에서 디미트리에게 전화를 걸었다. 7시가 조금 넘어 있었고, 복도에는 청소하는 사람만 지나다닐 뿐이었다. 서류장 뒤쪽에 숨겨두었던 메이커스 마크 작은 병을 꺼내 몇 모금 마신 후 다이얼을 돌렸다. 니킬에게는 현대언어학회출판사PMLA에 보낼 논문 수정 작업을 한다고 말해놓았다.

번호를 돌렸고, 신호가 네번째 울리는 것을 듣고 있었다. 자기를 기억이나 할지 의문이었다. 심장이 뛰었다. 손가락이 수화기대로 갔고, 그냥 눌러버릴 찰나였다.

"여보세요?"

그의 목소리였다. "여보세요, 디미트리?"

"전데요. 누구시죠?"

그녀는 숨을 멈추었다. 원한다면 지금이라도 끊을 수 있었다.
"나, 마우스야."

그들은 월요일과 수요일마다 만나기 시작했다. 그녀가 수업이 있는 날 오후였다. 그녀가 업타운으로 지하철을 타고 점심 식사가 준비되어 있는 그의 아파트로 갔다. 음식은 언제나 야심찬 요리였다. 삶은 생선, 크림을 넣은 감자 그라탕, 속에 레몬을 통째로 넣은 금빛이 도는 통닭. 그리고 언제나 포도주가 한 병 있었다. 탁자 위에는 그의 책과 논문과 노트북 컴퓨터가 있었고, 이를 한쪽으로 밀어놓고 앉았다. WQXR'(《뉴욕타임스》에서 운영하는 클래식 음악 라디오 채널—옮긴이)을 들으며 식사가 끝난 후에는 커피와 코냑을 마시고 담배를 피웠다. 그러고 나면 그는 그녀에게 손을 대기 시작했다. 때문은 커다란 창문을 통해 낡은 프리워 아파트에 햇살이 밀려들었다. 거실과 침실은 상당히 넓었고, 벽은 칠이 벗겨지고 있었다. 여기저기 긁힌 파케트 마루 위에는 아직도 풀지 않은 상자들이 탑처럼 쌓여 있었다. 새 매트리스를 바퀴 달린 박스 스프링 위에 얹어 놓은 침대는 언제나 흐트러져 있었다. 섹스가 끝나면 침대가 장롱까지 방 한쪽으로 밀어붙이면서 벽에서 몇 인치 물러나 있는 것을 보곤 그들은 항상 신기해했다. 엉킨 팔다리를 풀기도 전에 그녀를 쳐다보는 그가 좋았다. 마치 남의 뒤를 쫓아온 것처럼 숨을 몰아쉬면서 표정까지 초조해졌다가는 미소를 띠며 풀어지는 모습을 보는 것이 좋았다. 디미트리의 머리카락과 가슴에 난 체모가 세어가고 있었고, 입가와 눈가에도 주름이 잡혔다. 전보다 몸이 불었고 배도 눈에 띄게 나와서, 가는 다리가 더 우스꽝스러워보였다. 그는 얼마 전에 서른아홉이 되었다. 아직 미혼이었고, 취직 때문에 전전긍긍한 것 같지도 않았다. 하루 종일 요리를 하고 책을 읽고 클래식 음악을 들으며 시간을 보냈다. 아마도 할머니로부터 유산을 좀 상속받은 것 같다고 그녀는 생각했다.

그녀가 전화한 다음날, 그들은 뉴욕 대학 근처에 있는 북적거리는 이탈리아 음식점에서 처음 만났었다. 그들은 서로에게서 눈을 떼지 못했다. 이력서에 대해서, 어떻게 그렇게 희한하게 모슈미의 손에 들어오게 되었는지에 대해서 쉴 새 없이 얘기했다. 그가 뉴욕으로 온 지는 겨우 한 달밖에 되지 않았고, 그는 전화번호부에서 모슈미를 찾았지만 그녀와 니킬이 사용하는 전화는 니킬의 이름으로 등록되어 있었다. 상관없다고, 그들은 입을 모았다. 오히려 이편이 더 낫다고도 하였다. 그들은 프로세코를 마셨다. 음식점에 있는 바에 앉아 마신 프로세코에 그들은 금세 거나하게 되었고, 디미트리가 이른 저녁을 먹자고 하자 그녀는 동의했다. 그는 따뜻한 양의 혀와 삶은 계란, 그리고 피코리노 치즈를 얹은 샐러드를 주문했다. 모슈미는 처음엔 그런 것은 쳐다보지도 않겠다며 질색을 했지만 결국 그가 시킨 음식을 반도 넘게 먹었다. 저녁을 먹고 그녀는 발두치로 갔다. 그리고 집에 가서 니킬과 함께 먹을 파스타와 미리 만들어놓은 보드카 소스를 샀다.

월요일과 수요일에 모슈미가 어디에 있는지 아는 사람은 아무도 없었다. 지하철 역에서 디미트리의 집까지는 길가에서 인사하는 벵골인 과일상도 없었고, 디미트리가 사는 블록에선 그녀를 알아보는 이웃도 없었다. 파리에 살던 때를 연상시켰다. 디미트리의 집에 있는 몇 시간 동안, 그녀는 연락이 불가능한 익명의 존재였다. 디미트리는 니킬에 대해 별로 궁금해하지 않았고 이름조차 묻지 않았다. 질투의 기미도 보이지 않았다. 그녀가 이탈리아 음식점에서 결혼식을 했다고 했을 때도 그의 표정은 그대로였다. 그는 둘이 함께 있는 것을 지극히 정상적일 뿐만 아니라 운명적인 것으로 생각했고, 그녀 또한 점점 얼마나 쉬운 일인지를 알게 되었다. 모슈미는 애기할 때 니킬을 '남편'이라고 일컬었다. "다음 목요일에는 남편과 같이 저녁 초대에 가야 해" 또는 "남편에게 감기가 옮았어"라고 하였다.

 니킬은 아무 의심도 하지 않았다. 보통 때처럼 저녁을 먹었고, 하루 중 있었던 일에 대해 이야기를 나누었다. 같이 부엌을 치웠고, 소파에 앉아 함께 텔레비전을 보면서 모슈미는 퀴즈와 시험을 채점했다. 벤엔제리스 아이스크림을 먹으며 11시 뉴스를 같이 보았고, 그리고 나면 이를 닦았다. 보통 때처럼 함께 침대에 누워 키스를 했고, 그리고는 편하게 몸을 뻗고 자기 위해 서로에게 천천히 등을 돌리며 잠이 들었다. 그러나 모슈미는 잠을 이루지 못했다. 월요일과 수요일 밤마다 그녀는 그가 무언가를 눈치챌까봐 두려웠다. 그녀의 몸에 팔을 두르면 당장 알아차릴지도 모른다는 생각이 들었다. 불을 끄고 난 다음에도 몇 시간씩 잠을 자지 못하면서 무엇이라고 대답할 것인가, 니킬의 얼굴을 맞대고 거짓말할 궁리를 했다. 그가 묻는다면 쇼핑을 갔었다고 대답할 참이었다. 실제로 그를 만난 첫번째 월요일에는 디미트리의 집에서 내려오는 길에 다운타운으로 계속 내려가지 않고 일부러 72번가에서 지하철을 내렸다. 그리고는 한 번도 가본 적이 없는 상점으로 들어가 아주 평범한 검은색 구두를 한 켤레 샀었다.
 어느 날 밤은 보통 때보다 심했다. 새벽 3시인가 싶더니 금방 4시가 되었다. 지난 며칠 동안 길에서는 공사를 하고 있었고, 콘크리트 더미를 커다란 수레에 나른 다음 부서뜨렸다. 모슈미는 이 와중에 잠을 잘 수 있는 니킬이 얄미웠다. 일어나서 술을 한 잔 마시거나 목욕을 할까도 생각했지만, 피곤해서 일어날 수가 없었다. 지나가는 차들 때문에 천장에 생기는 그림자를 보았고, 혼자 헤매는 야행성 동물처럼 멀리서 지나다니는 트럭 소리를 들었다. 이러다가 해 뜨는 것까지 보겠다고 아예 체념하고 있었다. 그러나 자기도 모르는 새 잠이 들었고, 새벽녘에 침실 창문을 때리는 빗소리에 다시 잠이 깨었다. 비는 거세게 몰아치고 있었고, 그 바람에 창문이 깨지지 않을까 두려울 정도였다. 머리가 너무나 아팠다. 침대에서 일어나 커튼을 열고, 다시 침대로 돌아와 니킬을 흔들어 깨웠다. "일어나봐." 그녀가 비를 가리키며 말했다. 마치 희한한 일이라도 일어나고 있다는 듯이. 깊이 잠들어 있던 니킬은 시키는 대로 일어나 앉았지만, 이내 다시 눈을 감았다.

7시 30분에 모슈미는 자리에서 일어났다. 아침 하늘은 맑았다. 침실에서 나오니 천장에 비가 샌 것이 보였다. 천장에는 보기 흉하게 누런 얼룩이 생겼고, 바닥엔 물이 고여 있었다. 하나는 화장실이었고, 또 하나는 현관 복도였다. 열려 있던 거실 창문의 창턱은 완전히 젖은데다 흙탕물까지 튀어 있었다. 그 위에 쌓아놓았던 고지서와 책과 논문들도 모두 젖어버렸다. 이것을 보자 그녀는 울기 시작했다. 동시에 그녀는 울 만한 뭔가 구체적인 일이 생긴 것이 반가웠다.

"왜 울어?" 니킬이 잠옷 차림으로 빛에 눈이 부신 듯 가늘게 눈을 뜨고 그녀를 보며 물었다.

"천장에 틈이 있어." 그녀가 대답했다.

니킬이 위를 올려다보았다. "그렇게 심하지는 않은데. 관리인을 부를게."

"빗물이 지붕을 통해 바로 들어왔어."

"무슨 비?"

"기억 안 나? 새벽에 폭우가 쏟아졌었어. 굉장했었다구. 내가 자기를 깨웠잖아."

그러나 니킬은 아무것도 기억하지 못했다.

월요일, 수요일 밀회의 한 달이 지나갔다. 이제 그녀는 금요일에도 그를 만나기 시작했다. 어느 금요일, 그녀는 디미트리의 아파트에 혼자 있게 되었다. 그녀가 도착하자마자 그는 송어 위에 얹을 화이트 소스에 쓸 버터를 사야 한다며 밖으로 나갔다. 바닥에 아무렇게나 놓은 비싼 스테레오 컴포넌트에서 '바르톡'이 흐르고 있었다. 창밖으로 길을 걸어내려가고 있는 디미트리가 보였다. 키가 작고 대머리에다 무직인 한 중년 남자 때문에 그녀의 결혼이 흔들리고 있었다. 그녀는 가족 중 자기가 남편을 배신하고 바람을 피운 유일한 여자일까 궁금해졌다. 가장 받아들이기 힘든 것은, 바람을 피우는 것이 이상하게도 마음을 평화롭게 한다는 것이었다. 일이 복잡해짐과 동시에 마음이 가라앉았고, 그러면서 하루가 정리되었다. 처음에는 화장실에서 샤워를 하면서, 디미트리의 거실과 방에 흐트러진 자신의 옷을 보면서, 자신이 저지른 일에 대해 끔찍한 생각이 들었다. 그의 집을 나서기 전 그녀는 집 안에 있는 단 하나뿐인 화장실 거울 앞에서 머리를 빗었다. 머리를 빗는 동안 고개를 숙이고 있다가 마지막에 잠깐 고개를 들어 올려다보았다. 고개를 들었을 때, 앞에 있는 거울은 왠지 모르게 사람을 예뻐보이게 만들었고, 조명 때문인지 거울이 좋아서인지 그녀의 피부엔 윤기가 흐르고 있었다.

디미트리의 집 벽에는 아무것도 걸려 있지 않았다. 그는 아직도 대형 더플백 몇 개를 놓고 살았다. 그의 삶의 세세한 것까지, 지저분한 것까지 다 보지 않아도 된 사실이 마음에 들었다. 그동안 그가 정리해놓은 것은 부엌, 스테레오 컴포넌트, 그리고 책 몇 권이었다. 집에 올 때마다 조금씩 정리가 되어가는 것이 보였다. 거실을 둘러보니 베니어판 책장 위에 정리하기 시작한 책들이 눈에 들어왔다. 그의 책은 모두 독어라는 사실을 빼면, 두 사람이 가지고 있는 책들은 비슷했다. 연두색 등의 『프린스턴 시 백과사전』도 있었다. 『미메시스』도 같은 판이었고 세트로 된 '프루스트 전집'도 있었다. 그녀는 커다란 사진집 한 권을 뽑아 들었다. 파리를 찍은 앗제의 사진집이었다. 책을 들고 안락의자에 앉았다. 디미트리의 거실에 있는 유일한 가구였다. 처음 이 집에 왔을 때 그녀는 이 의자에 앉아 있었고, 그가 뒤에 서서 어깨를 마사지해주었다. 흥분한 그녀는 의자에서 일어났고, 그들은 침실로 함께 걸어 들어갔었다.

 모슈미는 책을 펼쳐 예전에 가본 적이 있는 거리와 명소들을 보았다. 포기한 장학금이 생각났다. 마루 위에는 햇빛이 정사각형으로 커다랗게 떨어져 있었다. 해는 바로 머리 뒤에 있었고, 빳빳하고 반짝거리는 책장 위로 머리의 그림자가 생겼다. 머리카락 몇 가닥이, 마치 현미경으로 들여다봤을 때처럼 확대되어 기이한 모양으로 흐느적거리고 있었다. 그녀는 머리를 뒤로 젖히고 눈을 감았다. 잠시 후 다시 눈을 떴을 때 해는 이미 자리를 비꼈고, 커튼이 서서히 닫히듯 바닥에 떨어진 가는 한 줄기 햇빛마저 마루 틈새로 사라지고 있었다. 눈부시게 하얗던 책장도 회색으로 변했다. 계단을 올라오는 디미트리의 발자국 소리가 들렸다. 그리고 열쇠로 문을 여는 금속성의 소리가 집 안을 날카롭게 파고들어왔다. 그녀는 책을 치우려고 의자에서 일어섰다. 그리고 책이 꽂혀 있었던 자리에 벌어져 있을 틈을 찾기 시작했다.

11

 일요일 아침 고골리는 혼자 늦은 잠에서 깨었다. 무슨 꿈이었는지 기억은 나지 않았지만 악몽이었다. 모슈미가 자는 쪽 침대를 보았다. 그 옆에 놓여진 협탁 위에는 모슈미의 책과 잡지가 아무렇게나 쌓여 있고, 그녀가 가끔 베개 위에 뿌리는 라벤더향 스프레이가 놓여 있었다. 거북이 등껍질 무늬의 머리핀에는 그녀의 머리카락 몇 가닥이 남아 있었다. 이번 주말에 모슈미는 다시 학술회의에 가 있었다. 팜 비치였다. 그곳에서 학술회의가 있을 거라고, 그녀가 몇 달 전에 말했다고 주장했지만, 그는 기억이 나지 않았다. "걱정하지 마. 선탠을 할 수 있을 정도로 오래 있진 않을 테니." 짐을 싸면서 그녀는 말했었다. 그러나 침대 위에 쌓아놓은 옷가지 위에서 수영복을 보았을 때, 그는 몸 안에서 이상한 불길함이 솟아오르는 것을 느꼈다. 호텔 수영장에서 그 없이 혼자서 눈을 감고, 책을 옆에 놓고 누워 있을 그녀의 모습이 떠올랐던 것이다. 그러나 그는 이제, 적어도 둘 중 하나는 춥지 않아 다행이라고 생각하면서 팔짱을 끼며 몸을 움츠렸다. 어제 오후부터 건물의 보일러가 고장나서 아파트는 냉동실 같았다. 어젯밤에는 거실에 있기가 너무 추워 오븐을 틀어놓았었고, 옛날에 입던 예일 대학 운동바지와 티셔츠 위에 두꺼운 스웨터를 입고 모직 양말까지 신은 채 잠자리에 들었다. 그러고도 한밤중에 일어나 이불 위에 담요를 하나 더 덮었다. 처음에는 담요를 찾을 수가 없어서 어디다 두었는지 물어보려고 모슈미에게 전화까지 할 뻔했었다. 그렇지만 그때는 이미 새벽 3시가 다 되어가고 있었기에 혼자서 집을 뒤졌고, 결국 복도에 있는 옷장 안의 꼭대기 선반에 끼어 있던 담요를 찾아내었다. 한 번도 사용하지 않은 결혼 선물이었고, 아직까지 지퍼가 달린 비닐 가방 안에 들어 있었다.

그는 침대에서 일어나 얼음물처럼 차가운 수돗물로 이를 닦았지만 면도는 건너뛰기로 했다. 청바지를 입고 스웨터를 하나 더 껴입은 다음, 그 위에 다시 모슈미의 목욕 가운까지 덧입었다. 우스꽝스러워보여도 상관없었다. 커피를 끓이고 빵을 구워 버터와 잼을 발라먹었다. 현관문을 열고 《뉴욕타임스》를 갖고 들어왔다. 푸른색 비닐 포장을 벗겨 나중에 읽으려고 거실 탁자 위에 올려놓았다. 내일까지 끝내야 하는 도면이 있었다. 시카고에 있는 고등학교 강당의 단면도였다. 도면통에서 도면을 꺼내 식탁 위에 펼쳐놓고, 도면이 말리지 않도록 책장에서 책 몇 권을 꺼내어 네 귀퉁이에 올려놓았다. 〈애비 로드〉 시디를 틀었다. 앞에 있는 곡들을 건너뛰어 원 앨범에는 뒷면에 들어 있었을 곡들을 들으며 도면 작업을 시작하였다. 주임 건축사의 지시에 맞게 그렸는지를 확인해보았다. 그러나 손가락이 얼어 제대로 움직일 수가 없었다. 그는 도면을 다시 말고, 부엌 조리대 위에다 모슈미에게 쪽지를 남겨놓고는 사무실로 가기 위해 집을 나섰다.

고골리는 아파트에서 나올 이유가 생긴 것이 다행이라고 생각했다. 오늘 저녁 언젠가 돌아올 모슈미를 기다리는 것보다는 나았다. 게다가 밖은 오히려 덜 추웠고, 공기는 기분 좋을 정도로 축축했다. 지하철을 타는 대신 파크 로 위로 서른 블록을 올라가 매디슨 로로 건너갔다. 사무실에는 그 혼자뿐이었다. 그는 어둑어둑한 설계실에 앉아 있었다. 그의 도면대는 동료 직원들의 도면대로 둘러싸여 있었는데, 어떤 도면대 위에는 도면과 모델들이 가득 쌓여 있었고, 어떤 도면대는 아주 깔끔하게 정돈되어 있었다. 그가 몸을 기울이고 있는 도면대 위에는, 금속 전등에서 내뿜는 빛이 하나의 원형을 그리며 커다란 종이 위로 떨어져 있었다. 그의 도면대 위에는 한 해가 한꺼번에 들어 있는 작은 달력이 붙어 있었다. 이 한 해도 이제 저물어가고 있었다. 다가오는 주말은 그의 아버지의 4주기였다. 이미 지났거나 앞으로 다가올 데드라인에는 모두 동그라미가 그려져 있었는데, 그 중에는 회의나 부지 방문, 고객과의 회의도 있었다. 그를 고용할 가능성이 있는 건축가와의 점심 약속도 있었다. 고골리는 소규모 건축회사로 옮기고 싶은 마음이 간절했다. 주택 건축을 맡고 싶었고, 소수의 사람들과 일하고 싶었다. 달력 옆에는 그가 언제나 좋아했던 뒤샹의 그림 엽서가 붙어 있었다. 드럼을 연상시키는 초콜릿 분쇄기가 회색 바탕 위에 떠 있는 것처럼 그려진 그림이었다. 메모가 적힌 포스트잇도 여러 장 붙어 있었다. 클리블랜드에 갔을 때 아버지의 냉장고 문에서 떼어온, 파테푸르 시크리에서 어머니와 소냐와 함께 찍은 사진도 있었다. 그리고 그 옆에는 모슈미의 사진이 있었다. 우연히 보게 된 옛날 여권 사진을 모슈미에게 달라고 했었다. 사진 속의 그녀는 20대 초반이었는데, 머리는 묶지 않고 늘어뜨렸으며 두툼한 눈꺼풀의 눈은 아래를 향하고 있었다. 사진은 그녀가 파리에 살 때, 그러니까 그와 사귀기 전에 찍은 것이었다. 그가 그녀에게 아직 고골리였을, 앞으로 마주칠 가능성이 희박

한 그저 과거의 잔재물쯤이던 시절이었다. 그러나 그들은 결국 만났고, 온갖 경험을 한 그녀가 결혼한 상대는 그였다. 그녀가 삶을 나눈 사람은 바로 그였던 것이다.

지난 주말은 추수감사절이었다. 어머니와 소냐, 소냐의 새 남자친구인 벤, 그리고 모슈미의 부모님과 동생이 모두 뉴욕으로 와서, 고골리와 모슈미의 아파트에서 북적거리며 명절을 지냈었다. 명절인데 그의 부모님댁이나 처갓댁으로 가지 않은 것은 이번이 처음이었다. 처음으로 집주인이 되어 사람들을 접대하는 책임을 떠맡자니 기분이 이상했다. 농장에서 직접 신선한 칠면조를 주문하고, 《푸드 엔 와인》을 보고 미리 메뉴를 정해놓았으며, 모두 앉을 수 있도록 접는 의자도 사놓았었다. 모슈미는 반죽 밀대를 사가지고 와서 난생 처음으로 사과 파이를 만들었다. 벤 때문에 가족들은 모두 영어로 이야기했다. 벤은 유태인과 중국인 혼혈이었고, 고골리와 소냐가 자란 곳에서 멀지 않은 뉴튼에서 자랐다. 그는 《글로브》지에서 일하는 편집자였고, 소냐와 처음 만난 건 뉴베리 가에 있는 카페에서였다고 했다. 그들이 같이 있는 것을 보니, 몰래 복도로 빠져나가 키스를 하고, 식탁 밑으로 손을 잡고 앉아 있는 그들을 보니 고골리는 이상하게도 부러운 감정에 빠졌다. 식탁에 앉아 칠면조, 구운 고구마, 옥수수 빵 스터핑, 그리고 어머니가 만드신 크렌베리 처트니를 먹으며 모슈미를 보았다. 그리고 어디서부터 무엇이 잘못 되었을까를 생각했다. 둘은 싸우지도 않았고 섹스를 하지 않는 것도 아니었지만, 그에게는 확신이 없었다. 그는 모슈미를 행복하게 해주고 있는 걸까? 그녀가 불평을 하는 것은 아니었지만, 그는 모슈미가 점점 멀어지고 있다는 것을, 뭔가 불만족스러워한다는 것을, 그리고 다른 곳에 신경이 가 있다는 것을 느끼고 있었다. 하지만 이런 문제들에 대해 충분히 생각할 만한 시간이 없었다. 그 주말이 되어

가족들이 찾아왔고, 그들은 열쇠를 맡기고 여행을 떠난 비어 있는 친구들의 집으로 가족들을 보내느라 녹초가 되었다. 추수감사절 다음날에는 모두 잭슨 하이츠에 있는 할랄 정육점으로 가서 두 어머니 다 염소고기를 한꺼번에 사셨고, 그런 다음 아점을 먹으러 갔었다. 그리고 토요일에는 컬럼비아 대학에서 열렸던 고전 인도 음악회에 갔었다. 그러는 동안에도 그의 마음 한구석에서는 모슈미에게 이렇게 묻고 싶었다. "나와 결혼해서 행복해?" 그러나 그에게는 이런 질문에 대해 생각한다는 것 자체가 두려운 일이었다.

도면 작업이 끝나자 고골리는 다음날 아침 다시 보기 위해 도면 대 위에 핀을 꽂은 채로 놓아두었다. 일을 하느라 점심은 거른 상태였다. 사무실을 나서니 날은 더 추워졌고, 하늘에서는 빛이 빠른 속도로 사라져가고 있었다. 그는 모퉁이에 있는 이집트 음식점에서 커피 한 잔과 팔라펠 샌드위치를 산 다음 먹으면서 플랫아이언 빌딩이 있는 5번 가 남쪽을 향해 걸었다. 세계무역센터의 쌍둥이 빌딩이 멀리서, 맨해튼 섬의 끝에서 거대한 모습으로 반짝이고 있었다. 알루미늄 호일에 싼, 먹느라 엉망이 된 팔라펠은 손 안에서 아직 따스했다. 상점들은 사람들로 가득 차 있었고, 윈도에는 크리스마스 장식이 되어 있었다. 인도는 물건을 사러 나온 사람들로 붐볐다. 크리스마스는 생각만 해도 끔찍했다. 작년에는 모슈미 부모님 댁에 갔었고, 올해에는 펨버튼 로드로 가야 했다. 그는 이제 명절이 기다려지기는커녕 어서 지나가버리기만을 바랐다. 이렇게 참을성이 없어지다니, 결국 어른이 되고 만 것이 틀림없다는 생각이 들었다. 그는 아무 생각 없이 향수 가게와 옷 가게, 그리고 핸드백 전문점들을 기웃거렸다. 크리스마스 때 모슈미에게 무엇을 선물해야 할지 생각이 나지 않았다. 보통 때 같으면 그녀가 카탈로그를 보여준다든지 하면서 힌트를 주곤 했지만, 새 장갑인지 지갑인지 잠옷인지, 올해에는 그녀가 무엇을 원하는지 알 길이 없었다. 양초와 숄과 수제 보석들을 파는 미로 같은 유니언 스퀘어의 노점상들을 둘러보았지만 아무것도 마음에 와닿는 것이 없었다.

그는 광장의 북쪽 끝에 있는 반즈엔노블을 둘러보기로 했다. 그러나 벽 가득히 진열되어 있는 어마어마한 숫자의 신간들을 보면서, 그는 이 중 아무것도 읽은 것이 없다는 것을 깨달았고, 자신이 읽지 않은 책을 선물하는 것이 무슨 소용이 있는가 하는 생각이 들었다. 서점에서 나오는 길에 그는 여행 안내 책자들이 진열된 탁자 앞에 멈추어 섰고, 이탈리아 편을 한 권 집어 들었다. 학교 다닐 때 자세히 공부했던 건축물들을 찍은 사진들로 가득했다. 사진으로만 보고 감탄했던, 언제나 실제로 보고 싶었던 건물들이었다. 아직도 보지 못했다는 사실에 화가 났지만 탓할 사람은 자신뿐이었다. 도대체 왜 가지 못했었단 말인가? 둘 다 가보지 못했던 곳으로 함께 여행을 떠나는 것, 그것이 아마도 그와 모슈미에게 지금 필요한 일일지도 몰랐다. 그 스스로 모든 것을 계획할 수 있을 것이었다. 여행할 도시들과 호텔들까지도. 여행 책자 뒤에 비행기표 두 장을 끼워 넣는다면 그녀에게 줄 크리스마스 선물이 될 수 있을 것 같았다. 그는 어차피 휴가를 낼 시기가 되었고, 모슈미의 봄방학 때쯤으로 계획한다면 좋겠다는 생각이 들었다. 자신의 생각에 들떠서 그는 곧장 계산대로 향했고, 긴 줄에 서서 기다린 다음 책값을 치렀다.

그는 공원을 가로질러 집으로 향했다. 걸어가면서 책장을 훑어보니 이제 모슈미가 참을 수 없을 정도로 보고 싶었다. 어빙 플레이스에 새로 연 고급 식품점에 들러서, 그녀가 좋아하는 것들을 몇 가지 샀다. 과즙이 붉은 오렌지와 피레네산 치즈, 소프레사타 몇 조각, 그리고 시골 빵 한 덩이였다. 집에 돌아올 때쯤 모슈미는 배가 고플 것이었다. 요즘엔 기내에서 먹을 것도 주지 않으니. 그는 책에서 눈을 들어 하늘을 올려다보았다. 어둠이 내리면서 구름이 짙은 금빛으로 아름답게 물들고 있었다. 순간 위험할 정도로 낮게 나는 비둘기 한 떼가 앞을 가로막았고, 그는 갑작스레 무서워진 나머지 멈춰 서서 머리를 조아렸다. 잠시 후 그런 자신이 바보처럼 느껴졌다. 행인들 중 누구도 그처럼 행동한 사람은 없었다. 허공을 날아오른 새들은 두 편으로 나뉘어 앙상한 두 개의 나뭇가지 위에 동시에 내려앉았다. 서서 이 광경을 지켜보던 고골리는 마음이 심란해졌다. 이 우아하지 못한 새들이 창턱이나 인도에 앉는 것은 보았어도 나무에 앉는 것은 본 적이 없었다. 거의 부자연스럽게까지 느껴졌다. 하지만 한편으로 생각하면 이보다 더 평범한 일이 또 어디 있으랴? 그는 이탈리아를, 베니스를, 앞으로 계획할 여행을 떠올렸다. 아마도 이탈리아에 가라는 징조일지도 몰랐다. 산 마르코 광장은 비둘기로 유명하지 않던가?

아파트 로비에 들어서니 건물에 난방이 들어왔는지 따뜻했다. "방금 돌아오셨어요." 고골리가 옆을 지나갈 때 경비원이 눈짓을 하며 그에게 말했다. 그동안 불안감으로 잦아들었던 그의 심장이 다시 세차게 뛰기 시작했다. 그에게로 돌아왔다는 그녀의 단순한 행위가 고맙게 느껴졌다. 집 안 여기저기를 돌아다니고 있을 모슈미를 떠올렸다. 목욕물을 틀어놓고, 포도주를 한 잔 따르고, 복도에는 짐을 놓아두었을 것이다. 크리스마스 때 그녀에게 선물할 책을 외투 주머니에 찔러 넣었다. 잘 감추었는지 다시 한 번 확인한 후 위층으로 올라가기 위해 엘리베이터의 단추를 눌렀다.

12

2000

크리스마스 전날이다. 아시마 강굴리는 부엌 식탁에 앉아 오늘 저녁 파티에 쓸 민스미트 크로켓을 만들고 있었다. 이 요리는 아시마의 장기 중 하나였고, 손님들이 그녀의 집에 오면 으레 기대하는 것이 되었다. 손님들이 도착하는 대로 수분 이내 조그만 접시에 담아 내가야 한다. 아시마는 혼자서, 이 요리를 준비하기 위해 작업 라인을 만들었다. 첫번째로 따뜻하게 삶은 감자를 라이서에 밀어넣었다. 그리고 간 양고기 익힌 것을 한 숟가락 떠내어 그 주위에 조심스럽게 감자를 붙였다. 삶은 달걀의 흰자가 노른자를 둘러싸고 있는 것처럼 고르게 감자를 둘러야 했다. 그리고 그녀는 당구공만한 크기와 모양의 크로켓을 하나씩 집어 달걀을 풀어놓은 그릇에 담근 다음, 빵가루를 담은 접시에 놓아 빵가루를 묻혔다. 오무린 손바닥 위에 크로켓을 올려놓고 가득 달라붙은 빵가루를 떨어내었다. 마지막으로 커다란 둥근 쟁반 위에 크로켓을 겹겹이 쌓아 올리면서 그 사이사이에 왁스 종이를 한 장씩 깔았다. 그녀는 잠시 하던 일을 멈추고 이제까지 몇 개나 만들었는지 헤아려보았다. 어른에게는 세 개씩, 아이들에게는 한두 개씩이면 될 것이다. 손가락 등의 마디를 세어 다시 한 번 정확한 손님의 숫자를 계산했다. 넉넉하게 열 개 정도 더 만들면 되겠다 싶었다. 접시 위에 빵가루를 새로 부었다. 빵가루의 색깔과 촉감이 해변의 모래를 연상시켰다. 아시마는 케임브리지 집 부엌에서 처음으로 이 요리를 하던 것을 기억하고 있었다. 처음 했던 파티였고, 허리춤을 끈으로 묶는 흰색 파자마와 티셔츠 차림의 남편이 가스레인지 앞에 서서, 까맣게 탄 프라이팬에서 크로켓을 두 개씩 튀겨냈었다. 고골리와 소냐가 어렸을 때 엄마를 도와주던 것도 기억했다. 고골리는 두 손으로 빵가루 깡통을 감싼 채 들고 있었고, 소냐는 언제나 빵가루를 묻히고 튀기기 전에 크로켓을 먹고 싶어했었다.

  이번 파티는 아시마가 펨버튼 로드에서 하는 마지막 파티였다. 남편의 장례식 이후 처음이었다. 지난 27년간 살아온 이 집은, 그녀의 생애 중 가장 오래 살았던 이 집은 얼마 전에 팔렸다. 잔디밭에는 부동산 표지판이 꽂혀 있었다. 집을 산 사람들은 미국인 워커 씨 가족이었다. 워커 씨는 그녀의 남편이 일하던 대학에 새로 온 젊은 교수였고, 부인과 딸 하나가 있었다. 워커 씨 가족은 집을 개보수할 계획이었다. 거실과 식당 사이에 있는 벽을 허물고, 부엌에는 섬형 조리대를 들여놓을 예정이며, 천장에는 트랙 조명을 설치할 계획이라고 하였다. 바닥 전체에 깔린 카펫을 떼어내고 베란다를 작은 방으로 개조할 것이라고도 하였다. 그들의 계획을 들은 아시마는 순간적으로 아찔했다. 집을 향한 보호 본능을 느끼면서, 그 자리에서 매매를 취소해버리고 싶은 충동을 느꼈다. 집은 예전 모습대로, 남편이 마지막으로 보았던 모습 그대로 남아 있어야 했다. 그러나 이런 모든 감정은 감상에 지나지 않았다. 우편함에 찍힌 금박 글자, 강굴리가 벗겨지고 다른 이름으로 바뀌지 않기를 바란다는 것은 어리석은 일일 따름이었다. 그리고 소냐가 자기 방문 안쪽에 매직 마커로 커다랗게 제 이름을 써놓은 것이 지워지지 않기를 바라거나, 또 아쇼크가 아이들의 생일 때마다 키를 재어 옷장 옆 벽에 연필로 표시해놓은 것이 칠해지지 않고 그대로 있기를 바란다는 것도……

아시마는 인도에서 6개월, 미국에서 6개월씩 보내기로 결정했다. 남편이 살아 있을 때 함께 했던 여생 계획이었는데, 결국 홀로 좀더 앞당겨 하게 된 것이다. 캘커타에서 아시마는 남동생 라나와 그의 부인, 그리고 다 컸지만 아직 미혼인 조카딸들과 함께 솔트 레이크에 있는 커다란 아파트에서 살게 될 것이다. 거기엔 아시마의 방이 있었는데, 평생 처음으로 그녀만을 위해 꾸며진 독방을 갖게 될 것이다. 봄과 여름에는 미 동북부로 돌아올 것이고, 아들과 딸네 집, 그리고 친한 벵골 친구들의 집을 번갈아가며 머무르게 될 것이다. 아시마라는 이름이 가진 의미처럼 그녀에겐 경계가 사라질 것이다. 집이 없으니 온 세상이 집인 동시에, 그녀는 어디에도 속하지 않는 존재가 되었다. 그러나 소냐가 결혼을 하게 되었기에 여기서는 더 이상 머무를 수가 없었다.

결혼식은 지금부터 1년 남짓 후 캘커타에서 올릴 예정이었다. 34년 전 그녀와 남편이 했던 것처럼 1월에 길일을 잡을 것이다. 뭔지는 몰라도 아시마는 소냐가 이 남자아이와, 아니 이 젊은이와 행복할 것이라는 생각이 들었다. 그는 딸아이를 행복하게 해주었다. 모슈미가 자신의 아들에게 결코 해줄 수 없는 방식의 행복을 가져다주었던 것이다. 고골리에게 모슈미를 만나라고 권한 것은 다름 아닌 그녀였고, 그 때문에 아시마는 언제나 죄책감을 느낄 것이었다. 어떻게 알 수 있었겠는가? 하지만 다행스럽게도 아이들은 아쇼크나 아시마 세대의 벵골 사람들 식으로 결혼을 지속하는 것이 의무라고 생각하지 않았다. 그들은 이상적인 행복이라 생각하지 않는 삶을 받아들이지도, 또는 적응하거나 타협하려 들지도 않았다. 그들 세대는 이런 부담을 지고 살기보다는 미국식의 상식을 택했던 것이다.

파티가 시작되기 전 마지막 몇 시간 동안 아시마는 집에 혼자 있게 되었다. 소냐는 벤과 함께 기차역으로 고골리를 데리러 갔다. 다음에 혼자 있게 될 때는 혼자서 비행기를 타고 여행하고 있을 것이라는 생각이 들었다. 1967년 겨울, 케임브리지에 있는 남편을 만나러 혼자서 비행기를 타고 온 이래 처음으로 완전히 혼자서 하는 여행이 될 것이다. 그런 생각을 해도 이제는 두렵지 않았다. 뭐든지 혼자서 하는 것을 배웠고, 아직 사리를 입고 머리에 쪽을 찌었지만 한때 캘커타에 살던 아시마와는 이제 달랐다. 인도에 돌아갈 때는 미국 여권으로 갈 것이고, 지갑 안에는 매사추세츠 주 운전면허증과 사회보장 카드가 들어 있을 것이다. 그녀는 수십 명을 먹여야 하는 파티를 혼자서 준비하지 않아도 되는 세상으로 돌아갈 것이다. 우유와 크림을 혼합한 것으로 요거트를 만들고, 리코타 치즈로 산데쉬를 만드는 불편을 겪지 않아도 될 것이다. 크로켓이 먹고 싶어도 만들 필요가 없을 것이다. 음식점에는 만들어진 것이 있을 테고, 하인들이 사서 아파트로 가지고 올라올 것이다. 그것은 지난 세월 동안 그렇게 노력을 해도 마음에 쏙 들게 흉내낼 수 없었던, 바로 그 맛을 지니고 있을 것이다.

아시마는 마지막 크로켓에 빵가루를 묻히는 일을 끝내고 손목시계를 흘긋 들여다 보았다. 예정했던 것보다 조금 빨리 끝난 편이었다. 가스레인지 옆 조리대 위에 쟁반을 놓고 찬장에서 팬을 꺼내 기름을 몇 컵 따라 부었다. 손님들이 도착하기 전에 몇 분 동안 미리 기름을 데워놓아야 했다. 조리기구 통에서 튀김에 사용할 구멍이

난 뒤집개를 골라놓았다. 이제 당분간은 할 일이 없었다. 나머지 음식은 이미 준비가 되어 식당에 있는 식탁 위, 기다란 코닝웨어에 담아놓았다. 두꺼운 껍데기로 덮인 달은 첫 숟가락을 뜨면 모양새가 무너질 것이다. 구운 콜리플라워와 가지, 그리고 양고기 코르마도 있었다. 후식으로 쓸 달콤한 요거트와 판투아는 식당에 있는 찬장에 놓아두었다. 아시마는 기대에 찬 눈으로 음식들을 훑어보았다. 보통 때 같으면 요리를 하고 나면 입맛이 사라졌지만 오늘은 손님들 사이에 끼어 앉아 식사도 할 생각이었다. 소냐가 마지막으로 집안 청소를 해주었다. 아시마는 언제나 손님이 오기 전의 이 시간을 좋아했다. 카펫은 청소해서 깨끗했고, 거실 탁자는 플레지로 닦아놓았다. 옛날 텔레비전 광고에 나온 것처럼 나무 탁자 위로 그녀의 모습이 어둡고 희미하게 비치고 있었다.

아시마는 부엌 서랍들을 뒤져 향이 들어 있는 상자를 찾았다. 가스레인지를 켜서 향에 불을 붙여 들고는 방에서 방으로 돌아다녔다. 자식들과 친구들에게 마지막으로 밥을 지어주기 위해 이 모든 노력을 할 수 있었던 것이 만족스러웠다. 메뉴를 정하고, 목록을 적어 슈퍼마켓에서 물건을 사고, 냉장고 선반 가득 음식을 채워놓았다. 이렇게 생활의 속도를 바꾸는 것은 기분 좋은 일이었다. 지금 하고 있는 일, 즉 떠날 것을 준비하고 집 안을 구석구석 치워야 하는, 해도해도 끝이 없는 일에 비해 뭔가 끝맺음이 있는 일이었다. 지난 한 달간 그녀는 집 안을 하나씩 하나씩 허무는 작업을 하였다. 매일 저녁마다 서랍장 하나, 옷장 하나, 책장 하나씩을 뒤집어엎어서 정리했다. 소냐가 돕겠다고 했지만 아시마는 이 일만은 혼자 하고 싶었다. 그녀는 고골리와 소냐에게 줄 것과 친구들에게 줄 것, 자신이 가지고 갈 것, 자선기관에 기부할 것, 그리고 쓰레기봉투에 넣어버릴 물건들을 따로 분류하여 쌓아놓았다. 이 일은 서글프면서도 뿌듯했다. 그녀가 한겨울 밤에 케임브리지의 아파트로 들고 들어왔던 짐보다 약간 많을 정도로 소유물을 줄여 나가는 것은 분명 어떤 쾌감을 주었다. 오늘 밤 그녀는 친구들에게 필요한 것은 무엇이든—전등이든, 화분이든, 쟁반이든, 냄비든—가져가라고 할 것이다. 소냐와 벤은 트럭을 빌려 가져다놓을 수 있는 가구들을 모두 싣고 갈 것이었다.

아시마는 샤워를 하고 옷을 갈아입기 위해 이층으로 올라갔다. 이제 집 안의 벽들은 이사 들어올 때처럼 비어 있었다. 남아 있는 것은 남편의 사진뿐이었고, 이는 맨 나중에 치울 작정이었다. 그녀는 잠시 그 앞에 멈추어 서서 아쇼크의 사진 앞에 맴돌고 있는 향 연기를 손으로 헤쳤다. 그리고는 남은 향을 버렸다. 샤워기에 물을 틀어놓고 온도계를 올렸다. 옷을 벗고 목욕탕 바닥에 깔린 매트에 발을 디뎌야 하는 끔찍한 순간에 대비하기 위해서였다. 그녀는 베이지색 욕조로 들어가 잔금 무늬가 간 미닫이 유리문을 닫았다. 이틀에 걸친 음식 준비에, 아침부터 한 청소에, 몇 주에 걸친 짐 정리에, 집 매매에 그녀는 몹시 피로했다. 욕조의 섬유 유리 바닥을 딛고 서 있는 발이 천 근처럼 무거웠다. 머리에 샴푸질을 하기 전 잠시 그렇게 서 있었다. 그리고는 탄력을 잃고 쪼그라든 몸에, 아침마다 칼슘을 먹어 보강해주어야 하는 쉰세 살의 몸에 비누칠을 했다. 샤워를 끝내고 김이 서려 있는 화장실 거울을 닦아내면서 그녀는 자신의 얼굴을 들여다보았다. 미망인의 얼굴이었다. 하지만 살아온 날의 대부분은 누군가의 부인이었다고, 스스로를 타일렀다. 그리고 아마도 언젠가는, 손으로 짠 스웨터와 선물들을 손에 들고 미국땅에 도착했다가는 한두 달 후 너무 서운한 눈물을 머금고 떠나는 할머니의 얼굴이 될 것이었다.

아시마는 갑자기 소름이 끼칠 정도로 외로움을 느꼈다. 영원히 혼자가 되어버렸다는 생각에, 잠시 거울에서 몸을 돌려 남편을 생각하며 흐느꼈다. 그녀는 앞으로 이사할 생각을 하니, 갑자기 모든 것이 감당할 수 없을 만큼 벅차게 느껴졌다. 한때는 고향이었던 도시가 이제는 나름대로 낯선 곳이 되어버린 것이다. 왜인지 알 수는 없지만 자신의 남편처럼 빨리 저 세상으로 갈 수 있을 것 같지 않았고, 앞으로 살아내야 하는 날들이 참을 수 없는 동시에 자기와 무관한 어떤 것으로 느껴졌다. 33년 동안 그녀는 인도를 그리워하며 살았었다. 이제 그녀는 도서관에서 했던 일을, 함께 일했던 동료들을 그리워하게 될 것이다. 손님들을 초대하던 것도 그리워질 것이다. 딸과 함께 살던 것, 놀라울 정도로 잘 지내던 것도 그리워질 것이다. 소냐와 함께 케임브리지의 브래틀 극장으로 옛날 영화를 보러 다녔고, 소냐가 어릴 때는 투정을 부리며 먹지 않던 음식을 요리하는 법을 가르쳐주었다. 운전하고 다니던 것도 그리워질 것이다. 때로 도서관에서 집으로 돌아오는 길에 대학으로 가서 남편이 일하던 공대 건물을 지나가보곤 했었다. 그녀는 남편을 알게 되고 사랑하게 된 이 나라를 그리워하게 될 것이었다. 남편의 유골은 갠지스 강 위로 뿌려졌지만, 그녀의 마음속에 살아 있는 남편은 바로 여기에, 이 집, 이 마을에 살아 있을 것이다.

아시마는 크게 숨을 들이쉬었다. 조금 있으면 경보 장치에서 '삐' 하는 소리, 차고 문이 열리고 자동차 문이 닫히는 소리, 그리고 집 안에서 아이들의 목소리가 날 것이다. 그녀는 팔과 다리에 로션을 바르고 문고리에 걸려 있는 복숭아색 테리 천 목욕 가운을 집어 들었다. 오래전, 이제는 다 잊혀진 어느 해 크리스마스 선물로 남편이 준 것이었다. 이 역시 그녀가 가는 곳에서는 소용없는 물건이기에 이곳에 두고 가야 할 것이다. 그렇게 습기가 많은 곳에서는 이렇게 두꺼운 감이 마르려면 며칠씩 걸릴 것이다. 잘 빨아서 중고 가게에 기부하는 것을 잊지 않기로 했다. 이 가운을 받은 것이 몇 년도였는지, 선물을 풀던 것이나 선물을 보고 어떤 기분이었는지 전혀 기억이 나지 않았다. 하지만 이 가운을 쇼핑몰에 있는 백화점에서 고골리나 소냐가 산 다음, 아마 포장까지도 애들이 했을 거라는 사실은 알고 있었다. 남편이 한 것은 '누구로부터 누구에게' 준다는 것을 써넣은 꼬리표를 작성하는 일뿐이었을 것이다. 그녀는 남편의 이런 점을 탓하지 않았다. 이렇게 헌신이나 애정을 표현하는 데 있어 소홀한 것이 결국 중요한 일이 아니라는 것을 그녀는 이제 알고 있었다. 그리고 더 이상 아이들이 했던 것처럼 한다면 어떨까, 하는 생각이 들지 않았다. 몇 년쯤 지나 사랑하기 시작하는 것이 아니라 먼저 사랑에 빠지는 것이, 결혼하기 전 몇 개월이고 몇 년이고 곰곰이 생각해볼 시간을 갖는 것이 더 이상 궁금하지 않았다. 그녀와 아쇼크는 결혼을 결정하기까지 오후 반나절이 필요했을 뿐이었다. 두 이름이 적혀 있었을 꼬리표를 떠올렸다. 그때는 보관해둘 생각도 하지 않았었다. 그 꼬리표를 생각하니 남편과 함께한 그들의 인생이 떠올랐다. 그가 그녀와 결혼하기로 결정함으로써 그녀에게 준 예상치 못했던 이곳에서의 삶. 그녀는 오랜 세월 동안 그 삶을 받아들이지 못했었다. 그리고 아직도 이 펨버튼 로드의 벽 안에서 완벽한 편안함을 느끼지는 못했지만 이곳이 그녀의 집이었다. 그녀가 꾸리고 떠맡아온 세상이었다. 이제 이 세상에 있는 모든 것은 짐을 챙겨 누군가에게 주거나 하나씩 버려져야 했다. 그녀는 젖은 팔을 가운의 소매 안으로 밀어 넣고 끈으로 허리를 묶었다. 언제나 그녀에게는 약간 짧은 한 사이즈 작은 옷이었다. 그러나 그 따뜻함에 마음이 편해지는 것은 아직도 변함이 없었다.

기차에서 내렸을 때 플랫폼에서 고골리를 맞아주는 사람은 아무도 없었다. 일찍 도착했나, 그는 시계를 보았다. 역사로 들어가는 대신 고골리는 밖에 있는 벤치에 앉았다. 마지막으로 승객들이 기차에 올랐고 기차 문들이 모두 닫혔다. 차장들이 서로 신호를 주고받았고, 바퀴가 천천히 구르면서 기차칸들이 하나씩 앞으로 미끄러져 나가기 시작했다. 고골리는 말없이 앉아서 같이 타고 온 승객들이 가족들을 만나고, 재회한 연인들의 팔들이 포개어지는 것을 지켜보았다. 배낭을 무겁게 짊어진 대학생들이 크리스마스 연휴를 마치고 돌아왔다. 몇 분이 지나자 플랫폼은 텅 비었고, 기차가 서 있던 공간도 비어 있었다. 이제 고골리는 들판으로 시선을 던졌다. 석양 무렵의 코발트색 하늘을 배경으로 앙상한 나무들이 서 있었다. 집에 전화를 해볼까도 생각했지만 이렇게 앉아서 조금 더 기다리는 것도 좋겠다는 생각이 들었다. 몇 시간 동안 기차를 타고 온 뒤라 차가운 공기가 얼굴에 와닿는 것이 상쾌했다. 보스턴까지 올라오는 동안 그는 줄곧 잠을 잤고, 남역에 도착하자 차장이 그를 찔러 깨웠다. 그 기차칸에는 고골리 외에 아무도 없었고, 그는 마지막으로 내렸다. 그는 좌석 두 개를 차지하고서 가져온 책은 덮어놓은 채, 외투를 담요처럼 턱까지 올려 덮고 깊은 잠에 빠졌던 것이다.

고골리는 아직 잠에서 덜 깼는데다 점심까지 걸러 약간 어질어질했다. 발밑에는 옷가지가 담긴 더플백과, 펜 스테이션에서 기차를 타기 전 아침 일찍 메이시 백화점에 가서 산 선물이 담긴 쇼핑백들이 놓여 있었다. 그가 고른 선물들은 별로 특별할 것이 없었다. 어머니에게는 14K 금귀고리를, 소냐와 벤을 위해서는 스웨터를 골랐다. 올해는 간단하게 하자고 합의를 보았던 것이다. 그는 일주일간 휴가를 냈다. 집에 할 일이 많다고, 어머니가 미리 경고를 하셨기 때문이었다. 그의 방을 비워내야 했다. 마지막 종이조각까지 모두 뉴

욕으로 가져가지 않으려면 버려야 했다. 어머니가 짐을 싸시는 것
과 구좌 정리하는 것도 도와야 했다. 로간 공항까지 모셔다드리고
공항보안국이 허락하는 선까지 어머니를 배웅해야 했다. 그리고 나
면 집은 모르는 사람들의 소유가 될 것이다. 그들이 이곳에 살았던
흔적은 완전히 사라질 것이고, 들어갈 집도, 전화번호부의 이름도
없어질 것이다. 그리하여 그의 가족이 오랜 세월 여기 살았다는 것
을 말해주는 것은, 그들이 이곳에 들인 노력과 그 성과를 증명할 것
은 아무것도 없게 될 것이다. 어머니가 정말로 떠나신다는 것을, 적
어도 몇 달 동안은 그렇게 멀리 계실 거라는 것을 그는 믿을 수가
없었다. 부모님들은 어떻게 이 일을 하셨는지 신기했다. 두 분 모두
가족을 뒤에 남겨두고 그렇게 가끔 만날 뿐, 완전히 떨어진 채 끝없
이 기다리고 그리워하면서 어떻게 살아갈 수 있었는지. 그가 한때
그토록 싫어했던 캘커타행 여행들이 어떻게 충분할 수 있었겠는
가? 그 여행들은 충분하지 않았다. 고골리는 이제, 부모님이 그 모
든 결핍에도 불구하고 미국에서의 삶을 꾸려가셨다는 것을 알고 있
었다. 그것도 자신은 가지지 못한 정열을 갖고 해내셨다. 그는 오랜
세월 동안 그가 비롯한 곳으로부터 거리를 두려 애써왔고, 그의 부
모님은 그 거리를 어떻게든 이어보려 애쓰며 사셨다. 그러나 그가
대학에 다니던 시절과 그 이후 뉴욕에서 살아가면서 가족의 과거사
에 대해 냉담한 태도를 유지한 것에도 불구하고, 그는 언제나 이 조
용하고 평범한 마을 가까이에 머물렀었다. 어머니와 아버지가 끝까
지 고집스레 이국땅으로 여기던 마을이었다. 그는 모슈미가 했던
것처럼 프랑스에 머무르지도 않았고, 소냐가 했던 것처럼 캘리포니
아로 가지도 않았다. 단지 3개월 동안만 아버지와 몇 개 주를 사이
에 두고 떨어진 적이 있을 뿐이었다. 그 거리조차도 일이 돌이킬 수
없게 되기 전까지는 멀다고 생각해본 적이 없었다. 그 몇 달간을 제

외하면 그가 성인이 된 이후 기차로 4시간 떨어진 거리 밖에서는 살아본 적이 없었다. 가족이야말로 그를 고향으로 부르는, 이 기차 여행을 하고 또 하게 만드는 이유였다.

모슈미에게 남자가 있다는 것을 안 것은, 정확히 1년 전 이 기차 위에서였다. 그들은 어머니와 소냐와 함께 크리스마스를 보내기 위해 올라가고 있는 길이었다. 그들은 늦게 시내를 떠났고, 창밖은 이미 어두워진 후였다. 심란할 정도로 깜깜한 초겨울 저녁이었다. 그들은 다음 여름을 어떻게 보낼 것인지에 대해 이야기를 나누고 있던 중이었다. 도날드와 아스트리드와 함께 시에나에 집을 빌릴 것인지를 의논하다 고골리가 그 생각에 탐탁치 않아 하자 그녀가 이렇게 말했다. "디미트리가 그러는데, 시에나는 동화 속에서 튀어나온 마을 같대." 말이 끝나기 무섭게 그녀는 손을 입에 갖다댔고 짧은 숨을 들이쉬었다. 그리고 나서 침묵이 흘렀다. "디미트리가 누구야?" 그가 물었다. 그리고는 "너 바람피우니?"라는 질문이 그의 입에서 튀어나왔다. 그 순간까지 머릿속에서 의식적으로 앞뒤를 맞추어본 적이 없는 생각이었다. 거의 우습기까지 한 생각에 목구멍이 타는 듯했다. 그러나 질문을 내뱉은 순간 그는 알았다. 그녀의 비밀이 느껴지는 순간, 차가운 기운이 혈관을 통해 빠르게 퍼지는 독처럼 그의 몸의 감각을 앗아갔다. 이런 기분을 느꼈던 적은 단 한 번뿐이었다. 아버지와 차 안에 앉아 그의 이름을 짓게 된 이유를 들은 날 밤이었다. 그날 밤도 지금처럼 당황스러웠고, 속이 메슥거리는 것도 비슷했다. 그러나 그날 아버지를 향해 느껴지던 다정함은 하나도 느껴지지 않았고, 속았다는 데 대한 분노와 굴욕감만이 느껴질 뿐이었다. 그러나 동시에 그는 이상할 정도로 침착했다. 그의 결혼이 사실상 끝장나는 순간에, 그는 몇 달 만에 처음으로 그녀와 확실한 얘기를 한 것 같았다. 그는 몇 주일 전 어느 날 밤의 일이 기억났다. 중국집 배달부에게 돈을 주기 위해 그녀의 손가방에서 지갑을 찾다가 꺼낸 것이 페서리 상자였다. 그녀는 그날 오후 페서리를 교정하러 의사에게 갔다고 했고, 그래서 그는 이 일을 머릿속에서 지워버렸었다.

제일 처음 떠오른 생각은 다음 역에서 내리는 것이었다. 그녀와 물리적으로 최대한 멀리 있고 싶었다. 그러나 그들은 기차에 의해, 어머니와 소냐가 그들을 기다린다는 사실에 의해 한데 묶인 몸이었고, 그래서 그들은 남은 여행을 어떤 식으로든 견뎌내었다. 주말 동안 누구에게도 얘기하지 않고 아무 일도 없었다는 듯이 지냈다. 부모님댁에 누워, 한밤중에 그녀는 그에게 모든 얘기를 털어놓았다. 어떻게 디미트리를 버스에서 처음 만나고 우편물통에서 그의 이력서를 발견하게 되었는지도. 그녀는 팜 비치에 함께 갔던 것도 디미트리였다고 고백했다. 하나씩 하나씩, 그는 이런 사실들을 머릿속에 들여놓았다. 달갑지도 않고 용서할 수도 없는 사실들이었다. 그리고 고골리에겐 태어나서 처음으로 자신의 이름보다도 들어서 언짢은 사람의 이름이 생겼던 것이다.

크리스마스 다음날 그녀는 펨버튼 로드를 떠났다. 그의 어머니와 소냐에게는 현대언어학회에서 막바지 면접을 보게 되었다는 이유를 댔다. 그러나 면접은 핑계였다. 모슈미와 고골리는 그녀 혼자 뉴욕으로 돌아가는 것이 최선이라는 결론을 내렸던 것이다. 그가 집으로 돌아갔을 때는 그녀의 옷과 화장품과 욕실용품들이 사라지고 없었다. 마치 또 여행을 떠난 것 같았다. 그러나 이번에 그녀는 돌아오지 않았다. 그들이 함께 살았던 짧은 삶으로부터, 그녀는 아무것도 원하지 않았다. 몇 달 후 고골리가 서명할 이혼 서류를 들고 마지막으로 사무실에 나타났을 때, 그녀는 파리로 돌아간다고 했다. 그래서 그는 돌아가신 아버지의 아파트에서 했던 것처럼, 집에서 체계적으로 그녀의 물건들을 치웠다. 사람들이 가져가도록 그녀의 책들을 상자에 담아 한밤중에 길거리에 내다놓았고, 나머지는 버렸다. 봄에는 혼자 일주일 동안 베니스에 갔었다. 둘을 위해 계획했던 여행이었다. 그는 베니스의 고색창연하고 우울한 아름다움에 흠뻑 빠져 지냈다. 어둑어둑한 좁은 길들 속에서 길을 잃었고, 셀 수 없이 많은 작은 다리들을 건넜으며, 사람 없이 황량한 광장들을 발견하고는 그곳에서 캄파리나 커피를 마시며 분홍색과 녹색의 궁전과 교회의 파사드를 그리곤 했지만, 한 번도 왔던 길을 찾아 되짚어가는 데는 성공하지 못했다.

그리고 그는 뉴욕으로 돌아왔다. 둘이 함께 살던 아파트가 이제는 그만의 것이 되었다. 1년이 지났고 충격에서는 어느 정도 회복이 되었지만, 패배감과 수치심은 깊고 끈질기게 남아 있었다. 아직도 아무 생각 없이 소파에서 잠이 드는 밤이 잦았고, 새벽 3시쯤 잠이 깨면 텔레비전은 켜놓은 채였다. 그가 설계한 건물이 모든 사람이 보는 앞에서 무너져버린 것과 다름없었다. 그렇지만 그녀만을 탓할 수는 없었다. 두 사람 모두 같은 충동에 의해 행동했고, 그것이 그들의 실수였다. 두 사람 모두 서로에게서, 그들이 공유했던 세상에서 위안을 찾았는데, 그것이 오히려 새롭게 느껴졌기 때문이었을 수도, 아니면 그 세계가 서서히 사라져가고 있다는 불안감 때문이었을 수도 있었다. 아직도 그는 어떻게 여기까지 오게 되었는지 알 수 없었다. 서른둘에 벌써 결혼을 하고 이혼을 하다니. 그녀와 보낸 시간은 이제 그에게서 지워버릴 수 없는 일부가 되었지만, 더 이상 아무런 관련도 소용도 없는, 마치 사용하지 않는 그의 이름처럼 되어버렸다.

귀에 익은 '삐' 소리가 들렸고 주차장에 어머니의 차가 들어오는 것이 보였다. 소냐가 운전석에 앉아 손을 흔들었고, 벤이 옆에 타고 있었다. 소냐와 벤이 결혼하기로 한 것을 알게 되고 나서 얼굴을 보는 것은 처음이었다. 주류점에 들러 샴페인을 사야겠다고 생각했다. 소냐는 차에서 내려 그가 있는 쪽으로 걸어왔다. 이제는 변호사가 되어 핸콕 건물에 있는 사무실에서 일하고 있었다. 머리는 턱선까지 오는 단발이었다. 소냐는 고골리가 고등학교 때 입던 낡은 파란색 오리털 점퍼를 걸치고 있었다. 얼굴에는 전에 보이지 않던 성숙함이 어려 있었고, 지금부터 몇 년이 지나면 뒷좌석에 두 아이들을 태우고 있겠구나, 하는 상상을 하는 것은 어렵지 않았다. 소냐가 그를 끌어안았다. 한동안 그들은 그렇게 서로를 안고 추위 속에 서 있었다. "잘 왔어, 고글즈." 그녀가 말했다.

마지막으로 그들은 2미터가 넘는, 나뭇가지 밑단에 색깔 표시가 되어 있는 인조 크리스마스 트리를 조립하기로 하였다. 고골리가 지하실에서 상자를 가지고 올라왔다. 이미 오래전에 사용설명서를 잃어버렸기 때문에 해마다 나뭇가지를 끼우는 순서를 요령껏 알아내야 했다. 제일 긴 것은 맨 아래에 끼웠고, 짧은 것은 위로 갔다. 소냐가 나무를 잡고 있고 고골리와 벤이 가지를 끼웠다. 주황색을 먼저 끼우고 다음으로 노란색, 빨간색, 그리고 마지막으로 파란색을 끼웠다. 맨 위에 있는 가지는 얼룩덜룩한 흰색 천장 때문에 약간 구부러졌다. 그들은 어릴 때처럼 들떠서, 트리를 창가에 가져다놓고 집 앞을 지나는 사람들이 볼 수 있도록 커튼을 활짝 열어놓았다. 소냐와 고골리가 초등학생 때 만들었던 장신구들로 트리를 장식했다. 공작용 색판지로 만든 양초, 아이스바 막대기로 만든 '신의 눈(막대기를 십자 모양으로 겹쳐놓고, 그 부분에 실을 감아 만드는 장신구—옮긴이)' 그리고 반짝이를 뿌린 솔방울 등이었다. 밑동에는 아시마의 찢어져 못쓰게 된 바나라시 사리를 감아놓았다. 꼭대기에는 언제나처럼 갈색 철사로 만든 발톱과 터키색 벨벳으로 만든 깃털이 달린 작은 플라스틱 새를 얹어놓았다.

벽난로 위에는 못으로 양말을 걸어놓았다. 작년에 모슈미의 것으로 사용하던 양말은 올해 벤의 것이 되었다. 그들은 스티로폼 컵에 샴페인을 따라 마시며 어머니께도 조금만 드시라고 부득부득 권하였다. 그리고 아버지가 항상 좋아하시던 페리 코모의 크리스마스 테이프를 틀어놓았다. 어머니와 고골리는 소냐가 대학에서 힌두교 수업을 듣고 집에 와 그들은 기독교인이 아니라며 선물을 받지 않겠다고 우기던 것을 벤에게 이야기해주며 소냐를 놀렸다. 새벽이 되면 그의 어머니는, 아이들이 어릴 때 크리스마스에는 어떻게 하는 건지 가르쳐준 대로 일어나서 양말들을 채우실 것이다. 음반 가게에서 사용할 수 있는 상품권과 막대 박하사탕, 동전 모양의 초콜릿이 들어 있는 그물백들을 넣어주실 것이다. 고골리는 아직도 부모님을 졸라서 처음으로 크리스마스 트리를 집에 사다놓았을 때를 기억하고 있었다. 탁상 전등만했던 그 플라스틱 트리는 벽난로 위에 올려놓았었다. 그 존재가 얼마나 커다랗게 느껴졌었는지, 또 얼마나 신이 났었던지. 약국에서 본 트리를 사달라고 부모님께 빌다시피 했었다. 꽃줄과 금색, 은색 실과 아버지가 영 불안해하시던 크리스마스 전등 한 줄로 어색하게 트리를 장식했던 것도 기억하고 있었다. 저녁때면 아버지가 돌아오셔서 전선을 뽑으실 때까지, 그래서 조그만 트리가 어두워질 때까지 고골리는 트리 앞에 앉아 있었다. 그때 받았던 단 하나뿐이던 선물도 기억하였다. 그것은 자신이 직접 고른 장난감이었고, 어머니는 그에게 카드 진열대에 가서 서 있으라고 하시곤 값을 치렀다. "그 촌스러운 깜박거리는 색깔 전등을 달아놓던 거 기억나니?" 그의 어머니가 트리 장식이 끝나자 고개를 설레설레 저으며 이렇게 말씀하셨다. "그땐 정말이지 아무것도 몰랐어."

7시 30분이 되자 초인종이 울려댔고, 현관문이 활짝 열리자 집 안으로 사람들과 함께 찬 공기가 몰려들어오기 시작했다. 손님들은 벵골어로 고함치듯 얘기하면서, 서로의 말이 채 끝나기도 전에 동시에 떠들어댔다. 이미 북적거리는 실내가 웃음소리로 다시 한 번 가득 찼다. 다다닥 소리를 내는 기름에 크로켓을 튀겨 붉은 양파 샐러드를 곁들여서 접시에 담았다. 소냐가 종이 냅킨과 함께 접시를 내갔다. 곧 자마이가 될 벤을 손님들에게 인사시켰다. "이 이름들을 제대로 다 기억 못 할 것 같아요." 벤이 어느 시점에서 고골리에게 이렇게 말했다. "걱정 말아. 그럴 필요는 없을 거야." 고골리가 말했다. 이 사람들, 비록 성씨가 모두 다른 양숙모와 삼촌들이지만, 고골리가 자라는 것을 지켜보았고, 그의 결혼식과 아버지의 장례식 때 곁에 서서 그를 둘러싸고 있던 사람들이었다. 어머니가 떠나시는 마당이었기에 고골리는 그들에게 꼭 연락을 계속하겠다고, 잊지 않겠다고 약속을 하였다.

소냐는 초록과 빨강 사리를 입고 온 마시들에게 반지를 자랑하고 있었다. 에메랄드 주위로 작은 다이아몬드가 여섯 알 박혀 있었다. "결혼식 때까지 머리를 길러야겠네." 그들은 소냐에게 이렇게 말했다. 메쇼 중 한 분은 산타클로스 모자를 쓰고 장난을 치고 계셨다. 그들은 거실에서 소파나 마루 위에 앉아 있었다. 아이들은 지하실로 뛰어다녔고, 조금 큰 아이들은 이층으로 올라갔다. 사람들이 그가 옛날에 가지고 놀던 모노폴리 게임을 하고 있는 것을 보았다. 게임판은 두 개로 찢어져 있었고, 경주용 차는 소냐가 어렸을 때 난방기 안에 떨어뜨린 후로 없어졌다. 고골리는 그 아이들이 어느 집 아이들인지 몰랐다. 손님 중 반은 어머니가 최근에 사귄 친구들이었다. 결혼식 때 왔었지만 그는 알아보지 못했다. 사람들은 아시마의 크리스마스 이브 파티를 얼마나 좋아하는지, 지난 몇 년 동안 파티가 없어 얼마나 서운했는지, 아시마 없이는 예전 같지 않을 거라고들 말했다. 고골리는 그들이 그동안 어머니에게 얼마나 의지하고 있는지를 새삼 깨닫게 되었다. 어머니는 사람들을 모두 불러 명절을 지내고, 그들 식대로 명절을 바꾸어 새로 온 사람들에게 전통을 소개하는 역할을 해오셨던 것이다. 크리스마스는 그에게 있어 언제나 남에게 빌린 것, 주변 상황 때문에 어쩌다 일어난 우연 같은 것이었고, 크리스마스 본래의 의미와는 무관하게 그날을 기념했다. 크리스마스는 다만 그와 소냐를 위한 것이었다. 오직 아이들을 위해 부모님들은 이런 전통을 배우는 수고를 마다하지 않는 것이다. 오늘 이런 식으로 파티가 이루어지게 된 것은 모두 그들을 위한 것이었다.

여러 면으로 그의 가족의 삶은 예상하지 못하고 뜻하지 않았던 하나의 사고가 다음 사고를 낳은 우연의 연속이었다. 시작은 아버지의 기차 사고였다. 이 사건은 처음엔 아버지의 몸을 움직이지 못하도록 했었지만, 나중에는 최대한 멀리 떠나고 싶은 욕망을 낳게 하였고, 세상 저편에서 새로운 삶을 시작하게 했던 것이다. 다음은 고골리의 증조할머니가 지어주신 이름이 담긴 편지가 캘커타와 케임브리지 사이 어딘가에서 사라진 사고였다. 이로 인해 얼떨결에 고골리라는 이름이 지어지게 되었고, 이 이름은 수년 동안 고골리라는 한 인간의 윤곽을 형성함과 동시에 괴롭혀왔다. 그는 이런 임의성을, 이런 빗나감을 바로잡으려 해왔다. 그러나 자신을 완벽하게 새로 창조하는 것은, 그 엉뚱한 이름으로부터 벗어나는 것은 가능한 일이 아니었다. 그의 결혼 또한 실수이긴 마찬가지였다. 그리고 아버지가 그런 식으로 가족의 곁을 떠나신 것은 사고 중에서도 가장 최악의 사고였다. 아버지는 마치 오래전에, 그러니까 사고가 나던 그날 밤 죽음의 연습이라도 하신 것처럼, 그날 이후 남은 일은 그저 어느 날 조용히 가는 것이라는 듯이 돌아가셨다. 그러나 고골리를 형성한 것은, 결정적으로 지금의 그를 만든 것은 바로 이러한 일련의 사건들이었다. 이것들은 사전에 준비가 불가능한 일들이지만, 되돌아보려면, 돌아보며 받아들이고 해석하고 이해하려면 평생이 걸리는 일들인 것이다. 일어나서는 안 될, 제자리를 벗어난 곳에서 잘못 일어난 일들이지만, 결국 끝까지 삶을 지배하는 동시에 삶을 견뎌낸 것들이었다.

"고골리, 카메라 좀 가져오너라." 그의 어머니가 사람들의 머리 위로 소리치셨다. "오늘 저녁엔 사진 좀 찍어다오. 이번 크리스마스는 기억을 하고 싶구나. 내년 이맘때면 난 너무나 멀리 있을 테니." 그는 아버지의 니콘 카메라를 가지러 이층으로 올라갔다. 아직도 아쇼크 옷장 맨 꼭대기 선반 위에 놓여 있었다. 그 안에 남아 있는 것은 이제 아무것도 없었다. 옷걸이대 위에는 아무것도 걸려 있지 않았다. 빈 옷장을 보니 마음이 이상했지만 카메라의 무게가 그의 손 안에서 옹골지게, 확실하게 느껴졌다. 그는 카메라를 들고 새 건전지와 필름을 넣기 위해 자신의 방으로 갔다. 작년에 그와 모슈미는 손님용 침실의 2인용 침대에서 잤다. 방에는 어머니가 언제나 손님들을 위해 깨끗이 접어 준비해둔 수건과 새 비누가 서랍장 위에 놓여 있었다. 그러나 올해는 소냐에게 벤이 있었으므로 침실은 그들이 사용하고 고골리는 다시 자신의 방을 쓰게 되었다. 방에는 모슈미와도, 그 누구와도 함께 써본 적이 없는 그의 침대가 놓여 있었다.

폭이 좁은 침대 위에는 단색의 갈색 이불이 덮여 있었다. 팔을 뻗치면 천장에 매달려 있는 뿌연 흰색 전등에 손이 닿았다. 전등 안에는 죽은 나방들로 가득했다. 포스터를 붙이는 데 사용한 스카치테이프 자국이 벽에 남아 있었다. 구석에 그의 책상인 접는 카드 테이블이 있었다. 이 책상에서, 먼지 낀 검은색 S자 목전등 아래서 숙제를 했었다. 바닥에는 윤이 나는 청색의 얇은 카펫이 깔려 있었는데, 바닥에 비해 조금 커서 한쪽이 벽으로 말려 올라가 있었다. 책장과 서랍은 거의 비어 있었다. 쓸모없는 자질구레한 물건들은 벌써 상자 안에 들어가 있었다. 고등학교 때 고골리라는 이름으로 쓴 수필도 있었다. 초등학교 때 했던 그리스 로마 건축에 관한 숙제도 있었다. 백과사전에 나온 코린트, 이오니아, 도리아 양식의 기둥 그림을 투사지에 베껴 오려 붙인 것이었다. 크로스표 펜과 연필 세트, 두 번 듣고 팽개친 음반들, 너무 작거나 커서 입지 않는 옷들. 지난 수년간 갈수록 좁아져만 가는 그의 작은 아파트들로 옮길 만한 가치가 없다고 여겨진 물건들이었다. 그리고 그의 낡은 책들이 있었다. 어떤 책들은 이불 속에서 손전등을 켜놓고 읽었으며, 어떤 책들은 대학 시절 읽어야 했던 것이고, 반만 읽은 것들도 있었다. 책 등 위에 '중고'라는 노란색 스티커가 붙은 것도 있었다. 어머니는 일하시던 도서관에 이 책들을 모두 기증할 예정이었다. 봄에는 도서관에서 연중 책 시장이 열렸다. 어머니는 그에게 가져갈 것이 없나 잘 살펴보라고 하셨다. 『스위스 가족 로빈슨』, 『길 위에서』, 『공산당 선언』, 『어떻게 아이비리그 학교에 들어갈 것인가』.

그리고 그 중에 또 한 권의 책이 있었다. 한 번도 읽은 적이 없는, 오래전에 잊혀진 책 한 권이 그의 눈에 들어온 것이다. 커버는 이미 없어졌고, 책등에 찍힌 제목도 닳아서 지워져버렸다. 두꺼운 천 장정의 책이었고, 그 위에는 몇십 년 묵은 먼지가 앉아 있었다. 미색의 책장은 묵직했고 약간 신 내가 났으며 만지니 부드러웠다. 겉장을 열어 제목이 찍힌 페이지를 펼치니 책등에 금이 가는 소리가 약하게 들렸다.『니콜라이 고골리 단편 모음집』. '고골리 강굴리에게.' 앞쪽 면지에 아버지의 정갈한 필체로 이렇게 적혀 있었다. 빨간색 볼펜으로 씌어진 글씨는 마치 희망을 품은 듯, 책장의 위쪽으로 대각선을 그리며 서서히 올라가고 있었다. '너에게 그의 이름을 준 사람이다. 너에게 너의 이름을 지어준 사람으로부터.' 따옴표 안에 이렇게 적혀 있었다. 전에는 보지 못했던 이 문구 아래 그의 생일과 1982년이라는 연도가 적혀 있었다. 그의 아버지가 방문 앞에, 바로 저기에 서 계셨었다. 지금 그가 앉아 있는 곳에서 손을 뻗치면 닿을 수 있는 곳이었다. 아버지는 고골리가 혼자 이 문구를 발견하도록 내버려두셨던 것이다. 한 번도 책이 어땠냐고 묻지 않으셨고, 한 번도 책에 관해 말씀을 꺼내지 않으셨다. 아버지의 필체를 보니 대학 시절 내내, 그리고 졸업 후에도 아버지가 적어주시던 수표가 생각났다. 그를 돕기 위해, 보증금을 내라고, 첫 양복을 사입으라고, 때로는 아무 이유 없이 주시기도 했었다. 그가 그토록 싫어했던 이름이 여기에 이렇게 숨어서 남아 있었던 것이다. 그 이름은 바로 아버지가 그에게 주신 많은 것 중 첫번째 것이었다.

고골리라는 이름을 주고 또 지금껏 보관해주신 분들은 지금 그에게서 멀어지고 있었다. 한 분은 이미 돌아가셨다. 또 한 분은 아버지가 그랬던 것처럼 먼 곳에서 살기 위해, 앞으로도 여러 번의 떠남이란 것을 준비해야 하는 미망인이었다. 어머니는 일주일에 한 번씩 그에게 전화를 하실 것이다. 이메일하는 법도 배우실 거라고 어머니는 말씀하셨다. 일주일에 한두 번, 그는 전화선을 통해 '고골리'라는 이름을 들을 것이고, 컴퓨터 화면 위에 찍힌 그 이름을 볼 것이다. 지금 집에 모인 모든 사람들에게, 모든 마시와 메쇼들에게 그는 아직도, 그리고 언제까지나 고골리로 남아 있을 것이었다. 하지만 지금 어머니가 떠나시니 그들을 얼마나 자주 보겠는가? 세상에서 그를 고골리로 불러줄 사람들이 없다면, 그가 아무리 오래 산다고 해도 고골리 강굴리는 사랑하는 사람들의 입으로부터 완전히 사라질 것이고, 그리하여 존재하지 않게 될 것이다. 그러나 궁극적으로 그의 이름이 이렇게 소멸하고 말리라는 생각을 해도 이겼다는 생각이 들지도, 위안이 되지도 않았다. 전혀 위안이 되지 않았다.

고골리는 일어나 방문을 닫았다. 아래층에서 한창인 파티의 소음이, 복도에서 놀고 있는 아이들이 웃음소리가 잦아들었다. 그는 침대 위에 책상다리를 하고 앉았다. 그리고 책을 열어 니콜라이 고골리의 삽화를 보고, 맞은편 페이지에 있는 작가의 연대표를 보았다. 1809년 3월 20일 출생. 1825년 아버지 사망. 1830년 첫 단편 발표. 1837년 로마로 여행. 1852년 사망. 그의 43회 생일의 한 달 전이었다. 10년 후면 고골리 강굴리도 그 나이가 될 것이다. 언젠가 다시 결혼을 할지, 이름을 지어줄 아이를 갖게 될지 생각해보았다. 한 달 후부터는 소규모 건축회사에서 일을 시작하여 직접 설계도 하게 될 것이다. 나중에는 그의 이름이 회사 이름에 들어가는 공동 경영자가 될 수도 있을 것이다. 그리고 그런 경우 니킬이라는 이름은 사람들에게 알려지면서 살아남을 것이고, 고골리라는 이름은 고의로 숨겨지고 법적으로도 소멸된 채 결국 없어지고 말 것이다.

그는 첫번째 단편소설을 폈다. 「외투」였다. 몇 분 후면 어머니가 그를 찾으러 이층으로 올라오실 것이다. "고골리!" 어머니는 이렇게 부르면서 노크도 없이 방문을 여실 것이다. "카메라 어딨니? 왜 이리 오래 걸리냐? 지금 책 읽을 시간이 어딨어." 어머니는 겉장이 보이지 않게 펼쳐진 책을 흘긋 보고 이렇게 꾸중하실 것이다. 아들이 그랬듯이, 이 책장들 속에서 자신의 남편이 조심스럽고 말없이, 그리고 참을성 있게 살아 있다는 것을 모르는 채. "아래층에서 파티가 있잖니. 가서 사람들하고 얘기도 좀 하고, 오븐에서 음식도 날라 다 놓고, 물잔 서른 개를 채워 조리대 위에 올려놓아야지. 앞으로는 여기 이렇게 모두 모일 일이 없을 거라는 생각을 해봐라. 아버지만 조금 더 오래 살아 계셨어도." 잠시 동안 눈시울을 적신 어머니는 이렇게 덧붙이실 것이다. "하지만 내려와봐라. 와서 트리 아래 앉은 아이들을 좀 보거라."

그는 죄송하다고 말씀드리고, 보던 책장의 모서리를 조금 접어 표시를 해놓고 책을 덮어둘 것이다. 그리고 어머니와 함께 아래층으로 내려가 북적거리는 파티에 끼게 될 것이다. 부모님 삶의 일부였던 이 사람들을, 이들이 마지막으로 이 집에 있는 사진을 찍게 될 것이다. 소파에 옹기종기 끼어 앉아 무릎에 접시를 올려놓고 손으로 음식을 먹고 있는 이들을. 어머니의 강요에 못 이겨 결국 그 역시 바닥에 책상다리로 앉아 음식을 먹게 될 것이다. 부모님의 친구들과 새 직장에 대해, 뉴욕에 대해, 어머니에 대해, 소냐와 벤의 결혼식에 대해 이야기를 나눌 것이다. 저녁 식사가 끝나면 소냐와 벤과 함께 접시에 남아 있는 월계수 잎과 양고기 뼈 그리고 통계피를 치운 다음, 접시는 조리대와 가스레인지 위에 포개어놓을 것이다. 그리고 언제나 파티가 끝날 때마다 아버지가 하시던 대로 어머니가 세엽 롭추차 잎을 떠서 주전자 두 개에 나누어 담으시는 것을 지켜볼 것이다. 어머니가 남은 음식들을 냄비째 사람들에게 나누어주는 것을 볼 것이다. 저녁 시간이 깊어갈수록 그의 마음은 딴 곳에 가 있을 것이다. 그의 방으로 돌아가 혼자서 한때 팽개쳐놓았던, 지금껏 저버렸던 책을 읽고 싶어서이다. 바로 조금 전 그의 인생에서 완전히 사라질 뻔한, 우연히 구해낸 책이었다. 마치 40년 전 아버지가 부서진 기차 안에서 끄집어내졌던 것처럼. 그는 등 뒤에 베개를 받치고 침대 머리판으로 몸을 기댔다. 몇 분 후면 그는 아래층으로 내려가 손님들과, 가족들과 어울리게 될 것이다. 하지만 지금 어머니는 친구가 해주는 얘기에 웃느라 정신이 없었고, 아들이 곁에 없다는 것을 모르고 계셨다. 지금 잠깐이라도……, 그는 책을 읽어 나가기 시작하였다.

◻ 옮긴이의 말 ◻

우리는 모두 고골리의 「외투」 속에서 나왔다

"도스토예프스키가 언젠가 뭐라고 했는지 아니?"
고골리는 고개를 저었다.
"'우리는 모두 고골리의 「외투」 속에서 나왔다'라고 했다."
"그게 무슨 뜻이죠?"
"언젠가 이해할 날이 있을 거다. 생일 축하한다."

비틀스의 〈화이트〉 앨범을 듣기 바빴던, 막 열네 살이 된 고골리 강굴리에게 그의 아버지는 "우리는 모두 고골의 「외투」 속에서 나왔다"라는 말을 남겨놓고 방을 나간다. 실제로 도스토예프스키가 이 말을 했을 때는 니콜라이 고골리가 자신과 다른 러시아 작가들에게 끼친 문학적 영향을 의미하였을 것이다. 하지만 고골리 강굴리의 아버지가 아들에게 해준 이 말은 또 다른 의미들을 지닌다. 젊었을 때 당한 기차 사고에서 고골리의 아버지 아쇼크는, 사고 직전 읽고 있던 책이 손에서 떨어져 바람에 나부끼고 있었기에 구조단의 눈에 띄어 구사일생으로 목숨을 구하게 된다. 그 책이 바로 니콜라이 고골리의 책이었다. 아무것도 모르는 아들의 생일날, 자신의 비극적인 사고에 대해 얘기하는 것이 꺼려졌던 아버지는 고골리에게 이 함축적인 말 한마디만을 하게 된 것이다. 그러니까 이 말에는, 고골리 강굴리는 한 권의 문학작품 속에서, 말 그대로 아버지를 살린 책인 니콜라이 고골리의 「외투」 속에서 잉태된 아이라는 뜻이 들어 있다.

뿐만 아니다. 고골리는 이름까지 그 러시아 작가에게서 비롯하게 된다. 평생 자신을 괴롭히는 이 이름을 갖게 된 것은 뜻하지 않게 일어난 일련의 사고들 때문이었다. 아버지의 사고, 증조할머니가 지어주신 이름이 들어 있는 편지의 분실, 퇴원하며 갑작스레 이름을 지어야 했던 상황, 외할아버지의 갑작스런 죽음 등등. 그러나 속수무책으로 일어난 예기치 못한 사건들 뒤로는 좀더 견고한 문학적인 운명의 흐름이 있는 듯하다. 아쇼크는 어렸을 때 "러시아 문학은 절대로 너를 저버리지 않을 거다"라는 예언과 같은 할아버지의 말씀을 들으며 자란다. 그 중에서도 가장 즐겨 읽던 한 권의 책이 말 그대로 그를 살려내었고, 사고의 경험으로 그는 멀리 미국에서의 삶을 마음먹게 된다. 미국에서 태어난 아이의 이름을 지어야 하는 순간 자신을 살려준 작가 고골리를 떠올리게 되었으며, 또한 아이에게 바로 그 이름을 지어주는 순간 그동안 자신을 끊임없이 괴롭혔던 비극에 대한 기억은 사라지고, 아들의 삶과 함께 자신의 삶도 새롭게 태어난다. 그리고 할아버지의 입을 빌린 문학적인 신탁은 이 책의 마지막 장까지 유령처럼 고골리의 삶 주위에서 맴돌게 된다.

이 책의 주요 인물들은 마치 이름표를 달고 나오듯 책과 함께 등장한다(아시마는 예외로, 책을 들고 나오지 않지만 영문학 전공이고 워즈워스의 시 「수선화」를 읊는다). 태어나자마자 책을 선물로 받아 아버지의 부러움을 산 주인공 고골리는 열네 살 생일날 아버지로부터 『니콜라이 고골리의 단편 모음집』을 선물받는다. 아쇼크의 책 또한 말할 것도 없이, 기차 사고 당시 손에 쥐고 있었던 『고골리의 단편 모음집』이 된다. 그리고 아쇼크가 죽기 전 입었던 외투 속에서는 그레엄 그린의 『희극배우』가 발견된다. 고골리의 첫사랑인 영문학도 루스는 물질문명에 회의를 품은 히피의 딸답게 『아테네의 티몬』을 들고 있었다. 『아테네의 티몬』은 셰익스피어의 희극으로, 베풀기 좋아하는 티몬을 통해 물질적인 것이 인간성을 살 수 있는가를 묻는 풍자극이다. 고골리의 두번째 여자 친구인 맥신은 등장과 함께 고골리에게 안드레아 만테냐의 책을 편집하고 있다고 말한다. 만테냐가 특히 원근법에 관심이 많았던 르네상스 화가였다는 사실 이외에(고골리가 건축가였다는 사실에 견주어), 비천한 집안에서 태어나 당시 유력한 화가 집안이었던 벨리니 가의 사위가 되었던 사실은 단지 우연이었을까? 맥신을 사랑하게 된다는 것은 세련되고 매력적인 그녀의 부모와 집안의 모든 것을 사랑하게 된다는 것을 의미한다고 생각했던 고골리는 맥신의 집안으로 들어온 전형적인 데릴사위나 마찬가지였고, 이는 안드레아 만테냐의 언급을 통해 한층 강화되고 있는 듯하다. 특히 만테냐가 이 결혼으로 인해 그 전에 아버지처럼 모시던 스승과의 사이가 악화되었던 것을 떠올리면, 가족에 대한 충절로 고민하는 고골리와의 관련성은 더욱 두드러지게 된다. 고골리의 세번째 여자 친구이자 부인이 되었던 모슈미의 경우는 좀더 특이하다. 고골리가 '비좁고 어두운' 술집에서 모슈미를 처음 보았을 때 모슈미는 불어로 씌어진, 그래서 그가 제목을 읽을 수 없었던 책을 읽고 있었다. 제목을 알 수 없는 책은, 이 작품에서 가장 흥미로운 캐릭터라 할 수 있는 모슈미의 알 수 없고 복잡한 성격을 상징한다. 그리고 다면적이고 풍부한 그녀의 성격만큼이나 모슈미에게는 다양한 문학적 자료가 따라다닌다. 모슈미는 어렸을 때부터 『오만과 편견』 등 어딜 가나 책을 들고 다녔고, 남편인 고골리를 속이고 외도하게 되는 것을 예고하듯 스탕달의 『적과 흑』을 읽는다. 또한 모슈미를 통해 우리는 특별한 성격이 드러나지 않는, 다소 의혹에 싸인 존재인 디미트리를 만나게 되는데, 그는 모슈미와 고골리의 결혼을 파경으로 이끄는 결정적인 촉매제라는 서사적인 역할과 함께 또 한 가지 중요한 역할, 즉 문학적 장치로서의 역할을 하게 된다. 그것은 로베르트 무질의 『특징 없는 남자』를 들고 지나가는 일이다. 마르셀 프루스트의 『잃어버린 시간을 찾아서』와 종종 견주어지는 모더니즘의 대표작인 이 책은, 이질적인 문화들 사이에서 고민하고, 그 안에서 존재하는 고골리를 이해하는 데 중요한 열쇠로 작용한다.

바로 이런 맥락에서 "우리는 모두 고골리의 「외투」 속에서 나왔다"는 고골리 아버지의 말은 또 다른 의미를 띠게 된다. '외투'로서 상징되는 문화, 즉 옷이나 음식 또는 관습 등이 한 인간을 결정하는 데 어느 정도의 부분을 차지하는가에 대한 문제이다. 다시 말해 인도의 작명 관습에 따라 애칭으로 지어진 고골리란 이름이, 그의 여동생이 옷을 할인해서 파는 상점인 파일린스 베이스먼트에서 사준 줄무늬 셔츠가, 맥신의 집에서 먹은 음식들이, 모슈미가 뉴욕 시의 고급 쇼핑 거리인 메디슨 로에서 사준 모자 등이 고골리란 개인을 어떻게 결정하고 있는가에 대한 질문을 제기하고 있는 것이다. 이러한 질문은 아버지가 돌아가셨을 때 고골리가 가야 했던 영안실 장면에서 더욱 강조된다. 고골리는 벌거벗은 아버지의 시신을 보았을 때 수치심에 얼굴을 돌린다. 언제나 우리의 알몸을 덮어씌우고, 타인이 우리를 판단하는 것을 용이하게 해주는 의복이란 것이 사라진 맥락에서 몸이란, 사람을 당황하게 만드는 그 무엇이다. 이렇게 당황해하는 우리들을 비웃기라도 하듯 옷을 벗어버린 돌아가신 아버지의 얼굴엔 알 수 없는 조소의 기미가 서려 있었다. 또, 아버지의 외투 주머니에 들어 있던 책 안에는 모르는 사람의 이름이 씌어 있었다. 마치 아버지의 옷 안에 들어 있던 아버지란 고골리가 모르는 어떤 존재였다는 것을 의미하기라도 하듯이.

이른바 '문화'와 고골리라는 존재의 갈등 상황은 모슈미와의 삶에서 가장 극단적으로 나타나게 된다. 모슈미의 친구들과 함께 한 저녁 식사에서, 친구들은 아이의 이름에 대한 대화를 벌인다. 특정한 기호嗜好를 가지는 것이 삶의 전부인 듯한 '특징 있는' 친구들에게 아이의 이름이란 그들의 세련된 취향을 만족시켜주는, 특정한 제과점에서 특정한 빵을 고르는 것과 같은 '완벽한' 선택에 지나지 않는다. 할 얘기도, 관심도 없는 그들에게 모슈미로 인해 자신의 원래 이름이 알려지게 되자 고골리는 분개한다. 열여덟 살이 되던 해 이름을 바꾼 고골리는 그들 앞에서 이제껏 니킬이라는 옷을 덧입고 있었고, 아이러니컬하게도 이제 고골리란 이름은 그에게 알몸처럼 당황스러운 것이다. 언젠가 읽었던 소설에서 인물들이 대명사로만 존재하던 것에 크게 위안을 얻은 적이 있는 고골리는 그들 앞에서, 세상에 완벽한 이름은 없으며 사람들은 모두 열여덟 살이 될 때까지 대명사로 불려야 한다고 주장한다.

하나의 이야기를 하나의 장면으로서 공감각적으로 떠올릴 수 있게 하는 라히리의 탁월한 능력은 모슈미의 시점에서 쓰여진 10장에서 가장 빛을 발한다. 니킬과 모슈미의 결혼 1주년이 되는 날, 모슈미는 그들이 처음으로 관계를 가졌던 날 입었던 드레스를 입지만, 니킬은 그 옷을 기억하지 못한다. 저녁을 먹으러 함께 걸어가다 5번 가에서 본 500불짜리 구두에 대해 니킬은 '흉측하다'고 말한다. 고생스럽게 찾아 들어간 음식점은 특별한 이유 없이 모슈미의 신경을 잔뜩 거스르지만, 니킬은 음식점에는 개의치 말고 즐겁게 식사하자며 그녀를 설득한다. 그러나 모슈미의 불만족은 니킬이 사준 숄의 섬유가 그녀의 검은색 드레스에 달라붙어 떨어지지 않을 때 그 절정을 이루며, 그들의 관계가 이미 해결하기 힘들고 껄끄러운 상태가 되어버렸다는 것을 암시한다. 모슈미와 니킬은 어린 시절을 함께 한 인도계 미국인이고, 둘 다 이질적인 두 문화 사이에서 고민하는 인물들이지만 거기에 대응하는 방식은 대조적이다. 모슈미는 두 문화 사이의 갈등을 제3의 문화—파리의 삶—속으로 도피하거나 또는 특수한 소비성향이나 삶의 스타일을 지향하는 하위문화집단과의 완벽한 동화를 꿈꾸며 능동적으로, 그러나 자못 자학적으로 해결하려 한다. 반면, 니킬은 두 문화 사이에서 부유하듯 수동적(이름을 바꾼 것만 제외한다면)으로, 그러나 그 어떤 쪽에도 전적으로 동화되지 않은 존재로 남아 있다.

과연 완벽한 인도인이나 미국인, 또는 한국인이 이 세상에 존재할 수 있을까? 또한 우리가 나고 자란 문화의 영향으로 가지게 된 우리의 이름이나 옷, 음식, 집들이 우리에 대해 말해줄 수 있는 것은 무엇인가? 이 작품에 나오는 인물들처럼 우리도 그러한 것들에 큰 의미를 부여하면서 살아가지만 우리는 그것들과 다분히 자의적인 관계를 맺고 있을 뿐이다. 이름은 우리의 사람됨과는 전혀 관계없이, 그것도 다른 사람에 의해 지어진다. 다만, 우리가 이름에 부여하고 싶은 의미에 의해 영향을 받고 있을 따름이다. 옷이나 음식, 집 또한 별로 다르지 않다. 그것들은 우리가 가진 돈이나 취향, 하는 일 정도를 드러낼 뿐, 정작 본질적인 것은 말해주지 않는다. 그러나 우리는 그것들에게 끊임없이 중요한 의미를 부여하려 한다. 어쩌면 이러한 의미 부여 행위 자체가 인간이 지닌 또 하나의 본질적인 것, 곧 인간사의 희비극을 낳게 하는 이유일지도 모른다. 라히리의 표현처럼, 이는 우리의 살갗에 '까실거리는 상표명'처럼 우리가 달고 살아야 하는 조건인 것이다.

책을 번역하면서 케테 콜비츠의 화집 등 다른 책들과 함께 『니콜라이 고골리의 단편 모음집』을 아마존닷컴에서 주문했었다. 주문한 책들은 집이 비었을 때 배달되었고, 그런 경우 보통 다시 배달 시도가 이루어지는데, 이번엔 어찌 된 일인지 우체국에서 배달되지 않은 채로 남아 있다가 아마존닷컴으로 되돌아갔었다. 되돌아간 책들을 재배달시키기 위해서는 다시 환불과 재구입이라는 길고 성가신 과정을 거쳐야 했다. 그 책이 거짓말처럼 오늘, 이 글을 쓰고 있는데 도착했다. 나는 지난 몇 개월 동안, 하루 종일 책상 앞에 앉아 미친 사람처럼 혼자 웃다가 울다가 하면서 이 책을 번역했다. 그것은 아시마와 아쇼크의 삶에서, 고골리와 모슈미의 삶에서 내 인생을 엿보았기 때문일 것이다. 동시에 결코 독자를 무시하는 법이 없는 라히리의 글쓰기, 오감을 건드리는 정교한, 그리고 전력을 다해 사고한 흔적이 역력한 글쓰기 때문일 것이다. 오늘은 마음을 가라앉히고, 바깥 세상에서 파티를 벌이는 사람들의 목소리가 나를 부르기 전까지, 고골리처럼 고골리의 「외투」 속으로 들어가보아야겠다.

2004년 1월
브룩클린 공장지대에서
박상미